Victoria Clayton
Das Landhaus

Victoria Clayton

Das Landhaus

Roman

Aus dem Englischen von Elfriede Peschel

Ullstein

Die Originalausgabe erschien 2000 unter dem Titel
»Running Wild« bei Orion, London

Der Ullstein Verlag ist ein Unternehmen der
Ullstein Heyne List GmbH & Co. KG

ISBN 3-550-08442-0

Satz: MPM, Wasserburg
Druck und Bindung: GGP Media, Pößneck
Gesetzt aus der Cheltenham 11/12,5 Punkt
Printed in Germany 2004

1

Liebste Flo,
was ist passiert [doppelt unterstrichen] *???!!! Von meiner Tante weiß ich, dass Fay gestern mit ihr telefoniert und ihr mitgeteilt hat, die ganze Sache sei geplatzt!! Ich kann es nicht fassen! Wie mag dir nur zu Mute sein, mein armer Schatz! Und du warst dir so sicher! Es ist doch kein Scherz, oder? Mir ist, als wäre eine Welt zusammengebrochen. Ich meine, so ein überstürztes Handeln passt doch gar nicht zu dir. Jahrelang haben wir dich als die Verkörperung von Weisheit und Vernunft verehrt. Was aber nicht heißen soll, dass meine Verehrung für dich aufgehört hat, Flo, denk das nur nicht. Fay hat vor Wut offenbar regelrecht geschnaubt und ständig gesagt: »Was ich so unverzeihlich finde, ist die Undankbarkeit«, worauf meine Tante erwidert hat: »Was hast du denn schon für Flo getan, wofür sie dir dankbar sein soll?« Auf ihre kühle Art kann meine Tante einen ganz schön fertig machen. Na ja, Fay hat es jedenfalls für eine Sekunde die Sprache verschlagen, ehe sie zu stöhnen anfing, wie schrecklich viel das alles koste und welche Peinlichkeit es sei, es den Leuten zu erklären. Egal, ich habe mindestens stündlich versucht, dich telefonisch zu erreichen, immer dann, wenn ich nicht selbst angerufen wurde – wobei ich jedes Mal wie erstarrt bin, wenn ich dran gehe, denn es könnte ja Alex sein, was aber nicht der Fall war –, weil die Leute ein wenig aufgeregt und verängstigt erfahren wollten, wo du dich aufhältst. Es war eine Mischung aus Wut – all der Leute, die sich auf eine gute Party gefreut hatten – und Hoffnung – all jener, die einen von euch beiden wirklich gern haben – und Pikiertheit – all derer, die es als Erste erfahren wollten. Ich habe mir überlegt, dass du vielleicht einfach abgetaucht bist, woraus ich dir, offen gesagt, keinen Vorwurf mache, meine Liebe. Ich werde alles tun* [fünfmal unterstrichen], *um dir zu helfen* [ein Tropfen, wie von Rotwein, verwischte das Folgende], *und da fiel es mir ein! Ich möchte in aller Bescheidenheit einen Geistesblitz für mich in Anspruch nehmen. Vor ein paar Monaten ist*

meine Patentante gestorben und hat mir dreihundert Pfund und ihr Häuschen auf dem Land vermacht. Die dreihundert Pfund habe ich natürlich schon ausgegeben, aber das Landhäuschen stelle ich dir gern zur Verfügung, wenn es dir hilft. Die Arme war jahrelang hoffnungslos verwirrt und in einem Pflegeheim untergebracht, weshalb das Haus nicht gerade in bestem Zustand sein dürfte. Aber du hättest ein Dach über dem Kopf und keiner würde erfahren, wo du bist. Du könntest in aller Ruhe einmal über alles nachdenken, wie man so sagt. Ich möchte zwar keine Forderungen stellen, meine Liebe, aber könntest du mir vielleicht eine Postkarte mit einem diffusen »Gesund an Leib und Seele« oder auch nur »Okay« zukommen lassen? Ich bin nämlich wirklich in Sorge um dich. Die Adresse des Landhauses lautet Plashy Lane 9, Pudwell Nähe Tarchester, Dorset. Ich werde immer wieder in deiner Wohnung anrufen, bis ich etwas von dir höre. Den Schlüssel lege ich für alle Fälle mal bei.

Alles Liebe, Viola

In Porsley Heath, der Pudwell nächstgelegenen Bahnstation, stellte ich meine Koffer auf dem Bahnsteig ab. Ich war als Einzige aus dem Zug gestiegen. Ich holte den Schlüssel aus meiner Tasche und drehte ihn zwischen meinen Fingern hin und her wie ein Amulett, von dem ich mir Mut versprach. Die ganze Fahrt über hatte ich, ohne etwas mitzubekommen, die Landschaft an mir vorbeiziehen lassen, zu müde und unglücklich, um meine Gedanken zu ordnen. Nur ein stechender Schmerz unter meinem Brustkorb und das elende Gefühl, dass die Welt aus den Angeln war, lebten in mir. Doch als der scharfe Märzwind jetzt an meinem Schal zerrte und die Schöße meines offenen Mantels flattern ließ, fragte ich mich, was um Himmels willen ich hier wollte, so weit weg von zu Hause und an einem Ort, wo ich keinen kannte.

»Tag, Miss«, schrie mir der Gepäckträger ins Ohr, als ein Expresszug vorbeijagte – ein brüllender Leviathan, der lauter vernünftige Menschen beförderte, die sich über Ziel und Grund ihrer Reise im klaren waren. »Sie woll'n wohl zum Bus. Wird aber noch 'ne gute Stunde dauern, is nämlich Markt heute. Da trinkt Clym gern einen oder zwei, bevor er losfährt … 'n Taxi? Also es gibt eins und es gibt doch wieder keins. Will Dewy is auch auf 'm Markt. Möchte behaupten zusamm'n mit Clym im Rose and Thorn. Pudwell sagen Sie? Na ja, da können Sie auch gut zu Fuß hin und sich die Auslagen sparen.«

Für meinen Schlamassel war ich ganz allein verantwortlich. Ich knöpfte den Mantel zu, zog meine Handschuhe an, nahm die Koffer und begleitete den Gepäckträger zum Bahnhofsausgang. »Immer in der Luftlinie, Miss. Durch das winzige Wäldchen da. Über die Brücke, die Furt is nämlich im Moment zu tief, von all dem Regen, den wir hatten. Über die Weide, den Hügel hoch und dann runter ins Tal. Sie können Pudwell gar nicht verfehlen.«

»Sie meinen also nicht, dass es vielleicht besser wäre, wenn ich auf den Bus warte?«, fragte ich. Die Gegend sah unwirtlich aus, fast wild für jemanden, der an die verhaltene Vegetation von London gewohnt ist.

»Nein, meine ich nicht. Wenn Clym was getrunken hat, verspätet er sich meistens. Am letzten Markttag hat er auf der Kreuzung anhalten und seinen Rausch ausschlafen müssen, ihm war so schwindelig im Kopf, dass er nicht mehr wusste, wo's weiterging.« Zögernd schlug ich die Richtung ein, in die der hilfreiche Finger des Gepäckträgers mich wies. »Der Bulle auf Borlocks Feld braucht Sie gar nicht zu interessieren«, schrie er mir hinterher. »Der ist sanft wie ein Lamm. Nehmen Sie sich einfach einen Stock und drohen Sie ihm damit, damit er weiß, woran er ist.«

Wäre da nicht im Hinterkopf meine von einer Menge wütender Freunde und Verwandter umstellte Wohnung gewesen, hätte ich kehrtgemacht und wäre nach London zurückgefahren. Doch die Aussicht auf einen milde gestimmten Bullen war weniger beängstigend als die absolute Gewissheit menschlicher Wut. Ich straffte die Schultern und bemühte mich um meines freundlichen Begleiters willen um einen beflügelten Schritt.

Anfangs ging alles ganz gut. Das winzige Wäldchen war hübsch und bot Schutz vor dem Wind. Ich bewunderte die anmutigen Umrisse der Bäume vor dem sich rötenden Himmel, atmete die feuchte Waldluft ein, hielt inne, um den schwirrenden Flügeln der Fasane zu lauschen, die sich einen guten Ast für die Nacht suchten, und tat so, als freute ich mich daran. In meiner Kindheit war ich vom Land hingerissen gewesen, und obgleich ich seit fünfzehn Jahren nicht einmal mehr eine Getreidehocke oder eine Heuhütte gesehen hatte, genoss ich doch die Vorstellung davon. Dies hier war das Land von Thomas Hardy, dessen Romane ich immer geliebt hatte. In Wäldchen wie diesem hatte der wankelmütige Fitzpiers um die Hand der sanften Grace angehalten und die bezaubernde Eustacia Vye hatte Wildeve fasziniert. Abgesehen von einer Reihe Telegrafenmasten und einem Kaugummipapier erinnerte nichts daran, dass wir das Frühjahr 1977 schrieben und nicht ein Jahrhundert früher.

Als ich aus dem Wald heraustrat, ergoss sich ein Wolkenbruch und verwandelte binnen Sekunden den Erdboden in eine schmierige Rutschbahn. Meine Schädeldecke wurde taub vor Kälte und mein Haar löste sich und flog mir in die Augen. Der Fluss war ein wirbelnder Strom braunen Wassers, um einige Zentimeter höher als die Planken des Stegs. Ich erwog, ob ich nicht doch lieber zum Bus zurückkehren sollte. Doch der Bahnhof lag nun hinter dem Wald und war nicht mehr zu sehen. Es schien klüger den Weg fortzusetzen. Die Flut füllte meine schönen Krokodillederschuhe mit derart eisiger Heftigkeit, dass ich schrie. In schrecklicher Angst, den Halt zu verlieren, versuchte ich meine Koffer über dem Hochwasser zu halten.

Der Regen hörte genauso schnell wieder auf, wie er eingesetzt hatte. Als ich nach Überquerung des Flusses gerade voller Trauer um meine Schuhe den Hügel hinauf keuchte, kam zu meiner Überraschung auf einmal Borlocks Bulle aus dem Gebüsch angetrabt. Ich unterdrückte einen Aufschrei, um ihn nicht zu provozieren, denn seine rollenden Augen verhießen nichts Gutes. Wütend schlug er seinen Schwanz gegen die schmutzigen Flanken. Ein Erkundungsblick über das Gelände zeigte mir eine praktisch stockfreie Weide. Lammgemüt oder nicht, die Art, wie das Tier seinen Kopf hin und her schwang und dabei schnaubte, versetzte mich in Alarmbereitschaft. Ich beschleunigte meinen Schritt und fing schließlich zu rennen an, als ich hinter mir die stampfenden Hufe auf der Wiese hörte. Auf der Anhöhe entdeckte ich ein Gatter und einen Mann, der auf seinem Pferd auf der anderen Seite ritt. Er unternahm keinen Versuch, mir zu Hilfe zu eilen, sondern wartete ab und öffnete das Gatter erst dann mit seiner Gerte, als ich unmittelbar davor stand.

»Sie tut Ihnen nichts, wissen Sie«, meinte er sanft, als ich mich hindurch stürzte. »Kühe sind neugierige Geschöpfe. Sie wollte nur wissen, was Sie machen. Hätten Sie ›Sch‹ gesagt, wäre sie weggegangen.«

»Ich dachte, es sei ein Stier.« Das klang vor lauter Kurzatmigkeit fast wie ein Schluchzen. Ich stellte meine Koffer ab und rieb meine verspannten Armmuskeln.

Der Mann fing zu lachen an. »Sie brauchen wohl ein wenig Unterricht in Anatomie.« Dabei deutete er mit seiner Reitgerte auf die Kuh, die mit baumelndem Euter davon trottete.

»Ich weiß nicht, was daran so lustig ist.« Ich bedachte ihn mit einem kühlen Blick. Er hatte eine hohe Stirn, markante Wangenknochen und einen elegant geschwungenen Mund. So etwas fällt mir auf, weil ich von der Porträtmalerei lebe. Ein interessantes Gesicht, wie ich zugeben musste, obwohl der Mann mir sofort unsympathisch war. Er hörte gar nicht auf zu lachen, doch ich konnte nicht verstehen, was an dem kleinen Versehen so lustig sein sollte. Ich nahm meine Koffer.

»Und wohin des Wegs, schönes Fräulein?«

»Pudwell.«

»Bis dahin sind es noch gute anderthalb Kilometer. Sie werden fix und fertig sein. Wenn Sie mein Pferd führen, trage ich Ihnen Ihre Koffer.«

»Danke.« Ich sah mir die langbeinige Bestie genau an. Sie zog die Lippe hoch und entblößte große kanariengelbe Zähne. »Ich schaff das schon.«

»Na gut. Seien Sie nicht eingeschnappt. Sie sind viel zu schön, um boshaft zu sein«, rief er meinem sich entfernenden Rücken hinterher.

Das war nicht auszuhalten. Mit meinen Koffern und einer Miene, als gäbe es für mich nichts Schöneres als die scharfe Brise der boshaften Natur, setzte ich meinen Weg fort, während er mir im gleichen Tempo folgte. Ich wusste, dass ich lächerlich aussah. Da kam mir der Zaunübertritt sehr gelegen, denn er markierte das unvermeidliche Ende unserer Bekanntschaft, wenngleich es nicht leicht ist, auf würdevolle Weise mit zwei Koffern und im engen Rock über einen solchen zu klettern.

»Leben Sie wohl, meine Schöne«, schrie er mir nach, als ich die Straße entlangging. Ein Wegweiser sagte mir, dass Pudwell noch einen Kilometer entfernt war. Jetzt ließ ich die Schultern hängen und ging im Bummelschritt weiter. Es war fast halb fünf und das Tageslicht wurde schwächer. Der Weg lag so tief und war von Bäumen überschattet, dass er an einigen Stellen schon fast dunkel war. In den Hecken raschelte es ständig, zweifellos suchten sich Tiere ein Nachtlager, aber hin und wieder glaubte ich einen brechenden Ast oder einen Schritt zu hören. Angestrengt versuchte ich im Gestrüpp etwas zu erkennen, sah aber nichts. Dann fing das Pfeifen an.

Anfangs nahm ich es als das Loblied einer Amsel auf die guten Dinge des Tages, aber aus dem erst eher zufälligen Gezwitscher wurden längere, beinah melodische Refrains. Dann erkannte ich anderthalb Takte von *La Donna è mobile* und wusste, dass ich verfolgt wurde.

»Warum kommen Sie nicht heraus und zeigen sich?«, rief ich in das Netz aus Baumwurzeln und Brombeerranken, aus denen die Wände des Tunnels bestanden, der mich jetzt umfing. Abrupt brach das Pfeifen ab. »Kommen Sie, seien Sie nicht kindisch.« Absolute Stille. Mit einem unsichtbaren Achselzucken an die Dunkelheit setzte ich meinen Weg nun in rascherem Tempo fort. Mein Herz schlug schnell und im Nacken hatte ich das Gefühl, sehr verletzlich zu sein. Ich konzentrierte mich darauf, eine gleich bleibende Geschwindigkeit beizubehalten, obwohl ich am liebsten stehen geblieben wäre, um mich auszuruhen. Zwanzig Meter weiter setzte das Pfeifen wieder ein, aber diesmal waren die Phrasen süßer und trauriger, fast verführerisch.

Ich war dankbar, als die Bäume vor mir lichter wurden. Urplötzlich ging der Weg in eine gewölbte Brücke über, der Fluss darunter spritzte Silber in die letzten Lichtstrahlen des Tages. Auf der anderen Seite erhob sich ein schönes Fachwerkhaus mit einem vorspringenden Obergeschoss, auch für mein ungeübtes Auge als Mühle zu erkennen. In der offenen Tür stand ein Mann, bleich wie eine Leiche, mit kleinen blinzelnden Augen und einem breiten Mund, aus dem Speichel lief. Sein Körper hatte Schlagseite wie ein vom ständigen Sturm gebeugter Baum. Als ich zu ihm hinsah, hob er seine Hand, um sich über die Stirn zu wischen, was ihn sofort in eine Staubwolke hüllte.

»Sie suchen wohl jemanden, oder?«, fragte er nicht gerade freundlich. »Ist schon spät, um noch allein durch die Gegend zu laufen.«

»Ich bin unterwegs nach Pudwell«, erwiderte ich mit aller Fröhlichkeit, die ich noch aufbringen konnte.

»Das hier ist Pudwell.«

»Könnten Sie mir dann bitte den Weg zur Plashy Lane erklären?«

Ohne auf mich einzugehen, hob der Mann einen riesigen Humpen an seine Lippen. Ich konnte seine Kehle arbeiten sehen, als er ihn in einem Zug leerte. Er wischte sich mit dem Arm über die Lippen, die plötzlich erschreckend dunkel in seinem weißen Gesicht wirkten. »Das ist der Erste von Fünfen. George!« Er hatte seinen Kopf abgewandt und rief ins Innere des Hauses. »Wo steckt der Kerl nur wieder? George!« Ein Junge mit dunklen Locken und einem verblüffend hübschen Gesicht kam an die Tür. Sein Blick unter den schweren Augenlidern war grüblerisch und sein Mund war schön geformt. In diesem Teil der Welt schien es gut aussehende Menschen im Überfluss zu geben. Der Mann deutete mit seinem Handrücken einen Schlag an, dem der Junge auswich. »Nie bist du, wo man dich braucht! Bring mir jetzt was zu trinken und hol dir deinen Mantel. Du kannst dieser jungen Dame den Weg zur Plashy Lane zeigen.«

»Ich möchte Ihnen keine Unannehmlichkeiten –«, fing ich an.

»Keineswegs. Er hat nichts Besseres zu tun. Ist ein Faulpelz.« George war mit dem Humpen zurückgekehrt, den der Mann sofort an sich riss. Schweigend verharrten wir, bis er diesen ein zweites Mal geleert hatte. Langsam senkte er ihn und rülpste, dabei strich er sich unter Staubwolken über die Brust, als wolle er der Flüssigkeit die Passage erleichtern.

»Nichts macht durstiger als die Müllerarbeit«, meinte er nicht ohne Stolz.

»Ah ja! Und keine ist härter und dümmer und langweiliger«, rief George. Er riss den Ellbogen hoch, um sein Ohr gegen den Hieb zu schützen.

»Verdammmich! Hau bloß ab, du kleiner Gauner! Und denk dran, dass du um sechs wieder hier bist, sonst gibt's keinen Tee!«

»Ist mir doch egal. Kann das Cornedbeef sowieso nicht ausstehen! Kannst meins den Ratten geben.«

Der Müller kehrte uns beiden den Rücken zu und ging wortlos ins Haus. George ballte die Hand zur Faust, biss sich in den Daumen und schüttelte die Faust dann in Richtung des sich entfernenden Rückens. Er lief vor mir her und mir fiel auf, dass er ein Bein nachzog. Es war verkümmert und die Zehen zeigten nach innen. Unter heftigem Armeinsatz, als ruderte er durch die Luft, bewegte er seinen Körper rasch vorwärts. Ich hatte Mühe, mit ihm Schritt zu halten.

War das mein unsichtbarer Pfeifer? Ich bezweifelte es. George verkörperte die reinste Trotzhaltung, weshalb ich mir jene klagenden Weisen von ihm kaum vorstellen konnte. Unermüdlich ruderte er die Straße entlang, ohne sich auch nur einmal umzublicken, ob ich ihm auch folgte.

»Warte!«, keuchte ich, als wir eine kleine Anhöhe erreicht hatten. »Ich brauche unbedingt – eine Pause.«

George machte kehrt und kam zu mir. »Für ein erwachsenes Mädchen bist du aber ganz schön letschig. Wahrscheinlich hungert ihr Stadtleute ständig«, spottete er.

»Letschig? Was heißt das?«

»Schwach, glaube ich.«

»Wenn ich's zuvor nicht war, jetzt bin ich es. Ich habe diese Koffer hier bergauf und bergab, durch Flut und Dickicht geschleppt und bin es jetzt leid.«

Auf Georges Lippen zeichnete sich eine Art Lächeln ab. »Spricht man so in Bournemouth? Wie die Leute in Büchern?«

»Ich weiß es nicht. Ich bin aus London.«

»Das gibt's ja nicht!« George war davon offenbar äußerst beeindruckt.

»In London leben gut sieben Millionen Menschen. Ich wüsste nicht, warum ich nicht dazugehören sollte.«

»Bei der letzten Volkszählung waren es sechs Millionen, vierhunderttausend, neunhundertundneunundneunzig, Fräulein Superschlau!«

»Na gut, aber jetzt sind es sechs Millionen, dreihundertundneunundneunzigtausend, neunhundertneunundneunzig, Herr Besserwisser.«

George zog die Stirn kraus, dann lachte er los. »Du kannst mir die Tasche geben. Mir macht's nichts aus, sie zu tragen.« Er wirkte für eine solche Last viel zu zerbrechlich, aber ich wagte nicht, sein Angebot auszuschlagen. Nachdem wir ein paar hundert Meter weit nebeneinander hergelaufen waren, gabelte sich der Weg. »Hier geht's hoch nach Gildry Hall.« George zeigte mit einer Kopfbewegung auf die rechte Abzweigung. Ich hatte den Eindruck von bedrückend dicht beieinander stehenden Bäumen, die sich steil in den rot gestreiften Himmel reckten. »Hier links geht's zur Plashy Lane. Wieso wohnst du nicht auf Gildry Hall, wo du doch aus London kommst? Die sind selbst auch oft in London.«

»Ich kenne sie nicht. Ich kenne keinen hier.«

»Was?« George blieb stehen und sah mich an. »Dann weiß ich nicht, warum du hier bist.«

Das wusste ich auch nicht.

»Wie heißen die Leute denn, die auf Gildry Hall wohnen?«, erkundigte ich mich, um das Thema zu wechseln.

»Natürlich Gildry. Die leben da seit dreihundert Jahren. Sind ganz schlechte Leute. Schau, da führen zwei Straßen den Berg hinauf, eine im Uhrzeigersinn, die führt zur Kirche und zum Pfarrhaus, und die andere, entgegengesetzte, führt zum Herrenhaus. Sie kreuzen sich zwei Mal, aber nimm ja nicht die falsche, denn dann begegnet dir noch vor Mitternacht der Teufel.«

Jetzt grinste er mich an, und mir war klar, dass er hoffte, mir Angst eingejagt zu haben.

»Du bist doch eigentlich schon zu alt, um solche Geschichten zu glauben. Ich würde dich mindestens für zehn halten.«

George war beleidigt. »Ich bin zwölf und ich glaub auch nicht daran. Es sind auch nur die Frauen, die sich davor fürchten. Sie sagen, es sind die zwei Wege zu den Schätzen – den Schätzen des Himmels und den Schätzen des Hier und Jetzt.« Er schnaubte verächtlich. »Ich weiß, was mir lieber wäre.«

»Heißt das, dass die Gildrys sehr reich sind?«

George brach in johlendes Gelächter aus. »Du weißt aber auch gar nichts. Denen gehört hier alles. Das ganze Tal!«

»Meine Güte! Die Glücklichen!«

»Was das Glück angeht, das ist was anderes. Ich würde sie nicht glücklich nennen. Es waren mal zwei Söhne und jetzt gibt es nur noch einen – Mr. Guy. Und Mrs. Gildry – die war nicht glücklich. Man sagt, er hasste sie. Er verfluchte sie und sie starb an einem schrecklichen Fieber.«

Obwohl ich mir sicher war, dass er nur Tratsch erzählte, wurde ich neugierig. »Magst du ihn denn? Mr. Gildry, meine ich.« George verzog sein Gesicht vor Ekel und spuckte knapp vor meine Schuhspitze. »Du hättest auch einfach nein sagen können.« Ich sah ihn verärgert an, doch langsam fand ich Gefallen an dem grimmigen Jungen.

»Alle Männer spucken. Du bist nur ein Mädchen. Du kennst dich in solchen Dingen nicht aus. Mein Großvater kann von hier bis zu dem Baum da spucken.« Er deutete auf einen Stumpf, gute zehn Meter weit entfernt. »Außerdem wäre ein Nein nicht stark genug. Ich hasse Mr. Gildry. Man sagt, Gott habe ihn verflucht, weil er das Tor in der Wand zwischen Kirche und Herrenhaus verrammelt hat. Er ist bei einem Anfall gestürzt und muss auf Krücken laufen.«

»Ist ja interessant.« Ich starrte den dicht bewaldeten Abhang an. »Zum Teufel geht's also links herum.«

Ich sagte das im Selbstgespräch, aber George meinte sofort: »Das stimmt. Das habe ich in einem Buch gelesen. Hexen gehen immer entgegen der Sonne, wenn sie den Beelzebub treffen.«

»Du liest also gern?« Für einen Jungen seines Alters verfügte George über ein beachtliches Faktenwissen.

»Wissen ist Macht, oder? Das habe ich irgendwo gelesen. Das gefällt mir.«

»Und wozu möchtest du Macht haben?«

»Damit ich dem Staubigen sagen kann, er soll sich seine verflixte Mühle an den Hut stecken.«

»Dem Staubigen?« Ich hatte eine lächerlich lange Leitung. Seit Tagen hatte ich nicht mehr richtig geschlafen.

»Großvater. So nennt man die Müller doch immer. Du weißt aber auch gar nichts.« Er zog seine feinen schwarzen Brauen hoch und sah mich mitleidig an. »Er möchte, dass ich sie weiterführe, wenn er nicht mehr ist. Aber ich will mein Leben nicht damit beenden, dass ich als ein großer Pudding aus Schweiß und Mehl ins Stroh furze. Ich hasse Mehl, ich hasse Bier, ich hasse das Mahlgeräusch der Steine. Ich würde mich am liebsten nie wieder in die Nähe von Wasser begeben.«

»Was hast du nur gegen Wasser?«

»Du stellst aber viele Fragen.«

»Tut mir Leid.« Ich seufzte. »Lass uns weitergehen, ich kann nicht mehr klar denken.«

»Da bist du bei mir genau richtig. Ich kann besser denken als alle anderen. Und wohin genau soll's gehen?«

»Nummer neun.«

Er überlegte kurz. »Ich kann mich an gar keine Nummer neun erinnern. Bist du sicher, dass du hier richtig bist? Für Londoner gibt's in Bournemouth ein großes Hotel. Vielleicht solltest du lieber dorthin.«

»Ich mag große Hotels nicht besonders. Ich möchte einfach ein paar Tage allein sein, weg von … allem.«

»Allem?« George sah mich pfiffig an. »Du läufst also vor etwas weg? Vor der Polizei vielleicht? Hast du eine Bank ausgeraubt? Nee! Du hast ja nicht mal genug Kraft, einen Sack Körner hochzuheben, geschweige denn einen Sack Gold. Komm, gib mir das!«

Er schnappte sich den zweiten Koffer und bog, unter der schweren Last hin und her schwankend, raschen Schrittes in den linken Weg ein. Die Straße fiel zu einem hübschen strohgedeckten, weiß gestrichenen Häuschen hin ab, das in einem Garten voll blasser Schlüsselblumentupfen lag. Bei dem Schein des einladenden Lichts hinter den zugezogenen Vorhängen und dem Duft von Holzrauch in der Luft schöpfte ich beinahe Zuversicht.

»Das ist Plashy Lane.« George holte eine Taschenlampe aus seiner Tasche und hielt sie auf das Tor. »Das hier ist Nummer fünf. Ich erinnere mich, dass ein Stück weiter unten noch ein Häuschen steht, ganz und gar verlassen. Doch da hat schon lange keiner mehr drin gewohnt.«

Die Straße wurde schmaler und düster, weil sie auf einer Seite von einer hohen Hecke und auf der anderen von dicht stehenden Bäumen gesäumt wurde. Wir gingen eine Zeit lang schweigend nebeneinander. Plötzlich stand ich allein in der zugigen Dunkelheit.

»George! Wo bist du?« Die Angst war meiner Stimme anzuhören.

»Hier! Ich hab's gefunden.« George tauchte aus der Hecke auf. Ich konnte keine Öffnung erkennen. »Hier ist es. Wir nennen es Drop Cottage.«

Er leuchtete mit der Taschenlampe mitten in die Hecke hinein und ich erhaschte einen Blick auf einen Türpfosten, ein wenig schief und fast ganz zugewachsen. Darauf stand die Ziffer Neun. Nichts deutete auf ein Tor hin, nur die hier weniger dicht wachsenden Zweige markierten den Eingang. Drop Cottage, Plashy Lane. Wie zur Bestätigung der sehr viel Wasser verheißenden Adresse landete ein Regentropfen auf meiner Wange. Ich wollte kein zweites Mal durchnässt werden.

»Kann ich mir deine Taschenlampe ausleihen?«

»Die gehört mir nicht. Der Staubige ist furchtbar geizig mit den Batterien.«

»Ich kauf dir eine neue Batterie. Na komm schon, leih sie mir.«

»Wenn ich das tue, setzt es eine Tracht Prügel.«

»Oh.« In diesem Fall hielt ich weitere Bitten für unmoralisch.

»Pass auf. Wenn du das Rätsel löst, nehme ich die Prügel in Kauf. Solange ich lebe, esse ich. Aber wenn ich trinke, sterbe ich. Was ist das?«

»Ich weiß es nicht. Was ist denn die Antwort?«

»Du bist wirklich doof. Kennst du denn die Regeln nicht? Sagen lassen darfst du es dir nicht. Du musst es erraten.«

»Ich kann nicht!« Plötzlich war mir danach, mit dem Fuß aufzustampfen und zu schreien. Da stand ich in dieser Höllennacht mitten im Nirgendwo, kalt, nass und müde und sollte Rätsel raten. Zu wissen, dass ich selbst ganz allein dafür verantwortlich war, machte es nur noch schlimmer.

»Dann gehe ich jetzt. Ich möchte zum Abendessen.«

»Ich dachte, du kannst es nicht ausstehen – was war's noch mal? Cornedbeef?«

»Doch, ich mag es sehr. Ich will nur nicht, dass er glaubt, er könne mich zermürben.«

»Warte. Ich geb dir was.«

George untersuchte die Münze. »Fünfzig Pence! Wofür?«

»Na ja, du hast das Häuschen gefunden und du hast mein Gepäck geschleppt.«

»Dein Gepäck schleppe ich dir jederzeit. Ist ein Kinderspiel für mich. Ich bin nämlich stark.« Er zögerte. »Dafür lasse ich dir die Taschenlampe hier.«

»Nein. Ich möchte nicht, dass du Ärger bekommst.«

Nachdenklich sah George mich an. Dann drückte er mir die Taschenlampe in die Hand. Er schnippte die Münze in die Luft und dort glitzerte sie im Halbdunkel wie ein fliegender Fisch, ehe er sie fing. Ohne sich noch einmal umzusehen, machte er kehrt und war schon verschwunden, als ich seinen schleppenden Gang noch hörte.

2

Dornen zerkratzten mir das Gesicht und ein Schauer eiskalter Regentropfen lief mir stechend in den Nacken, als ich mich durch die Hecke schob. Mich schauderte beim Gedanken an den Schaden an meinem schönen schwarzen Alpakamantel, einem Geschenk von Alex. Der Strahl der Taschenlampe fiel auf etwas, das einmal ein Pfad gewesen sein mochte. Ich war umgeben von Brombeerranken, die an meinem Saum rissen und sich in meine Strumpfhose krallten. Als ich nach unten blickte, um den Ranken auszuweichen, versetzte ein über den Weg hängender Ast meinem Schädel einen wuchtigen Schlag.

Der Schmerz und die Müdigkeit trieben mir die Tränen in die Augen. Aus ganzem Herzen sehnte ich mich zurück in mein Atelier, wo die Arbeit der letzten beiden Tage noch auf mich wartete. Was hatte mich nur in diese Wildnis voll boshafter Vegetation und feindseligem Wetter durchbrennen lassen? Und warum hatte ich mein Leben, das in so befriedigend geordneten Bahnen verlaufen war, so durcheinander gebracht? War ich verrückt geworden? Ich stellte meine Koffer ab und hielt inne, um Luft zu holen.

Ärgerlich war nur, dass ich gar nicht mehr klar denken konnte. Die Seelenqualen der letzten paar Wochen, durchwirkt von schlaflosen Nächten, hatten ganz erbärmlich an meinen Nerven gezehrt. Heute Morgen war der Mietvertrag für meine Wohnung abgelaufen. Die letzte Nacht im Jungfernstand sollte ich bei meinem Vater und meiner Stiefmutter Fay verbringen. Es war ein Zugeständnis an die Konvention, die ich zwar ein wenig lächerlich fand, aber Fay hatte es für angebracht gehalten, und da sie und Alex ein Herz und eine Seele waren, war ihnen nicht in den Sinn gekommen, meine Meinung dazu einzuholen. Beim Gedanken an Alex beschlich mich ein Gefühl fast panischer Angst. Seit ich begonnen hatte, vor ihm wegzulaufen, war er zum Monster geworden.

Ich nahm meine Koffer und folgte dem schmalen Tunnel durch die Bäume. Dem Zustand des Gartens nach zu urteilen, musste Violas Patentante schon eine ganze Weile senil gewesen sein, die Arme. Hier wären selbst ein Tiger oder ein bis zwei Pythons nicht aus dem Rahmen gefallen. Jetzt umfing mich noch tiefere Dunkelheit und schon stürzte ich wie Alice ins Kaninchenloch, aber selbst wenn es dort interessante Dinge auf den Regalen zu sehen gegeben hätte, wäre mir keine Zeit geblieben sie anzusehen, denn der Aufprall erfolgte so plötzlich und heftig, dass mir die Luft wegblieb. Einen Augenblick lang war alles dunkel um mich. Nach und nach wurde ein von Zweigen gerahmtes klitzekleines Licht erkennbar. Ich lag auf dem Rücken und starrte hoch zum Abendstern.

Ich weiß nicht, wie lange ich dort völlig aufgelöst lag und nach Luft rang. Schließlich wandte ich den Kopf und entdeckte in ein paar Metern Entfernung einen Lichtstrahl. Ich rappelte mich auf Hände und Knie hoch und kroch zur Taschenlampe. Das Atmen fiel mir schwer, aber bis auf das Schloss eines Koffers schien nichts gebrochen zu sein. Ich sah ihn zu meinem Schrecken mit der Öffnung nach unten nicht weit weg von mir liegen. Hinter mir erhob sich eine Wand aus mit Gras bewachsenem Matsch. Ich war einen praktisch senkrechten Abhang drei oder vier Meter tief hinabgefallen.

Als ich meine Kleider im Schlamm zusammensuchte, kullerten mir vor Entsetzen und aus Verzweiflung ein paar Tränen über die Wange. Angenommen, das Haus war in sich zusammengefallen? Wie sollte ich mit meinen zwei Koffern zurück zur Straße kommen? Vielleicht war das nie ein Pfad gewesen. Wahrscheinlich bewegte ich mich kilometerweit entfernt von ausgetretenen Pfaden und Jahre später würde man meinen Körper als einen Haufen sauber abgenagter Knochen wiederfinden. Vielleicht war es einfacher, sich hinzulegen und die Natur ihren Lauf nehmen zu lassen. Was hatte Napoleon gesagt? Ach ja, was auch immer geschieht, der Tod ist uns gewiss, oder so ähnlich. Aber natürlich auf Französisch. Ich stand kurz vor dem Zusammenbruch. Ich musste mich zusammenreißen. Unentschlossen blieb ich stehen. Sollte ich weitergehen oder umkehren?

Eine Eule schrie und erschreckte mich. Dann ertönte über meinem Kopf ein sanftes Pfeifen. Nur drei Noten, zweimal. War das ein Vogel, der sich nicht an die Nachtruhe hielt, oder war ich mit einem Verrückten allein auf einem Hang? Mir wurde klar, dass ich eigentlich doch nicht sterben wollte. Jedenfalls noch nicht jetzt. Und gewiss nicht hier. Für einen Moment gaben die Wolken den Mond frei und durch eine abfallende Baumallee fiel der Strahl meiner Taschenlampe auf eine Fensterscheibe.

Die Aussicht auf Zivilisation jagte mir neuen Mut und Kraft in die Adern. Ich besaß den Schlüssel. Ich konnte mich einsperren, die Tür verriegeln und mich irgendwie verteidigen. Nass bis auf die Haut und taumelig wegen meiner Verletzungen und des Sturzes ging ich auf das Fenster zu. Laut fegte der Wind durch die Bäume. Das Unterholz war so dicht hier, dass ich mir mit den Füßen einen Weg bahnen musste. Kam das Brausen wirklich nur vom Wind? Gerade noch rechtzeitig blieb ich stehen und leuchtete mit der Taschenlampe in einen Abgrund direkt unter mir.

Es war ein etwa zwei Meter breites Flussbett, wahrscheinlich ebenso tief, durch das sich ein Sturzbach wälzte. Eine Planke führte hinüber. Ich betrachtete sie mit tiefem Abscheu, aber die Angst vor dem, was hinter mir sein könnte, war stärker. Vorsichtig setzte ich meinen Fuß darauf. Sie fing im Rhythmus meiner zitternden Knie zu wackeln an und die Koffer schienen doppelt so schwer. Ich machte ganz kleine Schritte und atmete kontrolliert ein und aus – ein, zwei, drei, anhalten, zwei, drei, aus, zwei drei –, was sich in harten Zeiten meines Lebens immer wieder von unschätzbarem Wert erwiesen hat. Als ich die Hälfte geschafft hatte, sackte die Planke plötzlich ab, und in meinem Kampf ums Gleichgewicht warf ich meine Arme nach oben oder hätte es jedenfalls getan, wären da nicht die beiden schweren Koffer zu halten gewesen. Die Taschenlampe entkam meiner Umklammerung und ich sah ihr freundliches Licht auf der Strömung davonhüpfen. Vielleicht würde ich ihr folgen, hinunter zum gewaltigeren Schwall eines Flusses und von dort aus ins Meer, wo meine Wasserleiche dann bei Flut zusammen mit Quallen und Blasentang an den Strand gespült würde. Das war jetzt auch schon egal. Jegliche Selbsterhaltung außer Acht lassend, legte ich den Rest der Planke im Laufschritt zurück. Violas Patentante war anscheinend exzentrisch bis zum Wahnsinn gewesen. Mit eingezogenen Schultern humpelte ich, so schnell ich konnte, auf das Häuschen zu.

Immer mal wieder enthüllte der Mond ein niedriges Gebäude mit bauchigen Wänden, die an gepressten Käse erinnerten. Die zerbrochenen Fensterscheiben und das unordentliche Strohdach verliehen ihm einen verlorenen, fast bedauernswerten Ausdruck. Der die Tür rahmende Holzbogen war unter einem Dornengewirr zusammengebrochen und lag nun quer über der Tür. Als ich näher kam, schoss kreischend ein Vogel aus einem der Fenster und mir ins Gesicht. Zum Zurückkreischen war ich zu erledigt. Ich steckte meine Hand durch die Äste und spürte, dass die Tür ein wenig nachgab. Auf den Druck meines Knies hin gab sie ein paar Zentimeter weit nach. Ich bückte mich und kroch hinein.

Es war stockfinster und roch nach Kompost, als wäre altes Gemüse liegen geblieben und verfaulte langsam. Als ich in London meine Sachen zusammenpackte, war mir eingefallen, dass möglicherweise der Strom abgedreht worden war, nachdem man Violas Patentante ins Pflegeheim gebracht hatte – wohin ich ihr auch bald folgen würde –, und hatte ein paar Kerzen und Zündhölzer mit eingepackt. Um sicher zu gehen, tastete ich die Wände links und rechts der Tür ab. Ich konnte keinen Lichtschalter finden. Ich durchwühlte meine Koffer, bis ich das Rappeln einer Streichholzschachtel hörte.

Das Zündholz leuchtete auf und ich erkannte Stühle und einen Tisch. Ich konnte nur wenig erkennen und nahm die Gegenstände nur verschwommen und flackernd wahr, als erforschte ich ein Schiff auf dem Meeresgrund. Auf dem Tisch standen Flaschen und Teller und – oh Freude! – ein dreiarmiger Kerzenleuchter. Voller Eifer stellte ich die Kerzen in die Halter und zündete sie an. Dann hielt ich den Kerzenständer in die Höhe und ging durch den Raum.

Er war lang und niedrig, mit einem großen Kamin auf der Längsseite und Fenstern an den Breitseiten. Beidseitig des gemauerten Rauchabzugs standen ein Sofa und ein Stuhl. Der Kaminrost war nicht gefegt worden und unter den Aschehaufen lagen noch halb verkohlte Holzscheite. Daneben häuften sich Kienspäne. Für die Zugfahrt hatte ich mir eine *Vogue* gekauft, deren Papier zum Feuermachen nicht gerade ideal war. Ich pumpte wie eine Verrückte mit dem Blasebalg, ehe eine genauere Betrachtung mir das Loch im Leder offenbarte. Natürlich konnte an diesem schwärzesten aller schwarzen Tage auch nichts einfach funktionieren. Ich kniete mich hin, um zu blasen, und als ich die Augen und die Nase voller Asche hatte, fing auch das Feuer zu brennen an. Ich schälte mich aus meinem durchnässten Mantel und hängte ihn über die Stuhllehne. In einer der Taschen fand ich mein Haarband und band die triefnassen Strähnen nach hinten. Das feuchte Sofa sah nicht gerade einladend aus und war wahrscheinlich voller Kriechtiere, aber als ich mich setzte, war ich mir sicher, nie wieder aufstehen zu können. Ich zog meine Schuhe und Strümpfe aus und hielt meine nackten Füße ans Feuer. Als in meine Gliedmaßen wieder Leben zurückkehrte, überwältigte mich die Mattigkeit. Ich lehnte mich zurück, wobei ich den Kopf auf meinen Schal bettete, damit die Bewohner des Sofas mir nicht ins Haar krochen.

Nach und nach hüllten die Geräusche des Hauses mich ein. Das Knistern von brennendem trockenem Holz und das Zischen, wenn Regentropfen durch den Kamin fielen. Das Trippeln eines Wesens, einer Maus, wie ich hoffte, die über meinem Kopf hin und her lief. Das Kaminfeuer erstrahlte heller, die Kerzenflammen flackerten in den Wirbeln des Holzrauchs. Ich fühlte mich ziemlich allein. Nur drei Menschen auf der Welt wussten, wo ich war, und zweien davon war ich völlig gleichgültig. Ich genoss diese ungewohnte Einsamkeit.

Ich schloss die Augen. Alex' weißes Gesicht tauchte in meiner Vorstellung auf und ich stieß es weg. Mein Leben in London hatte etwas von seiner Wirklichkeit verloren. Meine überhitzte Fantasie sah darin eher ein Spektakel, vielleicht eine Tragikomödie. Man musste schon jeglichen Zweifel ausschalten, um den Part, den ich selbst darin spielte, als wirklich anzuerkennen. Szenen drehten sich in meinem Kopf, Wortfetzen, Augenblicke höchster Dramatik und übelster Farce. Ich saß im ersten Rang und beobachtete das Ensemble beim Sprechen seiner Rollen. Wie gut, dass der Schmerz in meinen Armen und das Pochen meiner zerkratzten Beine mich vor dem Einschlafen bewahrten, dachte ich, als die in meinem Gehirn auftretenden Charaktere das Skript zerrissen und eine Burleske anfingen.

Mit einem Schlag wurde ich wach und wunderte mich über den seltsamen Ort im Halbdunkel. Das Feuer glühte rot und die Kerzen waren ein paar Zentimeter heruntergebrannt. Ich warf einen Blick auf meine Uhr. Halb acht! Etwas hatte mich geweckt. Ich lauschte. Das Kratzen von Fingernägeln auf Holz, in ständiger Wiederholung. Sofort musste ich an meinen Geisterpfeifer denken.

»George?«

Das Kratzen wiederholte sich mit neuer Heftigkeit. Ich fand meine noch immer kalten und durchnässten Schuhe. Mit dem Kerzenleuchter, der auch als Waffe zu gebrauchen war, ging ich zur Tür. Der eiskalte Luftzug, der ins Zimmer fegte, löschte die Flammen sofort. Ich spürte etwas an meinen Knien vorbeistreichen. Ein Schatten schob sich zwischen mich und das Feuer. Er ließ sich zu Boden fallen und winselte leise.

Diesmal zitterten mir die Hände vor Erleichterung, als ich die Kerzen wieder anzündete. »Hallo.« Ich bückte mich und streichelte den feuchten Kopf meines Besuchers. »Bist du auch eine Sturmwaise?« Er richtete seinen Blick auf mich, seine Augen spiegelten winzige Flämmchen, und ich spürte den Luftzug seines wedelnden Schwanzes. »Guter Junge.«

Der Hund antwortete darauf mit einem höflichen Grunzen. Er war ziemlich groß, etwa wie ein Labrador, aber haariger. Er schien freundlich zu sein. Mit Hunden kannte ich mich aber nicht aus. Als ich klein war, hatten wir eine graue Katze gehabt, die wir Lulu nannten. Ich mochte sie sehr. Das war vor dem Tod meiner Mutter. Bald darauf heiratete mein Vater Fay und unser Haus wurde zu einem Schrein des guten Geschmacks, worin Tiere bestenfalls bedeutungslos waren. Lulu hatte bei unserer Haushälterin ein neues Zuhause gefunden.

»Möchtest du etwas zu fressen?«, fragte ich. Der Schwanz bewegte sich kraftvoller. Ich hatte mir eine Tüte mit Brot, Käse, Pastete, Obst und einer Flasche Wein mitgebracht. Ich packte sie auf dem Sofa aus. Ich aß wohl am besten gleich aus dem Pergamentpapier, das dürfte die sauberste Lösung sein. Der Hund kaute langsam ein Stück Brot. Die Pastete rutschte schon schneller. Den Käse teilten wir uns, es war sehr guter Roquefort.

Der Hund leckte sich Maul und Pfoten, legte dann seinen Kopf auf den Boden und blinzelte ins Feuer. Nach und nach schob er sein Kinn immer weiter vor, bis er es sanft auf meine Füße legte. Die Anwesenheit dieses sanften, wohlmeinenden Wesens war ein ungeheurer Trost.

Nach einiger Zeit überkam mich das dringende Bedürfnis nach einer Toilette. »Ich stör dich nicht gern in deiner bequemen Lage«, entschuldigte ich mich. Der Hund hob seinen Kopf und jaulte. Ich stand auf und nahm den Kerzenleuchter hoch. Gegenüber dem Kamin befand sich ein spitz zulaufender Durchgang. Abgesehen von der Eingangstür war dies der einzige Ausgang. Ich fragte mich, wie frühere Bewohner wohl nach oben gelangt waren. Ich wusste, dass es ein Obergeschoss gab, denn ich hatte ein Mansardenfenster im Reetdach gesehen. Ich trat durch den Torbogen, doch nur, um zum zweiten Mal an diesem Tag einen abrupten und unerwarteten Abstieg zu unternehmen. Diesmal war es nur eine Stufe, aber es fuhr mir in die Knochen und ich biss mir auf die Zunge. Stöhnend erhob ich mich, um mir gleich darauf meinen Kopf an der Decke zu stoßen.

Als ich den Kerzenständer hochhielt, sah ich den großen Balken, der sich vom Eingang her in den Raum erstreckte. Eine besonders dumme Anordnung, wie ich verärgert fand. Ich erkannte einen langen schmalen Raum, halb so groß wie das Wohnzimmer, mit einem großen, flachen Spülbecken unter einem Fenster. Daneben befand sich eine Tür. Ich hoffte, sie führte ins Badezimmer. Sie war oben verriegelt. Ich schlug mehrmals mit einem Kochtopf dagegen, den ich auf dem Abtropfgestell fand. Der Riegel gab nach, die Tür sprang auf und die kalte Nachtluft löschte die Flammen. Während ich neben einem Busch hockte – so stachelig und nass konnte es nur ein Busch sein –, leckte der Hund mir liebevoll die Nase.

Ich fragte mich, was für eine irre, schrullige Person wohl diese ungewöhnliche Behausung am Abgrund gewählt hatte, eine Mischung aus Adlerhorst, angelsächsischer Hütte und Eskimo-Iglu. Erleichtert kehrte ich zum Feuer zurück. Der Hund drückte sich an meine Beine, während ich ihm die Ohren kraulte.

Ich versuchte mir das Haus am Cheyne Walk, in dem ich aufgewachsen war, mit einem Hund vorzustellen. Ich hatte gebettelt, eine Katze halten zu dürfen, und an meinem fünften Geburtstag war Lulu aufgetaucht. Meine Mutter fand es grausam, in London Tiere zu halten. Sie war der Ansicht, sie sehnten sich nach Feldern und Bäumen und angenehmen Gerüchen. Jetzt wurde mir klar, dass sie es war, die sich nach diesen Dingen gesehnt hatte. Sie hasste den Lärm und den Gestank des Verkehrs, die Härte von Ziegel und Beton, den Schmutz und den Unrat, das beengte Leben der Menschen in kleinen Räumen.

Meine Eltern hatten das Haus in Chelsea nach dem Krieg billig erstanden. Es sollte nur eine vorübergehende Behausung sein. »Sobald Papa reich ist, mein Schatz«, pflegte meine Mutter zu sagen, »kaufen wir ein hübsches altes Haus auf dem Land. Wir werden Rasen und Blumen haben, einen Obstgarten mit Hühnern und einen Wald mit Füchsen.« Im Lauf der Zeit fügte sie noch mehr Dinge hinzu, aber mein Vater war nie reich genug für den Umzug. Ich konnte nicht begreifen, warum er so lange dazu brauchte. Oft redete er vom Markt und beklagte, wie wenig einschätzbar dieser sei. Dabei stellte ich ihn mir immer hinter einem farbenprächtigen Marktstand voller Früchte und Gemüse vor, wie in meinen Bilderbüchern. Es war eine große Enttäuschung, als ich feststellte, dass er mit Aktien und Anteilen zu tun hatte – mit nichts als langweiligem Papier.

Bis ich sieben war, hatte das Haus auf dem Land noch eine Sonnenuhr, einen Taubenschlag, Ställe, einen See, um darauf Boot zu fahren, und eine Überraschungsfontäne dazu bekommen, die unerwünschte Gäste nass spritzte, und noch immer war Papa ganz und gar nicht reich. Ab dieser Zeit blieb er auch immer häufiger weg und Mama aß immer weniger. Die Veränderung ging langsam vor sich. Sie fiel mir nur anhand einer Äußerung von Onkel Sid auf. Er war der Bruder meiner Mutter und lebte noch immer in dem hübschen Bauernhaus aus roten Ziegeln und Flintsteinen in Norfolk am Meer, wo sie beide aufgewachsen waren.

Ich verehrte Onkel Sid geradezu. Er hatte dicke glänzende Wangen und herrlich schiefe Zähne, die ich sehr viel anziehender fand als die ebenmäßigen weißen meines Vaters. Wie meine Mutter sprach auch er mit schwerem Akzent, doch war er bei ihm sehr viel ausgeprägter. Kam er zu uns zu Besuch, brachte er Fisch mit scharfen silbrigen Schuppen mit, kleine braune Krabben und für mich Seetang und Muscheln. Dann gab es in unserer Küche ein Fisch-und-Chips-Abendessen und Onkel Sid erzählte uns Geschichten vom Meer, dem seine große Liebe galt. Weil er der einzige Junge war, hatte er nicht zur See fahren dürfen und den Hof übernehmen müssen. Tatsächlich waren es nur ein paar Ar Marschland, worauf er ein paar Schafe, Gänse, Ziegen und eine Kuh für den eigenen Bedarf hielt. Geld war immer knapp. Manchmal durfte ich bei ihm allein Ferien machen. Wir standen zeitig auf und liefen über die Marsch, um Meerfenchel zu sammeln, den wir dann in der nächsten Stadt verkauften. Abends ging ich Onkel Sid zur Hand und bastelte mit den Muscheln, die wir den Tag über gesammelt hatten, Schachteln und Bilderrahmen und Ornamente. Mama musste immer lachen, wenn ich ihr sagte, dass der Bauernhof genau meinen Vorstellungen von einem schönen Haus entsprach. »Es gibt keinen elektrischen Strom und der Kamin raucht und im Hof ist von September bis Mai nichts als Matsch«, pflegte sie zu sagen. »Warte, bis du *mein* Haus siehst. Es wird der schönste Ort auf Erden sein!«

»Sylvie«, unterbrach Onkel Sid während eines unserer Fisch-und-Chips-Abendessen meine Mutter, als diese wieder etwas in der Art verlauten ließ. »Wo ist Charlie denn in letzter Zeit?« Charlie war mein Vater. »Wenn er noch nicht reich ist, kann's jedenfalls nicht daran liegen, dass er es nicht versucht zu werden. Mein Gott, ich kann mich gar nicht erinnern, wann ich ihn zuletzt gesehen habe.«

Ich erinnere mich, dass ich mit Interesse und Verwunderung verfolgte, wie meiner Mutter vom Nacken bis hoch zu den Augenbrauen die Röte über das Gesicht schoss. »Nenn ihn nicht Charlie, Schatz. Du weißt, dass er das nicht ausstehen kann.«

»Ah ja. Ich pflege aber nun mal gerne freundschaftlichen Umgang. Du wirst für mich immer Sylvie sein und meine kleine Flo werde ich weder für Liebe noch für Geld Florence nennen. Aber du hast meine Frage nicht beantwortet. Wo bettet Mr. Charles Swann – wenn er schon korrekt angesprochen werden muss – sein Haupt zur Nacht? Für einen Familienvater ist er immer schrecklich spät dran.«

Ich glaube, sie lachte und zog Sid mit seiner muffeligen bäuerischen Art auf. An den Rest des Gesprächs kann ich mich nicht mehr erinnern. Aber in den folgenden Monaten musste ich oft daran denken, denn es stimmte. Mein Vater war tatsächlich so gut wie nie zu Hause. Das einzige Foto, das ich von meiner Mutter besitze und das Onkel Sid mir nach ihrem Tod schenkte, zeigt ein schlankes Mädchen im Hochzeitskleid, einen Kranz aus Rosen im Haar, das direkt in die Kamera blickt und lacht. Die Fotografie ist schwarzweiß, aber ich erinnere mich, dass ihr Haar rot war wie meins und ihre Augen grün wie Peridot-Edelsteine. In meiner nachhaltigsten Erinnerung jedoch sitzt sie auf der Fensterbank unseres Wohnzimmers im ersten Stock und starrt mit vom heimlichen Kummer getrübten Augen hinaus auf den Straßenverkehr und die Boote auf dem Fluss.

Nicht lange danach fand ich Flaschen in der Wohnung, in Schubladen und in den Tiefen der Schränke und hinter Vorhängen versteckt. Unter ihrem Bett standen jede Menge. Sie rochen ganz entsetzlich, wie das Zeug, mit dem mein Vater sein Feuerzeug füllte. Sie schlief viel und ihre Bewegungen wurden sehr langsam. Wenn mein Vater nach Hause kam, gab es Streit. Als Onkel Sid einmal bei uns auf Besuch vorbei kam, lag meine Mutter schlafend auf dem Küchenboden.

»O Sylvie. Meine liebe, kleine Sylvie«, sagte er so traurig, dass ich am liebsten geweint hätte. Er hob sie auf – mühelos, denn sie war jetzt so dünn, dass im Bad ihre Rippen und Schulterblätter vorstanden, wie bei den armen Eseln in Ägypten, für die unten auf der Straße immer gesammelt wurde – und setzte sie in einen Stuhl. Dann murmelte er vor sich hin: »Mein Gott, was würde ich ihm nicht alles antun, diesem gemeinen, verkommenen Teufel, wenn ich könnte.« Da hatte meine Mutter die Augen aufgeschlagen und mit ihrer schläfrigen Stimme, die alle Wörter in eins fließen ließ, gesagt: »Sei nicht wütend auf ihn, Sid. Es war mein Fehler. Ich bin für seinen gesellschaftlichen Abstieg verantwortlich. Es bringt eben kein Glück, wenn man nicht seinesgleichen heiratet. O Sid, ich bin so –« Dann fiel ihr Blick auf mich und sie schloss die Augen und sagte nichts mehr.

Danach verbrachte sie sehr viel Zeit im Badezimmer, weil ihr ständig übel war, und ihr Gesicht war meist schweißnass und sehr blass. Mein Vater schrie sie an, sie solle sich zusammenreißen und um Himmels willen essen, aber sie blickte ihn nur mit ihren grünen, wie Teiche überquellenden Augen an. Dann rief er den Arzt und im Wohnzimmer fand ein langes Gespräch mit gedämpfter Stimme statt. Ich musste mein Ohr an die Tür pressen. Viel verstand ich nicht. Nur Worte wie »Stress« – »Leber« – »absolute Ruhe«. Sie wurde ins Bett gesteckt und eine ewig lächelnde Krankenschwester eingestellt. Sie lächelte ständig, selbst wenn es regnete und obwohl Mama erbrach und es ganz und gar nichts zu lächeln gab. Ich fragte mich, ob sie wohl auch im Schlaf lächelte. Sie nannte mich immer ihr Lämmchen, was mir ziemlich zuwider war, aber ich sagte nichts.

Eine Zeit lang schien es jedenfalls zu funktionieren. Mama erbrach nicht mehr, ihre Augen waren sehr viel klarer und sämtliche Flaschen waren verschwunden. Wie in den alten Zeiten führten wir ausgiebige Gespräche über die Gemälde und Gedichte, die wir beide mochten, und ich erzählte ihr von den Lehrern und den anderen Mädchen auf der Schule und brachte sie zum Lachen. Ich zeichnete sie oft und achtete immer darauf, ihre Wangen rosiger und ihre Lippen röter zu machen als sie waren. Aber sie konnte noch immer nichts essen.

Manchmal fütterte ich sie mit dem von der Krankenschwester zubereiteten Reisbrei und mit Fleischbrühe, wobei wir immer so taten, als sei ich die Vogelmutter mit einem Wurm. Ich schimpfte sie dann ein ungehorsames kleines Küken. Dann bat sie mich, für sie aufzuessen, damit die Schwester nicht böse auf sie wurde. »Als du in der Schule warst, habe ich mein Mittagessen ganz aufgegessen, ehrlich, mein Schatz, und ich werde schon ganz dick. Sieh nur!« Dann kniff sie das weiße Fleisch ihres Arms und wir taten so, als wäre es mehr geworden. Wenn sie mich anflehte, musste ich nachgeben. Ich hätte ihr nichts abschlagen können. Ich liebte sie so sehr.

»O Flo«, sagte sie einmal. »Ich streng mich doch an, mein Schatz. Ich möchte doch wieder gesund werden, damit du und ich weggehen können. Wir werden bei Onkel Sid wohnen und du kannst am Strand herumtollen und ich kann Evangeline fertig machen.«

Evangeline war die Puppe, die sie für mich machte. Meine Mutter war eine hervorragende Näherin. Evangeline war aus blassrosa Samt und hatte gestickte blaue Augen und einen winzigen gepolsterten Rosenknospenmund sowie kleine rote Nasenlöcher im Perlstich. Ihr aus Seidensträhnen gefertigtes Haar war hell und gelockt, und sie trug einen kirschroten Mantel und ein blaues Kleid und einen braunen Lederschuh. Er war aus feinstem Ziegenleder, das aber doch so zäh war, dass meine Mutter mit ihren zarten Händen die Nadel noch nicht durchschieben konnte und mit dem anderen warten wollte, bis sie wieder bei Kräften war.

Jeden Nachmittag nach der Schule ging ich zu ihr hoch und las ihr vor. Evangeline lag neben meiner Mutter auf dem Kissen, ihre weichen rosa Arme neben Mamas weißen, die blauen Augen weit aufgerissen und angespannt lauschend. Wenn ich dann aufsah, war Mama eingeschlafen. Dann legte ich das Buch weg, zog das Rollo herunter, gab beiden einen Kuss und schlich mich leise davon.

Als ich eines Tages vom Buch aufblickte, sah ich, dass Mama mit leicht geöffnetem Mund eingeschlafen war. Ich konnte die Zähne des Unterkiefers sehen. Als ich näher an sie herantrat, sah ich, dass auch ihre Augen offen waren. Ich zog das Rollo herunter, aber es entglitt mir und sprang unter fürchterlichem Gepolter zurück. Zum Glück schlief Mama weiter. Ich küsste ihr Gesicht und gab ihr noch einen extra Kuss auf die Nase, weil ich mich freute, dass sie so gut schlief.

»Mama wird ganz lange schlafen«, erzählte ich der Schwester, als ich nach unten in die Küche kam. »Obwohl ihre Augen ein klein wenig offen sind.«

»Ich werde mal nach oben gehen und kurz bei ihr reinschauen.« Ich wunderte mich, was die Schwester so aus der Fassung gebracht hatte. Sie lächelte gar nicht mehr.

Ich ging hinter ihr über die drei Treppenabsätze nach oben, bei denen die Schwester normalerweise jeweils Pause machte, sich ans Herz fasste und meinte: »Heilige Maria, diese Treppen sind noch mal mein Tod.« Aber diesmal lief sie nach oben, ohne innezuhalten. Keuchend blieb sie an der Türschwelle zum Zimmer meiner Mutter stehen, dann trat sie ans Bett.

»Werden die Augen ihr weh tun, wenn sie aufwacht?«, fragte ich flüsternd. Die Schwester legte ihre Hand darüber und schloss sie.

»Nein, mein Lämmchen. Die werden ihr nie mehr weh tun. Deine Mama ist zu Jesus gegangen und Er wird alles besser machen.«

Obwohl ich noch gar nicht begonnen hatte, die schreckliche Wahrheit zu begreifen, überkam mich ein ganz entsetzliches Gefühl, das von meinen Füßen nach oben kroch und wie Feuer durch meinen Körper jagte. Ich fühlte, dass Er für mich ganz und gar nichts besser gemacht hatte.

3

Ich saß im Parkett von Covent Garden. Das Orchester spielte die Ouvertüre von *Schwanensee*. Der Direktor trat vor den Vorhang und fragte, ob jemand im Publikum die Rolle der Odette/Odile tanzen könne, da die *prima assoluta* sich das Bein gebrochen habe. Ich sprang von meinem Sitz, tänzelte den Gang hinab und hinauf auf die Bühne. Der Dirigent war mein Vater. Er schwenkte seinen Taktstock und eingehüllt von Schneeflocken hatte ich auf einmal weiße Federn und rosa Satinschuhe an. Er begann mit der Musik für meinen Auftritt. Voller Entsetzen wurde mir klar, dass ich von den Schritten absolut keine Ahnung hatte. Ich tänzelte, ich hüpfte, ich wedelte mit den Armen. Das Publikum schüttelte sich vor Lachen. Auf einmal erschien Rotbart, der böse Zauberer, in einer roten Rauchwolke auf der Bühne. Er deutete auf den See, dessen Wellen an meine Füße klatschten. Das Publikum buhte. Rotbart nahm seine Maske ab – es war Alex – und hob seine Arme. Das Wasser stieg und verschlang mich.

Mit Herzklopfen wurde ich wach. Mir war furchtbar kalt und ich konnte meine Beine nicht bewegen. Ich hob meine Arme und sah zu meiner Überraschung meinen Pulloverärmel. Dann erinnerte ich mich. Flackerndes grünes Licht ließ die Gegenstände im Raum wie Algen in der Strömung auftauchen und wieder verschwinden. Ich hörte Schmatzlaute. Der Hund lag auf meinen Füßen am Ende des Sofas. Nur der Wärme seines Körpers hatte ich es zu verdanken gehabt, überhaupt schlafen zu können.

Ich sah auf die Uhr. Halb sieben Uhr morgens. Eine schreckliche Nacht lag hinter mir. Zwischen beängstigenden Träumen war ich immer wieder in einen Dämmerzustand verfallen, mir bewusst, dass ich im nassesten Dorset in einer Ruine von Haus auf einem schmutzigen Sofa lag, weit weg von all meinen Bekannten. In diese Phasen zwischen Wachen und Schlafen drangen seltsame Klänge, meist nicht näher zu bestimmen, manchmal aber auch wie melodisches Pfeifen. Irgendwann einmal tauchte ich aus dem Schlaf auf und erkannte das Morgenkonzert der Vögel. Beruhigt döste ich wieder ein, doch nur, um erschrocken wieder aufzuwachen. Vögel singen nicht *Soave sia il vento*, wovon ich einige Takte erkannte. Oder glaubte, erkannt zu haben.

Jetzt im Tageslicht kamen mir die Schrecken der Nacht lächerlich vor. Körperliches Unwohlsein erfüllte mich. Mein Mund war trocken und der Geschmack war entsetzlich. Seit vierundzwanzig Stunden hatte ich keine Zähne mehr geputzt. Es gab kaum eine Stelle meines Körpers, die nicht wehtat, und abgesehen von meinen Füßen war mir sehr kalt. Das Feuer war nur noch ein Aschehaufen mit zinnoberrot glühenden Pünktchen. Ich versuchte aufzustehen. Der Hund stöhnte und rollte sich zur Seite. Meine Füße waren frei.

»Hallo.« Ich hatte das Gefühl, auf diese so fragend auf mich gerichteten ausdrucksvollen Augen reagieren zu müssen. »Wird dein Herrchen sich nicht wundern, wo du bleibst?« Der Hund hatte gelb-braunes Fell, das zu den Ohren hin und entlang des Rückgrats dunkler wurde, und ein hübsches Löwengesicht. Seinem grauen Maul nach zu schließen, war er schon ziemlich alt. Sein Fell war lang und sehr gepflegt. Er sah nicht aus wie ein Streuner. »Hast du auch Durst? Wir versuchen es in der Küche.«

Steifbeinig kletterte der Hund vom Sofa und folgte mir. Ich erinnerte mich wieder an die tiefe Stufe und den niedrigen Deckenbalken. Im Tageslicht sah die Küche freundlicher aus. In einer kunstvoll mit Spinnweben dekorierten Anrichte wie aus der Filmkulisse für Dickens' *Große Erwartungen* stand etwas Geschirr. Es gab einen kleinen schwarzen Herd und einen Tisch. Ich überlegte, was das wohl für ein grünes Ding in Form eines Ziegelsteins sein mochte, das auf dem Tisch lag und zerfiel, als ich es berührte. Das daneben liegende Brotmesser lieferte mir die Erklärung. Über dem flachen Spülstein hing an einer von der Wand losgeschraubten Leitung ein einzelner Wasserhahn. Unter den Blättern, die durch das zerbrochene Fenster hereingeweht worden waren, verbargen sich ein paar Tassen und Teller. Violas Patentante schien ganz unvorbereitet weggebracht worden zu sein.

Der durch das kaputte Fensterglas dringende Luftzug wirbelte die Blätter auf. Ein Ast kratzte am Glas und die Hundepfoten klapperten auf den Fliesen, als die Hündin sich ausgiebig kratzte. Gemütliche Geräusche, aber der Verfall des Ortes verlieh ihnen etwas Melancholisches. Ich versuchte mir die Frau vorzustellen, die hier, wo ich jetzt stand, oft vor der Spüle gestanden und mit Blick auf den draußen tröpfelnden Regen ihr Leben an sich hatte vorbeiziehen lassen, die schönen Seiten überflog, die Ursachen für Unbefriedigendes erkundete, vielleicht plante, bei der nächsten trockenen Wetterlage den Rasen zu mähen, oder überlegte, was sie für eine Freundin kochen sollte, die zu Besuch kam.

Das Wenige was ich über das Landleben wusste, kannte ich meist aus Romanen. Ein jahreszeitlicher Reigen von Festen, Kricketspielen auf dem Rasen, Teepartys, Bridge oder Whist an langen Winterabenden. Gemeindeversammlungen, Vorträge über Heimatkunde im Gemeindesaal, Nachbarn, die an Weihnachten auf ein Glas Sherry vorbeikamen. Vielleicht hatte sie sich auch mit dem Abwasch beeilt, um rechtzeitig ins Pfarrhaus zu kommen, wo man sich traf, um über die neuen Kniekissen zu beratschlagen, die für die Kirche gestickt werden mussten.

Links vom Spülstein hing ein Spiegel an der Wand. Ich betrachtete mich in dem gestreiften Glas. Ein weißes Gesicht mit dunklen Daumenabdrücken unter den Augen. Meine hellroten, leicht gewellten Haare gaben mir das Aussehen einer präraffaelitischen Gestalt von Burne-Jones. Das entsprach keineswegs meinem Selbstverständnis. In anderen sah ich den verklärenden Romantizismus gerne, aber was mich selbst betraf, wollte ich die Dinge so klar und verständlich wie möglich sehen. Nach den elementaren Unbilden des gestrigen Tages stand mir das Haar in Ringellocken um die Stirn, wie ein Flammenkreis in einer Kinderzeichnung der Sonne. Ich strich es mit der Hand glatt.

Hatte auch Violas Patentante besorgt ihr Spiegelbild betrachtet und nach Zeichen der Veränderung gesucht? Bei Ausbruch ihrer Krankheit musste sie sich bewusst gewesen sein, dass etwas nicht stimmte. Zunehmende Vergesslichkeit vielleicht oder eine Schwerfälligkeit beim Sprechen. Ich versuchte mir das langsame Verschwinden des Selbst vorzustellen, die Panik angesichts der Orientierungslosigkeit und die Erleichterung, wenn die Dinge wieder ihre alte Ordnung zu haben schienen, die allmähliche Ablösung des vertrauten Selbstbildes durch einen furchtsamen Fremden. So entscheidungsfreudig ich auch sonst war, während der letzten beiden Wochen hatte ich mich als unsicher und unentschlossen erlebt. Das Gefühl, keine Kontrolle mehr zu haben, hatte mich zutiefst verstört. Geistesverwirrung musste etwas Schreckliches sein. Zu merken, dass man alltägliche Verrichtungen, wie Tee kochen oder eine Telefonnummer wählen, vergaß. Die Unfähigkeit, den ganz normalen Aufgaben nachzukommen, die dem Tag eine Form geben. Sich dabei zu ertappen, dass man im Nachthemd den Hund ausführt.

Da traf mich ein Geistesblitz. Der Hund saß mir zu Füßen, seine geduldigen Augen richteten sich auf mein Gesicht. »Deshalb bist du also letzte Nacht gekommen. Du hast gedacht, sie ist zurückgekehrt. Du bist ihr Hund, nicht wahr? Ach wie traurig!«

Die Hündin drückte ihren Kopf gegen meine Hand und ich bückte mich, um ihr die Ohren zu kraulen. Ich stellte mir die Fremden vor, die gekommen waren, um ihr Frauchen zu holen, und vielleicht Vorkehrungen trafen, dass Nachbarn sich um den Hund kümmerten. Man hatte sie an einen fremden Ort gebracht, wo der einsame Prozess des Sterbens beginnen konnte ... Diesen Gedankengang wollte ich lieber nicht weiter verfolgen. Angst und Schlafmangel machten mich trübsinnig. Der Wasserhahn widersetzte sich meinen Bemühungen, gab aber dann doch mit einem Quietschen nach. Ein Schwall rostigen Wassers platschte in die Spüle, wirbelte die Blätter durcheinander und sammelte den Staub zusammen. Nach etwa einer Minute lief es mehr oder weniger klar. Ich wusch mir Gesicht und Hände und fühlte mich besser. Ich spülte eine Schale und füllte sie mit Wasser für den Hund. Höflich schlabberte er es und wandte sich dann ab.

Ich nahm die Schale und sah sie mir genauer an. Figuren vor einer Landschaft in Rot, Grün und Schwarz hoben sich von der creme-weißen glatten Glasur ab. Sah nach einer Keramik des achtzehnten Jahrhunderts aus. Das restliche Geschirr in der Spüle passte dazu. Auf den ersten Blick schien es zu dem sehr rustikalen Landhaus im Widerspruch zu stehen. Ich untersuchte die Vorhänge. Unter den Spinnweben und toten Fliegen verbarg sich hübscher Chintz mit Blumen und Vögeln, nicht nur gefüttert, sondern noch unterfüttert. Sie waren unbeholfen gesäumt und offenbar aus einem größeren Paar geschnitten worden. Auf dem Spülgestell stand ein mundgeblasenes Glas mit einem luftgedrehten Stiel, offenbar alt und meines Erachtens nach ziemlich wertvoll. Dann wischte ich von einem Gemälde, das dem Spülbecken gegenüber hing, ein herabhängendes Spinnennetz von der Größe eines Taschentuchs. Es war eine reizende Reproduktion von Jupiter, wie er Venus in Gestalt der Diana verführt, gerahmt von einem *verre églomisé*.

Vermutlich gehörte der Inhalt des Hauses Viola. Ich fragte mich, ob sie ihre Patentante gemocht hatte. Sie hatte nie von ihr gesprochen, aber Violas Leben war immer ein wenig geheimnisvoll geblieben. Sie war bei ihrer Tante aufgewachsen und da sie ihre Eltern nie erwähnt hatte, hatte ich auch nicht nach ihnen fragen wollen.

Ich kannte Viola schon als kleines, scheues Kind mit kurzen dunklen Locken. Ihre Tante und meine Stiefmutter waren Freundinnen, wenngleich ich den Verdacht nicht los wurde, dass die Intimität einseitig war und Fay dabei den größeren Eifer an den Tag legte. Sie hatte sich in dem ziemlich großen Haus in Richmond, wo Violas Tante lebte, um die Innendekoration gekümmert und dann die Beziehung aufrechterhalten. Wegen der sechs Jahre Altersunterschied waren

Viola und ich uns eigentlich erst vor einem Jahr näher gekommen, anlässlich einer Reihe von Abendkursen über Watteau und die französische Malerei. Inzwischen war der Altersunterschied unwichtig und wir mochten einander auf Anhieb. Ehe ich gestern nach Paddington aufbrach, hatte ich ihr die gewünschte Postkarte geschickt, auf der nur stand *Bin untergetaucht. F.*

Ich ging zurück ins Wohnzimmer. Die Fenster wurden fast eingedrückt von den Kletterpflanzen, die das Licht nur gesprenkelt hereinließen, das aber dennoch Tag für Tag, Jahr um Jahr seinen Weg an diesen verlassenen Ort gefunden und die vom Luftzug wie Pfade über den Fußboden verteilten toten Blätter mit neuem Leben erfüllt und den abgetretenen Perserteppich vor dem Kamin ausgeblichen hatte. Die im Haus angehäuften Gegenstände waren sicherlich nicht besonders hochwertig, aber alles war sorgsam und mit Sinn für Schönheit ausgesucht worden. Wieder wanderten meine Gedanken zu der früheren Besitzerin zurück und ich stellte sie mir beim Durchstöbern der einheimischen Antiquitätenläden vor, aus denen sie dann im Triumph etwas Neues nach Hause tragen und ihrer Sammlung hinzufügen konnte.

Auf dem Tisch am Fenster stand ein altes Grammophon mit Schalltrichter und einem Stapel Achtundsiebziger-Platten in braunen Papierhüllen. Ich hob den Deckel auf, nahm die Platte vom Plattenteller und blies die Staubschicht weg. Der letzte Satz von Elgars Violinkonzert. Diese vollblütige Romantik überraschte mich und festigte mein Bild von Violas Patentante entsprechend. Ich zog das Grammophon auf, blies den Staub von der Nadel und startete den Motor. Es kratzte und klang, als käme die Musik vom Grund eines Brunnens, aber die anschwellende, expressive Musik traf den Nerv meiner Gemütsverfassung. Ich saß da und lauschte den raschen, strahlenden Passagen der *cadenza* und überlegte, was ihr wohl durch den Kopf gegangen sein mochte, als sie diese, zum letzten Mal, wie sich herausstellen sollte, gehört hatte.

Die Wand zwischen Kamin und Fenster nahm ein Bücherregal ein. Auf den obersten drei Regalbrettern standen Shakespeare, Dickens, Hardy und Anthony Trollope. Auf den unteren Regalen waren Bände von Blake, Keats und Donne untergebracht. Einige übersetzte Schriftsteller wie Tolstoi, Balzac und Goethe. Nichts anderes als das, was man in jedem beliebigen Bücherregal, vielleicht auch ungelesen, erwarten konnte. Aber es standen auch Romane von Mary Webb, Compton Mackenzie, Elisabeth von Arnim, Constance Holme und E.F.Benson darin, die eine wirkliche Literaturbegeisterung nahe legten.

Ein Buch lag geöffnet mit dem Einband nach oben auf der Fensterbank. Es war *The Nebuly Coat* von J. Meade Faulkner, einer meiner Lieblingsromane. Das war mehr als Zufall. Ich schloss die Augen im Wunsch, mittels ungewisser übersinnlicher Kräfte ein Bild von Violas Patentante heraufzubeschwören, aber meine müden Augen brannten und ich sah nur die zitternden Muster der Fensterscheiben.

Zwischen Katherine Mansfields *Bliss* und Merediths *Der Egoist* war eine Lücke. Ich klappte das Buch zu und stellte es zurück an seinen Platz. Wenigstens hatte sie bis zuletzt die Fähigkeit beibehalten, etwas lesen und verstehen zu können. Oder war es eine Reflexhandlung gewesen, das Buch in die Hand zu nehmen, wenn sie in den Garten hinausstarrte?

Während ich mich in dem vernachlässigten Raum umsah, entschloss ich mich, das mir Mögliche zu tun, um diese Sammlung von Gegenständen zu erhalten, die vielleicht die Summe eines ganzen Lebens ausmachten. Eigentlich müsste ich aber sofort zurück nach London. Mein Weglaufen war kindisch, unverantwortlich und selbstsüchtig gewesen. Jetzt war ich in der Lage, mir von Fay und meinem Vater – und allen anderen, die von meiner Abtrünnigkeit betroffen waren – zumindest die Vorwürfe anzuhören. Und ich musste mich demütig Alex' Wut stellen. Beim Gedanken daran wurde mir richtig übel. Aber ich wollte meine Abreise noch ein paar Stunden hinauszögern, um eine Inventarliste des Landhäuschens zu erstellen, damit Viola entscheiden konnte, was sie behalten oder verkaufen wollte.

Der Hund schlug an. Sekunden später ertönte ein schriller Pfiff und George steckte seinen Kopf durch die Tür. »Mrs. Creech schickt mich. Sie möchte wissen, ob du irgendwas brauchst. Ach, hallo altes Mädchen, was machst du denn hier?« Als der Hund den Freund erkannte, hörte er zu bellen auf und legte sich vor die noch warme Asche.

»Das ist aber nett. Wer ist denn Mrs. Creech?«

»Sie ist die Postmeisterin und führt den Laden. Es ist nicht aus

Freundlichkeit. Sie hat von Großvater gehört, dass du gekommen bist, und möchte jetzt allen, die zu ihr in den Laden kommen, was über dich erzählen können.«

»Oh. Also ich fürchte, es wird nicht viel zu erzählen geben. Ich nehme den nächsten Zug zurück nach London.«

»Das gibt's doch gar nicht!« George war verdattert. »Da kommst du extra in schicken Klamotten angereist, nur um dir Drop Cottage anzusehen, das kaum mehr als eine Ruine ist, und dann machst du einfach kehrt. Was soll das denn? Hast du Heimweh?«

»Ganz und gar nicht.«

»Ich könnte dreimal um die Welt reisen und hätte noch immer kein Heimweh. Ich könnte weggehen, um auf dem Mond zu leben, und wäre glücklich dabei.«

»Das glaube ich dir gern. Warst das etwa du, der gestern Nacht im Garten gepfiffen hat?«

»Das wird wohl der mit dem Pferdefuß gewesen sein.« Er deutete auf den Hund. »Was macht Clowy denn bei dir?«

»Clowy? Was für ein seltsamer Name.« Clowy hob in höflicher Zustimmung den Kopf von den Pfoten. »Ich dachte, sie hat vielleicht mal hier gelebt.«

»Wie kommst du denn darauf? Sie kommt vom Herrenhaus.«

»Oh.« Enttäuscht wurde mir klar, dass mich meine Intuition auf eine falsche Fährte geschickt hatte. »Würdest du mir ein paar Sachen aus dem Laden bringen? Ich denke, es wird mir besser gehen, wenn ich vor der Abreise noch frühstücke. Einen kleinen Laib Brot. Ungesalzene Butter. Und ein Päckchen chinesischen Tee. Und du solltest vielleicht auch was für den Hund mitbringen. Was wird sie denn mögen? Würstchen vielleicht?«

George schien das alles unglaublich lustig zu finden. Er brüllte vor Lachen, bis er ganz rot im Gesicht war, und schlug sich überheblich auf die Schenkel, bis ich ungeduldig wurde.

»Du kennst dich nicht sonderlich gut aus, nicht wahr? Würstchen für einen Hund! Vermutlich hast du ein Scheckbuch und ein Bankkonto und so, um all das zu zahlen. Chinesischen Tee und was war das noch für eine Butter?«

»Ungesalzen. Natürlich habe ich Schecks und ...« Ich hielt inne, denn mir fiel ein, dass mein Bankkonto mir jetzt so viel nützte wie ein

Haufen Kaurimuscheln oder eine Schnur weißer Perlen. Alex hatte darauf bestanden, dass ich meine bescheidenen Ersparnisse auf ein gemeinsames Konto einzahlte, damit er »ein Auge darauf haben« konnte. Ich hatte protestiert, kam gegen Alex aber nie an. Sobald ich Geld von unserem gemeinsamen Konto abhob, würde Alex es erfahren und schneller bei mir sein, als man »ergebenster Bankdirektor« sagen konnte. »Hier ist ein Pfund. Sieh zu, wie weit du damit kommst. Kauf dir was Süßes.«

»In Ordnung. Aber Würstchen für Clowy würde ich nicht empfehlen. Davon wird sie bestimmt krank.« Er pfiff. »Na komm, Mädchen, du kannst mich begleiten.«

Clowy folgte ihm, als er nach draußen ging und dabei die Tür hinter sich weit offen ließ. Ich hörte sein Lachen noch, als er schon auf dem Plankensteg war. Jetzt zog in das ohnehin kalte Haus die Eiszeit ein. Mit den Resten der *Vogue* machte ich mich daran, dem Feuer neue Nahrung zu geben. Dann musste ich einen Wasserkessel aufsetzen. In der Küche stand ein Gasherd, aber wie vorherzusehen, war auch nicht das leiseste Zischen zu hören, als ich ihn aufdrehte. Ein schwarzer Kessel hing an einem Drehzapfen über dem Küchenherd. Um die Kienspäne zu entzünden, benötigte ich das Papier, in das mein Abendessen eingewickelt gewesen war. Damit die Obstreste nicht auch noch staubig wurden, legte ich sie auf meinen Koffer, den einzigen Gegenstand, der noch halbwegs sauber war. Mich konnte ich nicht dazuzählen, denn vom zweimaligen Feueranmachen war ich dreckig, von der Verwüstung, die der Weg vom Bahnhof und die auf dem Sofa verbrachte Nacht mit meinem Äußeren angerichtet hatten, einmal ganz abgesehen.

Ich ließ das Wasser laufen, damit es den Rost ausschwemmte, und nahm den Kessel vom Haken, um ihn voll laufen zu lassen. Aber sofort rann mir aus einem Loch im Boden das Wasser über die Schuhe. Flüche der schlimmsten Art ausstoßend stand ich am Spülstein, als ich im Spiegel ein Gesicht sah – nicht meins.

»Du meine Güte, Sie können aber schreien und fluchen! Tut mir Leid, wenn ich Sie erschreckt habe. Ich habe gerufen, aber keine Antwort bekommen.«

Ohne sein Pferd und aus der Nähe sah der Mann, der mir bereits gestern begegnet war, jünger aus, etwa um die Dreißig. Als er sich bückte, um den Deckel des Kessels aufzuheben, der unter die Anrichte gerollt war, fiel ihm sein glattes hellbraunes Haar in die hohe, knochige Stirn. Er trug Reitkleidung und Stiefel, was auch den unscheinbarsten Mann schneidig aussehen lässt. Aber unscheinbar konnte man ihn nun wirklich nicht nennen. Ich wurde mir meiner verknitterten Kleidung und meines wirren Aussehens bewusst.

»Spazieren Sie denn immer in Herrenmanier in die Häuser der Leute?«

»Selbstverständlich.«

»Ah.«

»Die Leute hier sind ganz ungezwungen. Ich wollte nur sehen, ob ich etwas für Sie tun kann.«

»Wie freundlich von Ihnen.« Jetzt war ich wirklich undankbar. »Woher wussten Sie denn, dass ich hier bin?«

»Ich traf unterwegs George mit einer Pfundnote in der Hand. Er konnte es kaum erwarten, mir Ihre abartigen Einkaufsgewohnheiten mitzuteilen. Wahrscheinlich kaufen Sie sonst immer bei Fortnum's ein.«

»Tun das nicht alle?« Ich lächelte ihn kühl an. »Wenn Sie mir schon helfen wollen, dann bringen Sie doch das Feuer in Gang. Es will nicht recht.«

»Wahrscheinlich sitzt im Kamin ein Dohlennest. Bleiben Sie lange? Ich könnte dafür sorgen, dass jemand zum Fegen vorbeikommt.«

»Das ist sehr nett, aber ich fahre heute wieder.«

»Das könnte man einen Blitzbesuch nennen.«

Er sah mich nachdenklich an, was man ihm nicht vorwerfen konnte. Mein Verhalten musste anderen seltsam, wenn nicht verrückt erscheinen. Unter seinen schweren Lidern lagen hellbraune Augen, die golden leuchteten, wenn das Licht auf sie fiel. Seine Oberlippe hatte fast etwas Weibliches, wohlgeformt betonte sie das V in der Mitte.

»Also eigentlich wollte ich für ein paar Tage Abstand gewinnen und eine Freundin, der dieses Häuschen hier nämlich gehört, schlug mir vor, hier zu bleiben. Sie hatte jedoch keine Ahnung, in welch schlechtem Zustand es ist. Man hat Violas Patentante weggebracht, als sie krank wurde, und das liegt offenbar schon länger zurück, als wir gedacht hatten.«

»Violas Patentante?«

»Die Besitzerin.« Er war wirklich schwer von Begriff, obwohl er nicht dumm aussah. »Ich weiß ihren Namen nicht. Vielleicht kennen Sie ihn.«

»Leider nein.« Er lächelte unentwegt. »Wissen Sie, abgesehen von den schwarzen Streifen sind Sie wirklich so hübsch, wie ich von Anfang an dachte.«

Ich ließ nicht zu, dass meine Augen in Richtung Spiegel schweiften. Selbst wenn das Aussehen gegen mich sprach, wusste ich mich doch mit Würde zu benehmen. »Finden Sie nicht, dass neun Uhr morgens noch ein wenig zeitig ist für einen Flirt?«

»Vielleicht.« Der Anflug von Zynismus in seinem Gesicht verschwand. Jetzt wirkte er umgänglich, fast entschuldigend. »Nun wollen wir einen Topf für das Wasser suchen und ich mache den Toast. Wenn Sie gegessen haben, können Sie mir ja mitteilen, welche Zeit Sie für angemessen halten, um damit anzufangen. Hier ist die Toastgabel.« Er nahm sie von der Wand über dem Herd. »Wo könnte denn das Brotmesser sein? Aha!« Er nahm es vom Tisch und zeigte es mir. »Das Brotbrett ist hier – es muss gespült werden. Jetzt brauchen wir noch eine Teekanne und zwei Tassen.«

»Zwei?«

»Sie glauben doch nicht, dass ich Ihnen erlaube, ganz allein ein erbärmliches Frühstück einzunehmen, erfüllt von Heimweh nach dem Albert Memorial. Übrigens habe ich noch Milch und Marmelade auf Georges Liste gesetzt.«

»Woher wussten Sie, dass ich in London wohne?«

»Ich habe Rolliver gefragt. Den Gepäckträger vom Bahnhof. Der Anblick eines eleganten und schönen Geschöpfs, das, offenbar mit den hiesigen Gefilden nicht vertraut, mit Koffern durch den Sumpf stakte, hat meine Neugier geweckt. Rolliver bestätigte meinen Verdacht, dass ein Zug aus London Sie abgesetzt hatte. Aber jetzt versuche ich erst mal das andere Feuer zum Leben zu erwecken – bei den Pfadfinderinnen sind Sie wohl nicht? – und werde dann als Meisterwerk der Verführung den Tisch decken.«

Ich sah ihm hinterher, als er ins Wohnzimmer ging, und warf dann einen verstohlenen Blick in den Spiegel. Ein Rußstreifen, vermutlich vom Kessel, zeichnete meine Stirn. Während ich ihm mit dem eiskalten Wasser zu Leibe rückte, überlegte ich, ob ich zulassen durfte, dass er auf diese Weise das Heft in die Hand nahm. In Wahrheit war ich nämlich überhaupt nicht traurig darüber, einen Gefährten zu haben. Ich war einsam.

Ein Gefühl, das ich nicht oft hatte. Porträtmaler bauen fast immer eine besonders intime Beziehung zu ihrem Objekt auf. Bei den meisten Menschen bricht während der Malsitzungen, in denen sie allein sind und oft stundenlang am Stück von einer Person beobachtet werden, das Siegel der üblichen Zurückhaltung auf. Normalerweise genieße ich dieses Privileg. Der langweiligste Richter war ein Don Juan, wenigstens der Absicht nach, die modischste Stewardess ein Strudel an Komplexen und Unzulänglichkeiten. Meine Berufung war es, Psychiaterin und Seelsorgerin gleichermaßen zu sein, was nie langweilig war.

»Ich habe deine Sachen bekommen.« George kam, gefolgt von Clowy, in die Küche, die mit ihrer schmutzigen Pfote sofort begeistert mein Knie zu streicheln begann, als hätte sie die Viertelstunde unserer Trennung nur schwer verwunden. Ich fühlte mich geschmeichelt. »Mrs. Creech meinte, ungesalzene Butter wird hier nicht verlangt. Ich erzähle dir lieber nicht, was sie sagte, als ich chinesischen Tee wollte.« George grinste, als er mir einen ganzen Berg Papiertüten in die Hand drückte. »Sie hat dich mit der Königin von Saba verglichen, was ganz und gar nicht als Kompliment gedacht war.«

»Mrs. Creech soll mir – na ja, ist egal.« Noch rechtzeitig fiel mir ein, dass Georges Ohren noch jung waren. »Ist das Fleisch für Clowy?« Ich öffnete das Paket mit den wässerigen roten Stückchen. »Sieht gar nicht aus wie Fleisch. Ich glaube nicht, dass das gut ist für sie.« Clowy demonstrierte jedoch ihre Gleichgültigkeit gegenüber Konservierungsmethoden, indem sie das ganze Viertelpfund mit drei Bissen hinunterschlang. »Hm. Butter aus Neuseeland. Und Teebeutel. Und was ist das? Ein Glas anämischen Gelees mit drei Stückchen Orangenschale. Kondensmilch! Trotzdem vielen Dank. Hast du dir selbst auch etwas gekauft?«

George machte den Mund auf und zeigte mir einen glutroten Kaugummi. »Ich habe zwei genommen. Ist das in Ordnung?«

»Sicher. Möchtest du zum Frühstück bleiben?«

»Also gut, George. Du machst dich jetzt am besten auf die Socken«, sagte eine Stimme aus dem Wohnzimmer. »Geh und sag Deacon, er soll mit den Hecken auf den Talfeldern weitermachen und nicht auf mich warten. Hier hast du fünf Pence, wenn du jetzt gehst.« George schien den Gehorsam verweigern zu wollen. Ich gab ihm ein Fünfzig-Pence-Stück, das ihn auch nicht bereitwilliger aufbrechen ließ. Mein Frühstücksgast tauchte in der Küchentür auf. »Jetzt verschwinde aber! Oder es gibt Ärger.«

George machte sich aus dem Staub. Der Despot spießte eine Scheibe Brot auf und hielt sie vor das Herdfeuer. Obwohl ich bis jetzt nur scharfe, feuchtschwere Winde, durchsetzt vom Modergeruch üppiger Vegetation, kennen gelernt hatte, war die Wirkung dieser Landluft auf meinen Appetit unglaublich. Der Duft getoasteten Brots war so köstlich, dass ich es auf der Stelle ohne Butter und Marmelade hätte essen können. Clowy setzte sich neben mich und gemeinsam sahen wir zu, wie er die Scheibe wendete, um auch die andere Seite zu rösten. Er warf einen Blick auf den Hund. »Hallo, Hund. Das ist nichts für dich, du gieriges Mädchen.« Dann zu mir: »Wie ich sehe, können Sie auch Hunde verzaubern.«

»Clowy kam gestern Nacht, als ich schlief.«

»Eigentlich reimt Clowy sich auf snowy. Griechisch, verstehen Sie.« Er lachte mich an. »Kennen Sie Merediths *Tale of Chloë*? Da ihre Herrin vorhat, mit einem gemeinen Schwerenöter abzuhauen, erhängt sich Chloë, um die Tugend ihrer Brotherrin zu retten, aufopfernd an einer Türangel. Das nenne ich eine Überreaktion. Ich meine, es hätte doch gereicht, sie einzusperren und dann den Schlüssel wegzuwerfen. Aber diese Chloë hier würde für einen Keks jeden der Schändung preisgeben.«

»Ich hab's nicht gelesen, aber mir ist es hier im Bücherregal aufgefallen. Ist doch ein Zufall, oder?«

»Von Zeit zu Zeit muss es ja welche geben, sonst gäbe es das Wort gar nicht.«

Ich streichelte Chloës Kopf. »Eigentlich war ich davon überzeugt, dass sie hier einmal gelebt haben muss, aber George hat das verneint. Ich frage mich nur, ob die Leute von Gildry Hall sich nicht Sorgen um sie machen?«

»Sie studieren wohl Dialekte? Eigentlich spricht man es Gilderoy aus. Und wir sind nicht in Sorge.«

»Dann sind Sie –«

»Guy Gilderoy.« Er nahm die Toastgabel in die linke Hand und streckte mir seine rechte entgegen. Wir begrüßten einander. »Die Freude ist ganz meinerseits.«

Ich glaubte einen Anflug von Ironie in seiner Stimme zu vernehmen.

»Ich bin Florence Swann. Alle nennen mich Flo.«

»Kommen Sie, Miss Florence Swann, Ihr Frühstück wartet.«

Er hatte Tische und Stühle abgestaubt und für die Milch einen Krug ausfindig gemacht. »Lustiger Tee, nicht wahr? So ein Zeug sollte man aus Kochgeschirr trinken.«

»Auf den Stufen eines Zigeunerwagens.«

»Ich werde später Milch vom Hof oben bringen lassen.«

»Da ist sehr freundlich. Aber ich werde heute wieder nach Hause fahren – das heißt –« Entmutigt stellte ich fest, dass ich gar kein Heim hatte, in das ich zurückkehren konnte. »Sobald ich für Viola eine Inventarliste aufgestellt habe, werde ich nach London zurückkehren. Die Sachen hier sind zu gut, als dass man sie dem Verfall preisgeben sollte. Oder jemand sie sich holt. Die Tür war nicht abgeschlossen.«

»Gute Idee. Ich werde Ihnen helfen. Aber jetzt essen Sie erst mal Toast und Marmelade.«

»Danke.« Ausgehungert verstrich ich die Butter. »Aber Sie werden doch sicherlich zu tun haben. Ich darf Ihre Zeit nicht länger in Anspruch nehmen.«

»Heute ist Samstag. Selbst Landwirte haben manchmal eine Pause. Was ist los?«

Samstag. Ich sah auf die Uhr. Halb zehn. Jetzt hätte ich mir die Haare richten und die Nägel polieren lassen sollen. Es machte mir überhaupt nichts aus, dass ich das an Mieder und Ärmeln mit Perlen bestickte Kleid aus elfenbeinfarbenem Duchesse nie tragen würde. Auch nicht das Diamantendiadem, das Fay sich von Violas Tante ausgeliehen hatte, um die Schleppe aus alter Brüsseler Spitze an Ort und Stelle zu halten. Bei jeder Anprobe hatte ich die Sachen als schwerer und einzwängender empfunden. So schön sie auch waren – wenn ich sie trug, kam ich mir vor wie eine Färse, die man zum Opfertier aufputzte.

Die Zeremonie und den Empfang vermisste ich keinesfalls. Jede von Fay erdachte Ausschmückung hatte meine Angst davor noch größer gemacht. Aber mir war schmerzlich bewusst, dass meine Flucht vor einem teuren und protzigen Ritual gegenüber der Tatsache, dass ich innerhalb von fünf Minuten meinem ganzen Leben eine völlig andere Wendung gegeben und mich der Heimat, der Zukunft und der Liebe beraubt hatte, kaum ins Gewicht fiel. Die Unbequemlichkeit-von Drop Cottage, eigentlich sogar das absolute Fehlen jeglichen Komforts, hatte auf mein Elend eine wunderbar zerstreuende Wirkung gehabt, aber jetzt überwältigten mich Angst und Einsamkeit. Zu meiner Bestürzung spürte ich, dass mein Mund zitterte, und ich hielt mir die Hand davor, damit man es nicht sah.

»Was bin ich nur für ein Dummkopf«, sagte ich. »Wenn ich doch nur wüsste, was ich tun soll? Ich frage mich ehrlich, ob ich, anstatt in den Zug zu steigen, mich nicht lieber hätte davor werfen sollen.«

Nach diesen pathetischen Worten fühlte ich mich gleich noch elender.

»Na, na, so schlimm wird es doch nicht sein.« Guy Gilderoys Stimme war voller Mitgefühl, der flachsende Ton war verschwunden. Er legte mir seine Hand auf den Arm. »Warum erzählen Sie nicht einfach alles Onkel Guy? Ich verspreche Ihnen, weder zu flirten, noch in irgendeiner Weise die Situation auszunutzen. Aber essen Sie um Himmels willen, ehe der Toast kalt wird.«

Die Freundlichkeit seiner Stimme war mein Verderben. Ich heulte los. Er unternahm keinerlei Versuch, mich zu unterbrechen, sondern drückte nur von Zeit zu Zeit tröstend meinen Arm. Die Tränen verschafften mir in meinem gegenwärtigen Zustand reuevollen Elends Erleichterung. Sobald es ging, hörte ich zu weinen auf und saß schniefend über meinen Toastkrumen. »So töricht habe ich mich noch nie verhalten. Nur gut, dass wir einander völlig fremd sind. Ansonsten könnte ich es überhaupt nicht ertragen.«

»Wie schön Sie weinen. Ihre Augen sind gleich um einige Schattierungen heller geworden, wie Flusswasser im Sonnenlicht. Ich sehe Mädchen wirklich gern weinen. Das erfüllt mich mit edlen Gefühlen und zärtlichen Regungen. Sie brauchen jetzt unbedingt noch eine Tasse Zigeunerwasser. Ich hoffe nur, dass Sie wirklich etwas ganz Gemeines angestellt haben. Haben Sie Ihre liebe alte verehrte Großmama umgebracht, um an die Diamanten zu kommen? Oder haben Sie ein über einem Minenschacht erbautes Haus, in dem von oben bis unten der Hausschwamm steckt, an eine soziale Einrichtung verkauft? Ach, ich weiß. Sie hatten einmal eine heiße Affäre mit dem Mann Ihrer besten Freundin und drohen ihm jetzt damit, alles zu erzählen, wenn er Ihnen nicht sein ganzes Geld gibt. Hätten Sie keine Lust dazu?«

Traurig blickte ich auf den Toast, der noch vor kurzem so verlockend war, und schüttelte den Kopf. »Es ist beinah so schlimm.«

»Aber, aber. Sie haben genug geweint. Jetzt bin ich dran.« Er nahm meinen Teller. »Sie werden sich viel besser fühlen, wenn Sie's mir erzählt haben.«

»Eigentlich sollte ich heute Morgen heiraten.«

»Sie wollen damit doch nicht etwa sagen, dass der arme Teufel jetzt vor all seinen Freunden und Verwandten steht, und Sie kommen einfach nicht? Pfui! Das ist wirklich gemein.«

»Nein! Ganz so schrecklich ist es auch nicht! Ich habe ihm gestern gesagt – oder war das vorgestern? Ich bin so durcheinander –, dass ich das nicht durchstehe. Aber die Schande wird schrecklich sein. Inzwischen wird man alle angerufen und sämtliche Termine abgesagt haben. Sechs enttäuschte Brautjungfern und zwei Pagen, von den Müttern ganz zu schweigen. Der Empfang, Musiker, Essen, Champagner – der Palazzo in Umbrien, den wir uns von Alex' Freunden für unsere Flitterwochen gemietet haben. Der arme Alex! Ich weiß, dass mein Verhalten unverzeihlich ist.«

»Große Hochzeit, he?«

»Mehr als sechshundert Gäste. Das war gar nicht in meinem Sinn. Ich hätte lieber nur standesamtlich geheiratet, mit ein paar guten Freunden. Aber Alex und Fay haben sich zusammengetan und –«

»Moment mal. Sie müssen mich erst mal über die Personen in diesem Drama aufklären. Alex ist offenkundig der glücklose Bräutigam. Fay ist …?«

»Meine Stiefmutter. Sie und mein Vater sind natürlich fuchsteufelswild, was ich ihnen gar nicht vorwerfen kann. Vermutlich wird ein Teil dessen, was sie bestellt hat, auch bezahlt werden müssen. Allein die Blumen kosten schon fünfhundert Pfund. Die Ausgaben bedaure ich natürlich zutiefst. Aber wenn ich an Alex' Gesicht denke, als ich ihm gesagt habe, ich könne nicht so weitermachen …«

Wieder suchte sich ein kleiner Seufzer seinen Weg. Beim Gedanken an seine Augen, in denen sich heftiger Schmerz spiegelte, fast etwas wie Angst, drehte sich mir vor Mitleid der Magen um. Er hatte versucht eine Zigarette anzuzünden, aber seine Hände zitterten so heftig, dass das Feuerzeug nicht anging. Er hatte es dann aufgegeben und die Zigarette in den Kamin geworfen. Da wurde mir plötzlich klar, dass ich in den achtzehn Monaten, die ich Alex kannte, ihn noch nie ratlos erlebt hatte.

4

Das erste Mal war ich Alex an der Foyerbar von Covent Garden begegnet. Es war nach dem zweiten Akt von *Don Giovanni*. Giles Fordyce, der hervorragende Kunsthistoriker und zukünftige Ehemann von Viola, stand an der Bar und versuchte die Aufmerksamkeit des Barkeepers auf sich zu ziehen. Viola und ich genossen die Abkühlung vor dem offenen Fenster. Es war der letzte warme Septemberabend dieses Jahres und man hätte in der Hitze des Zuschauerraums ein Soufflé garen können. Eigentlich hätte auch Henry mitkommen sollen, aber der lag mit einer schlimmen Erkältung zu Hause im Bett.

»Wer ist der Mann, der dich da anstarrt?«, hatte Viola mich gefragt.

Ich wandte den Kopf, um gleich darauf wieder wegzuschauen. Er stand ein wenig abseits der Gruppe, die zu ihm gehörte, und hielt ein gefülltes Glas in der Hand. Als unsere Blicke sich begegneten, erwiderte er meinen, ohne zu lächeln.

»Keine Ahnung. Ich kenne ihn bestimmt nicht. Ein solches Gesicht würde man kaum vergessen.«

»Er macht den Eindruck, als würde er dich gerne mit auf seine Liste setzen, wie der boshafte Don.«

»Von wem ist die Rede?«, erkundigte sich Giles, als er mit den Champagnergläsern kam.

»Von dem Mann da drüben, der ständig Flo anstarrt.«

Giles warf einen Blick über die Schulter. »Oh, das ist Alex Moncrieff. Ich bin ihm ein, zwei Mal begegnet. Er sammelt Zeichnungen von Gainsborough. Er ist Rechtsanwalt. Sonst sind mir keine Abgründe bekannt.«

»Sieht er Flo nicht an, als wolle er sie gleich mit sich in die Hölle reißen?«

»Nein. Er unterhält sich mit jemandem. Ich glaube, du lässt dich mitreißen, Viola.« Giles blickte zu ihr hinab und lächelte, ohne sich darüber im klaren zu sein, dass sein Gesicht die große Liebe verriet, die er für Viola empfand.

Daran musste ich denken, als es dunkel wurde für den letzten Akt. Der Mann, der mich im Foyer so hartnäckig gemustert hatte, hatte nun im Parkett seinen Stuhl so gedreht, dass sein Blick auf unsere Loge fiel. Wahrscheinlich weckte er meine Aufmerksamkeit vor allem deshalb, weil alle anderen auf die Bühne starrten. Obwohl sein Gesicht nur verschwommen zu erkennen war, empfand ich seinen Ausdruck als weit entfernt von jeglicher Zärtlichkeit. In der Aufregung um Don Giovannis dramatischen Abgang in die Verdammnis vergaß ich das alles wieder und sah ihn auch nicht, als wir das Theater verließen.

Tags darauf war ich allein im Atelier und arbeitete an den Händen des Mädchens, das ich damals malte. Nichts Interessantes. Sie waren glatt und rosa, wie das Gesicht des Modells, ohne auch nur einen Flecken oder eine neugierig machende Vene. Ich fand das Ergebnis unbefriedigend. Ich war die Hände leid. Ich malte so viele, dass ich schon fürchtete, sie könnten zu einem Einheitsstil verschmelzen und womöglich zum Klischee verkommen. Also erinnerte ich mich an die Stromrechnung, die bezahlt werden musste, um mich bei Arbeitslaune zu halten. Das Telefon klingelte.

»Hallo?«

»Hier ist Alex Moncrieff. Hätten Sie Lust, heute Abend mit mir essen zu gehen?«

Ich erinnerte mich an das Gesicht, das ich vielleicht drei Sekunden lang gesehen hatte, als wäre es ins Innere meiner Augenlider geätzt. Dieser Kontrast aus blasser Haut, dunklen Augen und Haaren, wie bei einem Holzschnitt.

»Sie haben sich verwählt. Ich kenne keinen Alex Moncrieff.«

»Stellen Sie sich nicht so an, Florence. Sie wissen genau, wer ich bin. Sie haben sich mit dem Otway-Mädchen über mich unterhalten. Fordyce wird Ihnen sicher erzählt haben, wer ich bin. Das war auch meine Absicht.«

»Oh.« Der sachlich kühle Ton verschlug mir derart den Atem, dass ich Mühe hatte, meine Gedanken zu sammeln.

»Also. Wie sieht es aus mit Ausgehen?«

»Danke – nein. Ich gehe nicht mit Fremden zum Abendessen.«

»Machen Sie doch für mich eine Ausnahme.«

»Nein. Wirklich, ich möchte nicht. Auf Wiedersehen.«

Ich legte auf. Dann kehrte ich zu diesen dummen rosa, an rohe Hühnerbrüste erinnernden Händen zurück und versuchte ihnen den Anschein von Muskulatur zu verleihen. Die ganze Zeit über musste ich an den Anruf denken. Woher wusste er, wer ich war? Ich war mir sicher, dass Giles ihm meinen Namen nicht verraten hätte, ohne vorher mit mir Rücksprache zu halten. Wie war er an die Nummer gekommen? Und was wollte er?

Eine Stunde später klingelte es an der Tür. Ein Kurier händigte mir einen großen verstärkten Umschlag aus. Ich erwartete Fotos vom Kleid meines Modells, die mich von den Händen erlösen würden. Ich riss den Umschlag auf. Darin steckte die Bleistiftzeichnung einer Landschaft mit einer Kirche und zwei Menschen im Vordergrund. Zweifellos ein unvergleichliches Meisterwerk. In der rechten Ecke stand die Signatur. *Thos. Gainsborough*. Ein Blatt Papier flatterte zu Boden. Ich hob es auf. *Für Florence. Von Alex Moncrieff.*

Als das Telefon dann später am Nachmittag wieder läutete, wusste ich, noch ehe ich den Hörer abnahm, dass es nur Alex Moncrieff sein konnte.

»Ja?«

»Gefällt es Ihnen?«

»Es ist wunderschön – einmalig –, aber ich kann es natürlich nicht annehmen.«

»Enttäuschen Sie mich nicht. Sie sehen nämlich recht intelligent aus.«

»Danke. Aber ist es intelligent, eine sehr wertvolle Zeichnung von einem Mann anzunehmen, dem man nie begegnet ist? Ich denke, nein. Bitte lassen Sie sie vom Kurier wieder abholen.«

»Gefällt sie Ihnen denn?«

»Natürlich. Sie ist wirklich wunderschön. Aber das tut nichts zur Sache.«

»Ganz im Gegenteil. Sie sollte Ihnen Freude machen. Und das hat sie auch. Und ich hoffe, dass sie das auch noch lange Zeit tut.«

»Aber ich habe Ihnen doch gesagt, dass ich sie nicht annehmen kann.«

»Wo ist sie jetzt? Sehen Sie sie sich an?«

»Sie steckt im Umschlag und wartet darauf, dass Sie sie abholen.«

Er lachte. »Was für eine schlechte Lügnerin Sie doch sind.« Schuldbewusst streifte mein Blick die kleine Staffelei, auf die ich die Zeichnung gestellt hatte, damit ich mich während der kurzen Zeit, in der sie mir gehörte, daran erfreuen konnte. »Sie sehen sie sich doch gerade an, oder etwa nicht? Sie haben Angst sie anzunehmen, weil Sie damit mir gegenüber eine Verpflichtung eingehen.«

Das ärgerte mich, denn er hatte Recht. »Angst habe ich vor gar nichts. Aber es wäre – unredlich, so etwas von jemandem anzunehmen, den ich nicht kenne. Es käme einer Vorspiegelung falscher Tatsachen gleich. Es ist viel zu wertvoll.«

»Billigen Tand würden Sie also akzeptieren?«

»Nein! Also gut, es ist nicht nur eine Frage der Kostspieligkeit. Ich möchte einfach keine mir von Ihnen aufgezwungene Bekanntschaft.«

»Gut. Jetzt sehen Sie die Sache richtig. Sie haben nur eine Chance, mir die Zeichnung zurückzugeben. Gehen Sie heute Abend mit mir essen.«

»Gewiss nicht. Ich werde sie auf die nächste Polizeistation bringen und erklären, dass man sie mir versehentlich zugestellt hat.«

»Selbst die Polizei wird ihren Wert erkennen. Sie werden einen Kunstexperten hinzuziehen, der dann unweigerlich mit mir in Kontakt treten wird. Jede Zeichnung meiner Sammlung trägt ein nicht sichtbares Kennzeichen. Ich werde sie Ihnen noch mal schicken.«

»Das nenne ich eine Verfolgung!« Jetzt war ich wütend.

»Nein. Es ist eine Huldigung. Als ich Sie gestern Abend sah, da dachte ich – dieses Mädchen ist alles, was ich will.«

»So ein Unsinn! Sie wissen doch gar nichts über mich.«

»O Florence! Das ist Ihrer aber unwürdig. Es geht hier schließlich nicht darum, ob Sie lieber Fisch oder Fleisch mögen oder lieber im Meer baden oder Segeln. Für das Wesentliche, das Sie ausmacht, hat die Minute gereicht, die ich Sie betrachtet habe. Gehen Sie mit mir zum Abendessen. Ich verspreche Ihnen, dass Sie vor nichts Angst zu haben brauchen. Wir können uns im Restaurant treffen – wir werden irgendwohin gehen, wo es hell und laut zugeht, falls Sie sich dort sicherer fühlen. Sagen wir das St. James Hotel um acht Uhr. Ohne Ihre Erlaubnis werde ich Sie nicht mit dem Finger anrühren. Wenn Sie möchten, können Sie mir die Zeichnung zurückgeben, und ich verspreche Ihnen, keinen weiteren Versuch zu unternehmen, sie Ihnen aufzudrängen.«

»Das ist doch absurd –«

»Bitte!«

»Also gut!« Ich bedauerte die Worte schon, als ich sie aussprach, aber er hatte aufgelegt.

Und so begann die Affäre. Ich war entschlossen, es nicht dazu kommen zu lassen, aber das war natürlich, ehe ich die Macht von Alex' unbeugsamen Willen gespürt hatte.

An all dies musste ich denken, als ich im Wohnzimmer von Drop Cottage saß. Ich stöhnte und legte den Kopf in meine Hände. »Ich weiß nicht, ob wir beide es schaffen werden, darüber hinwegzukommen«, sagte ich nur. Guy Gilderoy streichelte mir unentwegt den Arm und sah mich feierlich an. Einen kurzen Augenblick lang glaubte ich, Belustigung aufblitzen zu sehen. Aber das Licht war zu schwach, um das mit Sicherheit behaupten zu können.

»Offensichtlich mögen Sie den armen Teufel noch immer«, stellte Guy fest. »Was um Himmels willen hat er denn angestellt, dass Sie ihn dann doch in letzter Minute abserviert haben? Das muss doch was Schlimmes gewesen sein. Ein wilder Herrenabend, auf dem er sich über das nur mit einem Fez bekleidete Mädchen in der Torte hergemacht hat? Nein, es muss noch etwas weitaus Schlimmeres gewesen sein.«

»Er hat nichts getan. Die meisten würden sagen, er habe sich vorbildlich verhalten.«

»Dann ist er wohl übellaunig und geizig.«

»Er verliert nie die Geduld und ist mehr als großzügig gewesen.«

»Er sieht aus wie Quasimodo und ist ein fürchterlicher Langweiler?«

»Man findet ihn im Allgemeinen sehr attraktiv und faszinierend.«

»Dann sind Sie, meine liebe Flo, komplett verrückt.«

»Das wird es wohl sein, fürchte ich.«

Ich ging zu meinem Koffer und wühlte darin. »Wenn es noch einen Grund gibt außer meiner Verrücktheit, dann diesen.« Ich stellte einen kleinen Messingkobold auf den Tisch, wie man sie in und um Cornwall in jedem Souvenirladen billig kaufen kann. Guy nahm ihn in die Hand. Ein törichtes Grinsen blähte seine glänzenden Bäckchen und seine Augen waren zu einem schrägen Blinzeln zusammengekniffen.

»Du meine Güte, das ist ja ein Ausbund an Scheußlichkeit!«

»Ja. Aber das, was er darstellt, ist wahrscheinlich das Kostbarste, was ich besitze.«

5

Ist aber ein weiter Weg für eine Abkürzung.« Ich sah durch die schmutzverschmierte Windschutzscheibe des Jeeps, als wir auf einem einspurigen Weg, der durch dichten Wald führte, über die Wurzeln holperten. »Ich dachte, es seien keine dreißig Kilometer von Pudwell nach Tarchester. Und dies hier eine Durchfahrt zu nennen, ist so optimistisch, dass es schon albern ist. Möglicherweise kommen gerade mal zwei schmale Radfahrer aneinander vorbei.«

Wie um mein Argument zu bestätigen, tauchte aus den Bäumen ein alter, vom Rost brauner Traktor auf und zwang den Jeep, auf die sehr steile Straßenböschung auszuweichen. Durch die Schrägstellung des Wagens rutschte ich über den Vordersitz, bis ich Hüfte an Hüfte neben Guy zu sitzen kam. Chloë nahm ihr Kinn von meiner Schulter, worauf es seit Beginn unserer Reise geruht hatte, und schob ihren Kopf durchs Fenster.

»Ist gut, Chloë! Es reicht! Sei jetzt still!« Doch Chloë zeigte weiter knurrend ihr schwarzes Zahnfleisch und die riesigen gelben Zähne. »Hallo, Plumrose. Hab dich ja eine Ewigkeit nicht gesehen. Wie geht's?« Da über das vereinte Motorendröhnen eine Verständigung kaum möglich war, schaltete Guy den Motor ab. Mein ohnehin schon sehr gesunkener Mut sank noch tiefer.

»'nen Morgen, Master Guy.« Plumrose zupfte an seiner fettigen, karierten Kopfbedeckung. »Also wie's der Zufall will, war ich gerade wegen meiner Brust beim Doktor.« Stolz klopfte er sich auf das Brustbein. »Bin seit Michaeli nicht mehr gesund. Hab die ganze Zeit im Bett gelegen und konnte die Wintersaat nicht einbringen. Husten! Konnte nicht mal die Zähne drin behalten!«

Es folgte noch mehr dieser Art mit vielen Einzelheiten zu Farbe und Menge des Auswurfs. Ich verlor das Interesse ziemlich schnell, aber eins musste man Guy zugute halten: Er ging so zartfühlend auf den Mann ein, dass es ein Lungenfacharzt auch nicht hätte besser machen können. Als dann jede Information zu Plumroses Einatmung und Ausatmung durchgekaut war, kam er sofort auf Mrs. Plumroses »Problem« und das verstopfte Ohr des jungen Billy Plumrose zu sprechen. Die Plumroses schienen eine Familie aus lauter Kranken zu sein, die alle kurz vor der Invalidität standen. Ich richtete mich so gerade auf, wie es ging, und stellte höfliches Interesse zur Schau, hätte aber am liebsten den Kopf in die Hände gelegt und gestöhnt.

Fast zwei Stunden hatten wir mit der Bestandsaufnahme des Hausinventars zugebracht. Die Verantwortung dafür lag vorwiegend bei mir, denn ich fand so viele Dinge einer genaueren Untersuchung würdig, vor allem das Porzellan und die Bücher. An die kleine französische Uhr hatte ich mein Herz verloren. Über einem Marmorsockel erhoben sich auf der einen Seite des Zifferblatts ein ineinander verschlungenes Liebespaar und auf der anderen Cupido, beides Messingfiguren. Guy zog sie auf. Alle Stunde bewegte Cupido den Arm und schlug mit einem vergoldeten Pfeil die Zeit. Darüber hing ein Gemälde von Schafen auf einem Hügel, das sich mit ziemlicher Sicherheit Thomas Sidney Cooper zuschreiben ließ. Als Guy die Tür eines, wie es aussah, nichts sagenden Schranks öffnete und wir dahinter eine schmale Stiege entdeckten, grenzte meine Aufregung ans Lächerliche. Oben befand sich ein Raum mit schrägen Wänden und drei Mansardenfenstern. In der Mitte stand ein Bett mit einem von Spinnen heimgesuchten Baldachin aus weißem Musselin. Ein Kissen zeigte die Delle eines Kopfabdrucks und Decken und Laken waren auf einer Seite zurückgeschlagen, als wäre jemand eilends aufgestanden. Die hübsche kleine Nussbaumkommode und der Schrank waren leer. An der Tür hing ein Nachthemd aus überaus bezaubernder rosa Seide mit breiten Spitzeneinsätzen an Brust und Saum, das wohl übersehen worden war, als man die Kleider von Violas Patin hatte einpacken müssen. Ein Champagnerglas mit hohlem Stiel, gefüllt mit braunen Ablagerungen, stand neben einem aufgeschlagenen Exemplar von Dante Gabriel Rossettis Gedichten auf dem Nachttisch. Wie es schien, hatte sie sich wenigstens ihr aufgeklärtes Urteilsvermögen bewahrt, wenn sie schon nicht mehr in der Lage war, den Wochentag richtig zu benennen.

Guy war beim Erstellen der Liste mehr als hilfsbereit gewesen, hatte die Küchenutensilien in den Schubladen durchwühlt, einen dunklen Schuppenanbau mit Gartengeräten durchsucht und Malersignaturen und Manufakturzeichen auf dem Porzellan unter die Lupe genommen. Als wir fertig waren, packte ich Zahnbürste und Kamm, die einzigen Dinge, die zu benützen mir sinnvoll erschienen war, wieder ein und bat Guy, so freundlich zu sein und mich zum Bahnhof von Porsley Heath zu bringen.

»Natürlich mache ich das, wenn Sie das möchten, aber ich glaube nicht, dass Sie es als einen besonders angenehmen Aufenthaltsort empfinden werden, um dort bis morgen um halb zehn auf den Zug zu warten.« Sein Gesicht war ernst, aber diesmal machte er sich offensichtlich lustig über mich.

»Wie bitte? Sie wollen damit doch nicht etwa sagen, dass vorher kein Zug fährt. Das ist ja nicht zu fassen!«

»Es fahren jede Menge Züge, aber nur, wenn Sie nach Bournemouth oder Exeter wollen. Wenn Sie aber nach London möchten«, dabei warf er einen Blick auf seine Uhr, »ist der Zug gerade abgefahren. Es ist skandalös, ich weiß. Wir machen bei unserem Kreisabgeordneten ständig Eingaben, er solle sich um eine Änderung bemühen, hatten bisher aber noch kein Glück.«

»Oh, das ist doch nicht zu fassen! Warum haben Sie mir das nicht gesagt?«

»Tut mir Leid. Ich hab die Zeit vergessen. Es hat mir großen Spaß gemacht, um ehrlich zu sein. Ihr Gesichtsausdruck, wenn Sie sich konzentrieren, ist faszinierend. Zwei dünne Linien hier«, er deutete auf meine Stirn, »die sich kreuzen und wieder entkreuzen, wenn Sie die Stirn runzeln. Und dabei machen Sie mit Ihren Lippen eine so süße Schnute, dass ich kaum an mich halten konnte, sie nicht zu küssen.«

Ich seufzte. »Heißt das, ich muss den Bus nach Tarchester nehmen? Da fährt doch ein Bus?«

»Ich werde Sie selbst nach Tarchester bringen, wenn Sie schon so sehr darauf erpicht sind, abzureisen.«

»Würden Sie das machen? Ich wäre Ihnen so dankbar.«

»Genau das habe ich gehofft.«

»Geht's nicht hier nach Tarchester?«, fragte ich kurz darauf, als der Jeep, gerade als ich einen ganz eindeutigen, geradeaus zeigenden Wegweiser sah, abrupt in einen Waldweg einbog.

»Das ist die langweilige Strecke für fantasielose, furchtsame Autofahrer. Außerdem geht's hier viel schneller. Sehen Sie nur. Ist das nicht wunderschön?«

Das war es. Obwohl mir eher nach heißen Bädern, hartem, trockenem Pflaster und einer durch nichts nur im Entferntesten an Grün erinnernden Umgebung war, bezauberten mich die vornehmlich aus Nadelhölzern bestehenden Baumreihen. Die massigen Stämme formten eine natürliche Krypta aus Bögen und ruhenden Schatten, während hoch darüber die obersten Äste wie eine sturmgepeitschte See schwankten und hin und her gerissen wurden. Etwas Kleines, Braunes huschte geschmeidig durch das Dämmerlicht unter den Bäumen.

»Sehen Sie!«, rief ich entzückt. »Das war doch ein Fuchs, oder?«

Wann hatte ich zuletzt einen Fuchs gesehen? Bestimmt nicht mehr seit meiner Kindheit. Da musste ich etwa zehn gewesen sein. Onkel Sid und ich waren früh auf gewesen und auf dem Weg ins salzige Marschland, um dort zum Frühstück Meerfenchel zu sammeln, als wir zwischen zwei Wäldchen einen Fuchs übers Feld schnüren sahen. »Das ist sicher die alte Füchsin. Da bin ich aber froh, dass sie den Winter überlebt hat.« Ich hatte ihn gefragt, weshalb er sich denn so sicher sei, welcher Fuchs das war. Onkel Sid kratzte sich darauf mit seinen dicken Fingern am Kopf mit den Stoppelhaaren, die er, um nicht zum Frisör gehen zu müssen, einmal die Woche abrasierte. »Keine Ahnung, woher ich das weiß. Wird wohl ihre Gestalt sein. Hab sie in diesem Wäldchen mit ihren Jungen gesehen, war wohl vor fünf Frühlingen. Sollen wir beide da noch mal hingehen, wenn die Welpen aus dem Bau kommen?«

Ich wäre auf jeden Vorschlag eingegangen, der mir Gelegenheit gab, mit Onkel Sid zusammen zu sein. Ich fand es damals eine Schande, dass ein Gesetz die Ehe zwischen Onkeln und Nichten verbot. Das wusste ich, weil ich meinen Vater gefragt hatte. Fay hatte es mitbekommen. Wenn sie wütend war, wurden ihre Augen ganz schmal und reichten fast bis zu den Ohren, und ihre Augenbrauen, die sie sich jeden Morgen nach dem Frühstück nachzog, schienen sich in eine Reihe schwarzer Punkte aufzulösen. »Hab ich's nicht gesagt, Charles? Er hat einen durch und durch schlechten Einfluss auf das Kind.«

Hat er nicht, hat er nicht, hat er nicht, hatte ich lautlos wiederholt, aber es nicht gewagt, mich für Onkel Sid ins Zeug zu legen. Gegen Fay war ich machtlos. Da brauchte ich nur an Evangeline denken.

»Jagen Sie?«, fragte Guy mich mit einem Gesichtsausdruck, der zu ihm gehörte, wie mir langsam klar wurde. Seine goldbraunen Augen waren ernst, aber seine Mundstellung verriet Ironie.

»Nein. Ich kann nicht mal reiten.«

»Ich werde es Ihnen beibringen.«

»Haben Sie's vergessen? Ich bin auf dem Weg zurück nach London.«

»Ja, das sind Sie.« Er lächelte.

Da begegneten wir dem Traktor. Das Gespräch über die Beschwerden zog sich derart in die Länge, dass ich die Augen schloss und Ruhe in meine Gedanken zu bringen versuchte. Das war schwierig, denn egal in welche Richtung ich sie lenkte, es fiel mir immer etwas Schmerzhaftes ein. Offenbar war ich etwas eingedöst, denn als ich meine Augen aufschlug, entdeckte ich, dass der Traktor verschwunden und ich allein im Landrover war. Die Kühlerhaube stand offen und gleich darauf tauchte Guys Kopf auf.

»Wird wohl der Zylinder sein. Der streikt manchmal. Ich hätte den Motor nicht abschalten dürfen.«

»Können Sie's reparieren?«

»Leider nicht. Er muss auseinander genommen und gereinigt werden. Ich habe keinen Schraubenzieher dabei.«

»Und was machen wir jetzt?«

»Ich werde zur Straße zurücklaufen. Von dort nimmt mich bestimmt jemand bis zur Werkstatt mit. Ich lasse Ihnen Chloë zur Gesellschaft hier. Sie wird Sie beschützen.«

»Wovor?« Ich sah mich ein wenig beunruhigt um. Nichts zu sehen außer Baumstämmen und Dunkelheit. Weit entfernt hörte ich einen Vogel kreischen. »Ich komme lieber mit.«

»Allein bin ich aber viel schneller. Es wird bestimmt nicht lange dauern. Wenn Sie wollen, sperre ich Sie ein.«

Ich zog mir den Mantel über die Knie, denn bei abgestelltem Motor war es kalt. Es freute mich, dass Chloë auf den Vordersitz geklettert kam und sich an mich drückte. Wieder schloss ich die Augen. In ein paar Stunden würde ich wieder in London sein. Welchen Unterschlupf gab es, wo Alex mich nicht vermuten würde? Der Gedanke war noch nicht zu Ende gedacht, da packte mich schon das Entsetzen. War ich etwa zum heimlichen Feigling geworden und hatte Angst vor ihm? Und die Antwort kam prompt. Ja, das war ich. Ich versuchte mir den Unsinn auszureden. Er hatte mich einmal geschlagen, aber nach einer ganz extremen Provokation. Soweit ich wusste, gehörte das nicht zu seinen Gewohnheiten. Doch ich fürchtete nicht die körperliche Gewalt, sondern etwas viel Heimtückischeres. Was auf mich sehr viel destruktiver wirkte.

6

Als ich mit Alex an dem Tag, an dem er mir die Gainsborough-Zeichnung geschickt hatte, zum Essen ging, betrat ich das St. James Hotel mit sehr gemischten Gefühlen. Ich hatte mir seine Nummer aus dem Telefonbuch herausgesucht und es den ganzen Nachmittag über immer wieder mehr als ein Dutzend Mal läuten lassen, ehe ich auflegte. Also gut, zwingen konnte er mich nicht. Sein Verhalten war auf höchst arrogante Weise schikanös gewesen. Eine Lektion konnte ihm nicht schaden. Aber jedes Mal, wenn ich die Zeichnung ansah, was mindestens alle fünf Minuten der Fall war, geriet mein Entschluss, ihren Eigentümer zu enttäuschen, ins Wanken. Angesichts ihrer perfekten Schönheit wurde Stolz unwichtig. Er hatte mir eine Freude machen wollen, was ihm gewiss gelungen war. Vielleicht schuldete ich ihm etwas dafür.

Ich musste lange überlegen, was ich anziehen sollte. Nichts, was zu tief ausgeschnitten war oder zu viel zeigte. Wahrscheinlich war er ein Psychopath, der pro Woche mehrere Gainsborough-Zeichnungen auf Mädchen abfeuerte, die ihm zufällig aufgefallen waren. Schließlich entschied ich mich für ein schlichtes graues, von Silberfäden durchzogenes Seidenkleid mit tiefer Taille, das elegant und den wechselhaften Temperaturen Ende September angemessen war. Dazu trug ich meine von einer Großtante geerbten Smaragdohrringe. Weil ich mich begehrt wusste, konnte ich mich der Macht der Eitelkeit nicht entziehen und setzte alles daran, gut auszusehen. Dafür schämte ich mich und wurde noch wütender. Aber wenn mein Blick bewundernd auf die Zeichnung fiel, die mir immer mehr ans Herz wuchs, wusste ich, dass ich sie ohne Verzögerung zurückgeben musste.

Er stand schon im Foyer, als ich durch die Drehtür kam.

»Hallo. Der Tisch wartet schon auf uns. Macht es Ihnen etwas aus, gleich hineinzugehen?«

Es ärgerte mich ganz gewaltig, dass er weder überrascht noch besonders erfreut zu sein schien, mich zu sehen. Im hübschen Speisesaal summten die Gespräche. Kerzenlicht und blank geriebenes Geschirr wetteiferten mit dem Funkeln der Diamantenkolliers und teure Düfte mischten sich mit denen von Fleisch und Lachs. Die hier versammelte Gesellschaft war heiter und erlesen. Als ich dem Kellner folgend an den Speisenden vorbeiging, fragte ich mich, weshalb ich mir solches Kopfzerbrechen bereitet hatte. Wir setzten uns an einen Fenstertisch. Ich legte den Umschlag zwischen uns auf den Tisch. Schon tauchte ein Kellner auf.

»Champagner?« Alex sah mich nicht an.

»Ja, bitte.«

Er bestellte und ließ weiterhin seinen Blick durch den Raum schweifen, über die anderen Gäste, den Inhalt der Servierwagen, die an uns vorbeigeschoben wurden, Richtung Tür, um zu sehen, wer gerade gekommen war, selbst über die Decke, wohl um den Stuck zu bewundern. Dann konzentrierte er seine Aufmerksamkeit auf die Speisekarte. »Was möchten Sie essen?«, erkundigte er sich, die Augen noch immer auf den Vorspeisen.

Zwischen Neugier und Pikiertheit hin und her gerissen, hatte ich noch keinen Blick auf die Speisekarte geworfen. »Ich nehme Gnocchi à la Romana und Côte de Porc aux Pruneaux.« Das waren von jedem Gang die jeweils ersten Gerichte.

Alex gab die Bestellung auf und wählte für sich Suppe und Steinbutt. Dann widmete er sich der Weinkarte. Er war älter als die meisten

Männer, die ich kannte, etwa vierzig oder fünfundvierzig. Mir fiel auf, dass seine Nase ein wenig nach unten gebogen war und seine Brauen den feinen Schwung wie bei einer Frau hatten. Er hatte lange Wimpern und neben seinem Mund verliefen zwei senkrechte Linien, die ihm einen arroganten, wenn nicht sogar boshaften Ausdruck verliehen. Sein glänzendes Haar trug er im Nacken lang. Obwohl er sicherlich frisch rasiert war, lagen auf Oberlippe und Kinn dunkle Schatten. Ein Doppelkinn zeigte sich erst im Ansatz. Seine Kleidung war tadellos, ein gut geschnittener Anzug, gestreiftes Hemd und Seidenkrawatte, kein Geschmeide, bis auf dezente goldene Manschettenknöpfe. Er gab beim Sommelier seine Bestellung auf.

»Was denken Sie?«, sagte er und richtete plötzlich seine Augen auf mich. Sie beherrschten sein Gesicht mit ihrem satten Schokoladenbraun, das Iris und Pupille miteinander zu verschmelzen schien. Die sie umgebende Haut war ein wenig dunkler als der Rest seines Gesichts, was ihn nicht wie einen Engländer aussehen ließ. Wochen später erzählte er mir, dass eine seiner Vorfahrinnen Mulattin gewesen sei. Sie war in ihrer Jugend von Alex' Ururgroßvater, einem Friedensrichter und Plantagenbesitzer auf Santa Lucia, wegen Zauberei zur Deportation verurteilt worden. Aber ehe die Strafe vollstreckt werden konnte, hatten ihre schwarzen Augen ihn in ihren Bann gezogen. Ihre Gene schlugen seitdem gänzlich unberechenbar durch. Die meisten Verwandten von Alex waren rötlichen Typs mit blassblauen Augen. Aber einer seiner Onkel war pechschwarz gewesen.

»Denken, worüber?«

Alex lächelte. »Sie haben mich, seit wir hereingekommen sind, unentwegt angesehen. Ich hielt es für vernünftig, Ihnen Gelegenheit zu einer eingehenden Überprüfung zu geben.«

»Es kann doch nicht überraschen, dass ich neugierig bin auf einen Mann, der mit jemandem zum Abendessen geht, dem er noch nie begegnet ist.« Ich versuchte mit einem Lachen darüber hinwegzugehen.

»Nein, es überrascht mich nicht. Aber Sie haben meine Frage nicht beantwortet. Was halten Sie von mir?«

»Ich wüsste nicht, was ich von einem kurzen Blick auf Ihr Gesicht erahnen sollte.«

»Seien Sie nicht unaufrichtig. Es ist doch ihr Beruf, das Wesen der Menschen von ihren Gesichtern abzuleiten, oder nicht?«

Seine offenkundige Kenntnis meiner Lebensumstände brachte mich aus dem Konzept.

»Woher wissen Sie so viel über mich?«

»Ich weiß nur, was jeder wissen könnte, der einige Sorgfalt walten lässt. Ich bin Ihnen gestern Abend nach der Oper gefolgt.«

»Ich habe Sie nicht gesehen.«

»Natürlich nicht. Ich habe im Taxi gewartet, bis Sie im Haus waren.«

»War das denn ... anständig? Ich mag es nicht besonders, wenn man mir nachspioniert.«

»Unanständig war es jedenfalls nicht. Und wie sonst hätte ich herausbekommen sollen, wer Sie sind?«

»Und wie haben Sie's herausbekommen?«

»An Ihrer Haustür gibt es drei Klingeln. Ich hielt es für unwahrscheinlich, dass Sie Prof. A. J. Halliwell oder Mr. und Mrs. Snip-Montague sind. Miss Florence Swann hielt ich für die wahrscheinlichste Möglichkeit. Florence Swann. Ja, das waren Sie. In allen Stockwerken brannte Licht, vermutlich zur Abschreckung von Einbrechern. Ich wollte wissen, in welchem Stockwerk Sie wohnten. Ich ging nach unten und sah durch die Fenster der Souterrain-Wohnung. Der über einen Stuhl geworfene Kamelhaarschlafrock, die Meerschaumpfeife auf dem Tisch, die auf sämtlichen verfügbaren Oberflächen verteilten Papiere überzeugten mich, dass dies nicht die Behausung von Miss Florence Swann sein konnte. Ich vergaß die Reste einer Fertigpastete und eine Dose Erbsen auf der Abtropffläche neben dem Fenster zu erwähnen. Alle Beweise sprachen dafür, dass der Eigentümer der Kellerwohnung ein typischer Akademiker mit der üblichen Gleichgültigkeit gegenüber Komfort und Schönheit war und nur Professor A. J. Halliwell sein konnte.«

»Ganz recht.« Der in seinen Augen aufblitzende Triumph amüsierte mich.

Das Eintreffen des Champagners gab mir eine weitere Gelegenheit, meinen Gastgeber insgeheim unter die Lupe zu nehmen. Seine Ohren waren klein und zart und seine schmalen, blassen Hände waren sehr sorgfältig manikürt. Er hatte volle Lippen und gute Zähne.

Alex hielt sein Champagnerglas gegen das Licht, um die Farbe zu prüfen. »Jetzt musste ich noch entscheiden, ob Sie im Erdgeschoss oder im ersten Stock wohnen. Während ich mich noch auf der Souterrainebene befand und überlegte, wie ich meine Rolle als Detektiv weiter spielen konnte, kam mir ein Glücksfall zu Hilfe. Ein Mann rannte die Treppe zur Eingangstür hoch und sperrte mit einem Schlüssel auf. Ich ging hoch zum Gehweg und überquerte dann die Straße. Wer auch immer die Vorhänge zugezogen hatte, war in Eile gewesen, denn es klaffte eine Lücke, die mir gute Sicht auf einen Mann erlaubte, der am Fenster vor einem Tisch stand und sich etwas zu trinken einschenkte. Ein paar Minuten später fuhr ein Wagen vor. Die Straßenlampe beleuchtete ein Mädchen mit rotem Kleid und schwarzen Haaren. Auch sie sperrte mit einem Schlüssel auf. Dann tauchte sie im Fenster neben dem Mann auf, und ich sah, wie sich beide leidenschaftlich küssten. Er öffnete den Reißverschluss ihres Kleides. Unvorstellbar, dass sich dies im Wohnzimmer Ihrer Wohnung abspielte. Ich kam mir zwar ein wenig wie ein Voyeur vor, aber es war interessant. Die Intensität des Kusses ließ mich folgern, dass dies nicht Mrs. Snip-Montague sein konnte. Was wiederum zu dem Schluss führte, dass Mr. Snip-Montague in Abwesenheit seiner Frau die Gunst der Stunde nutzte.«

»Tatsächlich sind die Snip-Montagues jedoch schon seit drei Monaten in Kenia. Ich denke, es war Gina, das Au-pair-Mädchen, mit ihrem neuen Freund.«

Am liebsten hätte ich losgekichert, als sich auf Alex Montcrieffs Gesicht Verärgerung über die falsche Vermutung breit machte. Mittags hatte ich nur einen kleinen Salat gegessen und jetzt trank ich zu schnell.

»Na gut, ich muss zugeben, dass ich darauf nicht gekommen bin. Doch ich war inzwischen zu der Überzeugung gelangt, dass Sie im ersten Stock wohnen. Ich wartete noch auf eine Gelegenheit, einen Blick auf Sie zu erhaschen. Ich stellte mich in einen Türeingang, wo sich gleich eine Katze mit mir anfreundete und mit meinen Schuhbändern spielte. Ich kam mir vor wie Harry Lime. Trotz eines unangenehmen Regenschauers hatte ich meinen Spaß. Dann wurde meine Geduld belohnt. Sie kamen ans Fenster, an das mit dem Balkon. Da hatte ich einen plötzlichen Einfall. Ein so großes Fenster, war das vielleicht ein Atelier? War Florence Swann womöglich Künstlerin? Sie tauchten kurz ab und kehrten dann mit einem Pinsel in der Hand zurück.«

»Ich erinnere mich. Ich beschloss, noch ein wenig an den Händen weiter zu arbeiten, ehe ich zu Bett ging. Ich bewahre meine Pinsel auf dem Tisch am Fenster auf.« Gegen meinen Willen fand ich die Sache unterhaltsam. »Aber wie kamen Sie dahinter, dass ich Porträts male?«

»Während ich zu Hause wieder trocken wurde, rief ich einen befreundeten Kunsthändler an. Und der teilte mir heute Morgen mit, dass es im Jahrbuch der Gesellschaft für Porträtmaler eine Florence Swann gab. Er besaß auch eine Liste ihrer früheren Kunden. Von da an war alles einfach. Ich rief einen an, den ich zufälligerweise kannte. Es kristallisierte sich das Bild von einem Mädchen heraus, das sich und ihr Leben gut im Griff hatte, unabhängig, sehr begabt und erfolgreich war. Genau was ich mir gedacht hatte, als ich Sie gestern Abend sah.«

Ich nippte nachdenklich an meinem Glas. In dem Moment kamen meine Gnocchi, ein großer Teller voll dicker, cremiger Halbmonde, mit einer Schicht Käse überbacken. Sie sahen köstlich aus, aber die Menge war entmutigend.

»Hm. Verstehe. Für einen Außenstehenden mag es wohl so aussehen.«

»Aha. Dann sind Sie also nicht ganz zufrieden?«

»Wer ist das schon?«

»Wahrscheinlich keiner, wenn man ehrlich zu sich ist. Ich bin mir nicht einmal sicher, ob es erstrebenswert ist. Und was versalzt Ihnen die Suppe?«

»Das ewige Problem mit den Auftragsarbeiten. Man muss es den Modellen immer recht machen.« Ich zuckte die Achseln. Alex lehnte sich zurück und wartete darauf, dass ich fortfuhr. Auf diese Technik falle ich immer herein. Jahrelange Übung im gesellschaftlichen Umgang zwingt mich, die Gesprächslücke zu füllen. »Die meisten Menschen haben von ihrem Aussehen völlig falsche Vorstellungen. Anfangs machte mir das gar nichts aus. Ich war so versessen darauf loszulegen, meinen Lebensunterhalt selbst zu verdienen. Mit Freuden machte ich lange Nasen hübscher und rückte schiefe Münder gerade. Aber noch viel schwieriger ist die Verschönerungsarbeit am Wesen der Menschen. Langsam überkommt mich das Gefühl, dass ich bereits vergessen habe, unter die Oberfläche zu schauen, dass ich nach einem Schema male.«

»Mich interessiert dieser Drang nach finanzieller Unabhängigkeit. Ich kenne Ihren Vater oberflächlich. Das letzte Mal sind wir uns auf der Party für den scheidenden französischen Botschafter begegnet. Fay war auch da. Sie hat mich zum Essen eingeladen. Natürlich war ich Ihnen zu diesem Zeitpunkt noch nicht begegnet, sonst hätte ich die Einladung gewiss angenommen.«

»Wie schmeichelhaft, aber ich gehe nur selten dorthin.«

»Das habe ich von einem Freund erfahren, der Fay sehr gut kennt. Nicht gerade die ideale Stiefmutter – sie hat so etwas Raubgieriges.«

Wenn sich jemand abfällig über Fay äußerte, kam immer die Versuchung auf, die Enttäuschungen so vieler Jahre loszuwerden und in die Denunziation mit einzustimmen. Aber aus Erfahrung wusste ich, dass die Erleichterung nur kurzlebig war und ich mich danach schämte.

»Was würden Sie denn wirklich gerne malen?«, fragte Alex und ging kommentarlos über mein Schweigen hinweg.

»Ehrlich gesagt, weiß ich das gar nicht. Ich hatte nie die Gelegenheit, das herauszufinden. Ich würde gerne etwas Großes, Fernes malen statt eine Person auf einem Stuhl in einem tristen Raum. Ich versuche meine Modelle zu einem Landschaftshintergrund zu überreden, aber sie wollen in den seltensten Fällen für etwas zahlen, was nicht direkt mit ihnen zu tun hat. Heutzutage macht es keinen Unterschied, ob man sich einen Anzug oder ein Porträt machen lässt.«

»Vielleicht hätten die Leute lieber etwas mit Symbolkraft, was die geistige Natur des Porträtierten erforscht. Wie etwa Hunde für eheliche Treue, Perlen und Papageien für Keuschheit, wie das die frühen Maler in ihre Bilder einbrachten. Es ist eine Schande, dass die Ikonografie der klassischen und religiösen Themen heute nur noch für Kunsthistoriker von Bedeutung ist. Kennen Sie das Selbstporträt von Poussin im Louvre?«

»Mit der Frau zur Linken, die ein Diadem mit einem einzelnen Auge trägt? O ja, über dessen Bedeutung habe ich meine ganz eigene Theorie.«

Ich redete weiter und vergaß, dass ich mich distanziert verhalten und keinerlei Hoffnungen wecken wollte. Alex wusste sehr viel und war auch ein guter Zuhörer, der beharrlich alles auf seine Bedeutung abklopfte und keine Unklarheiten duldete. Er führte das Gespräch wieder auf meine Unzufriedenheit mit meiner Arbeit zurück. »Eigentlich wollen meine Klienten etwas, das zu ihren Vorhängen und Teppichen passt. Und ich komme mir inzwischen schon wie eine Dekorateurin vor«, antwortete ich trübsinnig. »Wenn man nichts anderes im Sinn hat, ist das natürlich in Ordnung, aber ich hatte einen solchen Ehrgeiz, in meiner Malerei etwas darüber auszusagen, wie ich die Dinge sehe. Vielleicht ist es bloß Eitelkeit. Wahrscheinlich ist es vollkommen egal, ob ich es tue oder nicht.«

»Für die Welt schon. Aber für Sie selbst ist es von sehr großer Bedeutung. Sie dürfen sich nicht der Masse der Enttäuschten anschließen. Warum bitten Sie nicht Ihren Vater, Sie ein Jahr lang zu unterstützen, damit Sie Zeit zum Überlegen haben?«

»Da würde ich mich lieber mit Rolle und Wandfarbe an die Arbeit machen, als ihn um Geld zu bitten. Außerdem bin ich achtundzwanzig. Viel zu alt, um ins Nest zurückzukehren.«

»Das wird wohl an Fay liegen.«

Alex hatte natürlich Recht. Alles, was mein Vater mir gab, neidete sie mir, und obwohl er es schon lange aufgegeben hatte, für mich einzutreten, litt ich sehr darunter, ihn als Opfer ihrer Launen und Wutausbrüche zu erleben. Wenn ich an meinen Vater dachte, dann meist voller Verzweiflung, beinahe mit Verachtung gepaart, aber es kam vor, dass ein flüchtiger Augenblick voller Leid auf seinem noch immer schönen Gesicht den Panzer der Gleichgültigkeit durchdrang, den ich seit meiner Jugend sorgsam aufgebaut hatte. Dann blitzte die alte Liebe, die ich als Kind für ihn empfunden hatte, wieder mit solcher Macht auf, dass ich tieftraurig wurde.

»Was ist los?«, wollte Alex wissen.

»Nichts.« Wieder hatte ich nur getrunken und nichts gegessen. Die wirklich köstlichen Gnocchi schienen sich auf meinem Teller vervielfacht zu haben. Ich konnte sie unmöglich aufessen. Panik erfasste mich, mir wurde schwindelig, mein Magen drehte sich um, mein Gehirn schien sich aufzulösen. Alex winkte den Kellner herbei.

»Servieren Sie das ab und bringen Sie den Hauptgang.« Er wandte sich mir zu. »Sie sollten lieber etwas anderes bestellen. Das Schweinefleisch wird sehr üppig sein und Sie scheinen keinen Hunger zu haben.«

Dankbarkeit siegte über jegliche Verärgerung, von ihm wie ein Kind behandelt zu werden. »Danke. Es war dumm von mir – Sie haben ganz Recht. Ich habe nicht nachgedacht –«

»Nein. Sie haben mich angesehen, um herauszufinden, ob ich beiße.«

»Ich komme mir vor wie ein Schulmädchen, das zum ersten Mal in ein Restaurant für Erwachsene darf.« Ich lachte.

»Ich frage mich, wie Sie wohl als Schulmädchen gewesen sein mögen? Hatten Sie bei Spiel und Sport das Sagen und waren der Schwarm kleiner Mädchen? Oder hat man Sie der Schule verwiesen, weil Sie geraucht und andere auf Abwege gebracht haben?«

»Ich war ziemlich dick und trug eine Brille. Außerdem hatte ich überall Sommersprossen.«

»Diese Vorstellung gefällt mir. Nicht unbedingt das Dicksein, aber die Sommersprossen. Da sehe ich noch welche.« Alex blickte auf meine Arme, die vom Ellbogen abwärts nackt waren. Reflexartig versteckte ich sie unter der Tischdecke. Starkes Sonnenlicht versuchte ich zwar immer zu meiden, aber schon der schwächste, bleistiftdünne Strahl brachte sie hervor. Ich konnte sie nicht ausstehen. In meinem ersten schrecklichen Schuljahr hatten die anderen Mädchen mich Tupfen-Swann genannt.

»Ich kann Ihnen versichern, dass ich eine einzige Witzfigur war. Außerdem war mir ständig schlecht, weil ich so nervös war.«

Alex lächelte. »Sollten Sie vorhaben, mich damit abschrecken zu wollen, dann werden Sie damit keinen Erfolg haben, das versichere ich Ihnen.« Plötzlich verschwand sein Lächeln und er sah mich so eindringlich an, dass meine vorherige Unruhe zurückkehrte. »Es war keine glückliche Kindheit, nicht wahr?« Seine Opfer auf der Anklagebank taten mir Leid. Ihm entging wirklich nichts. »Erzählen Sie mir, was so schrecklich an dieser Schule war.«

»Das kann Sie doch nicht allen Ernstes interessieren. Es war genau die gleiche Erfahrung, die alle anderen auch im Internat machen. Ein schlimmer Beginn, aber dann wurde es mit jedem Schuljahr besser. Entsetzliches Essen, im Winter Frostbeulen, langweiliger Unterricht, genau die gleichen Qualen, die Sie bestimmt auch erlitten haben.«

»Da liegen Sie ganz falsch. Ich war Tagesschüler in der Schule von St. Paul's. Ich kehrte jeden Abend in die zärtliche Obhut meiner

Mama zurück. Mit siebzehn verbrachte ich all meine Freizeit in einer Wohnung in der Albemarle Street, die meiner ersten Geliebten gehörte. Belinda war achtundzwanzig, genauso alt wie Sie jetzt sind. Ein Mannequin. Völlig anders als Sie. Nicht gerade die Hellste und auch nicht die Freundlichste. Ich verbrachte sechs fantastische Monate mit ihr. Als sie mich wegen eines gut aussehenden Fotografen sitzen ließ, brach mir das Herz.«

»Waren Sie sehr traurig?«

»Nur ein paar Wochen lang, bis ich eine Affäre mit einem netten Mädchen anfing, das ihren Lebensunterhalt mit dem Trimmen von Pudeln bestritt. Nicht intelligent, aber süß und mit einem Madonnengesicht. Dieses Mal war ich derjenige, der Schluss machte. Ich hatte eine wertvolle Lektion verinnerlicht. Vor nicht allzu langer Zeit habe ich Belinda wieder gesehen. Dreimal geschieden. Und durch die ganzen Belastungen ziemlich ramponiert. Sie möchte, dass ich sie in einem Rechtsstreit verteidige, in dem es um Geldzuwendungen geht, die unter falschen Voraussetzungen erfolgt sind – gratis natürlich, um der guten alten Zeiten wegen.«

»Und werden Sie das tun?«

»Das verrate ich nicht.« Alex lächelte.

»Warum soll ich Ihnen eigentlich mein Herz ausschütten, wenn Sie den Geheimniskrämer spielen?«

»Sie sind nicht sonderlich interessiert an mir. Noch nicht. Deshalb.«

Dazu fiel mir nichts ein. Lieber hätte ich mir die Zunge abgeschnitten und auf einem blitzblanken Teller in Butter geschwenkt, als zugegeben, dass mein Interesse an ihm weitaus größer war, als ich je für möglich gehalten hatte. Alex' Steinbutt und meine gegrillte Seezunge wurden serviert und wir tranken guten Weißburgunder dazu und teilten uns geschmorten Chicorée und grünen Salat. Alex bohrte hartnäckig in meiner Kindheit. Seine Fragen wühlten Erinnerungen auf, die lange Zeit nicht hochgekommen waren.

Ich war zwölf Jahre alt und stand in der Diele, um auf das Taxi zu warten, das mich zum Bahnhof und zum Schulzug für mein erstes Trimester an der St. Catherine's School bringen sollte. Mein Herz klopfte vor Angst, als ich die Kleiderliste durchging, um sicherzustellen, dass auch ja alles bis zur Haarbürste mit meinen Initialen gekennzeichnet war. Der große Koffer war schon vorab geschickt worden, doch ich hatte noch ein rotes Reiseköfferchen dabei. Dort lag in einer Plastiktasche im Kofferdeckel versteckt das Bein von Evangeline. Mein Vater war überraschend früher nach Hause gekommen.

»Ach wie schön. Ich hatte gehofft, dich noch zu sehen. Alles in Ordnung, meine Große?« So nannte er mich nur, wenn Fay uns nicht hören konnte.

»Ja. Alles in Ordnung.« Dabei bemühte ich mich auch um einen entsprechenden Gesichtsausdruck, obwohl ich inbrünstig betete, in einem Verkehrsunfall umzukommen, ehe wir die Victoria-Station erreichten.

»Das ist mein Mädchen. Du wirst mir fehlen, weißt du.«

Ich wusste, dass das nicht stimmte, doch es sprach für ihn, dass es ihm wenigstens peinlich war, als er es aussprach. Schon seit Wochen hatte Fay all ihren Freunden erzählt, dass ich im September weggehen würde, und dabei jedes Mal die Augen aufgerissen und tief Luft geholt, als könne sie es kaum erwarten. Am Tag meiner Abfahrt hatte unsere Haushälterin Mrs. Pope den Auftrag bekommen, in der Bibliothek für zwei Leute zu decken, und es gab Champagner, foie gras und Kalbskotelett, alles Fays Lieblingsspeisen.

»Das wird deinen Papa aufheitern«, hatte Mrs. Pope freundlich gesagt, als ich sah, wie sie die Blumen für das intime Abendessen arrangierte. Wir wussten beide, dass dies nicht der Grund war.

»Vergiss nicht zu schreiben«, hatte mein Vater mich ermahnt. »Lass mal sehen« – er holte sein Notizbuch hervor –, »wann der erste Besuchstag ist?«

»Am dritten Oktober. Aber da verbringt ihr beide schon das Wochenende bei den Chattertons.«

»Ziemliche Fehlplanung, was meinst du? Vielleicht sind auch nur die Termine durcheinander gekommen.«

»Ich habe mitbekommen, wie Fay den Termin am Telefon extra geändert hat.« Ich sah ihn mit flehendem Blick an, doch endlich ein Machtwort zu sprechen und sich zu weigern, bei meiner ersten Ausgeherlaubnis nicht zu Hause zu sein. Ich wünschte es mir so sehr, dass mir die Brote wieder hochkamen, die ich mittags hatte essen müssen. Ich schluckte tapfer, damit ich mich nicht übergeben musste. Mein Vater klopfte mir auf die Schulter. »Nun, man bekommt nicht immer, was man sich wünscht.« Mir kamen die Tränen und auch die Brote machten sich wieder bemerkbar. »Aber, aber. Wo bleibt da mein tapferes Mädchen?« Er blickte sich verstohlen um. »Ich habe auf dem Heimweg kurz bei Underwood's vorbeigeschaut.« Underwood's war Fays Juwelier. »Ich habe was für dich.« Es war eine Armbanduhr, sehr hübsch mit ovalem Zifferblatt und einem Band aus blauem Schlangenleder. »Lass mal sehen, wie sie dir steht.« Er befestigte sie an meinem Handgelenk. Es war mein erstes Schmuckstück für Erwachsene. Als sie meinen pummeligen, von Sommersprossen übersäten Arm umschloss, wurde mir leichter ums Herz und einen Augenblick lang glaubte ich, das Fürchterliche, das von mir erwartet wurde, doch bewältigen zu können – meinen Vater und Mrs. Pope und die Katze von nebenan zu verlassen, um wegzugehen und unter Hunderten von Fremden zu leben. Zur Besichtigung war ich schon einmal in der Schule gewesen. Es war dort dunkel und kahl und hässlich und roch überall, selbst in den Schlafsälen, nach Desinfektionsmitteln und gummierten Gymnastikmatten.

Fay kam aus dem Wohnzimmer. Sie zeigte sich verärgert, als sie meinen Vater sah. »Du hast mir nicht gesagt, dass du früher nach Hause kommst. Wo ist das Taxi? Was hast du da um den Arm, Florence?« Ich hatte den Ärmel meines grauen Schulmantels heruntergezogen, aber wohl doch nicht schnell genug. »Zeig's mir!« Ich warf meinem Vater einen flehenden Blick zu.

»Es ist ein Schmuckstück, das ich ihr mitgebracht habe. Nichts Wertvolles.«

Fay ergriff meine Hand und schob den Ärmel zurück. »Also wirklich, Charles, was bist du nur für ein Dummkopf! Die geht doch sofort kaputt. Es würde mich nicht überraschen, wenn sie die gleich konfiszieren. Sie ist viel zu wertvoll für die Schule. Gib sie mir. In den Ferien kannst du sie haben.«

Fay streckte ihre Hand danach aus. Ich biss hinein. Beim Anblick der Blutstropfen, die aus ihren Fingerknöcheln perlten, stieg meine Stimmung. Fay schrie und schlug mir so fest ins Gesicht, dass meine Brille durch den Raum flog und eins der Gläser zerbrach. Das war mir egal. Die Zukunft war so beängstigend düster und elend, dass ich nichts zu verlieren hatte. Ich würde sechs Wochen lang weg sein und Fay hatte keine Chance sich zu rächen. Mrs. Pope kam angerannt, um zu sehen, was passiert war, gleichzeitig läutete es. Schock und Abscheu hatten meinen Vater durcheinander gebracht. Mrs. Pope verfrachtete mich ins Taxi. »Auf Wiedersehen, Flo. Ich weiß, dass du das nicht mit Absicht getan hast. Gott segne dich, mein Engel!«

»Es war Absicht, Mrs. Pope.« Ich streckte meinen Kopf aus dem Fenster. »Ich wünschte, ich hätte fester zugebissen. Aber ich hab die Uhr behalten. Sehen Sie?«

»Sehr hübsch, meine Liebe. Jetzt aber los und sei ein liebes Mädchen. Ach du liebe Zeit, das wird bestimmt Ärger geben. Ich möchte nicht in den Schuhen meines Herrn stecken.« Dann kicherte sie. »Verdient hat sie's.« Ihre Augen wurden feucht. »Gib der alten Pope doch einen Kuss.«

Ich umarmte sie stürmisch und drückte ihr einen herzhaften Kuss auf die Wange. Dann fuhr das Taxi davon. Am Bahnhof lief ich einsam und verlassen mit meinem Koffer umher und schwitzte unter meinem schweren Mantel aus Harris-Tweed, weil es ein außergewöhnlich warmer Tag war. Dann entdeckte ich eine Gruppe Mädchen, die genauso gekleidet waren wie ich, aber keine Mäntel trugen. Sie unterhielten sich und schrien vor Lachen, hakten sich unter und taten so, als würden sie einander umstoßen. Sie machten mir schreckliche Angst. Ich hielt mich am Rande der Gruppe, bis eine mürrisch dreinblickende Frau mit einer Pfeife um den Hals auf mich zukam und nach meinem Namen fragte. Die anderen Mädchen redeten sie mit Miss Teal an.

»Leise sein, Mädchen! Hilary, setz deinen Hut anständig auf. Sprich leiser, Jeanette. Denkt dran, ihr seid die Botschafterinnen der Schule.«

Ich wurde in die Obhut eines großen Mädchens mit langen braunen Zöpfen gegeben, das Lydia Warrington-Smith hieß. Sie sah mich mit unverhohlenem Abscheu an. Ich war bestimmt ein lächerlicher Anblick mit dem fehlenden Brillenglas und meinem roten Gesicht, über das mir vor Hitze und Angst der Schweiß lief. Außerdem trug ich meinen grauen Filzhut mit rundum hochgebogener Krempe, anstatt sie vorne flott nach unten zu klappen.

»Du bleibst am besten hier sitzen«, meinte Lydia, als wir einstiegen, und deutete auf einen Eckplatz. »Du kannst deinen Mantel auf die Ablage legen. Vernünftiger wäre es gewesen, wenn du ihn im

Schrankkoffer mitgeschickt hättest. Das machen alle.« Sie sprach kein weiteres Wort mehr mit mir, bis wir Reigate erreichten. Ich ließ meine rechte Hand auf der Armbanduhr ruhen und streichelte sie, wann immer ich glaubte, mich übergeben zu müssen. Die Mädchen wetteiferten mit sich überschlagenden Stimmen um die haarsträubendsten Erlebnisse, die sie in den Sommerferien angeblich gehabt hatten. Verblüfft hörte ich zu und bekam bei den meisten Geschichten gar nicht mit, worum es ging.

Als der kreischende Haufen auf den Schulbus zustürzte, hätte ich fast den Anschluss verpasst. Die Tür war bereits zu und Miss Teal schien zu glauben, ich hätte absichtlich getrödelt, um sie zu ärgern. Bei der Einfahrt durch die Schultore ging ein allgemeines Stöhnen durch den Bus, das dann in einen Aufschrei des Ekels umschlug, weil ich mich über Rock und Schuhe erbrochen hatte.

»Pech, Lydia«, hörte ich eins der Mädchen sagen, als ich schmachvoll aus dem Bus geführt wurde und mein Erbrochenes von einer ingrimmig schweigenden Miss Teal mit einem Stück Papier abgeschabt wurde.

»War doch klar, dass ich das reihernde Schweinchen bekommen würde, oder?«, erwiderte Lydia.

Die folgende Stunde verbrachte ich wie in Trance, bezog mein Bett und legte meine Kleider zur Bestandsaufnahme darauf. Da war ich zu voreilig gewesen, denn es gab eine Krankenstation. Miss Teal erschien im Schlafsaal.

»Florence Swann sofort zu Miss Bessamy.«

Lydia brachte mich zur Tür der Direktorin. »Wahrscheinlich wird sie dir wegen irgendwas die Hölle heiß machen«, waren ihre letzten tröstenden Worte.

Miss Bessamy war so groß, dass ich meinen Kopf in den Nacken legen musste, um zu ihr hoch zu schauen. Unter einem unwahrscheinlich hölzern wirkenden Nest aus blau gefärbten Wellen hatte sie ein breites, plattes Gesicht mit männlichem Kinn.

»Deine Mutter hat mich angerufen, Florence. Sie ist sehr verärgert und ich muss sagen, ich bin schockiert. Schockiert! Was nicht heißen soll, dass das Personal von St. Catherine's es nicht mit jeder Eventualität aufnimmt. Aber Beißen! Eine derartige Abscheulichkeit hat es in der ganzen Schulgeschichte noch nie gegeben! Komm, gib sie mir.«

Sie streckte ihre Hand aus. Einen verrückten Augenblick lang dachte ich, sie wolle von mir, dass ich zubiss, aber sofort kam die Vernunft wieder zum Tragen und ich nahm mit zitternden Fingern die Armbanduhr ab. »Hm! Völlig unpassend für ein junges Mädchen!« Weil es mich für meinen Vater schmerzte, hätte ich gerne protestiert, aber Miss Bessamy wies mir mit einer schwungvollen Geste die Tür. Ich schlich hinaus und stand schwitzend und zitternd im dunklen Korridor. Zum Glück stand in der Nähe eine große Messingvase, in der ich die letzten Reste meiner Brote los wurde.

Von dieser Episode erzählte ich Alex die Kurzfassung, da er für diese traurigen Schulgeschichten außergewöhnliches Interesse bekundete.

»Na, sehen Sie? Die Dinge, an die Sie sich erinnern, sind doch wichtig für Sie.«

»Es sind nur langweilige kleine Anekdoten.«

»Und warum haben diese Eindrücke dann überlebt? Weil solche Erfahrungen sich tief eingraben. Sie erzählen mir was von Ihnen.« Er lachte, dann wurde sein Gesichtsausdruck wieder weicher. »Das arme kleine Ding, das Sie mal waren. Wenn Sie doch damals schon gewusst hätten, wie sich letztendlich doch alles zum Guten wendet.«

Ich lächelte abwehrend. Aber der reichlich genossene Champagner und das angenehme Gefühl, von einem Publikum mit Interesse an der eigenen Person verwöhnt zu werden, taten gemeinsam ihre Wirkung und trugen mich auf einer Woge der Zuversicht davon. Plötzlich war ich davon überzeugt, dass er Recht hatte.

7

Wachen Sie auf, Flo!« Jemand schüttelte mich sanft an der Schulter. Zu meiner Überraschung lag ich quer über dem Vordersitz des Jeeps. Chloë saß aufrecht im Fußraum und drückte mir liebevoll ihre Schnauze auf die Nase. »Ihr seid mir ja ein paar schöne Grünschnäbel.« Guy guckte durch die offene Tür herein. »Seid froh, dass euch die Vögel nicht mit Blättern zugedeckt haben.«

»Das wäre mir nur recht gewesen«, erwiderte ich und richtete mich dabei mühsam auf. Meine Muskeln waren steif und gehorchten nicht. »So kalt war mir im Leben noch nicht. Wie spät ist es?«

»Mittagszeit.« Er stieg neben mir ein. »Ich bin völlig ausgehungert. Wir dürfen Mrs. Deacon nicht warten lassen.«

»Mrs. Deacon?«

Ein mir unbekanntes Mondgesicht von der Farbe roter Bete mit üppigem Backenbart tauchte am Fenster auf. »Da ist ja das Fräulein«, sagte sein Besitzer in hartem Dorset-Akzent. »Guten Tag, Miss Swann. Die wird sich wie 'ne Schneekönigin freuen, mal mit 'ner Frau drauflos schwatzen zu können. Beschwert sich ständig, zu viel Männervolk um sich zu haben. Das Seil sitzt gut und ist gespannt, Master Guy. Es kann losgehen, wenn Sie woll'n.« Er stieg ins Führerhaus des vor uns geparkten Lastwagens.

Ich warf Guy einen flehenden Blick zu. »Was ist mit meinem Bus?«

»Ned – das ist Deacons Junge – wird nach dem Mittagessen versuchen, den Jeep wieder in Gang zu bringen.«

Guy gab Mr. Deacon ein Zeichen, dass er bereit war. Durch das offene Fenster kam eine üble Abgaswolke herein, gefolgt von Schmutzpartikeln, die von den durchdrehenden Rädern aufgewirbelt wurden. Mit einem Ruck, der mir fast die Halswirbel ausgerenkt hätte, setzten wir uns in Bewegung. Bis zum Wohnsitz der Deacons schien es ein weiter Weg zu sein, meist über unbefestigte Straßen. Mir kam es vor, als wäre mein Mageninhalt zu feinem Schaum geschlagen worden.

Als das Bauernhaus dann vor uns auftauchte, erholte ich mich vorübergehend. Es war ein lang gestrecktes Gebäude, so schmuck wie ein Gemälde auf einer Bonbondose, mit hohen Kaminen und einem durchhängenden, mit Steinen gedeckten Dach. Der über die roten Ziegelwände wuchernde Efeu verbarg die kleinen bleiverglasten Fenster. Vor der Eingangstür liefen ein paar Hühner und ein großes Schwein hin und her. Drinnen war es sehr dunkel wegen der Balkendecken und des gefliesten Fußbodens, auf dem ein Gestell mit schmutzigen Gummistiefeln und Jacken stand.

Mr. Deacon wies uns an, unsere Mäntel einfach auf den Haufen zu werfen. Nur zögernd trennte ich mich von meinem wunderschönen Alpakamantel, denn die Fliesen glänzten feucht. Sobald ich ihn sorgfältig in der trockensten Ecke des Haufens platziert hatte, sprang eine weiße Katze darauf und begann ihn begeistert mit ihren Pfoten zu bearbeiten, die alles andere als sauber waren. Mrs. Deacon unterbrach zu unserer Begrüßung ihre Arbeit am Spülstein und trocknete sich die Hände an ihrer schmuddeligen Schürze ab. Wie ihr Ehemann war auch sie breit gebaut und von gesunder Gesichtsfarbe, nur der Backenbart fehlte. Sie trug eine geblümte Wickelschürze und ihr Haar steckte unter einem Kopftuch. Mit ihrem freundlichen Lächeln war sie mir auf Anhieb sympathisch.

»Kommen Sie rein, Miss Swann, und fühlen Sie sich wie zu Hause. Nach dem langen Warten in der Kälte müssen Sie ja fast verhungert sein.« Auf meinen Protest, gar keinen Hunger zu haben, ging sie gar nicht ein. Fünf Männer saßen um einen großen Tisch. Während Mrs. Deacons Vorstellung starrten sie mich kichernd an und kratzten sich dabei in den Achselhöhlen und unter ihren Mützen. Sie hießen Bill, Bob, Ned, Ted und Jed. Jed blieb mir in Erinnerung, weil sein linkes Auge Richtung Nase schielte und beunruhigend viel von dem weißen blutgeäderten Augapfel zeigte. Der mit der Erkältung, jedoch ohne Taschentuch – vermutlich Ted –, hustete ergiebig und ging dann zur Spüle, um das Ergebnis auszuspucken. »Hab mir alle erdenkliche Mühe gegeben, die hier auf den rechten Weg zu bringen, Miss Swann.« Mrs. Deacon stellte eine große schwarze Flasche auf den Tisch. »Möchten Sie jetzt nicht was von meinem besten Sekt?«

»Danke. Und bitte sagen Sie Flo zu mir.« Meine Stimmung besserte sich. Die Landwirtschaft von Dorset schien ein einträgliches Geschäft zu sein. Erstaunt ließ ich meinen Blick über die rauchgeschwärzte Decke und die grauen Wände wandern, an denen alte Kalender, gefährlich aussehende Fallen und Werkzeuge, Radkappen eines Autos und eine gerahmte Fotografie von Doris Day hingen, deren roter Lippenstift die einzige helle Farbe im Raum war. Ein schwaches Feuer blies stickigen Rauch über den Tisch. Mehrere verdreckte Hunde lagen herum. Als ich versuchte, einen von ihnen am Kopf zu kraulen, zog er sich knurrend zurück.

»Der ist vom letzten Jahr. So ein gutes Frühjahr für Holunderblüten gab's noch nie. Da machen wir jetzt mal 'ne Kostprobe.« Sie goss einen großen Zinnbecher randvoll. »Trinken Sie!«

Ich nahm einen vorsichtigen Schluck und musste niesen, als mir das

Prickeln in die Nase stieg. Obwohl dieser Sekt aus Holunderblüten sich nicht mit dem aus Weintrauben vergleichen ließ, trank er sich dank seiner erfrischenden Süße angenehm. »Trinken Sie aus und nehmen Sie noch einen«, bedrängte mich Mrs. Deacon, als ich ihn lobte.

»Hat der sehr viel Alkohol?«

»Es ist die Milch der Hecken«, meinte Guy aufmunternd. »Der tut Ihnen bestimmt nichts, nicht wahr, Mrs. Deacon?«

»Tun? Ach! Hier bei uns gibt man ihn den Babys, wenn sie Schwierigkeiten beim Zahnen haben. Setzen Sie sich doch und essen Sie Suppe mit.« Ich setzte mich auf den mir zugewiesenen Platz links von Mr. Deacon. Man setzte mir eine Schale vor, deren Inhalt an braunen Bratensaft erinnerte, auf dem goldene Fettaugen schwammen.

»Sieht – köstlich aus. Was ist das?«

»Lammschwanzsuppe. Sie haben Glück. Die gibt's nur einmal im Jahr. John kupiert ihre Schwänze, wenn sie fünf Wochen alt sind.«

»Das Gebrüll sollten Sie hören!« Mr. Deacon zückte ein gefährlich aussehendes Messer und hielt es mir an die Kehle. »Geben Sie mir das Brot.«

Ich reichte ihm das Brotbrett. Er säbelte sich eine Scheibe vom Laib ab und stach brutal hinein, als wäre sie lebendig und könnte davonlaufen. Ich nahm einen Löffel Suppe, ohne dabei durch die Nase zu atmen, und spülte mit großen Schlucken Holunderblütensekt nach. Mir wurde übel.

Um mich abzulenken, versuchte ich Interesse am Gespräch vorzutäuschen, doch ich konnte nichts dazu beitragen. Bill meinte, man solle einen der Widder kastrieren, damit er Fett ansetzte, wohingegen Ted der Ansicht war, dass dieses glücklose Geschöpf sofort zum Schlachter sollte.

»Wir werden einen kastrieren. Heute Nachmittag.« Mr. Deacon vollführte mit dem Messer eine eindrucksvolle Geste in der Luft.

»Tut mir Leid, Mrs. Deacon.« Ich legte meinen Löffel ab.

»Die ess ich auf.« Mr. Deacon schnappte sich meine Schale und leckte sich nach jedem Bissen meiner Suppe die Lippen.

»Das werden Sie bestimmt mögen.« Mrs. Deacon stellte mir eine Pyramide von etwas Grauem, Wässrigem hin. Ich fragte lieber erst gar nicht, worum es sich dabei handelte. Die Konsistenz war merkwürdig, eine Mischung aus sehnig und gallertig und es roch streng und unangenehm.

»Was ist das denn?« Guy bestaunte argwöhnisch, was auf seinem Teller lag. »Ich habe gerade etwas gegessen, das wie Cleopatras Hüftgürtel schmeckte. Was Elastisches, das aber im Lauf der Jahre seinen Pep verloren hat.«

Mr. Deacon fand das sehr lustig und lachte ausgiebig, wobei er einen Mund voller schwarz gewordener Zähne und halb gekauten Essens präsentierte.

»Sie kennen sich aber aus mit Worten, Master Guy.« Mrs. Deacon lachte ebenfalls, wenn auch nicht ganz so herzhaft. Mir wurde klar, dass Guy unter seinen Leuten die Rolle des Prinzen innehatte und daran gewohnt war, sich so zu verhalten und zu sprechen, wie es ihm in den Sinn kam. »Das ist ein Schafskopf. Ist 'ne Delikatesse bei uns. Hoffentlich schmeckt es Ihnen, Miss Swann?«

Als ich in ihr freundliches, besorgtes Gesicht sah, brachte ich es nicht über mich, sie zu enttäuschen. »Köstlich«, murmelte ich.

»Das freut mich. Ich gebe Ihnen das Rezept. Es ist ganz leicht, braucht aber Zeit. Sie müssen den Kopf über Nacht in Salzwasser einweichen, damit der Schleim aus dem Mund und den Nasenöffnungen herauskommt. Ich nehme die Augen heraus, aber die Ohren lasse ich dran. Dann kocht man ihn sechs Stunden lang. Deacon bekommt das Hirn zum Abendessen in Mehl gewendet und gebraten, bis es braun und durch ist.«

Wehmütig dachte ich an Züge. Ich war furchtbar müde und durchgefroren. Das Feuer war zu einem düsteren Glimmen heruntergebrannt. Zu meiner Überraschung sah ich in der Kaminecke inmitten der stinkenden Rauchschwaden eine Hand, die eine Pfeife hielt. Als der Rauch aufstieg, nahm ich den Umriss einer bärtigen Gestalt wahr, die die Pfeife an ihre Lippen setzte.

»Das ist Oma«, erklärte Mrs. Deacon, als sie sah, wohin mein Blick fiel. »Die kriegt gar nichts mehr mit. Hört und sieht nichts mehr.«

»Will nur hoffen, dass Sie nich wählerisch sin mit 'm Essen«, meldete sich Mr. Deacon zu Wort und deutete mit dem Messer auf mich. »Sie hab'n ja nich mehr Fleisch auf 'n Knoch'n als 'n dürres Huhn. Grad noch mal gut für 'ne Brühe. 'ne dünne Frau is 'ne harte Unterlage, ha, ha, ha!«

Bill und Co. schüttelten sich vor Lachen. Der mir gegenüber sitzende Guy fing meinen Blick auf und lächelte.

»Jawohl, wir wiss'n doch alle, woran Master Guy denkt, ist doch so, Jungs.« Mr. Deacon steigerte sich in seine Narrenrolle hinein. »Bei der würde er doch nur zu gern Maß nehmen, ha, ha, ha!«

»Jetzt machst du die junge Dame aber verlegen, John«, mischte sich Mrs. Deacon ein. »Die wird unsere Sitten hier auf dem Land nicht gewohnt sein.«

»Sind wohl'n bisschen scheu?« Mr. Deacon, der sich gerade einen Löffel voll in den Mund schieben wollte, hielt in seiner Bewegung inne und sah mich an. Ich schüttelte den Kopf, obwohl Nicken angebrachter gewesen wäre. Der Löffel verschwand, aber Mr. Deacon redete weiter. »Sie isst nicht! Dabei krieg'n Sie kein besseres Fleisch als das hier.« Ein Saucetropfen rann über sein Kinn. »Is alles aus unserm Vorrat. Sehen Sie den Schinken?« Ich hob meinen Blick zu dem einsamen von der Decke hängenden Bein, das sich inmitten der Spinnweben im Luftzug drehte. »Sie war eine ganz gescheite Sau, klüger als die meisten Leute, die ich kenne. Immer, wenn ich ihr Tee gab, grunzte sie dankbar, ehe sie reinhaute. Und sie kam zur Begrüßung angelaufen, wenn ich am Ende des Tages nach Hause kam, als hätte sie mich vermisst. Eine richtige saubere Sau war sie, unsere Bessie. Als ich ihr das Messer ansetzte, da hatte sie zuletzt einen solchen Ausdruck im Auge. Als wär sie erstaunt.«

Ich legte Messer und Gabel nieder, so weh war mir ums Herz wegen der armen betrogenen Bessie.

»Wollen Sie nach dem Essen mitkommen und zusehen, wenn ich bei den Kühen ausmiste?«, meldete Jed sich plötzlich zu Wort. Es war das Erste, was er sagte. Beim Essen war die ganze Zeit ein Auge auf mich gerichtet gewesen.

»Danke, sehr freundlich, aber leider muss ich meinen Bus erwischen. Ich muss heute noch zurück nach London.«

Weshalb diese Bemerkung ebenfalls eine Lachsalve auslöste, begriff ich nicht. Ted und Jed stupsten sich mit den Ellbogen an, zwinkerten sich zu und lachten, bis ihnen die Augen tränten.

»Essen Sie auf, Fräulein.« Ein Stück Kartoffel fiel aus Mr. Deacons Mund auf den Tisch und von dort auf den Fußboden. Sämtliche Hunde schnappten danach und knurrten. »Lassen Sie sich einen Rat von mir geben. Männer mögen es, wenn sie sich an was festhalten können.«

Bill und Co. verfielen in einen Lachkrampf. Ich konnte mir inzwischen nicht einmal mehr ein Lächeln abringen.

Mrs. Deacon lächelte selbstgefällig. »Jetzt mach doch das Mädchen nicht so an, John«, sagte sie, stand auf und räumte meinen Teller ab. Ich wäre vor Dankbarkeit am liebsten auf die Knie gefallen. »Vielleicht sind Sie ja mehr auf der süßen Seite. Mal sehen, ob Sie das mögen.« Sie stellte ein Stück Sirupkuchen von der Größe eines Ziegelsteins vor mich hin, der von goldenem Sirup triefte. Ich merkte, wie mir auf der Stirn der Schweiß ausbrach.

Nachdem Mr. Deacon meinen und seinen Nachtisch aufgegessen hatte, zogen Mrs. Deacon und ich uns in die relativ gemütliche Kaminecke zurück, während die Männer nach draußen gingen, um Ned Beistand zu leisten, der den Jeep reparierte. Plötzlich fühlte ich mich richtig betrunken. Der fest auf mein Gesicht gerichtete starre Blick der Oma verwirrte mich. Sie trug mehrere wollene Kleidungsstücke von einheitlich grauer Farbe, zu der auch ihr Haar und das flaumige Kinn passten. Über ihren Augäpfeln lag ein Schleier und ihr Mund hielt die Bruyèrepfeife fest umklammert. Mrs. Deacon tippte ihr auf die Schulter. »Tee, Oma«, brüllte sie ins Ohr der alten Frau. Plötzlich öffnete sich Omas Faust, die genauso grau war wie alles Übrige, wie ein Enterhaken und umklammerte den Becher. Ich fragte mich, was das wohl für ein Gefühl sein mochte, so von der Welt ausgeschlossen zu sein, allein mit den eigenen Denkprozessen. Diese ließen bei mir allerdings zu wünschen übrig. Der Raum um mich verschwamm immer wieder, Omas starrende Augen waren der einzige Fixpunkt. Mir war sehr übel.

»Jetzt weiß ich, was Sie sich bestimmt ansehen möchten«, schlug Mrs. Deacon vor. »Ich habe gerade unsere Urlaubsbilder abgeholt. Wir haben eine herrliche Woche im Wohnmobil bei Penzance verbracht. Nur Regen! Hat die ganze Woche nicht einen Tag nachgelassen. Aber ich habe Neds Pullover fertig gestrickt bekommen. Zopfmuster – wirklich knifflig. Stricken Sie auch, Miss Swann?«

»Sagen Sie doch bitte Flo. Nein, leider nicht.« Ich nahm die Fotos und versuchte meine Augen darauf zu fixieren. Statt eines Campingplatzes im strömenden Regen sah ich auf dem ersten Schnappschuss die mitten in einem gewagten Sprung eingefangene, splitternackte Mrs. Deacon mit einem Bündel Blätter in jeder Hand. Ich starrte auf ihr rundes mohnfarbenes Gesicht unter dem Giftgelb ihres Kopftuchs, aber sie war damit beschäftigt, mit kastanienfarbener Wolle Maschen anzuschlagen, ohne dabei ihren Redefluss zu unterbrechen. Ein paar Sekunden lang zitterte ihr plumper Körper und brach entzwei wie eine Quecksilberkugel. Ich rieb mir die Augen. Auf dem nächsten Foto war Mr. Deacon zu sehen. Der Raum verschob sich und ich fühlte mich seltsam leicht im Kopf. Kopf, Hals und Unterarme waren auf dem Bild dunkelrot, während der Rest seines Leibes, der in gigantischen Falten herunterhing, weiß strahlte. Alles außer ... Seine Pose, frontal zur Kamera, zeigte Entschlossenheit und er schien in einem Stadium der Erregung zu sein, um das Priapus ihn beneidet hätte.

»Das Herrenhaus ist heute natürlich nichts im Vergleich zu dem, was es einmal war. Als ich John heiratete, war Geld in Hülle und Fülle da. Ich weiß noch, als Master Philipp geboren wurde und die Leute aus London kamen und bis zum nächsten Morgen tanzten. Mrs. Gildry, die Arme, die liebte es, Feste zu feiern. Master Guy wird der Letzte von ihnen sein, der das Land halten kann, wissen Sie.« Mrs. Deacon tauschte die Nadeln und fing eine neue Reihe an. »Ich will nur sagen, Miss Swann, verlieren Sie Ihr Herz nicht zu schnell, wenn ich so frei sein darf.« Sie nickte mir weise zu. »Edel ist, wer edel handelt. Gegen Naturgesetze ist man machtlos. Das Böse, das du säst, wirst du zehnfach ernten.«

Wovon redete sie überhaupt? Mein Kopf hatte den ärgerlichen Hang nach vorne zu fallen. Ich sah mir den Rest der Bilder an. Auf allen waren Mr. und Mrs. Deacon an einem Lagerfeuer im Wald zu sehen und beide hatten außer mal einem Zweig oder einer Feder nichts am Leib. Von Nudisten hatte ich immer eine ganz bestimmte Vorstellung gehabt: dürre Intellektuelle mittleren Alters mit Bärten, jedenfalls die Männer, und starre Vorstellungen von Ernährung und Pazifismus.

»Sie sehen aus, als wäre Ihnen ein bisschen unwohl, Miss Swann. Ist alles in Ordnung?« Ein paar Fotos rutschten mir von den Knien und der Raum begann sich zu drehen. Mrs. Deacon stieß einen Schrei aus. »Also so was! Da hab ich Ihnen wohl die falschen Fotos zum Angucken gegeben! Was müssen Sie von uns denken? Haben Sie schon mal solche Trottel gesehen?« Ich versuchte mir eine taktvolle Bemerkung einfallen zu lassen, etwa in der Art, dass der nackte menschliche Körper in seiner Variationsbreite etwas Schönes sei, aber ich war dazu wirklich nicht in der Lage. »Geben Sie sie mir, meine Liebe. Es wäre mir auch nicht recht, wenn Master Guy mich so sähe. Also das sind die, die ich Ihnen eigentlich zeigen wollte.« Sie reichte mir einen anderen Stapel. Ich starrte auf das Foto des im Schatten eines Wohnwagens mit offenem Mund, bedeckt von einem geknoteten Taschentuch, schlafenden Mr. Deacon und konnte dabei meine Augenlider kaum offen halten. Ich machte kurz die Augen zu und lauschte dem leisen Klackern der Stricknadeln vor dem Zischen des Feuers. »Bei Jungs, die ohne Mutter aufwachsen, besteht natürlich immer die Gefahr, dass sie vom rechten Weg abkommen, das ist doch logisch«, hörte ich Mrs.Deacon durch den Nebel des sich über mich legenden Schlafs sagen. Ich versuchte die Bedeutung ihrer Worte zu erfassen, aber meine Gedanken zerstreuten sich wie davonfliegende Vögel.

8

Sie hätten mich aber doch wirklich aufwecken können!«

Die Scheinwerfer des Jeeps warfen silberne Lichtstreifen ins Unterholz, als wir über die tief gefurchte Einfahrt vom Hof ruckelten.

»Dafür ist Mrs. Deacon verantwortlich. Die hat sich geradezu mütterlich um Sie gekümmert. Ihrer Meinung nach sind Sie so blass und krank, weil Sie beim Essen so heikel sind und in der Stadt zu viele Abgase einatmen. Jedenfalls hatte sie beschlossen, dass Sie ausschlafen sollten. Ich hatte ihr zu erklären versucht, dass Sie ständig von Müdigkeit übermannt werden. Sie leiden doch nicht etwa an Narkolepsie?«, fügte Guy mit einer Miene naiver Besorgnis hinzu.

»Ich habe nur die letzten drei Nächte nicht mehr richtig geschlafen. Was soll ich jetzt machen? Könnte es nicht doch sein, dass nach fünf Uhr noch Züge von Dorset nach London fahren?«

»Ihr Städter habt keine Ahnung, was wir ungehobelten Leute hier für ein beschauliches, naturverbundenes Leben führen. Hier steht man mit den Hühnern auf und geht mit den Hühnern ins Bett.«

»Und was soll ich jetzt machen?«

»Kommen Sie doch und bleiben Sie bei uns. Mein Vater wird sich freuen. Er weiß schöne Frauen immer noch zu schätzen.«

»Danke. Aber mir ist nicht wohl dabei. Ich kenne Sie doch kaum.«

»Wie bitte? Wir haben doch praktisch den ganzen Tag zusammen verbracht, vom Frühstück an! Jedenfalls die Stunden, in denen Sie wach waren. Sie sehen so süß aus, wenn Sie schlafen. Ihre Wimpern flattern wie winzige Flügelwesen und Ihre Lippen sind nur einen winzigen Spalt geöffnet. Zum Glück schnarchen Sie nicht.«

»Und genau deshalb kann ich nicht bei Ihnen übernachten. Sie dürfen nicht auch noch ermuntert werden. Was halten eigentlich die Mädchen hier von Ihrer galanten Art?«

»Ich brüste mich nie mit meinen Eroberungen.«

»Wie selbstzufrieden das klingt! Tatsächlich niemals?«

»*So gut wie nie. Und seekrank war ich noch kein einz'ges Mal*«, intonierte Guy.

Onkel Sid bewunderte die Opern von Gilbert und Sullivan und wenn ich bei ihm war, hörten wir die alten zerkratzten Aufnahmen so oft, dass sich mir nicht sofort der Schluss aufdrängte, Guy könnte verrückt sein. Verrückt jedenfalls nicht, aber war er vielleicht schlecht und gefährlich? Anziehend war er auf jeden Fall sehr. Und das lag weniger an Äußerlichkeiten wie guten Zähnen und ausgeprägten Wangenknochen, sondern an seiner unverwüstlichen guten Laune und der Gabe, alles amüsant zu finden. In seiner Gegenwart konnte man kaum niedergeschlagen sein. Ich versuchte mir Alex vorzustellen, wie er mit einem liegen gebliebenen Wagen, Schmutz, Regen, den Deacons und einer Frau umgehen würde, die erschöpft, zerzaust und wenig hilfsbereit war. Er hätte das bestimmt nicht lustig gefunden. Ich sah Alex' verletzte Miene vor mir und meine Stimmung stürzte ab.

»Es tut mir Leid, das ich Ihre lückenlose Eroberungsliste kaputtmache«, sagte ich ein wenig frostig.

»Bis jetzt habe ich Sie noch nicht gefragt, ob Sie mit mir ins Bett gehen. Es zählt erst, wenn ich es tue.«

»Oh! Also gut! Was für eine lächerliche Unterhaltung! Was mich viel mehr interessiert ist, was ich machen soll?«

»Ich habe mir schon gedacht, dass Sie Einwände dagegen haben werden, bei mir Obdach zu suchen, deshalb habe ich, als ich heute

Morgen einen Mechaniker ausfindig zu machen versuchte, auch gleich mit Cissy telefoniert – das ist unsere Haushälterin – und sie gebeten, mal in Drop Cottage vorbeizuschauen und das Bett frisch zu beziehen. Nur für den Fall. Wenn ich Sie also wirklich nicht überreden kann ...«

Ich blickte ihn überrascht an. So viel Voraussicht hätte ich ihm gar nicht zugetraut. »Das war äußerst nett von Ihnen – mein Gott, wahrscheinlich wäre es wirklich das Beste.« Ich dachte kurz nach. »Ich hoffe nur ...«

»Was?«, fragte Guy, als ich innehielt.

»Ich weiß, dass das dumm von mir ist, aber letzte Nacht bin ich ein paar Mal aufgewacht und hörte, wie jemand im Garten draußen in der Dunkelheit pfiff. Es war – vielleicht ist beängstigend ein zu starkes Wort dafür – beunruhigend war es auf jeden Fall.«

»Das wird eine Nachtigall gewesen sein. Die singen nämlich nicht nur am Berkeley Square.«

»Also daran habe ich anfangs natürlich auch gedacht. Zuerst hörte es sich genauso an wie eine Nachtigall.«

»Ein Mädchen, das eine Kuh nicht von einem Bullen unterscheiden kann, wird mich nur schwer davon überzeugen können, eine Nachtigall und einen Hutladen auseinander halten zu können.«

»Zugegeben, ich bin keine Vogelkundlerin. Aber als Kind habe ich die Aufnahme mit dem Gesang der Nachtigall im Duett mit der Cellistin sehr geliebt. Erinnern Sie sich noch, im Dritten Programm hat man das oft gespielt.«

»Ist für unsere Familie ein wenig zu intellektuell. Mein Vater mag Wagner, aber auch nur, weil der Führer ihn so geschätzt hat. Mein Vater ist ein glühender Anhänger faschistischer Ideale. Als wir Kinder waren, ließ er uns Turnübungen machen, bis unsere zarten Muskeln ziepten, damit bei uns ein gesunder Geist im gesunden Körper wohnte.«

»Also ehrlich, langsam frage ich mich, ob Sie nicht ein gefährlicher Fantast sind. Irgendeine tiefe Neurose hat Sie zum zwanghaften Lügner werden lassen. Wirklich traurig.«

»Wer im Glashaus sitzt, sollte nicht mit Steinen werfen! Ein Mädchen, das weder isst noch schläft – außer unter den denkbar unbequemsten Bedingungen – und unschuldigen Gartenvögeln boshafte

Absichten unterstellt, ist geistig auch nicht gerade in Hochform, würde ich sagen. Neurotisch wäre in diesem Fall noch untertrieben.«

Ich seufzte. »Sie haben Recht. Es ist wirklich sehr entwürdigend. Aber in einem Punkt bin ich mir ganz sicher. Was ich gehört habe, war kein Vogel.«

»Was gibt Ihnen diese Gewissheit?«

»Soweit mir bekannt ist, singen Nachtigallen keine Hits aus *Così fan tutte*.«

»Sie scherzen.«

»Nein, wirklich nicht. Mehrere erkennbare Strophen.«

»Vielleicht war es ein Hirtenstar.«

»Jetzt machen Sie sich aber lustig. Wenn ich es Ihnen doch sage, es stand jemand um ein Uhr morgens im Garten und pfiff Melodien aus Mozartopern.«

»Verrückt, aber harmlos.«

»Sehr beruhigend.«

»Wäre es Ihnen denn lieb, wenn ich mich heute Nacht bei Ihnen aufs Sofa legte?«

»Nein, danke. Ich würde keine Sekunde Schlaf finden aus Angst, Sie könnten es sich in den Kopf setzen, die Rolle des Beschützers gegen die des Verführers zu tauschen.«

»Sie halten sich wohl für ganz unwiderstehlich, Miss Florence Swann?«

»Wenn dem so ist, dann liegt das nur an Ihnen.«

»Ganz recht, mein Schatz.« Guy ergriff meine Hand und presste sie an seine Lippen, ohne auf die scharfe Kurve zu achten, so dass wir ins Schleudern gerieten und fast in etwas gelandet wären, was dunkel und steil aussah. »Diesmal wär's beinah der Fluss gewesen. Tut mir Leid«, sagte Guy seelenruhig und riss das Steuer herum. »Ich glaube, Mrs. Deacons tödliche Hausgärung wirkt immer noch nach. Ich fühle mich so stramm wie ein paar Seemannshosen.«

»Dieses Hühnchen habe ich auch noch mit Ihnen zu rupfen. Sie haben mir weismachen wollen, das Zeug sei harmlos! Mrs. Deacon behauptete, man gebe es sogar Kindern.«

»Was bei schlimmen Müttern zweifellos der Fall ist.«

»Hat Ihre Mutter Ihnen eigentlich nicht beigebracht, dass man keine Lügen erzählen soll?«

»Nein. Sie ist, noch ehe ich alt genug war, derart abstrakte Konzepte wie die Wahrheit erfassen zu können, mit dem benachbarten Landbesitzer durchgebrannt.«

»Och. Ach Sie Armer, wie traurig. Das tut mir aber Leid.«

»Ich kann mich nicht mal an *Schlafe, mein Kindchen, schlaf ein* oder *Weißt du, wie viel Sternlein stehen* erinnern.«

»Jetzt ziehen Sie mich wieder auf.«

»Ist in Gottes Namen die Wahrheit. Meine Mutter ist mit Colonel le Maistre von der Spokebender Abbey abgehauen, als ich noch in den Windeln lag. Ihre Flucht führte sie nach Anacapri, wo sie ein paar himmlische Monate verbrachten, ehe sich der Colonel in die Tochter eines Eseltreibers verguckte und meine Mutter sich von der Klippe stürzte.«

»Jetzt übertreiben Sie aber.«

»Schneiden Sie mir den Kopf ab, wenn ich lüge.« Guy machte die entsprechende Geste und wir gerieten wieder kurz ins Schleudern. »Ich versichere Ihnen, es ist die Wahrheit. Jahrelang hat mein Vater jeden, der es hören wollte, mit den Abenteuern meiner Mutter beglückt. Gott sei Dank langweilt ihn das Ganze inzwischen. Ich habe ihn schon seit einigen Jahren nicht mehr von ihr erzählen hören.«

»Wenn es stimmt, finde ich es ziemlich schockierend. Ihre arme Mutter! Was für ein trauriges und schreckliches Ende.«

»Oh, sie ist nicht umgekommen. Es war eine ziemlich niedrige Klippe. Ein gut aussehender junger Fischer hat sie aus dem Wasser gefischt und nach Hause zu seiner Mutter gebracht. Und sobald sie wieder trocken war, heirateten sie und waren mindestens ein Jahr lang glücklich und zufrieden wie zwei Nüsse in einer Nussschale.«

»Ehrlich? Also gut, ich glaube Ihnen, wenn Sie nicht mehr versuchen, uns in den Straßengraben zu fahren. Außerdem gibt es immer nur eine Nuss pro Nussschale.«

»Da haben Sie aber die Erdnüsse vergessen, meine liebe kleine Expertin der Botanik.«

»Was soll's.« Ich lächelte, dann fiel mir wieder ein, dass wir über seine Mutter geredet hatten. »Was kam danach?«

»Als das Jahr um war, war sie es leid, sich mit schützender Hand über den Augen den Sonnenuntergang im Meer anzuschauen. Außerdem beschränkten sich die Gespräche mit dem stämmigen Fischer auf Netze flicken und Fisch ausnehmen und derart wenig aufregende Themen. Sie ließ sich von einem wirklich durch und durch niederträchtigen *principe* abschleppen. Sein Grundbesitz war groß und es gab Schätze in Hülle und Fülle, aber unglücklicherweise war er nicht nur ziemlich alt und erschreckend faltig, sondern hatte auch noch die unerfreuliche Angewohnheit, nach Einbruch der Dunkelheit die Familiengruft aufzusuchen und dort mit den verstorbenen Familienmitgliedern den Beischlaf zu vollziehen.«

»Sie glauben doch nicht, dass ich Ihnen das abnehme!«

»Es stimmt aber. Fragen Sie meinen Vater. Er hat einen Privatdetektiv damit beauftragt, etwas über den Verbleib seiner Frau herauszufinden. Meine Mutter hat den *principe* mit der Begründung verlassen, er stinke nach Verwesung –«

»Kein Wort mehr! Tut mir Leid, dass ich dieses Gespräch angefangen habe.«

»Na gut, keine Einzelheiten. Meine zum damaligen Zeitpunkt der Männer verständlicherweise überdrüssige Mutter gründete ein Heim für streunende Katzen in Neapel.«

»Und jetzt?«

»Vor fünf Jahren an Katzenkratzfieber gestorben.«

»Oh.« Ich schwieg einen Augenblick und dachte darüber nach. »Hört sich sehr traurig an, auch wenn Sie es lustig erscheinen lassen. Sie muss die meiste Zeit recht unglücklich gewesen sein. Und bei Ihnen dürfte es auch einen tiefen Eindruck hinterlassen haben.«

»Inwiefern?«

»Sie überhaupt nicht gekannt zu haben.«

»Wenn Sie damit sagen wollen, ich sei ihretwegen traurig, dann muss ich das verneinen. Ich denke, sie hat genauso viel Spaß im Leben gehabt wie andere Leute auch.« Wir näherten uns jetzt der Buckelbrücke, die ich als den Ortseingang von Pudwell wieder erkannte. »Jedenfalls hat meine Mutter meist das getan, was sie tun wollte, und keine Langeweile gekannt. Ich selbst tue mir auch nicht Leid. Vielleicht hätten wir uns überhaupt nicht ausstehen können. Und wenn ich sie geliebt hätte, hätte ich jetzt vielleicht einen Ödipuskomplex. Aber so hat mein Vater wirklich sein Bestes gegeben, jegliches Defizit an mütterlicher Schädigung wettzumachen.«

Die Bitterkeit am Ende dieses unbekümmerten Vortrags überzeugte mich davon, dass Guy die Abtrünnigkeit seiner Mutter tief verletzt hatte.

»Da wären wir. *Chez nous*.« Guy blieb neben dem Loch in der Hecke stehen, das zu Drop Cottage führte.

»Sie meinen wohl *chez vous*.« Chloë sprang über mein Knie hinweg nach draußen und verschwand in der Dunkelheit. Hoffentlich war sie nicht allzu weit entfernt. Über uns schrie eine Eule und überall raschelte es geheimnisvoll. Plötzlich überkam mich ein heftiges Verlangen nach gepflasterten, von Straßenlampen beleuchteten Gehwegen. »Gute Nacht. Herzlichen Dank für alles.«

»Ich komme mit.«

Ich verwehrte es ihm nicht, denn ich musste an den Pfad denken, der hinunter zum Landhäuschen führte. Diesmal hatte ich keine Taschenlampe und der Mond war noch nicht aufgegangen. Selbst an diesem Morgen im hellen Tageslicht hatte ich ihn nur mühsam und an Guys Hand geklammert bewältigt.

»Ich gehe voran.« Guy verschwand im Dickicht. Die nassen Sträucher schlugen mir ins Gesicht wie mit Wasserbomben bewaffnete Schlingpflanzen. »Was meckern Sie denn? Ein bisschen Feuchtigkeit hat noch keinem geschadet. Etwas Training könnte Ihnen nicht schaden. Ein flotter Spaziergang morgen über die Hügel wird Ihnen gut tun!«

»Danke vielmals. Ich muss schon sagen, wenn das Landleben so aussieht – dass man von eiskalten Duschen und Beschimpfungen überschüttet wird –, dann fahre ich liebend gern morgen zurück nach London.«

»Das wird leider nicht möglich sein. Morgen ist Sonntag. Da fahren keine Züge.«

»Was? O nein! Du meine Güte! Das ist hier ja ein Leben wie im Mittelalter! Wundert mich, dass der Verbrennungsmotor schon bis hierher vorgedrungen ist! Du liebe Zeit!« Wir hatten den steilen Abhang erreicht.

»Versuchen Sie's mal mit Umdrehen und steigen Sie rückwärts ab, als wären Sie auf einer Leiter. Ich fange Sie auf, wenn Sie fallen.«

Auf diese Weise war es leichter, aber noch immer gab es beängstigende Augenblicke, wenn ich fürchtete, den Halt zu verlieren.

»Ich hasse Höhen!«, sagte ich verärgert, als ich unten war.

Guy lachte. »Das sind doch gerade mal zweieinhalb Meter! Sie könnten runterspringen, ohne sich wehzutun.«

»Gestern bin ich gesprungen, unfreiwillig. Und ich habe mir wehgetan. Jedenfalls bekam ich keine Luft mehr.«

»Tatsächlich, Sie armer Schatz?« Seine Augen glänzten im Dunkeln, als er mir den Arm tätschelte. »Ich werde mich um Sie kümmern. Jetzt sind wir gleich an der Brücke. Vorsicht. Geben Sie mir die Hand.«

Wahrscheinlich packte ich fest zu. Die Planke wackelte entsetzlich, als ich meinen Fuß darauf setzte.

»Na also! War doch gar nicht so schlimm, oder?«, erkundigte sich Guy, als wir die andere Seite erreicht hatten.

»So schlimm wie was? Vielleicht weniger schrecklich, als die Niagarafälle auf dem Drahtseil zu überqueren.«

Was auch immer mir sonst noch auf der Zunge lag, war vergessen, als wir um die Wegbiegung kamen und ich das Häuschen sah, aus dem ein weicher Lichtschein drang. Vier Fenster leuchteten wie in einen Kürbis geschnittene Augen unter einem wirren Haarschopf.

Guy schob die Eingangstür auf und wir traten ein. »Da wären wir, Cissy.« Er sah sich im Wohnzimmer um. »Also wenn das keine Verwandlung ist!«

Der Raum war in weiches gelbes Gaslicht getaucht, das von mehreren Wandarmen mit Glasschirmen gespendet wurde. Die Blätter waren weggefegt und der Tisch mit einer Tischdecke, Kerzen und Blumen gedeckt. Holz lag neben dem hell lodernden Feuer, das sich in der glänzenden Messingzange und dem Schüreisen spiegelte. Die Sofakissen waren aufgeschüttelt, die Teppiche gebürstet.

Aus der Küche kam eine Frau. Sie war groß und hatte eckige Schultern. Ihr Gesicht war der Traum jedes Kubisten: quadratische Stirn, gerade Brauen, eine Nase, die am Sattel breit war und sich in einer fast geraden Linie zu den Nasenlöchern zog. Ihre Augen waren wie tiefe Schnitte und ihr Mund eine Furche über einem vorgeschobenen Kinn. Ihr Alter schätzte ich auf Anfang dreißig. Guy stellte uns einander vor: »Miss Glim. Miss Swann.«

»Guten Tag! Das sieht ja wunderbar aus!« Ich streckte ihr die Hand hin, die sie aber nur kurz berührte und dann fallen ließ. »Wie haben Sie das denn in so kurzer Zeit hinbekommen?«

»In fünf Stunden wird wohl jeder, selbst Sie, Miss, es schaffen, drei kleine Zimmer auf Vordermann zu bringen.« Ihre Stimme war kalt und rau. Ich beschloss, ihre Grobheit zu übergehen und sie nach Möglichkeit für mich zu gewinnen. Ich trat an den Tisch.

»Was für hübsche Blumen. Das sind doch Anemonen, oder?« Ich berührte die cremefarbenen Blüten mit meinem Finger. »Und die kleinen hier mit den behaarten Gesichtern sind wilde Stiefmütterchen. Ich habe vergessen, wie man auf dem Land dazu sagt.«

»Ackerveilchen. Das ist nur Unkraut, das ich im Garten gepflückt habe.«

»Wie aufmerksam von Ihnen.«

»Ich habe nur getan, was Mr. Guy mir aufgetragen hat.«

Ich versuchte es noch einmal. »Und was duftet da so köstlich aus der Küche?«

»Das ist die Hühnchenpastete von heute Mittag. Da ist Selleriesuppe und Sirupkuchen. Und da ist was für Chloë.«

»Klingt ja fantastisch. Herzlichen Dank.« Ich lächelte sie an.

»Sind nur Reste.« Sie erwiderte mein Lächeln nicht, sondern sah Guy an. »Ist das alles, Mr. Guy?«

»Ja, danke. Und Sie brauchen meinem Vater nicht zu sagen, wo ich bin.«

Mit heruntergezogenen Mundwinkeln knöpfte Miss Glim ihren Gabardinemantel zu. »Ich wüsste nicht, dass jemand in der Familie jemals Grund gehabt hätte, meine Diskretion zu bezweifeln.«

Guy lachte. »Aber nicht doch, Cissy«, sagte er in einem freundlicheren Ton und ging zu ihr, um eine Hand auf ihre Schulter zu legen. »Seien Sie doch nicht so frostig zu uns. Sie sind ein gutes Mädchen und ich weiß das unendlich zu schätzen.« Er senkte seine Stimme, aber ich hörte es doch. »Ich werde es Ihnen vergelten. Aber seien Sie doch jetzt nett. Wie nur Sie es sein können.«

Miss Glim drehte ihren Kopf, um ihm ins Gesicht zu schauen. Der Ausdruck darin war eine Mischung aus Tadel und womöglich Wut. Und auch Liebe, wie mir auffiel. »Dann gehe ich jetzt.« Sie wandte sich zum Gehen, so dass er gezwungen war, seine Hand fallen zu lassen. »Gute Nacht, Mr. Guy.« Mir warf sie einen Blick frostiger Ablehnung zu. »Miss.« Sie nahm eine Taschenlampe aus ihrer Tasche, öffnete die Tür und verschwand in die Nacht.

»Hätten Sie sie nicht lieber nach Hause bringen sollen? In der Dunkelheit ist das ein weiter Weg. Diese trügerische Brücke. Und es fängt wieder an zu regnen.«

»Regen ist gut für die Haut. Cissy ist ein Mädchen vom Land. Der Weg macht ihr nichts aus. Wir wollen die Suppe essen.«

Die Küche war von den Spinnweben befreit und der Spülstein geschrubbt worden. Rote Glut füllte den Küchenherd. Eine Flasche Wein, zwei Gläser und ein Korkenzieher warteten auf dem Tisch. Auf dem Herd stand eine von Fett und Ruß gereinigte Pfanne.

»Wie zum Teufel hat sie geschafft, dass wir Gas haben?«

»Sie hat vermutlich irgendwo draußen an einem Hahn gedreht. Eine ganze Reihe dieser schwer zugänglichen Grundstücke hat keine Stromversorgung. Stattdessen gibt es Gaspatronen. Auf uns.« Guy hob sein Glas.

»Auf Sie und mich.«

»Eine feine Unterscheidung, die mir wohl was sagen soll, oder?«

»Mir hat Miss Glims Vermutung, Sie würden die Nacht hier verbringen, nicht gefallen.«

»Machen Sie sich keine Sorgen um sie. Sie mag einfach keine Frauen.«

»Sie wollen sagen, dass sie die Frauen nicht mag, die Sie mögen.«

Guy lächelte geheimnisvoll. »Was Sie immer für Schlüsse ziehen.«

Wir brachten das Essen ins Wohnzimmer und setzten uns an den Tisch. Chloë ließ sich mit einem wohligen Seufzer auf den Teppich vor dem Kamin fallen. Die blassgrüne Suppe sah einladend aus. Ich kostete einen Löffel davon. »Ist sie verliebt in Sie?«

»Woher soll ich das wissen?«

»Ach, kommen Sie. Man hat doch im Allgemeinen ein ziemlich gutes Gespür dafür, ob Menschen in einen verliebt sind oder nicht.«

»Überhaupt nicht. Sie schwören einem ihre Liebe, bis sie Bläschen auf der Zunge haben, ohne dass es irgendeine Bedeutung hätte. Sie können sich selbst täuschen oder auch lügen. Was um Himmels willen bedeutet es denn, verliebt zu sein? Im Allgemeinen will doch jede nur, dass du mit keiner anderen schläfst. Wie viel Spaß du auch daran haben magst. Das nenne ich nicht Liebe. Das ist nur Selbstsucht.«

»Wie feinfühlig Sie das ausdrücken. Angenommen, jemand nähme für Sie ein großes Opfer auf sich. Würden Sie es dann glauben?«

»Ganz bestimmt nicht. Da wird doch nur darauf gebaut, einem lebenslang Schuldgefühle aufzubürden. Was man wohl kaum eine liebevolle Tat nennen kann.«

»Glauben Sie denn nicht, dass Menschen fähig sind, andere zu lieben, wenn schon nicht mehr, dann wenigstens so, wie sie sich selbst lieben?«

»Ich finde, in der Liebe geht es nur um Besitzansprüche und darum, dass der andere sich einem verpflichtet fühlt, und das nur, damit man auch ja das bekommt, was man haben möchte.« Da musste ich an Alex denken. Er hatte mir so oft erzählt, ich sei die einzige Frau, die er je geliebt habe. Verzweifelt wollte ich mich von der Last seiner Anbetung befreien. »Jeder reiche Mann«, fuhr Guy fort und fuchtelte anklagend mit dem Löffel vor mir herum, »muss im Grunde seines Herzens wissen, dass seine Frau sich nur wegen seines Geldes auf sein Liebesspiel einlässt. Doch ich wäre damit einverstanden, wenn Sie sich das vorstellen könnten.«

»Haben Sie denn Geld?« Bei Guys ernstem Gesichtsausdruck musste ich lächeln.

»Ich habe ein ganz hübsches Konto. Aber lassen Sie sich davon nicht vom Essen abhalten. Nehmen Sie noch Pastete.«

»Und was ist mit den Männern, die nicht reich sind? Was wollen deren Frauen, wenn nicht Liebe?«

»Lust, Befriedigung ihrer Eitelkeit, Unterhaltung, Kameradschaft, Sicherheit, Kinder. Das gilt für Männer natürlich genauso. Ich will damit nicht sagen, dass Männer altruistischer sind.«

»Glaube ich auch nicht.« Während ich noch über Guys Idee einer selbstsüchtigen, habgierigen Welt nachdachte, hörte ich tiefes Donnergrollen. »Hören Sie. Da kommt ein Unwetter.« Das Feuer zischte, als dicke Regentropfen durch den Kamin prasselten.

»Ich liebe Unwetter«, sagte Guy. »Und Sie?«

»Nicht so sehr. Ich weiß, dass das dumm ist.«

»Dieser Wolkenbruch wird aber den Pfeifer fern halten. Nehmen Sie noch Pastete. Wusste gar nicht, dass Sie wie eine ganz gewöhnliche Sterbliche essen können. Ich dachte schon, Sie leben von der Luft.«

Überrascht blickte ich auf meinen leeren Teller. »Hoffentlich – ich meine, hoffentlich hält ihn das ab.«

»Warum darf ich nicht hier bleiben?« Guy legte die Gabel ab und nahm meine Hand in seine. Aber ich wollte keinen Liebhaber. In diesem Moment bezweifelte ich, ob ich es jemals wieder riskieren würde, die Verantwortung für jemandes Glück zu übernehmen. Er hatte mir wohl die Ablehnung von den Augen abgelesen, denn anstatt eine Antwort abzuwarten, fuhr er fort: »Und was ist mit dem Essproblem?«

»Eine recht lästige Sache. Hat mit den Nerven zu tun. Sobald ich auch nur daran denke, reicht es mir. Aber irgendeine Neurose hat wohl jeder.«

»Wenn ich ängstlich bin, hilft mir Sex«, erwiderte Guy prompt.

»Was beim Essen nicht gerade sonderlich passend ist.«

»Wir könnten es doch jetzt mit einer kleinen Therapie versuchen –« Er verstummte, als ein lautes Klopfen an der Tür mit einem gewaltigen Donnerkrachen draußen zusammenfiel. Chloë verließ ihren Platz vor dem Kamin und drückte sich an mein Bein. Guy stand auf, um die Tür zu öffnen, aber Miss Glim trat ohne abzuwarten ein. Sie war in glänzendes Öltuch gewickelt, trug auf dem Kopf einen Südwester und in der Hand eine Sturmlampe.

»Die sieben Ochsen auf der unteren Weide sind vom Blitz getroffen worden«, sagte sie atemlos. »Dusty ist zum Haus hochgekommen, um es mir zu sagen.«

»Verdammter Mist! Sind sie tot?«

»Vier davon, ja. Die anderen sind in ganz übler Verfassung, sagt er.«

»Haben Sie schon den Tierarzt informiert?«

»Das Telefon funktioniert nicht. Dusty meint, ein Leitungsmast sei umgefallen.«

»Können Sie ihn nicht holen?«

»Den ganzen Weg auf dem Fahrrad und das bei dem Wetter? Wollen Sie denn, dass wegen Ihrer Albernheiten ein alter Mann zu Tode kommt?«

Sie sah mich mit triumphierendem Blick an. Aus der Krempe ihres Südwesters ergoss sich ein Rinnsal, tropfte auf ihre große Nase und blieb dort glitzernd wie ein Diamant hängen.

»Verflixt und zugenäht! Also gut. Steigen Sie in den Landrover.«

»Sie werden sich beeilen müssen.« Sie stand so resolut im Raum, dass sie mit ihrer empor gehaltenen Sturmlampe wie ein Sinnbild der Tugend aussah.

»Ja, gehen Sie, gehen Sie nur!«, sagte ich in Sorge um die Ochsen.

»Verriegeln Sie am besten die Tür, Miss, wenn wir weg sind«, riet Miss Glim. »Man weiß nie, wer sich in einer solchen Nacht herumtreibt.«

»Erzählen Sie keinen Unsinn, Cissy. Nur ein Schlafwandler würde bei einer derartigen Sintflut umherlaufen.«

Miss Glim warf den Kopf in den Nacken und der Regentropfen auf ihrer Nase flog davon. Zweifellos fühlte sie sich als Siegerin.

9

Dies ist Geoffrey Searle, einer unserer fleißigen Gemeindevorsteher, dem wir sehr viel zu verdanken haben.« Mr. Winnacott, der Pfarrer von Pudwell, zeichnete während seiner Vorstellung mit den langen, äußerst gelenkigen Fingern abstrakte Umrisse in die Luft. Sein ausladendes Kinn nickte mehrmals in Richtung Gemeindevorsteher, der sein Gespräch unterbrach, um mich anzusehen. »Miss Swann«, fuhr Mr. Winnacott fort, »ist leider nur eine zeitweilige Bewohnerin unseres schönen Dorfs – wobei ich mich mit dem leider natürlich auf die Kürze des geplanten Aufenthalts beziehe, würde man so reizende junge Damen nur öfter antreffen ...« Mr. Winnacott errötete und während er nach Worten suchte, machten seine großen vorstehenden Zähne Sauggeräusche auf seiner Oberlippe.

»Guten Tag, Miss Swann«, ergriff Geoffrey Searle das Wort. Mit festem Griff packte er meine Hand und schüttelte sie mehrmals so kräftig, wie ein Hund eine Ratte schütteln würde. »Was für eine Freude, ein neues Gesicht zu sehen. Und ein so reizendes noch dazu.« Er weitete seine feuchten roten Lippen zu einem breiten Lächeln, das einen in dunkler Nacht erschreckt hätte. »Dies hier ist Roger Windebank«, deutete er auf den Mann neben sich, »unser hiesiger Anwalt. Ich bin Buchhalter – die niedrigste Lebensform –, außerdem noch Gemeindevorsteher und Gemeinderat.«

Ich überlegte, ob ich auch meine Referenzen offen legen sollte. Porträtmalerin und Teilzeitstudentin, die herzlos ihren Verlobten hatte sitzen lassen. Aber Geoffrey war schon bei der Schilderung seiner Rolle als Schriftführer des hiesigen Golfclubs, und so gab sich mein Anspruch auf männliche Aufmerksamkeit mit dem zufrieden, der bereits vor mir stand. Rogers Händedruck war warm und schlaff.

»Besuchen Sie jemanden im Dorf, Miss Swann?« Als Geoffrey innehielt, um Luft zu holen, schob Roger seine Frage mit dem Ausdruck höflichen Interesses ins Gespräch. Sein Blick jedoch wanderte meinen Körper entlang. Beide Männer trugen graue Tweedanzüge und hielten Gläser mit dunkelbraunem Sherry in den Händen. Mr. Winnacott drückte mir ein Glas in die Hand. Ich warf einen argwöhnischen Blick darauf. Ich mag Sherry nicht besonders, es sei denn, er ist richtig trocken. Dieser hier hätte gut zum Weihnachtskuchen gepasst.

»Ich wohne im Häuschen einer Freundin. Fahre aber leider morgen Früh zurück nach London. Ich machte einen Spaziergang, als ich die Kirchenglocken hörte.«

Der Sturm hatte in der Nacht nachgelassen. Vom Geisterpfeifer hatte ich nichts gehört. Miss Glim hatte mir ein Bett aus Leinenlaken und -bezügen sowie einer Daunendecke bereitet. Wie sehr solche Leinenlaken doch alles veränderten! Obwohl sie alt und an ein paar Stellen gestopft waren, weckte dieser Luxus doch meine Lebensgeister. Genussvoll hatte ich um Mitternacht im Bett gelegen, dem Schein der Blitze hinter den Bäumen zugesehen und dem Platschen des Regenwassers zugehört, das in den von Miss Glim vorsorglich unter das Loch im Dach gestellten Topf tropfte. Selbst die folgenden Donnerschläge hatten mich nicht zu erschrecken vermocht. In meiner völligen Abgeschiedenheit, fern von allem mir Vertrauten, einsam wie eine Eremitin, spürte ich ein Nachlassen meiner Anspannung. Zum ersten Mal seit Wochen gab es kein Abwägen der Argumente für oder gegen die Hochzeit. Es war mir möglich, meine Gedanken schweifen zu lassen und Alex zu vergessen. Als ich aufwachte, konnte ich mich nicht mehr an meine Träume erinnern.

Ein Lichtstrahl lag auf den Dielen, die im Lauf der Jahre von der immer wiederkehrenden Feuchtigkeit und dem steten Luftzug aufgeworfen und gebogen worden waren, bis sie an ein ruhiges Meer erinnerten. Ich wickelte mich in die Daunendecke und trat ans Fenster, um hinaus zu sehen. Der Garten fiel steil zum Talboden hin ab. Die andere Seite stieg schroff, fast klippenartig an. Als hätte man von der Bergkuppe abgebissen, zeigte der Kamm einen halbmondförmigen Einschnitt, durch den der Sonnenstrahl fiel. Wenn die Sonne weiterzog, würden einige Zeit Schatten aufs Tal fallen, bis die Sonne ihren Höchststand erreicht hatte. Das strahlende Licht zeichnete reliefartig die Kratzspuren auf dem Fenster nach, die sich über mehrere Scheiben hinzogen. Die Buchstaben waren krumm und schwer zu lesen, der erste war tiefer eingegraben als der letzte, als hätte den Schreiber seine Aufgabe ermüdet. ANNA THOU LADY KILLEST ME.

Die Worte waren mir irgendwie bekannt. Ich nahm das noch immer aufgeschlagen auf dem Tisch neben dem Bett liegende Buch mit den Gedichten von Rosetti. Ja, da war es, die Übersetzung eines frühen italienischen Dichters.

Du meine Dame tötest mich
Noch schürst du meine Qual
Denn sehen wirst du sicherlich
Dass mir bleibt keine Wahl.

Bei der Inventur waren mir eine kleine Schachtel und eine Tasse mit der Initiale A aufgefallen. Vielleicht hatte Violas Patin Anna geheißen. Womöglich hatte sie eine stürmische Liebesaffäre gehabt. Ich hoffte sehr, dass dem so gewesen war. Die Vision von Gemeindesitzungen und Tombolaständen wich einer vage skizzierten wilden Leidenschaft. Da in diesem Moment die Sonne hinter dem Hügel verschwunden war und den Raum so verdunkelt hatte, als wäre ein Blendladen geschlossen worden, bedeutete dies das Ende meiner Spekulationen.

Ich hatte mich angezogen und war nach unten gegangen. Chloës liebevolle und selbstlose Kameradschaft passte zu meiner Stimmung. Ihre Augen folgten mir durchs Zimmer und wenn ich sie ansprach, kam sie sofort und setzte sich neben mich, legte den Kopf auf mein Knie und trommelte in langsamen Schlägen mit ihrem Schwanz auf den Fußboden. Wir teilten uns eine Scheibe Toast. Gepackt vom bisher nicht gekannten Wunsch, draußen zu sein, wusch ich rasch ab.

Chloë drängelte sich vor mir durch die Tür in den Garten. Die kahlen Stämme der Rosen waren zu einem niedrigen Bogen zusammengewachsen und zwangen mich, mich zu bücken, als ich ihr über die steilen Stufen folgte, die man in den Hang geschnitten hatte. Ein kalter Wind raschelte im kniehohen Gras. Nicht weit vom Haupthaus entfernt lag ein kleines gemauertes Nebengebäude. Anstatt einer Tür hing ein herrliches Spinnennetz wie ein Vorhang über dem oberen Teil der Öffnung. Ich duckte mich darunter hindurch und schaute hinein. Ein Holzsitz mit zwei rund ausgeschnittenen Löchern wies es als die Toilette aus, die ich bisher vergebens gesucht hatte. Beim Hinausgehen dachte ich nicht weiter an das Netz und trug prompt einen Schleier. Erstaunt beobachtete mich Chloë, als ich schreiend und schaudernd auf mein Haar einschlug, weil ich mir vorstellte, dass etwas Riesiges mit vielen Beinen mir in den Nacken kroch.

Ich warf einen Blick zurück zum Haus. Auf dem Dach hüpften Vögel mit Strohhalmen im Schnabel umher. Ein Teil des Dachs reichte vom Kamin bis hinunter zum Boden. Aus dem in meinem Kopf gespeicherten Vorrat nutzlosen Wissens tauchte eine Bezeichnung dafür auf. Man nannte es Schleppdach, worunter meist eine Speise- oder Milchkammer lag, die kühl gehalten werden musste.

Weiter unten, wo der Hang steiler wurde, schlängelte der Pfad sich in Serpentinen. In den hohen, zart ergrünenden Wänden nicht beschnittener Sträucher und Bäume wurde der Vogelsang immer lauter. Nach und nach hörten meine Ohren auch einen anderen Laut heraus. Ich arbeitete mich durchs Unterholz, bis ich am Rand des Hochufers eines rasch dahinfließenden Flusses stand. An den Felsbrocken, die ihm im Weg standen, schäumte das Wasser in Strudeln hoch. Feiner Sprühnebel flog manchmal hoch zu mir und zerstob irisierend, wenn die Sonne darauf fiel.

»Wie fanden Sie denn die Predigt?« Geoffrey Searle wippte auf seine Zehenspitzen und ließ sich dann auf seine Fersen zurückrollen, dabei reckte er seine Brust heraus und starrte auf meinen Mund. Er beugte sich zu mir und sagte leise, aber doch gut hörbar: »Der Pfarrer ist leider ein Einfaltspinsel. Ein Schaumschläger. Verstehen Sie, was ich meine? Die Kirche scheint solche Leute anzuziehen.«

Ich sah Geoffrey an, der mir berechnend zuzwinkerte und mit seinen Hängebacken und der korkigen Nase so männlich wie ein Pfeifenständer aussah, und wunderte mich über seine Überheblichkeit.

Die Predigt zu der Textstelle *Sie säen am Morgen und geben am Abend mit eifriger Hand*, die unter den Chorknaben erwartungsgemäß ein anzügliches Gekicher auslöste, hatte mir nicht sonderlich zugesagt, aber die offenkundige Aufrichtigkeit des Pfarrers hatte mich beeindruckt.

Zuerst war ich Mr. Winnacott auf dem Kirchhof begegnet. Um mir die Kirche anzusehen, hatte ich den Weg gewählt, der im Uhrzeigersinn auf den Berg führte. Der andere Weg führte zum Herrenhaus von Gilderoy, wie ich mich erinnerte. Obwohl ich neugierig gewesen wäre, das Haus zu sehen, wollte ich keinesfalls den Eindruck erwecken, nach Guy Ausschau zu halten. Die Kirche war ein hübscher Bau mit einem stattlichen Turm. Mein bewundernder Blick fiel gerade auf den großen Portikus mit Säulen und Giebeldreieck eines Gebäudes, das jenseits der Wand durch die Bäume schimmerte, als mir jemand von der Kirchenvorhalle aus zuwinkte. Auf der Bergkuppe wehte ein heftiger Wind, der den Großteil des Gesagten davontrug.

»Wie bitte? Was haben Sie gesagt?«

Er kam über den Rasen auf mich zugerannt. Über seiner Soutane trug er einen blauen Plastikregenmantel und auf dem Kopf eine in brauner Wolle gestrickte Sherlock-Holmes-Mütze mit langen hüpfenden Ohrenklappen. Chloë hatte geknurrt und ich hatte wegsehen und mir ein Lächeln verkneifen müssen. Seine Augen unter dem Mützenschirm traten erwartungsvoll hervor. »Ich bin Swithin Winnacott. Ich wollte gerade die Glocke für die Morgenvesper läuten. In der Gemeinde hat es ein wenig Ärger gegeben – es ist wirklich zum Verrücktwerden – und jetzt muss ich auch noch die Arbeit des Küsters übernehmen. Wohnen Sie hier im Dorf?«

»Ich reise morgen wieder ab.« Der Wind nahm meine Worte und riss sie arglos mit sich fort.

»Morgen, sagten Sie? Wie schade. Aber Sie kommen doch heute Morgen zu unserem Gottesdienst?«

»Nun, eigentlich hatte ich nicht vor –«

»Ach, sagen Sie doch ja! Wenn Sie so freundlich wären, die Glocke zu läuten, könnte ich mich in der Sakristei fertig machen. Einer meiner Gemeindevorsteher hat mich angerufen, dass er sich verspätet, und der andere ist gerade auf Besuch bei seiner Schwester in Brighton.«

»Aber ich weiß nicht, wie das geht.«

»Das ist nicht schwer. Mr. Shaftoe, das ist der Küster, hat beim Läuten immer Zeitung gelesen. Was nicht heißen soll, dass ich das billige, aber man darf auch nicht engstirnig sein. Fürchte ohnehin, dass es seinetwegen eine Menge Gerede geben wird. Nun, um die Wahrheit zu sagen, obwohl man ja nicht tratschen soll: Er ist mit einer jungen Dame durchgebrannt. Seine Frau ist völlig durcheinander.« Mr. Winnacott warf mir einen besorgten Blick zu und knabberte an seiner Unterlippe. »Der arme Shaftoe, ein guter Kerl, aber die Versuchungen des Fleisches waren zu groß für ihn – lasst den, der ohne Sünde ist und so weiter –, ich möchte rechtzeitig anfangen. Zu allem Unglück war Mary Filkins, die junge Dame, die mit Shaftoe durchgebrannt ist, unser kräftigster Sopran.«

»Tut mir Leid, das zu hören, aber ich glaube wirklich nicht, dass ich –«

»Ach, bitte, sagen Sie doch ja!« Mr. Winnacott packte mich am Ellbogen und beugte sein Knie, wobei er zudem noch flehentlich schwankte. »Glockenläuten ist Gift für meine Bindegewebsentzündung.«

Das Glockenläuten war nicht ganz so einfach, wie Mr. Winnacott behauptet hatte. Zum einen musste man ziemlich kräftig am Glockenseil ziehen, um das Geläute in Gang zu setzen, zum anderen verwirrte die Verzögerung, die sich zwischen Ziehen und Läuten ergab und die ich niemals einzuholen schien. Die vereinzelt oder in Grüppchen eintrudelnden Gemeindemitglieder bedachten mich mit forschenden Blicken. Als ich mich dann hinten in der Kirche auf die Bank setzte, ging mein Atem heftig und mir war heiß. Da Chloë nicht verstehen konnte, weshalb sie draußen bleiben musste, bellte sie und kratzte während der ganzen Messe immer wieder an der Eingangstür. Unmöglich, sich auf Spirituelles einzulassen.

Mr. Winnacott war ein Pechvogel. Als er den Mund öffnete, um das Glaubensbekenntnis zu sprechen, schwenkte der Messdiener das Weihrauchfass so knapp an seinem Gesicht vorbei, dass er vor lauter Rauch fast unsichtbar wurde. Beim Besteigen der Kanzel blieb er mit seinem Messgewand an einem Nagel hängen und musste sich erst mühsam befreien, ehe er mit der Predigt beginnen konnte. Die Messdiener konnten sich kaum halten vor Lachen, als Chloë während des Segens zu heulen anfing. Danach bestand der vom eingeatmeten

Weihrauch noch blasse Mr. Winnacott darauf, dass ich mich der übrigen Gemeinde im Pfarrhaus auf einen »Frühschoppen« anschloss.

»Er scheint außergewöhnlich freundlich zu sein«, beantwortete ich murmelnd Geoffreys Frage. Ich beobachtete Mr. Winnacott, der mit einem Tablett voller Pasteten seine Gäste umkreiste. Selbst ohne die Sherlock-Holmes-Mütze hatte sein Äußeres etwas Absurdes. Sein Gesicht hatte die Form einer Violine, schmal in Höhe der Ohren und breiter an Braue und Kinn. Sein Gang war so merkwürdig, als hätte er Gummiknochen. Mir fiel auf, dass keiner etwas aß und sein Gesichtsausdruck bei jeder Ablehnung enttäuschter wurde.

»Swithin meint's natürlich gut, keiner ist wohlwollender als er«, meinte Roger überlegen. »Und er nimmt für seine Schäfchen jede Menge Schwierigkeiten auf sich. Schade, dass sie es ihm nicht danken. Aber er ist wirklich ein dummer Esel.« Ich fragte mich, womit Mr. Winnacott sich diese kollektive Verachtung eingehandelt hatte. Ich zog ihn Roger oder Geoffrey vor. Der Pfarrer jedenfalls war nicht so unerträglich eingebildet. »Sagten Sie, Sie wollen morgen wieder zurück nach London?« Roger rückte seinen Krawattenknoten zurecht, was vermutlich die Entsprechung zu einem Anheben der Schwanzfedern oder dem Blähen eines bunten Kehlsacks war. »Ich fahre morgen selbst hin. Warum fahren Sie nicht mit mir?«

»Guten Morgen, Geoffrey, Roger.« Eine junge Frau drängte sich in unser Grüppchen und zwang Roger, seine Augen von meinem Körper abzuwenden. »Ich bin Caroline Yardley. Alle nennen mich Caro. Und Sie müssen Miss Swann sein«, fuhr sie fort, ehe ich etwas sagen konnte. »Das weiß ich von Mrs. Creech. Glauben Sie ja nicht, Sie könnten in diesem Dorf ein halbes Pfund fangfrischen Fisch kaufen, ohne dass sich die Trommeln in Bewegung setzen.«

»Nennen Sie mich Flo.«

Meiner Vermutung nach war Caroline Yardley Anfang dreißig. Sie hatte eine enorme Oberweite und ausladende Hüften. Ihr lang gezogenes Gesicht wurde durch die schulterlangen, gerade geschnittenen braunen Haare noch zusätzlich betont. Sie hatte eine Hakennase und ein kleines Kinn. Dass sie nicht ganz unansehnlich war, dafür sorgten ihre schönen Augen von der Farbe polierter Bronze und ihre reine, gut durchblutete Gesichtshaut mit den weichen rosa Wangen. Ihr Pullover hatte Löcher und ihr Kostüm aus teurem Tweed war zerknittert und nicht besonders sauber. In Händen und Nägeln steckte der Schmutz tief in den Poren, ihren Jackenaufschlag jedoch schmückte eine hübsche Brosche mit einem Diamanten und einer Perle. Sie rauchte einen Zigarillo.

»Nehmen Sie Rogers Angebot, Sie mitzunehmen, keinesfalls an. Er ist der größte Casanova in Dorset, denkt immer nur an Sex und kein Mädchen ist vor ihm sicher, wenn er mit ihm allein ist.«

Geoffrey gluckste in sich hinein, bis er puterrot wurde, während Roger geziert lächelte und schniefte und ein befriedigtes Gesicht machte.

»Ach wie schön, ach wie nett.« Mr. Winnacott stand neben mir. »Der Sabbat sollte ein Tag der Gemeinschaft wie des Gotteslobs sein. Darf ich mitlachen? Essen Sie doch etwas, Miss Swann. Meine Frau backt das hier eigens für unsere Sonntagmorgen-Versammlungen. Es sind Krabbenpasteten.« Ich nahm eine, obwohl der Teig grau war und ich solche Dinger gar nicht ausstehen konnte. Ich sah das ergreifende Bild einer sich ergeben in der Küche plagenden und ihren Mann in seinem geistlichen Amt unterstützenden Mrs. Winnacott vor mir, die als Lohn für die Früchte ihrer Arbeit nur Verachtung erntete.

Tapfer biss ich in meine Pastete, die sofort in mehrere Teile zerbrach, wovon mehr als die Hälfte als fettiger Flockenregen zu Boden fiel. Unter dem Sofa kam eine schwarzweiße Katze hervorgeschossen. Nachdem sie ein paar Mal geniest hatte, ging sie davon. Schmerzhaft stießen unsere Stirnen aneinander, als Mr. Winnacott und ich uns gleichzeitig bückten, um die Schweinerei vom Teppich zu entfernen. Nichts unter all den Krümeln erinnerte auch nur im Entferntesten an eine Krabbe. Ich kaute noch immer an dem ersten Bissen, der inzwischen zäh wie Gummi geworden war.

»Komm, Macavity«, sagte Caro und beugte sich mit Kussgeräuschen zur Katze hinunter. Macavity ließ sich das Ohr kraulen. »Ich glaube, Sie geben ihm nicht genug zu fressen, Swithin. Er ist ein wenig dünn.«

»Oh, finden Sie? Beryl füttert ihn immer. Sie mag's nicht, wenn ich mich im Haushalt einmische. Vielleicht könnten Sie ihr das einmal sagen …« In Mr. Winnacotts sanfte Augen trat ein ängstlicher Ausdruck.

Ich hustete den Bissen Blätterteig in mein Taschentuch. »Ein schöner Kater«, bemerkte ich dümmlich und merkte, dass alle mich ansahen. »Er heißt bestimmt nach einer der Katzen in T. S. Eliots *Old Possum's Katzenbuch*.«

»›*Macavity ist eine geheimnisvolle Katze, genannt Versteckte Pfote*‹«, sang Caro. »Mehr fällt mir nie ein.« Macavitys Pfote blieb ganz und gar nicht versteckt. Auf der unermüdlichen Suche nach Essbarem steckte sie in der Schüssel mit den Erdnüssen, Rogers Hosenaufschlägen, Caros Tasche und selbst in Geoffreys Sherryglas. »Ich liebe Katzen«, fuhr Caro fort und versuchte Macavity mit einer Nuss zu locken. »Habe selbst eine flauschige Pussy zu Hause.«

Über ihren Kopf hinweg trafen sich die Blicke von Geoffrey und Roger, die beide wie Schuljungen kicherten. Ich gab vor, es nicht zu bemerken. Mr. Winnacott lächelte und machte ein sehr verdutztes Gesicht. Caro sah mich verstohlen an und zwinkerte mir zu.

Eine Frau mit teigiger Haut und grauen, zum festen Dutt gedrehten Haaren drängte sich in den Kreis. »Was ist das für eine Schweinerei auf dem Teppich, Swithin?«

»Nur ein kleiner Unfall mit der Pastete, meine Liebe. Miss Swann, meine Frau Beryl.«

»Morgen, Beryl«, sagte Geoffrey und hörte auf der Stelle zu lachen auf. »Ich muss jetzt gehen. Zur Schwiegermutter zum Mittagessen. Schade, dass sie so ein zäher alter Vogel ist.« Er mühte sich ein Lächeln ab.

»Soll das jetzt lustig sein?« Beryl Winnacott sah ihn mit versteinertem Blick an. »Sie glauben wohl, man könne über das Alter herziehen.«

Geoffrey wollte etwas erwidern, hielt dann aber den Mund. Er bedachte uns alle mit einem leeren Grinsen und schlurfte davon. Beryl wandte sich an Roger. »Ich habe mich gerade mit Ihrer Rechnung für die Kirchhofsmauer beschäftigt. Die ist ganz und gar lächerlich und Swithin hat keinesfalls die Absicht, sie zu begleichen.«

»Oh, aber Liebes –«

»Schweig, Swithin.«

»Es ist in Wirklichkeit sehr viel weniger, als ich üblicherweise berechne«, versuchte Roger es sanft. »Da es eine Gemeindeangelegenheit war, wissen Sie, habe ich meine eigene Zeit nicht berechnet und –«

»Du meine Güte, das wäre ja noch schöner! Aber die Summe ist vollkommen absurd. Das müssen Sie schon mit dem Bischof regeln.«

»Na gut. Ist in Ordnung.« Roger verließ verärgert den Raum.

»Auf Wiedersehen, Flo.« Caro lächelte mich an. »Hoffentlich haben wir die Freude, Sie irgendwann einmal wiederzusehen.«

»Danke. Sie sind alle sehr nett gewesen.«

»Übrigens, Caroline«, mischte Beryl sich rücksichtslos ein, »mir ist aufgefallen, dass wir in der ganzen Kirche keine Steckschwämme mehr haben.«

»Am Freitag habe ich das letzte Stück für das Gesteck am Taufstein verbraucht. Es war nur noch ein kleiner Rest da.«

»Verstehe. Nun, dann werden wir eben die Mittel strecken müssen, damit es noch für einen Block reicht. Sparsamkeit ist offensichtlich eine Tugend, die von der Geschäftswelt verachtet wird.«

»Ich stifte welche«, sagte Caro verärgert zu Beryl, die sich schon zum Gehen umgedreht hatte. »Das war ein Seitenhieb gegen mich, weil ich einen Vater hatte, der im Brauereigewerbe tätig war«, teilte sie mir mit leiser Stimme mit. »Ihr Vater war der Landdekan. Sie hatten nie Geld. Die arme Beryl musste vererbte Kleider tragen und ihr Taschengeld den Armen in Afrika spenden. Sie hat mir meine hübschen Partykleider und mein Dreigangfahrrad nie verziehen. Weiß auch nicht, warum ich mich immer wieder von ihr ärgern lasse. Ich wollte Sie auch vor den Pasteten warnen. Die sind nämlich mehrere Jahre alt. Deshalb rührt keiner von uns sie an. Beryl holt sie jeden Samstagabend aus der Gefriertruhe und friert sie am Sonntag nach dem Mittagessen wieder ein. An einer klebt seitlich eine tote Fliege, die ich schon vor Monaten entdeckt hatte.«

Beim Gedanken an die paar Krumen, die ich hinuntergewürgt hatte, wurde mir unwohl. »Das Leben auf dem Land ist gefährlicher, als ich gedacht hatte. Sie ist Mrs. Proudie, wie sie leibt und lebt, nicht wahr?«

»Oh, Sie mögen Trollope! Wie schade, dass Sie nicht bleiben. Bücherfreunde sind in dieser Gegend eine gefährdete Spezies. Warum besuchen Sie mich nicht heute Nachmittag zum Tee?«

»Würde ich gerne.«

»Yardley House, Mill Lane. Liegt direkt gegenüber der Brücke. Jeder kann Ihnen sagen, wo es ist. Um vier Uhr?«

»Danke, gern.«

»Nun, Miss Swann.« Mr. Winnacott kam fast im Laufschritt zu mir. »Bleiben Sie doch zum Mittagessen. Sie würden meiner Frau eine große Freude machen.«

Ich sah Caro hinter seinem Rücken den Kopf schütteln, als sie durch die Eingangstür hinausging. »Das ist wirklich schrecklich nett von Ihnen, aber eigentlich möchte ich heute kein Mittagessen. Ich bin überhaupt nicht hungrig.« Während ich dies aussprach, drehte sich mir in Erinnerung an die Pastete ein wenig der Magen um. Ich fühlte mich entschieden unwohl.

Er sah geknickt aus. »Sonntags begnügen wir uns mit einem kleinen kalten Imbiss – damit die Bediensteten frei nehmen können, pflegte man früher zu sagen, aber heutzutage kommen wir ohne Hilfe zurecht. Wenn man überlegt, dass es zu Beginn des Jahrhunderts in diesem Haus einen Koch und mehrere Hausmädchen gegeben hat.« Er machte mit seinen Händen eine undeutliche, die ganze Eingangshalle umfassende Geste, wo wir im Schatten der Treppe standen. Das schwarz gewordene Eichenholz dieser mit kräftigen Ornamenten verzierten Treppe war besonders deprimierend, die Wände waren kastanienbraun gestrichen und mit verblassten Drucken behängt, auf denen Vogelzüge über graue Flussmündungen flogen. Beim Verlassen der Kirche hatte es geregnet und Wassertropfen von den Mänteln der Gemeinde sprenkelten das Parkett. Auf dem mit Elfenbein verzierten Garderobenständer lagen ein Stapel Gesangbücher, ein Regenhut aus Plastik und eine kleine Flasche mit einer gelben Flüssigkeit. Sie sah aus wie eine Urinprobe.

»Wir können uns natürlich glücklich schätzen, so viel Platz zu haben, gibt es doch Familien, die in erbärmlich beengten Verhältnissen leben müssen. Oder Schlimmeres. Erst gestern habe ich eine sechsköpfige Familie besucht, deren Gesindehaus ihnen weggenommen wird. Die Mutter ist gestorben und der Vater hat zu trinken begonnen. Ich muss gestehen, Miss Swann, dass ich mich beim Versuch, den armen Mann am Grab seiner Frau zu trösten, nicht in der Lage sah, seine Frage befriedigend zu beantworten, warum der Herr ihm seine Gefährtin und Stütze genommen hatte. Auch mir schien dies eine Laune zu sein.« Mr. Winnacott massierte seine Zähne mit den Lippen und seine Augen waren weit aufgerissen, als er gedankenvoll zu

Boden starrte. »Wir tappen alle im Dunklen, Miss Swann, alle im Dunklen.«

Über unseren Köpfen ging plötzlich ein Licht an und verbannte die Düsterkeit, die sich scheinbar um uns zusammengezogen hatte, während er sprach. »Du darfst Miss Swann nicht aufhalten, Swithin.« Beryl faltete die Regenkapuze und legte sie in eine Schublade. »Sie wird nach Hause kommen wollen, ehe der nächste Schauer einsetzt.«

»Oh, Liebes«, Mr. Winnacott hielt mich am Ellbogen fest, »ich habe Miss Swann gebeten, zu unserem Gabelfrühstück dazubleiben. Ich bin sicher, dass sie einwilligt, wenn du dich meinem Ersuchen anschließt.«

»Das ist sehr freundlich von Mr. Winnacott, aber Sie sollten meinetwegen keine Umstände machen.« Ich hoffte Beryls Granitblick zu erweichen.

Sie schloss die Augen und atmete langsam aus. »Natürlich, wenn Swithin es wünscht. Sie werden sich sicherlich die Hände waschen wollen, Miss Swann. Folgen Sie mir.«

Es müsste doch möglich sein, überlegte ich, als ich meine Finger einschäumte, unerwünschte Einladungen abzulehnen, ohne zu verletzen, aber ich war noch nicht dahinter gekommen, wie man das anstellte. Die Dankbarkeit, mit der Swithin mich anstrahlte, als ich das Esszimmer des Pfarrhauses betrat, entschädigte mich ein wenig für die unaussprechliche Eintönigkeit, die mich erwartete.

Die Gespräche waren anspruchslos. Swithin – wir sprachen uns jetzt beim Vornamen an – redete. Wenn er innehielt, schob ich eine Antwort ein. Beryl aß schweigend, wenn sie nicht etwas aus der Küche zum Tisch oder von dort zurück trug. Meine Hilfe hatte sie abgelehnt. Sie reichte mir einen Teller mit einer Scheibe wässrigem, hauchdünnem Schinken, einem Esslöffel kalten Kartoffelbrei und der gleichen Menge Rote Bete. Das scharf eingelegte Mischgemüse im Glas verschmähte ich. Swithin trank ein Glas Wasser nach dem anderen. Chloë machte sich mit einem Heulen aus der Garderobe bemerkbar, wo sie während des Mittagessens ausharren musste. Wir falteten die Hände und beugten unsere Häupter, um Gott in seiner Großzügigkeit zu preisen.

Wir hielten unsere Köpfe so lange gesenkt, dass ich meinen Nacken steif werden spürte. Es war sehr kalt im Esszimmer und ich wäre am liebsten mit wedelnden Armen hin und her gesprungen. Mein Stuhl war hart, die Tapete abstoßend. Man konnte unmöglich für Rote Bete dankbar sein, die nach Essig stanken. Ich spürte einen Druck an meinem Bein. Ich warf einen verstohlenen Blick unter den Tisch und sah in Macavitys messingfarbene Augen. An seinem Kinn hing ein Speicheltropfen. Ein Gesteck aus getrockneten Blumen, die inzwischen ein einheitliches Braun angenommen hatten, verbarg meinen Teller. Swithin und Beryl hielten die Augen in inbrünstiger Danksagung geschlossen. Heimlich ließ ich den Schinken zu Boden fallen. Macavity verspeiste ihn unter kreisenden Kopfbewegungen und heftigem Schnurren.

Nach dem Dankgebet aß ich den rasch dunkelpink anlaufenden Kartoffelbrei, schnitt die Rote Bete in kleine Stücke, schluckte die Hälfte davon hinunter und verbarg den Rest unter Messer und Gabel. Anfangs schob ich das brennende Gefühl im Hals auf die starke Säure des Essigs, aber nachdem ich eine Zeit lang in Pflaumen mit Vanillesauce herumgestochert hatte, spürte ich das Klopfen in meinem Kopf und meine schweren Glieder. Mir wurde abwechselnd heiß und kalt.

Swithin redete über die Gedichte George Herberts, der Ikone des siebzehnten Jahrhunderts. »Dieser Mann hatte seinen Glauben, verstehen Sie. Absolute Gewissheit. In einer Welt, in der die Lebenserwartung kurz und Krankheiten weit verbreitet waren und der gemeine Mann entsetzliches Leid ertragen musste, blieb sein Glaube unerschütterlich.«

»Glauben Sie nicht, dass gerade dies der Grund dafür gewesen sein könnte?«, sagte ich und lehnte mich lässig zurück, damit ich den Kopf des Katers mit einem Finger streicheln konnte. »Weil das Leben so hart war, musste er an etwas Perfektes und Gutes glauben.« Durch eine Lücke in den abgeknickten Stielen des Blumengestecks sah ich Beryl einen Pflaumenkern in ihren Löffel spucken.

»Bloßes Wunschdenken, meinen Sie?«

»Absolute Gewissheit kann doch nur Selbsttäuschung sein. Keiner kann sich doch der Existenz Gottes sicher sein.« Ich hoffte, mich verständlich ausgedrückt zu haben. Der Raum schien zwischen Hell und Dunkel hin und her zu flackern.

»Erlauben Sie mir zu sagen, Flo, was für eine Freude es mir ist, mich mit Ihnen über diese Dinge unterhalten zu können. Meine Gemeindemitglieder sind allesamt nicht an Philosophie interessiert. Offen gestanden, selbst der Bischof –«

Er hielt inne und blickte aufgeschreckt seine Frau an, die mit wütender Geste ihre Serviette hingeworfen hatte. Ihr Gesicht war rot vor Erregung. »Sie, Miss Swann, halten sich wohl für sehr klug, derart unorthodoxe und – meiner Ansicht nach – wenig sachkundige Ansichten zu äußern, aber ich glaube doch, dass Swithins Berufung einige Rücksicht geziemt.«

»Aber Liebes«, Swithin blinzelte ängstlich, »Flo hat ein Recht auf ihre Meinung. Und ich muss sagen, dass ich sie vernünftig und redlich finde –«

»Höre ich recht?« Beryl schob ihren Stuhl zurück und stand auf – die Verkörperung verletzter Würde. »Du wagst es mir zu sagen, ich sei weder vernünftig noch redlich, weil ich die Existenz meines Schöpfers nicht in Zweifel ziehe? Ich werde jetzt hoch auf mein Zimmer gehen. Leben Sie wohl, Miss Swann. Ich werde mich nicht zur Unwahrheit herablassen, indem ich uns ein Wiedersehen wünsche.« Ihr rauschender Abgang erinnerte mich derart stark an Mrs. Proudie, dass ich mir ein Lächeln nicht verkneifen konnte.

»Liebste Flo! Sie vergeben ihr! Das nenne ich wahre Größe. Die ganze Sache war ganz und gar mein Fehler.«

»Es macht mir wirklich nichts aus.« Der Respekt Beryls war mir keinen Pfifferling wert und mein Körper war jetzt so schwer, als wäre er mit heißem Blei gefüllt. »Entschuldigen Sie. Ich muss nach Hause – nach Drop Cottage meine ich natürlich. Ich fühle mich nicht besonders – ich muss mir eine Erkältung eingefangen haben.«

»Sie sind unwohl! Ja, ja, Sie müssen sofort ins Bett! Wie dumm, dass der Wagen in der Werkstatt ist! Ich werde Sie begleiten.«

»Das ist sehr freundlich von Ihnen«, murmelte ich, »aber ich komme schon zurecht.«

»Ich bestehe darauf! Sie sind fremd hier. Ich werde Sie geleiten.«

Eine halbe Stunde später standen Swithin, Chloë und ich im dichten Wald an einer Wegkreuzung.

»Ich bin mir fast sicher, dass dies der Richtige ist.« Swithin preschte los. Die Wege waren schmal und schlammig. An mehreren Stellen hatten wir nur die Wahl, durch Pfützen zu waten oder uns durch die Dornen zu schlagen. »Kommen Sie, Flo, da geht's lang.« Swithin wartete mit zerknirschter Miene, bis ich ihn eingeholt hatte. »Ich kann Barbara Watkins Haus erkennen. Sehen Sie dieses helle Rosa durch die Lücke schimmern? Es wäre eine Abkürzung gewesen, wenn ich nicht dummerweise vom Weg abgekommen wäre.« Chloë rannte vor und zurück, bellte und wedelte mit dem Schwanz, denn für sie war das alles ein schönes Spiel.

»Macht nichts.« Mein Hals brannte so schlimm, dass Schlucken Mut erforderte. »Gehen wir einfach weiter.«

Aber genau das war unmöglich, denn als wir aus den Bäumen heraustraten, kamen wir an einen Bachlauf, der zum Fluss führte und gerade so breit und tief war, dass man nicht auf die andere Seite kam. Die tief hängenden schwarzen Wolken wählten genau den Moment, ihre Wasserlast über unseren Köpfen auszugießen, als wir auf eine Stelle zu stolperten, die schmal genug war, um ans andere Ufer zu springen. Swithin schätzte die Entfernung falsch ein und stand bis zur Taille im Wasser. Als ich ihm heraushalf, wurde ich selbst nass und schmutzig. Laub vom vergangenen Herbst klebte an unseren Schuhen und machten das Gehen gefährlich. Als ich endlich vor der Lücke in der Hecke zu Drop Cottage stand, war meine Haut so aufgeweicht, dass sie Falten warf, und meine Haare hätte man über einem Eimer auswringen können.

»Gehen Sie rein, gehen Sie rein«, schrie Swithin in höchster Sorge. »Ich werde Hilfe holen.«

»Mir geht es gleich besser. Gehen Sie nur und ziehen Sie sich was Trockenes an«, krächzte ich, als ich mich wild um mich schlagend durch die Hecke arbeitete. Ich taumelte den Pfad entlang, rutschte den Abhang hinunter und schwankte über die Brücke. Meine Kraft reichte kaum noch aus, die Eingangstür zu öffnen. Ich schleppte mich nach oben, zog mir die Kleider aus und legte mich nackt ins Bett, wo ich zitternd liegen blieb, bis ich glaubte, sämtliche Knochen würden mir brechen. Mein Fleisch schien auf einem Rost zu brutzeln. Ich strampelte mich aus dem Bettzeug, nur um vergebens danach zu suchen, als mir ein paar Minuten später eiskalt wurde. Ein scharfes Messer versuchte mich in meine Einzelteile zu zerlegen.

Voller Angst und Panik merkte ich, dass Alex im Zimmer war. »Wie hast du mich gefunden?«, fragte ich durch aufgesprungene Lippen. Er gab mir Wasser, das ich dankbar trank. Ich strich meine Haare glatt und zog mir die Decke unter dem Kinn zurecht. »Es tut mir Leid«, schrie ich. »Es tut mir unendlich Leid.«

»Das zählt jetzt nicht«, sagte er und legte dabei seine Arme so fest um mich, dass ich keine Luft mehr bekam. Ich kämpfte, um ihn wegzustoßen. Sein Gesicht verzerrte sich zu einer tragischen Maske mit Schlitzaugen und einem verzweifelt nach unten gezogenen Mund. Rasch zog sie sich zurück und verschwand. Ich schlief.

Alex kam immer mal wieder, um nach mir zu sehen, sein Gesicht stand manchmal auf dem Kopf, dann in der Horizontalen, dann war es wieder richtig. Er runzelte oft die Stirn und war wütend, dann lächelte er wieder und sah mich freundlich an. Einmal stürzte er sich mit erhobener Faust auf das Bett und ich schrie, bis meine Kehle Feuer fing.

Dann schwebte ich über dem Bett, leicht wie eine Staubflocke. Ich wirbelte im Luftzug durch das Fenster und hinunter zum Fluss, wo ich zu einer über das Wasser hüpfenden Blase wurde, Teil des *Corps de Ballet* des Schaums. Ich trieb dahin, flog, löste mich auf – Alex packte mich an den Handgelenken und zog mich nach unten. Ich kämpfte mich frei, aber mir drang Wasser in die Lungen. Ich ertrank. »Siehst du, Flo«, sagte Alex und sein Gesicht war sehr groß, »du wolltest mir ja nicht vertrauen. Jetzt siehst du, wohin das geführt hat.« Ich konnte nicht mehr sehen oder hören, aber ich spürte Hände, die an mir zogen und mich unter die Wasseroberfläche drückten.

»Flo! Aufwachen!«

Ich schlug die Augen auf.

10

Das Gesicht von Caroline Yardley war ruhig und freundlich. Die Hand, die meine hielt, war kühl. »Trinken Sie aus.« Den Geschmack konnte ich nicht bestimmen, aber es war etwas Scharfes, Erfrischendes. »Reiner Zitronensaft. Das Beste, wenn man geschwächt ist. Edward wollte schon Antibiotika geben, aber ich habe gesagt, die brauchen Sie nicht. Wegen all der üblen Nebenwirkungen.« Ich öffnete den Mund, um zu fragen, wer Edward war, aber mehr als ein rabenartiges Krächzen kam nicht über meine ausgedörrten Lippen. Ich versuchte mich aufzusetzen, war aber zu schwach dazu. »Ich schiebe Ihnen ein Kissen in den Rücken.« Caro bettete mich hoch und strich Decke und Laken glatt. Im kleinen Kamin des Schlafzimmers brannten Scheite und der Raum war angenehm abgedunkelt. In den Topf, der in der Ecke stand, tröpfelte Wasser mit vertrautem Platschen. Diese Frau, fast eine Fremde, beschützte mich vor allen Gefahren. Ich wollte ihr sagen, wie dankbar ich ihr war, fiel jedoch stattdessen in traumlosen Schlaf.

Es war sehr viel später, als ich meine Augen wieder aufschlug. Der Schein einer Öllampe kam vom Tisch am Feuer. Ein Mann beugte sich über mich. Anfangs dachte ich, es sei Alex, und hob meine Hand, um ihn abzuwehren, aber dann sah ich, dass sein breites Gesicht mit dem Lockenkranz ganz anders aussah. »Hallo, Miss Swann. Sie sehen schon viel besser aus. Caro hat Recht. Sie brauchen die Antibiotika gar nicht. Halten Sie das nur mal unter der Zunge für mich fest.«

Ich konzentrierte mich darauf, das Thermometer an seinem Platz zu halten. Die Stimme von Dr. Gilchrist kam mir bekannt vor und ich war mir sicher, dass er mich bereits mehrmals besucht hatte, sich dabei jedoch schlimme Träume und Wirklichkeit hoffnungslos miteinander vermengt hatten. »Sehr gut. Nur ein bisschen erhöht. Ist schon sehr viel besser. Ich werde Sie noch eine Weile im Auge behalten. Doch Sie sind in guten Händen. Ich habe Caro immer gesagt, die Medizin kann auf Leute wie sie nicht verzichten.«

»Ja, aber ich kann sehr wohl auf die Medizin verzichten.« Caro tauchte aus ihrem Stuhl am Feuer auf. »Verzeih mir, aber ich glaube, wenn ich mich mit der stümperhaften Blödheit des staatlichen Gesundheitsdienstes herumschlagen müsste, risse mir der Geduldsfaden schon nach einem halben Tag. Ich bin einfach vom Temperament her nicht dafür geschaffen.«

»Deinem Temperament fehlt nichts, soweit ich es beurteilen kann.« Edward Gilchrist lächelte humorvoll und holte sein Stethoskop aus der Tasche. Ich beugte mich mit über den Kopf gezogenem Nachthemd nach vorne und schrie auf, als er mir etwas Eiskaltes auf den Rücken drückte.

»Entschuldigung. Das liegt an Ihrem Fieber.«

»Wärm es doch an, Mann!«, herrschte Caro ihn an. »Kannst du dich denn gar nicht in deine Patientin einfühlen?«

»Tut mir Leid«, hauchte er, »ist das jetzt besser?«

»Viel besser, danke«, krächzte ich.

»Ich weiß ohnehin nicht, was du da abhören willst. Sie ist über den Berg, das liegt doch auf der Hand. Noch ein, zwei Tage und sie kann für ein paar Stunden aufstehen.«

»Du hast ja Recht, Caro. Demütig beuge ich mich deinem Urteil.«

»Vergiss nicht, wer einen auf Honigsüß macht, wird zur Beute der Wespen.«

»Also, hat man da Töne? Mehr als meine Unterlegenheit eingestehen kann ich doch nicht, schließlich bin ich auch nur ein Mensch!«

»Wenn Sie beide Ihren Streit beendet haben«, meldete ich mich aus den Falten meines Nachthemds zu Wort, »würde ich mich gern wieder hinlegen.«

Voller Ingrimm schüttelte Caro die Kissen auf und zog die Laken zurecht. »Geh und lass mich um meine Patientin kümmern.«

Ich wollte ihm danken, wurde aber von einem Hustenanfall heimgesucht. Caro gab mir wieder Zitronensaft zu trinken und sagte mir, ich solle ruhig liegen bleiben. Dr. Gilchrist brach auf, nachdem er versprochen hatte, am nächsten Tag wieder vorbeizuschauen.

»Sie sind so gut zu mir gewesen.« Ich erkannte kaum meine eigene Stimme, die entweder krächzte oder brummte. Bestürzt merkte ich, dass mir eine Träne über die Wange lief. »Verzeihung, dass ich mich lächerlich mache.«

»Sie sind einfach geschwächt, mehr nicht. In ein paar Tagen sind Sie wieder putzmunter. Ich werde Ihnen eine strenge Kurverordnung auferlegen und ich warne Sie, mit mir ist nicht zu spaßen. Gutes Essen und ausreichend Schlaf. Edward meint, Sie müssen ziemlich heruntergewirtschaftet gewesen sein, dass sich aus einer Erkältung eine virulente Lungenentzündung entwickeln konnte.«

»Habe ich die gehabt? Welchen Tag haben wir denn heute, Caro?«

»Mittwoch.«

»Oh, ich bin so durcheinander – es war doch Sonntag, als ich krank wurde, oder nicht?«

»Sie wollten zum Tee kommen, erinnern Sie sich? Swithin kam zu mir, um mich zu holen. Seit damals waren Sie nur selten bei Bewusstsein. Aber das ganze Dorf hat sich Ihretwegen Sorgen gemacht. Immer wieder hat sich wer nach Ihnen erkundigt. Roger Windebank, Swithin, George, Mrs. Creech –«

»Aber ich bin ihr doch nie begegnet.«

»Trotzdem ist sie vorbeigekommen, um nach Ihnen zu sehen. Sie fühlt sich verpflichtet, ihre Kunden auf dem Laufenden zu halten. Kein Wort von Beryl.« Caro lachte. »Ich weiß nicht, wie Sie es angestellt haben, sich ihre Ablehnung einzuhandeln, aber wenn Sie mir freundlicherweise einen Wink geben könnten, würde ich mir gerne eine Scheibe davon abschneiden. Ich gäbe alles darum, der Verdammnis anheim zu fallen.« Ich wollte mitlachen, musste stattdessen aber husten. »Und Guy ist natürlich eine echte Nervensäge gewesen. Kam jeden Tag zweimal. Mehrmals kam es sogar zu einem Handgemenge, wenn ich ihn abhalten wollte, hier heraufzukommen. Die Blumen sind von ihm.« Ich warf einen Blick auf den Nachttisch, auf dem eine Vase mit Freesien stand. »Für die hat er bestimmt nach Tarchester fahren müssen. Wahrscheinlich können Sie sie gar nicht riechen, aber mir haben sie viel Freude gemacht. Außerdem fand ich, dass Sie bestimmt lieber die Blumen von Guy als die von Roger sehen wollten. Seine sind unten auf dem Tisch. Fliederfarbene Chrysanthemen. Nicht annähernd so hübsch.«

Ich nahm ihre Hand. »Danke. Sie sind so gut gewesen.«

»Um ehrlich zu sein, hat es mir richtig Spaß gemacht. Nicht, dass Sie krank sind, natürlich, sondern mich nützlich zu fühlen. Ich habe mich um meine Eltern gekümmert, bis beide gestorben sind. Pa hatte ein schlimmes Herzleiden und ist vor einem knappen Jahr gestorben. Aber Ma ist zehn Jahre lang leidend gewesen, mal mehr, mal weniger. Ich schäme mich zu sagen, dass ich ihr oft die Einschränkung meiner Freiheit verübelt habe. Als sie starb und ich tun und lassen konnte, was ich wollte, vielleicht sogar einen Beruf für mich finden, fiel ich sofort in eine Depression. Ich fuhr einen Monat lang in die Dolomiten und dann nach Paris und Rom. All das, was ich immer hatte tun wollen. Ich ging in die besten Restaurants und Hotels, konnte es aber nicht genießen. Ich kam nicht damit zurecht, nicht mehr gebraucht zu werden. Kein Zeitplan, keine wichtigen Aufgaben, keine Identität. Das bloße Sein forderte mir schon mehr Vorstellungskraft und Fähigkeit ab, als ich besaß.«

Ich legte meine Hand auf die schlanke, große Caros. »Ich denke, Sie haben einfach anderen Menschen so viel zu geben.«

»Unsinn! Aber Sie haben es geschafft, das alles ohne zu husten zu sagen. Versuchen Sie jetzt lieber zu schlafen. Ich gehe nach unten und kümmere mich ums Abendessen. Keine Sorge«, fügte sie hinzu, als wollte ich mich wehren, dass meinetwegen Umstände gemacht wurden, »ich werde auch etwas essen. Ich wohne seit Sonntag hier und habe mir auf diesem Komposthaufen, der seiner Pflicht als Sofa nachkommt, ein bequemes Bett hergerichtet.« Sie ging, ehe ich ihr nochmals danken konnte.

Alex' Anwesenheit im Zimmer war eine Halluzination gewesen. Doch sobald ich allein war, kehrte die Unruhe zurück. Ich wusste, wie irrational das war. Selbst wenn er mich fände, musste ich ihm nur sagen, dass ich ihn nicht heiraten könne und es mir ernst damit sei. Unruhig warf ich mich im Bett herum und fragte mich, welcher Charakterzug dafür verantwortlich war, dass mir diese Entscheidung so schwer fiel. Der Fehler lag bei mir. So viel war mir klar.

Als wir uns einen Monat kannten und mir schwante, dass ich auf dem besten Weg war, mich in Alex zu verlieben, stellte ich verblüfft fest, wie rasch er in mein Leben getreten war und seine Gegenwart zur Notwendigkeit hatte werden lassen. Ich ertappte mich dabei, dass ich ungeduldig seinen täglichen Anruf mit der Frage nach den Fortschritten meiner Arbeit erwartete. Nie ließ er zu, dass ich mich mit einem vagen »ganz gut« aus der Schlinge zog. Er ließ mich meine Zufriedenheit auf einer Skala von eins bis zehn festlegen und dann die Veränderungen einschätzen. Natürlich versuchte er auf diese Weise, meinen Verstand zu derselben Konzentrationsfähigkeit zu trainieren, über die er verfügte. Das war stimulierend und ich nahm es dankbar an. Er führte mir vor Augen, was ich immer geargwöhnt hatte: Während der letzten zwei, drei Jahre war mein Ansatz immer stärker vom Mechanischen bestimmt worden. Das menschliche Gesicht war lästig geworden, weil es den Ausschluss so vieler anderer interessanter Aspekte forderte. Zwei Wochen nach unserer ersten Begegnung hatte Alex mir angeboten, mich einige Zeit finanziell zu unterstützen, damit ich keine Auftragsarbeiten mehr annehmen musste und experimentieren konnte. Darauf wollte ich mich nicht einlassen.

Seine Großzügigkeit war sogar noch weiter gegangen. Ich hatte darauf bestanden, die Gainsborough-Zeichnung nicht behalten zu können, und er hatte sie ohne Widerspruch zurückgenommen. Doch als wir das dritte Mal gemeinsam zum Essen ausgingen, hatte er mir eine winzige Taschenuhr geschenkt, deren Zifferblatt von Perlen gefasst und deren Rückseite aus blauem Emaille mit einem Blumenstrauß aus Diamanten war. Inzwischen fand ich, dass wir Freunde waren und es undankbar gewesen wäre, sie zurückzuweisen. Ich trug sie fast jeden Abend und mochte sie sehr. Aber als er mir zwei Wochen darauf eine Miniatur des Malers Richard Cosway aus dem achtzehnten Jahrhundert schenkte, protestierte ich.

»Wenn sie dir doch gefällt und ich sie dir gern schenke, warum solltest du sie dann nicht annehmen?«, hatte Alex wissen wollen.

»Ich kann es mir nicht leisten, deine Geschenke zu erwidern.«

»Was dich daran wirklich ärgert, ist, dass ich dich nicht um die übliche Belohnung gebeten habe, die eine Frau einem Mann gewährt, der sie zum Essen ausführt und ihr Geschenke macht. Schäm dich, Flo! Was für eine überkommene Vorstellung!«

»Das meine ich damit gewiss nicht«, hatte ich ärgerlich erwidert, wenngleich die Tatsache, dass Alex so vertraut mit meinem Leben geworden war und dennoch in diesen vier Wochen, in denen wir uns mindestens alle drei Tage gesehen hatten, noch nicht einmal meinen Arm genommen hatte, mir ständig durch den Kopf ging. Ich hatte alle offenkundigen Theorien verfolgt, dass er womöglich homosexuell war und eine Frau brauchte, die er der Welt präsentieren konnte, dass er an Sex kein besonderes Interesse hatte, dass er womöglich körperlich dazu gar nicht in der Lage war, aber keine seiner Äußerungen überzeugte mich davon, dass eine zutreffen könnte.

Nie machte er mir Komplimente wegen meines Äußeren, wenngleich er mich manchmal lobte, wenn er fand, dass ich mich in einer Auseinandersetzung gut ausgedrückt hatte. Einmal hatte ich ihn zu mir mit in die Wohnung genommen, um ihm meine Arbeiten zu zeigen. Er hatte sich viel Zeit für ihre Betrachtung gelassen und dann gemeint, dass sie trotz der Zugeständnisse an den Geschmack des Modells von erfreulicher Flüssigkeit seien. Da ließe sich noch etwas entwickeln. Er hatte mich gebeten, auch die übrige Wohnung ansehen zu dürfen. Ich hatte ihm Schlafzimmer und Küche gezeigt. Ohne eine weitere Bemerkung seinerseits waren wir zum Essen ausgegangen.

»Würde ich mich also deines Körpers erfreuen, hättest du ein besseres Gefühl dabei, diese Dinge anzunehmen«, hatte Alex hartnäckig auf seinem Standpunkt beharrt. »Aber ich habe dir schon am ersten Tag gesagt, dass ich dich nur anfassen werde, wenn du es möchtest. Das hat zwar zu einem gewissen Mangel an Galanterie geführt, ich helfe dir ja noch nicht einmal in den Mantel, aber ansonsten sehe ich keine negativen Auswirkungen.«

Also nahm ich die Miniatur an und als wir uns an diesem Abend Gute Nacht sagten, küsste ich ihn auf die Wange. Er lächelte, machte aber keinen Versuch, den Kuss zu erwidern, sondern nahm ihn mit einer kleinen Verbeugung entgegen. Mir wurde klar, dass es nur von mir abhing, unsere Freundschaft in eine Liebesbeziehung zu verwandeln. Ich genoss das außergewöhnliche Freiheitsgefühl, mit einem Mann zusammen zu sein, der für alles, was er mir gab, keinerlei Gegenleistung forderte. Dankbar war ich geneigt zu glauben, dass diese Großzügigkeit nur der Beweis seiner Liebe sein konnte. Der Kontrast zu allen anderen Männern war einfach umwerfend. Dabei durchschaute ich nicht, dass genau dies von ihm beabsichtigt war.

Ich ruhte in Seitenlage unter dem Musselinhimmel des Betts von Drop Cottage und verfolgte die sich wandelnden Muster, die der Feuerschein an die Wände warf. Weitere Versuche, Entscheidungen für meine Zukunft zu treffen, ließ ich sein. Schon war ich in einem Boot und ließ meine Hand im Wasser treiben, wo Fische mir an den Fingern knabberten. Anfangs kitzelte es angenehm, doch dann wurde gebissen. Mit einem Schrei wurde ich wach. Ein Paar grüngelber Augen, nur wenige Zentimeter von meinen entfernt, starrten mich an, als ich vor Angst wie ein Huhn zu gackern anfing. Als ich die schwarzweiße Katze aus dem Pfarrhaus erkannte, beruhigte sich mein Pulsschlag. Das unaufhörliche Saugen an meinen Fingern hörte auf, sobald ich meine Hand ausstreckte, um Macavity zu streicheln, der gleich darauf zu schnurren anfing.

»Wie ist das schlimme Tier denn hier hereingekommen?« Caro runzelte die Stirn, als sie das Tablett auf den Tisch stellte und mir dann beim Aufsitzen half. »Er saß am Sonntag, als ich mit Swithin zurückkam, hier auf der Türschwelle. Er scheint Ihnen vom Pfarrhaus aus gefolgt zu sein. Seitdem schläft er immer quer über die Schwelle ausgestreckt – ein Bild der Hingabe.«

»Wenn er sich etwas hingibt, dann ist es Schinken.«

»Und allem, was es sonst an Essbarem gibt. Auf der Butter sind Krallenspuren und der Brotlaib ist überall angebissen.«

»Du liebe Zeit, ich weiß, man soll nicht anderer Leute Tiere füttern, aber glauben Sie nicht, wir könnten –«

»Keine Sorge. Heute hat er schon eine ganze Dose Katzenfutter mit Kaninchen bekommen, einen drittel Liter Milch, die Reste vom Fisch, den ich gestern für ihn gekocht habe und noch die Hälfte von Chloës Mittagessen.«

»Chloë hatte ich ganz vergessen. Wie geht es ihr?«

»Sie ist die Treppe immer wieder rauf und runter gelaufen, um Sie zu besuchen. Aber das Gefauche von Macavity scheint ihr den Schneid abgekauft zu haben. Zum Glück kommt sie mit meinem Spaniel Balthasar ganz gut zurecht. Hoffentlich haben Sie nichts dagegen, dass ich ihn mitgebracht habe.«

»Wie käme ich dazu, nach allem, was Sie für mich getan haben? Außerdem habe ich entdeckt, dass ich Hunde mag. Ich würde Chloë gerne sehen.«

Auf Caros Ruf kam sie sofort an die Schlafzimmertür. Sie winselte aufgeregt und wedelte mit dem Schwanz, näherte sich dem Bett aber nur mit Vorsicht und behielt Macavity dabei ständig im Auge, der in voller Länge dalag und seine Pfoten ballte und streckte, als säße er auf einem unsichtbaren Fahrrad. Seufzend ließ Chloë sich auf dem Teppich vor der kleinen Feuerstelle nieder.

»Ist das nicht eine Idylle. Zweifellos werden Chloës und Macavitys Flöhe eine neue Blutlinie in die Welt setzen.« Caro stellte mir das Tablett auf die Knie. »Kartoffelsuppe mit Lauch, das einzige Gemüse, das Mrs. Creech hatte.«

»Oh, im März schon Petersilie.« Ich bewunderte die dunklen Flöckchen, die in der Suppe schwammen.

»Leider nein. Das ist Rost. Ich habe das Wasser eine Ewigkeit laufen lassen, aber es hat nichts genützt. Vielleicht habe ich zu viel gesalzen. Bei Gaslicht zu arbeiten, bringt mich ganz aus dem Konzept. Es ist wie ein Leben im Zelt. Natürlich ist es romantisch, aber im Lauf der Jahre habe ich irgendwie den Spaß daran verloren.«

»Hieß die Frau, die hier gelebt hat, Anna?«

»Ja.« Caro sah überrascht von ihrem Teller auf. »Woher wissen Sie das?«

»Ich habe ihren Namen ins Fensterglas eingeritzt gesehen. Mochten Sie sie?«

»Eigentlich nicht, wenn ich ehrlich bin, aber sie war sehr attraktiv. Sie sah aus wie eine Heldin aus einem Roman von Sir Walter Scott. Lange schwarze Haare, die ständig geschüttelt wurden. Große dunkle Augen, schmale Taille, gerade Nase. Der einzige Makel war ihre Stimme, sehr hoch und kindlich. Mich hat das irritiert.« Das Bild, das ich mir von Anna gemacht hatte, musste vollkommen revidiert werden. Aus irgendeinem Grund hatte ich sie mir mit braunen Haaren vorgestellt und jener stillen Tapferkeit, die so vielen unverheirateten Frauen dieser Generation zu Eigen war – der Weigerung, sich durch die Einsamkeit zu irgendwelchen Nachlässigkeiten hinreißen zu lassen, ein Leben, das gewissenhaft dem Dienst am Nächsten gewidmet und ein Muster an Häuslichkeit war. Gute Bücher, gute Werke, gute Haltung. »Natürlich fanden die Männer sie anziehend. Wahrscheinlich war es das Puppenhafte an ihr, was die Männer anzog. Ist doch erstaunlich, dass selbst Männer mit Verstand sich mit intellektuell Unterlegenen paaren?«

»Ist das so?« War ich Alex intellektuell unterlegen? Wir waren so verschieden, dass mir dieser Gedanke nie gekommen ist.

»Männer mögen Frauen, die wie Kissen sind, auf denen sie ihre Eindrücke hinterlassen können. Ich bin da ein zu harter Brocken. Ich kann einfach nicht auf verführerische Art auf Männer eingehen.«

»Das glaube ich Ihnen nicht. Ich hatte das Gefühl, dass Dr. Gilchrist auf dem besten Wege ist, sich zu verlieben.«

»Ach, Edward.«

»Mögen Sie ihn nicht?«

»Doch, doch, natürlich mag ich ihn. Man kommt ja gar nicht umhin, so offensichtlich ist seine ... Güte. Aber ein Traumheld ist er nicht gerade. Er erinnert mich immer an einen gutmütigen Hereford-Bullen. Liegt wohl an den Haaren. Und Schwäche kann ich an Männern nicht ausstehen.«

»Schwäche?«

»Er trinkt. Natürlich nicht, wenn er Bereitschaftsdienst hat – obwohl ich glaube, dass sich so etwas langsam aufbaut. Als wir das letzte Mal gemeinsam auf einer Party waren, hat der Gastgeber ihn heimfahren müssen. Und beim Weihnachtsbankett der Winnacotts – eigentlich eher eine Hungerkur, jeder einen Käse-Ananas-Spieß und dazu natürlich das Blätterteiggebäck – hatte Edward offenbar schon getrunken, ehe er dort hinkam. Während der Aufführung von *Litttle Donkey* durch die Schüler der Sonntagsschule ist er auf dem Sofa eingedöst. Anfangs vermutete ich hinter seinem Schnarchen Geräuscheffekte. Und Mrs. Bagshot hat ihr Telefonat mit Edward noch nicht überwunden, als sie das Ergebnis des Schwangerschaftstests wissen wollte, aber nur hysterisches Gelächter hörte und darauf eine ziemlich angesäuselte Fassung von *Wer hat die Kokosnuss geklaut*. Für seinen Ruf ist das schlimm. Wenn man schon so weit ist, dass man sich auf Partys nicht mehr richtig einschätzen kann, dauert es nicht mehr lange, bis man glaubt, ein Glas Whisky vor der Visite sei genau das Richtige. Weniger ein glitschiger Abhang als eine Rutschbahn.«

»Der arme Edward. Vielleicht ist er unglücklich.«

»Wenn er's jetzt nicht ist, wird er's bald sein.« Caro saß mit weit gegrätschten Beinen da, die unteren Gliedmaßen in Kordbundhosen, die seitlich geschnürt wurden wie die von Vita Sackville-West. Bis auf ihre Ponyfransen waren ihre Haare hinter die Ohren gesteckt, was die Struktur ihres an die Schriftstellerin erinnernden Gesichts betonte, das im Verhältnis zu seiner Länge sehr schmal war.

»Ich glaube, es gibt Schlimmeres als Schwächen. Grausamkeit zum Beispiel.«

»O ja. Aber lässt sich der Liebe denn mit Vergleichen begegnen. Ich habe sie immer als etwas Unwillkürliches empfunden. Zu Beginn jedenfalls. Für Frauen wird später daraus oft etwas, das man gewohnheitsmäßig hegt und pflegt. Wenn sich die Leidenschaft verbraucht hat und man den Mann als einen ganz gewöhnlichen Sterblichen sieht, kommen die mütterlichen Gefühle ins Spiel. Wie sehr er sich auch daneben benehmen mag, dank einer Reflexhandlung wird er geschützt und wird ihm verziehen. Meine Mutter hat sich so meinem Vater gegenüber verhalten. Er hat sich selbst zum Narren gemacht, bekam einen Tobsuchtsanfall, sobald im Haus irgendetwas nicht in Ordnung war, und fing zu wüten an. Obwohl meine Mutter die Klügere von beiden war, pflegte sie zu sagen, sie könne ihm einfach nicht böse sein, wenn er Reue zeige. Sie war einfach daran gewöhnt, sich vor allem um sein Wohlbefinden zu kümmern. Frauen sind von Natur aus masochistisch. Sie stecken ihren Hals freiwillig ins Joch.«

»Glauben Sie denn wirklich, dass die Männer unterlegen sind? Dass Ehen nur funktionieren, weil die Frauen sich aufopfern?«

»Ach Gott, ich weiß es nicht. Heutzutage ist es müßig zu analysieren, warum Ehen schief gehen. Man rennt doch schon zum Scheidungsrichter, wenn das Konfetti noch kaum abgebürstet ist.«

»Haben Sie denn nie geliebt?«

Es entstand eine kurze Pause. »Einmal, es ist Jahre her. Aber ich hatte keine schwarze Mähne, die ich hätte schütteln können. Wenn man so unansehnlich ist wie ich, kann man keine Erwiderung erwarten.«

»Ich finde Sie aber nicht unansehnlich. Sie haben auf jeden Fall bemerkenswerte Augen.«

»Danke. Witzigerweise hat er genau das auch gesagt. Stellen Sie sich vor, das ist eins der wenigen Dinge, an die ich mich erinnern kann. Ist doch eitel, oder? Zu meiner eigenen Verteidigung muss ich aber sagen, dass er kein Mann vieler Worte war.«

»Hat Ihnen das an ihm gefallen?« Es überraschte mich, dass eine Frau, die so eloquent war wie Caro, sich von jemandem angezogen gefühlt hatte, der kaum sprach. »Sie müssen das nicht beantworten, wenn ich zu neugierig bin.«

»Oh, es macht mir nichts aus, über ihn zu reden. Ein Besuch in der Vergangenheit, der das Herzklopfen und die Gefühlsstürme wieder belebt, ist immer ein bittersüßes Vergnügen.« Caro lehnte sich im Stuhl zurück, wobei ihr Teller gefährlich nah an den Rand des Tabletts rutschte. »Aber es gibt nicht viel zu erzählen. Ich habe ihn geliebt. Er hat eine andere geliebt. Mehr nicht.«

»Er hat es also nie erfahren?«

»Es gab einen Abend, an dem er mich von einem Tanz im Dorf nach Hause brachte – wir kannten uns beide schon von Kindheit an, weshalb daran nichts Besonderes war –, aber wir fuhren durch den Wald, in dem es dunkel und urwüchsig war, und der Mond stand am Himmel. Vermutlich hatte ich zu viel getrunken. Er konzentrierte sich auf die Straße und ich betrachtete ihn und dachte, es wäre fast ein Vergnügen, seinetwegen zerstückelt zu werden. Die Luft schien geladen zu sein. Ohne mich anzusehen fragte er: ›Was gibt's?‹ Mein Kreislauf lief auf Hochtouren wie die nationale Stromversorgung, bevor eine Rede der Queen übertragen wird. Ich legte meine Hand auf die seine am Steuer. Ich weiß nicht, was ich erwartet hatte. Vielleicht, dass er eine Vollbremsung machte und mich in seine Arme nahm. Er reagierte nicht. Offenbar war seine Hand kein guter Leiter für Hochspannung. Nach ein paar Sekunden nahm ich meine Hand wieder weg. Wir fuhren schweigend weiter.« Caro lächelte, die Würze des Besuchs in der Vergangenheit hatte sie die Suppe vergessen lassen.

»Also wurde nie etwas gesagt? Dass muss doch sehr wehgetan haben?«

»Es wäre das kleinere Übel gewesen. Als wir zum Yardley House kamen, stellte er den Motor ab. Meine Hoffnungen schnellten empor wie Sardinen, wenn sie eine auf dem Wasser schaukelnde Laterne sehen, nur um grausam zerstört zu werden. ›Liebe Caro‹, sagte er, nahm meine Hand in seine und tätschelte sie, als wäre sie der Hintern eines Hundes: ›Ich mag dich sehr. Du bist so nett und friedlich im Umgang. Wir kennen uns schon so lange. Das tut unheimlich gut, findest du nicht?‹« Caro fing an zu lachen. »Ein völliges Versagen der Intuition. Ich begriff, dass es zwecklos war. Eine verräterische Träne lief mir über das Gesicht. Da machte er die Bemerkung zu meinen Augen.«

»Sie müssen sich elend gefühlt haben.«

»Ach, ich spielte ein paar Monate lang meine eigene Version einer griechischen Tragödie und dann habe ich es vermutlich einfach akzeptiert. Ärgerlich war nur, dass ich mich bereits daran gewöhnt hatte, ihn zu lieben. Und als er dann wegging – aber Sie husten wieder. Schlafenszeit.«

Caro weigerte sich, weiter auf die Geschichte ihrer alten Liebe einzugehen, und brachte eine Zahnbürste, Becher und eine Schüssel zum Hineinspucken. Ich reagierte darauf ebenso ablehnend wie auf den Nachttopf, obwohl Caro mir versicherte, es mache ihr nicht im Geringsten etwas aus, diesen auszuleeren. Der Weg nach unten dauerte eine Ewigkeit, da meine Beine den Aufstand probten.

Man hatte den Weg zum Abort von den Nesseln befreit und sämtliche Accessoires hingeschafft, die man zur Hygiene an einem solchen Örtchen benötigte: eine Rolle Klopapier und einen glänzenden neuen Zinkeimer. Ich dachte sogar daran, beim Hineingehen meinen Kopf einzuziehen. Die Spinne war fleißig gewesen und hatte ein Netz von großer Kunstfertigkeit gesponnen. Sie saß in der Mitte und streckte ihre gestreiften Beine nach draußen. Als ich den Strahl meiner Taschenlampe draufhielt, hob sie geziert ein Vorderbein.

Kriechende Kälte trieb mich zur Eile. Ich fragte mich, woher ich die Kraft für den ganzen Weg zurück zu meinem Bett nehmen sollte. Meine Glieder zitterten vor Müdigkeit und mir war schwindelig. Ein Busch neben mir raschelte und besprühte mich mit Regentropfen. Sehr nah an meinem Ohr hörte ich die ersten Töne von *Come Into The Garden, Maude*. Ich rannte die Treppe hoch so schnell ich konnte.

»Was um Himmels ist denn in Sie gefahren?« Caro, die mein Bett glatt gestrichen hatte und gerade den Topf, der das Regenwasser auffing, leerte, sah mich überrascht an, als ich mich mit keuchendem Atem die letzten paar Stufen hoch schleppte.

»Es ist wieder dieser verdammte Pfeifer. Der kostet mich Jahre meines Lebens. Es ist einfach schrecklich zu wissen, dass jemand so nah ist und man ihn nicht sehen kann.«

»Bestimmt nur eine Amsel auf dem Weg zu ihrem Nest.« Caro sah mich nicht an, als sie meinen Morgenmantel an die Tür hängte. »Ist das Ihr Nachthemd?« Sie hielt mir das aus rosa Seide hin. »Es ist wunderschön.«

»Es gehört mir nicht.«

»Dann muss es Anna gehört haben. Nun, ich werde es waschen, dann können Sie es anziehen. Wäre schade, so etwas Schönes verkommen zu lassen.«

»Warum wollen Sie es nicht? Ich habe doch darauf keinen Anspruch.«

»Weil ich Schultern wie eine olympische Brustschwimmerin habe. Und vorne bin ich ziemlich flachbrüstig. Aber zu Ihrem Haar würde es wunderbar aussehen.«

»Anna würde es bestimmt nichts ausmachen. Mir wäre es auch lieber, ein anderer wüsste die Dinge zu schätzen, die ich selbst nicht mehr brauche. Wenn es noch etwas geben sollte, was einen nach dem Tod ans Leben auf dieser Welt bindet, dann bestimmt kein Kleidungsstück.«

»Sie sehen so ernst aus.« Caro zog das Laken über mir stramm. »Möchten Sie denn, dass ich jemanden für Sie anrufe? Vielleicht jemanden, der Sie in London zurückerwartet?«

»Da gibt es niemanden.« Caro konnte ihre Überraschung nicht verhehlen. Womöglich war mein Ton unangemessen heftig gewesen. »Die Wahrheit ist – ich bin davongelaufen. Es war sehr feige von mir, aber ich hatte keine Zeit zum Nachdenken.« Ich lachte, dann hustete ich. »George meinte, ich hätte eine Bank ausgeraubt, aber ich kann Ihnen versichern, dass es nichts dergleichen war.«

»Sie schulden mir keine Erklärung.« Caro räumte meinen Nachttisch auf. Sie sah mir mit ihren hellen Augen offen ins Gesicht. »Ehrlich, Sie müssen nicht glauben, weil ich Ihnen so viel über mich erzählt habe, müssen Sie jetzt das Gleiche tun. Ich kenne nicht viele Frauen meines Alters, die mir das Gefühl vermitteln, mit ihnen reden zu können, deshalb habe ich Ihr Gehör über Gebühr strapaziert.«

»Ihnen würde ich gerne jedes Geheimnis anvertrauen. Ich habe nur Angst, dass Sie schlecht von mir denken. Schon seltsam, dass uns die Umstände – nun, besser gesagt, Ihre Freundlichkeit – so nahe gebracht haben, obwohl wir kaum etwas voneinander wissen.« Caro setzte sich neben Macavity aufs Bett, der auf dem Rücken lag, alle viere von sich streckte und schnarchte. »Am letzten Samstag sollten Alex und ich heiraten. Ich rede mir immer wieder ein, dass ich für uns beide das Richtige getan habe. O mein Gott! Ich kann nicht an ihn denken, ohne dass sofort sein Gesicht vor mir auftaucht – so bestürzt, fast erschrocken – als könne er nicht begreifen, dass ich ihn verließ. Mir wird übel, wenn ich daran denke, wie sehr ich ihn verletzt habe. Ständig frage ich mich, was er wohl macht. Ob er in unserem Haus sitzt, mich hasst, sich hasst, zu viel trinkt, einsam und trostlos, sein Selbstvertrauen in seinen Grundfesten erschüttert?« Ich brach in Tränen aus.

»Das Bild, das Sie da malen, ist ja furchtbar. Aber unrealistisch. Denken Sie daran: Er ist ein Mann.« Caros Schärfe war eine hilfreiche Sperre für all die Tränen, die in mir aufstiegen. Sie tätschelte mir die Hand und wartete, bis ich mich beruhigt hatte. »Ich wusste, dass Sie Probleme haben. Während Sie fieberten, haben Sie sich ständig bei Edward entschuldigt. ›Es tut mir Leid. Es tut mir Leid‹, haben Sie immer und immer wieder gesagt. Und manchmal haben Sie auch geschrien: ›Alex!‹ Ich war mir nicht sicher, ob aus Liebe oder Furcht. Vielleicht war es beides.« Zu erschöpft zum Weiterreden schniefte und keuchte ich und putzte mir die Nase in das Taschentuch, das Caro mir reichte. »Gut. Jetzt geht es Ihnen bestimmt besser. Beugen Sie sich nach vorne, bis ich die Kissen aufgeschüttelt habe. So, jetzt legen Sie sich hin, seien Sie still und hören Sie auf, sich Sorgen zu machen. Wenn Sie wollen, reden wir am Morgen weiter. Ich werde jetzt die Lampe abdunkeln. Wenn Sie etwas brauchen, rufen Sie einfach. Keine trübsinnigen Gedanken mehr.«

Ich tat, wie mir befohlen. Auf diese Weise hatte mich niemand mehr bemuttert seit dem Tag, als Mrs. Pope aus dem Haus gegangen war mit den Worten, ihre Tage der Sklaverei seien vorüber und sie werde sich nichts mehr gefallen lassen. Eine Stunde später war sie zurückgekehrt, hatte gesagt, dass es ihr Leid tue, und Fay gebeten, sie wieder einzustellen. Aber Fay hatte erwidert, es sei ein Glück, dass wir sie los seien. Mrs. Pope hatte mir, die ich am Treppengeländer hing, einen traurigen Blick zugeworfen. »Es tut mir so Leid, Miss Flo, mein Lämmchen. Ich hätte mich von ihr nicht so weit treiben lassen dürfen. Mir fällt es schwer, dich zu verlassen, das kannst du mir glauben. Aber ich bin auch nur ein Mensch.«

Nachdem meine Mutter gestorben war, hatte ich kaum weinen können. Meine Sehnsucht nach ihr war so beängstigend groß, dass ich versucht hatte, mein Herz zu verschließen. In den ersten schrecklichen Monaten tat mir vor Anspannung der Kiefer weh und meine Brust fühlte sich an, als wäre sie mit etwas Hartem, Kratzigem wie Sägemehl gefüllt. Ständig war ich außer Atem und die Hände und Füße waren kalt und taub. Manchmal brach dennoch ein Seufzer durch. Wenn ich allein war, lief ich unentwegt in meinem Zimmer auf und ab. In Gegenwart anderer Leute nahm ich mir ein Buch und starrte auf das Muster der Buchstaben, ohne sie zu lesen. Bestimmt waren die Menschen überrascht von dieser kleinen Puppe mit dem hölzernen Gesicht.

Als Fay am Tag nach der Beerdigung meiner Mutter in das Haus am Cheyne Walk kam, erkannte ich ihren Duft sofort wieder. Mein Vater hatte immer danach gestunken. Sie bückte sich, gab mir einen Kuss und sagte mit girrender Stimme: »Oh, du armes kleines Mädchen!« Ihr Haar stand an beiden Seiten ihres Gesichts wie steife goldene Flügel ab. Sie machte einen höchst zufriedenen Eindruck auf mich. Ich grub mir die Nägel in die Handballen und starrte auf ihre Schuhe, schwarz glänzend mit sehr hohen Absätzen. Fay sah sich in der Diele um und die Treppe hoch – meine Treppe. »Herrjeh, Charles! Da muss ja einiges gemacht werden! Das ist ja durch und durch viktorianisch! Aber das Gerippe ist gut.«

Dann kam Mrs. Pope aus der Küche im Souterrain und mein Vater stellte sie vor.

»Ich werde dieses Haus für Mr. Swann umbauen«, sagte Fay so klar und deutlich, als wäre Mrs. Pope taub oder dumm oder beides. »Ich bin sicher, dass Sie mir eine große Hilfe sein werden.« Mrs. Pope hatte meinen Vater und Fay eindringlich gemustert. Dann legte sie ihren Arm um mich und führte mich rasch weg, als wollte sie böse Einflüsse von mir fern halten. »Mein Gott, was für eine grausige alte Wachtel«, hörten wir Fay sagen, als wir nach unten huschten.

Vier Jahre später, als Mrs. Pope wegging, konnte ich mir erlauben, um sie zu weinen, und ließ gleichzeitig auch manchmal etwas von meinem tieferen Leid hochkommen, wie Blut, das einen Schnitt füllt. Es quälte mich, aber es linderte auch den Kummer, den ich unter der Oberfläche meines Alltagslebens ständig mit mir herumtrug.

»Was ist das denn?« Ich richtete mich halb auf meinem Kissen auf. Eine absteigende Tonfolge klang vom Garten herauf.

»Es ist eine Nachtigall. Hören Sie!« Caro hielt einen Finger hoch. »Wie schön! Wie nennt Thomson sie noch mal? *Eine schlicht gewandete Sängerin. Schiffe, verschwommen entdeckt, die aus dem Himmel fallen.* Was das wohl bedeuten mag?«

»Ich glaube, es stimmt.« Ich lag still und lauschte ihren Arien, die zu unbändig und unschlüssig waren, als dass ein Menschenhirn sie erdacht haben könnte. Im nächsten Moment waren meine Träume ein Wirrwarr loser Gedanken und verlockender Bilder. Begleitet von den süßen, unausgegorenen Melodien schlief ich so gut wie schon seit Monaten nicht mehr.

11

Lassen Sie mich das machen.« Guy sprang auf, als ich mich nach vorne beugte, um meine Tasse auf den Tisch zu stellen. Caro, die schnell auf mich zugekommen war, wurde ein Strich durch die Rechnung gemacht, da Guy mir schon das Kissen in den Rücken schob. Auf dem Tisch neben dem Sofa lagen die Gerätschaften der Kranken bereit: ein Thermometer, ein Krug Zitronensaft, ein Glas, Aspirin und eine Großpackung Papiertaschentücher. Dazu kam noch eine Vase mit Veilchen, eine *Country Life* und Weintrauben, die Guy mir aus Tarchester mitgebracht hatte.

Drei Tage waren vergangen. Man hatte mich mit großem Zeremoniell nach unten getragen. In der Literatur und manchmal auch im Leben gehen Krankheiten mit Reinigung und Erlösung einher. Meine Krankheit hatte nicht lange genug gedauert, auch meinen Charakter zum Besseren zu bekehren, aber dennoch spürte ich die bedeutenden Veränderungen, die sich in ihrem Verlauf ergeben hatten. Ich war vom guten Willen derer abhängig, die sich um mich kümmerten. Ich war so hilflos wie ein Baby und in kindlicher Verantwortungslosigkeit sah ich mich auf angenehme Weise von den alltäglichen Erledigungen befreit. Die meiste Zeit gelang es mir, ziemlich glücklich in der Gegenwart zu leben.

Guy hatte darauf bestanden, mich die Treppe hinunterzutragen, was ihm auch sehr elegant gelungen war. Caro hatte mich gut eingewickelt und meine Füße massiert, um den Kreislauf anzuregen. Die Rivalität zwischen Caro und Guy, sich unentbehrlich zu machen, war so eskaliert, dass sie kein Wort mehr miteinander wechselten. Und dies wiederum brachte mich schneller auf die Beine als alles andere.

Da Guy gestand, nicht kochen zu können, war Caro gezwungen, die Zeit allein in der Küche zu verbringen, während er und ich uns unterhielten. Er saß am Sofaende und nahm meine Füße in seinen Schoß. Mein Unwohlsein verlieh der ganzen Angelegenheit eine keusche, akzeptable Intimität. Chloë und Balthazar, Caros schwarzer Spaniel, lagen Rücken an Rücken auf dem Teppich. Macavity hielt sich fern und schlief auf meinem Bett. Ein feuchtes Holzscheit zischte beim Verbrennen und die Chrysanthemen auf dem Tisch leuchteten weinrot auf.

»Ich werde es bedauern, wenn es Ihnen wieder besser geht.«

»Ist das nicht ziemlich gemein?«

»Sie leiden doch nicht, oder? Sind nur ein bisschen schwach und kränkelnd. Die Erkältung, oder was immer es war, hat Sie schlimm erwischt, aber jetzt sind Sie auf dem Weg der Besserung. Und ich könnte mir vorstellen, dass Sie nach Ihrer nur um Haaresbreite verfehlten Hochzeit ein wenig erschöpft sind. Wenn es Ihnen besser geht, nehme ich Sie mit nach draußen und zeige Ihnen alles.«

»Alles?«

»Burgruinen, Grotten, von hohen Brücken, nicht breiter als eine Hand, überspannte Schluchten, Wasserfälle wie Rauchwolken, Seen schwärzer als eine sternlose Nacht.«

»Tatsächlich?«

»Also gut, da wäre in Eastbury die Zementfabrik. Und ein paar hübsche Hügel und Täler mit Schafen darauf, von denen einige uns gehören.«

»Irgendwie fällt es mir schwer, in Ihnen einen Sohn der Scholle zu sehen«, sagte ich und mir fiel die perfekte Symmetrie seines Gesichts auf, das vom Feuerschein in Helldunkel getaucht war. Es kommt selten vor, dass die beiden Seiten eines Gesichts sich genau entsprechen. Sein Mund war wundervoll geschwungen wie der eines Mädchens.

Er schnitt eine Grimasse. »In der Landwirtschaft zu arbeiten ist nicht meine Sache, das stimmt. Da scheint es nie einen Mittelweg zwischen Krisenstimmung und Langeweile zu geben. Entweder sterben die Tiere an einer ansteckenden Seuche, fallen Maschinen für alle Zeiten aus und es kommen Blitz und Donner vom Himmel oder man kann gar nichts machen, weil es entweder zu nass oder zu trocken, der Boden gefroren ist oder das dumme Zeug nicht reif werden will. Landarbeit nervt, stinkt und macht dreckig.«

»Können Sie denn keinen Hofverwalter einstellen?«

»Kann ich mir nicht leisten. Wir kommen gerade mal so über die Runden. Die meisten Täler taugen nicht mal zur Weidewirtschaft.«

»Was wären Sie denn gerne, wenn Sie etwas anderes machen könnten?«

»Ich wäre gern Fotograf.« Das überraschte mich. Irgendwie konnte ich mir nicht vorstellen, dass Guy durch kriegsgebeutelte Städte zog und vielsagende Bilder von seelisch aufgewühlten Kindergesichtern vor ausgebrannten Gebäuden schoss. »Ich habe einmal für eine Firma, die teuere Klamotten für Hobbyjäger herstellt, als Modell für Regenmäntel und Schießeisen gearbeitet. Ziemlich langweilig, aber gut bezahlt. Da fiel mir auf, dass der Typ hinter der Kamera den größten Spaß von allen hatte. Er hat den launischen Künstler heraushängen lassen. Und es war offenkundig, dass er mit einigen, wenn nicht mit allen Models schon etwas gehabt hatte.«

»Aha! Jetzt verstehe ich.« Bilder von Nadar und Cartier-Bresson verblassten. »Sie möchten so eine Art David Bailey sein. Haben Sie schon was in der Art gemacht?«

»Sobald Sie wieder auf den Beinen sind, mache ich ein paar Fotos von Ihnen. Aktfotos wären am besten. Das verleiht ihnen den Anstrich künstlerischer Einfühlung. Ich werde mein Schlafzimmer zum Studio umbauen. Das Haus wird Ihnen gefallen. Gefällt den Frauen immer. Da fällt mir ein, dass mein Vater am Samstag ein Abendessen gibt. Alle, die kommen, sind Kandidaten für den Schminkkoffer des Bestattungsunternehmers. Das ganze Haus wird nach Mottenkugeln und Lavendelsäckchen riechen. Es wird einer jener Anlässe werden, wo man sich am liebsten die Serviette in den Mund stopfen würde, um nicht schreien zu müssen. Eine Dame fehlt uns, deshalb habe ich Sie vorgeschlagen. Ich habe ihm erzählt, wie schön Sie sind, und er hat gleich heftiges Interesse bekundet. Willigen Sie ein. Sie wären die Einzige, die mir helfen könnte, das Ganze durchzustehen.«

»Nein, danke. Ihre Schilderung war sehr einladend. Ist Ihre Anwesenheit bei diesem grässlichen Anlass denn tatsächlich notwendig?«

»Ich muss den alten Jungen bei Laune halten. Der ist ansonsten fähig und ändert sein Testament.« Guy zündete sich eine Zigarette an und machte plötzlich ein ernstes Gesicht. »Mein Vater wird nie müde mir zu erzählen, dass alles an Philipp geht, wenn er stirbt. Möchten Sie einen Zug, Schätzchen?«

»Nein, danke.« Ich fächelte den Zigarettenqualm beiseite, der mit dem Sauerstoff um das Exklusivrecht zu kämpfen schien, meine Nase zu erreichen. »Wer ist Philipp?«

»Mein älterer Bruder. Hat sich vor zwölf Jahren aus dem Staub gemacht. Scheint an den Genen zu liegen.«

»Was meinen Sie mit aus dem Staub gemacht?«

»Ist mit dreiundzwanzig durchgebrannt mit – ach, ist nicht so wichtig, Flo.«

Ich packte den Schürhaken, der auf dem Rost neben mir lag, und hob drohend meine Hand, obwohl ich nicht viel machen konnte, da er meine Füße festhielt. »Los, erzählen Sie mir von Philipp.«

»Vor etwa zehn Jahren erreichte uns ein Brief mit der Nachricht, er sei in Indien bei einem Eisenbahnunglück umgekommen. Mein Vater tut so, als weigere er sich, dies zu glauben. Und zwar deshalb, weil er sich unbedingt an Philipp rächen möchte. Und auch, weil er mich mit seinem Testament ärgern will. Ich werde Philipps Tod beweisen müssen, ehe ich auch nur auf einen Penny Anspruch erheben kann. Das wird lästig werden.«

»Sie übertreiben schon wieder! Wäre schön, wenn Sie mal versuchen würden, zwischen Fakten und Fantasie einen Unterschied zu machen.«

»Ich schwör's, es ist die Wahrheit.«

»Väter nehmen heutzutage doch keine Rache mehr an ihren Söhnen, oder? Das klingt ja nach einem viktorianischen Melodram. Aber Sie müssen nichts erzählen, wenn es ein unangenehmes Familiengeheimnis ist.«

Guy dachte nach. »Also gut, wenn ich es Ihnen nicht erzähle, tut's ein anderer. Hier ist es ein offenes Geheimnis. Die Frau, mit der Philipp durchgebrannt ist, war die Geliebte unseres Vaters.«

»Guy!« Ich fuchtelte mit dem Schürhaken. »Die Wahrheit bitte. Oder muss ich handgreiflich werden?«

»Was macht ihr zwei denn?« Caro kam mit vom Küchenfeuer gerötetem Gesicht herein, gerade als Guy mir den Schürhaken entrissen hatte und ihn mir über den Kopf hielt. Wir lachten beide.

»Nun, Flo, versprechen Sie mir, dass Sie kräftig zuschlagen werden. Sie wissen ja, dass alle Internatsschüler in Erregung geraten, wenn Schläge nur erwähnt werden. Sie sind wirklich ein rücksichtsloser Quälgeist.«

Caro nahm ihm den Schürhaken ab. »Jetzt haben wir alle schwarze Hände. Ermutigen Sie ihn nicht, Flo. Das hat er nicht nötig. Sehen Sie, jetzt haben Sie Ruß auf Ihrer Decke. Also wirklich, das ist hier wie im Kindergarten, nur dass ihr beiden schlimmer seid als Kinder. Es soll Leute geben, die ein Zuhause haben.« Dabei sah sie Guy auffordernd an.

»Manche Leute sind schreckliche Spielverderber. Wetten, dass Caro in der Schule gefürchtet war? Oberste Aufsichtsschülerin, Klassensprecherin, petzen bei der Schulleiterin.«

»Ich wette, das Guy der Schule verwiesen wurde, weil er versucht hat, Mitschülerinnen zu verführen. Noch nie ist mir jemand begegnet, der derart sexsüchtig ist.«

»Darf hier jetzt nur noch in der dritten Person miteinander geredet werden?«, protestierte ich. »Warum vertragt ihr euch nicht und redet miteinander? Ihr seid beide so lieb zu mir gewesen und ich bin euch so dankbar. Lasst uns bitte Freunde sein und uns duzen.«

Caro und Guy sahen einander feindselig an, bis Guy plötzlich mit den Augen zwinkerte. Zögerlich fing auch Caro zu lächeln an. »Willst du ein Steak, du verkommenes Subjekt?«

»Danke, du herrschsüchtiges altes Ekel. Ich komme und helfe dir.«

Ich hörte sie in der Küche darüber streiten, wer mein Tablett tragen durfte. Ich sah mich im Zimmer um. Aus den kaputten Säumen der Vorhänge hingen immer noch lose Fäden, aber sie bewegten sich nicht mehr im Luftzug. Caro hatte die zerbrochenen Scheiben durch Pappe ersetzt. Ein stürmischer Wind jagte zischende Geräusche durch den Kamin und rüttelte an der Eingangstür. Balthazars Kopf ruhte auf Chloës Schwanz. Die Scheite rutschten beim Verbrennen und verströmten Schwaden von Apfelduft. Der die kleine Zinnglocke begleitende Cupido schlug mit seinem Pfeil achtmal. Auf dem Bücherregal schmachteten zwischen Lämmern und Blumen ein Schäfer und eine Schäferin aus Porzellan, die Guy und ich entweder als Chelsea oder Derby identifiziert hatten. Arme Anna, dachte ich, dass sie das zurücklassen musste.

»So, da wären wir.« Caro gab mir mein Abendessen. »Jetzt möchte ich aber einen leeren Teller sehen.«

»Also weißt du, diese Bundhosen sehen von hinten nicht gut an dir aus.« Guy betrachtete Caro kritisch. »Mit diesem männlichen Auftreten und der Kommandostimme kommst du mir vor wie ein Oberfeldwebel.«

»Ist mir doch egal!« Caro blitzte ihn an. »Zum Gärtnern gibt es nichts Besseres. Im Gegensatz zu dir halte ich Äußerlichkeiten nicht für das Wesentlichste eines Menschen.«

»Was natürlich eine vorbildliche Einstellung ist. Falls sie stimmt.« Guy sah sie zweifelnd an.

»Also, ich werde doch wohl selbst am besten –«

»Bitte, nicht schon wieder!«, stöhnte ich. »Wir sind alle so gut miteinander ausgekommen. Wenn ihr euch wieder streitet, bekomme ich keinen Bissen runter.«

»Wir meinen das gar nicht so«, beruhigte mich Guy. »Ist nur Spaß.« Er nahm Caro in den Arm. »Komm, meine Verflossene, gib mir ’nen Kuss um der alten Zeiten willen.«

Caro wurde noch röter und entzog sich ihm. »Das war unhöflich. Setz dich, iss und halt den Mund.«

Ich tat so, als hätte ich nichts gemerkt. »Du musst Philipp doch gekannt haben, Caro. Guy hat mir die seltsamsten Dinge über ihn erzählt.«

Caro setzte sich in den Sessel auf der anderen Seite des Kamins. »Ja, ich habe ihn gekannt.«

»Also das könnte ich von mir nicht behaupten«, meinte Guy. »Ich war zwanzig, als er wegging. Nach der Grundschule kam er nach Winchester und ich kam nach Harrow. Die Ferien waren nie lang genug, um uns einander wieder anzunähern. Im Winter ging ich auf die Jagd und im Sommer spielte ich Kricket. Philipp ist immer auf eigene Faust mit dem Fahrrad los oder saß lesend auf seinem Zimmer. Ein komischer Einzelgänger. Finsterer Geselle.«

Caro lachte. »Erinnerst du dich noch an das Tennisturnier? Die Parchments haben jedes Jahr eins ausgerichtet. Es war der Höhepunkt der Saison in Dorset. Erdbeeren und guten Wein und danach dann Tanz. Als wir so um die sechzehn waren, hat dein Vater Philipp überredet mitzukommen. Nie habe ich jemanden so schlecht spielen sehen. Ich glaube nicht einmal, dass er die Regeln kannte. Die Bälle gingen allesamt entweder ins Netz oder flogen weit über den Platz hinaus. Als er einmal besonders fest draufschlug, flog der Ball so hoch in den Himmel, dass ich schwören möchte, er ist nie wieder zurückgekommen. Man hat ihn kein zweites Mal zum Mitkommen aufgefordert.«

»Ich erinnere mich noch gut daran. Polly Parchment war damals fünfzehn. Ich war dreizehn. Wir schlossen uns im Sommerhaus ein und zogen uns splitternackt aus. Ihr Hintern erinnerte an zwei warme Pfirsiche. Jetzt ist sie Turnlehrerin und hat Schenkel wie Matchsäcke. Philipp kannte die Regeln bestens. Er hat für Beech House, unsere Grundschule, Tennis gespielt. Er war ziemlich gut. Dann traf er für sich die Entscheidung, dass er eigentlich kein Interesse daran hatte.«

»Rückblickend scheint er eigentlich nicht besonders glücklich gewesen zu sein«, grübelte Caro.

»Er und mein Vater kamen nie miteinander klar. Das schwarze Schaf unserer Familie zu sein, ist schon eine wirklich harte Geschichte, da wir alle sehr dunkel eingefärbt sind, doch Philipp schaffte es immer, sich noch ein bisschen schlimmer aufzuführen als wir anderen. Ich weiß noch, wie er sich einmal beim Weihnachtsessen betrunken hat. Es muss sein letztes Weihnachten in England gewesen sein. Es war ihm gelungen, eine ganze Flasche Bordeaux an sich zu reißen. Man hatte die Kerzen ausgemacht, damit wir den flambierten Plumpudding bewundern konnten. Plötzlich stand Philipp auf, beugte sich vornüber und erbrach sich über dem Nachtisch. Dabei löschte er die Flammen und wir waren in dramatische Finsternis getaucht. Als die Kerzen wieder angezündet wurden, setzte er sich hin und sagte zu der neben ihm sitzenden Lady Frisk, dem alten Mädchen: ›Entschuldigen Sie bitte. Sie haben mir von Ihrem Pferd erzählt. Ein Dreiviertelblüter mit gewölbtem Gesicht und dem Hang, geräuschvoll Luft zu holen. Oder war das Ihre Tochter?‹ Dann kippte er um und musste nach oben getragen und ins Bett gebracht werden. Den Sommer darauf ist er dann abgehauen.«

»Stimmt davon auch was?« wandte ich mich an Caro.

»Für die Plumpudding-Geschichte kann ich mich nicht verbürgen.«

»Mein Vater hat seine Geliebte wie eine Hure behandelt. Die meiste Zeit war er kalt zu ihr und beschimpfte sie. Aber im Bett gefiel sie ihm. Er hat uns beim Frühstück erzählt, was für eine gute Nummer sie war. Als mein Vater entdeckte, dass Philipp sich mit seiner Flamme verlustiert hatte, ereilte ihn ein weiterer Schlaganfall. Er konnte wochenlang weder sprechen noch sich bewegen. Nach und nach besserte sich sein Zustand. Ich erinnere mich, dass er viel geweint hat. Vielleicht war sie ihm ja doch nicht ganz gleichgültig.«

»Das bezweifle ich.« Caro drückte ihren Zigarillo mit fast wütender Heftigkeit aus. »Das hatte eher was mit Wut zu tun. Hass ist das dauerhafteste Vergnügen, wie der Dichter sagt. Dein Vater ist Experte darin. Obwohl er mir damals Leid getan hat. Es ist sicherlich demütigend gewesen, in aller Öffentlichkeit als der Betrogene dazustehen.«

Ich schwieg und war in Gedanken bei meinem eigenen Verrat. Caros Worte hatten ihre Wirkung. Ich hatte Alex zum Narren gemacht. Und ich hatte ihm keine Chance gegeben, für sich selbst einzutreten oder auch nur zu verstehen, warum ich ihn verließ. So kam ich zu dem Entschluss, dass ich, sobald ich mir die Reise zutrauen konnte, zurück nach London musste, um mich mit ihm auszusprechen. Ich schuldete Alex eine angemessene Erklärung.

Es klopfte an der Tür. Mir schlug das Herz bis zum Hals. Da ich gerade an Alex gedacht hatte, war ich mir sicher, dass nur er es sein konnte. Georges grinsendes Gesicht lugte herein. »›Der, der's gemacht hat, hat's verkauft. Der, der's gekauft hat, hat's nicht gewollt. Der, der's benutzt hat, hat's nie gesehen.‹ Was ist das?«

»Wir wissen's nicht. Gib's auf«, erwiderte Guy unwirsch. »Was willst du Lümmel?«

George sah sich um und ballte die Faust gegen Guy. »Keine Beleidigungen. Sonst kriegen Sie den Brief nicht.«

»Gib schon her, du Esel, und sei nicht so frech.«

George humpelte durch den Raum und baute sich mit finsterem Gesicht vor Guy auf. »Ich bin kein Esel. Ich bin klüger als Sie, Mr. Guy! Das sind fast alle. Großvater sagt, 's liegt an Ihnen, dass es dieses Jahr so wenig Lämmer gibt. Sie haben nur den alten Bock und den haben Sie zu spät reingelassen. Er sagt, Sie sind der schlechteste Bauer von Dorset und könnten nicht mal einen Zaun flicken, selbst wenn Ihr Leben davon abhinge. Er meint, immer müssen die anderen für Ihre Fehler den Kopf hinhalten. Da!« George riss die Augen weit auf und starrte Guy trotzig an, der darauf mit Erstaunen reagierte.

»Bei Gott, das sagt er also?« Guy fing zu lachen an. »Der alte Teufel! Und dabei tut er immer so unterwürfig. Na ja, wahrscheinlich hat er Recht. Ach, jetzt spiel hier doch nicht die tragische Königin, George. Mit deinem Faible für Szenen solltest du wirklich auf die Bühne.«

George hob wieder seine Faust. »Machen Sie sich etwa lustig über mich, Mr. Guy? Ich werde mit jedem fertig. Sehen Sie, wie stark ich bin?« Er presste seine Faust zusammen, um zu demonstrieren, wie viele Muskeln er an seinem erbärmlich dünnen Arm hatte.

»Ist ja gut, du bist ein richtiger Fatzke. Hier hast du zehn Pence und jetzt zieh Leine.«

»Der Brief ist nicht für Sie«, erklärte George, nachdem er die Münze eingesteckt hatte. »Es sei denn, Sie heißen …« er nahm den Brief zu Hilfe »… Miss Swann.«

»Wer wird den wohl geschickt haben?« Ich versuchte einen Blick auf den Umschlag zu erhaschen und fürchtete schon, Alex' ordentliche, schräge Handschrift zu erkennen.

»Sie haben das Rätsel noch nicht gelöst.« Georges Augen flehten. »›Der, der's gekauft hat, hat's nicht gewollt. Der, der's benutzt hat, hat's nie gesehen.‹«

Ich dachte angestrengt nach. »Ein Blindenstock?«

»Nicht schlecht.« George verzog unwirsch das Gesicht. »Wäre zufällig möglich. Ist aber nicht richtig. Geben Sie auf?«

»Wir geben auf!«, riefen wir im Chor.

»Ein Sarg! Da, nehmen Sie.«

Es war die große, steile, ungestüme Handschrift von Viola.

»Ich fand Flos Antwort aber interessanter«, meinte Guy.

»Ach, sei still, Guy.« Caro sah ihn böse an. »Hast du schon zu Abend gegessen, George? Es sind noch Kartoffeln und Eintopf übrig, wenn du magst.«

»Ob ich mag, Miss Yardley? Darauf können Sie wetten!«

Ich öffnete den Brief.

12

Liebste Flo,

danke für die Postkarte. Ich bin sehr erleichtert, dass du noch unter den Lebenden weilst. Hoffentlich bist du gut angekommen und das Häuschen ist in keinem allzu schlimmen Zustand. Hier fragt mich jeder, wo du bist, und ich sage allen, dass ich glaube, du seist nach Brasilien gefahren. Während unseres ersten Telefongesprächs habe ich gerade eine Nuss gegessen und deshalb kam ich darauf. Außerdem ist Brasilien weit genug weg und keiner, den ich kenne, scheint dort hinzufahren. Ich bin auf einmal sehr beliebt. Selbst Jacquetta Kingsley, du weißt schon, das sehr dunkle Mädchen, groß und so in die Länge gezogen, als wäre sie von El Greco, hat mich heute Morgen angerufen, um zu erfragen, ob ich etwas weiß, und sie meinte, sie werde Alex zum Essen einladen, weil er ihr so Leid täte. Natürlich will sie sich ihn nur grapschen. Aber solltest du deine Meinung doch noch ändern, meine Liebe, mach dir keine Sorgen. Die hat keine Chancen bei ihm.

Ein weiterer heftiger Stich für meine Selbstachtung. Jetzt war ich für immer als wankelmütig und kapriziös verschrien. Ich hatte es verdient.

Fay hat zweimal angerufen. Sie ist vor Wut fast sprachlos. Als ich Brasilien erwähnte, hat sie einfach aufgelegt. Bei der Sonderführung durch die Pemberton-Broody-Galerie lief mir Oonagh Fitzpatrick über den Weg. Sie vertrat die Ansicht, Alex habe einen Svengali-Einfluss auf dich. Sie ließ sich ziemlich garstig über ihn aus, hatte aber freundliche Worte für dich und wollte aus mir herauskitzeln, dass ich eingeweiht bin, was deinen Aufenthaltsort angeht. Mir ist sehr wohl bewusst, dass ich mich zur Vertrauensperson denkbar schlecht eigne, weil ich das Herz auf der Zunge trage, aber ich tue wirklich mein Bestes. Auch Henry war dort. Er sah so glücklich aus wie schon lange nicht mehr. Du kannst sagen, was du willst, er hat dich geliebt und ist noch nicht darüber hinweg. Mich jedenfalls würde es nicht überraschen, wenn er jetzt am Flughafen stünde und sich ein Ticket nach Rio de Janeiro kaufte. Witzigerweise ist der einzige Mensch, der noch keinen Kontakt zu mir aufgenommen hat, Alex. Das Interessante aber ist, dass ich verfolgt werde. Nein, ehrlich. Es gibt da einen kleinen Glatzkopf im Regenmantel, der mir überallhin folgt. Wenn ich zu Hause arbeite, steht er den ganzen Tag vor dem Haus und dann habe ich ihn am Fischstand in der Lebensmittelabteilung von Harrods gesehen. Als ich einen Blick hinüberwarf, tat er so, als betrachte er eingehend einen Oktopus. Als ich dann nach oben ins Georgianische Restaurant ging, wo ich mit Stella Partington zum Mittagessen verabredet war, sah ich ihn schon wieder, wie er eine Reihe Pandas in der Spielzeugabteilung anstarrte. Ich weiß auch nicht, warum Stella immer mit mir zum Essen gehen will. Ihr Schick macht mich jedes Mal aufs Neue sprachlos und wenn sie mir dann noch erzählt, sie sei seit unserem letzten Treffen auf der Jacht eines großen Reeders viermal um die Welt gereist und das in Gesellschaft von Rudolf Nurejew, Maria Callas und dem Kronprinzen von Rumänien, dann bleibt mir der Mund offen stehen. Giles meint, genau deshalb treffe sie sich ja mit mir. Egal, gestern habe ich ihn wieder gesehen – die alte Spürnase im Regenmantel –, und zwar in der Zahnpasta-Abteilung von Boots. Also werde ich das Abschicken dieses Briefs schlau anstellen müssen, für den Fall, eine Hand kommt aus dem Briefkasten und schnappt ihn sich. Ich bin ziemlich schockiert. Ich denke, da muss Alex dahinterstecken, oder? Ich finde es schon ein wenig gemein und hinterhältig von ihm, diese Gestalt auf mich anzusetzen. Aber wie du schon sagtest, Alex ist ein Mann, der die Zügel in der Hand haben muss und einem nur erlaubt, zu glauben, man treffe die Entscheidung selbst. Damals fandest du das ziemlich sexy.

Für einen Augenblick unterbrach ich meine Lektüre. Hatte ich das wirklich einmal so empfunden? Wie schwer zu begreifen, wie launisch ist doch das sexuelle Begehren. Was mich anfangs entwaffnet und mein Misstrauen zerstreut hatte, war im Lauf der Zeit der Fingerzeig unserer Unvereinbarkeit geworden. Vor Alex hatte ich keinen Mann kennen gelernt, der so genau wusste, was er wollte, und sich selbst so sehr unter Kontrolle hatte, dass er auch andere kontrollieren konnte. Mir schien dies damals eine bei Männern seltene Eigenschaft zu sein. So war beispielsweise meinem Vater, wie ich glaube, kaum bewusst, wie sehr er von Fay beherrscht wurde, obwohl sie ihm sogar erklärte, wie er die Dinge zu sehen habe. Alex' enorme Kenntnis der Gefühlswelt gehörte zu den überraschend weiblichen Aspekten seines Charakters. Seine Selbstbeherrschung war das reinste Wunder. Ich hatte sie verführerisch gefunden, ohne den genauen Grund dafür zu kennen. Jetzt dachte ich, es könnte damit zu tun haben, dass es mir Vergnügen bereitete, die Verantwortung für mich abzugeben. Er erlaubte mir, wieder Kind zu sein, und eine Zeit lang konnte ich das auch genießen. Aber nachdem ich eine Weile in seinem Kindergarten gespielt und in Launen und Wünschen geschwelgt hatte, war die Idee, eine erwachsene Frau mit eigenem Verstand zu sein, wieder in den Vordergrund getreten und ich hatte begonnen, gegen die freundliche, liebkosende Hand der Autorität aufzubegehren. Und da wurde Alex' Samtpfote zur Tigerkralle.

»Also gute Manieren sind das nicht, lieber George, wenn du das Messer wie einen Löffel benutzt.« Caro legte ihre Hand auf Georges Arm, der sich wie ein Bolzen mechanisch auf und ab bewegte und das Essen mit der Klinge in sich hinein schaufelte. »Setz dich gerade hin und halte dein Messer anständig, nicht wie einen Bleistift.« Caro versuchte Georges pummelige Hand um den Messergriff zu biegen. »Du scheinst sehr hungrig zu sein. Gab's denn kein Mittagessen?«

»Nur gekochte Kartoffeln.« George sprach mit vollem Mund. »Großpapa hatte Frühstücksfleisch, aber für mich war nicht genug da. Ich mag das Frühstücksfleisch ohnehin nicht. Es war an manchen Stellen schwarz und es war Schimmel drauf. Die Dose war schon aufgebläht.« Ich sah Caro die Lippen aufeinander pressen. »Danach habe ich ein paar Rosinen aus der Speisekammer stibitzt«, fügte George hinzu, weil er sich des Mitgefühls sicher sein konnte.

»Stehlen ist immer Unrecht«, sagte Caro abwesend. Sie ging in die Küche. George bemerkte, dass ich ihn ansah, und senkte langsam sein linkes Augenlid, um mir zuzublinzeln. Er sah so schlau und niederträchtig aus, dass mir sofort klar wurde, worin die Ähnlichkeit lag, die mir ständig im Kopf umging. »Da«, sagte Caro und stellte eine Schüssel Rhabarberkompott mit Streuseln auf den Tisch, »entweder nimmst du dazu eine Gabel oder Löffel und Gabel zusammen. Nie den Löffel allein.«

»Wieso?« lautete Georges recht vernünftige Frage.

»Weil … Ich weiß es nicht. Man macht es eben so. Wenn du das Stipendium für das Gymnasium in Tarchester bekommst, wirst du doch die Lehrer nicht mit deinen Tischsitten enttäuschen wollen, oder?«

»Ist mir egal.« George schmollte und die Vanillesauce lief ihm über das Kinn.

»George, du solltest deinen Löffel zwischen dem Daumen und dem Knöchel deines Zeigefingers halten.«

»Aber das ist doch wie beim Bleistift. Sie haben doch gesagt, das Messer soll ich nicht so halten!«

Ich überließ es Caro, sich mit den Geheimregeln guten Benehmens herumzuschlagen, und wandte mich wieder Violas Brief zu.

Sexuelle Anziehung ist manchmal rätselhafter als die gute alte Sphinx. Ich beklage mich nicht, aber sie scheint doch sehr dünn gesät zu sein. Wenn Giles etwas zustoßen sollte – schon der Gedanke ist mir unerträglich!!! –, müsste ich mich mit Enthaltsamkeit abfinden. Ich meine, es gibt so viele attraktive interessante Frauen und so viele ziemlich schreckliche Männer, dass es das Intelligenteste wäre, lesbisch zu sein. Aber als Oonagh gestern Abend anfing, meinen Hintern zu streicheln, löste das bei mir nur den Drang zu kichern aus. Ist

Homosexualität vom Willen unabhängig oder lässt sich das Verlangen nach dem eigenen Geschlecht kultivieren?

Darauf wusste ich keine Antwort.

Wie dem auch sei, aus deinem derzeitigen Dilemma hilft das nicht im Geringsten. Nur zu gerne wüsste ich, was du denkst und fühlst. Mir ist nicht wohl bei dem Gedanken, dass du allein und niedergeschlagen bist.

Mir wurde mit aller Macht klar, dass das nicht auf mich zutraf, und es war mir peinlich, denn eigentlich sollte es das ja.

Lass es mich bitte sofort wissen, wenn ich etwas für dich tun kann. Und bitte schreib mir bald.

Alles Liebe, Viola.

Ich drehte das Blatt um und entdeckte dort ein längeres PS. Es war in andersfarbiger Tinte geschrieben, was auf einen Zeitsprung schließen ließ.

Also gestern gratulierte ich mir schon dazu, Regenmantel abgehängt zu haben, nachdem ich den Morgen mit Einkäufen in der Bond Street verbracht hatte – ein wirklich zauberhaftes Paar Schuhe von Scarpino's, sündhaft teuer und mit meinem Budget eigentlich nicht zu vereinbaren – also ging ich auf eine Tasse Kaffee zu Fenwick's, um es mir durch den Kopf gehen zu lassen, ehe ich wieder zurückhetzte, um sie zu kaufen – hellgraues Wildleder mit Zehn-Zentimeter-Absätzen, nicht gerade praktisch, ich weiß – jedenfalls stundenlang kein Schimmer von Regenmantel, dann sehe ich diesen Mann vor dem Schuhgeschäft herumlungern und er kommt mir irgendwie bekannt vor. Eine Nase wie eine Pflaume, dunkelviolett, ich glaube, man sagt Säufernase dazu. Da fiel mir ein, dass ich ihn bei Fenwick's einen Ständer mit Schlüpfern habe anstarren sehen. Also, während ich dies schreibe, schleicht Pflaumennase durch die Gartenanlage unseres Hauses. Ich kann ihn durch die Blätter vom letzten Jahr schlurfen sehen. Am liebsten würde ich rauslaufen und ihn war-

nen, dass dieser Garten nichts anderes als ein Hundeklo ist. Das muss Alex ein Vermögen kosten. Es ist aufregend wie ein Spionagethriller, aber findest du es nicht ziemlich hässlich von Alex, dich auf diese Weise zu verfolgen? Sofern er nicht ernsthaft glaubt, du seist verrückt geworden und eine Gefahr für dich selbst. Ich meine, Liebe heißt doch auch, den anderen das tun zu lassen, was er möchte, oder nicht?

Alles Liebe, V.

Ich faltete den Brief zusammen. Ich verstand gut, was Viola mit der Art von Liebe meinte, die dem oder der Geliebten erlaubt, in aller Freiheit er oder sie selbst zu sein. Aber wahrscheinlich gab es so viele verschiedene Formen der Liebe, wie es Liebespaare gab. Und innerhalb dieser verschiedenen Formen so viele komplizierte und gegensätzliche Gefühle, wie der Tag Sekunden hat. Einschränkungen waren nicht zwangsläufig schlecht. Könnte man sich nicht beispielsweise zum Besseren hin verändern, indem man versuchte, sich die gute Meinung des Geliebten zu verdienen?

»Du siehst müde aus, Flo.« Caro beugte sich über mich und drückte eine kühle Hand auf meine Stirn. »Hab ich's mir doch gedacht. Wieder ein bisschen erhöhte Temperatur.«

»Ich trage dich nach oben.« Guy versuchte sich zwischen Caro und mich zu schieben.

»Sehr freundlich, aber ich muss auf die Toilette. Und dahin gehe ich alleine«, fügte ich entschlossen hinzu. Caro brachte mir ein Paar Gummistiefel und eine Taschenlampe. »Dieses von vorn und hinten bedient zu werden, kann einen tatsächlich süchtig machen. Ihr beide seid die reinsten Engel gewesen und ich weiß gar nicht, wie ich euch das je vergelten kann.«

»Ich schon«, flüsterte Guy mir schnurrend ins Ohr, als Caro meinen Mantel holte.

»Lass das! Denkst du denn wirklich nie an was anderes als Sex?«

»Liebste Flo, du solltest dich schämen. Du denkst immer nur in eine Richtung. Ich wollte dich doch nur um deine Teilnahme an diesem Abendessen am Samstag zu bitten.«

»Also gut. Ich meine, danke.«

Dies war eine weitere Demonstration meiner bedauerlichen Unfähigkeit, eine Entscheidung zu treffen, hatte ich doch noch vor einer Stunde beschlossen, nach London zurückzukehren. Aber Violas Brief legte beredtes Zeugnis von Alex' Entschlossenheit ab, das zu bekommen, was er haben wollte. Ich hatte Angst, er könnte es schaffen, mich zu einer Heirat mit ihm zu überreden. Ehe ich mich einer Begegnung mit ihm aussetzte, musste ich an Geist und Körper gestärkt sein.

Draußen fror es und der schmale Pfad, den Caro gebahnt hatte, wurde glatt. Der Mond stand am Himmel und starrte mit Gelassenheit über das Tal. Die Sterne funkelten wie Eiskristalle. Sobald ich den Strahl meiner Taschenlampe auf das Spinnennetz richtete, flüchtete seine Bewohnerin in dessen Zentrum. Sie schien keine Beute zu machen. Dank meiner Einbildungskraft sah die Spinne auch schon dünner aus. Ich fragte mich, ob sie wohl auch die Kälte spürte. Weshalb mich das wiederum auf den Geisterpfeifer brachte, weiß ich nicht. Doch auch auf meinem Rückweg zum Haus hörte ich nichts von ihm. Meine Nächstenliebe ging jedoch sogar so weit, ihm zu wünschen, dass er geborgen irgendwo im Warmen war.

»Tschüß, Miss Yardley. Danke für das Abendessen. Tschüß, Miss Swann. Danke für das Kaminfeuer. Tschüß, Mr. Guy. Danke für nichts.« George bedachte uns alle mit einem Grinsen, ehe er hinausging und die Tür zuknallen ließ.

»Der kleine Bengel. Hätte ich ihm bloß nicht die zehn Pence gegeben.«

»Seine einzige Waffe scheint die Auflehnung zu sein.« Ich schluckte den Hustensaft, den Caro für mich auf einen Löffel geträufelt hatte, als wäre ich ein Kind, und wartete, bis sie das Geschirr abräumte und es in die Küche brachte. »Er ist ein Gilderoy, nicht wahr? Wie dumm von mir, dass ich das nicht gleich gesehen habe. Er hat exakt deinen Mund und deinen Knochenbau.«

»Was bist du nur für ein Adlerauge! Aber wenn ich's mir recht überlege, haben Adler bestimmt Augen, die entsetzlich übellaunig und von hässlichem Orange sind. Deine sind von einem faszinierenden Grüngrau, wie bemooste Steine im Wasser, und im Allgemeinen sind sie lieblich.«

»Wenn du nicht darüber reden willst, ist das in Ordnung. Aber bitte lass das Flirten. Ich bin noch zu geschwächt.«

»Aha! Das lässt doch hoffen, dass eine Zeit kommen wird, in der es akzeptiert wird. Du hast absolut Recht. George ist Philipps Kind. Dustys Tochter Lizzie war ein hübsches Mädel. Ein freigebiges Ding.«

»Was ist mit ihr passiert?«

»Im Mühlbach ertrunken. Muss ihr wohl den Rest gegeben haben, als Philipp abgehauen ist.«

»Ach, das arme, arme Mädchen!« Ich schluckte die harten Worte hinunter, die mir zu Guys Bruder einfielen. »Und der arme George! Ist ein kluger Kerl, nicht wahr? Wird er das Stipendium bekommen? Eine gute Ausbildung könnte die Rettung für ihn sein. Das Leben bei seinem Großvater scheint ihn nicht glücklich zu machen. Kann man denn nichts für seinen Fuß tun?«

»Ich bin nicht der Kinderschutzbeauftragte, weißt du.«

»Aber du bist sein Onkel. Fühlst du dich nicht verantwortlich für ihn?«

Guy sah mich nachdenklich an, ehe er mir antwortete: »Ja. Du hast ganz Recht. Es reicht nicht, ihm hin und wieder Trinkgeld zuzustecken. Aber, verstehst du, ich bin es Philipps Vermächtnis schuldig, ihn bei meinem Vater nicht noch mehr anzuschwärzen. Ich bin in einer ganz heiklen Lage. Ich kann doch für George nicht viel tun, wenn ich die Verwandtschaftsbeziehung nicht anerkenne?«

»Was denn für ein Verwandtschaftsverhältnis?«, wollte Caro wissen, als sie mit der Wärmflasche kam, die sie in einen Schal gewickelt hatte. »Ist schon gut, wenn ich es nicht habe hören sollen, dann habe ich es auch nicht gehört.«

»In einem Haus von der Größe einer Teepackung kann man wohl kaum etwas geheim halten. Wie zum Teufel haben sie's früher nur geschafft, Nachkommen zu zeugen?« Guy schien nur zu gerne einen Themenwechsel herbeizuführen. »Die müssen sich doch vorgekommen sein, als würden sie auf der Dorfstraße miteinander schlafen.«

»Ich könnte mir vorstellen, dass man die Sonntagsschule erfunden hat, um den Zuwachs der menschlichen Rasse zu gewährleisten.«

Taktvoll unterließ Caro jegliche Anspielung auf das Gespräch, das sie ahnungslos mitbekommen hatte, doch ich sagte: »Wir haben über George gesprochen. Er tut mir so Leid. Bekommt nicht genug zu essen und muss in seiner Freizeit seinem Großvater in der Mühle helfen. Nicht gerade ein kindgerechtes Leben.«

»Da hast du Recht. Ich habe mir schon früher überlegt, dass man da etwas unternehmen sollte. Er bräuchte Hilfe bei seinen Schularbeiten, damit er das Stipendium bekommt. Aber ich glaube nicht, dass Dusty einen Förderunterricht bezahlen würde, selbst wenn er Geld hätte. Und keiner weiß, wer der Vater ist.«

Es entstand eine Pause. Ich vermied es Guy anzusehen.

»Na gut«, meldete er sich schmollend zu Wort, »was soll's? Deiner Diskretion kann ich mir bestimmt sicher sein. George ist Philipps Kind.« Guy sah Caro ziemlich herausfordernd an und mir wurde deutlich, dass Guy noch sehr an seinem Bruder hing, mochte er auch noch so leichthin über ihn sprechen. Es war die andere Seite des Witze reißenden, flirtenden Guy, und der Kontrast machte diesen Beweis tieferer Ernsthaftigkeit, wenn sie sich denn bemerkbar machte, nur um so attraktiver.

»Philipp?« Caro machte ein verdutztes Gesicht und schloss die Augen, was sie, wie mir aufgefallen war, immer machte, wenn sie nachdachte. »Also da hättest du mich jetzt auch mit dem Zaunpfahl niederschlagen können!«

»Vermischen wir da jetzt nicht ein wenig die Metaphern?«

Abwesend drückte Caro die Wärmflasche an sich. »Philipp und Lizzie! Ein größerer Unterschied wäre kaum denkbar!«

»Das sehe ich nicht so. Lizzie war ein hübsches kleines Ding. Vielleicht nicht gerade eine Simone de Beauvoir, wenn's um Konversation ging –«

»Ach um Himmels willen, Guy! Ich rede doch nicht davon, ob sie ihm nun gefallen hat oder nicht.« Caros Ton verriet Ungeduld. »Da gibt es doch auch noch andere Überlegungen. Es war doch wohl auf brutale Weise herzlos von ihm, sie im Stich zu lassen. Es überrascht mich, dass Philipp – na ja, er war jung. Die arme Lizzie! Ich weiß noch, wie sie ihre Leiche fanden, in Wasserpflanzen gewickelt – nein, der Gedanke ist mir einfach unerträglich, selbst nach so vielen Jahren.« Caro reichte mir die Flasche zum Halten, während sie sich noch einen Zigarillo anzündete. Sie war mit ihren Gedanken offensichtlich weit weg. Dann schüttelte sie den Kopf, als wolle sie unangenehme Gedanken loswerden. »Also! Was gedenkst du für unseren kleinen Bankert zu tun, Onkel Guy?«

Guy hatte einen gequälten Gesichtsausdruck. »Wahrscheinlich gebt ihr keinen Frieden, bis George sein Studium in Cambridge mit Auszeichnung abgeschlossen hat und Erzbischof von Canterbury mit einer Villa an der Côte d'Azur ist. Aber begreift ihr das denn nicht? Wenn ich etwas für den Jungen tue, wird jeder wissen wollen, warum. Ich habe es Philipp damals schwören müssen, keinem etwas zu sagen. Zählt ein gegebenes Wort denn gar nichts?«

»Mach dir deswegen keine Sorgen.« Caro sagte dies sehr bestimmt. »Wenn es dir recht ist, vertrete ich dich. Wir werden zusammenarbeiten, aber du kannst mir Kredit gewähren und ich muss dann nur mit der Last unverdienten Ruhms leben, wenn er Direktor am Trinity College ist.«

»Einen Moment mal. Wie stellst du dir das eigentlich vor? Denk dran, meine Mittel sind begrenzt.«

»Du wirst es dir doch leisten können, ein wenig Förderunterricht zu bezahlen. Wir machen halbe-halbe. Und Dusty wird tun, was du ihm sagst, egal, was er von dir als Gutsherr hält. Du musst dafür sorgen, dass er dem Jungen nach der Schule Zeit lässt, seine Hausaufgaben zu machen.«

Guy sah niedergeschlagen aus, erhob aber keine Einwände.

»Wenn ich doch auch helfen könnte«, sagte ich. »Aber ich habe nur vierzig Pfund, die ich mein Eigen nennen kann. Ich darf keine Schecks ausstellen.« Ich erklärte die Sache mit unserem gemeinsamen Konto.

»Soll das heißen, dass er, obwohl du ihm unwiderruflich erklärt hast, ihn nicht heiraten zu wollen, es darauf anlegt, dich ausfindig zu machen?« Caro war fassungslos. »Hört sich nach Verfolgung an.«

»Vielleicht ist es das auch. Ich bin nur so verwirrt, dass ich einfach nicht mehr weiß, was richtig und was falsch ist. Ich weiß nur, dass er mich sucht.« Ich teilte ihnen die entsprechenden Stellen aus Violas Brief mit.

»Mein Gott! Dieser Mann ist ein Tyrann!«, ereiferte sich Caro. »Aber keine Sorge, Flo. Guy und ich stehen zu deiner Verteidigung bereit. Tun wir doch, Guy?« Er salutierte mit ironischem Grinsen. »Du brauchst dir keine Gedanken darum zu machen, wie du mir die Kleinigkeiten entgelten kannst, die ich für dich getan habe.« Caros schöne braune Augen strahlten. »Dir habe ich es zu verdanken, das ich wieder einen Sinn und einen Zweck im Leben sehe, was mir seit Jahren gefehlt hat. Ich werde in der Nacht vor lauter Pläne schmieden nicht schlafen können.«

Guy seufzte schwer.

13

Es ist mir eine große Freude, Miss Swann.« Ambrose Gilderoy erhob sich schwerfällig von seinem Stuhl und kam mit Hilfe zweier Stöcke auf mich zu, wobei er sein Gewicht von einem Bein aufs andere warf, um Schwung für die Vorwärtsbewegung zu bekommen. Dann nahm er beide Stöcke in eine Hand, um mir die meine zu schütteln. »Wie reizend von Ihnen, dass Sie mein kleines Fest besuchen. Sie werden uns arg langweilig finden, fürchte ich. Keiner Ihres Alters, bis auf meinen gottlosen Sohn und Werner, den Sohn meiner lieben Freundin, der Baronesse.«

Trotz seiner Gebrechlichkeit war offenkundig, dass Guys Vater einmal ein sehr gut aussehender Mann gewesen war. Sein dunkelgraues, glatt aus der hohen Stirn nach hinten gekämmtes Haar verlieh ihm altmodische Würde. Seine Gestalt war verrenkt, aber er hatte noch immer ein schönes Gesicht und seine Augen waren kühn und zynisch wie die von Guy. Die einseitige Lähmung seines Mundes machte sein Lächeln süffisant. Liebevoll tätschelte er Guys Arm mit der nur wenig zitternden Hand. Die andere war verdreht und kaum in der Lage, den Stockgriff zu halten. »Sie dürfen keinen falschen Eindruck bekommen, meine Liebe. Nur ein wenig Eigensinn, den der Lauf der Zeit schon heilen wird. Wir dürfen nicht zu hart urteilen. In der Geschichte hat sich die Waagschale noch immer zugunsten gut aussehender junger Männer gesenkt.«

In Anbetracht dessen, dass Guy zweiunddreißig Jahre alt war, fand ich diese Bemerkung auf liebenswürdige Weise nachsichtig.

»Danke für die Auszeichnung.« Guys Ton war unverbindlich. Seine Miene ließ die entsprechende Herzlichkeit vermissen.

»Kommen Sie, meine Liebe.« Mr. Gilderoy legte seine Hand auf meinen Arm. Sie zitterte vor Anstrengung. »Ich werde Sie meinen anderen Gästen vorstellen.«

Gelenke knackten unüberhörbar, als mehrere ältere Herren sich von ihren Stühlen erhoben. Wie immer vergaß ich die Namen, kaum hatte ich sie vernommen, sofort wieder. Man reichte mir ein Glas Champagner und wies mir einen Platz auf einem Sofa neben einer Frau mit grauen, zu einem unsicheren Chignon hochgesteckten Haaren an, die sich mir als Lady Frisk vorstellte, als mache sie mir damit ein Geschenk. Dieser Name war mir bekannt. Ich erinnerte mich an die Geschichte von Philipp und dem Weihnachtspudding. Lady Frisk fragte dann auch sofort, ob ich jagte, und als ich dies verneinte, erteilte sie mir eine Lektion über dessen wohltuende Wirkung auf junge Frauen, vorausgesetzt man dachte an genügend Coldcream, wenn es windig war, und ein heißes Bad, sobald man nach Hause kam. Lady Frisk vertrat die Ansicht, dass es für einen gesunden Geist nichts Besseres als die Jagd gab, und vermittelte mir dies mit schneidender Stimme lautstark direkt in mein Ohr.

»Sie sehen ganz danach aus, als könnte Ihnen ein wenig Sport an der frischen Luft nicht schaden, Miss Swann, wenn ich das sagen darf. Ziemlich erledigt. Hoffentlich sind Sie nicht anämisch? Ich empfehle rohe Leber zu einer Paste pulverisiert. Durch ein wenig Muskat, Pfeffer und Paprika wird es genießbar. Mein Sekretär kann Ihrer Köchin das Rezept zukommen lassen.« Ich machte gerade den Mund auf, um sie zu bitten, sich meinetwegen keine Umstände zu machen, aber sie hielt nur inne, um Luft zu holen. »Bei Ihrer Kondition sollten Sie kräftiges Essen und zu viel Alkohol meiden. Eine so fahle Haut wie die Ihre habe ich noch nicht gesehen.« Ich rückte von ihr ab, als sie den Kopf senkte und ihre kleinen grauen Augen über mein Gesicht wandern ließ. »Eine reine Haut ist das größte Schönheitspotential eines jungen Mädchens. Es ist falsch, Mängel mit Make-up zu überdecken.«

»Ich trage kein Make-up.«

»Hab ich mir schon gedacht.« Lady Frisks Chignon wippte, als sie nickte. »Mit einem Hauch Rouge sähen Sie gleich ganz anders aus. Meine Tochter Charlotte habe ich so erzogen, dass sie immer mit einer Maske aus Hafermehl und Eiweiß auf dem Gesicht und Baumwollhandschuhen, gefüllt mit einer Mischung aus Vaseline und Zitronensaft für weiße Hände, schlief.«

»Hört sich schrecklich unbequem an.« Ich fand es an der Zeit, mich ein wenig zu behaupten. Zu viele ungebetene Ratschläge verabscheute ich und wenn ich dann noch Lady Frisks gesprenkelte Wangen und die von geplatzten Äderchen rote Nase betrachtete, kamen sie auch noch unberechtigt. »Und angenommen, man ist verheiratet? Könnte da der Ehemann nicht mit Fug und Recht die Schweinerei auf dem Kissen beanstanden?«

»Ach so!« Lady Frisk warf ihre Hände hoch und riss den Kopf nach hinten, als wäre das Sofa unter ihr zusammengebrochen. »Also wenn Sie beabsichtigen, sich die vulgäre Praxis eines gemeinsamen Schlafzimmers zu Eigen zu machen, dann ist der Fall für mich erledigt!«

Das war eine gute Nachricht. Ich trank Champagner und warf einen Blick hinüber zu Guy, der einer Frau mit roter Perücke und hellrosa Wangen etwas ins Ohr flüsterte, worauf diese ihm mit ihrem Abendtäschchen einen Klaps auf seine Hand verpasste, aber dabei sehr vergnügt aussah.

Das Wohnzimmer von Gilderoy Hall war eine Pracht mit seinem stattlichen Adam-Kamin und dem Stuck an der Decke und über den Türen im gleichen Stil. Die Täfelung war goldgerahmt und hatte Simse aus Ebenholz. Eingerichtet war der Raum mit Mahagonimöbeln des achtzehnten und neunzehnten Jahrhunderts, Vorhängen aus grünem Brokat mit hübschen Querbehängen, bequem gepolsterten Sofas und Stühlen mit Überzügen aus verblasstem Chintz und Nadelspitzenhandarbeit. Über dem Kamin hing eine sehr gute Landschaft aus der Schule Constables. Obwohl der Raum nicht sehr groß war, wirkte er elegant und vermittelte jene ehrwürdige Selbstverständlichkeit, die man antrifft, wenn die Ausstattung sich langsam im Lauf der Jahre aufgebaut hat. Das Fehlen von Blumen und kleineren Schmuckstücken verlieh ihm eine männliche Ausstrahlung, die auf krasseste Weise durch die auf dem Sideboard im Überfluss vorhandenen Alkoholika, den Stapel Zeitungen neben dem Sessel des Hausherrn, den durchdringenden Tabakduft, selbst aus den Polstern des Sofas, auf dem ich saß, und den Eindruck allgemeiner Unordnung noch betont wurde.

»Wer wird denn Trübsal blasen, Miss Swann?« Lady Frisk schlug mir schmerzhaft mit ihrem Brillenetui auf die Fingerknöchel. »Schmollen kann ich nicht ausstehen. Sie müssen Ihren Stolz überwinden und die Kritik von Leuten akzeptieren, die mehr Lebenserfahrung haben als Sie.« Sie folgte meinem Blick auf Guys Gefährtin mit der roten Perücke. »Diese Frau sollte Ihnen ein Beispiel sein. Jedenfalls hat die entschieden zu viel Make-up aufgelegt! Sieht ja aus wie ein Zirkusclown!«

Ich war versucht zu sagen, dass diese Frau nichts als Make-up war.

Selbst aus fünf Metern Entfernung konnte ich die falschen Wimpern erkennen. Wenn sie abends ins Bett ging und alles abnahm, war sie bestimmt ein paar Pfund leichter.

»Ich sage Charlotte immer wieder, eine anständige Frau sollte sich auf ein wenig *papier poudre*, um den Glanz zu überdecken, und einen Hauch Rouge auf den Wangen und Lippen beschränken. Schönheit kommt von innen. Sobald sie morgens aufwacht, bekommt sie ein rohes verquirltes Ei in Milch.«

Ich kam zu dem Schluss, dass Charlotte ein absoluter Dummkopf sein musste, wenn sie nichts Besseres zu tun hatte, als sich Sachen auf die Haut zu schmieren und sich innerlich mit Wundermitteln zu behandeln.

»Was macht Charlotte eigentlich?«, erkundigte ich mich deshalb in der Hoffnung auf billige Rache.

»Sie studiert Astrophysik in Cambridge.« Einfach ärgerlich. »Wer ist diese Frau überhaupt?«, wollte Lady Frisk wissen und richtete ihren Blick wieder auf die rote Perücke. »Vermutlich eine aus Ambroses *cercle amitié*. Ich erkenne selbstverständlich die Vorteile einer besseren Beziehung zu unseren europäischen Nachbarn an, aber man muss sie sich doch nicht gleich ins Wohnzimmer holen. Wird wohl Französin sein«, fügte sie leicht angewidert hinzu. »Ah, Baronesse, guten Tag.«

Lady Frisk nickte gütig einer Frau schon jenseits der besten Jahre zu, die gerade mit einem so langsamen und würdevollen Gang den Salon betreten hatte, als folge sie einem Sarg. In steifer Haltung hatte sie sich auf ihren Stuhl gesetzt und dann die Augen geschlossen. Als Erwiderung auf Lady Frisks Begrüßung öffnete sie diese und senkte sie dann wieder. Ihr entrücktes, blutleeres Gesicht mit den fest geflochtenen und um den Kopf geschlungenen weißen Haaren erinnerte an ein Porträt von van Eyck.

Ein junger Mann mit blonden Locken, der mit der Baronesse gekommen war, verbeugte sich vor Lady Frisk. »Ich freue mich außerordentlich, Sie wiederzusehen, Lady Frisk. Hoffentlich behagt Ihnen das Wetter?«

Lady Frisk bedachte ihn mit einem Stirnrunzeln. »Ganz und gar nicht. Es ist viel zu kalt für die Jahreszeit und seit einer Woche hat es nicht aufgehört zu regnen.«

»Ach ja, das englische Wetter. Es ist so schlecht, dass es schon ein

Witz ist, oder?« Er lachte gutmütig und zeigte dabei strahlend weiße Zähne.

»Ich muss schon sehr bitten.« Jetzt war Lady Frisk verärgert. »Ich halte das Klima von Großbritannien für das beste überhaupt. Das haben wir natürlich dem Golfstrom zu verdanken, der sich in Deutschland nicht auswirkt. Und dank unserer Insellage ist uns manche Bedrohung erspart geblieben.« Sie stand auf und entfernte sich, der junge Mann starrte ihr verdutzt hinterher. Er hatte noch nicht gelernt, dass nur die Engländer selbst über ihr Wetter spotten dürfen.

»Werner von Wunsiedel, immer zu Diensten, Fräulein.« Ich stellte mich vor und er hauchte mir einen Kuss auf die Hand. »Erlauben Sie mir die Bemerkung, dass Sie die Zierde des heutigen Abends sind. Diese Feste von Ambrose sind schön, aber nicht … jung. Darf ich mich auf diesem hübschen Sofa neben Sie setzen?«

»Aber ja.« Ich glaubte die Augen der Baronesse aufblitzen zu sehen, aber als ich mir ihr Gesicht noch einmal genauer ansah, war es so ruhig und blind wie eine klassische Statue.

»Ich finde es wunderbar, mich mit einer hübschen jungen englischen Lady unterhalten zu können. Wir als Nachkriegsgeneration können doch all diese Probleme zwischen uns vergessen, oder?«

»Natürlich können wir das«, verkündete ich aus vollem Herzen und war mir ihrer sofort voll bewusst.

»Unsere Eltern mögen alte Feinde sein, aber wir Jungen sind doch Weltbürger!« Er warf mit theatralischer Geste seine Hand hoch und schlug einem rotgesichtigen alten Mann das Monokel vom Auge, als er sich vorbeugte, um seine Zigarette im Aschenbecher zu löschen. »Bitte tausend Mal um Entschuldigung, mein Bester. Hat das Augenglas Schaden davongetragen?« Der alte Mann trat den Rückzug an und murmelte dabei »elender Dummkopf« in seinen Bart. »Was wollte ich gerade sagen, liebe Miss Florence?«

»Ah, etwas über die Weltbürger.«

»Ja, ja! Wir wollen nicht über Grenzen reden.«

Mir kam es jedoch so vor, als dächte er sehr viel daran. Ich ließ mir nachschenken. Ich rechnete mit einem sehr arbeitsintensiven Abend.

Werner kippte seinen Champagner geradezu hinunter, ehe er mir einen bedeutsamen Blick zuwarf. Vielleicht war es nur Einbildung, aber ich fand, dass die Haltung der Baronesse eine entschiedene Wendung in unsere Richtung genommen hatte. »Ist doch außergewöhnlich, dass wir beiden Seelenverwandten uns ausgerechnet auf diese Weise in einem so reizenden Haus, verborgen im englischen Hinterland, begegnet sind. Lassen Sie uns auf das Schicksal trinken!«

»Werner.« Die Augen der Baronesse waren offen und sahen ihn an, obwohl sie ihren Kopf nicht drehte. »Bring mir meinen Pelz.«

»Aber gewiss doch, Mutti.« Werner stand auf und eilte gehorsam davon, um mit einer Hermelinstola zurückzukehren, doch nicht ehe die sich mit erstaunlicher Geschwindigkeit bewegende Baronesse neben mir Platz genommen hatte.

»Danke, mein Herz. Und jetzt geh und lass Madame du Vivier wissen, wie sehr ich darauf hoffe, dass sie uns irgendwann während unseres Aufenthalts mit ihrem wunderbaren Klavierspiel beehrt.«

Werner entfernte sich mit einem ein wenig mürrischen Gesicht. Die Baronesse hängte ihre Stola über die Sofalehne. »Man hat uns nicht vorgestellt«, sagte sie und wandte mir ihren Kopf zu, richtete ihren Blick aber auf meine Schuhspitzen. Ihre Augenlider waren von sich verzweigenden Äderchen überzogen. »Ich bin die Baronesse von Wunsiedel und Werner ist mein Sohn. Bleiben Sie lange in Dorset?«

»Nein. Ich werde in ein paar Tagen nach London zurückkehren.«

Die Baronesse zog ihre Lippen ein wenig auseinander – vielleicht sollte es ein Lächeln sein. »Werner ist ein wunderbarer Junge, aber für sein Alter noch sehr jugendlich. Vielleicht habe ich ihn zu sehr behütet. Gut möglich.« Sie gestand sich den Fehler mit einer leichten Neigung ihres Kopfes ein. »Jemand in seiner Position, aus seiner Familie, von seiner Geburt – Sie verstehen. Man muss ihn vor schlechten Einflüssen schützen. Er ist ein wenig … dickköpfig, lässt sich leicht vom Charme anderer mitreißen. Er wird sich mit der Prinzessin Prenzlau verloben. Ich dachte, das sollten Sie vielleicht wissen, Miss Swann.« Einen Augenblick lang hob sie ihre Augen von der Farbe eines Winterhimmels zu den meinen.

Werner war von seinem Auftrag zurückgekehrt. »Sie meint, sie werde dir gerne den Gefallen tun. Aber in Wahrheit«, fuhr er mit leiser Stimme fort, »spielt sie so schlecht und es hört sich so entsetzlich an, als würde sie Holz mit einem Hammer bearbeiten.«

»Sie sehen so blass aus, Miss Swann«, bemerkte die Baronesse, ohne Rücksicht auf Werner. »Sie sollten sich näher ans Feuer setzen.

Hier sind Sie dem Luftzug ausgesetzt. Werner setzt sich neben mich.«

Dass man mich so herumkommandierte, ärgerte mich sehr, aber andererseits war ich der Baronesse auch überdrüssig.

»Ah, Miiis Swann.« Die rote Perücke, Madame du Vivier in Person, rief mich, als ich ging. »Sie sind nicht von 'ier, das sehe isch.« Ich hoffte, sie würde sich zu keiner Bemerkung zu meinem angeschlagenen Äußeren hinreißen lassen. »Sie 'aben Stil. Was für ein reizendes Kleid, wenn isch das sagen darf.« Sie fuhr mit leiser Stimme fort. »Nischt wie diese langweilige Frauen, die zum Abendessen im Vor'ang ihrer Köschin erscheinen.« Dabei hatte sie Lady Frisk im Visier, die in violettes Seidenripp gekleidet war. Madame du Vivier wurde mir richtig sympathisch, obwohl sie aus der Nähe eher abschreckend wirkte. Ihr Gesichtspuder war eindeutig lavendelfarben und wenn sie blinzelte, teilten sich ihre Wimpern. Ihr Duft – irgendwas in Richtung Frangipani – war so überwältigend, dass ich niesen musste. »Oh, Sie 'aben Schnupfen! Erlauben Sie mir, Ihnen eins der 'ervorragenden Zäpfschen zu empfehlen, die isch oben auf meine Zimmer 'abe.«

Beim Essen saß ich neben dem alten Herrn mit dem Monokel – er hieß Lord Deering – und einem geringfügig jüngeren Mann namens Montague Barst. Sofort fingen die beiden im wahrsten Sinne des Wortes ein Gespräch über meinen Kopf hinweg an. Es war mir ziemlich egal. Ich aß die Suppe, die in Hotels unter dem Namen Blumenkohlrahmsuppe serviert wird. Sie schmeckte tatsächlich gut. Als Montague Barsts Aufmerksamkeit gebieterisch von Lady Frisk in Anspruch genommen wurde, erkundigte Lord Deering sich bei mir, ob ich jagte. Wieder verneinte ich. Es war offensichtlich, dass er sofort das Interesse an mir verlor, aber dennoch gewissenhaft seinen Verpflichtungen als Tischnachbar nachkam.

»Gestern hatten wir einen guten Tag draußen. Dreimal aufgespürt, zweimal abgeschossen. Hab meine alte Mähre über einen Staketenzaun gesetzt, den alle mieden, und sie nahm ihn wie ein Vogel. Bin ein paar Runden galoppiert, dann linker Hand in den Bartleshaw Wood, den alten Festungsgraben runter. Hab ihn dann unten im verstopften Abzugsgraben aufgespürt. Die Füchsin saß eingeklemmt in der Falle, aber Donnerwetter, sie hat uns wirklich das Letzte abverlangt. Wäre beinah noch furchtbar über einen Graben gestürzt, der mit Draht abgedeckt war. Diese verdammten Bauern wissen aber auch gar nichts.« Meine Sympathie galt ganz allein dem Fuchs. Ich stopfte mir in Gedanken die Ohren zu und schon musste ich wieder an Alex denken.

Das war ein Abend, der, so gemein das klingt, ganz nach Alex' Geschmack gewesen wäre, denn er hätte seinen Fähigkeiten im gesellschaftlichen Umgang das Äußerste abverlangt. Für ihn war Langeweile ein Misserfolg. Je weniger verheißungsvoll der Anlass, um so größer der Triumph. Alex konnte Landaufenthalte nicht ausstehen, weil es dort oft kalt, schmutzig und unbequem war und er das gemeinsame Jagen, Schießen und Fischen verabscheute, weil er das Vergnügen am Töten wehrloser Geschöpfe kindisch fand. Einmal hatte er dazu bemerkt, er könne dem Ganzen dann vielleicht etwas abgewinnen, wenn Fasane, Füchse oder Rehe gleichermaßen mit Schießeisen bewaffnet oder Gruppen ausgebildeter Tiere in der Lage wären, ihre Jäger zu verfolgen und zu töten.

Doch er genoss Begegnungen mit dieser Fraktion der englischen Oberschicht, die sowohl alles Künstlerische als auch alles Intellektuelle verachtete, aber wo immer Parks und Bäume zu finden waren, im Rudel auftauchte. Selbstverständlich begegnete man seiner offenkundigen Klugheit mit Argwohn und reagierte auf seine Redegewandtheit mit Beunruhigung. Alex gab sich als Gentleman, kleidete sich schlicht, mied Protz, war höflich zu verrückten Tanten und Hunden, und dennoch war er keiner von ihnen. Er war zu glatt, zu schnell von Begriff, zu sehr auf der Hut. Und dann noch die olivfarbene Haut um seine Augen. Ein verstörender Hinweis auf das Exotische.

Alex war sich dessen ziemlich bewusst und genoss die Herausforderung, ihre Vorurteile zu überwinden. Frauen mittleren Alters waren im Allgemeinen die ersten, die ihre Zurückhaltung aufgaben. Er war zu schlau, ihnen Komplimente für ein Aussehen zu machen, das sie, wie sie selbst wussten, schon vor Jahrzehnten verlassen hatte. Da sie meist eine lange Ehe mit unaufmerksamen Partnern hinter sich hatten, schmeichelte ihnen das Interesse eines attraktiven, intelligenten Mannes. Seit ihrem Debütantinnentanz hatten sie immer wieder die gleichen abgedroschenen Plattitüden von sich gegeben, aber Alex war ein

Meister darin, aus jeder Banalität den einen Gesprächsfaden zu ziehen, der sich lohnte, erforscht und ausgeschmückt zu werden. Und das machte er so geschickt, dass er Witz und Einfallsreichtum, die allein auf sein Konto gingen, ihnen in den Mund zu legen schien. Frauen, die sich als langweilig und unansehnlich empfunden hatten, seit ihre Männer ihnen nicht mehr in Liebe zugetan waren, erlebten sich auf einmal ganz überrascht als faszinierende Geschöpfe.

Junge Frauen, die daran gewöhnt waren, dass die männliche Aufmerksamkeit sich nur auf ihr Äußeres konzentrierte, waren begeistert, jemanden Interesse an ihrem Innenleben nehmen zu sehen. Nach einem Gespräch mit Alex war auch das gedankenloseste Schulmädchen bereit, sich als vielschichtig und originell zu betrachten. Genüsslich erforschte er die seelischen Nischen und verfügte über die Gabe, seine zielgerichteten Fragen mit wunderbarer Unvoreingenommenheit zu stellen, was so wirksam war wie eine Wahrheitsdroge. Voller Erstaunen bekam ich gelegentlich mit, wie diese Frauen Alex Dinge erzählten, die sie hätten erröten lassen, wenn sie sie ihren Müttern oder Ehemännern enthüllt hätten.

Männer waren im Allgemeinen weniger leicht zu durchschauen, tappten im Dunkeln, wenn es um seelische Belange ging und zogen es vor, sich vor unerfreulichen Wahrheiten in Regionen zu verstecken, in die kein Licht drang. Aber Alex hatte durch seinen Beruf gelernt, Menschen entlang von ihm festgelegten Pfaden zu führen, ohne dass diese es merkten. Durch kleine subtile Vorstöße in die Bereiche der Angst, des Zweifels und des Grolls legte er die Beweise frei, nach denen er suchte.

Als ich Alex einmal fragte, warum er sich diese Mühe machte, erklärte er, dadurch würden langweilige Menschen interessant. Ich hielt diese Antwort für unaufrichtig, denn ich sah, dass sein Vorgehen eine falsche Intimität herstellte und die Offenheit einseitig war. Sie versetzte Alex in die Rolle des Mentors und Gelehrten und belohnte nur sein Ego.

Als ich ihm dies vorwarf, entgegnete er mir, ich sei naiv, denn wir alle würden die anderen für unsere Belange manipulieren. Ich behauptete, wenn dies denn schon der Fall sei, gäbe es dennoch einen Unterschied, da dies meist für uns unbewusst ablief. Motivation sei äußerst wichtig und es gäbe einen Unterschied zwischen Instinkt und

Berechnung. Alex tat dies als fadenscheinigen Unsinn ab und wollte wissen, wogegen ich mich eigentlich auflehnte. Erwartete ich etwa von ihm, stumm am Tisch zu sitzen? War ich eifersüchtig auf sein Interesse an anderen Menschen? So bestechend die Vorstellung auch sei, sich mir ganz und gar zu widmen, halte er es doch für möglich, ich könne ihn für einen Langweiler halten, wenn ihn nichts anderes mehr interessiere als seine Arbeit und meine ausschließliche Gesellschaft.

Dieses Gespräch führten wir etwa sechs Monate nach unserem Kennenlernen, kurz nachdem wir beschlossen hatten zu heiraten. Es traf mich sehr, dass er mir das Gefühl gab, mit meiner Ansicht falsch zu liegen. Bei jeder Auseinandersetzung mit Alex fiel es mir schwer, meine eigene Sichtweise zu behaupten. Als ich später mit kühlerem Kopf darüber nachdachte, kam mir in den Sinn, Alex könnte meine Kritik nicht vertragen haben. Deshalb hatte er rasch den Spieß umgedreht, um mir zu beweisen, dass ich mich nicht genügend mit meinen Mitmenschen beschäftigte und dabei auch noch Gefahr lief, egozentrisch seine Zeit und Aufmerksamkeit ganz allein für mich zu beanspruchen. Ich fand nicht, dass irgendetwas davon auf mich zutraf.

»Ausgerechnet meine alte Fuchsstute, die inzwischen so an die achtzehn Jahre alt ist und am Widerrist dünn wird, hat mich aber bis dahin noch kein einziges Mal abgeworfen. Ein ganz abscheulicher Ort war das, ein Graben mit einem Weidenstumpf darin. Konnte gar nichts dafür, dass sie stürzte.« Ich sah in die blutunterlaufenen Augen unter den spröden welligen Brauenhaaren von Lord Deering und überlegte, welche Ängste und Sorgen sich bei diesem Mann womöglich ausloten ließen. Er führte einen gelb gewordenen Daumennagel in seinen Mund ein, um zwischen den Schneidezähnen ein Stück Fleisch – wir aßen inzwischen Ente – zu entfernen, und ich wandte mich rasch ab. »Dieser elende Dummkopf von einem Jagddiener hat glatt vergessen, den Bau zu verrammeln, also legten wir die Hunde am einen Ende ab und entzündeten am anderen das Feuer. Ha, ha, ha! Da hatte der Fuchs aber was zum Nachdenken!«

Sofort wurde mir klar, dass diese Aufgabe meine Fähigkeiten überstieg, und ich ließ es sein.

»Nun, alter Mann, Sie werden doch die Schönheit nicht ganz allein für sich in Beschlag nehmen wollen«, beschwerte sich Montague Bast und wandte sich von Lady Frisk ab, um mir einen schmachtenden Blick zuzuwerfen. Lady Frisk brachte sich in eine aufrechte Sitzhaltung und sah entschieden pikiert aus.

Ich wartete auf die Frage, ob ich jagte, aber Montague Bast war von anderem Kaliber. Zu seiner Smokingjacke trug er einen Kummerbund aus grünem Moiré und eine Fliege mit Paisleymuster. Montague hatte einen Platz im Albany und brüstete sich damit, intellektueller zu sein als seine Nachbarn auf dem Land. Ständig schürzte er seinen kleinen Mund, um das *mot juste* zu treffen. Wir führten eins jener unbefriedigenden Gespräche über derzeit im Westend laufende Theaterstücke. Ein langweiliges Unterfangen, da wir nicht die gleichen Stücke besucht hatten.

Es war eine Schande, weil das Esszimmer reizend war mit seiner Täfelung im blassen Blau und Wandnischen mit interessantem Porzellan und weil es gutes Essen gab, wie Mrs. Pope es gekocht hatte, ehe Fay sie zu Cordon bleu bekehrte. Es war einfach und deftig, mit frischen Zutaten, und ich konnte viel davon essen. Wahrscheinlich lag das auch daran, dass ich zwar nicht gerade glücklich, aber doch heiter war wie schon lange nicht mehr.

»Meine Güte, da wurde die Liebenswürdigkeit aber auf eine harte Probe gestellt.« Guy reichte mir ein Glas Champagner. Wir waren allein im Billardzimmer. Guy hatte angeboten, noch eine Flasche Weinbrand zu holen, und mich mitgenommen. Madame du Vivier, die ihm am Arm hing, seit die Männer ins Wohnzimmer gegangen waren, hatte er erklärt, mir den fantastischen Blick auf das Tal zeigen zu wollen. Sie hatte ihn ungläubig angeschaut und mir mit ihrer Abendtasche einen Klaps auf den Hintern gegeben, so dass ich meinen Kaffee verschüttete. Das Fenster vor uns war groß, da das Billardzimmer ein Anbau aus viktorianischer Zeit war, doch draußen war es bereits ziemlich dunkel und der Mond verbarg sich hinter einer Wolke, so dass ich außer verschwommenen Umrissen von massiver Schwärze vor einem indigoblauen Himmel nichts erkennen konnte.

»Du scheinst dich ja gut amüsiert zu haben.«

»Madame du Vivier ist wirklich eine recht fröhliche alte Schachtel. Wir haben von dir gesprochen. Sie meinte, du hättest *du chic* und es sei etwas um deinen Mund, was auf Leidenschaftlichkeit schließen lasse.«

»Wie sehr einen doch das Äußere in die Irre führt. Das Gleiche hätte ich mit genauso wenig Berechtigung von ihren Augenbrauen sagen können.«

»Nur, dass ihre Brauen aus wenig überzeugenden Bleistiftstrichen bestehen, die nachts verschwinden, und das tut dein Mund nicht.« Guy drückte mir rasch einen Kuss auf die Lippen. »Nein. Ist noch da.«

»Lass das!«

»Was ist los? Glaubst du etwa, dein Verlobter könnte da draußen sein und dich mit seinem auf unsere Fenster gerichteten Fernglas aus dem Gebüsch heraus beobachten?«

Die Vorstellung war so entsetzlich, dass ich einen Schritt zurücktrat. »Ich finde nur, dass es abscheulich unloyal von mir wäre, mit einem anderen Mann zu flirten, nachdem ich Alex so furchtbar verletzt habe.«

»Dann hast du also doch daran gedacht. Das ist gut. Madame du Viviers Theorie nach lässt sich eine sinnliche Frau daran erkennen, dass sie sich ständig selbst berührt und streichelt, mit ihren Haaren spielt und so. Uns ist aufgefallen, dass du fast die ganze Zeit an deinem Ohr herumgespielt hast.«

»Das habe ich nur getan, damit ich nicht hören musste, was dieser abscheuliche alte Mann sagte. Also wenn man bedenkt, dass sie dich beim Nachtisch mit ihren Blicken praktisch ausgezogen hat, gehört schon einiges dazu, sich über meine Sinnlichkeit auszulassen.«

»Da gibt es kein ›praktisch‹. Ich dachte erst, einer der Hunde schnüffelte unter dem Tisch an meinem Schritt, wie sie das für gewöhnlich tun, aber als ich meine Hand nach unten führte, traf ich dort auf Madames heiße kleine Klaue.«

»Ach, so ein Unsinn! Da bist mir ein Lügner!«

»Es ist die gottverdammte Wahrheit. Das hier habe ich in meinem Hosenschlitz gefunden.« Er hielt ein gebogenes kleines Stück rosa Plastik hoch, einen falschen Fingernagel.

»Freut mich, dass ihr euch so gut vergnügt.« Ambrose Gilderoy stand in der Tür. Ich fragte mich, wie lange er dort wohl schon gestanden und uns beim Lachen beobachtet haben mochte. »Ich wollte einfach mal nachsehen, wo der Weinbrand bleibt. Obwohl Barst und Deering ohnehin schon halb hinüber sind.«

Als Lady Frisk von Ambrose gebeten worden war, die Damen ins

Wohnzimmer zu führen, war Lord Deering durch das Esszimmer geschwankt, um die Tür zu öffnen. Dabei waren seine vom Alkohol benebelten Augen richtungslos hin und her gewandert und er hatte sehr laut gesagt: »Das ist es. Das ist es. Lasst immer die kampfgestählten Schlachtrösser die Führung übernehmen.«

Aus irgendeinem Grund schien Lady Frisk mich für diese Bemerkung verantwortlich zu machen, denn beim Kaffee hielt sie eine Predigt, während der sie mich nicht aus den Augen ließ, und erklärte, wie viel Mühe sie darauf verwandt habe, ihre Charlotte vor den Gefahren des Flirtens und des rücksichtslosen Anstachelns des männlichen Appetits zu warnen.

»Sacrebleu!«, hatte Madame du Vivier daraufhin zu einer neben ihr sitzenden älteren Dame mit flachem Gesicht und wie bei einem Pekinesen hervorquellenden Augen gesagt. »Was wird sie wohl von männlichem Appetit wissen?«

»Einen Nierentalgpudding finde ich immer passend«, erwiderte die Pekinesin. »Mit viel Marmelade.«

Madame du Vivier amüsierte sich.

14

Ambrose nahm meinen Arm und führte mich ans Fenster. »Mach das Licht aus, Guy, damit Miss Swann unser Tal richtig sehen kann.«

Während meine Augen sich an die Dunkelheit gewöhnten, nahm der unregelmäßige Umriss des Berges auf der anderen Seite Gestalt an und in den Wolkenlücken wurden Sterne sichtbar. An dieser Stelle war das Tal sehr viel breiter als am Drop Cottage und die Berge waren höher. Der Fluss versteckte sich hinter Bäumen.

»Da, passen Sie auf! Sehen Sie!« Ambrose drückte meinen Arm, als der Mond hinter einer Wolke auftauchte und eine glitzernde Strahlenleiter fallen ließ. Für kurze Zeit erweckten die Strahlen die riesige Ruine eines großen Baus, der sich über die schwarzen Bäume des Berges gegenüber erhob, zum Leben und ließen die Lücken in den Wänden wie Fenster leuchten.

»O wie schön!«

Halb Festung, halb Märchenschloss, gereichten die vorspringenden Bögen der gotischen Türen und Fenster zum Ruhm menschlichen Schöpfergeistes. Die dachlosen Wände jedoch erzählten von seiner Fehlbarkeit. Die düstere Erhabenheit des zerfallenden Gebäudes rührte mich zu meiner Überraschung beinah zu Tränen.

»Zauberhaft, nicht wahr?« Der alte Mann schien meine Empfindung zu teilen, denn seine Stimme zitterte. »Spokebender Abbey. Eins der hübschesten Bauwerke Englands. Jetzt nur noch eine Ruine. Man muss an das eitle Geschrei Ozymandias denken. *Seht an mein Werk, Ihr Mächtigen, und verzweifelt* –«

Plötzlich wurden wir in grelles Licht getaucht und das Panorama vor uns war ausgelöscht. In der Tür stand Miss Glim, deren Gesicht sich für meine verwirrten Augen aus hellen und dunklen Blöcken zusammensetzte. »Entschuldigen Sie, Sir. Ich wusste nicht, dass Sie hier sind. Ich war auf der Suche nach einer weiteren Flasche Weinbrand für die Herren.«

»Gut so, Cissy. Ich habe meine Gäste vernachlässigt.« Ambroses Stimme verlor ihren elegischen Ton und wurde forsch. »Ein sehr gutes Abendessen haben Sie uns da zubereitet. Finden Sie nicht auch, Miss Swann?«

Ich lächelte Miss Glim an. »Ich fand es köstlich.«

Sie würdigte mich keines Blickes. »Benötigen Sie mich noch heute Abend? Die Gläser kann ich morgen früh spülen. Ich wäre froh, ins Bett zu kommen.«

»Aber natürlich, selbstverständlich. Sie müssen müde sein. Nehmen Sie doch nur noch den Weinbrand mit in den Salon und ich folge Ihnen. Wir werden diese beiden jungen Leute hier allein lassen, damit sie den Ausblick noch ein wenig länger genießen können. Ist doch romantisch, oder?«

Miss Glim warf einen kläglichen Blick auf Guy und erinnerte dabei an einen Vogel, dessen Brust von einem Dorn durchbohrt worden war. Ambrose schlurfte vor ihr hinaus. Sie ließ die Tür zuknallen.

»Wir sollten auch lieber gehen. Dein Vater merkt es nicht, aber die arme Frau liebt dich.«

Guy lachte. »Natürlich weiß es mein Vater. Dieser kleine Nachsatz war boshaft auf Cissy gemünzt. Auf so etwas versteht er sich.«

»Das glaube ich dir nicht. Ich glaube, er ist ein ganz Lieber.« Den ganzen Abend über hatte ich mir den Kopf darüber zerbrochen, warum Guy seinen Vater hasste. Ambrose war ein fürsorglicher Gastgeber, der seine Gäste zum Reden ermunterte und gerne zuzuhören schien. Und ganz offensichtlich hatte er auch ein poetisches Gemüt. Als er von Spokebender Abbey sprach, lag echtes Gefühl in seiner Stimme.

»Ich werde dir eine Geschichte erzählen. Setz dich.« Er drückte mich sanft in einen Sessel am Fenster und setzte sich auf die Armlehne. »Sitzt du auch bequem? Dann werde ich anfangen. Erwarte bloß kein Märchen. Dieses Haus dort, Spokebender Abbey war vierhundert Jahre lang der Familiensitz der le Maistres. Die Gilderoys sind Emporkömmlinge. Wir sind erst seit 1746 hier ansässig, als dieses Haus gebaut wurde. Die zwei Familien sind immer Freunde und Feinde zugleich gewesen, es gab zahlreiche Fehden und man heiratete untereinander. Der letzte le Maistre, der hier lebte, war Colonel Harry, im gleichen Alter wie mein Vater, mit dem er fast brüderlich aufwuchs. Sie lernten gemeinsam Fischen, Schießen und Reiten und besuchten dieselben Schulen. Mein Vater war immer der Klügere von den beiden und gewann die Auszeichnungen im Lateinischen, aber Harry war besser in allem, was draußen gemacht wurde, ein Meisterschütze und großartiger Sportler. Danach ging mein Vater nach Cambridge und Harry ging nach Sandhurst. An den Wochenenden machten sie dann gemeinsam London unsicher.

Dann verliebten sie sich in dasselbe Mädchen, eine Sängerin namens Georgiana. Vermutlich haben sie sich dieselbe Frau deshalb ausgesucht, weil sie den dauernden Wettstreit schon ganz verinnerlicht hatten. Sie war hübsch, hatte aber laut Aussage meines Vaters eine viel zu hohe Stimme. Jedenfalls entbrannte ein offener Kampf um ihre Gunst und eine Zeit lang blieb es unentschieden. Harry war größer, mein Vater sah besser aus. Harry war der Schneidigere, mein Vater der bessere Verführer. Wahrscheinlich hat sie den einen gegen den anderen ausgespielt, um zu sehen, wie viel Geld sie aus ihnen herausschlagen konnte.

Dann kam der Krieg. Harry wurde sofort eingezogen. Mein Vater wurde vom Kriegsdienst befreit, weil er rheumatisches Fieber gehabt hatte, das vermutlich sein Herz angegriffen hatte. Der arme Harry kampierte also irgendwo in der Fremde, während mein Vater und Georgiana während der Verdunkelung in London ihren Spaß hatten.

Harry dürfte sich hundeelend gefühlt haben, als ihn das Telegramm erreichte, das ihm die Heirat meines Vaters mit Georgiana mitteilte. Vielleicht war Georgiana ja davon ausgegangen, dass Harry umkam. Möglicherweise gab sie aber auch tatsächlich meinem Vater den Vorzug. Wenn er es drauf anlegt, entwickelt er einen umwerfenden Charme. Philipp kam 1942 zur Welt und ich folgte 1945. Nach dem Krieg kam Harry, inzwischen Colonel le Maistre und ein Held, den seine Narben auszeichneten, nach Hause auf die Spokebender Abbey, wo alles genauso weiterging wie bisher.

Man hat mir erzählt, dass Harry und mein Vater einander sehr ähnlich gewesen sind – beide arrogant und rücksichtslos und mit dem Hang, dem Leben alles abzufordern. Die Anwesenheit meiner Mutter dürfte die Rivalität angestachelt haben. Sie verachteten jeden, der mit ihrem Leben nicht mithalten konnte oder wollte und das war praktisch jeder in der Gegend hier. Und von da an galten die beiden Familien in der Grafschaft als von Gott verlassen und der ewigen Verdammnis preisgegeben. Man nannte sie den Klub der Teuflischen. Auf ihren Festen ging es allen Berichten nach hoch her, wenngleich die Einheimischen natürlich nicht eingeladen wurden. Vermutlich sind viele Geschichten aufgebauscht worden.

Jedenfalls flammte schon bald nach Harrys Rückkehr die alte Liebesbeziehung zwischen ihm und meiner Mutter wieder auf. Von da an verbrachte sie viel Zeit auf Spokebender Abbey. Es wurde eine *menage à trois*. Ich kann mir meinen Vater gut vorstellen, wie er beobachtete und den rechten Augenblick abpasste und es eigentlich recht genoss. Er langweilt sich schnell. Es dürfte ihm ein angenehmer Zeitvertreib gewesen sein.

An den Sonntagen traf man sich regelmäßig zum Kartenspiel und zum Trinkgelage. Um die Stimmung anzuheizen, ging es jedes Mal um hohe Einsätze. Mein Vater schlug vor, die beiden Güter als Einsatz zu nehmen. Harry war so betrunken, dass er einwilligte. Mein Vater gewann Spokebender Abbey mit einem Straight Flush und drohte tags darauf, Harry vors Gericht zu bringen, falls dieser seine Spielschulden nicht einlöste. Harry dürfte die ganze Geschichte vermutlich für einen raffinierten Scherz gehalten haben. Doch als die beiden Anwälte der Familien tätig wurden, kam es hier zu einem entsetzlichen Skandal, bei dem Harry sein Lächeln jedoch nicht verlor.

Mein Vater gestattete Harry, so lange er wollte als sein Mieter auf dem Gut zu bleiben. Aber sobald mein Vater die Dokumente für den Besitzerwechsel in Händen hielt, schickte er seine Leute hinüber, um das Dach abzudecken. Jeden Ziegel, jedes Stückchen Blei. Der ganze Bau bis zum Kohlenbunker war zum Himmel hin offen. Und Harry konnte nichts tun, um dem Einhalt zu gebieten.«

Mein Champagner schmeckte plötzlich sauer. »Ich kann mir nicht vorstellen, wie jemand so rachsüchtig sein kann!«

»Wie wenig du doch die Welt kennst, meine Süße. Sobald das Dach weg war, musste Harry natürlich ausziehen. Kannst du dir vorstellen, wie wütend er gewesen sein muss? Es überrascht mich, dass er meinen Vater nicht umgebracht hat. Aber seine Rache bekam er. Offenbar hatte mein Vater geglaubt, ihrer kleinen Liebelei den Todesstoß versetzt zu haben, da Harrys ganzes Vermögen in seinen Grundbesitz geflossen war und meine Mutter über kein eigenes Geld verfügte. Er scheint die Leidenschaft der beiden unterschätzt zu haben. Vielleicht hatte meine Mutter auch Mitleid mit Harry. Oder sie hieß nicht gut, was mein Vater getan hat. Keine Ahnung, was für eine Frau sie tatsächlich gewesen ist. Als Harry dann ging, nahm er meine Mutter mit.«

»Ich weiß nicht, mit wem ich mehr Mitleid haben soll«, sagte ich mit Bedacht. »Aber vermutlich mit dir und deinem Bruder.«

»Wenn meine Kinderfrau weggegangen wäre, hätte mich das mehr aufgeregt. Ich denke nicht, dass ich von meiner Mutter viel mitbekommen habe. Wir verbrachten unsere ganze Zeit mit den Dienstboten und den Pferden und Hunden. Wir hatten nicht das Gefühl, dass uns etwas vorenthalten wurde. Eigentlich waren wir damals sogar ziemlich glücklich, freier als die anderen Kinder. Die Kinderfrau versuchte uns zu disziplinieren, aber sie war eine Sanfte. Ein schlichtes Gemüt.« Guy lachte und sein schönes Gesicht erstrahlte vor Belustigung. Es wäre lächerlich gewesen, in ihm einen bemitleidenswerten Menschen zu sehen. »Da fällt mir Philipps Hund ein. Er hieß Raffles und er fraß einen von Nannys Handschuhen. Kurz darauf erbrach er ihn, doch die Stulpenknöpfe fehlten. Ein paar Tage später kam Philipp ins Kinderzimmer und berichtete, er habe die Knöpfe im Garten gefunden. Er hielt sie uns hin und als die Kinderfrau ihn anschrie, die schmutzigen Dinger wegzuwerfen, nahm Philipp sie in den Mund

und schluckte sie hinunter. Er meinte, er wolle wissen, wie Raffles sich gefühlt habe. Es gab ein fürchterliches Theater, man holte den Arzt und Philipp bekam Schläge dafür. Jahre später gestand er mir, es habe sich dabei gar nicht um Nannys Knöpfe gehandelt, sondern um zwei Schokodrops. Als ich ihn fragte, warum er den Erwachsenen nicht erzählt habe, dass alles nur ein Scherz gewesen sei, meinte er, er habe es ihnen heimzahlen wollen. Das verstand ich nicht. Schließlich hatte er dafür Schläge und Ärger und Abführmittel bekommen. Aber so war Philipp eben. Immer ein wenig seltsam.«

»Meine Mutter hatte uns damals schon verlassen, glaube ich. Als mein Vater entdeckte, dass sie und Harry zusammen weggegangen waren, erlitt er den ersten von mehreren Schlaganfällen. Aber sein Siegeswille war stärker als die Lähmung. Damals kam er sehr schnell wieder auf die Beine, ohne dass nennenswerte Einschränkungen zurückblieben. Und als dann zwei Jahre später die Nachricht kam, dass Harry an der italienischen Riviera außerhalb der Saison in irgendeinem elenden Hotel an Alkoholvergiftung gestorben war, muss er triumphiert haben. Philipp und mir erzählte er, unsere Mutter sei eine ordinäre Hure, die zu ihren Wurzeln zurückgekehrt sei. Philipp konnte sich natürlich weitaus besser an sie erinnern als ich. Als mein Vater dies sagte, wurde er kreidebleich. Ich glaube, er weinte nachts sogar, aber vielleicht bildete ich mir das auch nur ein. Nanny war sehr lieb zu uns und nannte uns ihre kleinen Bäh-Lämmchen. Komisch, wo wir beide doch Jungs waren. Philipp wurde von da an sehr schweigsam und verschlossen, vermutlich als Selbstschutz.«

»Das klingt alles so traurig.«

»Deine Besorgnis ehrt dich, mein Schatz, aber das ist alles lange her und ich habe mich von den Verletzungen meiner Kindheit voll und ganz erholt.«

Ich fragte mich, ob das wohl stimmte. »Ich muss nach Hause.«

Ambrose stand in der Eingangshalle und verabschiedete sich von jenen Gästen, die nicht bei ihm nächtigten. Lady Frisk bedachte mich mit einem Stirnrunzeln, als Guy ihr in mehrere Meter Bisamratte half. Ganz Kavalier alter Schule, gab Ambrose ihr einen Handkuss. Wieder fragte ich mich, ob all das, was Guy mir erzählt hatte, nur erfunden war. Mein Blick fiel auf die Wand hinter ihm, wo halb im Schatten das Gemälde einer jungen Frau hing. Sie war blond und hatte Guys geschwungenen Mund und den gleichen großzügigen Abstand zwischen Braue und Augenlid. Es war kein Meisterwerk, fing aber die Belustigung und den Spott ein, der Guys Charme ausmachte. Rasch wandte Ambrose seinen Kopf, um zu sehen, was meine Aufmerksamkeit gefesselt hatte. Ein schwacher Seufzer und leichtes Kopfschütteln deuteten darauf hin, dass ihr Verlust noch immer schmerzhaft für ihn war.

»Ich danke Ihnen für den entzückenden Abend«, sagte ich, als er meine Hand drückte.

»Geh doch und unterhalte Madame du Vivier und die Baronesse, Guy. Ich möchte Miss Swann nur noch fünf Minuten belästigen. Das werden Sie einem alten Mann doch nachsehen, meine Liebe?«

Ich bemühte mich um einen erfreuten Gesichtsausdruck, obwohl mir vor Müdigkeit alles wehtat. Als wir durch den Salon auf eine Tür hinter einem Wandschirm zusteuerten, stützte er sich auf meinen Arm. Er machte die Tür auf und schaltete die Beleuchtung an.

Kühler Duft umfing mein Gesicht, als wir den Wintergarten betraten. Es gab weder Palmen noch Farne noch Korbmöbel, nur zwei lange, mit Sand gefüllte Bänke, auf denen Dutzende Blumentöpfe bis zum Rand eingegraben waren. Die Farben in diesen Töpfen erinnerten an Edelsteinhäufchen – aus Blättern wie von Smaragd, Silber und Gold erhoben sich winzige glänzende Blütenblätter wie Hügel aus Rubinen, Saphiren, Granaten, und Amethysten. Ich war entzückt. »Wie zauberhaft!«, sagte ich. »Draußen ist die Welt grau und düster, noch im festen Griff des Winters, und hier eine Schatzkammer.«

»Das ist die kanadische Blutwurz, *Sanguinaria canadensis*.« Ambrose deutete mit seinem Stock auf einen Topf mit gebogenen grauen Blättern, in denen perlmuttfarbene Knospen und rein weiße Kelchblüten saßen. »Die Wurzeln sind blutrot. Sie mag gerne Torf. Hier ist die Miniaturlupine *lyallii*. Die Blüten sind von einem so intensiven Blau, dass man an strahlende Himmel und sommerliche Meere denkt. Dieses Prachtstück hier mit seinen rosafarbenen papierartigen Tragblättern und den winzigen scharlachroten Blüten heißt im Volksmund Katzenpfötchen. Reizend, nicht wahr. Sie kommen vom Mount Rainier oben in Washington.« Der von Pflanze zu Pflanze wandernde Stock Ambroses blitzte immer wieder im Lampenlicht auf. Ich hörte kaum zu, so sehr war ich damit beschäftigt, die ganze Vielfalt an Formen und Farben in mich aufzunehmen. »Die werde ich Ihnen mitgeben, meine Liebe.« Ehe ich protestieren konnte, hatte Ambrose schon mehrere Stängel von etwas abgebrochen, das an eine Anemone erinnerte. Sie hatte hellblaue Blütenblätter, die in Violett getaucht zu sein schienen. »Halten Sie sie kühl, dann halten sie zwei Tage. Nein, danken Sie mir nicht. Die sind genau das Richtige. Sie sind was Besonderes – wie Sie.«

»Die würde ich gerne malen«, erwiderte ich. Ich berührte die Knospe mit meiner Fingerspitze. »Wie schade, dass sie so bald schon verblüht sein werden.«

»Flüchtige Schönheit ist das Kostbarste.« Ambroses Augen ruhten auf meinem Gesicht. »Es gibt so viel Grobes, was einem ins Auge springt und allgegenwärtig zu sein scheint. Sie haben ein Blatt im Haar, Miss Swann. Erlauben Sie?« Er berührte meine Schläfe und wischte mit seiner Hand über meine Wange. Sofort spürte ich die unmissverständliche Sexualität in dieser Geste. Er lächelte. Es war Guys Lächeln, nur unendlich viel düsterer und gefährlicher. »Jetzt zeige ich Ihnen noch meine neueste Erfindung.« Er hob eine Glaskuppel auf, die an den Glassturz einer Uhr erinnerte und mit einem langen Gummischlauch an der Wand befestigt war. »Sehen Sie die Motte?« Ich sah das Flattern zarter gelber Flügel. »Sie legen ihre Eier auf den Blättern ab. Sehr zu meinem Verdruss.« Er stellte das Glas auf die Bank, so dass es die Motte und die Blumen umschloss, und drehte dann einen kleinen Hahn auf. »Da. Ein wenig Gas und nach und nach werden dem Insekt die Flügel schwer. Sehen Sie nur, wie es versucht, damit zu schlagen. Es kommt nicht mehr hoch. Sein Kopf fällt herunter. Es erstickt langsam. Die Luft, die ihm einst den Flug ermöglicht hat, ist jetzt sein Tod.«

Er lachte. »Lustig, sie so verenden zu sehen, nicht wahr?« Ambrose richtete seine Augen auf mich und ich entdeckte darin die reinste Freude.

Guy drückte auf den Anlasser, legte den ersten Gang ein und wir schossen los und überholten den Wagen von Lady Frisk nur um Haaresbreite, da die Einfahrt aus dem Hang herausgeschnitten war und zu einer Seite schroff abfiel.

»Müssen wir denn so rasen?« In flackernder Abfolge fingen die

Scheinwerfer immer wieder ein Stück Buschwerk oder Bäume, Kies und Schwindel erregende Steilhänge ein, als guckten wir durch eins jener viktorianischen Spielzeuge, die einem durch schnelles Drehen die Illusion von Bewegung vermitteln. Zoopraxiskop nennt man es, glaube ich.

»Ich versuche immer wieder meine eigenen Rekorde zu brechen. Keine Sorge. Ich könnte das auch mit geschlossenen Augen. Schau!« Guy schloss die Augen. »Ist ja gut! Nimm doch Rücksicht auf mein Trommelfell. Deinen Lungen scheint's ja besser zu gehen, deinem Schreien nach zu urteilen. Augen wieder weit offen, siehst du?«

Mit übertriebener Vorsicht fuhr er den ganzen Weg bis nach Drop Cottage. Mein Fußweg zum Haus gestaltete sich schwierig, da Macavity mir ständig um die Beine strich, wohl um mir mitzuteilen, dass er seit drei Stunden nichts mehr zu Fressen bekommen hatte. Inzwischen war mein Mantel so schmutzig, dass ich ohne Acht zu geben den Abhang hinunterrutschte. Guy bestand darauf, mich über die Plankenbrücke an die Hand zu nehmen, obwohl ich immer weniger Angst davor hatte. Das Häuschen lag im Dunkeln. Caro war tags zuvor zum Yardley House heimgekehrt. Ich vermisste sie sehr. Vermutlich glaubte sie, ich suchte eine Gelegenheit, mit Guy allein zu sein. Er stieß mit seinen Schultern die Tür auf, die trotz Caros Bemühungen noch immer über den Boden schrammte. Im Feuer war noch Glut. Guy fand die Streichhölzer und zündete die Gaslampen an.

»Gute Nacht«, sagte ich. »Ich danke dir. Es war ein sehr amüsanter Abend.«

Er nahm mich in die Arme. »Gib mir einen anständigen Kuss. Oh, ich weiß. Du bist böser als die Hure Babylon, schuldiger als Eva und unfähig zur Tändelei mit den schlimmsten Männern. Doch in Sack und Asche siehst du sehr dekorativ aus. Du legst jetzt ganz schwesterlich deine Lippen eine Minute lang auf meine, um mir für meine Nachsicht zu danken.«

Ich hielt ihm die Wange hin. Guy drückte mich in einer langen, leidenschaftlichen Umarmung an sich, sein Mund suchte meinen. Ich versuchte ihn wegzuschieben, anfangs, weil ich an Alex dachte, und dann kraftvoller, weil ich merkte, dass ich an Guy dachte.

Plötzlich ließ Guy mich los und sagte: »Ha! Gib's zu! Es hat dir gefallen!«

»Ja, Ja, hat es. Leider.«

»Warum leider, meine kleine Herzensschmelzerin?« Guy fasste mich wieder an, aber ich entzog mich ihm.

»Weil ich von hier weg muss. Und das wird mir sehr Leid tun. Trotz des lecken Dachs, des scheußlichen Wetters, trotz Matsch, Außenklo, Lungenentzündung und alledem. Ich werde dich und Caro und Dr. Gilchrist vermissen. Und die Tiere. Aber ich muss morgen aufbrechen, damit ich mich nicht in ein noch größeres Unglück hineinreite als das, in dem ich ohnehin schon stecke. Es heißt doch: Ein gutes Gewissen ist ein sanftes Ruhekissen. Also ich weiß genau, was damit gemeint ist. Wenn ich mit dir ins Bett ginge, würde ich mich dafür verachten.«

»Huhu. Morgen ist Sonntag. Da fahren keine Züge.« Guy lächelte mich boshaft an. »Dann ist dies also ein Zermürbungskrieg. Nun gut. Diesen Kuss nehme ich mir zum Trost. Gute Nacht, Florence-Schatz.«

Er zog die Eingangstür hinter sich ins Schloss und ich hörte ihn pfeifen, während er den Pfad entlang ging. Das Ärgerliche war, dass ich es tatsächlich genossen hatte, von ihm geküsst zu werden. Auf dem Tisch entdeckte ich ein weißes Rechteck. Es war ein Brief von Viola. Vermutlich hatte George ihn gebracht, während ich auf Gilderoy Hall war. Ich stellte mich direkt vor eine Lampe, damit ich ihn lesen konnte.

Liebste Flo,
ich fand, dass ich dich sofort warnen muss. Fast hätte ich laut aufgeschrien, als ich an der Bushaltestelle am Marble Arch ein Foto von dir in Postergröße gesehen habe. Darauf steht: Haben Sie diese Frau gesehen? Dann folgt eine Beschreibung von dir und ein Foto. Es ist ziemlich verschwommen, aber du bist gut getroffen, wie du sicher gerne hörst. Was du anhast, konnte ich nicht erkennen. Der Gedanke, dass sich zwei kräftige Polizisten auf dich stürzen und dich abschleppen, ist mir zuwider. Ich hatte vor, gleich nach Vorlesungsschluss zu dir nach Pudwell zu kommen, um dir Beistand zu leisten, doch unglücklicherweise ist was dazwischen gekommen. Giles ist gebeten worden, ein paar Artikel über eine Kirche in Florenz zu schreiben, die voller Gemälde von Raffael hängt. Er möchte, dass ich mit-

komme. Das würde natürlich wunderbar zu meiner Dissertation passen und normalerweise würde ich mich darauf mit Begeisterung stürzen. Aber ich überlasse dich ungern deinem Belagerungszustand. Ich habe gesagt, ich komme nur mit, wenn ich von dir höre, dass es dir gut geht. Könntest du mich morgen bei mir zu Hause anrufen? Selbst jetzt beim Schreiben werde ich von einem Mann beobachtet – dicke Wangen und aufgeworfene Lippen wie Alfred Hitchcock – aber ich nehme nicht an, dass Alex das Telefon angezapft hat. Ich frage mich, ob er uns nach Florenz folgen wird? Alfred Hitchcock meine ich, nicht Alex. Bitte vergiss nicht, mich anzurufen. Sei guten Mutes und werde nicht depressiv.

Alles Liebe, Viola.

Depressiv war ich nicht, aber verärgert. Wie konnte Alex es wagen, mich so zu behandeln?

Während ich im Bett lag und dem Schnurren Macavitys, dem Schnarchen von Chloë und dem in den Eimer platschenden Wasser lauschte – der Regen hatte wieder eingesetzt –, ging ich in Gedanken noch einmal alles durch und merkte, dass mein Ärger die Flutwelle der Schuld besänftigte, die mir rationale Überlegungen bisher unmöglich gemacht hatte. Ich hatte einen schrecklichen Fehler gemacht, als ich glaubte, Alex heiraten zu wollen. Aber als die Zweifel mich einmal gepackt hatten, war die einzig mögliche Reaktion darauf gewesen, keinen Schritt mehr weiter zu gehen. Hätte ich die Zeremonie mitgemacht, um sie dann später zu bedauern, wäre alles noch viel, viel schlimmer geworden. Das lag jetzt offenkundig und unwiderlegbar vor mir. Die eigentliche Hochzeit war jedoch so sehr in den Vordergrund gerückt und von solcher Vielschichtigkeit und Tragweite, dass keiner auch nur einmal über sie hinaus gedacht hatte. Die vielen Entscheidungen, die getroffen werden mussten – welche Farbe die Schärpen der Pagen haben sollten, wie viele und was für Kanapees vor dem Hochzeitsfrühstück serviert werden sollten, wen man zum Übernachten ins Haus einladen und wen man im Hotel unterbringen sollte, was man mit Tante Minnas Hund anstellen sollte, während alle in der Kirche waren –, hatten alle beschäftigt, die auch nur das Geringste damit zu tun hatten, und der eigentliche Zweck der Hochzeit war in den Trivialitäten untergegangen. Die Zeremonie war zum Selbstzweck geworden, so wenig zu bremsen wie der Wagen des Jagannath, und eine Zeit lang hatte ich geglaubt, mich unter seine Räder werfen zu müssen.

Jetzt war ich mir ganz sicher, das Richtige getan zu haben. Ich hatte nicht aufhören wollen, Alex zu lieben. Lange Zeit hatte ich gegen die Bedenken angekämpft, die sich immer wieder vordrängten. Ich hatte mir etwas vormachen wollen, nur um ihn weiterhin lieben zu können. Jedes Mal, wenn ich die Redlichkeit seiner Zuneigung in Frage stellte, hatte mich bei der Vorstellung, auf diese verzichten zu müssen, das Entsetzen gepackt. Jetzt fragte ich mich, warum ich sie überhaupt so nötig gehabt hatte. Hatte Alex' Leidenschaft sich womöglich durch etwas ausgezeichnet, das eine Schwäche in mir verhüllte?

Ich wälzte mich unruhig. Dabei spürte ich Macavitys Widerstand, der mir seine Beine fest in den Rücken drückte. Chloë grummelte im Schlaf. Das Tropfen hörte auf. Mir fiel keine Antwort ein.

15

Wenn es letztendlich dazu geführt hat, dass du hier bleibst, dann bin ich – aus purem Eigennutz – froh darüber.« Caro stand an der Spüle von Yardley House und schälte Kartoffeln. »Obwohl ich schon sagen muss, dass ich das Plakatieren von Postern als eine unfaire Nötigung ansehe, musst du doch zugeben, dass dieser Mann ganz wild darauf ist, dich zurückzubekommen. Er muss dich wahnsinnig lieben.«

»Aber ich glaube nicht, dass das Liebe ist.« Ich saß am Tisch und beschriftete die Aufkleber für Caros selbst gemachte Marmeladen und eingelegten Gemüse, die für den nächsten Kirchenbasar bestimmt waren. Es machte mir Spaß, die Etiketten mit den verschiedenen Früchten und Gemüsesorten zu bemalen. »Frag mich bitte nicht, wie ich dieses verflixte Gefühl definiere, denn ich wüsste nicht, wo anfangen. Aber ich bin mir sicher, dass es etwas damit zu tun haben muss, dass man der Person, die man liebt, zugesteht, sie selbst zu sein. Wenn man ihr dieses nicht zutraut oder ihr die Fähigkeit abspricht, richtige Entscheidungen zu treffen, dann liebt man sie nicht richtig. Wie hört sich das an? Vermutlich wie leeres Gerede. Warum kann man über Dinge wie Liebe und Gott und die ewigen Wahrheiten nicht reden, ohne gleich peinlich zu werden? Könnte das daran liegen, dass wir uns selbst denjenigen, die uns ganz nah sind, nicht zu offenbaren wagen, indem wir über die wichtigsten Dinge reden?«

»Moment mal, in dieser kurzen Aussage verstecken sich mehrere Einzelfragen.« Caro strich sich den Pony aus der Stirn. Ein durch das offene Fenster einfallender Sonnenstrahl machte ihr Gesicht ganz hell. »Zunächst einmal redest du nur von der ganz perfekten Liebe. Ich gebe zu, dass es ideal wäre, den anderen in allen Dingen seinen eigenen Weg verfolgen zu lassen. Doch angenommen, du liebst zufällig jemanden, der nicht perfekt ist und sich in Irrtümern verstrickt, wenn du nicht wie der Teufel dahinter her bist? Nehmen wir doch mal Ehebruch, da dies der größte Zankapfel bei Paaren zu sein scheint. Es muss Millionen von Frauen geben, die heimlich ihren Mann am Gängelband führen, um ihn an die Konsequenzen zu erinnern, die sich ergeben, wenn man sich in jedes zur Verfügung stehende Bett fallen lässt. Wenn man die Männer tun lässt, was sie möchten, werden neunundneunzig von hundert sich niemals so verhalten, dass es ihrer Selbsterhaltung dienlich ist. Geschweige denn, *deinem* Interesse.«

»Glaubst du nicht, du übertreibst da ein bisschen?«

»Okay. Wie viele Männer kennst du, die sich eine Chance zu bedingungslosem Sex entgehen lassen, wenn es unwahrscheinlich ist, dass ihre Frau oder Freundin dahinterkommt?«

»Hm. Gut. Natürlich kenne ich hauptsächlich Maler und Schriftsteller und Schauspieler, und die sind bekannt für ihre Triebhaftigkeit. Sie zum Maßstab zu nehmen, hielte ich für unfair. Die halten es für ihre Pflicht, den Becher des Lebens zu leeren.«

»Wie viele?«, hakte Caro nach.

Wenn man es genau betrachtete, fiel mir wirklich keiner ein. Henry, der Liebhaber, den ich vor Alex hatte, hatte mir geschworen, keine Zeile schreiben zu können, wenn er nicht sicher sein könne, mich täglich zu sehen – und sei es auch nur für fünf Minuten. Ich war seine Muse – seine Laura, seine Celia, seine Maud Gonne, seine Fanny Brawne. Da ich ihn für einen guten Dichter hielt, hatte ich die Verantwortung für seine Schaffenskraft sehr ernst genommen und wäre seiner Forderung, ihn bei mir einziehen zu lassen, fast nachgekommen, wenngleich die Vorstellung eines brütend durch meine Wohnung schlendernden Henry, der ständig Liebe mit mir machen wollte, während ich zu malen versuchte, nicht gerade verlockend war.

Es war fast eine Erleichterung, als ich dahinterkam, dass er die Nachmittage, an denen ich gearbeitet hatte, allesamt im Bett der Garderobenfrau aus dem Nachtclub Blue Kangaroo verbracht hatte. Das sei, wie er mir erklärte, im Rahmen eines Experiments geschehen, um zu sehen, wie viel Emotionalität sich allein durch körperliche Kommunikation mit jemandem entwickle, der intellektuell und auch sonst völlig anders veranlagt war. Als ich ihn nach den Ergebnissen des Experiments befragte, meinte er, sie seien enttäuschend. Melody – so hieß die Garderobenfrau – habe beim Bettgeflüster eine recht ordinäre und befremdliche Art. Sie nannte ihn »Kerl« und »starker Junge« und gab ihm noch andere Beinamen, die ihn aufregten. Als ich mich darauf vor Lachen kaum einkriegte, war Henry beleidigt. Die Absurdität des Ganzen half mir sehr, über seine Untreue hinwegzukommen, aber natürlich war ich verletzt.

»Ich glaube, mein Vater würde es ablehnen«, sagte ich schließlich. »Er hätte zu viel Angst vor dem, was Fay ihm antun würde, wenn sie hinter seine Untreue käme.«

»Genau. Deine Stiefmutter hat eindeutig festgelegt, was er tun darf und was nicht. Das spricht weder für Vertrauen noch für Respekt.«

»Swithin Winnacott würde es auch nicht tun.«

»Hm.« Caro überlegte einen Moment. »Da könntest du Recht haben. Der männliche Beuteinstinkt scheint ihm zu fehlen. Na gut, dann ist er eben die Ausnahme, die die Regel bestätigt.«

»Und da wäre noch Edward Gilchrist. Ich kann mir beim besten Willen nicht vorstellen, dass er sich zu so etwas hergeben würde.«

Ich hatte mit Dr. Gilchrist mehrmals als Patientin zu tun gehabt und er war mir immer sympathischer geworden, je besser ich ihn kennen lernte. Natürlich war mir klar, dass er nicht allein meiner Lunge wegen kam. Seine Liebe zu Caro war ganz offensichtlich. Seine großen blauen Augen waren unfähig zur Heuchelei und wann immer er Caro ansah, wurden sie sanft. Beim Gespräch mit mir war er fröhlich und seine Stimme klang fest. Wandte er sich an Caro, sah er niedergeschlagen aus und in seiner Stimme war ein vorwurfsvoller Unterton. Im Allgemeinen geht man davon aus, dass die Liebe auch den Unansehnlichsten zur Schönheit werden lässt, aber ich glaube, dazu muss sie auch auf Erwiderung stoßen. Unerwiderte Liebe macht uns ganz elend. Wir verhalten uns dann wie geprügelte Hunde, die darauf hoffen, dass man ihnen einen tröstenden Knochen zuwirft. Dr. Gilchrist zog zwar nicht Kopf und Schwanz ein, wenn Caro in der Nähe war, aber sein Schritt verlor seinen Elan.

»Vielleicht nicht. Weiß ich nicht.« Mit ziemlicher Heftigkeit schnitt Caro ein Auge aus der Kartoffel. »Wahrscheinlich ist er wie alle anderen Männer auch.«

»Das glaube ich eigentlich nicht. Er ist intelligenter als die meisten. Und er flirtet nicht.«

»Nein. Außer mit der Flasche.«

»Armer Edward.« Es entstand eine kurze Pause. »Vermutlich habe ich dem Alkohol gegenüber eine weniger ablehnende Haltung als du. Wegen meiner Mutter. Sie hat sich zu Tode getrunken, aber dennoch liebte ich sie mehr als jeden sonst auf der Welt.«

Caro sah mich fassungslos an und legte das Schälmesser ab. »Wenn ich in Zusammenhang mit Edwards Trinkerei etwas für dich Verletzendes gesagt habe, tut es mir schrecklich Leid. Ich hatte keine Ahnung.«

»Natürlich nicht. Woher auch? Aber verstehst du, aus diesem Grund kann ich es nicht als Laster ansehen. Schwäche, ja, aber ich kann doch jemanden lieben, dessen Schwäche sein ärgster Feind ist. Es ist nicht eigentlich Mitleid, es ist eher … Mitgefühl.«

Caro starrte auf den Kartoffeltopf. »Das Problem ist nur, dass mich die Schwächen anderer Menschen ziemlich erschrecken. Das hat sicher was mit Unsicherheit zu tun. Paradoxerweise steigen die Ängste, je mehr Sicherheit man erfährt. Weil man nicht auf die Probe gestellt wird.«

»Vielleicht sollte ich Fay dafür dankbar sein. Dass sie mich in die Unabhängigkeit getrieben hat, meine ich.«

»War sie wirklich so schrecklich? Erzähl mir von ihr.«

Ich versuchte fair zu bleiben, als ich Caro schilderte, wie Fay sich auf meine Kindheit ausgewirkt hatte. Heute verstand ich, wie lästig es gewesen sein musste, ein schweigsames, introvertiertes, trauerndes Kind zu erben. Fay war eine sehr gewitzte Innenausstatterin. Sie schonte die Gefühle der Menschen nicht. Als ich älter war, aber noch zu Hause lebte, nahm sie mich manchmal mit, damit ich ihre

Einfälle notierte. Schon beim Betreten des Wohnzimmers pflegte sie die Nase zu rümpfen – und sie hatte eine sehr spitze Nase – und zu sagen: »Ganz schön hässlich. Das muss alles weg. Ich sehe hier Empire.« Und das wurde es dann auch. Der Raum wurde zu einem Monument für Napoleon mit Möbeln voller Säulen und Giebel in Gold und Mahagoni und Vorhängen, die mit Gebinden und Lorbeerkränzen bestickt waren. Die Leute hatten zu große Angst vor ihr, um zu protestieren und sich von ihr nur, wie beabsichtigt, Rat hinsichtlich der Farbe der Lampenschirme einzuholen. Natürlich sah alles immer wunderschön aus, wenn sie fertig war, aber ihre Kunden dürften ständig Rückenschmerzen von den harten Stühlen mit den geraden Lehnen und Kopfschmerzen gehabt haben, weil sie im Halbdunkel lesen mussten. Fay hasste gute Beleuchtung, da sie historisch inkorrekt war.

Von dem Augenblick an, als sie bei uns einzog, es war der Tag nach der Beerdigung meiner Mutter, fing sie an, unser Haus neu auszustatten. Ich musste ins oberste Stockwerk umziehen. Es war ein hübscher Raum mit einem schönen Blick auf den Fluss und Fay staffierte ihn in französischem Rokoko aus. Ich schlief in einem *lit à la Polonaise* aus gelb-weiß gestreifter Seide. Die grüne *chinoiserie* Kommode war ungewöhnlich und wertvoll, aber ich durfte die Schubladen nicht benutzen, damit ich die Lackoberfläche nicht ruinierte. Der Teppich war in sehr hellem Cremeton und ich musste die Schuhe ausziehen, ehe ich ihn betrat, damit keine Abdrücke darauf kamen. Da mein Zimmer oft Besuchern gezeigt wurde, musste es immer makellos aufgeräumt sein. Wenn auch nur ein Kamm auf der französischen Frisierkommode aus vergoldetem Stuck lag, wurde Fay wütend. Rückblickend kann ich sagen, dass es ein hübsches Zimmer war, aber als Kind sehnte ich mich nach meinem alten Zimmer und dem Messingbett mit der quietschenden, schäbigen Matratze, auf der ich herumsprang, dem bequemen Stuhl, den meine Mutter mit blauem Samt bezogen hatte, dem geblümten Bettüberwurf, dem tintenfleckigen Schreibtisch und meiner alten rosa Daunendecke, die jeden Tag ein paar Federn verlor. Wenn ich unter den Seidenvorhängen meines eleganten neuen Bettes lag – auf dem Rücken, damit die Stickerei auf den Kissen sich nicht in meine Wangen drückte – sah ich das böse Gesicht eines alten Mannes aus dem gerüschten Stück in der Mitte des Betthimmels auf mich herunter starren und ich verbrachte viele Stunden vor Angst nach Luft ringend in den Laken, die so fein gewebt waren, dass sie kalt und glatt wie Glas waren.

»Ich erinnere mich, davon überzeugt gewesen zu sein, dass unter meinem Bett ein Mann mit Schere lag«, erzählte Caro, nachdem ich ihr von meinen nächtlichen Schreckgespenstern erzählt hatte. »Ich musste von meinem Bett sofort mitten ins Zimmer springen, damit er mir die Füße nicht über den Knöcheln abschneiden konnte. Das hatte ich bis jetzt eben alles verdrängt. Wahrscheinlich haben alle Kinder diese Ängste, sprechen aber nie darüber. Ich halte es für erstaunlich unsensibel von deiner Stiefmutter, alles zu verändern. So ein Mist! Schon wieder das Telefon.«

Während Caro telefonierte, kehrten meine Gedanken zu Fay zurück. Die Heirat mit meinem Vater bedeutete für sie einen ebenso großen gesellschaftlichen Abstieg wie für meinen Vater die Heirat mit meiner Mutter, und so gehe ich davon aus, dass ihre Liebe echt gewesen sein muss. Ihr Freundeskreis war groß und sie hatte oft Gäste. Durch Fays Kontakte bekam mein Vater Beraterposten angeboten und wurde in leitende Positionen ernannt. Geld war nun kein Problem mehr. Ich bekam jede Menge Kleider, obwohl man mich an gesellschaftlichen Anlässen selten teilnehmen ließ.

Die meiste Zeit verbrachte ich unten in der Küche bei Mrs. Pope. Hin und wieder kam Onkel Sid auf Besuch. Dabei bemühte ich mich immer, ihn von Fay fern zu halten, denn selbst als Kind war mir klar, dass sie nicht miteinander auskommen würden. Einmal, Mrs. Pope hatte ihren freien Tag, schaute ich aus meinem Zimmerfenster und sah Onkel Sid schwungvoll die Straße hochkommen, den Schlapphut tief in die Stirn gezogen. Ich rannte nach unten, aber Fay war vor mir an der Tür. Onkel Sid hielt ein Paket im Arm.

Fay sprach ihn an: »Zu uns kommt regelmäßig der Fischhändler. Sie brauchen nicht mehr vorbeizukommen.« Vermutlich konnte sie die Krabben riechen.

»Ich komme, um meine Nichte zu besuchen, die kleine Flo«, sagte er mit jenem leichten Kopfschütteln, das er immer bekam, wenn Probleme anstanden.

»Hallo, lieber Onkel Sid.« Ich schob mich an Fay vorbei und nahm seine Hand. »Komm doch rein.«

Fay versuchte nicht einmal ihre Überraschung und Abscheu zu verbergen.

Zu dritt saßen wir im Wohnzimmer. Vor den blassgrünen Wänden und den cremefarbenen Sofas wirkte Onkel Sids Gesicht sehr rot. Er wischte sich mit dem Taschentuch übers Gesicht. »Ist warm für diese Jahreszeit, nicht wahr?«, sagte er.

»Ist es das?«, erwiderte Fay. Gelangweilt zündete sie sich eine Zigarette an.

»Ich hätte das Haus nicht wiedererkannt.« Onkel Sid sah sich erstaunt um. »Ist ja fast wie ein Hotel. Aber Sylvie hatte die Gabe, Dinge auszusuchen, die ihrem eigenen Stil entsprachen. Sie kosteten nichts, waren aber persönlich. Ich erinnere mich an ein altes Sofa mit Rosen darauf. War das nicht hübsch, Flo?«

»Es war wunderschön.«

»Sollten Sie das noch irgendwo aufbewahrt haben, dann hätte ich das gern. Ich kann meine Sylvie darauf so deutlich vor mir liegen sehen, wie ich Sie jetzt sehe.«

»Das alte viktorianische Ding?« Fay winkte ab. »Das hab ich dem Trödler mitgegeben.«

Wir hatten einander nichts mehr zu sagen. Bald darauf brach Onkel Sid auf. Ein paar Tage danach machte ein ekelhafter Gestank im Wohnzimmer Mrs. Pope auf das Paket Krabben aufmerksam, das Onkel Sid neben dem Sofa abgestellt hatte.

Nicht lange danach erkrankte ich schwer an Scharlach. Zwar tat mir anfangs der Kopf weh und ich hatte arge Halsschmerzen, aber nachdem das Fieber gesunken war, genoss ich das Kranksein. Fay stellte eine Frau zum Putzen ein, damit Mrs. Pope sich um mich kümmern konnte. Wir spielten Schnipp-Schnapp und Mensch ärgere dich nicht und schnitten gemeinsam Papierpuppen aus, während ich versuchte, nicht an dem hellroten Ausschlag zu kratzen, den ich überall hatte, und wir beobachteten fasziniert, wie sich die Haut in papierartigen Fetzen von meinem Körper schälte. Fay hielt sich von mir fern. Sie war selbst nie krank und deshalb der Auffassung, andere Leute würden wegen nichts ein großes Theater machen. Mein Vater kam ein oder zwei Mal die Woche zu mir hoch und blieb peinliche fünf Minuten. Wir hatten uns nichts zu sagen. Vermutlich habe ich ihn, so geschwächt und bettlägerig wie ich war, an meine Mutter erinnert.

Damals hielt man Scharlach für eine sehr ernste Krankheit. Als der Doktor befand, dass es mir wieder besser ging, gab er die Anweisung, mein Zimmer auszuräuchern und alles, was nicht desinfiziert werden konnte, zu verbrennen.

»Aber nicht Evangeline!« Die Puppe, die meine Mutter mir gemacht hatte, war immer bei mir. Ich nahm sie in meinem Ranzen mit in die Schule und sie schlief nachts mit mir auf dem Kissen.

»Natürlich nicht, mein Schatz«, hatte Miss Pope mich mit einem Kuss beruhigt. »Als käme mir in den Sinn, das Haus abzubrennen!«

Aber als ich sie an meinem ersten Tag, an dem ich auf sein durfte, nach unten trug, traf ich Fay in der Diele.

»Gib mir die Puppe! Ich habe Mrs. Pope gesagt, sie soll streng sein. Diese Frau hält sich einfach nicht an die Anweisungen!«

»Nein!« Ich umklammerte Evangeline und starrte sie an. »Mama hat sie gemacht und du darfst sie nicht anfassen!«

»Dieses *schreck*liche Kind!«

Jetzt war es gesagt. All der Hass und die Eifersucht, die wir mühsam unterdrückt hatten, fanden in unseren Worten und Gesten Ausdruck. Es gab ein Gerangel. Fay geriet außer sich und schlug mich heftig. Ich fiel gegen das Treppengeländer. Vom Lärm alarmiert, kam mein Vater aus dem Wohnzimmer. Ich wischte mir das Blut ab, das mir von der Stirn in die Augen lief, und sah meinen Vater flehentlich an. Er zog sich zurück und machte die Tür zu. In diesem Augenblick der Verzweiflung gelang es Fay, sich Evangeline zu schnappen. Sie rannte in den Keller. Ich folgte ihr kreischend und sah gerade noch, wie Fay den Deckel des Heizkessels öffnete und Evangeline hineinwarf.

»Ha!«, schrie sie triumphierend. »Das wird dich lehren, gehorsam zu sein.«

»Du bist hässlich und schlecht und ich hasse dich mehr als alles in der Welt! Ich werde jede Nacht beten, dass du stirbst, aber Gott wird *dich* nicht im Himmel haben wollen, weil da meine Mami ist –« Der Kummer überwältigte mich.

Obwohl Fay die Wut in den Augen stand, verzog sich ihr Mund zu einem Lächeln. »Deine kostbare Mutter war eine Schnapsdrossel!« Sie warf ihren Kopf in den Nacken und ging ein wenig keuchend von der Gefühlsaufwallung und der ungewohnten Bewegung wieder nach oben.

Ich rannte zum Heizkessel und riss den Deckel auf. Evangelines freundliche blaue Augen starrten mich voller Schmerz und Entsetzen an. Grausam leckten die Flammen an ihrem Gesicht und ihr gestickter Rosenknospenmund wurde schrumpelig und schwarz. Ich steckte meine Hand ins Feuer und zog sie heraus, hielt aber nur ein Bein in der Hand. Der Rest fiel zurück und wurde von den Flammen verschlungen. Schluchzend kniete ich auf dem Boden und küsste das Bein und den Schuh und meine unerträglich schmerzende Hand.

Es war Winter und nach etwa einer Stunde wurde es dunkel im Heizungskeller. Aller Trotz war gebrochen, der Kummer hatte mich erschöpft. Ängstlich kroch ich nach oben und überlegte, welche Strafe mich wohl erwartete. Die Tür zum Wohnzimmer stand ein wenig offen. Mehrere Leute, Freunde Fays, tranken und rauchten und redeten. Mein Vater stand vor dem Kamin und lachte über das, was die Frau vor ihm erzählte. Sie wandte sich um, sah mich und schrie.

Ich rannte hoch auf mein Zimmer und verschloss mit zitternden Fingern die Tür. Mein Anblick jagte auch mir einen Schrecken ein. Meine Haare standen wild ab und über mein Gesicht zogen sich Blut- und Tränenspuren. Meine Hand klopfte qualvoll. Ich legte mich aufs Bett. Blut und Ruß kamen aufs Kissen, aber unter den gegebenen Umständen kam es darauf auch nicht mehr an. In der Dunkelheit wartete ich auf meine Verdammnis.

Keiner kam. Es war Mrs. Popes freier Nachmittag. Als ich ihr am nächsten Morgen meine Tür öffnete, war sie entsetzt über mein ramponiertes Aussehen, die Platzwunde auf dem Kopf, die rote geschwollene Hand und die zerknitterten Kleider, in denen ich geschlafen hatte. Als ich ihr Evangelines Bein zeigte, wurde Mrs. Pope feuerrot. »Das wird der Herr aber erfahren«, sagte sie finster und ging nach unten.

Ich weiß nicht, was sie sagte, aber es tat seine Wirkung. Mein Vater kam später hinunter in die Küche und gab mir etwas, was in Papier von Harrods gewickelt war. »Na los, Flo. Mach's auf«, forderte er mich mit einem müden Seufzer auf, als ich wie betäubt das Paket anstarrte. In der Schachtel lag eine Puppe mit langen roten Haaren und einem blauen Satinkleid. Die Lippen waren geteilt und zeigten zwei strahlend weiße Zähne. »Sie hat mich an dich erinnert.« Er streichelte mir den Kopf und tat mir dabei weh wegen der Platzwunde, aber ich wusste, dass es nicht mit Absicht geschah. »Hübsch, nicht wahr?« Ich nickte. »Viel hübscher als die alte.« Ich sah ihn an und empfand nichts als Hoffnungslosigkeit. Selbst wenn mir eine Million Jahre zur Verfügung gestanden hätten, hätte ich nicht erklären können, warum es, wenn Liebe im Spiel war, weder hier noch da um hübsches Aussehen ging. »Willst du jetzt versuchen ein liebes Mädchen zu sein? Mein Leben wird sehr schwer, wenn du und Fay streiten. Sie hat ihr Bestes getan, freundlich zu dir zu sein.« Er sah mich feierlich an. »Möchtest du deinen Papa nicht glücklich machen?« Er packte meine Hand, so dass ich aufschrie. »Du liebe Güte! Tut mir Leid. Pass auf, Flo, du musst dich bemühen, mit ihr auszukommen. In einer Beziehung zwischen zwei Menschen muss man auch geben können. Es kann nicht immer nur nach deinem Kopf gehen. Verstehst du?«

Na gut, ich verstand. Ich hatte eine wertvolle Lektion gelernt. Gott war die Gerechtigkeit egal. Wenn es um richtig oder falsch ging, blieb er unentschieden. Fay blühte auf, meine Mutter hingegen war tot. Gegen Erwachsene, so gemein sie auch sein mochten, waren Kinder machtlos. Die Enttäuschung, die mit dieser Klarheit einherging, tat mehr weh als das Brennen meiner Hand.

16

Das war Beryl.« Caro war in die Küche zurückgekehrt. »Sie wollte wissen, wo die Lappen hin sind, die wir in der Kirche zum Reinigen des Messings verwenden. Ich hatte sie letzte Woche weggeworfen, weil sie schwarz waren und Löcher hatten. Beryl ist der Ansicht, da sie diese zur Verfügung stellt, dürfe auch nur sie entscheiden, wann sie zu entsorgen sind. Sie führte sich auf, als hätte ich eine Gutenberg-Bibel weggeworfen. Diese Frau ist eine blöde Kuh! Entschuldige, aber ich kann doch nicht meine Zeit mit solchem Unsinn verplempern …« Caro fluchte noch farbenprächtiger. Es machte mir nichts aus. Verglichen mit den meisten Malern, die ich kannte, drückte Caro sich noch vorsichtig aus. »Ist ja auch egal, wo waren wir stehen geblieben? Ach ja, Fay. Was hält sie übrigens von Alex?«

»Merkwürdigerweise ist sie von ihm hin und weg. Sie kann sich gar nicht genug darüber auslassen, was für ein außergewöhnlicher Mann er ist, den ich, wie sie nicht müde wird, zu betonen, gar nicht verdient habe. Vermutlich tröstet sie sich jetzt mit der grausamen Befriedigung, von mir darin bestätigt worden zu sein. Und wenn Alex sich auch durch sonst nichts vor anderen Männern auszeichnet, dann hat er seit meiner Flucht durch sein Verhalten bewiesen, dass er sich von anderen Männern doch beträchtlich unterscheidet. Aber das habe ich schon immer gewusst. Als ich ihm begegnet bin, war ich von seiner Originalität so beeindruckt, dass mir gar nicht in den Sinn kam, sein Verhalten zu hinterfragen. Er hatte derart massiv die Führung übernommen, dass ich aufhörte, als eine unabhängige Person zu handeln. Es war einfach herrlich, wenn ich ehrlich bin.« Ich seufzte und widmete mich wieder den Aufklebern.

Caro schenkte mir Wein nach. »Ich wünschte, so malen zu können. Diese Etiketten sollten ausgestellt werden, so schön sind sie. Konntest du das schon immer gut?«

»Das hat mir immer schon Spaß gemacht. Ich hasste die Schule und malte die ganze Zeit gegen die Langeweile an. Als ich auf die Kunstakademie ging, war das wie ein Ausbruch aus dem Gefängnis. Obwohl dort auf andere Weise auch hart gearbeitet wurde. Aber wenigstens wusste ich, wohin mich mein Weg führte. Es war eine Erleichterung. Und als ich sie dann verließ, war ich berauscht vor Freude, endlich unabhängig zu sein.«

»Und wie war das?« Caro fuhr sich mit der Hand durch ihre langen Fransen, die daraufhin teilweise wie ein Kamm abstanden.

»Meine Mutter hatte mir das wenige Geld hinterlassen, das sie besaß. Als ich einundzwanzig Jahre alt und befugt war, es auszugeben, reichte es – dank der klugen Investition meines Vaters – für die Anzahlung auf eine Wohnung und ein paar Monate Lebenshaltungskosten. Während alle anderen um mich herum LSD schluckten und neue Formen des Zusammenlebens ausprobierten, schuftete ich mich mit meinen ersten Auftragsarbeiten ab. Bald schon stand ich im Ruf, vernünftig zu sein. Ich war sicherlich nicht reifer als die anderen auch, aber ich plante besser und arbeitete härter. Die Männer, die ich kannte, waren – wie die meisten jungen Männer – Dilettanten und Angeber, die nach einem emotionalen oder spirituellen Halt suchten. Manchmal fühlte ich mich mehr als Mutter denn als Freundin. Alex war zwölf Jahre älter als ich, aber in puncto Welterfahrung tausend Jahre weiter. Er hatte absolute Autorität. Es war himmlisch, mit ihm zusammen zu sein und das ernste Streben zugunsten frivolen Vergnügens aufzugeben, weil ich wusste, dass er sich um alles kümmerte.«

»Verzeih mir die unverhohlene Neugier, aber du weißt ja, dass ich gerne zu den Grundlagen vorstoße – wie war er eigentlich im Bett?«

Ich hielt mitten im Zeichnen einer Erdbeere inne und dachte daran, wie wir uns zum ersten Mal geliebt hatten. Sechs Wochen waren vergangen – sechs Wochen, in denen Alex und ich jede freie Minute gemeinsam verbracht hatten. Wir gingen ins Theater, in die Oper, ins Konzert, ins Kino. Wir besuchten Ausstellungen, Museen, sogar eine Dichterlesung. Alex' Lieblingsrestaurants hatten wir alle schon zweimal besucht. Es machte Alex Freude, für mich zu bestellen. Er meinte, meine Essprobleme rührten von einem sehr komplexen seelischen Problem aus meiner Kindheit her, das er zu lösen beabsichtige. Für ihn war es ein Spiel und wenn ich nichts hinunter bekam, erklärte er dies damit, das Falsche bestellt zu haben, und sprach mich somit von aller Schuld frei. Ich hatte das Gefühl, von einer großen Last befreit zu sein, und langsam verlor ich meine Furcht vor dem Essen.

Ich kann mich nicht erinnern, dass wir jemals in Verlegenheit gewesen wären, Gesprächsstoff zu finden. Wir stritten oft. Alex ging daraus als Sieger hervor, aber da ich ihn liebte, machte es mir nichts aus. Ich war stolz, mit ihm zusammen zu sein, stolz, von ihm erwählt worden zu sein. Die Männer schätzten ihn, wenngleich sie ihn, wie ich bemerkte, nicht immer gut leiden konnten. Und die Frauen waren fasziniert von ihm. Alex' Anziehungskraft beruhte auf seiner absoluten Selbstsicherheit. Und die wirkte im Stillen. Zum Angeben war er zu intelligent. Ich bemerkte ihren Neid.

Bestimmt wären sie überrascht gewesen, wenn sie gewusst hätten, dass Alex noch nicht einmal meine Hand berührt hatte. Das war ein kluger Schachzug. Gerade weil er es nicht tat, wuchs nach und nach mein Verlangen danach. Am Ende jedes Abends gestattete er mir, ihn auf die Wange zu küssen. Meine küsste er nicht. Die Vorstellung, mit ihm ins Bett zu gehen, wurde zu einer Heimsuchung, was er ohne Zweifel wusste. Wenn sein Blick mir Begehren zu signalisieren schien, klopfte mein Herz schneller und ich hatte Angst, er könnte meine Anspannung und meine Erwartung spüren. Die Enttäuschung, wenn er dann zu anderen Dingen überging, wurde von Mal zu Mal größer.

Mein Problem war, dass ich noch nie einen Mann verführt und deshalb auch keine Ahnung hatte, wie man dies anstellte. Stolz oder Eitelkeit mögen mich davon abgehalten haben, ihm den Mantel aufzuknöpfen und die Krawatte abzunehmen – die Konvention, dass Frauen Objekte des Begehrens sind und mit Schmeicheleien zum Sex verleitet werden. Vermutlich spielte auch die Angst eine Rolle, Alex könnte von mir als Geliebte enttäuscht sein, nachdem er sich seiner Wahl so sicher gewesen war, wie er mir immer wieder bestätigt hatte.

Als sich zwischen uns eine so große, gleichermaßen erregende und zermürbende Spannung aufgebaut hatte, wurden wir von einem Anwaltskollegen Alex' zu einer Party mit Tanz eingeladen. Man setzte uns an denselben Tisch, aber nicht nebeneinander. Es war kein gutes Fest, die Gäste waren langweilig, aber ich war glücklich, weil Alex da war. Während des Abendessens, wozu die Band die üblichen Hits der Sixties spielte und die Leute mit mehr Begeisterung als Anmut dazu herumhüpften, unterhielten wir uns pflichtbewusst mit unseren Tischnachbarn. Als später dann schwacher Kaffee und Petits Fours serviert wurden, ging die Band zu Cole-Porter-Songs über, man dämpfte die Beleuchtung und die Stimmung wurde sentimental. Über den Tisch hinweg ließ ich Alex wissen, dass ich tanzen wollte. Er ließ zu, dass ich mich ihm auf dem Parkett in die Arme legte. Sobald ich seine Hände auf meinem Rücken spürte, wurde meine Haut abwechselnd heiß und kalt und meine Knie gaben nach. Zwanzig Minuten lang umkreisten wir den Raum, ohne unsere Umgebung wahrzunehmen, zitternd vor Lust. Ich jedenfalls. Alex brach den Bann.

»Lass uns gehen«, sagte er mit einer Stimme, die unnahbar, fast streng klang. Im Taxi schwieg er und starrte aus dem Fenster, drückte sich in seine Ecke. Ohne dass ich ihn darum gebeten hätte, begleitete er mich in meine Wohnung, und ich ging davon aus, dass er nun bestimmt nicht mehr würde an sich halten können und mit mir ins Bett ging. Aber da hatte ich seinen eisernen Willen unterschätzt. Er blieb schweigend stehen, die Hände in den Taschen, kehrte mir den Rücken zu und schaute hinaus auf die Straße. Ich ging in die Küche, um ein Glas Wasser zu holen. Als ich zurückkam, drehte er sich um und sagte ohne ein Lächeln auf den Lippen: »Ich gehe lieber. Du willst mich nicht, oder?«

Ich war so überrascht von diesem scheinbaren Eingeständnis seiner Verletzbarkeit, dass ich meine Arme um ihn legte und mein Gesicht auf seine Brust drückte. »Bitte«, sagte ich und hielt ihn fest umklammert. »Bitte!«

Er nahm mein Gesicht in seine Hände und fing an mich zu küssen. Plötzlich rissen wir uns die Kleider vom Leib. Unser Begehren war so überwältigend, dass Reißverschlüsse und Knöpfe uns rasend machten. Wir liebten uns auf dem Boden des Wohnzimmers und vergeudeten keine Zeit, erst ins Schlafzimmer zu gehen. Unser in den letzten sechs Wochen durch Vermutungen genährtes Verlangen war so gewaltig, dass es für uns beide in wenigen Sekunden vorbei war. Zehn Minuten später liebten wir uns im Schlafzimmer und dann noch mehrmals die Nacht hindurch.

Selbst in der Erinnerung an jene Tage spürte ich ein schwaches Prickeln des alten Verlangens. Ich warf einen Blick auf Caro. Sie sah mich neugierig an.

»Ach, nicht viel anders als andere Männer auch«, sagte ich.

»Das werde ich dir nicht ganz abnehmen können. Als du daran gedacht hast, lag ein sentimentales Lächeln auf deinem Gesicht. Offen gestanden gefällt mir das, was du mir von deinem Alex erzählt hast. Vielleicht kommt das aber nur daher, weil ich gerne in wundervolle Kleider gehüllt und zu Cartier ausgeführt werden möchte. Du musst mir wirklich sagen, wenn dir meine Neugier auf die Nerven geht. Schon immer bin ich viel zu direkt gewesen. Meine Mutter hat sich ständig über meine unverblümte Art mokiert. Und meine Ausdrucksweise. Die arme Mutter! Ihr kam es vor allem darauf an, dass alles im Leben süß duftete, gestärkt und ordentlich war. Und meistens hat sie das auch hinbekommen. Unglücklicherweise zeigen Krankheiten sich nicht im Sonntagskleid. Ich tat mein Bestes, aber sie hat mir die Demütigung, sich waschen zu lassen und auf die Bettschüssel gesetzt zu werden, nie verziehen.«

»Sie war sicher glücklich, dich zu haben. Und dieses Haus.«

Ich sah mich in der Küche um. Yardley House war zu Beginn dieses Jahrhunderts in Ziegel, Stein und Eiche im Stil des Architekten Lutyens erbaut worden, mit starken Einflüssen des Mittelalters und von Arts and Crafts. Für mein Empfinden war es keine Schönheit, sondern eine Ansammlung zu vieler Moden, doch ich wusste die überzeugende Handwerkskunst zu schätzen, die in der Konstruktion, der hohen Qualität des verwendeten Materials, der angenehmen Raumaufteilung zu erkennen war – Erinnerungen an den Geschmack von Caros Mutter in Form dick gepolsterter Sofas, Leinen in Ekrü und teure Teppiche in Rehbraun. Salon und Esszimmer waren mit würdevoll strengen Eichenmöbeln ausgestattet, die alle zueinander passten und ganz offensichtlich für dieses Haus entworfen worden waren. Mir gefiel das gemütliche kleine Wohnzimmer mit seinen Büchern und Aquarellen und Cretonnebezügen, in dem Caro sich normalerweise aufhielt. Überall im Haus tickten Uhren und roch es nach Lavendel. Fay hätte es mit einem vernichtenden Urteil als scheußlich abgeschmackt und bürgerlich abgetan, aber für mich spiegelte es einen gewissen englischen Lebensstil, eine Welt, in der alles beim Alten blieb und es trotz Geburt und Tod, Weltkriegen, einer gewählten Labourregierung doch immer Knusperbrot und Butter zum Tee gab. Es hatte etwas Tapferes.

Die Rasenflächen draußen waren gepflegt, wie sie das zweifellos vom Tag der Saat an gewesen waren, und den runden Fischteich am Ende der Rosenpergola schützte ein sicheres Netz vor Fischreihern. Dahinter zogen sich die knubbeligen Wurzeln der Iris, deren Blätter nach dem Winter zerfleddert und fleckig waren, als Rabatten bis zum Obstgarten.

Mein liebster Raum war die Küche, in der wir saßen. Große Fenster hinaus zum Garten sorgten für gutes Licht. Es gab eine weiße Spüle mit hölzernen Trockengestellen auf beiden Seiten, große Schränke, in denen alles Platz hatte, und einen roten Fliesenboden, den Caro täglich mit Glanzreiniger wischte. Balthazars Körbchen stand in einer speziell für Hunde eingelassenen Nische im unteren Teil eines großen Eichenschranks. Amüsiert beobachtete ich seine im Dunklen glänzenden Augen, mit denen er seine Höhle bewachte. Selbst Chloë, der er sehr gewogen war, wurde angeknurrt, wenn sie zu nahe kam. Auf den Regalen der Anrichte stand ein von mir sehr bewundertes meisterhaftes Wedgwood Dessertservice aus dem achtzehnten Jahrhundert mit einem Muster aus Muscheln und Seetang in Grün und Weiß.

»Ist das nicht himmlisch?«, pflichtete Caro mir bei. »Ich habe es nach Mutters Tod gekauft, um mich aufzuheitern. Das hier ist so ein ehrenwertes Haus und ich fand, dass dieses Geschirr ihm einen sehr willkommenen Anstrich an Frivolität verleiht.«

»Du bist wirklich eine gute Hausfrau.« Ich betrachtete die spiegelnden Fenster und die Vase mit Narzissen auf der gestärkten Tischdecke aus Leinen. Es war ein liebenswerter Zug, dass Caro ihren Perfektionismus nicht auf ihr eigenes Erscheinungsbild ausdehnte. Ihr Haar war häufig ungekämmt und in jedem ihrer Kleidungsstücke war ein Loch. Man könnte meinen, sie betrachtete sich selbst nie im Spiegel. Ihr Mangel an Ichbezogenheit ließ mich die mir eigene Betonung des Äußeren neu überdenken. Soweit ich es beurteilen konnte, war ich selbst nicht narzisstisch veranlagt, aber die Gleichgültigkeit, die Caro selbst einem Haarschnitt entgegenbrachte, führte mir beschämend vor Augen, was eitel an mir sein mochte.

»Ich habe einfach nicht genug zu tun, das ist mein Problem.« Caro bückte sich und holte die Kasserolle aus dem Bratrohr. »Ich weiß, wie sinnlos es ist, immer wieder die alten Oberflächen zu polieren, aber ich hasse Nichtstun. Und tagsüber Romane zu lesen finde ich ziemlich kriminell. Je unausgefüllter das Leben ist, umso mehr muss man seine Zeit einteilen. Also wird am Montag, Mittwoch und Freitag das Krankenhaus besucht, Malunterricht ist dienstags, und donnerstags gehe ich nach Tarchester einkaufen. Normalerweise gehe ich dann auch ins Kino. Das ist der Höhepunkt der Woche. Natürlich gibt es auch andere ständig wiederkehrende Ereignisse, die monatlichen Treffen der Bürgerversammlung und die des Komitees vom Roten Kreuz – ziemlich lustig, was da für ein Kampf um die Vormachtstellung abgeht – und dann noch Kirchenangelegenheiten, die mir zwar nicht gerade Spaß machen, aber man muss Swithin doch unterstützen. Und hier und da eine Einladung zum Abendessen oder zu einem Umtrunk. Nicht gerade ein praller Terminkalender, oder?« Sie nahm den Deckel der Kasserolle ab.

»Plötzlich komme ich um vor Hunger. Was ist das?«

»Fasan mit Kastanien und Sellerie. Doch ich habe geschwindelt und eine Dose ungesüßtes Püree genommen, da es im Moment keine Kastanien zu kaufen gibt. Man muss sie in Brühe kochen und dann mit Sahne und Sherry zu einem Brei zerstoßen, um die Sauce anzudicken. Den Unterschied wird keiner herausschmecken. Ganz zum Schluss gibt man noch Orangenscheiben dazu. Braucht noch 'ne halbe Stunde.«

»Du verwöhnst mich ganz unglaublich. Du solltest wirklich einen netten Ehemann aufpäppeln. Und vielleicht auch noch eine Herde Kinder. Du vergeudest deine Talente.«

»Ist jemand daheim?« Dr. Gilchrists Gesicht mit seiner kurzen Stupsnase, die ihn jungenhaft aussehen ließ, obwohl er den Vierzigern bestimmt näher war als den Dreißigern, schob sich um die Tür. »Hallo, ihr beiden. Ich habe mir gerade die offenen Beine von Mrs. Washbourne angesehen und dachte, ich schau mal rein, wenn ich schon in der Nähe bin. Sie sehen richtig rosig aus, Miss Swann, wenn ich das sagen darf, ohne mich damit zu brüsten.«

»Warum kommst du denn nicht herein?«, forderte Caro ihn ziemlich spitz auf, als Dr. Gilchrist bereits in der Küche stand und die Tür hinter sich zugemacht hatte.

»Danke, tue ich ja. Ach du liebe Güte, was duftet es hier köstlich!«

»Wir wollten gleich zu Mittag essen«, schwindelte Caro.

»Oh. Na gut. Dann will ich euch nicht davon abhalten.« Mich rührte der Ausdruck wahnsinnigen Hungers auf seinem Gesicht, aber Caros Augen waren versteinert. »Eigentlich habe ich dir was mitgebracht. Die hab ich heute Morgen gefunden, als ich von der Sprechstunde kam, und ich dachte mir, du würdest dich darüber freuen.« Dr. Gilchrist legte ein zum Päckchen gewickeltes Taschentuch auf den Tisch. Seltsam aussehende Pilze lagen darin, die schrumpeligen Köpfe hatten ein Wabenmuster.

»Morcheln«, erklärte er mit einem Anflug von Stolz.

»Wie köstlich!«, begeisterte ich mich. »In London werden sie als große Delikatesse gehandelt. Ich dachte, die wachsen nur in Frankreich.«

»O nein.« Dr. Gilchrist war sein Eifer anzusehen, wie immer, wenn er etwas erklärte. Es war ungewöhnlich für einen Arzt, mit solcher Freude Informationen weiterzugeben. »Nur dass die Franzosen und die Italiener – und in diesem Fall auch die Deutschen – Pilze sehr viel mehr zu schätzen wissen. Es ist eine Schande, dass die Engländer davor zurückscheuen. Sie haben mehr Proteine als Gemüse und jede Menge Vitamin D. Natürlich haben sie kein Chlorophyll und können deshalb keine eigenen Kohlenwasserstoffe aufbauen. Deshalb leben sie auch auf Kosten anderer Pflanzen und Tiere und bevorzugen diese im Verfallsstadium.«

»Wusste gar nicht, dass du dich auf diesem Gebiet so gut auskennst«, meinte Caro und nahm eine Morchel, um daran zu riechen.

Dr. Gilchrist lächelte sie an. Sein Haar war ein wenig zu lang und rollte sich am Kragen seines schäbigen Mantels auf. »Ich wage zu behaupten, dass es noch eine Menge gibt, die wir nicht voneinander wissen.« Dabei war ich mir sicher, dass es darauf seiner Ansicht nach nicht ankam und er sie gut genug kannte, um sie zu lieben und ihr das auch gesagt hätte, wenn ich nicht da gewesen wäre.

»Ich dachte, Pilze wachsen im Herbst«, sagte ich.

»Tun auch die meisten. Aber außer Morcheln kann man jetzt auch Samtfuß-Rüblinge finden. Die wachsen den ganzen Winter über. Sie sind gelb-orange und klebrig und wachsen stufenförmig seitlich an Baumstämmen. Und im nächsten Monat gibt es auch schon ein paar Georgs-Ritterlinge. Die haben eine breite weiße Kappe und schmecken sehr würzig.«

»Würden Sie mir die einmal zeigen?«

»Jederzeit. Sie nehmen die Natur jetzt also ernsthaft in Angriff?« Er zog mich gerne mit meinem großstädtischen Inseldasein auf.

»Könnte sein. Ich habe beschlossen, noch ein wenig zu bleiben.«

»Ein dreifaches Hurra! Wir freuen uns, Sie bei uns zu haben.«

»Das ist nett. Doch da ich jetzt zum Dorf gehöre, bestehe ich darauf, dass Sie mich Flo nennen.«

»Freut mich. Und ich bin Edward.« Er legte seine große, warme Hand kurz in meine.

»Mein Problem ist nur, das ich kein Geld habe. Nur dreißig Pfund. Und ich nehme nicht an, dass man sich allein mit Morcheln am Leben halten kann.«

Edward sah mich mitfühlend an. »Willst du mich nicht in das Geheimnis einweihen?« Dabei warf er einen Blick auf Caro, die auf die jetzt heftig kochenden Kartoffeln einstach. »Du könntest doch für meine Vertrauenswürdigkeit bürgen, oder?«

»Flo kann das doch wohl selbst entscheiden, denke ich«, gab Caro schnippisch zurück. Dann fügte sie hinzu, weil sie spürte, dass sie zu grob gewesen war: »Es kann bestimmt nicht schaden, wenn du es Edward erzählst.«

»Also gut. Eigentlich ist es gar kein Geheimnis. Ich habe mich einfach nur ganz schlimm aufgeführt und möchte nicht, dass das allzu viele Leute erfahren.« Ich erklärte kurz die Sache mit Alex.

Edward kniff nachdenklich die Augen zusammen. »Verstehe. Hm. Verzwickt.« Er schwieg so lange, dass ich schon befürchtete, ihn durch mein Verhalten Alex gegenüber abgeschreckt zu haben, und bedauerte ich, ihn ins Vertrauen gezogen zu haben.

»Ich weiß, dass es gemein und ekelhaft von mir war«, tastete ich mich bescheiden vor. »Man sollte mich dafür über das Knie legen, dass ich nicht weiß, was ich will. Und ich kann eigentlich gar nicht erklären, was mich dazu gebracht hat – so, dass jeder es begreifen könnte.«

Edward sah mich überrascht an. »Natürlich tut es dir Leid. Aber was hättest du denn anderes tun sollen, als dir dein Irrtum bewusst wurde? Ich wette, du hattest gute Gründe dafür. Du musst deine Gefühle nicht rechtfertigen können, weißt du. Es reicht schon, dass du sie hast. Jedenfalls sollte es so sein.« Er zögerte. »Manche, die extrem kritische Eltern gehabt haben, bilden sich oft ein, sich von aller Schuld freisprechen zu können …« Er ließ den Satz im Raum stehen und lächelte mich freundlich an. »Jetzt lass uns mal überlegen, was wir zur Verbesserung deiner Finanzlage tun können. Aha! Ich hab's. Du kannst für mich ein Porträt von Caro malen.«

»Kommt nicht in Frage.« Caro stampfte die Kartoffeln mit voller Wucht. »Mach dich doch nicht lächerlich. Ich werde Flo das Geld leihen.«

»Danke, liebe Caro. Wenn ich mir von jemandem etwas borgen würde, dann von dir. Aber wir wissen alle, dass Geld in einer Freundschaft nichts zu suchen hat. Nein, ich werde mir einen Job suchen. Vielleicht könnte ich in Tarchester als Bedienung oder Verkäuferin arbeiten. Obwohl das Hinkommen natürlich nicht einfach ist. Ich habe mein Auto verkauft, als Alex mir zur Verlobung ein Mercedes Coupé geschenkt hat. In moralischer Hinsicht gehört es ihm, wie ich finde. Wenn nur die Busverbindungen nicht so katastrophal wären.«

»So schlimm sind die auch wieder nicht.«

»Zwei am Tag finde ich ziemlich lächerlich. Noch schlimmer als die Züge. Ich frage mich, wie ihr alle damit zurechtkommt. Nach sechs Uhr fährt nichts mehr und am Sonntag fahren überhaupt keine Züge? Das ist doch unmöglich. Warum lachst du, Caro?«

»Das hat dir wahrscheinlich Guy erzählt?« Sie nahm ein Blatt aus einer Schublade und legte es vor mich auf den Tisch. Es war der Zugfahrplan. »Entschuldige«, sagte sie. »Er ist wirklich ein Bastard, aber du musst zugeben, lustig ist es schon.«

Ich war entrüstet. »Jetzt sieh dir das an! Die Züge fahren nicht nur von halb sieben Uhr morgens bis elf Uhr nachts, mindestens stündlich, sondern auch sechs, nein, sieben Züge am Sonntag!« Guys Gabe, so eiskalt zu lügen, verblüffte mich. Nie war mir in den Sinn gekommen, seine Informationen über Verkehrsmittel in Zweifel zu ziehen, wenngleich auch sonst alles, was er mir erzählt hatte, meinen Argwohn geweckt hatte. »Und vermutlich ist seine Mutter auch nicht mit dem besten Freund seines Vaters durchgebrannt und in Neapel gestorben!«

»Also soweit ich weiß, stimmt das. Das jedenfalls hat Ambrose mir erzählt. Jetzt ärgere dich nicht, Flo. Guy ist immer irgendwie ein Blödmann gewesen. Das gehört zu seinem Charme. Er wollte nur, dass du hier bleibst. Du solltest dich geschmeichelt fühlen. So viel Mühe macht er sich normalerweise nicht.« Ihr Ton hatte etwas Beißendes. »Wo ist denn jetzt der Topflappen wieder hin? Ach, verdammt! Wetten, dass Balthazar ihn stibitzt hat? Er ist wie eine Elster, versucht ständig sein Nest auszukleiden, obwohl er so eine schöne Decke hat. Gestern habe ich meinen Morgenmantel und die alten Golfsocken meines Vaters darin gefunden.« Sie näherte sich Balthazars Bau und steckte ihre Hand hinein, die sie aber sofort zurückzog, als er zu knurren anfing. »Ist ja gut, du dummer Hund!« Sie nahm einen Keks, lockte ihn damit heraus und rettete den Topflappen, während er sich die Süßigkeit schmecken ließ. Als Caro Chloës traurigen Blick sah, ging sie nochmals zur Keksdose. »Ich weiß auch nicht, warum ich Balthazar immer wieder alles durchgehen lasse. Ich sollte mich mal untersuchen lassen.«

»Das ist Liebe«, erklärte Edward. »Toleranz ist weder Schwäche noch Dummheit. Im Gegenteil, ich glaube, es ist ein Zeichen für geistige Gesundheit.«

Caro runzelte die Stirn, als sie die Kasserolle vom Herd nahm. Es war ihr anzusehen, dass sie Edwards spitze Bemerkung auf sich bezogen hatte. Aber ein Blick in sein unschuldiges Gesicht sagte mir, dass er dabei gar nicht an sie gedacht hatte.

»Ach, Mist!« Caro stolperte über die träge ausgestreckte Langhaarkatze namens Teeny, die sich an das warme Emaille gedrückt von der Nase bis zur Schwanzspitze vor dem Herd breit machte. »Hätte das verdammte Ding beinah fallen lassen!«

»Du solltest vielleicht zur Armee gehen«, schlug Edward milde vor. »Ich glaube, da kommt Fluchen besonders gut an.«

»Ich fluche gern«, konterte Caro und reckte ihr Kinn vor. »Das gibt mir das Gefühl, jung und gefährlich zu sein.«

»Für mich bist du das auch so«, entgegnete Edward.

Caro ärgerte sich, fing dann aber zu lachen an. »Du bleibst wohl besser zum Essen«, sagte sie, nahm den Topfdeckel ab und hüllte uns in köstlich duftenden Dampf ein.

17

Gemeinsam mit Chloë ging ich zurück nach Drop Cottage. Edward musste vor der Abendsprechstunde noch einige Hausbesuche erledigen und Caro erwartete George zum Tee. Sie hatte mich gebeten zu bleiben, aber ich wusste, dass sie mit ihrer Verwandlung von der rebellischen Wilden zur höflichen Gelehrten beginnen wollte, was sich, wie ich fand, besser ohne Publikum vollzog. Außerdem wollte ich über meine Zukunft nachdenken.

»Flo!«, rief mich eine Stimme aus der Ferne und als ich aufblickte, sah ich Swithin Winnacott auf mich zu eilen.

»Hallo, Swithin.« Ich wartete, bis er wieder zu Atem gekommen war. Sein Gesicht glänzte vor Anstrengung. Er zog die Ohrenklappen seiner Sherlock-Holmes-Mütze nach oben und band sie auf dem Kopf zusammen. »Wie geht es Ihnen?«

»Ein leichter Schnupfen, aber ansonsten ganz gut. Ich bin gerade auf dem Weg zu Mrs. Washbourne.«

»Ich weiß. Das offene Bein.«

»Sie kriegen aber schnell mit, was hier im Dorf läuft. Die arme Frau, ich fürchte, es geht ihr nicht gut.«

»Ist das sehr schmerzhaft?«

»Das meine ich nicht. Als ich das letzte Mal bei ihr vorbeischaute, tanzte sie zur Musik vom Grammophon. Durchs Fenster konnte ich sie sehr deutlich herumhopsen sehen. Als ich klingelte, schrie sie mir zu, ich solle hereinkommen. Sie lag auf dem Sofa und erzählte mir, sie habe schon seit einer Woche keinen Fuß mehr auf den Boden gesetzt. Die Musik war so laut, dass wir uns fast anschreien mussten. Sie meinte, sie brauche die Musik, um sich aufzuheitern, es deprimiere sie so sehr, bettlägerig zu sein. Natürlich behielt ich es für mich, dass das geflunkert war. Offenbar dürstet sie nach Aufmerksamkeit. Und das ist immer traurig, wie ich finde. Vielleicht schätzt ihre Familie sie nicht so, wie sie es sollte.«

»Das wird sie bestimmt nicht tun, wenn man sie ständig umsorgen muss, ohne dass sie krank ist. Bekommt sie denn Krankengeld?«

»Ach du liebe Zeit. Daran habe ich gar nicht gedacht, wissen Sie.« Swithins braune Augen waren zu Boden gerichtet, als er über Mrs. Washbournes mögliche Betrügerei nachdachte.

»Immer dieses ärgerliche Geld. Es verleitet die Menschen zur Unaufrichtigkeit.«

»Da haben Sie ganz Recht, Flo. Wir sind alle nicht frei von der Versuchung. Wer weiß, welche unbefriedigten Wünsche Mrs. Washbourne hegen mag?«

Da ich ihr nie begegnet war, konnte ich mir davon auch kein Bild machen. »Offen gesagt habe ich auch Geldsorgen. Sie wissen nicht zufällig von irgendwelchen Jobs? Irgendwas Unqualifiziertes, egal wie niedrig die Entlohnung ausfällt.«

»Heißt das denn, dass Sie uns eine Weile erhalten bleiben? Das freut mich aber! Aber ein Job! Natürlich brauchen wir einen neuen Küster. Aber das gibt nur fünfzig Pfund im Jahr.«

»Und ich könnte nie ein Grab schaufeln, das sich für etwas Größeres als ein Meerschweinchen eignen würde. Was sind denn die Aufgaben eines Küsters, außer kluge Worte über Würmer und Wandlungsfähigkeit zu finden?«

»Nun, abgesehen vom Glockenläuten kümmert er sich um den Zustand des Kirchengebäudes. Das erschöpft sich aber darin, es auf Klopfkäfer abzuhören. Für irgendwelche Baumaßnahmen ist nie Geld da. Gräber werden heutzutage mit Baggern ausgeschaufelt. Geht viel schneller, ist aber auch lauter. Hat das Ganze irgendwie seiner Philosophie beraubt.« Swithin sah auf seine Uhr. »Ich muss los.

Heute Abend haben wir ein Treffen des Schulbeirats. Beryl will zeitig zu Abend essen und ist sauer, wenn ich zu spät komme. Aber keine Sorge, Flo. Ich werde drüber nachdenken. Denken Sie dran, der Herr wird's schon richten. Sagt man jedenfalls.« Ich wandte mich um und blickte ihm nach, als er davoneilte. Sein Regenmantel verhedderte sich in seinen Beinen und mir fiel auf, dass sein einer Schuh schwarz, der andere braun war.

Gräber wurden also keine mehr geschaufelt. Meine Qualifikation ließ wirklich sehr zu wünschen übrig. Ich beherrschte weder Steno noch Maschinenschreiben, weder Aktenablage noch Buchführung. Eigentlich konnte ich nicht mal richtig addieren, da Mathematik der wirklich schwache Punkt in meinem intellektuellen Gebäude war. Vom Funktionieren der Wirtschaft hatte ich überhaupt keine Ahnung. Worte wie Umsatz, Marketing, Einzelhandel und Inventur hätten für mich bei all der ihnen innewohnenden Bedeutung auch Zaubersprüche sein können. Mir wurde klar, dass ich bisher ein rechtes Schmalspurdasein geführt hatte. Ich hatte die reiche Vielfalt der Welt barer Münze zuliebe vernachlässigt.

Zum symbolischen Eingeständnis meiner plötzlichen Horizonterweiterung blickte ich in den taubengrauen, wolkenverhangenen Himmel. Ein paar eisige Regentropfen fielen auf mein nach oben gewandtes Antlitz. »Flo«, sagte ich laut, »du bist wirklich ein Dummkopf gewesen.« Hinter mir hörte ich ein unterdrücktes Niesen. Ich wirbelte herum und starrte ins Unterholz, das beidseitig die Straße säumte. Zu meiner Linken bewegten sich die Zweige heftig. Chloë bellte und unternahm bedrohliche kleine Ausfälle in Richtung der Störquelle. »Jetzt reicht es«, sagte ich mit einer Stimme, deren Heftigkeit nur vorgetäuscht war. »Komm jetzt raus! Genug der dummen Spielchen!« Wieder erzitterten die Blätter. Ich ging auf einen Busch zu. Ein kleines Kaninchen sprang mir mit verdutztem Blick beinahe auf die Schuhe und jagte dann die Straße hinunter. Ich schrie hinter Chloë her, bis ich heiser war, und zum Glück kehrte sie mit leerem Maul zurück. Ein scharfer Wind wehte mir den Mantelkragen ins Gesicht und zerzauste mein Haar.

Sobald ich nach Hause kam, zündete ich das Feuer an und fütterte Chloë mit den Resten des mir von Caro mitgegebenen Fasans. Ich rief Macavity, aber er zeigte sich nicht. Das war ungewöhnlich für ihn, vor allem, wenn es ums Fressen ging. Trotz des wieder heftig einsetzenden Regens ging ich hinaus in den Garten. Plötzlich ließ der Wind nach und von sehr weit her hörte ich einen Laut, der an ein schwaches Miauen erinnerte. Ich kämpfte mich durch eine zugewachsene Hecke und fand mich auf einem rechteckigen Platz wieder, der auf allen Seiten von dichten Eiben umgeben war. In der Mitte befand sich unter einer Laube ineinander verwobener Zweige und Blätter ein Steintisch. Als ich genauer hinsah, stellten sich mir vor Schreck die Nackenhaare auf. Auf dem Tisch stand ein Teller randvoll mit Nahrungsmitteln. In großer Furcht kroch ich darauf zu und starrte die Bohnen, das Gemüse, die Klöße, das dunkle Brot und die Butter an. Dampfschwaden schlängelten sich in der feuchten Luft.

Ein paar Sekunden lang starrte ich auf das Mahl unter der grünen Laube. Ich erblickte auch noch Messer und Gabel und eine Kanne und einen grünen Allzweckteller. Ich spießte eine Butterbohne auf und aß sie. Sie war warm und schmeckte köstlich. Ich hob den Deckel der Emaillekanne. Die heiße Flüssigkeit roch streng nach einem Kraut – vielleicht war es Kamille.

Ein unbestimmtes Geräusch von irgendwo zu meiner Linken lenkte mich ab. Ich rief mehrmals Macavitys Namen und er antwortete mir mit einem zu Herzen gehenden Jaulen. Inmitten feuchten Gebüschs am Ende eines steil abfallenden Pfads stand eine kleine Holzhütte. Ich stieß die Tür auf. Es war ein fürchterliches Durcheinander von Zeitungen, Schmutzhaufen, Steinen und Blättern. Außerdem lag darin ein zugebundener Karton, aus dem das Miauen kam. Ich machte ihn auf und ließ Macavity heraus. Seine Wiedersehensfreude war so groß, dass er mehrmals um mich herumlief und mir seinen Kopf immer wieder kräftig gegen die Beine stieß.

Ich war wütend auf den Übeltäter, der diese Grausamkeit zu verantworten hatte. Zum Glück hatte Macavity am Morgen ein großes Frühstück bekommen, aber ich wollte gar nicht daran denken, was passiert wäre, wenn das Schicksal mich nicht zu ihm geführt hätte. Da machte ich mir klar, dass derjenige, der den Bindfaden befestigt hatte, womöglich nicht allzu weit weg war. Und alles sprach dafür, dass er oder sie verrückt sein musste. Mit Macavity im Arm trat ich rasch den Rückzug ins Haus an.

Gierig schlang er die Reste von Caros Fasan hinunter und huschte dann zum Sofa am Kamin, wo er sich so lang machte, wie es nur ging, was ihm nach diesem Anschlag auf sein Nervenkostüm auch zustand. Ich quetschte mich neben ihn und grübelte über meine Möglichkeiten nach, an Geld zu kommen.

Als ich in die Flammen starrte und Tee aus einer hübschen Rockingham-Tasse trank, fiel mir auf, dass es bis auf das Atmen der Tiere außergewöhnlich ruhig war. Nur hin und wieder ein Knacken im Kamin, wenn die Flammen ein saftiges Stück Rinde erwischten, und das seltsame Kreischen eines Vogels. Ansonsten war es still, der Fluss lag zu tief unten und war im Haus nicht zu hören. Der Regen hatte fast aufgehört. Als ich so der Stille lauschte, klingelte mir der Kopf.

In London summt und brummt ständig der Verkehr. Und unentwegt war man von anderen Menschen umgeben, wenn nicht gar bedrängt. Doch jetzt saß ich beim dunkler werdenden Himmel in einem Schweigen, das meinen Ohren beinahe wehtat. Ein einsamer Abend lag vor mir. Stunden, in denen ich unter großen Anstrengungen im Licht der Gaslampen lesen könnte. Ich könnte mir einen Käsetoast oder ein Omelette machen, an Gewagteres war aufgrund der begrenzten Mittel – sowohl finanziell als auch von der Ausstattung her – nicht zu denken. Schließlich würde ich doch ziemlich zeitig zu Bett gehen, weil das Licht zum Lesen kaum ausreichte und es sonst nichts zu tun gab. Das Alleinsein brachte einem unwillkommene und unerfreuliche Aspekte des Charakters zu Bewusstsein. Es war die psychologische Entsprechung zum Fasten, bei dem man den Körper von seinen Schlacken befreit.

Plötzlich spürte ich, dass ich mich in so unverfälschter Form nicht ertragen konnte. Die Gedanken kreisten halb gar durch mein Gehirn und ihre stumpfe Sinnlosigkeit machte mich unruhig. Vielleicht taugte ich nicht für die Gesellschaft meiner Zeitgenossen. Draußen in der weiten Welt schloss sich der Rest der Menschheit in heiterer und unbeschwerter Harmonie zusammen. Ich war allein, eine Versagerin. Schlimmer noch, ich war selbstsüchtig und grausam. Ich verdiente es, eine Außenseiterin, eine Ausgestoßene zu sein. Als ich meinen Vater angerufen hatte, um ihm zu sagen, dass ich Alex nicht heiraten würde, hatte Fay sich den Hörer geschnappt und hineingeschrien, ich sei verrückt. Vielleicht hatte sie Recht. Es wäre ihr eine große Befriedigung gewesen, mich in meiner momentanen Verzweiflung zu erleben.

Als sie mir und Alex per Zufall im Berkeley begegnet war – es dürfte etwa zehn Tage nach unserer ersten Begegnung in der Oper gewesen sein – hatte sie uns erst fassungslos, dann aber mit einem Ausdruck wilder Neugier angestarrt. Gleich am nächsten Tag hatte sie mich angerufen und mich ins Kreuzverhör genommen, wo ich Alex kennen gelernt und wie oft ich mich mit ihm getroffen hatte. Ich erzählte ihr, dass ich ihn kaum kannte, worüber sie ihre Freude nicht verhehlen konnte. Ich sagte ihr nicht, dass wir in einer Woche drei Abende miteinander verbracht hatten. Aber als wir zwei Monate danach durch Zufall meinem Vater und Fay auf einer Party begegneten, dürfte es selbst den Spargelröllchen deutlich geworden sein, dass wir ein Liebespaar waren. Fay hatte ihren Champagner genippt, als zwänge man sie, Essig zu trinken, und sie sah unter ihrem sorgfältigen Make-up müde und alt aus. Danach erzählte Alex mir, Fay habe ihn in den Wochen nach der ersten Begegnung im Berkeley mehrmals angerufen, um ihn zum Abendessen einzuladen. Er hatte sich die verschiedensten Ausreden einfallen lassen müssen. Ein wenig eingeschnappt hatte ich ihn darauf gefragt, warum er mir das nicht schon eher erzählt habe, worauf er mir die vernünftige Antwort gab, er habe geglaubt, ich würde mich darüber ärgern.

Alex nahm die Sache in die Hand, wie er das immer tat, und lud meinen Vater und Fay zu einem gemeinsamen Abendessen im Claridges ein. Es überraschte mich, dass sie einwilligte. Dann wurde mir klar, dass sie gar nicht anders konnte. Sie fühlte sich unheimlich zu ihm hingezogen. Alex übertraf sich selbst an Charme. Mein Vater und ich hätten auch an einem anderen Tisch sitzen können, denn wir nahmen an ihrem Gespräch kaum teil. Alex' Verhalten ihr gegenüber Flirten zu nennen wäre eine zu grobe Beschreibung der respektvollen Konzentration gewesen, die er ihr entgegenbrachte. Sein Interesse war wie ein Zugpflaster auf einem Splitter, das all ihre Hoffnungen, Ängste, Eitelkeiten und Enttäuschungen herauszog, ehe er sie mit dem Balsam seines Mitgefühls und seiner Bewunderung salbte. Als ich am Ende des Abends gähnte, saß Fay mit glänzenden Augen und ungezügeltem Mitteilungsdrang da.

Danach schrieb sie ihm kleine Billetts und rief ihn regelmäßig an und alle paar Wochen aßen sie gemeinsam zu Mittag. Es stand außer Zweifel, dass Fay in Alex verliebt war. Auch mein Vater musste das gemerkt haben, aber er hielt sich an die jahrhundertealte männliche Devise, nichts bemerkt zu haben. Vielleicht war er sogar erleichtert. Fay ging dazu über, ihn wie einen älteren Verwandten zu behandeln, dessen Launen toleriert und dessen Annehmlichkeiten berücksichtigt werden müssen, obwohl er ansonsten eigentlich kein Interesse verdiente. Sie war zu ihm freundlicher als je zuvor.

Als ich Alex fragte, ob er glaube, dieses Spiel unbegrenzt durchhalten zu können, meinte er, das halte er für überaus wahrscheinlich. Fay gehöre zu den Frauen, die Bewunderung dem Sex vorziehen. Im Grunde genommen sei sie kalt und mit sich selbst beschäftigt. Er lehre sie, sich als seinesgleichen – sie war zehn Jahre älter – und als seine Komplizin zu sehen, die wegen ihrer Erfahrung und auch ihres Raffinement gut zu ihm passte, wohingegen ich das dekorative Kind war – die Schlafende Schöne, eine *ingénue*, sein Trost dafür, dass er für eine illegale Liaison mit Fay zu gewissenhaft sei. Ich sah darin nur eine kleine Schmierenkomödie vorgetäuschter Absichten und heimlicher Befriedigungen.

Ich wunderte mich, weshalb Alex den Umgang mit Fay der Mühe wert fand. In diesem Punkt war Alex, ohne sich zu schämen, ganz direkt. Mein Vater sei ein reicher Mann und Alex habe deshalb nicht die Absicht, Fay Grund dafür zu geben, dass sie ihn überredete, mich zu enterben. Als ich darauf hinwies, dass Alex sehr hohe Honorare bekam und ich, weil er darauf bestanden hatte, dass ich meine Preise anhob, mehr denn je verdiente, meinte Alex nur, Geld könne man nie genug haben.

Er ging sehr klug um mit Fay. Manchmal, wenn sie zu viel getrunken hatte, beichtete sie mehr oder weniger ihre Liebe. Dabei schaffte Alex es immer, einer Erklärung seinerseits zu entgehen, indem er ihr das Gefühl vermittelte, auch er sehne sich nach ihr. Sie wurde emotional von der sexuellen Erregung abhängig, die er ihr wie eine Droge verabreichte, ohne das Durcheinander und die Unordnung des körperlichen Aktes. Ich glaube, Alex genoss seine Macht über sie. Ob er sie attraktiv fand oder nicht, davon hatte ich keine Ahnung.

Der Gedanke an Fay, die mit dem Rest der Menschheit ganz und gar nicht im Einklang war, rückte für mich die Proportionen wieder zurecht und die absurde Paranoia, die mich in meiner Einsamkeit belastete, verschwand. Ich war einfach nie richtig allein gewesen. In London gab es immer etwas zu tun und Leute, mit denen man etwas tun konnte. Mochten sie auch nicht besonders stimulierend sein, unterhalten konnte man sich. Ein Theaterstück, das einen gleichgültig ließ, eine amateurhafte Vernissage, ein gemeinsames Abendessen mit Freunden, all diese Dinge füllten mühelos die Zeit. Auf dem Land kam es einem so vor, als hätte man einen Ozean der Leere zu füllen. Ich spürte, dass ich meine Zeit besser einteilen und auf lohnende Weise verbringen musste. Hier hatte ich die ausgezeichnete Möglichkeit, Gibbons *Aufstieg und Fall des Römischen Reiches* zu lesen, ein Buch, das zu lesen ich mir immer wieder vorgenommen hatte. Ich könnte auch mit *Auf der Suche nach der verlorenen Zeit* beginnen. Ich könnte meinen Geist beackern und frei von Unterbrechungen kultivieren. Aber das Einzige, worauf ich Lust hatte, war auszugehen und ausgelassen zu sein.

Ich musste mir eingestehen, dass ich Alex vermisste. An seine Aufmerksamkeit hatte ich mich gewöhnt und ihren Mangel empfand ich als sehr akut. Doch wenn man mit sich allein nicht glücklich sein kann, stimmt etwas nicht. Ich versuchte mir einen Zustand zwischen dem Getümmel der Welt und der Isolation einer Dichtertrance auszumalen – autonom, zufrieden und frei von allen Täuschungen. Einen Augenblick lang hielt ich ihn fest, ein Dasein frei von spekulativer, enttäuschender Unzufriedenheit mit sich und der Welt. Ich wollte mich darauf konzentrieren und mir kein sinnloses Verlangen nach den Zerstreuungen der Gesellschaft erlauben.

Da klopfte es an der Tür. Chloë erhob sich mit Gebell und ich war fast ebenso schnell auf den Beinen. Die Vorstellung, jemanden zu sehen, freute mich so sehr, dass ich fast zur Tür rannte. Es sagt etwas über die Abgründe aus, in die ich abgetaucht war, dass meine Freude kaum gemindert wurde, als ich Dusty auf der Schwelle stehen sah. Zur Begrüßung schob er mit seiner weißen Hand seine mehlige Kappe auf den Hinterkopf und reichte mir einen Zettel.

Liebste Flo,
da du dich entschieden hast, doch noch zu bleiben, finde ich, wir sollten das alte Haus lieber herrichten. Dusty wird das Dach reparieren. Ich muss nach Bexford, um ein paar Kühe zu verkaufen, aber ich komme wieder.

Guy

»Sie wollen das Dach reparieren? Das ist aber freundlich von Ihnen.« Ich wunderte mich über die Schnelligkeit, mit der die Neuigkeit die Runde gemacht hatte.

»Hat nix mit Freundlichkeit zu tun. Master Guy ist der Boss. Wenn der Herr sagt spring, dann muss ich das tun.« In Dustys Augen stand deutlich die Kränkung zu lesen. »Is ja nich so, als hätt ich sonst nix zu tun. Master Guy meint, ich soll 'ne Annonce in der Zeitung für 'n Müllergesellen aufgeb'n, da George nachts nich mehr arbeit'n soll. Hat sich in 'n Kopf gesetzt, dass er 'ne Ausbildung kriegt.«

»Tut mir Leid, dass Sie meinetwegen jetzt zusätzliche Arbeit haben.« Diese Äußerung war ziemlich unaufrichtig, aber ich glaubte mich um ein gutes Auskommen bemühen zu müssen.

»So 'n Strohdach zu decken is hart für die Hände«, jammerte er und ich setzte ein mitleidiges Gesicht auf.

»Moment mal«, sagte ich, als er seine Kappe tief in die Stirn zog und sich zum Gehen anschickte. »Sie sagen, Sie suchen eine Hilfe für die Mühle. Warum nehmen Sie nicht mich. Ich bin bestimmt so kräftig wie George.«

Dusty drehte sich um und sah mich überrascht an. »So 'n Hänfling wie Sie? Sie wär'n tot, eh der Tag rum wär.« Er schüttelte den Kopf in einer Wolke von Mehlstaub, dann hielt er inne und dachte noch mal nach. »Vielleicht könnt'n Se ja auf die Maschinen aufpass'n und so. Jedenfalls ham Se zwei gute Beine.« Die Art und Weise, wie er diese anstarrte, gefiel mir nicht. »Wofür woll'n Se 'n das mach'n?«

»Für Geld natürlich.«

»Jetzt sag'n Se bloß nich, so 'n rausgeputztes Stadtmädchen, die noch 'ne Königin beneiden tät, hat kein Geld? Guter Witz, aber echt.« Dusty bleckte seine wenigen verbliebenen Zähne zu einem hämischen Grinsen.

»Nein wirklich, ich brauche Geld.«

»Wie viel?«, fragte Dusty gerissen.

»Wie viel wollten Sie denn in der Anzeige bieten?«

»Hab ich mir noch nich überlegt.«

Ich glaubte ihm nicht. »Wie wär's mit zwei Pfund die Stunde?«

Dusty krümmte sich vor stillem Lachen. »Ein Pfund.«

»Eins fünfzig.«

»Is gut!«

Sein Grinsen im Gesicht sagte mir, dass ich mich zu billig verkauft hatte. Aber ich hatte Arbeit. Nachdem Dusty weg war, fühlte ich mich zu meiner Überraschung ganz leicht ums Herz. Von Dienstag acht Uhr an – am Montag wollte ich mir Arbeitskleidung kaufen – würde ich eine neue Identität haben. Mir kamen romantische Vorstellungen zum Mahlen in den Sinn und ich stellte mir Frauen in beinah biblischen Kostümen vor, die das Korn mit der Hand mahlten, ein Mühlstein über dem anderen, Jahrhunderte, bevor man an Verbesserungen wie das Mühlrad dachte. Von den Anfängen des Ackerbaus an bis in dieses Jahrhundert stand die Mühle im Mittelpunkt des bäuerlichen Lebens. In Liedern und Fabeln waren Müller traditionell die unehrlichen Menschenfeinde. Im Volksmund hieß es, es gibt nichts Tapferes als das Halstuch eines Müllers, das jeden Morgen einen Dieb schmücken muss. Dusty schien diesem Charakter sehr zu entsprechen. Es kam mir vor, als würde ich in das Gespinst und Gewebe ländlichen Lebens eintauchen. Ich sah die schlichten, aber poetischen Freuden eines Müllergesellen vor mir und erfreute mich an diesen Gedanken, bis es Zeit war, ins Bett zu gehen.

18

Also ehrlich, Flo, ich frage mich, ob das Leben in Drop Cottage dir nicht den Verstand geraubt hat.« Caro und ich räumten den Schuppen über dem Fluss aus, der vor kurzem Macavitys Gefängnis gewesen war. Es war Montag, mein letzter Tag als Müßiggängerin, ehe ich zur Lohnempfängerin wurde. »Er ist so ein garstiger alter Mann. Und es wird dir das Kreuz brechen, wenn du für ihn arbeitest. Du hustest noch immer. Ich weiß nicht, was Edward dazu sagen wird. Fast hoffe ich, er verbietet es dir.«

»Aber Caro.« Ich hob mahnend den Finger. »Das ist mein erster Schritt zurück in die Unabhängigkeit und du willst mir mit Geschichten vom Schwarzen Mann Angst einjagen. So gern ich Edward mag und so sehr ich ihn respektiere, über das, was ich tue, besitzt er keine Autorität.«

»Du hast ganz Recht. Entschuldige. Ich kommandiere andere immer gerne herum. Achte einfach nicht darauf.« Caros reuevoller Gesichtsausdruck hielt vielleicht eine Sekunde an, ehe ihr Blick wieder scharf wurde. »Und lass um Gottes willen nicht zu, dass Dusty dich ausbeutet. Und denk dran, beug immer deine Knie und halte deinen Rücken gerade, wenn du etwas Schweres heben musst.« Als sie mein Lächeln sah, fing sie zu lachen an. »Ich weiß, ich sollte mir einen Job suchen, bei dem Tyrannei eine Tugend ist. Oberschwester oder Oberfeldwebel. Das Komitee des Kirchenbasars bietet mir nicht genug Raum dafür. Stell dir doch mal vor, wie meine Hüften in Uniform aussähen.«

»Du bist keine Tyrannin, nur unendlich freundlich und selbstlos. Wie hätte ich das alles ohne dich schaffen sollen?«

Auf der langen Liste von Caros guten Taten stand als letzte eine Autofahrt nach Tarchester, damit ich mir dort anständige Arbeitskleidung kaufen konnte. Tarchester erwies sich als recht anziehende Stadt, deren Gesamtbild von schönen Steinbauten und den üblichen eingestreuten hässlichen modernen Geschäftsfronten sowie der bei Städteplanern so beliebten auffälligen Architektur des zwanzigsten Jahrhunderts bestimmt wurde. In einer Seitenstraße hatten wir einen sehr nützlichen Reste-Laden entdeckt, in dem ich mir eine Jeans, nicht gerade elegant, aber mit ausreichend Platz zum Bücken, billige Schuhe mit Gummisohle, eine blaue Seemannsjacke und einen dicken Seemannspullover aus geölter Wolle kaufte. Ich hatte auch den Blasebalg mitgenommen, der repariert werden musste, und erstand einen hübschen Emaillekessel in Creme und Grün, der mir gut zu der heimeligen Romantik des Häuschens zu passen schien.

Im Tudor-Café mit den nachgemachten Zaumzeugbeschlägen, den imitierten Windsor-Stühlen und Stickbildern von Damen in Krinolinen, die zwischen Malven standen, aßen wir zu Mittag. Die Lasagne war hausgemacht, wenngleich kein Italiener sie als solche erkannt hätte. Es gab ein Gerangel ums Bezahlen. Weil ich es feiern wollte, wieder über ein Einkommen zu verfügen, drohte ich zu Fuß nach Hause zu laufen, wenn sie sich weigern sollte, mein Gast zu sein.

Als wir zum Haus zurückkamen, erzählte ich Caro von Macavitys Gefangenschaft und sie wollte unbedingt die Hütte sehen. Da ich jetzt die Muße hatte, sie mir genauer anzusehen, erkannte ich, dass es sich dabei um eine Art Belvedere handelte, das man auf einem Felsen errichtet hatte, einen Aussichtspunkt, von dem aus man die hinreißende Flusslandschaft bewundern konnte. Das kleine Haus hatte einen sechseckigen Grundriss und die Tür war einmal blau gestrichen gewesen. Die einstmals bleiverglasten Fenster waren entweder zerbrochen oder fehlten ganz, und vor Jahren hatte sich jemand die Mühe gemacht, dem Bau von außen einen rustikalen Anstrich zu geben, indem er Spaltholz an die Wände nagelte.

»Das könnte sehr hübsch sein, weißt du.« Ich stapfte durch die Dornenranken, um den schmalen frei tragenden Balkon zu untersuchen, der sich über den Abhang schob. »Einige Holzschindeln sind verfault, aber man könnte sie ersetzen. Was das wohl sein mag, was hier überall wächst?«

»Es ist Geißblatt«, meinte Caro mit Bestimmtheit.

»Wie klug von dir, wo doch gar keine Blüten zu sehen sind. Komm, wir machen ein Feuer und verbrennen den ganzen Plunder hier. Wie nur der ganze Schmutz hier hereingekommen sein mag? All diese kleinen, mit Steinen und Federn bedeckten Haufen. Und da ist noch etwas. Im Garten gibt es eine Art Schrein, da oben auf dem kleinen rundum bewachsenen Platz. Gestern stand da ein Teller Essen. Als ich heute Morgen nachsah, war er weg, sogar das Messer und die Gabel. Ich werde mir das doch nicht eingebildet haben?«

Caro lächelte. »Das hat mit einem Heiligtum nichts zu tun. Es ist ein Essplatz im Freien.«

»Aha! Du weißt darüber also Bescheid!«

»Barbara Watkins stellt dort jeden Tag Essen für Lemmy hin.«

»Lemmy?«

»Er ist ziemlich exzentrisch. Er hält sich nicht gern in Innenräumen auf. Er ist eben anders als andere Leute. Oh, keine Sorge«, schob sie rasch nach, als sie mein Gesicht sah, »Lemmy tut keinem was zu Leide. Er ist das sanfteste Wesen, dass es auf dieser Welt gibt. Manchmal denke ich, er ist in vieler Hinsicht ein wahrhaft guter Mensch, der beste, den ich kenne. Ein Narr ist er jedenfalls nicht. Nur – anders. Er lebt in den Wäldern neben der Abtei. Aber aus irgendeinem Grund liebt er diesen Garten hier. Bar hat ihm in den letzten Jahren immer, wenn sie zum Hintock Cottage kam, etwas zu Essen gebracht. Es gibt einen Durchgang in der Hecke, wo die beiden Gärten aneinander stoßen. Sie hat mich vor einigen Tagen gefragt, ob es dir wohl was ausmacht, wenn sie diesen weiterhin benutzt, und ich habe das verneint.«

»Keinesfalls macht mir das was aus.« Ich schwieg eine Weile und überlegte. »Ist Lemmy der Geisterpfeifer?«

Caro nickte. »Er hat die außergewöhnliche Fähigkeit, Klänge zu imitieren. Einmal habe ich meinen Plattenspieler aufs Fensterbrett gestellt und Mozart gespielt – es war die *Sinfonia Concertante*. Lemmy saß in einem Baum und hörte zu und danach pfiff er das ganze Stück nach, vom Anfang bis zum Ende, getreu nach Noten, soweit ich das beurteilen kann.«

»Warum um Himmels willen hast du mir das nicht erzählt?«

»Ich hätte es beinahe, aber du wirktest so angespannt und unglücklich, als du davon erzähltest. Ich fürchtete, dir mit der Vorstellung, dass dort jemand durch den Garten kriecht, Angst einzujagen, vor allem jemand, der nicht ganz so – konventionell ist. Er sieht ziemlich wild aus. Er mag sich die Haare nicht schneiden lassen und lässt die Fingernägel ganz lang wachsen. Bar ist unglaublich freundlich zu ihm und versucht ihn anständig zu kleiden, aber er trägt nur Kleider, wenn ihm danach zumute ist.«

Ein nackter Exzentriker, der durch den Garten schlich! Ich wagte mich kaum umzusehen, aus Furcht, einem Paar verrückter Augen zu begegnen, die mich aus einem Gebüsch heraus anglotzten. In Hinblick auf den Garten hatte ich keinerlei Besitzansprüche. Meinetwegen war das ganze Dorf willkommen, in meinem Garten zu lustwandeln, aber die Vorstellung, beobachtet zu werden, war unerfreulich. »Bist du sicher, dass er nicht gewalttätig ist?«

»Absolut. Wenn du ihm zufällig begegnen solltest, wird er sich mehr erschrecken als du. Stör dich einfach nicht an seinem Äußeren. Sprich ganz ruhig mit ihm und vielleicht traut er dir dann. Ehrlich, das ist in Ordnung so. Ich mag ihn sehr gern.«

»Hm. Ich werde mein Bestes tun. Was meinst du, ist Lemmy für das Einsperren von Macavity verantwortlich?«

»O nein! Er verehrt Tiere. Außerdem käme Lemmy nie hier herein. Ich habe dir doch gesagt, dass er eine Phobie vor geschlossenen Räumen hat.«

»Soll das heißen, er lebt selbst im Winter im Wald? Ohne Kleider am Leib?«

»Er hat Decken. Und Bar hat ihm einen Umhang aus Hühnerfedern gemacht. Hat Monate gedauert, bis ich genug beisammen hatte.«

Ich lachte. »Weißt du, dieser Ort hier ist die perfekte Kur für jeden, der an Stadtverdrossenheit leidet. Also gut, ich werde daran denken, ganz sanft mit ihm zu reden, und sein Vertrauen zu gewinnen versuchen. Hoffentlich springt er mir nicht plötzlich in den Weg und gefährdet unsere Freundschaft, indem er mich zum Schreien bringt.«

Auf dem Weg zum Haus, wo ich Streichhölzer holen wollte, schossen meine Augen unwillkürlich von links nach rechts und als Macavity aus dem Unterholz spaziert kam, um mich zu erinnern, dass Teezeit war, machte ich einen Luftsprung und erschreckte uns beide. Ich wischte die Spinnweben aus einem alten Korb und stellte Tassen, Milch und Zucker sowie eine Tafel Schokolade und ein paar Äpfel hinein. Plötzlich kam mir Alex in den Sinn. Eine solche Schlichtheit wäre seiner Geringschätzung gewiss gewesen.

Das Zusammensein mit Alex war wie ein Eisschnelllauf durch eine wunderschöne Landschaft – aufregend und bezaubernd mit einer Spur von Gefahr. Wie alle Liebenden hatte ich Angst, dieses Glück könnte nicht von Dauer sein. Zu einem winzigen Riss in der Eisdecke – man konnte es nicht einmal Streit nennen – kam es ein paar Wochen, nachdem Alex mich gebeten hatte, seine Frau zu werden.

Es war ein strahlender Tag, aber in London war es heiß und es stank nach Abgasen. Ich beschloss, mit einem Skizzenblock und einem Picknick an die Küste von Norfolk zu fahren und nur um des Vergnügens willen einen Spaziergang am Meer zu machen. Ich rief Alex an, um ihm zu sagen, dass ich erst spät wieder zurück sein würde. Er reagierte verstimmt. »Wozu zum Teufel fährst du so eine weite Strecke? Kannst du nicht nach Kew fahren, wenn du dich schon nach Natur sehnst? Außerdem sind wir bei den Standings zum Abendessen eingeladen.«

»Das wäre doch nicht dasselbe. Ich brauche Himmel, Wolken, Wasser, Seevögel.«

»Soweit ich weiß, gibt es auch in Kew jede Menge Wolken und Himmel.« Ich hörte ihn mit jemandem im Raum sprechen, dann war er wieder in der Leitung. »Meine Sekretärin teilt mir gerade mit, dass es dort Seen und schwarze Schwäne gibt. Könnte mir vorstellen, dass das interessanter wäre.«

»Ich möchte einfach Onkel Sid besuchen.«

»Wusste gar nicht, dass du einen Onkel in Norfolk hast.«

»Ich habe dir von ihm erzählt. Der Bruder meiner Mutter. Der mit dem heruntergekommenen Kleinbauernhof.«

»Ach ja, ich erinnere mich.« Bildete ich es mir nur ein, oder hörte ich da einen missbilligenden Ton?

»Und ich möchte im Sand laufen und mir Muscheln ansehen. Das Salz schmecken und das Brechen der Wellen beobachten. Ja, ich weiß, dass sich das kindisch anhört, aber genau das entspräche meiner Stimmung. Und ich werde dafür sorgen, rechtzeitig zum Abendessen zurück zu sein.«

»Du hast Recht, es hört sich tatsächlich kindisch an. Offen gesagt sogar entschieden schrullig.«

»Mir ist einfach nach frischer Luft.«

»Aber du magst das Land doch gar nicht.«

»Das habe ich nie gesagt. Ich verbringe dort nur nicht sonderlich viel Zeit.«

»Es gefällt mir nicht, dich in dieser verrückten Verfassung durch die Gegend düsen zu lassen. Ich komme lieber mit.«

»Du wirst dich langweilen. Ehrlich, ich komme gut allein zurecht.«

»In einer halben Stunde bin ich da.«

Also fuhren wir im Rolls nach Norfolk, chauffiert von Bax, Alex' Fahrer, und machten unterwegs Mittagspause in einem teuren Hotel. Ein Besuch bei Onkel Sid wurde nicht mehr erwähnt. Als wir den Pinienwald erreicht hatten, hinter dem der Strand begann, stellte Bax zwei Liegestühle in den Schatten sowie einen Tisch für Alex' Aktentasche und die Zeitung und einen Kübel voller Eis für den Champagner. Nachdem wir ein paar hundert Meter weit gelaufen waren, fiel Alex etwas Wichtiges zur Besprechung am nächsten Tag ein und er kehrte zu seinem Liegestuhl zurück, um sich Notizen zu machen. Ich wanderte einen Kilometer am Strand entlang, watete durch die eisigen Priele und beobachtete die Farben des feuchten Sandes, die von Malve über Rosa bis hin zu Gold changierten.

Als ich zurückkam, war Alex in seine Arbeit vertieft. Ich hatte meinen Spaziergang abgekürzt, weil ich wegen Bax ein schlechtes Gewissen hatte, der im Auto den *Daily Mirror* las und sich gewiss langweilte. Ich fragte mich, ob einer von den beiden überhaupt den Möwenschrei gehört hatte. Bax hatte noch seine Kappe auf. Auf dem Rückweg beklagte Alex sich über Sand in den Socken. Sie hatten einen beschwerlichen Nachmittag verbracht, nur um meine Laune zu befriedigen. Worüber konnte ich mich beschweren?

Mit der Teekanne in der Hand ließ der Weg zum Belvedere sich nur langsam zurücklegen. Eine Thermosflasche war für Violas Patentante offenbar zu neumodisch gewesen. Caro hatte ein eindrucksvolles Feuer entfacht und wir tranken unseren Tee vor den lodernden Flammen.

Vom Feuerschein vergoldet, wechselte Caros Gesicht von nichts sagend nach schön, ihre braunen Haare glänzten und ihre Augen strahlten. Das Haus über uns versteckte sich hinter vorspringenden Felsen und Bäumen, deren kahle Äste schwarz wurden, als die Sonne unterging und das Tal mit all seinen Einzelheiten in sich langsam ausbreitendes Zwielicht tauchte. Chloë und Balthazar rannten aufgeregt den Pfad auf und ab, weil ein Vogelschwarm, wahrscheinlich Saatkrähen, unter lautem Gezeter in sein Nest zurückkehrte. Ich fand das so schön, dass ich mich fragte, wie ich so lange ohne Szenen wie diese hatte leben können.

»Ich habe Guy schon zwei Tage nicht mehr gesehen«, sinnierte ich und verfolgte dabei das Farbenspiel der Kartons, die sich im Feuer von Rot zu Schwarz und dann in Gold verwandelten. »In seiner Nachricht hieß es, er sei nach Bexford gefahren, um Kühe zu verkaufen. Kann man denn sonntags Kühe verkaufen?«

»Ich weiß es nicht. Aber das ist typisch für Guy. Gerade wenn er zu einer festen Größe zu werden beginnt, verschwindet er ohne Vorwarnung.« Caro zögerte. »Sei nicht sauer auf mich, wenn ich mich da einmische, aber ich an deiner Stelle würde mich nicht allzu sehr für ihn begeistern. Er kann sehr charmant sein – die Gilderoys verfügen alle über die Gabe, einen zu fesseln –, aber einer trägt immer Verletzungen davon und das ist auf keinen Fall Guy. Manchmal denke ich, ihm fehlt vielleicht ein moralisches Bewusstsein, dann wieder überlege ich, ob er nicht einfach hoffnungslos oberflächlich ist. Aber dann überrascht er einen wieder mit einer Demonstration wirklicher Einfühlung und Einsicht. Vielleicht *will* er einfach nichts an sich ranlassen.«

»Ich glaube, es hat ihn als Kind sehr verletzt, dass seine Mutter wegging.«

»Könnte sein. Aber vielleicht will er auch nur, dass man das denkt. Komisch, oder? Die meisten Männer sind ganz einfach zu durchschauen, aber bei Guy ist der Blick getrübt. Und das macht ihn gefährlich.«

»Sofern man seinem Zauber erliegt. Das ist mir aber nicht passiert.«

»Aber ein bisschen verliebt bist du. Oh, du brauchst nicht zu antworten. Ich bin schon wieder neugierig. Ich werde dir einfach was erzählen. Auch ich hatte mal ein kurzes Techtelmechtel mit ihm.« Die Überraschung musste ich heucheln, denn schon als ich die beiden zum ersten Mal zusammen erlebt hatte, war mir klar gewesen, dass sie einmal etwas miteinander gehabt hatten. »Ich war nicht in ihn verliebt oder so. Ich habe dir von meiner unerwiderten Leidenschaft erzählt. Der Zerstörung all meiner Hoffnungen.«

»Ich hoffe doch, dass es nicht ganz so schlimm war. Du warst sehr jung. Es muss doch noch andere Männer gegeben haben.«

»Nein. Na ja, ich war mit einigen im Bett, aber ich habe sie nicht geliebt. Sie konnten ihm nie das Wasser reichen. Ich kam einfach nicht los von der fixen Idee, dass er für mich der Einzige war. Heute weiß ich, dass es Besessenheit war. Vielleicht war es eine Möglichkeit, mit dem Schmerz der Zurückweisung klarzukommen.«

Sofort musste ich wieder an Alex denken. Angenommen, er konnte nicht aufhören mich zu lieben, weil ich ihn zurückgewiesen hatte? Wie schrecklich, wenn ich auf ewig seine Liebesfähigkeit zerstört hätte. Doch sofort verwarf ich den Gedanken, weil er eingebildet und dumm war. Caro war ein verletzbares unschuldiges Mädchen gewesen. Alex war erfahren, erwachsen und weltmännisch. Aber angenommen, Alex hätte mich zurückgewiesen? Diese Gefühle konnte ich mir beim besten Willen nicht ausmalen. Zum ersten Mal erkannte ich ganz deutlich, dass seine auf mich fixierte Leidenschaft ein wesentlicher Bestandteil unserer Affäre gewesen war. Jemand, der mich so sehr wollte, wirkte auf mich unendlich verführerisch. Mir wurde ganz heiß bei der Entdeckung dieser verachtenswerten Schwäche, die man nur Eitelkeit nennen konnte.

»Glaubst du denn, dass nicht erwiderte Gefühle manchmal die Liebe sogar noch anstacheln?«

»Du meinst, weil das den anderen so unendlich überlegen macht?

Aber ich denke, er war den anderen Männern tatsächlich überlegen.« Caro lachte. »Das ist dann Liebe. Du kannst eben nicht akzeptieren, dass deine Gefühle nicht erwidert werden. Du bist überzeugt, dass er eines Tages merken wird, dass er ohne dich nicht leben kann. Das scheint so selbstverständlich, vielleicht sogar vorherbestimmt zu sein. Du bist wütend, weil er zu blind ist, es zu sehen. Ich glaube, manchmal war ich kurz davor, ihn zu hassen.«

»Hat nicht La Rochefoucauld gesagt, wenn man die Liebe von außen betrachte, ähnle sie eher dem Hass als der Liebe?«

»Und Ovid hat gesagt, Liebe sei eine Art Kriegskunst. Vielleicht läuft alles auf üppig wuchernden Egoismus hinaus. Aber wie auch immer, es kam nicht dazu. Er liebte eine andere und ich musste das für mich Beste daraus machen. Ich versuchte alles Mögliche, Gedichte zu schreiben, mich zu betrinken – und mit Guy ins Bett zu gehen. Wenn ich darüber nachdenke, war das das Einzige, was wirklich half.«

Diesmal war meine Überraschung echt. »Und wie das?«

»Dadurch hatte ich etwas anderes, worüber ich mir den Kopf zerbrechen konnte. Ich habe nur einmal mit Guy geschlafen. Er lief mir eine Woche lang nach und schmeichelte mir außerordentlich. Nie war ich so unverfroren umworben worden. Ich war allein und fühlte mich elend und wollte einfach meinen Gefühlen entfliehen. Außerdem war ich noch Jungfrau und es leid, eine zu sein. Also dachte ich, was soll's? Ich nehme an, er hat alles richtig gemacht. Ich war natürlich zu unerfahren, um das zu beurteilen. Aber es gefiel mir nicht. Es war ein Gefühl, als würde ich unendlich weit von all dem weggeschoben werden, woran ich glaubte. Hinterher war Guy sehr freundlich, er küsste mich und behauptete, ich sei unsagbar sinnlich gewesen und hätte ihn sehr glücklich gemacht. Sein Enthusiasmus war wirklich überzeugend. Ich redete mir also ein, dass das heulende Elend, dem ich mich am liebsten hingegeben hätte, daher kam, weil es meine erste sexuelle Erfahrung war.

Ich sagte mir, ich müsse mich von meiner alten Liebe losreißen und mich ganz und gar dieser neuen hingeben. Außerdem war Guy der bei weitem attraktivste und interessanteste Mann weit und breit. Aber ich bekam nie Gelegenheit dazu.« In Caros Augen lag Spott, ob ihretwegen oder Guys wegen konnte ich nicht entschlüsseln. »Er ging mit ein paar Cousins für einen Monat nach Schottland, doch wir hatten jede Menge Pläne für die Zeit nach seiner Rückkehr. Die üblichen netten, aber langweiligen Männer baten mich, mit ihnen zum Jagdball im Dorf zu gehen. Ich sagte, ich würde mit Guy gehen. Ich überredete meinen Vater, mein Unterhaltsgeld zu erhöhen, damit ich für uns beide Karten kaufen konnte. Ich schaffte es, mich in einen Zustand beinahe freudiger Erwartung zu versetzen.

Ich freute mich schon darauf, mit meiner Eroberung, einem der begehrtesten Junggesellen von South Dorset, anzugeben. Bis dahin war mein Ruf beschämend makellos gewesen. Ich kaufte mir ein neues Kleid, das mich ziemlich schlank aussehen ließ. Ich ging nach Tarchester zum Frisör und ließ mir einen tiefen Pony schneiden und die Spitzen mit Clips feststecken, damit sie nach außen aufsprangen.« Caro lachte. »Kannst du dich noch an diese schreckliche Mode erinnern? Die Tage vergingen und ich umkreiste ständig das Telefon. Das verdammte Ding wollte nur einfach nicht klingeln. Mein Vater beharrte darauf, dass ich hinzugehen hatte, da er schließlich für die Tickets aufgekommen war. Er bestand darauf, mich selbst hinzufahren. Mit einem flauen Gefühl im Magen ging ich ängstlich hinein und das Erste, worauf mein Blick fiel, war Guy, der mit Tania Heythrop von der Reitschule herumknutschte. Die Demütigung war grässlich. Den ganzen Abend war ich damit beschäftigt, die Annäherungsversuche des betrunkenen Geoffrey Searle abzuwehren. Auf seinem Kinn glänzte die Sauce Hollandaise. Also gut, dann eben nicht Hyperion, sondern Satyr.«

»O Caro, welche Qualen, und du warst noch so jung!«

Caro schien es komisch zu finden. »Das war ich, das war ich wirklich. Als ich nach Hause kam, heulte ich stundenlang und es dauerte lange, bis ich nicht mehr daran denken musste. Aber weißt du, Guy hatte dann auch noch die erstaunliche Chuzpe, es noch einmal zu versuchen – das muss etwa fünf Jahre nach diesem katastrophalen Abend gewesen sein. Er sah mich so beleidigt an, als ich ihm einen Korb gab, dass ich einfach lachen musste, was ihn noch mehr verärgerte.«

Jetzt lachte ich auch über diese Geschichte jugendlichen Leidens, die mich sehr berührte. Aber gleichzeitig war mir klar, dass dahinter die Warnung steckte, mich nicht auf die Lockungen Guys einzulassen. Gleich darauf frischte der Wind auf und fegte Funken und brennenden Karton durch die Gegend, was den Fortbestand des Belvederes ernsthaft bedrohte, so dass wir das Feuer löschten und den Korb packten. Ein plötzlicher Regenguss löschte die letzten Flammen. Caro musste zum Pfarrhaus, um dort für Swithin die Bibelstunde zu übernehmen, der eine schlimme Erkältung hatte.

»Es ist reine Zeitverschwendung. Bis auf Mrs. Morris und Tom Browse kommt ohnehin nie einer. Und die können praktisch das ganze Ding von der Genesis bis zur Offenbarung des Johannes Wort für Wort auswendig zitieren. Es gefällt ihnen, sich aneinander zu messen und anzugeben. Aber Swithin hörte sich so elend an, dass ich nicht nein sagen konnte. Beryl wäre zwar auch noch da, könnte man meinen, aber nein, der Montagabend ist fürs Bügeln reserviert: Altartuch, Swithins Chorrock und was sonst noch alles. Sind das nicht die Klagelieder, wo es um Bedrängnis und Not geht, den Wermutstropfen und die Galle? Genau das ist Beryl.«

»Leider kenne ich mich da nicht aus. Wahrscheinlich hätte ich ein paar Bibelstunden bitter nötig. Aber«, fügte ich rasch hinzu, »ich muss zeitig zu Bett, damit ich morgen früh ausgeruht bin.«

Wir kehrten ins Haus zurück, spülten das Teegeschirr ab und gingen dann mit den Hunden gemeinsam bis zur Telefonzelle. Caro und Balthazar liefen weiter zum Yardley House, während ich Chloë dazu überredete, auf dem Wiesenstreifen auf mich zu warten. Eine der Scheiben des Telefonhäuschen fehlte und mir blies ein durchdringender Luftzug ins Ohr. In die Sprechmuschel hatte jemand ein Stück Kaugummi geklebt. Ich hielt den Hörer so weit es ging vom Mund weg und wählte. Ich stellte mir vor, wie es in dem hübschen Wohnzimmer läutete, das durch ein venezianisches Fenster Licht bekam und von wo aus man den Springbrunnen sah. Als ich gerade auflegen wollte, ging Viola dran.

»Hallo?«

»Hallo, meine Liebe. Ich bin's, Flo.«

Es entstand eine Pause, ehe Viola ungewöhnlich reserviert antwortete: »Hallo, Marjorie, wie geht's?«

»Ich bin's, Flo!«, sagte ich jetzt mit lauterer Stimme und brachte die Muschel gefährlich nah an meine Lippen. »Ich habe deinen Brief bekommen und wollte dir nur sagen, dass du dir um mich keine Sorgen zu machen brauchst. Natürlich musst du mit Giles nach Florenz fahren und mir gefällt es hier wirklich. Es ist der seltsamste, zauberhafteste, verrückteste Ort und ich wollte, du könntest ihn sehen.«

»Oh, gut. Ich habe verstanden.« Noch immer klang Viola komisch, sehr fern und förmlich. »Freut mich, dass es dir gefällt.« Eine Pause. »Tut mir Leid, Marjorie, aber ich kann jetzt nicht sprechen. Ich habe Besuch«, sie lachte gekünstelt, »weißt du –«

Und gerade als ich begriff, was sie mir zu sagen versuchte, hörte ich einen gedämpften Wortwechsel und Viola schrie: »Nein! Gib ihn her!«

Eine männliche Stimme sagte: »Flo! Das bist doch du, oder? Was zum Teufel treibst du für ein Spiel? Wo bist du?«

Ich ließ den Hörer fallen und verfolgte mit starrem Blick seine Pendelbewegung am Ende der Schnur. Ich hörte Alex' schreiende Stimme blechern in der Telefonzelle. Ein paar Sekunden lang war ich vom Schock wie betäubt. Dann knallte ich den Hörer zurück auf die Gabel, stieß die Tür auf und war schon zwanzig Meter die Straße hinunter, ehe ich mich fragte, was zum Teufel ich tatsächlich für ein Spiel spielte?

Mein Herz schlug so heftig, dass mir fast die Sinne schwanden. Ich hatte schreckliche Angst. Aber wovor? Ich war absolut sicher, fast zweihundert Kilometer weit weg und Alex hatte keine Chance, den Anruf zurückzuverfolgen. Das war also der Mann, mit dem ich den Rest meines Lebens hatte verbringen wollen, dessen Stimme mir jetzt aber so zusetzte, als hätte sich der Boden mit brennenden Kohlen darin vor mir aufgetan und Satan selbst hätte mich aufgefordert hineinzuspringen.

Ich ging zurück nach Drop Cottage. Die Bäume rieben ihre Äste aneinander und stöhnten im aufkommenden Wind und ich hörte immer wieder den Schrei der Füchsin, die ihren Partner rief. Normalerweise nahm ich diese Hinweise auf ein intaktes Funktionieren der Naturkräfte freudig in mich auf, aber jetzt bemerkte ich sie kaum. Ich fühlte mich elend, niedergeschlagen und wütend, ohne zu wissen, ob die Wut Alex galt oder mir.

19

Ich weiß nicht, wie lange ich auf der Fensterbank gesessen und zugesehen hatte, wie die Nacht sich ins Tal stahl. Ich grämte mich wegen der Wut und der Verzweiflung, die ich in seiner Stimme vernommen hatte, aber alle Zweifel, ob ich richtig gehandelt hatte, waren verflogen. Ich klammerte mich an die Gewissheit, dass Alex und ich, hätten wir geheiratet, jetzt in einer anderen Hölle schmoren würden, aus der ein Entkommen weitaus schwieriger wäre.

Als es zum Schauen zu dunkel wurde, zündete ich das Feuer im Kamin und die Gaslampen an und sofort erfüllte eine weiches Leuchten den Raum. Wenn ich irgendwann wieder nach London zurückkehrte, würde es mir bestimmt schwer fallen, mich an den kalten Schein der Glühbirnen zu gewöhnen.

Ich gab den Tieren ihr Fressen. Chloë schlang ihre Portion sofort in sich hinein, von Macavity sah und hörte ich nichts. Da mir die Ereignisse des letzten Tages wieder einfielen, bekam ich plötzlich Angst. Ich öffnete die Hintertür und rief mehrmals seinen Namen. Da keine Antwort kam, schrie ich lauter, was aber einen Hustenanfall auslöste. Als ich ihn schließlich unter Kontrolle hatte, tränten mir die Augen.

»Es war nicht der Husten, der sie dahingerafft, es war der Sarg, mit dem man sie weggebracht«, sagte eine kindliche Stimme aus einem der Büsche direkt vor mir. Ich hörte Gekicher.

Meine erste Reaktion war Besorgnis. Ich war nicht darauf vorbereitet, Lemmy im Dunkeln zu begegnen. Ich stieß die Tür weit auf, so dass Licht auf das Gebüsch fiel. Mir fiel ein, dass Lemmy bei Laune gehalten und freundlich und leise angesprochen werden musste. Man hat schließlich nicht jeden Tag Umgang mit einem nackten Fremden. Ich würde meinen Blick auf sein Gesicht richten. »Kommen Sie raus. Ich würde Sie gern kennen lernen.«

»Kommen Sie ra-aus«, imitierte ein Singsang meine Stimme.

Das war zermürbend. »Keine Dummheiten, bitte«, sagte ich mit mehr Nachdruck. »Wenn Sie nicht herauskommen, gehe ich wieder hinein, damit mir warm wird.«

Noch mehr Gekicher. Jetzt reichte es mir langsam. Ich ging auf den Busch zu und zog die Zweige auseinander. Drei Paar Augen schauten zu mir hoch. Ein Paar füllte sich mit Tränen und ihr Besitzer öffnete den Mund und fing zu schreien an. »Ist ja gut, ist ja gut«, beschwichtigte ich schnell. »Jetzt macht schon. Kommt raus da.«

»Das ist *unser* Bau«, maulte das größte Kind mit vorgeschobener Unterlippe.

»Aber das ist zufällig *mein* Garten«, erwiderte ich, ehe ich überlegte, dass dem gar nicht so war. »Jetzt kommt doch um Himmels willen raus, damit er zu schreien aufhört.«

»Das is kein er, is 'ne sie«, erklärte das dritte Kind, das nicht schrie und auch keinen Schmollmund zog.

»Na gut. Glaubt ihr, sie möchte einen Keks?«

Sofort hörte das Geschrei auf, als hätte man dem Schreihals den Kopf abgeschlagen. Alle drei kamen aus dem Busch geschossen.

»Gibt es nur einen?«, fragte der Größte. Das Weiß seiner Augäpfel strahlte in seinem schmutzverschmierten Gesicht. Er hatte eine flachgedrückte Nase wie ein Boxer und abstehende Ohren.

»Einen Keks, meinst du? Nein, ihr könnt jeder einen haben.«

»Tets«, lispelte der Schreihals Mitleid erregend. Sie war ein komischer Anblick. Das Wollmützchen eines Babys, dem sie schon längst entwachsen war, war unter ihrem Kinn gebunden. Man hatte sie ihr verkehrt herum aufgesetzt, so dass die Halsöffnung von ihrem pummeligen Gesicht nur die Nase freiließ. Oben trug sie einen viel zu großen Pullover, dessen lange Ärmel leer zu Boden baumelten. Unten herum war sie bis auf eine Frotteewindel, die ihr zu den Knien hinuntergerutscht war, nackt. »Tets«, sagte sie noch einmal und in ihrem Ton lag so viel Jammer und Hoffnungslosigkeit, dass jeder Impuls zu einem Lächeln sofort verschwand.

»Zuerst müsst ihr mir sagen, was ihr mit meiner Katze gemacht habt«, wandte ich mich an den Jungen.

»Nix. Wir haben deine Katze nie geseh'n.«

»Wart ihr nicht diejenigen, die sie gestern in die Schachtel gesperrt haben?«

»Er war unser Gefangener«, sagte die Dritte im Bunde, ein Mädchen. Ihr Äußeres war so unordentlich und unappetitlich wie das der anderen, aber ihr Ton verriet, dass sie zu gefallen versuchte. »Wir wollt'n ihn später wieder rauslass'n.«

»Das war sehr ungezogen von euch. Tiere haben es nicht gern, wenn man sie in Schachteln sperrt. Angenommen, ihr hättet ihn vergessen? Er wäre verhungert und verdurstet.«

»Er war unser Gefangener«, wiederholte das Mädchen. »Wir haben Cowboy gespielt.«

»Ich hab nie 'ne Katze geseh'n«, behauptete der Junge und schob seinen Daumen in den Mund, ließ ihn dann aber rasch hinter seinem Rücken verschwinden.

»Na gut«, ich setzte mein strengstes Gesicht auf, »dann gibt es eben keine Kekse, bis ihr mir erzählt, wo er jetzt ist.«

Dabei hob die Kleinste ein so lautes Geschrei an, dass ich mir die Ohren zuhalten musste.

»Ehrlich, wir haben ihn heute nicht gesehen«, sagte das ältere Mädchen und zog an meinem Ärmel. »Wir sind zurückgekomm'n, um ihn rauszulassen, aber alle Sachen war'n weg aus unserm Bau und die Katze auch.«

Ich wusste nicht, ob ich ihr glauben konnte, aber das Baby kreischte so durchdringend, dass ich nachgab. Ich schob sie ins Haus und ließ sie ihre Hände waschen. Ein Kessel warmes Wasser und mehrmaliges Einseifen waren nötig, bis sie einigermaßen sauber waren. Das Baby hielt ich unter dem Arm, um seine roten, spröden Hände abzutrocknen. Mir stand der Schweiß auf der Stirn, während es strampelnd und boxend nach einem Keks schrie.

»Da habt ihr sie.« Ich legte eine Packung Schokoladenkekse auf einen Teller. Ich wollte sie herumreichen, aber der Junge grapschte sich zwei und warf sie sich beide in den Mund, wobei er mich herausfordernd anschaute.

»Nicht doch, Wills, das is unhöflich. Man muss fragen«, wies ihn das Mädchen zurecht. »Hier, Titch«, sagte sie und nahm einen Keks vom Teller und gab ihn dem Baby. Das Baby hörte zu schreien auf, legte sich den Keks auf die Lippe und nuckelte mit entrücktem Blick daran. Seine nackten Beine waren bis zu den Knien mit Schmutz verkrustet. »Danke, Miss«, sagte das Mädchen und nahm sich selbst einen. Sie aß ihn sehr schnell und richtete ihren Blick dann wieder auf den Teller.

»Möchtest du noch einen?«, fragte ich.

Sie sah mich beinahe ungläubig an. »Darf ich?«

»Nimm nur.« Mich rührte das unverstellte Verlangen in ihrem Gesicht und die Hand, die, noch während sie auf meine Erlaubnis wartete, schon zum Teller langte und darüber verharrte. Ich hatte bisher mit Kindern nichts zu tun gehabt, aber diese drei hier hielt ich für sehr ungewöhnlich.

»Darf ich deinen Hund streicheln, Miss? Is die nich süß!« Sie bückte sich und schmierte Schokolade in Chloës glänzendes Fell. Mit einem Auge auf dem Keks näherte Chloë sich dem Baby, aber ein Schrei brachte sie sofort zum Stehen.

»Nimm dir noch, Wills.« Diesmal nahm er nur einen, ließ mich aber nicht aus den Augen. Das Baby plumpste plötzlich auf den Küchenboden, die Beine von sich gestreckt, und nuckelte weiter am Keks, bis er nur noch Matsch war. Es fing wieder zu schreien an. Chloë verzog sich ins Wohnzimmer und blieb auch dort. Ich gab dem Baby noch einen Keks, fühlte mich aber nicht wohl dabei. Es sollte Apfelmus oder pürierte Karotten essen, oder was man kleinen Kindern sonst noch so gibt.

»Hoffentlich hat eure Mama nichts dagegen, dass ihr so viele Kekse esst.« Ich bot ihnen den Teller noch einmal an.

»Das macht nix«, sagte das Mädchen. »Ihr isses egal, was wir ess'n, vor all'm, wenn wir's geschenkt krieg'n.«

»Seid ihr Geschwister?«

»Ja.« Sie beäugten den letzten Keks.

»Möchtet ihr ein Toastbrot?« Die beiden Älteren nickten eifrig. Das Baby verharrte in seiner eigenen Welt. Selbst in den Augenbrauen war Schokolade. Ich schnitt eine Scheibe von dem Laib, den ich am Morgen in Tarchester gekauft hatte, und spießte sie auf die Gabel.

»Habt ihr nichts zu Mittag gegessen?«

»Ne. Der Mama is wieder schlecht und wenn ihr schlecht is, kann sie keine Chips riechen. Sie sagt, da hat sie dann das Gefühl, als hätt sie 'n Finger im Hals.«

Dazu konnte man nichts sagen.

»Was hat sie denn? War sie schon beim Arzt?«

»Sie mag kein' Arzt. Sie sagt, die sind nur neugierig. Wie die Frau von der Füso.«

»Meinst du die Fürsorgerin?«

»Mama sagt, wir dürf'n sie nich reinlass'n. Sie will Mama den besten Freund wegneh'm.«

»Wenn ich da bin, kommt die nich rein«, sagte Wills, spreizte die Beine, hob die Fäuste und verzog das Gesicht zur Grimasse. Ich gab ihm ein Stück gebutterten Toast. Er biss knurrend ein großes Stück ab. »Hast du denn keine Marmelade?«, fragte er und wischte sich Lippen und Wangen mit dem Handrücken ab.

»Nein. Lass das. Beiß kleinere Stücke ab, dann verschmierst du nicht alles.« Ich versuchte ihm das Gesicht mit einem feuchten Tuch abzutupfen, aber er tauchte unter mir weg und stellte sich auf die Türmatte, um in Ruhe zu essen.

»Wer ist denn der beste Freund eurer Mutter?«, fragte ich das Mädchen.

»Wod Ka. Sie braucht'n für ihre Gesundheit. Aber in letzter Zeit funktioniert das nicht mehr recht.«

»Wie heißt du denn?«

»Frankie. Abkürzung von Frances. Mama war damals in diesen Kerl verliebt ... wie hieß der noch mal«, sie dachte nach, »Frankie. Sie wollte Wills nach ihm nennen, aber Papa hat nein gesagt. Ihm gefiel Willyum. Also hat sie dann mich nach ihm benannt, denn Papa war da schon nicht mehr bei uns. Danke sehr.« Sie nahm die Scheibe Toast, die ich ihr anbot.

Ich hatte ein schlechtes Gewissen, sie so auszufragen. Nur allzu bereitwillig erzählte sie mir die Familiengeheimnisse. Sie aß ihren Toast in kleinen Bissen und fuhr sich jedes Mal mit der Zunge sorgfältig über die Lippen, wobei sie mein Gesicht beobachtete, als hoffte sie auf meine Zustimmung. Sie hatte langes schmutziges Haar, eine spitze Nase, ein ebensolches Kinn und tief liegende Augen. Wenn sie mich nicht beobachtete, sah sie sich neugierig im Zimmer um und verharrte bei jedem Gegenstand, als wollte sie ihn sich ins Gedächtnis einprägen. Die Wachheit ihres Blicks verlieh ihrem kleinen Fuchsgesicht eine anziehende Ungeduld. Ich lächelte sie an.

»Wie heißt 'n du, Miss?«

»Flo.«

Wills lachte los. »Is nich wahr. Das is doch kein Name!«

»Sei nicht so vorlaut, Wills.« Frankie war ungehalten. »Und wenn schon? Von was is das die Abkürzung, Miss?«

»Florence.«

»Florence«, wiederholte sie nachdenklich. »Das ist der Name einer echten Dame. Ist dies das Haus einer echten Dame?« Verblüfft sah sie sich noch einmal in der Küche um.

»Ich denke nicht. Es ist nur ein Landhäuschen. Was ist denn deine Vorstellung von einer echten Dame?«

»Mama hat mal eine geseh'n. Is in 'nem Auto vorbeigefahr'n. Hatte 'n Hut auf und weiße Handschuh an. Mama is mit 'm Fahrrad auf die Seite, um das Auto vorbei zu lass'n – so groß und schwarz wie das war, eins von den Walrossen – und die Dame hat gewinkt. Mama sagt, wenn sie mit Hut und Handschuh'n gebor'n wär, tät sie ihr'n besten Freund nich brauch'n.«

Wills lachte wieder. »Doch kein Walross, du dummes Baby! Sie meint 'n Rolls Royce!« Er verschränkte die Arme vor der Brust und wand sich vor Schadenfreude. »'n Walross! Ha, ha!«

»Halt jetzt den Mund!«, schrie Frankie ihn an, das Gesicht rot vor Wut. »Du fürchterlicher Junge, du hast doch keine Ahnung! Hältst dich also für schlau!« Sie streckte ihm die Zunge heraus, dann sah sie mich an und biss sich auf die Lippe.

»Jetzt lasst uns durch Streiten nicht alles kaputtmachen«, sagte ich mit schulmeisterlicher Stimme. »Wer möchte noch einen Toast? Ach du meine Güte! Was ist denn mit dem Baby los?«

Die Kleine beugte sich von der Hüfte aus leicht nach vorne und war beängstigend rot angelaufen. Wills sagte »Puh! Das stinkt!« und machte die Hintertür auf.

»Die macht sich gerade in die Windeln.« Frankie zeigte Erstaunen über meine Unwissenheit. »Wir haben keine dabei. Du wirst auch keine haben?«

»Nein.« Ich warf einen Blick auf das Baby. Wills hatte die Sache sogar noch untertrieben. »Was sollen wir machen?«

»Wir müss'n sie ihr auszieh'n, dann muss sie halt mit nackigem Po nach Hause geh'n. Hast du 'ne Plastiktüte?«

Ich fand einen Tragebeutel und gab ihn ihr. Sie kämpfte mit dem um sich schlagenden, schreienden Baby. Wills ging nach draußen, wohin ich ihm gerne gefolgt wäre, aber es wäre nicht nett gewesen, Frankie bei dieser schrecklichen Aufgabe allein zu lassen. Schließlich hatten wir das Baby im Spülstein stehen und wuschen ihm den armen roten Popo mit warmem Wasser. Als wir damit fertig waren, kam ich mir um Jahre gealtert vor.

»Warum werfen wir dieses ekelhafte Ding nicht einfach weg?«, schlug ich vor und deutete dabei auf die volle Windel.

»Ruth bringt mich um dafür. Wir haben nich genug.«

»Wer ist Ruth?«

»Meine große Schwester. Sie geht nicht mit uns spielen. Sie muss auf Mama aufpass'n. Mama hat immer Angst und Ruth schafft es immer, dass es ihr besser geht.«

Das arme kleine Ding! Sich um eine Mutter im Delirium tremens zu kümmern war ein grausames Los.

»Wie alt ist Ruth?«

»Sie is zwölf. Wills is zehn, ich bin acht und Helen ist achtzehn Monate. Wir nennen sie aber immer Titch.«

»Ellen? Ein hübscher Name.«

»Nicht Ellen. Helen. Mit einem H.«

»Helen. Verstehe. Also, Frankie, wir sollten aber langsam daran denken, dass ihr nach Hause kommt.«

Frankie fielen die Mundwinkel herunter. »Ich will nich gehen, Miss, mir gefällt's hier. Obwohl du kein' Kühlschrank oder Toaster oder so hast, finde ich's sehr hübsch. Mama würd's bestimmt auch gefall'n.«

»Ja gut, wenn es deiner Mama besser geht, kann sie gern kommen und es sich ansehen.« Der tief sitzende Widerwille, mit dem ich diese Einladung aussprach, war mir selbst zuwider.

»Oh, Mama geht nirgendwohin.« Diese rasche Beteuerung in der Stimme des Kindes löste bei mir ein nicht weniger schmerzhaftes Schamgefühl aus. »Die is schon seit Tagen nich mehr aus 'm Bett gekomm'.«

»Und wer kümmert sich dann um euch?«

»Ruth.«

»Und was ist mit eurem Vater?«

»Den hat Mama einfach rausgeschmiss'n. Als er das letzte Mal da war, hat er ihr Titch gemacht und sie sagt, er is für nix gut außer zum Mädchen machen.«

Wir wickelten Titchs Popo in ein altes Handtuch, das ich in einer Kommode fand. Ich wischte ihr so gut es ging die Schokolade ab und setzte ihr das Häubchen richtig herum auf.

»Ich weiß nur nicht, wie wir das Baby über die Brücke und hoch ans Ufer tragen sollen.«

»Oh, den Weg nehmen wir nie. Es gibt 'n Weg durch 'n Wald. Ich zeig ihn dir.«

»Soll das etwa heißen, dass es die ganze Zeit, die ich auf diesem elenden Weg Kopf und Kragen riskiere, einen einfacheren Weg gegeben hat? Warum sagt mir das denn keiner?«

Die Erklärung lag ein paar Minuten später vor mir, als der Strahl der Taschenlampe auf den Eingang eines regelrechten Tunnels fiel, der durchs Unterholz führte. Der Boden war ein übel riechendes Flussbett voller Schlamm und Matsch.

»Haben *wir* gemacht«, erklärte Frankie stolz. »Wills hat die Zweige abgeschnitten, damit man sich nur 'n bisschen bücken muss, um durchzukomm'. Is schön kühl im Sommer.«

Ich musste mich ziemlich tief bücken. Dornenranken rissen mir fast die Haut von der Stirn und Zweige wollten mir die Augen ausstechen. Zum Glück stand das Wasser nie höher als knöcheltief. Ich balancierte Titch auf meinen Knien und beugte mich über sie. Sie war furchtbar schwer und ziemlich still. Die Strecke war dreimal so weit wie die über die Brücke. Dieser Gedanke drängte sich mir immer wieder auf.

Wir kamen oben an. Als ich mich aufrichtete und Titch Frankie übergab, knackten meine Gelenke und ich musste meine Muskeln lockern. Von Wills war nichts zu sehen. Chloë ließ sich von Frankies Schmeicheleien nicht locken und hielt sich beharrlich an meiner anderen Seite. Es war eine dunkle Nacht und dicke Wolken bedeckten den Mond. Der Lichtkegel der Taschenlampe fiel auf Pfützen, die der Wind kräuselte. Wir gingen schnell. Nach einer Weile fing Frankie zu keuchen an, deshalb nahm ich ihr das Baby wieder ab. Es war ungewohnt, die weichen, kleinen Arme um meinen Hals zu spüren. Frankie lief neben mir her und leuchtete mit der Taschenlampe überall hin, nur nicht auf die Straße, und redete wie ein Wasserfall.

»Wills behauptet, in der Hecke wohnen Krokodile, doch ich glaube ihm nicht.« Trotzdem drückte sie sich enger an mich, wann immer der Wind in den Zweigen raschelte. »Darf ich wiederkommen? Dann bring ich Wills nich mit, aber um Titch muss ich mich kümmern, denn Ruth schafft es nicht mit ihr und Mama.«

»Glaubst du nicht, das Wills auch gern mitkäme?«

»Weiß nich. Wenn's was zum Futtern gibt, schon. Ich dachte nur, du magst keine Jungs.«

»Die stören mich nicht.«

»Können wir denn morgen wiederkommen?«

»Ich muss arbeiten gehen. Ich habe einen neuen Job.« Als ich dann aber an den schrecklichen Hunger der Kinder dachte, sagte ich: »Also gut. Morgen Nachmittag um fünf Uhr. Ich richte was zum Tee.«

»Gut.« Nach einer Pause. »Wir haben mit deiner Katze nichts angestellt, ehrlich. Und ich lass Wills nicht wieder an sie ran. Tut mir Leid, dass wir sie in die Schachtel getan haben.«

»Ist schon gut. Ihr sollt nur wissen, dass man das nicht machen darf.«

»Da wohnen wir«, sagte Frankie gänzlich unerwartet. Ich konnte keine Lichter oder sonstige Anzeichen einer Behausung erkennen.

»Soll ich mit zur Tür kommen?«

»Ne. Mama würde dich hören. Es macht sie verrückt, wenn sie glaubt, dass jemand zum Rumspionieren kommt. Gib mir Titch.«

Ich legte das schlafende Baby in Frankies Arme. »Dann also, gute Nacht.«

Das Kind gab keine Antwort, sondern schwankte mit seiner Last in die Dunkelheit. Ich ging nach Hause und dachte dabei an das, was sie mir über ihr Leben erzählt hatte. Es schien eine raue und feindselige Welt zu sein – eine Mutter, die verrückt wurde und Wahnvorstellungen hatte, eine ältere Schwester, die gleich Prügel verteilte, wenn man ohne die schmutzige Windel nach Hause kam. Wills, aggressiv und ganz auf sich bezogen, der nicht warten konnte, um seine Schwestern sicher nach Hause zu begleiten. Vielleicht war das aber von einem Zehnjährigen auch zu viel verlangt. Ich versuchte mich zu erinnern, wie ich in diesem Alter gewesen war, aber ich konnte mich nicht entsinnen, jemals für einen anderen verantwortlich gewesen zu sein. Außer natürlich für meine Mutter.

Ich sollte mich sofort mit dem Sozialamt in Verbindung setzen. Wahrscheinlich würden sie die Kinder wegbringen und in ein Pflegeheim geben. In den Zeitungen las man schreckliche Dinge über solche Heime. Geschwister, die auseinander gerissen wurden, viel zu wenig Betreuer, strenge und lieblose Heimeltern und manchmal sogar noch Schlimmeres – Misshandlungen und Vergewaltigungen. Aber genug zu essen und saubere Kleidung. Was war wichtiger? Mein Instinkt plädierte im Allgemeinen zugunsten der Mütter, sofern keine Verletzungen zu befürchten waren. Ehe ich nicht mit Caro darüber gesprochen hatte, würde ich nichts unternehmen.

Nach dem Abendessen machte ich mir zur Abwechslung nach der Sorge um die Kinder wieder Sorgen um Macavity. Fast wollte ich Frankie glauben. Aber wo war er dann? Als ich die Treppe hoch stolperte, sorgte ein fröhliches Miauen aus meinem Bett für Aufklärung. Er lag zusammengerollt auf der Daunendecke, der Kopf auf meinem Kissen. Als ich mich über ihn beugte, schnurrte er und streckte wie zur Anerkennung meiner Rückkehr eine Pfote aus, die Augen hielt er jedoch geschlossen. Er war einfach nicht hungrig gewesen. Er machte eine Charakterveränderung durch: Vom scheuen Desperado zum verzogenen Liebling. Schon sah er dicker und glänzender aus. Ich beschloss, dass er nicht wieder unter Beryls knauseriges Regiment zurückkehrte. Falls nötig, würde ich ihn mit nach London nehmen.

20

Flo! Hier drüben!« Ich arbeitete mich durchs Unterholz auf die Stimme zu. Alex lehnte am Stamm eines Baums, der über seinem Kopf in Blüte stand. Eine Brise zerzauste ihm das Haar. Er wirkte jünger und glücklicher, als ich ihn je erlebt hatte. Zu seinen Füßen tollte ein Lamm herum und um seinen Kopf schwirrten Vögel. Ein strahlendes Lächeln lag auf seinem Gesicht. »Komm her, mein Schatz.«

Mein Herz schwoll von Mitgefühl und Sorge wegen des Leids, das ich ihm zugefügt hatte. Er streckte mir seine Arme entgegen und ich warf mich hinein. Er beugte seinen Kopf zum Kuss, aber sobald sich unsere Lippen berührten, stöhnte er und schob mich weg. Vor meinen entsetzten Augen warfen seine Lippen Blasen und häuteten sich, als hätten sie etwas Ätzendes berührt. Qualvolle Angst stand in seinen Augen, als er verdorrte und auf die Größe eines Kindes zusammenschrumpfte. Das Stöhnen ging in schrilles Kreischen über, das zum Klingeln meines Weckers wurde.

Das Entsetzen dieses Traums hielt mich noch gefangen, als ich mich wusch, anzog und Wasser für den Tee kochte. Dusty hatte nichts von einem Mittagessen verlauten lassen, also packte ich Brote und Obst und dann auch noch eine Packung Schokoladenkekse ein, falls mich zum Ende des Tages die Kräfte verlassen sollten. Der Seemannspullover war ziemlich kratzig und die Jacke schwer. Ich gab Macavity, der noch nicht wach war, einen liebevollen Klaps zum Abschied und brach dann mit Chloë zur Mühle auf.

Es war bitterkalt an diesem Morgen, denn wir hatten starken Nachtfrost gehabt. Unter meinen Füßen knirschte der in Eis gebettete Kies und die Pfützen waren festgefroren. Die Vögel unter dem weißen Himmel schwiegen. Eine Schlüsselblume beugte unter ihrer Last von Kristallen das Köpfchen. Schlag acht klopfte ich am Eingang zur Mühle. Es kam keine Antwort, also ging ich hinein.

Drinnen war das Wasserrauschen, das man von draußen schon hatte hören können, sehr viel lauter. Die Wände und der Boden aus Stein schickten das Echo der ineinander greifenden Zähne der drei Eisenräder zurück, wovon eins sich senkrecht und zwei sich waagerecht bewegten – wie ich später erfuhr, wurden sie Kammrad, Stirnrad und Stockrad genannt – und einen hölzernen Schaft vom Umfang eines Männerleibs drehten. Dahinter erhob sich eine Steinwand, die nur halb hochgezogen war und den Blick auf das massive Wasserrad von fast fünf Metern Durchmesser freigab, die primitive Kraftquelle im Herzen des Gebäudes. Es war schwarz und triefnass bis zum Holzkern und mit glitschigen Wasserpflanzen bedeckt. Wenn die Eimer sich unter Getöse in den Wassergraben ergossen, der das Rad bewegte, versprühte es glänzende Tröpfchen.

Mehlablagerungen hatten jede Farbe getrübt. Selbst die Luft war erfüllt von feinen Schwebeteilchen. Eine steile offene Treppe führte in das obere Stockwerk. Als ich hinaufsah, tauchten Dustys Füße auf der obersten Stufe auf. Ungeachtet seiner krummen Gestalt legte er die Stufen in athletischer Geschwindigkeit zurück und sah dabei auf seine Uhr. Dann fiel sein Blick auf Chloë. »Sie ham also 'n Hund mitgebracht. Die kann sich um die Ratten kümmern.«

Ich gab Chloë mit einem Blick zu verstehen, dass sie um ihret- und um meinetwillen gut daran tat, sich »um die Ratten zu kümmern«.

»Hier könn' Sie anfang'n.« Dusty deutete auf eine hölzerne Rutsche neben den drei rüttelnden Rädern. »Das Mehl kommt schnell runter. Machen Sie ein' von den Säcken hier mit Klammern fest. Wenn er voll ist, schieben Sie die Rutsche damit zu«, er deutete auf einen Hebel, »und zieh'n ihn dann mit der Sackkarre raus. Volle Säcke drüben an die Tür. Nächsten Sack anklemmen. Durchziehnadel nehm'n und den ersten Sack zunäh'n, während der nächste voll läuft. Sie müssen fix sein, denken Sie dran.«

»Wenn er voll ist, schiebe ich also den Hebel vor, um die Rutsche zu schließen?« Ich erstickte fast im Mehlstaub. Er klebte mir in den Wimpern, stieg mir in die Nase und füllte meine Kehle.

»Hochschieben, um zuzumach'n«, sagte Dusty, wobei er sich köstlich amüsierte. »Und machen Sie nicht zu schnell auf, sonst ergießt sich alles über den verdammten Fußboden. Lassen Sie's nach und nach kommen.« Ich versuchte mir das Mehl von den Kleidern zu klopfen, aber es klebte fest. »'n bisschen Staub auf 'n Klamotten wird Ihnen doch hoffentlich nichts ausmach'n«, sagte Dusty. »Ich gehe jetzt hinauf und fange zu mahlen an.«

Er zog an einer Eisenstange. Das Rad drehte sich schneller und aus dem Klatschen des Wassers wurde ein Brausen. Der Lärm des Mahlwerks dröhnte mir in den Ohren. Ich zog den Hebel nach unten. Anfangs kamen nur Rinnsale, aber plötzlich kam das Mehl schwallartig angeschossen und füllte den Sack.

Sobald das gesprenkelte Mehl den Rand erreicht hatte, schloss ich die Rutsche und mühte mich damit ab, die Sackkarre unter den Sack zu bekommen. Mit schweißtriefender Stirn rollte ich ihn auf die andere Seite des Raums – später entdeckte ich, dass jeder Sack zwei Zentner wog. Ich rannte zurück, befestigte den nächsten Sack mit den Klammern und öffnete den Riegel. Ich machte mich ans Zunähen des ersten, doch ich war erst halb damit fertig, als der zweite schon fast wieder voll war. Da mir die Sackkarre wieder Probleme bereitete, überlegte ich, ob es nicht leichter wäre, sie unter den Sack zu stellen, solange dieser noch leer war.

Mir wurde heiß vor Anstrengung, ich legte Jacke und Pullover ab und stürzte mich wieder auf die Arbeit. Doch mit dem Zunähen kam ich nicht nach. Noch bevor ich den zweiten fertig hatte, lief der fünfte schon über und in meiner Aufregung stach ich mir mit der Nadel in den Finger. Als Dusty herunterkam, um sich ein Bild davon zu machen, wie ich zurechtkam, schämte ich mich der hier und da mit Blut gesprenkelten Mehlhaufen auf dem Fußboden.

Meine Unfähigkeit schien ihm Vergnügen zu bereiten. »Da haben Sie aber 'ne schöne Schweinerei gemacht! Ich wusste es ja, wenn man 'n Mädchen ran lässt.« Diese Sätze verstand ich klar und deutlich, denn er hatte das Monster zurückgeschaltet, bis es sich nur noch langsam drehte und dabei nur Stöhnen und Rinnsale hervorbrachte.

»Ich hab den Dreh jetzt raus. Nur das Zunähen ist so hart.«

Dusty sah sich die beiden Säcke an, die ich stümperhaft zugenäht hatte. »Machen Sie größere Stiche. So, sehen Sie?« Geschickt führte er die Durchziehnadel in schlangenartiger Bewegung durch die Sackleinwand. »Und jetzt werden wir die Haufen hier in den nächsten Sack schaufeln.« Er gab mir einen Besen, um den Boden zu fegen.

»Macht es denn nichts, wenn Blut ins Mehl kommt?«

»Das hier ist eine Futtermühle. Tierfutter. Is schon mehr als zehn Jahre her, seit wir Mehl für den Bäcker gemahl'n haben. Die Leute wollen's heute ohne Weizenkeime und weich und weiß und in Plastik eingewickelt. Heutzutage wird das Mehl in großen Walzwerken gemahlen. Master Guy redet schon davon, die Mühle dicht zu machen. Zur Zeit meines Großvaters war sie der Leib des Dorfes wie die Kirche die Seele war.«

Die nächsten beiden Stunden schuftete ich und bewältigte auch das Zunähen der Säcke schneller. Da es jetzt nicht mehr nötig war, mich auf die Arbeit zu konzentrieren, konnte ich meine Gedanken wandern lassen. Als ich mir Alex' Entsetzen vorstellte, wenn er mich erhitzt, zerzaust, schlecht gekleidet und bis zu den Augenbrauen in Mehl gesehen hätte, musste ich lächeln. Er hätte mich bestimmt für verrückt erklärt.

Als ich Alex zum ersten Mal in Gedanken der Herrschsucht beschuldigt hatte, geschah dies in Anerkennung der Tatsache, dass er zwölf Jahre älter war und sich auf den Gebieten, in denen er seine göttliche Herrschaft ausübte, weitaus besser auskannte als ich. Seine Überheblichkeit hatte sogar verführerisch auf mich gewirkt. Aber im Lauf der Zeit fühlte ich mich immer weniger bereit, mich verführen zu lassen.

Anfangs waren die Vorfälle so trivial, dass man darüber hinwegsehen konnte. Das war zu der Zeit, als er einen der Bürovorsteher in meinem Beisein wegen seiner schmutzigen Fingernägel abgekanzelt hatte. Ted war immer freundlich und plauderte gern, wenn ich Alex in seiner Kanzlei aufsuchte. Er hatte nicht verbergen können, wie gedemütigt er sich fühlte. Als wir danach in einem Taxi davonfuhren, protestierte ich gegen diese Gemeinheit. Alex erwiderte darauf, es sei herablassend, von den anderen niedrigere Standards zu erwarten, als man selbst sie habe, er selbst habe nie schmutzige Fingernägel und er habe sehr viel mehr zu tun und sich mit mehr Dingen auseinander zusetzen als ein Büroangestellter, weshalb es nur vernünftig sei, ihn zurechtzuweisen, wenn durch ihn ein schlechtes Licht auf die Kanzlei falle. Aber nicht in meinem Beisein, hatte ich dagegen gehalten. Alex hatte meine Hand genommen und mir geduldig, aber mit Nachdruck erklärt – fast als wolle er mir eine nützliche Lektion erteilen –, dass gerade meine Anwesenheit die Wirkung der Lektion garantiere. Danach war die Stimmung zwischen Ted und mir immer ein wenig angespannt und obwohl wir versuchten, den vertraulichen Zustand wiederherzustellen, konnte er mir nie mehr in die Augen schauen.

Man kann nicht sagen, Alex wäre nicht mitfühlend oder würde seine Emotionen zurückhalten, doch er hatte sich immer gut unter Kontrolle und richtete sein Hauptaugenmerk darauf, andere zu reglementieren. Sein Erfolgshunger war so groß, dass er auch im Kleinen nur das an sich heranließ, was wirklich überragend war. Anfangs bewunderte ich dieses Streben nach Vollkommenheit. Sein kritisches Urteilsvermögen steigerte noch meine Begeisterung für alles, ob es nun die Opern von Händel waren oder die Gestaltung einer Streichholzschachtel. Aber als es sich auf Menschen auszuweiten begann, bereitete es mir Unbehagen.

Ich erkannte, dass unsere Liebesbeziehung nur deshalb so harmonisch war, weil Alex darin den Ton angab. Er entschied, wohin wir gingen, was wir machten und wen wir treffen wollten. Natürlich bezog er mich mit ein, aber so geschickt, dass eine Ablehnung mich hätte als streitsüchtig erscheinen lassen. Die Orte, die Zerstreuungen, die Menschen waren unterhaltsam und immer hatte Alex für deren Wahl einen überzeugenden Grund. Entweder rechnete er mit einem nützlichen Kontakt oder einem Auftrag für mich oder er wollte mir einfach was Schönes zeigen. Aber es war immer ein Rahmen, der Alex zum Vorteil gereichte. Und beinahe ausnahmslos, es sei denn, wir blieben in den Landhäusern seiner Freunde, spielte ein freigebiger Umgang mit Geld dabei eine Rolle. Alex war großzügig und hatte einen guten

Geschmack. Natürlich gefiel es mir, schönen Schmuck und Kleider zu bekommen und in den besten Hotels zu nächtigen. Aber ich bin nicht abhängig vom Luxus.

Alex pflegte zu sagen, zur Liebe gehöre dazu, dass man die Vergangenheit des Geliebten kennen lernen möchte. Das hätte mir eine Warnung sein können, wenn ich es als richtig angesehen hätte, denn ich wollte eigentlich nichts von Alex' früheren Freundinnen wissen. Das hatte für mich nichts mit Eifersucht zu tun, doch er legte es mir als Eifersucht aus und ich musste mir deshalb anhören, wie er ihren Charakter auf Fehler sezierte und hervorhob, weshalb sie als Geliebte gescheitert waren. Ich brauchte lange, ehe ich herausfand, was ich daran so abstoßend fand. In jenen letzten Wochen, in denen ich versucht hatte, eine Erklärung für die Furcht zu finden, die mich beim Gedanken an eine Heirat mit Alex befiel, kam ich nur zu dem Schluss, dass es etwas mit dem Bild trostloser Vereinzelung zu tun haben musste, das er von der Beziehung zwischen Männern und Frauen entwarf, wenn erst einmal der trügerische Rausch der Leidenschaft verflogen war.

»Schieben Sie zu«, schrie Dusty und steckte seinen Kopf in das Loch am Treppenende, was mir einen Schreck einjagte. »Ist Zeit für 'ne Pause.«

Mit seinem vorgestreckten Hals, dem steinfarbenen Haar, das ihm in seine grau bemehlte Stirn fiel, und dem weit aufgerissenen Mund sah er aus wie ein mittelalterlicher Wasserspeier. Er kletterte die Leiter hinunter und ich folgte ihm in die dunkle, düstere Küche. Alles, sogar die Decke, war in der Farbe von Ochsenblut gestrichen. Er nahm einen mit braunen Fettklümpchen verkrusteten Topf und setzte ihn auf.

»Rot ist meine Lieblingsfarbe.« Dusty klang, als wollte er sich verteidigen. Vermutlich verriet mein Gesichtsausdruck Erstaunen ob seiner Raumgestaltung. »Außerdem bin ich nach dem Krieg billig an Farbe gekommen. Ich mache uns einen Tee. Sie sind doch hoffentlich nicht wählerisch?«

Bin ich zwar, aber ich schüttelte gehorsam den Kopf. Ich war fast verrückt vor Durst, aber der Tee war so widerwärtig, dass ich Mühe hatte, ihn hinunterzuschlucken. Am Boden meiner Tasse lagen zwei Teebeutel, aus denen bitteres Tannin heraussprudelte. Dusty spülte seinen Tee hinunter wie ein Seelöwe, der einen Fisch verschlingt.

»Und Sie haben Ihr ganzes Leben lang hier gearbeitet?« Ich hielt ein wenig Konversation für angebracht.

»Seit ich ein Junge war. An Michaeli werden es fünfundfünfzig Jahre. Damals war der alte Master Gildry noch Boss. Jolyon Gildry, um genau zu sein. Master Guys Großvater. Ein teuflisch harter Mann.« Dusty schüttelte den Kopf und blies wie ein Pferd durch die Lippen. »Der ritt 'ne große schwarze Stute mit der Peitsche unterm Arm. Einen seiner Arbeiter erwischte er im Adlerfarn, als der gerade mit einem Mädchen zugange war. Er peitschte den Mann aus, bis sein Hemd rot war. Und ich erinn're mich noch, wie er die Frau des Wildhüters am Abend, nachdem ihr Mann gestorben war, hinausgeworfen hat. Sie hatte fünf Kinder, alle unter zehn und keine Bleibe.«

»Hört sich an, als wäre er ein Ungeheuer gewesen.«

»Tja, das war er auch. Aber wir respektierten ihn. Als er starb, bekam man in der Kirche keinen Platz mehr. Er war wie der König hier. Master Ambrose war da ganz anders. War schon 'n Schwächling, bevor er seinen Schlaganfall hatte. Wollte mit dem gewöhnlichen Volk wie uns nichts zu tun haben, die wir für ihn das Geld verdienten, das er dann für Wein, Weib und Gesang ausgab. Zu seiner Beerdigung werden nicht viele kommen. Er ist noch viel verhasster als der alte Jolyon es je war.«

»Das kommt mir aber ungerecht vor. Ich hielt Mr. Gilderoy für ...«, mir fiel das Vergasen der Motte wieder ein, »höflich und charmant.«

»Jaja. Und der Teufel macht auch 'nen charmanten Eindruck, wenn er vorbeischaut. Wie soll er einem auch sonst die Seele abschwatzen?« Dusty tippte sich an seine Nase, die dort, wo er sie sich mit dem Ärmel abgewischt hatte, aus all der mehligen Haut rot heraus leuchtete. »Gehen Sie da nicht allzu oft hin, junge Dame, oder Ihre eigenen Verwandten werden Sie nicht mehr kennen. Man sagt, dass Master Ambrose sich auf die Kunst der Gestaltveränderung versteht. In der Walpurgisnacht steht er auf den Bergen und heult wie ein Wolf. Und wenn Sie jetzt mit Reden fertig sind, dann geh'n wir wieder an die Arbeit. Das Schwert einer Frau ist ihre Zunge und sie lässt sie nicht rosten.«

Um ein Uhr tat mir der Rücken weh und meine Finger waren wund vom Umgang mit dem rauen Sackleinen. Dusty und ich hatten gemeinsam in der Küche zu Mittag gegessen. Ich hatte einen Bärenhunger. Ich hatte meine Brote, den Apfel und die Banane bereits aufgegessen, als Dusty noch sein Mittagessen aufwärmte, das aus einem Suppenteller voller Sauerkraut bestand. Zehn Großpackungen hatte er davon auf der Anrichte stehen.

»Das ist aber eine ungewöhnliche Mahlzeit«, sagte ich.

»Ich gehe immer in den Verbrauchermarkt von Tarchester. Dort gibt es billige Sonderverkäufe von den Sachen, die nicht so gut laufen. Das hier scheint bei den Leuten nicht sehr beliebt zu sein.«

»Das überrascht mich nicht. Ist doch ziemlich scheußlich, oder?«

»Aber billig.« Dusty aß mit seitwärts mahlendem Kiefer wie Schafe, damit seine ihm noch verbliebenen Zähne aufeinander trafen. »Vielleicht ein wenig auf der sauren Seite.« Er stand auf und nahm ein paar der verbeulten, rostigen Dosen von der Anrichte. »Süße Paprika. Das ist doch 'n guter Nachtisch.«

Der Anblick des so viel ungenießbar Saures in sich hinein essenden Dusty, während mir der Magen knurrte, war zu viel für mich. »Ich schaue kurz bei Mr. Winnacott vorbei. Er liegt mit einer schlimmen Erkältung im Bett. Um zwei Uhr bin ich wieder zurück.«

Beim Anziehen meiner Jacke entdeckte ich die Schokoladenkekse in der Tasche. Ich knabberte sie auf meinem Weg durch den Wald. Die Sonne hatte das Erdreich aufgetaut und warf die neuen Blätter der sich entfaltenden Farne als flackernde Schatten auf den Boden. Ein Schmetterling mit orangen Flügelspitzen glitt zwischen die Troddeln der blühenden Nesseln. Umgestürzte Baumstämme hüllten sich in smaragdgrünes Moos und in den nackten Dornenhecken zeigten sich weiße Blüten. Chloë jagte eine Hummel, bis diese sich ihr im Sturzflug entzog. Mit elegant geschwungenem aufgerichtetem Schweif sprang vor mir ein Eichhörnchen über den Pfad.

Das Schlafzimmer der Pfarrei stand in traurigem Kontrast zu so viel urwüchsiger Schönheit. Es war mit massigen viktorianischen Mahagonimöbeln ausgestattet, die das Licht zu verschlucken schienen. Die Wände waren mit schmuddeligen William-Morris-Tapeten verkleidet und braunes Linoleum bedeckte den Fußboden. Swithins Gesicht war ein wenig blasser als die olivgrünen Laken und Kissenbezüge. Abgesehen von seiner Nase, die blau war.

»Das ist nett, Flo«, begrüßte er mich mit schwacher Stimme und hielt mir eine matte, eisige Hand hin. Eine steife Brise fuhr in die braun gestreiften Vorhänge, bis sie sich blähten wie Segel an einem Mast.

Trotz meines Seemannspullovers zitterte ich. »Soll ich das Fenster schließen?«

»Würden Sie das tun?« Swithin warf einen schuldbewussten Blick zur Tür. »Beryl kann nicht genug frische Luft um sich haben. Doch ich muss zugeben, dass mir ziemlich kalt ist.« Er hustete zweimal erbärmlich. Die grauen Decken sahen dünn aus und die grüne Daunendecke ziemlich flach.

»Sie Armer!« Es war ihm anzusehen, dass er Mitleid gut vertragen konnte. »So ein schlimmer Husten.«

Swithins Gesicht erhellte sich. »Es ist wirklich eine böse Erkältung. Wüsste nicht, dass ich mich jemals so unwohl gefühlt habe. Vorgestern hatte ich noch fast vierzig Grad Fieber.«

»Du meine Güte! Da haben Sie sich bestimmt sehr elend gefühlt!«

»Ja, aber ich möchte Sie nicht mit der traurigen Geschichte meiner Beschwerden langweilen.« Er sah mich erwartungsvoll an. Ich befragte ihn nach sämtlichen Symptomen und gleich kam ein wenig Farbe auf seine Wangen und seine Stimme wurde fester.

»Und wie fühlen Sie sich jetzt?«

»Entsetzlich schwach. Beryl glaubt daran, dass das Fieber ausgehungert werden muss. Doch ich bin mir nicht sicher, ob man Besserung erwarten kann, wenn man einem Mann nur trockenen Toast und Brühe verabreicht.« Ich holte die Kekse aus meiner Tasche. »O Flo! Meine Lieblingskekse! Sie sind ein Schatz!«

Wir leerten die Packung gemeinsam und unterhielten uns über das Wetter, meinen Job in der Mühle und die Schwierigkeit, auf die Schnelle einen Geistlichen zu finden, der die Vertretung übernahm.

»Die Krise der Kirche von England wird sich nicht beheben lassen«, meinte Swithin. »Die Leute halten den Kirchgang nun einmal nicht mehr für einen wesentlichen Bestandteil ihres Ansehens und so sind wir auf dürftigere Wohltaten angewiesen. Doch ich glaube nicht, dass Gitarrenmusik und eine Tasse kalter Kaffee in der Sakristei sowie ein Mitsingen während des Erntedankfests die Lösung sind. Wer möchte denn heutzutage schon arm und duldsam und mildtätig sein und die Erde beerben, wenn man sich stattdessen zwei Wochen lang in Marbella besaufen kann?«

»Sie glauben also, dass der Materialismus das Problem ist?«

»Zum Teil ja. Wir entwickeln uns immer mehr zur Hier-und-jetzt-Kultur. Aber die Leute wissen auch mehr. Das Fernsehen hat sie davon überzeugt, dass die Erde rund ist und wir Geschöpfe der Evolution sind. Also nichts mehr von wegen Schlangen und sündigen und alledem. Man kann ihnen nicht mehr jeglichen Hokuspokus und Aberglauben eintrichtern und erwarten, dass sie dann aus Angst vor den Auswirkungen spuren.« Einen Moment war ich vor Überraschung sprachlos. »Tut mir Leid, meine liebe Flo, das hätte ich nicht sagen sollen. Ich fühle mich eben nicht gut und bin ziemlich ... niedergeschlagen, wissen Sie.«

»Natürlich können Sie sagen, was Sie denken. Ich werde Sie nicht beim Bischof anschwärzen, das verspreche ich Ihnen.«

Swithin lachte müde. »Ich habe bereits mit ihm gesprochen. Sein Ratschlag heißt Beten. Aber, sehen Sie, genau das kann ich nicht!« Seine Stimme wurde schrill vor Schmerz. »Zehn Jahre lang habe ich Gott um Hilfe angefleht, aber Er weigert sich. Entweder ist Er ein Sadist oder es gibt Ihn gar nicht! Da! Jetzt ist es raus!« Swithin lächelte mich triumphierend an und brach dann in Tränen aus. Ich saß auf seinem Bett, tätschelte ihm die Hand und reichte ihm Blatt um Blatt von dem Toilettenpapier, das als Rolle neben einem klebrigen Löffel auf dem Nachttisch stand. »Ich schäme mich furchtbar«, schniefte er. »So was, da heule ich wie ein Kind.«

»Das kommt auch von dieser elenden Grippe. Ich habe auch ganz furchtbar geweint, obwohl Caro sich wunderbar um mich gekümmert hat und ich es warm und nette Unterhaltung hatte und gutes Essen bekam.« Ich bremste mich, weil ich mir meiner Taktlosigkeit bewusst wurde. »Man fühlt sich einfach traurig und hoffnungslos. Aber wenn ich zu der Überzeugung käme, nie wieder malen zu können, aus welchen Gründen auch immer, würde ich auch weinen und das ist eine sehr viel trivialere Angelegenheit als ein Priester, der seinen Glauben verliert.«

»Hört sich das nicht sehr viktorianisch an?« Swithin unternahm einen mutigen Versuch, sich unter Kontrolle zu bekommen. »Erinnern Sie sich an den Kerl in einem der Romane von Mrs. Gaskell, der auch Zweifel hatte? In *North and South* war das. Er musste gehen und zur Strafe zwischen den Schornsteinen des Nordens leben. Die schmutzige Luft brachte seine arme unschuldige Frau um. Ich frage mich jeden Tag, ob ich nicht meine Pfarrstelle aufgeben sollte. Aber ich glaube, es würde Beryl umbringen, wenn ich es täte. Ist es da nicht besser, ohne Glauben weiterzumachen und einfach zu tun, was ich tun kann? Aber diese Heuchelei!« Swithin stöhnte und drückte sich das Laken an die Augen.

»Bei Ihnen kommt noch dazu, dass Sie so fürchterlich niedergeschlagen sind – wahrscheinlich mehr, als Sie selbst wahrhaben wollen. Glaube ist im weitesten Sinne eine Frage der Intuition, oder? Wenn man niedergeschlagen ist, kann man kaum an etwas glauben und schon gar nicht an seine intuitiven Empfindungen.«

Swithin hörte zu weinen auf und blickte mich an. »Das macht Sinn, wissen Sie? Natürlich muss man vom Verstand her zweifeln, aber der springende Punkt beim Glauben ist doch, sich zu entschließen, dennoch zu glauben. Da haben Sie was Wahres gesagt, Flo.« Ich lächelte aufmunternd. Sein Gesicht fiel wieder zusammen. »Aber was hat man denn vom Glauben, wenn er einen gerade dann verlässt, wenn man ihn am meisten braucht – nämlich wenn man niedergeschlagen ist?«

»Also das ist ein wunder Punkt, das muss ich zugeben. Ich bin keine Theologin. Ich weiß nicht, ob überhaupt etwas Gutes daran ist. Aber der Glaube muss doch das Wichtigste an der menschlichen Existenz sein. Es sei denn, alles ist gelogen. Bestimmt ist die Sache komplizierter und erschöpft sich nicht darin, dass man bei jedem Elend neuen Auftrieb bekommt, nur weil einen der Glaube trägt. Das wäre dann ja keine echte Herausforderung, die einen auf die Probe stellt, oder? Aber wenn man sich der Mühe unterzieht und trotz Zweifel und Depression glaubt und betet, also dann würde ich sagen, kommt man dem Wesentlichen doch sehr nahe. Das würde ich Glaube nennen.«

»Sie meinen also, ich habe ihn, bin aber zu niedergeschlagen, um ihn zu erkennen?«

»Was meinen Sie?«

Swithin schob seine Unterlippe auf und ab und dachte nach. Dann richtete er seine rot geränderten Augen auf mich. »Ich weiß es nicht, Flo. Aber plötzlich fühle ich mich besser. Ach, meine Liebe, das ist sehr beschämend. Eigentlich sollte es andersherum sein. Ich sollte Sie trösten.«

»Ich kenne mich mit Depressionen zufällig aus, weil ich, als ich hierher kam, so niedergeschlagen war, dass ich alles in Zweifel zog.«

»Und was hat Sie dann wieder aufgerichtet, wenn man so sagen darf?«

»Da kam mehreres zusammen. Zum einen meine Freundschaft zu Caro. Es ist ganz außergewöhnlich, wie nah ich mich ihr fühle, obwohl wir einander erst wenige Wochen kennen.« Von Guy sprach ich nicht, obwohl er natürlich auch dazu beigetragen hatte. »Die großartige Schönheit der Umgebung hier. Und das Häuschen. Ich empfinde – lachen Sie nicht – eine Art Verwandtschaft mit seiner letzten Besitzerin, fast eine Verpflichtung, mich darum zu kümmern, nachdem sie das nicht mehr tun kann.« Swithins runde braune Augen waren feierlich und fast ein wenig fröhlich. »Und dann gibt es Dinge, die mich hier binden und mir das Gefühl geben, einen kleinen Anspruch darauf zu haben, hierher zu gehören, wie etwa Chloë und Mac – Tiere, die von mir abhängig werden. Und jetzt auch noch die Kinder.«

»Kinder? Erzählen Sie. Mein Liebe, ich fühle mich so viel besser.«

Die Tür flog auf. »Wer hat das Fenster geschlossen?« Beryl war wirklich die Entsprechung zu meiner alten Direktorin, dem verkörperten Vorwurf. Sie stakste durchs Zimmer und riss das Fenster weit auf. »Was ist das?« Sie nahm das leere Kekspapier zwischen Daumen und Zeigefinger, als wäre es ein gerichtsmedizinisches Beweisstück. »Sie mögen es ja gut gemeint haben, Miss Swann, aber Kleinigkeiten zwischendurch greifen einen gesunden Magen an. Ein Keks hat keine Nährstoffe. Und«, dabei richtete sie ihre kalten Augen vorwurfsvoll zu Boden, »es gibt *Krümel*.«

21

Um vier Uhr, als Dusty mir die Erlaubnis gab, nach Hause zu gehen, fühlte ich mich, als hätte ich mich im Auge des Samum mit einer getrockneten Feige anstatt einer Zunge im Mund unter einer gnadenlosen Sonne über Sanddünen geschleppt, doch ich weigerte mich, das Bier anzunehmen, das Dusty mir anbot, denn ich konnte Bier nicht ausstehen. Ich freute mich auf eine Tasse Broken Orange Pekoe oder Lapsang Souchong. Doch da hätte ich auch den Mond anheulen können.

Zuerst ging ich zum Postladen, der gleich bei der Mühle um die Ecke lag. Es war ein hübscher Bau mit einem großen Bogenfenster mit Butzenscheiben und einer Glocke, die beim Eintreten klingelte. Mrs. Creech, die zu sehen ich nicht sehr erfreut war, blickte erschrocken auf, als ich eintrat. Ich erhaschte einen Blick auf mein Bild im Spiegel, den sie aufgehängt hatte, um Ladendiebe zu erwischen, wenn sie ihnen den Rücken zudrehte. Ich sah bemerkenswert aus. Mein Haar stand in fahlen Schnecken ab und meine bemehlten Kleider erinnerten an Nebelschleier. Völlig zu Recht hätte Mrs. Creech mich einen milchgesichtigen Tölpel nennen können. Ihr Gesichtsausdruck legte nahe, dass ihre Gedanken in diese Richtung gingen.

»Ich habe gehört, dass Sie für den Müller arbeiten. Und ich habe noch gesagt: ›Das kann nicht sein. Miss Swann ist eine Dame, was immer sie auch sonst sein mag.‹ Ich geb nichts auf den Tratsch, der mir in den Laden getragen wird. Ich sag's, wie ich's denke, und ich sage, Nächstenliebe kostet nichts. ›Sie können sich drauf verlassen‹, habe ich heute Morgen noch Mrs. Hopper gesagt, ›dass Miss Swann schon ihre Gründe haben wird, allein lebende Männer ungeachtet der Stunde zu betreuen.‹«

Ich war zu müde, um beleidigt zu sein. Mrs. Creech wusste über jeden Bescheid und verteilte ihr Wissen dann in giftigen Häppchen im Dorf. Als ich das erste Mal in ihren Laden gekommen war, wären ihr bei der Musterung meiner Kleider und meines Schmucks beinahe die Augen herausgefallen und ihre unterwürfige Art machte deutlich, dass sie bei mir einen locker sitzenden Geldbeutel vermutete. Nun trat sie mir mit an Verachtung grenzendem Argwohn entgegen.

Ich kaufte einen großen Laib Brot, Butter, Erdbeermarmelade, eine Packung Schokoladenkekse und einen Sack Äpfel. Weil das einen gewissen Stil vermissen ließ, legte ich noch eine Tüte mit glasierten Törtchen auf den Haufen. Laut überlegte ich, was Kinder wohl gerne tranken. Dank ihres biegsamen Halses und ihrer wendigen Augen, die mich beim Einwickeln des Brots ständig verfolgten, reagierte sie darauf mit der Antwort, das könne man nie so genau wissen, denn es käme darauf an, wie sie aufwuchsen.

»Was sind das denn für Kinder?«, fragte sie, denn ihr Wissensdurst war doch stärker als ihr Abscheu.

»Ich weiß offen gestanden gar nicht ihren Nachnamen.« Mrs. Creech steckte ihre Hände in die Ärmel ihrer pfirsichfarbenen handgestrickten Jacke und stützte mit den Armen ihre großen Brüste ab, wobei sie mich mit unfreundlicher Neugier anstarrte. »Es sind vier, die Älteste heißt Ruth. Dann gibt es einen Jungen namens William und ein kleineres Mädchen namens Frankie.«

Mrs. Creech zog die Mundwinkel nach unten. »Für diese Roker-Kinder wäre Gin wohl das Getränk, das sie am besten kennen.« Ein Blick des Bedauerns streifte meine Einkäufe. »Wenn ich Ihnen einen Rat geben darf, dann sollten Sie sich ihre Taschen ansehen, bevor sie gehen. Ihre Mutter ist auch keinen Deut besser. Sie hat zweifellos ihre Probleme und ich bin die Letzte, die sich darüber das Maul zerreißt – ›Mrs. Hopper‹, sagte ich erst gestern, ›richte nicht, auf dass du nicht gerichtet werdest.‹ Ist bestimmt nicht leicht, vier ganz allein aufzuziehen«, und dabei senkte sie ihre Stimme und beugte sich mit boshaft verhärteten Augen nach vorne, »und jedes hat einen anderen Vater, wenn das stimmt, was man so hört. Man muss sich nicht wundern, dass sie unter diesen Umständen zu trinken angefangen hat – aber ich halte es für meine Pflicht, Sie zu warnen, dass diese Kinder Wilde sind. Mr. Creech schilt mich ständig, ich sei zu herzlich und viel zu weich, und keiner mag Kinder mehr als ich, aber ich für meine Person würde diese kleinen Rowdys nicht über meine Schwelle lassen. Der Junge hat schon Ärger mit der Polizei gehabt.«

Ich hatte zu wenig Rückgrat, um mich mit ihr anzulegen. Außerdem konnte ich mir keinen offenen Streit mit ihr erlauben, denn schließlich war sie meine einzige Versorgungsquelle. In einer schwachen Trotzhaltung schlug ich die Flasche billigen Fruchtsaftkonzentrats aus, die sie mir anbot, und kaufte stattdessen Limonade, Milch, Kakaopulver und eine Tüte Zucker.

Ich ging auf wackeligen Beinen die Straße hinunter, Chloë rannte vor mir her und war nach ihrem langen Nickerchen ganz verspielt. Ich konnte kaum meinen Kopf aufrecht halten und jeder Muskel zitterte vor Müdigkeit. Frankie saß mit der schlafenden Titch im Schoß auf der Eingangsstufe. Als sie mich sah, öffnete ihr Gesicht sich zu einem Lächeln, aber sie sagte nur: »Ich hab Wills gesagt, vor fünf

Uhr gibt's nix zu ess'n. Er is los und legt Kaninchenfallen im Wald.« Mich schauderte und mit letzter Kraft stieß ich die Eingangstür auf. »Natürlich fängt er nie welche. Is eben nur 'n dummer Junge.«

»Da bin ich aber froh.«

»Ist es denn schlecht, Kaninchen zu fangen?«

»Also angenommen, man hätte großen Hunger – ich weiß nicht – ich könnte es auch dann nicht und ich bin mir sicher, dass man Tiere auch weniger qualvoll töten kann, als ihnen Fallen zu stellen. Man könnte sie erschießen.«

»Und was ist, wenn man Hühnern den Hals umdreht? Ist das schlecht?«

Ich war gerührt, dass Frankie mich offensichtlich als Gebieterin der Moral ansah. Hoffentlich enttäuschte ich sie nicht. »Ich finde das ziemlich grausam, du nicht? Es muss sehr wehtun. Da würde ich lieber etwas anderes essen.«

»Und wenn's nichts anderes gibt?«

»Hm. Ich weiß nicht. Ich denke, dann würden das Hühnchen und ich gemeinsam einen langen Hungertod sterben.« Ich lächelte sie an. Es wäre vermessen, von ihr zu erwarten, dass sie meinen Ekel vor dem Töten nachempfand. »Leute, die wie ich in der Stadt groß geworden sind, sehen die Dinge eben anders als Leute vom Land.«

»Wills hat uns zu Weihnachten ein Hühnchen mitgebracht. Er hat gesagt, dass er es inner Falle gefang'n und ihm dann den Hals umgedreht hat, aber später sind wir dahinter gekomm', dass er es beim Metzger in Tarchester geklaut hat. Mama hat gesagt, er sei ein verdammtes Sorgenkind. War's denn besser, das Huhn zu stehl'n als es inner Falle zu fang'n und ihm den Hals umzudreh'n?«

»Stehlen ist immer schlecht.« Ich versuchte der Frage auszuweichen. »Jetzt will ich nur noch eine Tasse Tee. Komm, wir setzen den Kessel auf.« Frankie folgte mir in die Küche und war die nächste Minute bemerkenswert schweigsam.

»Und wenn Titch Medizin bräuchte, um nich zu sterb'n, wär's dann auch schlecht, sie zu stehlen?« Frankies blasses, eckiges Gesicht war mir ernst zugewandt.

»Ich denke, das wäre dann wahrscheinlich in Ordnung. Das wäre eine Ausnahme.«

»Aber wenn Titch nur krank wär' – nich am Sterben, sondern nur ganz, ganz schlimmes Kopfweh hätte?«

»O Frankie, das weiß ich nicht. Aber ich denke, ja, es wäre besser die Medizin zu stehlen, als sie leiden zu lassen. Ich fürchte, ich habe auch nicht auf alles die richtigen Antworten. Es gibt vieles, worüber ich mir im Unklaren bin. Lass es mich so sagen: Im Allgemeinen ist es schlecht, wenn man stiehlt, wir dürfen es nur unter ganz außergewöhnlichen Umständen tun. Ich meine, wenn es wirklich nicht anders geht.«

Frankie sog ihre Unterlippe ein, runzelte die Stirn und wandte, um dies zu verdauen, ihren Blick von meinem Gesicht ab. »Aber du bist doch erwachsen? Wie alt muss man denn sein, um sich auszukennen?«

»Selbst sehr alte Menschen wissen nicht alles. Erwachsene machen ständig Fehler, selbst die klügsten und besten.«

»Hast du welche gemacht?«

»O ja. Hunderte. Wahrscheinlich Tausende.«

»Sag mir, was das für welche waren.«

Frankie drückte sich fest an mich und faltete zwischen ihren Fingern eine Ecke der Papiertüte, in der sich der Laib Brot befand. Ich sah, dass die Kopfhaut, dort wo sich das dünne Haar teilte, alles andere als sauber war.

»Das würde viel zu lange dauern und ich bin sehr müde. Sei ein liebes Mädchen und hilf mir den Tee machen.«

Frankie war eine bereitwillige Helferin und hatte auch nichts dagegen, sich die Hände sorgfältig zu waschen, bevor sie den Tisch abwischte und dann mit dem hübschen, blau-weiß mit Windmühlen und Tulpen bemalten Kaffeegeschirr zu decken, das als Einziges in größerer Menge vorhanden war. Sie stellte das Geschirr sehr vorsichtig hin und achtete darauf, dass das Bild richtig zu sehen war. Ich zündete beide Kaminfeuer an, schnitt Brot und Butterstücke ab und gab die Marmelade in eine Schüssel, zu der ich dann auch noch hinten in der Schublade einen silbernen Marmeladenlöffel fand. Für mich kochte ich Tee und trank auch gleich zwei Tassen, so heiß wie er war. Frankie wollte Limonade. Titch schlief tief und fest auf dem Sofa und regte sich nicht, selbst als ich eine Decke über sie legte. Ihre Wangen waren aufgesprungen und auf ihrer Oberlippe klebte getrockneter Schleim. Sie machte im Schlaf Sauggeräusche mit ihrem Mund.

»Nimmt sie noch die Flasche?«, erkundigte ich mich bei Frankie.

»Eigentlich schon, aber wir hab'n sie gestern im Fluss verlor'n. Sie ist das Ufer runtergerollt und Wills wollte sie auffangen, aber das Wasser hat sie mitgeriss'n. Deshalb is sie auch so müd. Sie hat die letzte Nacht nur geschrien und geschrien, weil sie zum Einschlaf'n immer ihre Flasche kriegt. Wir mussten sie im Badezimmer einsperren, damit Mama ein bisschen Ruhe bekam. Wir konnten sie aber auch vom Badezimmer aus noch hören, das ganz hinten liegt.«

Über die häuslichen Verhältnisse der Rokers durfte man gar nicht nachdenken. Es ließ sich jedoch sofort auf ganz praktische Weise Abhilfe schaffen. Ich holte meine Geldbörse aus der Tasche. »Ich werde den Tisch fertig decken. Und du läufst zum Postladen und kaufst ihr eine neue Flasche.« Ich legte die Törtchen, Kekse und Äpfel auf Teller. Als ich gerade die Kissen aufschütteln wollte, zog mich der weiche, Ruhe versprechende Sessel magisch an. Ich setzte mich. Chloë ließ sich neben mir auf den Boden plumpsen. Ich schloss für eine Sekunde meine Augen.

Ich flog auf eine lange, leere Straße zu, ein weißes Band, das sich Kilometer um Kilometer vor mir entfaltete. Dann wurde daraus ein Strom aus Mehl, der so schnell dahinschoss, dass ich mich nicht auf den Füßen halten konnte. Ich stolperte, taumelte, stürzte mit dem Brüllen des Flusses im Ohr. Ich ertrank in Mehl. Ich sah Alex am Ufer riesige Fallen mit Eisenzähnen aufstellen. Ich winkte ihm mit den Armen, um auf mich aufmerksam zu machen, aber er war zu sehr mit dem beschäftigt, was in seinen Händen zappelte – eine blutige Masse, die schrie und schrie –

»Wach auf, Miss.« Ich machte die Augen auf. Frankie beugte sich über mich und zupfte mich am Ärmel. »Das war kein schöner Traum, den du da hattest, nicht wahr? Ich hab auch schlimme Träume und dann rufe ich nach Wills.«

Ich setzte mich auf. Meine Augenlider waren schwer, mein Mund trocken und mein Herz pochte. »Wills?«, fragte ich überrascht. »Tröstet er dich denn?«

»Ne. Der sagt mir, ich soll den Mund halten und wieder schlafen. Aber 's geht mir gleich besser, wenn ich seine Stimme hör. Ich hab 'ne hübsche Flasche gekriegt, schau.« Sie zeigte mir voller Stolz die Schachtel. Dann flogen ihre Augen zum Tisch. »Kann ich was zu essen haben?«

»Nimm dir selbst von der Marmelade.«

»Is der Löffel dafür, dass man sie drauftut?« Frankie sah mich zweifelnd an.

»Nimm dir was von der Marmelade auf deinen Tellerrand und dann das Messer, um sie aufs Brot zu streichen.« Frankie befolgte meine Anweisungen und hielt ihre Hand unter den Löffel, damit keine Marmelade auf den Tisch tropfte. Unfreiwillig streckte sie dabei die Zunge heraus und imitierte mit deren Spitze die Bewegungen ihres Messers.

»Wer ist denn Alex, nach dem du gerufen hast? Ist das *dein* Bruder?« Frankie hatte zwei Scheiben Brot mit Marmelade ziemlich schnell hinuntergeschlungen und leckte sich jetzt die Finger ab.

»Ich habe keine Brüder. Und Schwestern auch nicht. Darüber war ich immer sehr traurig.«

»Das is schon einer. Einer von den Fehlern, von denen du gesproch'n hast. Du würdest sie nicht haben woll'n. Ich wünschte, ich hätte keine bekomm'n. Ruth sagt mir immer, tu das, und dabei is sie nur vier Jahre älter als ich. Sie lässt mich Sachen mach'n, zu denen sie keine Lust hat, wie mit dem Kleiderbügel den Abfluss frei machen, wenn er verstopft ist. Es stinkt. Sie ahmt meine Mama nach. ›Heb deinen Hintern aus dem Sessel und hilf mir oder es setzt was.‹ Das sagt sie nur, weil Mama das sagt. Titch is nich so schlimm, aber sie is 'ne Nervensäge. Ich bin's leid sie rumzuschleppen und wenn sie schreit, könnte ich sie umbring'n. Und ich hasse Wills. Diese Törtchen seh'n gut aus.« Als ich ihr sagte, sie solle sich bedienen, nahm sie eins und schälte es rasch aus dem Papier. Sie biss in den Zuckerguss. »Ooh! Das ist köstlich!« Chloë fing zu bellen an und das Baby streckte seine Arme aus der Decke und weinte los, ohne die Augen aufzumachen. »Sieh nur, was du angestellt hast, Wills. Du hast sie aufgeweckt!« Wills war ohne Klopfen eingetreten. Ohne auf Frankies Protest einzugehen, nahm er den Tisch ins Visier. Er langte mit einer schwarzen Hand nach den Törtchen, aber Frankie schnappte sie vor ihm weg. »Nein, das nimmst du nicht! Erst isst du Brot mit Butter. Wenn du dich nicht benimmst, will sie dich nicht mehr hier haben.«

Es folgte ein hitziger Wortwechsel zwischen Bruder und Schwester. Wills nannte Frankie eine dumme elende Kuh, Chloë bellte, das Baby schrie und ich bedauerte einen Moment lang, dass ich mich auf sie eingelassen hatte.

»Hallo?« Guy stand in der Tür. »Ist das ein privates Irrenhaus oder darf hier jeder rein? Flo, mein Schatz, du siehst wirklich originell aus, wie ein bemehltes Dorset-Brötchen. Wer sind diese schwarzen Kinder? Sieht ganz nach einer Szene aus *Die Wasserkinder* aus.«

»Einen Augenblick.« Ich hob die Hände an den Kopf. »Geh in die Küche, Frankie, und füll Titchs Flasche mit Milch. Sei still, Chloë!«

Wills war sofort still gewesen, als er Guy sah, und wollte sich am Tisch vorbei zur Küchentür schleichen.

»Dich kenne ich doch, oder?«, sprach Guy ihn an. »Du bist doch der kleine Teufelsbraten, der vor einigen Tagen meinen Bullen rausgelassen hat. Ich habe dich erwischt, als du Draht aus der Hecke gezwickt hast. Ist ja gut, jetzt flenn nicht.« Wills hatte angefangen, seine Augen zu reiben, was mich bei ihm überraschte. Bisher hatte ich den Eindruck gehabt, er sei für menschliche Schwächen auf erschreckende Weise unempfänglich. »Wenn du jetzt weinst, dann geh besser, denn das Geschrei vertrage ich nicht. Ansonsten setz dich hin und sei still.«

»Nimm dir Brot und Marmelade«, drängte ich aus Mitleid mit dem geknickten Wills, der mit gehetztem Blick auf seiner Stuhlkante hockte. Er nahm sich zwei Scheiben, klatschte einen Löffel Marmelade dazwischen und schob sich das Ganze auf einmal in den Mund, kaute dann rasch und schaute wachsam von einem zum anderen, für den Fall wir könnten es uns einfallen lassen, seine Kiefer auseinander zu ziehen und den Inhalt herauszuholen. Marmelade und Brotbröckchen quollen ihm zwischen den Lippen heraus.

»Du lieber Himmel!« Guy drehte Wills den Rücken zu und beugte sich über meinen Stuhl. Ehe ich wusste, was er vorhatte, hatte er mich schon auf die Füße und in seine Arme gezogen. Dann küsste er mich lange und fest. »Mm, du schmeckst wie Frühstücksflocken, irgendwie nach Schweiz und Gesundheit. Jetzt sieh nur, was für eine Schweinerei du mit meinen Klamotten angestellt hast! Ich weiß! Du hast dich mit Dusty im Kornspeicher gewälzt. Hast du mich denn vermisst, du schlimme, treulose Frau?«

»Ich habe einen Job in der Mühle«, erklärte ich und entwand mich seinen Armen, um das Baby in den Arm zu nehmen, dem es geglückt war, sich von der Decke frei zu strampeln, und das Gefahr lief, durch sein Geschrei den Halt auf dem Sofa zu verlieren.

»Das soll hoffentlich ein Scherz sein?«

»Nein. Ich brauchte Geld und diese Arbeit ist mir in den Schoß gefallen. Sie ist hart, aber ich schaffe das.«

»Sie ist völlig ungeeignet für dich – du vergeudest deine Schönheit und deinen Grips.«

»Jetzt sei vernünftig. Ich werde in Pudwell kaum als Model oder Filmstar arbeiten können, die einzigen Jobs, bei denen es auf das Gesicht ankommt, und ich kann keine Atome spalten oder die DNA entschlüsseln. Ich bin dankbar, dass ich etwas gefunden habe, was ich ohne entsprechende Ausbildung machen kann.«

Guy sah mich immer noch missbilligend an, aber ich war von Titch abgelenkt, die meine Haare gepackt hatte und versuchte, sie sich in den Mund zu stopfen. Frankie kam mit der Flasche zurück und sofort packte das Baby sie mit beiden Händen und klemmte sich den Sauger in den Mund. Ihre Augen rollten nach oben, als sie wie wild daran nuckelte. »Das Kind ist am Verhungern.« Mit Titch auf den Knien setzte ich mich wieder auf meinen Stuhl. »Hat sie heute noch nichts zu essen bekommen?«

»Ich habe versucht, ihr 'n paar Sardinen zu geben, aber sie hat sie immer wieder ausgespuckt und nach ihrer Flasche geschrien.«

»Sardinen? Das ist doch bestimmt nicht das Richtige für Babys zum Frühstück?«

»Mama gibt ihr immer Porridge, aber wir haben keinen mehr. Wir brauchen die Sachen aus der Speisekammer auf, weil Mama sich ihr Geld noch nicht abgeholt hat. Es sind nur noch Sardinen, Cornedbeef und ein Glas mit eingelegten Zwiebeln da. Und eine Flasche mit etwas, das Thousands of Islands heißt. Ist kein sehr hübsches Rosa.«

»O Guy!« Er beobachtete mich mit einer Art Lächeln im Gesicht. »Wir müssen ihnen helfen. Ihrer Mutter geht es nicht so gut. Ihre Schwester kümmert sich um sie, aber die ist auch erst zwölf. Was meinst du, was sollen wir tun?« Ich versuchte ihm meine Besorgnis zu signalisieren, ohne dass Frankie es mitbekam.

Guy runzelte die Stirn. »Gibt es dafür nicht Leute, deren Job es ist, sich um die Bedürftigen zu kümmern? Sozialarbeiter oder etwas in der Art?«

»O nein.« Frankie stand die Angst ins Gesicht geschrieben. »Oh, bitte – nein! Mama sagt, die nehmen uns ihr weg. Die Dann-wollen-wir-mal-Frau is immer so böse, wenn sie kommt. Sie is nich nett zu Mama und dann wird Mama wütend. Das letzte Mal hat Mama einen Aschenbecher nach ihr geschmissen. Die Frau ist mit 'ner Kippe im Haar weggegangen, aber sie hat's nich gemerkt.« Frankie zupfte mich am Arm. »Bitte, Flo, sag nix der Dann-wollen-wir-mal-Frau. Ich weiß, dass sie Mama was Böses antut, um ihr den Aschenbecher heimzuzahlen.« Frankie standen die Tränen in den Augen.

»Ist ja gut, Frankie.« Ich nahm ihre heiße, klebrige Hand in meine, um sie zu trösten. »Keine Sorge. Das werden wir nicht zulassen.« Unbesonnene Worte, wie mir klar wurde, sobald sie ausgesprochen waren. Welche andere Möglichkeit gab es? »Aber du musst doch einsehen, dass etwas geschehen muss. Ich werde mit dir zurückgehen und mit deiner Mutter sprechen.«

»Lieber nicht«, sagte Guy und setzte sich dabei aufs Sofa, machte es sich bequem und schlug ein Bein über das andere. Er zündete sich eine Zigarette an. »Denk an den Aschenbecher.«

Als Ratgeber war er wirklich nicht zu gebrauchen. Zum ersten Mal bedauerte ich es, kein Telefon zu haben. Ich überlegte, zu Caro hochzulaufen, aber dann fiel mir ein, dass sie am Dienstagabend immer einen Bridgekurs in Tarchester besuchte, um sich, wie sie sagte, auf ihr einsames Dasein als alte Jungfer vorzubereiten. Swithin war mit seiner Erkältung ans Bett gefesselt. Und Beryl würde die ganze Sache sofort in offizielle Hände legen, dessen war ich mir sicher. Die Abendsprechstunde von Edward Gilchrist in Tarchester war erst gegen neunzehn Uhr zu Ende und er würde erst eine Stunde später zu Hause sein. »Wills!«, sagte ich, weil meine Aufmerksamkeit plötzlich in eine andere Richtung ging. »Wo sind die Törtchen und die Kekse?«

Der Teller war leer, sauber geleckt von Krümeln. Nur ein Rand aus Zuckerguss um seinen Mund ließ auf ihr früheres Vorhandensein schließen.

»Du gieriger Bastard!« Frankie war außer sich vor Zorn. »Ich hatte nur eins!«

»Ich hatte gar keins.« Wills streckte seine Hände aus und zog ein Gesicht beleidigter Unschuld.

»Stell dich nicht blöd«, sagte ich ziemlich verärgert. »Natürlich hast du sie gegessen. Und das durftest du auch. Aber nicht alle fünf! Und du hast die ganzen Butterbrote und die ganzen Kekse gegessen. Du wirst Bauchweh bekommen von dieser ganzen Stopferei.«

»Ich werde nie krank«, erklärte Wills

»Das stimmt nich«, korrigierte ihn Frankie. »Und was war, als du Mamas Kopfwehtabletten geschluckt hattest? Da war dir hundeelend. Und du hast dir in die Hosen gemacht. Wir mussten eine Ewigkeit lang Fenster und Türen auflassen.«

Wills stand auf, ballte seine Fäuste und ging auf Frankie los.

»Wenn du deine Schwester anfasst, Wills, dann schicke ich dich sofort nach Hause«, sagte ich mit meiner strengsten Stimme. Er bekam Frankies Haare in die Finger und zog so fest daran, dass sie schrie. »Hör sofort auf, du schlimmer Junge!« Ich wollte aufstehen, wurde aber von dem Baby auf meinem Schoß daran gehindert.

»Hör auf, du kleines Ekelpaket«, sagte Guy beiläufig, »oder ich versohl' dich.« Wills ließ Frankie los und ging zurück zu seinem Stuhl, wo er sich geduckt und ziemlich blass hinsetzte. Es lag auf der Hand, dass Wills nur männliche Autorität akzeptierte. Guy warf mir einen belustigten Blick zu. »Willst du wirklich weiter für Dusty arbeiten?« Zweifellos interessierte ihn das Elend der Kinder nicht im Geringsten. »Das bedeutet, dass ich dein Boss bin. Du musst genau das tun, was ich dir sage oder du wirst ohne Zeugnis entlassen. Als Erstes bekommst du eine Lohnerhöhung. Wie viel zahlt der alte Geizkragen dir denn?«

»Ein Pfund fünfzig die Stunde. Aber ehrlich, Guy, wir müssen etwas –«

»Wetten, dass er mir weismachen wird, es sind zwei Pfund, und den Rest für sich einsackt. Also gut, du bekommst von jetzt an ein Pfund in der Stunde mehr. Ich werde von Zeit zu Zeit vorbeikommen und mich vergewissern, dass du nicht schlampst. Die Bestrafung für schlechte Arbeit wird eine Nachhilfestunde mit dem Mühlenbesitzer auf dem Speicher sein. Vielleicht auch ein paar hübsche kleine Schläge. Hm, da freue ich mich schon drauf.«

»Du darfst sie nicht schlagen!« Frankie sah Guy zornfunkelnd an. »Sie ist meine Freundin! Das werde ich nicht zulassen!«

»Der macht nur Spaß«, beruhigte ich sie. »Er ist auch mein Freund.«

»Tatsächlich?« Frankie schaute verdutzt von einem zum anderen.

Dann fiel ihr Gesicht enttäuscht zusammen. »Heißt das, ihr seid ein Liebespaar? Ich dachte, du bist allein.«

»Würde es dir was ausmachen, wenn wir eins wären?«, fragte ich sie und wunderte mich, weshalb sie Probleme damit hatte.

»Nein. Nur … Männer mögen doch keine Kinder, oder? Sie wollen einen immer aus dem Weg haben. Als Papa zurückkam in der Zeit, wo er Mama Titch gemacht hat, sperrte er immer das Schlafzimmer ab, damit wir draußen blieben. Bevor er kam, haben Ruth und ich mit Mama im Bett geschlafen, weil sie die Dunkelheit nicht mag. Und Onkel Billy – Mamas Freund, als Wills und ich klein waren – hat uns immer Geld gegeben, damit wir abhauen.« Sie seufzte. »Die woll'n sich nich mit uns abgeben.«

»Dann sind sie dumm.« Ich legte meinen Arm um ihre Taille, soweit mir das mit Titch auf dem Schoß gelang, die beim konzentrierten Saugen vor Anstrengung keuchte. »Ich mag Kinder und ich will mich mit euch abgeben.« Diese von Mitleid und Mitgefühl und guten Absichten diktierte Feststellung wurde von einem Schwall milchiger Flüssigkeit, der sich aus den Lippen des Babys ergoss, gleich auf ihre Aufrichtigkeit überprüft.

»Das tut sie immer, wenn sie 'ne ganze Flasche bekommt. Ach, du lieber Gott! Alles über deinen Pullover.« Frankie war zerknirscht. »'s is mein Fehler. Ich hätt aufpass'n müss'n.«

»O Hilfe! Kannst du ein Tuch bringen –« ich brach mitten im Satz ab, als Wills aufstand und sich über dem Tisch erbrach.

»Ich muss mich jetzt bedauerlicherweise von dieser netten Teeparty verabschieden.« Jetzt stand auch Guy auf. »Sehr römisch. Vielleicht solltest du ein kleines Vomitarium errichten und ein Ritual daraus machen. Ich gehe jetzt und trinke was. Bis später, Flo.«

Ich schickte ihm vorwurfsvolle Blicke nach, als er den Steg hinunter trippelte und dann verschwand. Frankie und ich wischten auf und weichten ein und wischten ab. Caro hatte vom Frühjahrsputz eine Flasche Desinfektionsmittel dagelassen und bald schon roch das Wohnzimmer wie ein Sanatorium. Die beiden Kranken ergingen sich anfangs in wimmerndem Selbstmitleid, aber als sich auf ihren Wangen statt des Nilgrüns wieder ein Hauch Rosa ausbreitete, hatten sie auch wieder Hunger. Wir gaben Titch ein Stück gebutterte Brotrinde zum Nuckeln. Wills sagte, er könne Tomaten nicht ausstehen, was abgesehen von der geschmorten Haxe für Chloës und Macavitys Abendessen das Einzige war, was ich noch im Haus hatte. Ich war in der Zwickmühle. Sollte ich es dem Jungen geben, der zwar ein höheres Glied in der Abstammungskette war, es dafür aber weniger verdient hatte? Das Problem wurde ganz unerwartet durch Guys Rückkehr gelöst, der drei Pakete Zeitungspapier in der Hand hielt. Ein himmlischer Duft von Bratöl und Essig legte sich über den Desinfektionsgeruch.

»Fish and Chips!«, kreischten Frankie und Wills außer Rand und Band. Am liebsten hätte ich mitgekreischt, als ich unter seinem Arm die Flasche Champagner entdeckte.

»Auf dem Weg nach Hause, wo ich den Weinkeller plündern wollte, kam ich zufällig am Fish-and-Chips-Wagen vorbei«, erklärte Guy und Frankie rannte schon los, um die Teller zu holen. »Ich dachte, das könnte das unmittelbare Problem der Truppenversorgung erst einmal lösen.« Bescheiden nahm er meinen Dank entgegen. »Du kannst mir später sagen, wie dankbar du mir bist. Lass uns jetzt die Meute füttern und dann dort hinbringen, wo sie hingehört.«

Erst nachdem wir den Fisch und die Chips aufgegessen hatten, fielen mir Ruth und ihre Mutter wieder ein, die vielleicht gerade jetzt eine alte Büchse Cornedbeef und eingelegte Zwiebeln mit Schimmelhaube verzehrten.

»Jetzt pass mal auf, Flo«, sagte Guy ernst, als ich das Thema anschnitt, »man kann sich für jedes obdach- oder heimatlose Kind verantwortlich fühlen. Wenn du eine Suppenküche aufmachen möchtest, dann musst du dich als wohltätige Einrichtung registrieren lassen und zusehen, wie du an Spenden kommst. Ich weigere mich, die Armen von Dorset zu versorgen. Schau nach Afrika. Es ist eine erwiesene Tatsache, dass es nicht funktioniert, den Leuten nur finanzielle Unterstützungen zu geben. Man muss sie dazu ermuntern, unabhängig zu werden. Und was mich betrifft«, fügte er hinzu, als er merkte, dass ich Einwände erheben wollte, »so musst du diesen zerpflückten Kabeljau als mein Scherflein dazu ansehen – eine eigentlich bescheidene Geste, die aber große Bedeutung hat. Und meine letzte sein wird.«

Zwanzig Minuten später saßen wir im Landrover, Wills, Frankie und Chloë auf dem Rücksitz, Titch vorne bei mir auf dem Schoß. Auf Frankies Schoß lagen noch zwei in Zeitung gewickelte Pakete, für die ich bezahlt hatte. Guy meinte, ich wolle ihm wohl seinen Geiz vernichtend vor Augen führen, aber ich erwiderte darauf, dass dazu wohl mehr als die Ausgabe von fünfundneunzig Pence vonnöten wäre.

»Is das nicht schön?«, meldete sich Frankie vom Rücksitz. »Ich genieße das.«

Das freute mich. Ich war furchtbar müde und mir war schrecklich kalt, da Guy darauf bestanden hatte, sämtliche Fenster offen zu lassen für den Fall, es wollte sich wieder jemand übergeben. Er parkte wie von Frankie angewiesen und ich lief mit den Kindern über einen gewundenen Pfad auf einen rostigen Eisenbau mit gewölbtem Dach zu. Er war im Dämmerlicht nicht gut zu erkennen, sah aber baufällig aus. Vor der Eingangstür türmte sich der Müll, darunter eine alte Badewanne und ein Bettgestell. Ich klopfte an.

»Zieh Leine, egal wer du bist!«, sagte eine Frauenstimme. »Oder ich hol die Polizei.«

»Wir sind's, Mama!«, schrie Frankie und machte die Tür auf. Ein entsetzlicher Gestank empfing uns.

»Und wen habt ihr da mitgebracht?«, schimpfte die Stimme. »Wir wollen hier keinen sehen. Mir geht es nicht gut und ich möchte nicht gestört werden.«

»Ist ja gut. Ich bin nur mitgekommen, um zu sehen, ob ich helfen kann.« Der Raum war so dunkel, dass ich kaum etwas erkennen konnte. Am rauchenden Herd stand ein Ständer mit Windeln zum Trocknen.

»Wir wollen Ihre Hilfe nicht. Verschwinden Sie oder es kommt was geflogen!« Ich sah eine Gestalt mit wilden Haaren in der Düsternis gestikulieren.

»Wir haben Ihnen etwas zu essen mitgebracht.« Ich machte einen Schritt vorwärts, um die beiden Päckchen auf den Tisch zu legen, aber schon flog etwas durch die Luft und traf mich heftig an der Braue. Es war ein Stiefel.

»Das hättest du nicht tun dürfen, Mama! Sie ist meine beste Freundin auf der ganzen Welt und du gehst her und tust ihr weh.« Frankie war in Tränen aufgelöst. »O Flo, du blutest ja.«

»Macht nichts.« Ich gab die Päckchen Wills, der mit offenem Mund auf der Türschwelle stand. »Erklär deiner Mutter, dass alles in Ordnung ist. Keine Sorge, Frankie. Wir sehen uns morgen.«

Der andere Stiefel erwischte mich mit einem Überraschungsschlag am Hinterkopf, als ich mich zum Gehen wandte. Ich rannte den Pfad zurück und stieg keuchend in den Landrover.

»War wohl kein Erfolg«, meinte Guy ganz ruhig, als wir nach Hause fuhren. »Ich kann nicht behaupten, dass mich das überrascht. Jetzt weißt du, wie sich verletzte Missionare fühlen, wenn ihre Evangelien abgelehnt werden. Vielleicht solltest du deinen Eifer in Zukunft auf die Gesetzreform für die Armen beschränken und dankbaren jungen Männern, die es auch verdient haben, Erleichterung verschaffen. Lass uns zurückfahren und den Champagner aufmachen.«

»Meine Gefühle sind eigentlich gar nicht so schlimm verletzt wie mein Kopf«, stellte ich fest, da ich etwas Warmes und Feuchtes zwischen meinen Fingern tröpfeln spürte.

»Mein Gott, du bist verletzt!«, sagte Guy, als wir wieder im Wohnzimmer von Drop Cottage waren. »Dieses Luder! Setz dich. Ich hole ein Tuch.«

Als er sah, dass auch mein Hinterkopf blutete, schlug er vor, die Polizei einzuschalten.

»Nein, das ist nicht nötig. Es war mein Fehler. Die arme Frau muss völlig verzweifelt sein. Du hättest dieses entsetzliche Haus sehen sollen.« Ohne Vorwarnung kamen mir die Tränen. »Ach, nimm einfach keine Notiz von mir. Ich bin einfach nur furchtbar müde und mein Kopf pocht vor Schmerz.«

Guy redete beruhigend auf mich ein, tupfte meine Wunden ab und reichte mir Champagner. Dann setzte er sich neben mich aufs Sofa und hielt meine Hand. Minutenlang saßen wir schweigend nebeneinander. Ich spürte die Anspannungen des Tages von mir abfallen.

»Wie hat es mit den Kühen geklappt?«

»Kühe?«

»Die du verkaufen wolltest.«

»Die gingen wie Lämmer zum Schlachter.«

Das war ein Schock. »Der Landrover ist doch nicht tatsächlich liegen geblieben, oder? An dem Tag, als wir bei den Deacons zum Essen eingeladen waren. Es war eine List, mich zum Bleiben zu bewegen.«

Guy lächelte und zündete sich eine Zigarette an. »Und tut es dir Leid?«

»Du hast dich schlecht benommen.« Guy blies den Rauch aus und sein Lächeln wurde ein wenig breiter. Jemanden zu rügen, dem es egal war, was die anderen von ihm dachten, brachte wenig. Außerdem war ich ihm für das Ergebnis wirklich dankbar, wie sich herausgestellt hatte, doch die Methode lehnte ich ab. »Mir gefällt an dem Leben hier, dass die wirkliche Welt mit ihrem Elend und ihrer Grausamkeit und ihren Enttäuschungen so weit weg zu sein scheint. Ich könnte fast ganz auf die Zeit verzichten – jedenfalls auf das Bewusstsein von der Zeit, meine ich. Natürlich werde ich jede Sekunde älter und alles ist im Fluss, aber es erinnert mich nichts daran. Dieses Gefühl der Dringlichkeit und der Erfolgsdruck, den ich in London die ganze Zeit gespürt habe, ist weg.«

»Wirklich? Bei mir nicht. Wenn ich nicht gleich meine gerechte Belohnung bekomme, kann ich für die Folgen nicht geradestehen.« Er nahm mein Kinn in die Hand und drehte mein Gesicht nach oben, so dass ich ihn ansah. Ich stieß seine Hände weg und stand auf.

»Ich danke dir für alles, was du getan hast. Ich gehe jetzt ins Bett. Und zwar allein.«

Guy sah zu mir hoch. In seinen Augen las ich verhaltenen Zorn. »Ich gewöhne mich langsam an meine Rolle als Krankenschwester und ich mag bestimmt niemanden belästigen, der körperlich und seelisch so geschwächt ist, aber ich würde sehr gerne – um es sanft auszudrücken – mit dir ins Bett gehen. Und ich habe das Gefühl, dass dir diese Vorstellung auch nicht gänzlich zuwider ist. Ich hab nichts gegen Mädchen, die ein bisschen neurotisch sind, manchmal macht sie das noch reizvoller, aber ich bin den Schatten von Alex langsam leid, der wie ein böses Omen jedes Mal dräut, wenn ich dich zu küssen versuche.«

»Das tut mir furchtbar Leid. Ich meine, falls ich dir zu falschen Hoffnungen Anlass gegeben habe. Du warst so freundlich und ich wünschte – ach verdammt, es ist ganz unmöglich. Ich bin nicht in der Verfassung, eine Liebesbeziehung einzugehen, mit keinem. Damit könnte ich nicht leben. Ich schaffe es ohnehin kaum. Es wäre unverzeihlich. Ich habe Alex so tief verletzt. Verstehst du das nicht?«

Guy stand auf. Jetzt war sein Zorn unmissverständlich. »Vielleicht lässt du es mich ja wissen, wenn du deine Einstellung änderst. Du solltest zur Ruhe kommen, Flo. Du bist wirklich ganz reizend, aber früher oder später werden die Leute genug haben von deinen ständigen Gewissensbissen. Die sind nämlich fürchterlich langweilig. Gute Nacht.«

22

Du willst damit doch nicht etwa sagen, dass dir das was ausmacht?«, forschte Caro mich vierundzwanzig Stunden später mit einiger Schärfe im Ton aus.

Nachdem wir die Kinder nach Hause gebracht hatten, saßen wir am Kamin und tranken den Champagner aus. Caro war glücklicherweise mit einem halben Dutzend Eiern vorbeigekommen und dageblieben, um mir bei der Zubereitung der Rühreier für das Abendessen der Kinder behilflich zu sein. Die Teestunde war ein größerer Erfolg als am Tag davor, da ich einen begrenzten Zeitraum festgelegt hatte. Was Kinder anging, war Caro genauso unerfahren wie ich, aber sie hatte einen strengeren Blick und somit Wills besser im Griff.

»Also, ich fand, dass er wahrscheinlich Recht hat«, erwiderte ich auf Caros Frage bezüglich Guy. »Eigentlich weiß ich sogar, dass er Recht hat. Ich bin tatsächlich ekelhaft ichbezogen geworden und langweile jeden, der genügend Geduld aufbringt, sich die Geschichten aus meinem Sudelbuch anzuhören. Als ob das irgendjemanden interessieren würde. Lächerlicherweise war ich natürlich verletzt, was, wie du weißt, immer ein Zeichen dafür ist, dass jemand den Finger genau auf den wunden Punkt gelegt hat. Und nicht nur das – ich vermisse Guy auch schon. Nachdem er gegangen war, dachte ich – ach verflixt noch mal, ich mag ihn, weißt du.«

»Natürlich magst du ihn, meine liebe Flo. Dafür brauchst du dich nicht zu schämen. Guy ist ein absoluter Charmeur. Und dass er ein Schwein ist, gehört auch dazu.«

»Er ist ein Schwein?« Ich seufzte und wunderte mich, wie ein Klacks von Titchs Banane auf meine Schuhspitze gelangen konnte. »Mein ganzes Urteilsvermögen ist im Eimer – nein, nicht schon wieder. Ich habe den Entschluss gefasst, mit dem Gemecker aufzuhören. Also gut, vermutlich ist er egoistisch. Aber gerade wenn man zu dem Schluss kommt, dass er ein gemeiner Kerl ist, tut er etwas, was über die reine Höflichkeit hinausgeht, bringt etwa Fish and Chips für die Kinder mit und fährt sie dann noch nach Hause.«

»Ah! Aber die Frage ist doch, hat er das für die Kinder getan oder weil er wusste, dass er damit dein Herz anrührt?« Caro zündete sich einen Zigarillo an. Wenn sie das tat, musste ich immer lächeln, weil es so gar nicht zu ihren weißen Zähnen, ihrer gesunden Gesichtsfarbe und dem glänzenden Haar passen wollte. Edward hielt ihr Vorträge über Kehlkopfkrebs, was, wie ich glaubte, einer der Gründe dafür war, dass sie in seiner Gegenwart erst recht paffte. »Die Sache ist doch die, Flo, er wollte dich verletzen, weil du ihn enttäuscht hast. Er glaubte gestern, dass ihm das Glück hold sei, und als du ihn zurückgewiesen hast, sagte er aus Rache das Erstbeste, was ihm in den Sinn kam. Du bist einfach in einer Verfassung, in der dich jeder Vorwurf trifft. Warum zum Teufel solltest du dich schuldig fühlen, weil du nicht mit ihm ins Bett gehen möchtest – aus welchen Gründen auch immer?«

»Doch da er davon ausgegangen ist, dass ich es täte, wird es doch erst richtig schlimm, oder? Ich habe ihn doch wohl an der Nase herumgeführt?«

»Also größeren Unsinn habe ich noch nie gehört! Seit der so genannten sexuellen Revolution, Flower-Power, Pille und so weiter, hat noch jede Frau unter dem unzumutbaren Druck gestanden, für jeden dahergelaufenen Kerl die Beine breit zu machen, der Lust auf sie hat. Davor waren die Frauen die Leibeigenen ihrer Eltern und der Gefahr ausgesetzt, ›billig‹ zu sein und ein uneheliches Kind zu bekommen, und jetzt liefern sie sich den Männern aus. Du willst nicht mit ihm schlafen. Das sollte reichen. Guy hat überhaupt kein Recht dazu, verärgert zu sein.«

Ich lächelte. »Jetzt geht es mir schon besser. Und natürlich hast du Recht. Ich muss mich wirklich zusammenreißen und anfangen, vernünftig zu überlegen. Ich vergesse das am besten und denke nicht mehr dran. Jedenfalls nicht zu viel, hoffe ich. Aber was viel wichtiger ist – wir müssen was wegen der Kinder tun.« Ich hatte Caro von den Umständen erzählt, unter denen die Kinder lebten, und Caros erste Idee war es gewesen, sofort eine der Kinderhilfsorganisationen einzuschalten. Ich erklärte ihr meine Vorbehalte. »Frankie sagt, dass ihre Mutter seit nunmehr zwei Wochen, seit sie nämlich krank geworden ist, nur noch Wasser getrunken hat. Wäre das nicht eine Chance, dass sie sich wieder fängt und sich selbst um die Kinder kümmern kann? Es wäre so traurig, die Familie auseinander zu reißen. Sie muss doch auch ihre guten Seiten haben.«

»Ich habe mich nie mit Mrs. Roker unterhalten, aber ich bin ihr im

Dorf begegnet. Unglaublich blond gefärbte Haare, hohe Absätze und jede Menge Busen zum Herzeigen. Die Arme, vermutlich ist ihre Anziehungskraft auf Männer ihr ganzer Trumpf. Doch, weißt du, wir dürfen nicht schon von vornherein davon ausgehen, dass die Leute vom Sozialdienst nur darauf aus sind, ihr die Kinder wegzunehmen. Weshalb sollten sie kein Interesse daran haben, sie zusammenzuhalten, genauso wie wir? Und sie haben die besseren Möglichkeiten und Mittel.«

»Das stimmt natürlich. Aber Frankie meinte, sie hätten es bereits angedroht.«

»Nehmen wir mal an, dass die Gesundheit des Babys durch permanente Unterernährung dauerhaft geschädigt wird.«

»Ich glaube, dass Ruth durchaus in der Lage ist, sie zu füttern, wenn sie die Mittel dazu hat.« Wir hatten die Kinder mit einem Korb voll Brot und Milch und Weizenflocken für ihr Frühstück nach Hause geschickt. »Nach allem, was mir Frankie so erzählt, ist sie sehr pflichtbewusst und treibt die Kinder dazu an, sich ihre Zähne zu putzen. Oh, dass ich es nicht vergesse, ich muss morgen Zahnpasta für sie kaufen. Frankie hat mir erzählt, sie haben keine mehr.«

Caro sah mich amüsiert an. »Du hast sie wirklich in dein Herz geschlossen. Na gut, insgesamt gesehen neige ich dazu, dir Recht zu geben. Sehen wir zu, dass wir die Rokers in ihrer momentanen Krise so gut es geht über Wasser halten. Zum Glück legen die Hühner um diese Jahreszeit wie verrückt. Ich backe für ihren Tee morgen einen Kuchen.«

»O Caro, du bist ein Schatz! Ich war mir sicher, dass ich auf deine Hilfe bauen kann.«

»Und meine Tiefkühltruhe ist bis obenhin voll mit Fasanen. Die Frau von Roger Windebank weigert sich partout, sie zu essen, aber der arme Irre setzt alles dran, sich mit dem Schießeisen in die obere Mittelschicht zu ballern.« Sie sah mich zweifelnd an. »Glaubst du denn, dass Kinder Fasan essen?«

»Dazu kann ich am allerwenigsten was sagen. Ich hatte noch nie was mit Kindern zu tun.«

»Sieht so aus, als wärst du jetzt mitten in einem Crashkurs.«

»Es wäre alles so viel einfacher, wenn wir zum Haus gehen und mit Mrs. Roker reden könnten. Wenn man das überhaupt ein Haus nennen kann. Es ist rund und aus rostigem Eisen gebaut.« Aus Angst vor Wurfgeschossen hatten wir die Kinder nur bis zum Weg gebracht.

»Was bist du nur für eine Stadtpflanze, dass du noch nie eine Nissenhütte gesehen hast! Während des Kriegs hat man die zu Tausenden um provisorische Flugplätze herum errichtet. Da fällt mir was ein. Barbara Watkins – deine unmittelbare Nachbarin, obwohl du ihr Haus von hier nicht sehen kannst – unterrichtet an der Grundschule von Tarchester, auf die die Roker-Kinder gehen, Kunst und Schauspiel. Vielleicht hätte Mrs. Roker zu ihr Vertrauen. Ich kann mir nicht vorstellen, dass es jemanden gibt, der Bar nicht mag. Warum fragen wir sie nicht?«

»Ausgezeichnete Idee. Und wann?«

»Lass uns keine Zeit verlieren. Zieh deinen Mantel an.«

Acht Uhr hielt ich für eine seltsame Zeit für einen Überraschungsbesuch, aber ich fügte mich Caro, die es ja besser wissen musste. Wir nahmen Chloë und eine Taschenlampe mit und brachen in den Wald auf. Bei meinen Spaziergängen hatte ich durch die Bäume immer mal wieder etwas in Hellrosa schimmern sehen. Jetzt war es zu dunkel, um überhaupt etwas zu erkennen, aber Caro führte uns auf den richtigen Weg und es dauerte nicht lange und wir klopften an eine Tür.

»Wer – ist – da?«, sang eine Frauenstimme.

»Caro.«

»Meine Liebe, das ist ja himmlisch! Komm rein. Es ist nicht abgeschlossen.«

Der durchdringende Weihrauchduft löste wieder einen Hustenreiz bei mir aus. Im Raum herrschten tropische Temperaturen. Sämtliche Lichtquellen waren mit Tüchern behängt und die lasierten Wände strahlten in leuchtendem Orange und waren mit Bäumen, Blumen, Tieren und Vögeln verziert. Ein Tiger guckte wie bei Rousseau verstohlen durch riesige Blätter. Die Farben waren selbst in dem gedämpften Licht so lebendig, dass es einige Sekunden dauerte, ehe ich die Herrin des Hauses erkannte. Sie lag mit angezogenen Knien zu einem festen Ball zusammengerollt auf dem Fußboden und streckte uns ihren Allerwertesten entgegen. Sie war splitternackt. »Fünf – vier – drei – zwei – eins«, sang sie, als wäre sie eine Rakete kurz vor dem Start.

»Hoffentlich stören wir dich nicht bei irgendwas«, entschuldigte sich Caro. »Ich habe Flo mitgebracht, damit ihr euch kennen lernt.«

Ehe ich Chloë davon abhalten konnte, war diese ins Haus getapst und hatte Bars nackten Hintern freundlich abgeleckt. Bar löste sich aus ihrer Embryohaltung, rollte sich auf die Knie und schüttelte ihr Haar, das ihr bis zur Taille reichte und von seltsamer Farbe irgendwo zwischen Aprikose und Orange war, wie Räucherlachs. »Hallo, Chloë, mein gutes Mädchen!« Sie bückte sich, um Chloë den Kopf zu tätscheln. »Freut mich, dich zu sehen!«

Bar hatte ein reizendes Gesicht, rund und rosig mit großen funkelnden Augen und einem winzigen fleischigen Mund zwischen Lachgrübchen. Sie hatte feste Brüste und – ich sagte mir, dass ich nicht in der Anatomiestunde war und sah mich stattdessen im Zimmer um. Bis auf einen überladenen kleinen Tisch, der am Rand eines großen Kreidekreises stand, war der Raum leer. In der Mitte stand ein schwarzer Kochtopf, der an einen altmodischen Wasserkessel erinnerte.

»Ich feiere Eostar. Ich war gerade ein Ei kurz vor dem Ausschlüpfen. Ich betrachte es als geschafft. Kommt, wir trinken ein Glas Wein – oh, warte!«, sagte sie, als Caro einen Schritt nach vorne trat. »Du darfst nicht durch den Kreis laufen! Sonst wirst du psychisch versengt. Einen Moment, ich komme raus.« Sie stand auf, nahm vom Tisch ein Messer und schwang es vom Fußboden aufwärts hoch bis knapp über ihren Kopf, quer und wieder abwärts. »Wahrscheinlich könnt ihr es nicht sehen, aber der Kreis ist aus blauem Feuer und ich habe jetzt mit meinem Ritualmesser – das ist ein geweihtes, magisch gereinigtes Messer – eine Tür hineingeschnitten.« Vorsichtig trat sie durch die von ihr gezeichnete Öffnung. Ich sah genau hin, konnte aber kein einziges Rauchwölkchen entdecken. Chloë beschnupperte die Gegenstände auf dem Tisch, wobei ihr vornehmliches Interesse einem Laib Brot galt. Bisher schien ihre Psyche noch nicht angesengt zu sein. »Es ist wunderschön, dich zu sehen, meine liebe Caro.« Sie warf sich Caro an den Hals. »Guten Tag, Flo.« Sie reichte mir eine heiße Hand. »Ich habe schon viel von dir gehört und bin sehr neugierig.«

»Guten Tag. Ich fürchte nur, dass ich nicht halb so interessant bin wie Mrs. Creech sich das vorstellt.«

»Sie hat nicht erwähnt, dass du prächtige rote Haare hast. Und ich wette, die sind Natur. Ich weihe dich in ein Geheimnis ein. Meine sind gefärbt.« In der fairen Absicht, meine Überraschung kundzutun, zog ich meine Braue hoch. »Ich färbe sie im Einklang mit der jeweiligen jahreszeitlichen Stimmung. Im Moment ist es fleischfarben, weil das Jahr neugeboren ist. Eigentlich ist es ein ziemlich langweiliger Farbton, der an eine tote Wühlmaus erinnert.« Ich kam nicht umhin festzustellen, dass sie auch ihre Schamhaare passend gefärbt hatte. »Kommt, lasst uns in die Küche gehen und dort was trinken.«

Wir schoben uns seitwärts am Kreidekreis vorbei. Die Küche war dunkelblau gestrichen und an der Decke kreisten Sonnen, Monde und Sterne. Ein Komet mit einem langen, vielfarbigen Schweif schoss über den modernen Elektrokocher und ein Zickzackblitz schlug in den Toaster ein. Bar schenkte uns drei Gläser einer braunen Flüssigkeit aus einer großen Flasche mit der Beschriftung Malzessig ein und schnitt mit dem Messer, das sie zu ihrer Befreiung aus dem Kreis benutzt hatte, einen dicken grünen Pfannkuchen – jedenfalls sah er danach aus – in Stücke. Ein sehr nützliches Werkzeug, wie es schien, das sich sowohl fürs Heilige als auch fürs Profane einsetzen ließ.

»Was ist das?«, sprach Caro meine Gedanken aus.

»Ist eine Art Kuchen aus Eiern und Äpfeln und Rainfarnblättern. Im Mittelalter glaubten die Leute, sie bekämen vom vielen Fischessen während der Fastenzeit Würmer und aßen deshalb Rainfarnkuchen, um sie wieder loszuwerden. ›*Am Ostersonntag gibt es Kuchen fein, dem Rainfarn schenkt sein Grün so rein*‹«, trällerte sie. »Jetzt versucht mal ein Stück. Und trinkt doch.«

»Ob es gut ist, reinen Weinessig zu trinken?«, erkundigte Caro sich zweifelnd. »Ich kenne natürlich die Geschichte von Lord Byron, aber selbst der hat ihn zusammen mit Kartoffeln zu sich genommen.«

Bar lachte und ließ dabei ihre Grübchen sehen und wieder verschwinden. »Das ist mein selbst angesetzter Wein aus Birkensaft. Die alte Flasche habe ich von Dusty. Keine Sorge, ich habe sie gut sterilisiert.«

Ich nippte daran. Er schmeckte süß und ganz lecker, aber im Bukett verbarg sich meinem Gefühl nach eine Spur Säure.

»Wenn wir länger als fünf Minuten bleiben, muss ich mich ein wenig entblättern.« Caro zog ihren Mantel und den Pullover aus. »Sonst kannst du mich gleich mit Fett beträufeln. Ich weiß nicht, wie du diese Hitze aushältst, Bar.«

»Ist es nicht wunderbar, was psychische Vitalität zu leisten vermag?« Mir fiel eine Elektroheizung auf, die in der Ecke stand und vor lauter Watt schon in Weißglut erstrahlte. »Legt doch einfach alles ab, meine Lieben.« Bar breitete ihre Hände in großer Geste aus, die ihre Brüste zum Wackeln brachte. Sie war gut gepolstert, ohne dick zu sein, hatte eine schöne blasse Haut und Grübchen an Ellbogen und Knien. »Und ihr wisst gar nicht, wie viel besser ihr euch fühlt, wenn ihr eins seid mit der Natur.«

»Für mich gehört zum Einssein mit der Natur schon mehr als keine Klamotten anzuhaben«, meinte Caro sarkastisch. »Es gibt jede Menge Natur, die mir nicht zusagt – Alter und Tod zum Beispiel. Und Wespen. Außerdem kann ich an Bergen wabbelnden Fleisches keinen Gefallen finden. Damit meine ich natürlich mein eigenes«, fügte sie höflich hinzu.

»Wir Hexen zaubern gern nackt.« Bars große Augen waren ernst. »Kleider behindern die ätherische Energie. Wir nennen es das Himmelskleid anziehen.«

»Das ist eine wirklich reizende Bezeichnung, liebe Bar, aber wie immer es auch genannt werden mag, wäre es mir doch peinlich, wenn jemand zufällig vorbeikäme und mich bis auf ein paar Krümel im Bauchnabel nackt sähe.«

»Es kommt doch keiner vorbei.« Bar seufzte. »Ihr seid die ersten Besucher in dieser Woche. Es ist ja gut und schön, mit dem Gehörnten Gott schneller als der Wind zu laufen, aber ich würde doch gerne mit jemandem handfest werden, am liebsten mit jemandem meines Alters und meiner Fähigkeiten. Natürlich genieße ich das Leben auf dem Land, aber Menschenskind, es ist so einsam!«

»Handfest? Was bedeutet das?«, fragte ich.

»Es ist das Hexenwort für Ehe.«

»Ich bin noch nie einer Hexe begegnet.«

»Das liegt daran, dass du noch nicht in der richtigen seelischen Verfassung dafür warst. Das ist einer unserer Glaubenssätze.« Bar stand auf, streckte ihre Arme nach vorne und rezitierte mit Sing-Sang-Stimme: »*Mögen jene, die nie barfuß gingen, nie den Pfad finden, der zu meiner Tür führt.*«

Ohne die Arme zu senken, schloss Bar ihre Augen und senkte ihren Kopf wie zum Gebet. Caro und ich verfolgten dies mit höflicher

Aufmerksamkeit und warteten. Es war eine jener Situationen, in denen man sich des Werts der Etikette im normalen Leben wieder bewusst wurde. Wir verharrten so lange im Schweigen, dass ich mich schon zu wundern begann, ob Bar unsere Anwesenheit vergessen hatte. Ich wagte keinen Blickwechsel mit Caro. Die Hitze vom Elektroofen brachte mein Bein zum Kochen, aber sobald ich meine Sitzposition zu verändern versuchte, gab der alte Korbstuhl ein so boshaftes Knacken von sich, dass ich mir wie ein Störenfried dieser alles bestimmenden spirituellen Verzückung vorkam. Unterhalb des Tisches hörte ich etwas mampfen. Ich warf einen Blick darunter und sah, dass Chloë mit dem Brot, das sie vom geweihten Tisch gestohlen hatte, kurzen Prozess machte.

»Ah-h-h-h-h!«, sagte Bar endlich. Sie warf ihren Kopf zurück, ließ ihre Arme fallen, schlug die Augen auf und atmete kräftig ein und aus, als wäre sie gerannt. »Jetzt verstehe ich! Die Göttin hat mir alles gesagt.« Sie betrachtete mich mit einem Ausdruck, gemischt aus Sorge und Überraschung. »Du warst auserwählt zur Braut des Herrn des Todes und solltest auf seinem Altar geopfert werden. Aber die Göttin liebt dich zu sehr, um dich verdammt zu sehen. Sie hat dich zu mir geschickt, damit ich dich zurück zur Freude führe. Du hast zugelassen, dass das sexuelle Verlangen zu einem Druckmittel wird. Du bist sein sexuelles Instrument gewesen.«

»Also, das ist jetzt ziemlich heftig –«, fing ich an.

»Natürlich merkst du das noch nicht. Offenbar verfügst du über eine gute seelische Mitte. Aber der Herr des Todes hat dich auserwählt, weil du ein Geschöpf dieser Welt warst. Und da du jetzt anfängst, ihren matten Beschlag abzureiben, wirst du vom pervertierten Verlangen befreit werden, um eine Verbindung mit dem Jägergott selbst einzugehen.« Bar sah mich triumphierend an.

»Oh, gut.«

»Es ist die allergrößte Ehre. Ich muss zugeben, dass ich neidisch bin. Aber ich nehme an, dass ich dir helfen soll, es zustande zu bringen. Ich wusste sofort, dass Astralkräfte dich zu mir geführt haben.«

»Eigentlich war es Caros Idee hierher zu kommen.«

Bar schenkte mir ein freundliches Lächeln. »Natürlich, Caro ist das für diesen Zweck gewählte Mittel.«

»Also das ist ausgezeichnet, Bar, und ich bin froh, so nützlich gewesen zu sein«, fiel Caro ihr ins Wort, »aber verlassen wir doch mal für einen Augenblick das Himmelsschiff, denn wir wollten eigentlich wegen einer anderen Sache mit dir reden. Du kennst doch die Roker-Kinder?«

»Ruth Roker geht jetzt auf die Gesamtschule. Frankie ist in der dritten Klasse. Da gibt es noch einen Jungen. Lasst mich mal überlegen. William. Zählt nicht zu meinen Erfolgen. Er malt ständig Bilder von Leuten, die gequält oder erstochen oder in die Luft gesprengt werden. Und er stiehlt die Pinsel und Plakatfarben. Als ich die Kinder bat, sich selbst als wichtige Erwachsene vorzustellen, wollten alle anderen Kinder Prinzessinnen oder Astronauten sein, aber William wollte Terrorist sein. Ruth war ein merkwürdiges Mädchen. Verschlossen, aber es gab doch was Interessantes. Eine ganz gute Zeichnerin. Ordentliche kleine Häuser mit Blumen darum herum. Nichts Originelles, aber das sind in dem Alter nur ganz wenig Kinder. Im Schauspielern hoffnungslos. Nur hölzern.«

»Wir machen uns Sorgen um sie. Hast du jemals Mrs. Roker auf einem Elternabend kennen gelernt?«

»Blonde Haare. Jede Menge Make-up. Trinkt. Ich hatte Mitleid mit ihr. Beim letzten Mal hat Mr. Batts, der Werklehrer, sie fast bewusstlos nach Hause gefahren.«

»Das ist sie. Also die Kinder sind ziemlich verwahrlost. Dank Flo müssen sie nicht hungern, aber man muss was unternehmen – und zwar schnell. Entweder wir wenden uns in dieser Angelegenheit an die Fürsorge oder wir reden mit Mrs. Roker und finden heraus, ob sie wirklich krank ist oder nur unter Alkoholentzug leidet. Sie hat Flo ein Paar Stiefel nachgeworfen. Da sie dich kennt, haben wir überlegt, dass du vielleicht herausfinden könntest, wo das Problem liegt.«

»Ich werd's versuchen, meine Lieben. Natürlich versuche ich's. Ich gehe morgen nach der Schule zu ihr.« Sie wandte sich mir daraufhin mit leuchtenden Augen wieder zu. »Muss schon toll gewesen sein, mit dem Herrn des Todes zu schlafen, wenn es auch bestimmt sehr kräftezehrend war. Du darfst nicht meinen, dass ich das aus vulgärer Neugier sage. Ganz und gar nicht. Für uns Hexen ist die Sexualität etwas Heiliges. Es ist ein Akt der Anbetung, eine Bejahung der Fruchtbarkeit der Erde.« Sie sah mich trübsinnig an. »Wie schade, dass es so wenig davon gibt.«

»Aber was ist mit dem Gehörnten Gott, den du erwähnt hast?«, fragte ich, weil ich das Gespräch von mir ablenken wollte. »Ist er dasselbe wie der Teufel? Oder ist er der Herr des Todes?« Langsam verwirrte mich das alles.

»Satan ist eine christliche Idee. Wir sind heidnisch. Der Gehörnte Gott ist halb Mensch, halb Tier. Der griechische Pan, der keltische Cernunnos, der gehörnte Herne. Der Herr des Todes ist der Teil von ihm, der mit dem alten Jahr stirbt – er verkörpert alle negative Gewalt in der Welt. Natürlich gibt es Satanisten, aber das sind keine Hexen. Hexen sind ganz und gar wohlwollend, weißt du.«

Ich hatte das Gefühl, gar nichts zu wissen. Die Kombination aus Okkultismus, Alkohol plus einem harten Arbeitstag in der Mühle machte mich schwindelig im Kopf. Mir war nicht klar gewesen, dass sich hinter den eingefahrenen Traditionen des Landlebens ein solcher Nährboden des Nonkonformismus verbarg.

»Komm, Flo, wir gehen lieber«, bestimmte Caro. »Du siehst gar nicht gut aus.«

»Das sind die Nachwehen der Sextagung mit den Kräften der Finsternis«, erklärte Bar mitfühlend. »Es ist sehr kräftezehrend, bis das intuitive Selbst wieder ans Tageslicht kommt.«

Wir schwankten unter dem Gewicht der Päckchen und Flaschen, die sie uns großzügig für die Roker-Kinder mitgegeben hatte, nach Hause. Ich fragte mich nur, wie ihnen wohl eingelegte Eschenschösslinge, Nesselmousse und Schafgarbentee schmecken mochten.

»Vermutlich hat Guy ihr von Alex erzählt«, seufzte ich. »Ich weiß doch, dass weder du noch Edward tratschen würden, und dann bleibt nur noch er übrig.«

»Das bezweifle ich. Mein Gott, diese Flaschen sind aber schwer.« Caro nahm den Korb in die andere Hand. »Guy und Bar hatten im letzten Jahr eine flüchtige Affäre und seitdem reden sie nicht mehr miteinander.«

»Dann war es einfach Zufall.« Wahrscheinlich hatte der Weihrauch narkotische Wirkung. Fast war ich bereit, an Bars Weissagungen zu glauben.

»Natürlich war es das«, erklärte Caro mit Nachdruck.

Ich sah Bar erst zwei Tage später wieder. Es war Freitagabend. Frankie hatte wie immer, wenn ich von der Mühle zurückkam, auf der Eingangsschwelle auf mich gewartet und an diesem Abend hatte Titch die Arme nach mir ausgestreckt, als sie mich sah, und »Tets« gerufen, den Namen, den sie mir gegeben hatte, vermutlich weil sie mich mit Essen in Verbindung brachte.

Wenn sie nicht schrie, war sie bezaubernd. Sie saß auf meinen Knien und musterte mit ihren sturmgrauen Augen unter den dunklen Wimpern, in denen noch die Reste des letzten Weinkrampfes hingen, ernst mein Gesicht. Ihre Wangen waren dick und weich, ihre zarte Haut errötete bereits leicht, wenn sie nur atmete. Begeistert erforschte sie mein Gesicht mit ihren Fingern und wiederholte dabei die Worte, die ich ihr vorsprach. Dann lächelte sie plötzlich über das ganze Gesicht. Da musste ich sie küssen, was sie zum Lachen brachte. »Tets küssen!« war ihr erster wirklicher Satz, wie Frankie meinte.

»Sie sieht doch besser aus, oder?« Während dieser Stunde stand Frankie immer dicht neben mir und drückte ihren Leib an meinen Arm. »Ruth hat ihr auch die Haare gewaschen.« Ich hatte Frankie die Reste meines Shampoos gegeben. »Und sie hat auch fast gar nicht geschrien, als ihr der Schaum in die Augen kam.«

Ich zuckte zusammen und nahm mir vor, Babyshampoo zu kaufen.

»Glaubst du denn, dass es deiner Mutter besser geht, Frankie?«

Frankies Ohren und ihre Nasenspitze wurden rot, was bei ihr immer ein Zeichen emotionaler Erregung war. Dann brachte sie ihr Gesicht nah an mein Ohr und wisperte: »Sie hat gesagt, ich darf's nich sagen, damit du uns weiter was zu essen gibst. Sie hat mir nich geglaubt, als ich ihr sagte, du bist nich reich und arbeitest in der Mühle. Sie hat sich heute ihr Geld geholt. Es gab heiße Würstchen und Erbsenpüree zum Abendessen. Und Fischstäbchen.«

Ich hatte mich schon gewundert, warum Wills die zweite Kartoffel abgelehnt hatte.

Wie erwartet, hatten die Kinder Bars gesunde vollwertige Waldkost stur abgelehnt und Tomatenketchup und Würstchen im Kunstdarm den Vorzug gegeben. Wills hatte sich, sobald er seinen Teller leer gegessen hatte, mit der Bemerkung aus dem Staub gemacht, er wolle sehen, ob was in die Fallen gegangen war. Doch meine Freude über die von meinen Schultern genommene Verantwortung überwog bei weitem meinen Groll auf Mrs. Rokers Versuch, eine Milchkuh aus mir zu machen.

»Ich bin wirklich froh, dass es deiner Mutter wieder besser geht.«

Ich küsste Frankie auf die Nase, um ihr zu zeigen, dass ich nicht sauer war, und sie legte mir ihre Arme um den Hals und küsste mich so fest auf die Wange, dass es fast wehtat.

»Darf ich trotzdem kommen?«, erkundigte sie sich noch immer im Flüsterton.

»Ich wäre sehr traurig, wenn du's nicht tätest.« Frankie lehnte sich an mich und ließ ihren Kopf auf meine Schulter sinken. Dieses verzweifelte Bedürfnis nach Zuneigung rührte mich zu Tränen. »Komm mit«, schlug ich vor. »Wir gehen durch den Wald zu dir nach Hause und halten Ausschau nach jungen Füchsen.«

Natürlich entdeckten wir keine, aber es huschte ein Vogel oder eine Fledermaus an uns vorbei durch die Bäume und Frankie trat fast auf einen Igel, so dass unser naturkundlicher Ausflug ein Erfolg wurde.

Als ich danach wieder in Drop Cottage war, bereitete ich mich auf achtundvierzig Stunden Entspannung vor. Nach vier Tagen harter Arbeit war ich steif und wund. Normalerweise ging ich zum Yardley House, um dort zu duschen oder ein Bad zu nehmen, aber jetzt hatte mich der Ehrgeiz gepackt, der alten Wanne, die im Vorbau neben dem Schleppdach von der Decke hing, zu neuen Ehren zu verhelfen. Mit Hilfe meiner neu aufgebauten Muskeln gelang es mir, sie ins Wohnzimmer zu schleppen. Nachdem ich eine halbe Stunde lang Wasserkessel aufgesetzt hatte, war sie zu drei Vierteln mit dampfendem Wasser gefüllt, in das ich Meersalz streute. Der Kamin war gut geschürt und die Vordertür mit einem Keil festgeklemmt. Ich legte Mendelssohns Violinkonzert auf den Plattenspieler, warf die Kleider ab und stieg in die Wanne. Es war die reinste Seligkeit. Nachdem Chloë versucht hatte, vom Badewasser zu trinken, dann aber aufgab, weil ihr vermutlich der Salzgeschmack nicht behagte, konnte ich in einen Zustand abdriften, wo die Gedanken zugunsten der Gefühle schwiegen.

Ich muss wohl mit geschlossenen Augen und hängendem Kopf etwa eine viertel Stunde lang reglos gelegen haben, die geistige Aktivität auf einen ganz kleinen Hirnbereich reduziert, der gerade noch müßig der Musik folgte, als ich ein Holzscheit auf den Rost fallen hörte. Ich schlug die Augen auf. Bar saß mit hoch gelegten Beinen auf dem Sofa, dirigierte mit der einen Hand das Orchester und hielt in der anderen ein Glas Wein. Meinem müden Hirn und den umherschweifenden Sinnen kam sie wie eine Erscheinung vor. Ich konnte mir gut vorstellen, dass sie aus einer Rauchwolke oder einem Sternenregen Gestalt angenommen hatte.

»Ich habe mich bedient, Liebes. Du hast doch nichts dagegen, oder?«

Es bringt einen immer aus der Fassung, wenn man erfährt, dass man ohne es zu wissen beobachtet wurde. Und das Gefühl, zur Schau gestellt zu sein, wird natürlich noch gesteigert, wenn man keine Kleider anhat. »Keineswegs.« Ich faltete meine Arme über meiner Brust. »Wie lange bist du schon hier? Ich muss ziemlich dumm ausgesehen haben.«

»Du sahst allerliebst aus. Trancezustände sind gut für dich. Geist reinigend. Ich sehe, dass deine Aura an den Rändern ziemlich zitterig ist. Ich bekam die Eingangstür nicht auf, deshalb bin ich hinten hereingekommen.«

»Warum hat Chloë nicht angeschlagen?«

»Es gibt eine spezielle Sprache zwischen Hexen und Tieren. Außerdem hatte ich zufällig einen Keks in der Tasche.« Ich sah Chloë an, die sich weigerte, meinen Blick zu erwidern. »Ich bin gekommen, um dich wegen der Rokers zu beruhigen. Ich bin gestern Abend nach der Schule zu ihnen gegangen. Ruth wollte mich nicht hineinlassen, aber sie hat nicht gewagt, es mir zu verwehren. Das arme Kind, sie schützt ihre Mutter, wie sie nur kann. Natürlich sollte es andersherum sein. Mrs. Roker saß aufrecht im Bett, wirkte munter, wenn sie auch gelb im Gesicht war, und futterte einen Schokoriegel.« Ich hatte Frankie drei Stück als besondere Belohnung für die älteren Kinder mitgegeben. »Erst war sie trotzig, aber dann wurde sie sanfter und schien froh zu sein, mit jemandem reden zu können. Sie erzählte mir, sehr angeschlagen gewesen zu sein, sich jetzt aber wieder besser zu fühlen. Aufgrund versteckter Andeutungen gehe ich davon aus, dass sie mit der Trinkerei aufgehört hat. Ich konnte nirgends eine Flasche entdecken. Sie braucht jetzt unbedingt Löwenzahntee. Der hilft gegen Gelbsucht.«

»Meinst du nicht, sie sollte einen Arzt aufsuchen?«

»Nein, ganz bestimmt nicht. Sie braucht eine gute Ernährung und frische Luft, keine ungesunde Chemie mit schädlichen Nebenwirkungen.«

Obwohl ich berücksichtigen musste, dass Bars Sicht der Dinge streng auf ihre Überzeugungen zugeschnitten war, wie das natürlich auf uns alle zutrifft, war ich doch enorm erleichtert nach ihrem Bericht über Mrs. Roker. Kein kranker Mensch könnte einen ganzen Schokoriegel verdrücken.

Das Badewasser kühlte rasch ab. »Sei doch so lieb und bring mir die Flasche und noch ein Glas«, bat ich sie. Während Bar in der Küche war, sprang ich aus der Wanne, trocknete mich ab und hatte meinen Morgenmantel an, ehe sie wieder zurückkam. An der Eingangstür klopfte es. Ich rückte den Stuhl beiseite, den ich unter die Klinke geklemmt hatte, und machte einen Spalt weit auf.

»Guten Abend, Miss Swann.« Es war Mrs. Creech. Sie wirkte eine wenig zerzaust und keuchte. »Du meine Güte, das ist aber ein elender Weg. Wenn ich das gewusst hätte, hätte ich es sein lassen. Meine Beine sind hinten ganz schmutzig geworden. Das hätten Sie sehen sollen, wirklich.« Bisher war mir nicht in den Sinn gekommen, dass der Pfad eine nützliche Hemmschwelle für neugierige Besucher war. »Ich hoffe, ich störe nicht.« Sie reckte den Hals und versuchte einen Blick aufs Wohnzimmer zu erhaschen.

»Nein, natürlich nicht. Sei still, Chloë.« Sie gefiel sich in ihrer Imitation eines bestens ausgebildeten Polizeihunds, der sich einem Verbrecher gegenübersieht, lag geduckt und mit gesträubten Nackenhaaren auf den Vorderpfoten und fletschte die Zähne.

»Da haben Sie aber ein garstiges, boshaftes Tier. Dass Sie sich damit sicher fühlen? Aber da Sie allein leben, ist es ja vielleicht ...«

Mrs. Creech Augen hakten sich an meinem Morgenmantel fest. Ich machte die Tür weiter auf, damit sie sich überzeugen konnte, dass ich nicht die Ehemänner Pudwells zu Gast hatte. »Ich sammle für die Woche der Brüderlichkeit.« Sie reichte mir einen kleinen Umschlag. »Außerdem habe ich hier ein Gesuch an den Gemeinderat, diese Zigeuner zu vertreiben.« Ihre dünnen Lippen runzelten sich vor Abscheu. »Überall lassen sie ihren Müll und verpesten das Dorfklima. Und seit ihre Kinder die Schule besuchen, sind Kopfläuse an der Tagesordnung. Und obwohl Sie ja streng genommen keine Dorfbewohnerin sind, werden Sie das sicher gern unterstützen.«

»Also ich weiß nicht, ob ich darüber ausreichend informiert bin – irgendwo müssen sie ja leben. Wie wär's mit Mülleimern und Shampoo?«

Mrs. Creechs Blick fiel auf Chloë, die nicht mehr bellte, aber weiterhin knurrte. »Sie stehlen Hauskatzen und Hunde und essen sie, wissen Sie.« Ihrem Gesichtsausdruck war zu entnehmen, dass sie dies im Falle von Chloë durchaus begrüßen würde.

»Ich fürchte, da muss ich erst mehr wissen, ehe ich das entscheiden kann.« Ich schob die Tür ein paar Zentimeter weit zu, bis sie auf Mrs. Creechs Fuß traf. »Ich möchte früh schlafen gehen – war gerade auf dem Weg ins Bett.«

»Das hätten wir, Schätzchen.« Bar kam mit einem Tablett aus der Küche und ihre Brüste wackelten beim Gehen. »Ich habe auch meine Kleider ausgezogen, da ich weiß, wie scheu man sich anfangs fühlt.«

Mrs. Creech riss Augen und Mund weit auf und warf die Hände in die Luft, als wolle sie eine Vision von Sodom und Gomorrha auslöschen. Ihre Umschläge zur Woche der Brüderlichkeit wirbelten wie Herbstblätter durch den Raum.

23

Es war ein ungewöhnlich strahlender Morgen. Neue Blätter, von der Sonne schwefelgelb gefärbt, flatterten wie winzige Wimpel im sanften Wind. Vögel führten vor dem überwältigenden Himmelsblau eine ausgefeilte Choreographie vor. Es war ein Blau wie das der Delfter Vase, die ich mit Schlüsselblumen und Moos gefüllt aufs Fensterbrett gestellt hatte. Fast vor meinen Augen entfalteten sich rosa und weiße Apfelblüten. Sogar Macavity, der während der kalten, düsteren Tage mein Bett kaum verlassen hatte, fühlte sich in den Garten hinausgezogen.

»Bin gekomm', um Ihr Dach zu richt'n.« Dusty stand gebeugt von der Last mehrerer Leitern an der Eingangstür. »Wo is nur George, der kleine Gauner? Er sollte mir zur Hand geh'n.« Er knallte seine Last zu Boden und spuckte in die Nesseln. »Dieser Weg is doch 'ne einzige Katastrophe, oder? Oben an der Kreuzung steht 'n sauberer Bungalow leer. Aber manche Leute woll'n 's eb'n um jeden Preis unbequem. Ich hol mal mein Werkzeug.«

Er kam mit einer Sammlung alter Eisen- und Holzgerätschaften wieder, Rechen, Kämmen und großen Scheren, Dinge, wie man sie sonst nur im Heimatmuseum findet. Beim nächsten Mal kehrte er mit Stroh beladen zurück, jedenfalls hielt ich es dafür, aber Dusty klärte mich auf, dass es Abbotsbury-Halme waren, eine heimische Reetsorte. »Was Besseres gibt's nich zum Dachdeck'n«, versicherte er mir und stieß mit dem Fuß gegen den an stumpfes Gold erinnernden Haufen. »Erst flicken wir an den Dachlatten, dann geht's an den First.«

Ich kannte mich nicht aus in der Kunst des Reetdachdeckens, aber als Dusty ein Bündel spitzer Stecken brachte und mir erklärte, es seien Rundhölzer, fiel mir Marty South in Hardys *Die Woodlanders* wieder ein, der bis zum Morgengrauen im Feuerschein genau diese Hölzer herstellte, um für seinen kranken Vater Geld zu verdienen. Diese Verbindung zur Literatur rührte mich, aber Dusty vermochte das nicht zu beeindrucken.

»Ah ja, kann das Geschwätz über diesen Schreiberling schon nich mehr hör'n. Hat irgendwo drüben in Bockhampton gelebt. Die Leute komm'n sogar aus Amerika, bloß um das alte Haus zu seh'n, wo er aufgewachs'n is. Ich hab mit Büchern nix am Hut. Eingebildetes Zeug, zu was soll'n das gut sein? Da bist du ja, du kleiner Schlingel. Was hast 'n wieder angestellt?« Es lag auf der Hand, was George getan hatte. Seine Schönheit verunzierte ein geschwollenes Auge und eine blutende Lippe. »Hast dich wieder geprügelt, du kleiner Rowdy. Und hast wieder das meiste abbekomm'n, würd' ich sagen. Wieso musst'n du immer die Jungs anmach'n, die viel größer sind als du?«

»William Roker hat mich einen Krüppel genannt«, George war wütend, als er diese Beleidigung wiederholte. »Aber ich hab ihm die Nase blutig geschlagen. Würde mich nicht wundern, wenn sie gebrochen ist.«

»Na gut, jetzt mach aber voran und bündle mir das Reet oder ich brech dir deine noch dazu.«

George machte sich an die Arbeit, sehr geschickt, wie ich fand.

»Und wie kommst du mit deinen Schulaufgaben zurecht?« Ich wusste, dass es nicht angebracht wäre, ihn wegen seiner Verletzungen zu bemitleiden.

»Es geht gut, ich hab keinen Ärger damit. Ich bekomme zusätzlichen Unterricht. Mr. Gildry zahlt dafür.« Er unterbrach seine Arbeit und sah mich an. »Warum er das wohl jetzt auf einmal tut?«

»Ich weiß es nicht«, log ich. »Vermutlich kann er nicht zusehen, wie du deine Fähigkeiten vergeudest.« George warf mir einen zweifelnden Blick zu und spuckte aus. »Wenn du das noch mal machst, dann bin ich aber sauer. Auf dem Gymnasium ist das nicht mehr angebracht, weißt du.«

»Das weiß ich. Ich weiß viele Dinge, die du nicht weißt, weil du nur ein Mädchen bist.«

Dafür hätte ich ihn am liebsten geohrfeigt, hielt mich aber zurück. »Mädchen sind genauso gescheit wie Jungs, weißt du.«

»Sind sie natürlich nicht! Wenn du schon so gescheit bist, dann beantwortete mir doch das: ›Geht er rein, ist er steif und knackig, kommt er raus, ist er schlapp und pappig.‹« Er grinste, als er meinen Gesichtsausdruck sah. »Du hast aber eine schmutzige Fantasie! Ich weiß genau, woran du denkst. Aber das ist es nicht. Es ist gekochter Kohl!«

Ich ließ sie in Ruhe. In der Nähe des umschlossenen Gartens gab es eine alte, von Dornenranken überwucherte Bank, von der man einen herrlichen Blick auf den oberen Teil des Tals hatte. Es dauerte ein paar Minuten, bis ich die ärgsten Ranken abgeschnitten hatte, dann setzte ich mich und genoss das Farbenspiel auf der anderen Hangseite, wenn die Wolken langsam an der Sonne vorbeizogen. Voller Bewunderung verfolgte ich die flackernden Schatten der Blätter vor dem Stamm der Eiche, die neben der Bank wuchs. Ein Rotkehlchen hüpfte darunter umher und beäugte mich kühn. Jedenfalls ging ich davon aus, dass es mich ansah, was sich aber als Irrtum herausstellte, denn es stürzte sich auf etwas, das sich in der Wiese verbarg, und flog dann mit einem Wurm im Schnabel zum Anbau. Dann kehrte es zurück und wiederholte die Vorstellung mit einem Käfer. Ich ging nachsehen, was es im Schuppen Verführerisches gab. Ein brauner Vogel, vermutlich das Weibchen, flatterte mir ins Gesicht. Auf einem Regal befand sich in einer leeren Bonbondose ein Nest mit fünf grauweißen, braun gesprenkelten Eiern darin. Sie fühlten sich warm an. Der Schuppen beherbergte eine Reihe Gartengeräte. Ich nahm einen Spaten mit zur Bank und grub dort ein Stück Erde um, um den eifrigen Vater mit weiteren Würmern zu versorgen.

Als ich die frisch umgegrabene Erde ansah, kam mir eine Idee. Verführerisch tauchten saftige Karotten, zarte Bohnen, knackige Salate und neue, süß nach Erde schmeckende Kartoffeln vor meinem geistigen Auge auf. Für einen Kostenaufwand von nur wenigen Pence würde ich billig und ausreichend mit Essen versorgt sein. Aber wie lange musste ich warten, ehe ich die Erträge dieser bescheidenen Investition würde ernten können? Meine einzige Erfahrung mit dem Gartenbau hatte ich in der Grundschule gemacht, als wir in Marmeladengläsern, die mit Sand und rosa Löschpapier gefüllt waren, dicke Bohnen zogen. Ich erinnerte mich, dass mein bleicher Schössling, den ich zu eifrig gegossen hatte, braun geworden und als Erster von allen eingegangen war. Die Sonne wärmte mir das Gesicht, während ich diese Idee in mir gedeihen ließ. Der Spatengriff war vom vielen Gebrauch ganz glatt geworden. Ich war voller Tatendrang. Was machte schon meine Unerfahrenheit? Was Generationen vor mir gelernt hatten, würde ich doch wohl auch meistern können.

Das Rotkehlchen kam zurück, um mich anzuspornen. Seine nadeldünnen Beinchen wirkten viel zu zart für den kräftigen Körper mit der korallenfarbenen Brust. Angefeuert von den Schätzen, die sich vor meinem geistigen Auge auftaten, grub ich voller Begeisterung weiter und verlagerte meine Ausgrabungen auf ein offeneres Stück Land, weg von der Eiche. Beim Mittagessen las ich in einem Buch mit dem Titel *Goldene Gartenschätze*, das ich im Regal des Wohnzimmers gefunden hatte und das ein grünes Utopia ungeachtet jeglicher Fertigkeit und jeden Wissens garantierte.

Um zwei Uhr jagten Chloë und ich hinunter zum Postladen. Ich konnte meine Aufregung kaum zügeln. Es war wie früher, wenn ich ein Bild anfing: das aufregende Gefühl der Möglichkeiten, die Erregung durch den geheimnisvollen Schöpfungsakt mit seinem langsamen, traumartigen Erblühen erahnter Ideen, akzentuiert von gewaltigen Geistesblitzen. Als Mrs. Creech meiner gewahr wurde, nahm sie einen rachsüchtigen Ausdruck an und begann mit einer anderen Kundin über die Wurstschneidemaschine hinweg zu tuscheln. Während Mrs. Creech sprach, starrten sie mich beide an und Augen und Münder wurden immer größer und größer. Ich schnappte den merkwürdigen Satz »nackt wie Gott sie schuf« auf, der sich auf Bar zu beziehen schien, und »eine Frau von unersättlicher Begierde«, womit vermutlich ich gemeint war, aber ich war zu aufgeregt, um darauf zu achten. Ich kaufte Pakete mit Samen für Stangenbohnen, Radieschen, Erbsen, Karotten und Kopfsalat sowie eine Tüte verhutzelter Knollen mit der Aufschrift *Sutton's Beste.* Dann fiel mir noch ein, dass ich Bindfaden und Bambusstäbe brauchte, und ich kaufte auch noch eine Packung Wickensamen. Keuchend kam ich mit meinen Einkäufen zurück nach Drop Cottage, wo ein fremder Mann im Garten stand. Ich wusste auf Anhieb, wer er war.

Lemmy stand direkt hinter der Plankenbrücke und beobachtete Dusty, der halb auf der Leiter stand und büschelweise das Reet herauszog. Er war außergewöhnlich groß, aufrecht und breitschultrig, zweifellos gestählt durch die Unbilden eines Lebens im Freien. Sein Haar war dunkel und schmutzig und hing ihm auf den Kragen. Zum Glück hatte er Kleider an, eine blaue, fleckige Hose, die an den Knien aufgeschlitzt war, und ein dunkelrotes, nicht gerade sauberes Hemd. Seine Zehen guckten durch die Stoffschuhe. Seine Füße waren dreckig. Es freute mich, dass ich mich ihm ungesehen hatte nähern können. Ich erinnerte mich an Caros Weisung, ihn mit leiser und ruhiger Stimme anzusprechen.

»Hallo«, rief ich von der anderen Stegseite. Dabei bemühte ich mich um eine weiche, freundliche Stimme, obwohl ich völlig außer Atem war. Er wirbelte herum und sah mich erschrocken an. Vielleicht war es auch Verwirrung? Dies war schwer zu entscheiden, da der untere Teil seines Gesichts sich hinter einem ungepflegten, schwarzen Bart verbarg. »Keine Angst«, sagte ich rasch. »Ich möchte Ihre Freundin sein. Ich hoffe, Sie betrachten diesen Garten als den Ihren, und Sie können jederzeit nach Belieben kommen und gehen. Ich weiß von dem Essen, das Bar für Sie hinstellt.« Ich hielt verlegen inne. »Essen hinstellen« hörte sich nach Hund an. Hätte ich gewusst, welch einschüchternde Männlichkeit Lemmy ausstrahlte, wäre mir die Vorstellung, dass er hier herumschlich und mich beobachtete, weitaus unbehaglicher gewesen. Der Ausdruck in seinen Augen spiegelte nun äußerstes Misstrauen, aber wenigstens rannte er nicht davon. Wegen des Barts konnte ich nicht erkennen, ob er mir feindlich gesonnen oder ängstlich war oder vielleicht auch beides. Ich fing an, vorsichtig auf ihn zuzugehen, und behielt dabei mein Lächeln bei. Verdutzt sah er zu, wie ich immer näher kam. Caro hatte ihn mir als höchst intelligent beschrieben, was ich aber langsam bezweifelte. »Caro hat mir von Ihnen erzählt«, fuhr ich mit einer Stimme wie geölte Seide fort und grinste noch strahlender. »Ich empfinde diesen Platz wirklich genauso als den

Ihren wie den meinen – ich meine, Sie sind schon so viel länger hier.« Ich wartete. Chloë, die auf der Straße hinter mir zurückgeblieben war, weil sie ein Kaninchen jagte, fegte die Uferböschung hinunter und sprang über die Brücke, um sich auf den Eindringling zu stürzen. Aber als sie nur noch ein paar Schritte von ihm entfernt war, zögerte sie. Sie setzte zu einem seltsam hohen Geheul an, das sich fast wie Kinderschreien anhörte. Einen Augenblick lang hatte ich Panik, dachte, sie sei krank, erlitt womöglich einen Herzanfall. Sie warf sich vor seinen Füßen zu Boden, heulte und winselte und wedelte mit ihrem ganzen Körper – vor Freude, wie mir gleich darauf klar wurde.

»Chloë!« Lemmy nahm sie hoch in seine Arme, was bei einem so großen Hund schon eine reife Leistung war. »Liebes, altes Mädchen! Mein liebes, altes Mädchen!« Caro hatte mir erzählt, dass er Tiere liebte, und ich sah sofort, dass diese Zuneigung zehnfach erwidert wurde. Chloë leckte ihm das Gesicht und winselte dabei vor Aufregung. Er setzte sie ab und tätschelte und streichelte sie, wobei sie ihn immer wieder jaulend und winselnd ansprang. Endlich kniete er sich nieder und umarmte sie. Ich sah, dass ihm Tränen in den Augen standen. Ich war zutiefst gerührt.

»Ich mag Tiere auch gern«, sagte ich. »Wenn ich auch nie viel mit ihnen zu tun hatte. Chloë ist der erste Hund, um den ich mich kümmere. Caro hat gesagt, Sie hätten eine starke Affinität zu Tieren.«

»Hat sie das?« Lemmy sah mich völlig verdutzt an.

Vielleicht war ich zu kompliziert. Lemmy war ein *enfant sauvage* und einen Großteil seines Lebens von der menschlichen Gesellschaft isoliert gewesen. Vielleicht wusste er mit Worten wie »Affinität« nichts anzufangen.

»Sie mögen die Tiere und die Tiere mögen Sie«, half ich ihm mit sanfter Stimme. »Obwohl das eigentlich eine Untertreibung ist. Ich habe Chloë noch bei keinem so erlebt.« Es war nicht leicht, einen Mittelweg zwischen zu schlicht und gönnerhaft zu finden. »Ist es nicht wunderbar, dass der Frühling jetzt da ist?«, fuhr ich fort auf meiner Suche nach einem Thema, das ihn interessierte. Für jemanden, der im Freien lebte, musste das Wetter doch von höchster Wichtigkeit sein.

»Zauberhaft. Ja.« Ich glaubte, tief in seinem Bart ein Zucken zu erkennen, das ein Lächeln sein könnte. Mit langsamem, stetem Schritt ging ich auf ihn zu, um ihn nicht zu erschrecken und in die Flucht zu schlagen. Er erhob sich, ließ seine Hand aber auf Chloës Kopf ruhen, die sich liebevoll an ihn drückte und nicht aufhörte zu winseln. Seine Finger waren schmutzig, die Nägel schwarz gerändert.

»Ich habe beschlossen, ein kleines Stück Garten wieder herzurichten«, redete ich weiter. Zum Gesprächspartner ermangelte es Lemmy an den einfachsten Fertigkeiten, aber er sah mich jedenfalls weitaus freundlicher an. »Ich werde Gemüse anbauen. Wenn ich Erfolg damit habe, gebe ich Ihnen was davon.«

»Das ist sehr gut von Ihnen.«

Seine Stimme war tief und anziehend. Dieser lächerliche Bart ließ einen unmöglich erkennen, was er dachte. Ich wollte ihm ein sicheres Gefühl vermitteln. Mir fiel seine Vorliebe für Musik wieder ein. Ich konnte zwar nicht um mein Leben pfeifen, aber vielleicht tat es Singen auch. Mir fielen wieder ein paar Takte aus einer der Savoy-Opern ein. Ich trällerte munter drauf los und bedauerte es sofort wieder, als ich das Erstaunen in seinen Augen las. »Es ist ein ziemlich bekanntes Lied. Ich dachte, vielleicht gefällt es Ihnen.« Ich wurde rot.

Doch zu meiner Erleichterung lachte er da. Es war ein erfreulicher Klang, tief und herzhaft und aus echter Freude. Ich schöpfte Mut.

»Das war sehr … freundlich von Ihnen, Miss, äh –«

»Swann. Aber nennen Sie mich Flo.«

»Danke.« Er machte einen höflichen Diener.

»Ich darf Sie doch Lemmy nennen.«

»Gewiss.«

Jetzt war ich sicher, durch seinen Bart ein Lächeln zu sehen.

»Auf Wiedersehen«, sagte ich, da unser Gespräch zum Stillstand gekommen zu sein schien. Mit einem Kopfnicken ging er davon. Chloë ging mit ihm, ohne mich auch nur eines Blickes zu würdigen.

Beim Harken des jungfräulichen Gemüsebeets ließ ich mir die Begegnung noch einmal durch den Kopf gehen. Aus Angst, Ihn zu erschrecken, war ich zu befangen aufgetreten. Ich klaubte ein paar Ziegelbrocken und Porzellanscherben auf und nahm mir vor, mich in Zukunft natürlicher zu verhalten und ihm kein Gespräch aufzuzwingen. Ich musste Lemmy bestimmen lassen, wie sich unsere Beziehung gestaltete. Ich band die Stöcke, die ich in die Mitte des Vierecks gesteckt hatte, oben zusammen und steckte mit einem Segensspruch die Wickensamen in den Boden, je drei pro Stock. Ich goss sie an und trat dann zurück, um meine Arbeit zu bewundern. Meine Güte, Gärtnern war wirklich Therapie! Seit Monaten war ich mit der Welt nicht mehr so im Reinen gewesen.

Nach einer Stunde hatte ich die Samen von Radieschen, Kopfsalat und Karotten kreisförmig eingesät, denn ich wollte noch Jungfer im Grünen, Kornblumen und Levkojen pflanzen, wie es in *Goldene Gartenschätze* empfohlen wurde. Ich streckte mich und seufzte vor Zufriedenheit. Da deckten ein Paar Hände so rasch meine Augen zu, dass ich keine Chance mehr hatte mich umzudrehen. Ich stand still, bereit das Spiel mitzuspielen, obwohl ich es immer wieder irritierend finde. Lemmy? Dusty würde es wohl nicht sein? Plötzlich überkam mich die schreckliche Gewissheit, dass es Alex war, und ich kämpfte mich gewaltsam frei.

»Hallo, mein Schatz.«

»Guy!«

»Freust du dich, mich zu sehen?« Das konnte ich nicht leugnen, ich freute mich. Er sah besonders liebenswert aus in seinem rosa gestreiften Hemd und den Jeans und seinen im Sonnenlicht messingfarben leuchtenden Haaren. Im Unterschied zu Lemmy waren Guys elegante Hände sauber, die Nägel gut manikürt und die Stiefel poliert, zweifellos von Miss Glim.

»Ich dachte, du hättest mir den Laufpass gegeben.« Dabei versuchte ich kühl zu wirken und ein wenig Tadel anklingen zu lassen.

»Da war ich nicht Herr meiner selbst.« Er nahm meine Hand, drehte sie um und küsste die Innenfläche meines Handgelenks. Ich versuchte die elektrisierende Wirkung zu ignorieren. »Ich habe mich egoistisch und dumm verhalten. Das wusste ich bereits, als ich durch die Tür ging, aber ich Dummkopf konnte nicht umkehren und mich entschuldigen.« Seine Augen waren unerwartet ernst, als er mir in die meinen sah. »Tut mir Leid, Flo. Natürlich würde ich gerne mit dir schlafen, aber wenn ich nur mit dir reden, dich bewundern und deine Hand halten darf, ist das besser als gar nichts.«

Das erstaunte mich. Die Erfahrung hatte mich gelehrt, dass Männer einfach kein Interesse an Freundschaften mit Frauen haben. Wenn du keine Lust auf sexuellen Spaß mit ihnen hast, dann wollen sie lieber überhaupt keinen Spaß mit dir haben. Natürlich bleiben sie trotzdem manchmal kleben und heucheln Vergnügen an deinen *bon mots* für den Fall, du könntest doch schwach werden.

Guy legte seine Arme um meine Taille und zog mich an sich heran. »Verzeihst du mir, Flo? Allein mit dir zusammen zu sein und dich so zu halten ist schon Glück. Was kann ich dafür, wenn mir andere Gedanken ohne mein Zutun in den Sinn kommen? Du dürftest nicht so ein Gesicht haben, wenn du nicht möchtest, dass ich dich begehre.« Ganz abrupt ließ er mich los und trat einen Schritt zurück. »Da! Vorbildliches Benehmen! Und jetzt reden wir über andere Dinge. Wie lässt es sich denn für den alten Teufel in der Mühle arbeiten? Mir gefällt die Vorstellung gar nicht, dass du dir mit diesen schweren Säcken das Kreuz brichst.«

»Es geht immer besser. Die Arbeit macht mir nichts aus. Sie ist stumpfsinnig, aber ich kann an was anderes denken. Doch an die Ratten kann ich mich nicht gewöhnen. Gestern hob ich einen Sack hoch und da kam eine hervorgesprungen. Ich habe schreien müssen und bin nach oben gerannt. Ich weiß, dass sie mir nichts tun. Es ist dieses Herumwuseln, an das ich mich nicht gewöhnen kann. Dusty ist ganz wild darauf, Fallen aufzustellen, aber eine gefangene Ratte fürchte ich noch mehr als alles andere. Es kommt mir so unfair vor, denn schließlich wollen sie auch nur leben wie wir.«

»Er ist schon ein gemeiner alter Schurke, oder?«

»Möchte mich schön bedank'n, dass Sie mich 'n Lump und 'n Schurken nennen, Master Guy.« Dustys Kopf tauchte hinter dem Dachfirst auf, hinter dem er offenbar gehockt hatte, um unser Gespräch zu belauschen.

Guy lachte. »Mach weiter mit deiner Arbeit, du verdammter Kerl! Komm, Flo, leg die Hacke hin und mach einen Spaziergang mit mir. Mir ist gerade was eingefallen.«

Er führte mich durch den Garten in den Wald. Wir begannen den Abstieg über den langen Zickzackpfad, der sich unter Bars Haus hinzog und sehr viel weiter flussaufwärts endete. Eine Amsel hüpfte tschilpend vor uns her. Sie schien ganz aufgeregt zu sein. Da sah ich Macavity mit seinen gelben Augen verstohlen wie ein Taschendieb aus dem Gebüsch lugen.

»Wo ist denn Chloë?«, fragte Guy. »Ich dachte, ihr beiden seid unzertrennlich.«

»Sie ist mit Lemmy mitgegangen. Es tut weh, aber ich kämpfe dagegen an.«

»Ah, dann bist du also dem Geisterpfeifer begegnet. Hoffentlich hat er dir keinen Schrecken eingejagt.«

»Überhaupt nicht. Er war zivilisierter, als ich erwartet hatte. Sogar komplett angezogen.«

»Ich habe einmal Mrs. Creech dabei erwischt, wie sie Lemmy mit ihrem Schirm den nackten Hintern versohlen wollte. Anstatt wegzulaufen, rannte der arme Kerl im Kreis herum und versuchte sich mit seinen Händen zu schützen. Mit einem einzigen Kinnhaken hätte er sie erledigen können. Aber ihm fehlt der Selbsterhaltungstrieb.«

»Was hast du dann gemacht?«

»Ich habe den Schirm gepackt und über die Hecke geworfen. Lemmy erkannte seine Chance und nutzte sie.«

»Nacktsein scheint in Pudwell sehr in Mode zu sein.«

»Nicht halb so oft wie ich es gerne hätte.«

Die Erde roch würzig und reif. Glockenblumen hoben ihre dunkelvioletten Köpfchen und bereiteten sich darauf vor, ihre Blüten zu entfalten. Überall vor meinen Füßen blühten Wildblumen in allen Farben und Formen, deren Namen ich nicht kannte, junge Triebe schoben sich mit weichen blassen Blättern aus der Erde, zarte Knospen blühten auf, Farnwedel entrollten sich. Grünes Licht huschte in Tupfen über den Boden. Auf dem schmalen Pfad mussten wir im Gänsemarsch gehen. Mein langer, leichter Baumwollrock verfing sich immer wieder an einem Dorn und ich musste stehen bleiben, um mich zu befreien. Einmal blieb ich so weit zurück, dass ich rennen musste, um aufzuholen. Guy wartete auf mich und lehnte mit ausgebreiteten Armen an einem Baum. Er erinnerte mich an die berühmte Miniatur von Nicholas Hilliard aus dem sechzehnten Jahrhundert von dem schmucken, ungezwungenen Burschen, dem seine Verwegenheit und Gefährlichkeit anzusehen waren.

»Jetzt weißt du, wo wir sind.« Guy nahm meine Hand. Wir hatten den Talboden erreicht. Vor uns lag der Fluss, aber hier strömte er ruhig dahin mit sanften Strudeln. Kaum ein Kräuseln störte seine glasige Oberfläche. Nur die wirbelnden Blätter und Stöcke obenauf verrieten, wie schnell er dahinfloss. Links und rechts von uns ging es steil nach oben und der Fluss bewegte sich durch ein aus strahlendem Licht und Schatten zusammengesetztes Streifenmuster.

»Gilderoy Hall liegt fast direkt über uns, aber von hier kannst du es nicht sehen. Das ist das Bootshaus.« Guy deutete auf eine große Hütte, die fast verborgen unter Bäumen lag, von außen hübsch im gotischen Stil verziert. Am Steg lag ein Ruderboot vertäut. »Lass uns auf den Fluss rudern.«

»Das ist eine wundervolle Idee.« Ich sprang ziemlich unbeholfen ins Boot. »Wie klug von dir.«

Guy widersprach mir nicht. Die blauen Segeltuchkissen auf dem Sitz im Heck weckten in mir den leisen Verdacht, unser Abenteuer könnte doch von längerer Hand vorbereitet gewesen sein, als er mir glauben machen wollte. Guy band das Tau los. Sofort fing das Boot sanft mit der Strömung zu schaukeln an. Er tauchte die Ruder ins Wasser und wir schossen in die Flussmitte. Man kann unmöglich in einem kleinen Boot sitzen und der Versuchung widerstehen, eine Hand hinter sich im Wasser herzuziehen. An der Oberfläche war es warm, aber schon fünf Zentimeter darunter eiskalt. Wasserpflanzen von erstaunlichem Smaragdgrün trieben in der Waagerechten und die starke Strömung zerrte an ihren Wurzeln. Sie fühlten sich schleimig an und brachen ab. Wo die Ruder das seidige Oliv der Oberfläche störten, streute die Sonne Lichtpailletten, die mich blendeten. Guy war ein erfahrener Ruderer. Es war eine Freude, die rhythmischen Bewegungen seiner Schultern und Arme zu beobachten, wenn er sie in einer fließenden Bewegung nach vorne beugte und wieder zurückzog. Er fing meinen Blick auf und blinzelte. Ich beschloss, mich lieber für meine Umgebung zu interessieren.

»Wie heißen diese weißen Blumen an den kleinen Stielen dort drüben? Die sind so hübsch.«

»Wasserhahnenfuß. In ein paar Wochen wird das eine Decke aus Weiß und Grün sein. Für einen Schwan ist das wie Kaviar.«

»Warum ist der Fluss hier so glatt und unterhalb des Hauses so turbulent?«

»Er teilt sich direkt oberhalb des Bootshauses. Dieser Teil hier wird durch Schleusen kontrolliert und speist die Mühle. Er verbindet sich mit einem anderen Fluss und bildet mit diesem eine lange Schleife. Dein Teil des Flusses hingegen führt hinunter ans Meer.«

»Hast du als Junge Rudern gelernt?«

»Philipp und ich haben als Kinder praktisch auf dem Fluss gelebt. Im Haus war fast immer dicke Luft. Es gab nichts Schöneres als aufs

Wasser hinauszufahren, selbst im Winter, wenn das Schilf gefroren war und Wasserspritzer dir vor Kälte auf der Haut brannten. Jeden Sommer schwammen, ruderten und fischten wir – Philipp gab das nach einer Weile auf, denn er konnte nicht zusehen, wenn der Fisch nach Luft schnappte, diesbezüglich war er hoffnungslos sentimental – und wir zelteten auf den Inseln. Weiter oben gibt es drei. Philipp hat ein Piratenschiff gebaut. Eigentlich war es ein Floß mit einem alten Laken als Segel. Er erklärte mir, er werde hinaus aufs Meer segeln und tollkühne Taten vollbringen. Ich glaubte ihm das wirklich. Ich bettelte ihn an, mich mitzunehmen, aber er meinte, Abenteuer könne man nur erleben, wenn man allein sei. Na ja, am Ende hat er dann auch alles bekommen, was er sich nur wünschen konnte.«

Nach einer Pause fragte ich ihn: »Vermisst du ihn sehr?«

»Ja.«

Danach sprachen wir nichts mehr. Meine Gedanken verbanden sich mit dem Knarren der Dollen, dem an die Seiten klatschenden Wasser, dem durch die Bäume blitzenden Sonnenlicht, der Bewegung von Guys Körper: vor, zurück, vor, zurück. Ich musste an Maggie Tullivers katastrophale Flussfahrt mit Stephen Guest in *Die Mühle am Floss* denken. Ihre Erziehung und ihr eigener Verhaltenskodex hatten ihr gesagt, dass sie nicht weiterfahren durften, weil sie sonst das Glück derer, die sie liebten, aufs Spiel setzten. Aber der Zauber der gleitenden Bewegung, die Faszination des dahinjagenden Wassers, dessen gewaltige Bewegung sich dem Auge kaum mitteilte, die beruhigende Kraft der wilden Schönheit hatte den Willen ausgeschaltet, die Überzeugungen unterspült, Konsequenzen aus dem Blickfeld genommen, die Zeit ausgeschaltet.

Ich zog meine Hand aus dem Wasser zurück. Die Kissen waren weich, das Holz roch angenehm nach Imprägnierung, ein bisschen nach Teer. Die Luft zitterte vor Wärme. Ich schloss meine Augen. Eine Taube gurrte in den Bäumen und weit weg hörte ich einen Kuckuck.

»Florence-Schatz.« Ich schlug die Augen auf. Guy saß neben mir. Er legte seine Arme um mich. Eine Stimme in meinem Kopf, die ich als guten Freund aus schwierigen und gefährlichen Zeiten wieder erkannte, befahl mir, mich zu widersetzen. Er küsste mich sehr sanft. Du musst damit aufhören, sagte die Stimme der Vernunft. »Ich kann es nicht ändern, Schatz. Ich liebe dich so sehr. Mein Gott, du weißt gar nicht, wie sehr ich dich liebe!« Guys Stimme war leise, aber sie übertönte meine völlig. Wir küssten uns immer heftiger, bis ich mein Gesicht wegdrehte und einen Seufzer der Verzweiflung über meine hoffnungslose Willensschwäche ausstieß. »Guy, ich will nicht –«

»Ach, sei still.«

»Aber verstehst du nicht, was für eine unerträgliche Unordnung dadurch in mein Leben kommt?«

»Das ist mir egal.«

»Ist ja gut, es gibt auch keinen Grund, weshalb dir das was ausmachen sollte, aber –«

»Wenn du jetzt nicht sofort den Mund hältst, werde ich dich mit der Fangleine strangulieren.«

Ich hielt den Mund. Und Sekunden später trieb ich in einem Ruderboot den Fluss hinunter und liebte mich gut sichtbar für alle, die zuschauen wollten, mit einem Mann, den ich der Verschlagenheit und Verlogenheit bezichtigte. So viel also zur alten vorsichtigen, vernünftigen Flo. Ich genoss jeden Augenblick.

24

Hallo?«

»Hallo, Fay. Hier ist Flo.«

Ich hörte sie laut Luft holen. Dann sagte Fay: »Bring mir eine Zigarette, Charles. Es ist Florence.« Ich wartete und hörte dem Zellophanrascheln und dem Klicken des Feuerzeugs zu. Im Telefonhäuschen roch es faulig und zu meinen Füßen häuften sich Bonbonpapier, Zeitungen und eine vergammelte Bananenschale. »Wo bist du?« wollte Fay schließlich wissen.

»In einem Telefonhäuschen außerhalb von Pa – einer Bahnstation.«

»Verstehe. Gut, dass du dich endlich meldest«, meinte Fay sarkastisch mit ihrer schleppenden Stimme, in der ich auch Freude zu hören glaubte. Sie war in Jubelstimmung, weil ich schließlich doch noch etwas getan hatte, das ihre Abneigung rechtfertigte. Was ich wiederum gut nachvollziehen konnte, denn ich hatte mich oft bei dem Wunsch ertappt, Alex hätte sich etwas Niederträchtiges zu Schulden kommen lassen, damit ich der Welt und mir beweisen konnte, mich richtig verhalten zu haben. »Vermutlich bist du deines kleinen Urlaubs überdrüssig und hast dir jetzt überlegt, genau dort wieder anzuknüpfen, wo du aufgehört hast. Und es war sicherlich ein Schock für dich, als du wieder zu dir kamst, Florence. Dir mag es ja Spaß gemacht haben, dich wie eine verzogene, narzisstische kleine Landstreicherin zu gebärden, aber es lacht keiner mit.«

»Ehrlich gesagt habe ich nie daran gedacht, dass es irgendwen amüsieren könnte – was meinst du eigentlich mit ›Landstreicherin‹?«

»Du willst mir doch nicht weismachen, dass da nicht ein anderer Mann dahinter steckt? Irgendeine verrückte Schwuchtel, die gern Händchen hält und Gedichte rezitiert und dich für einen Vamp im Bett hält, bloß weil sie ihre Hand unter deinen Rock schieben darf. Einen richtigen Mann wie Alex hast du gar nicht verdient. Du kannst doch nicht von jemandem seines Alters und seiner Erfahrung erwarten, dass er sich mit einem gelegentlichen keuschen Küsschen und dem Versprechen auf mehr zufrieden gibt. Natürlich wird er sein Recht einfordern. Du bist aber auch ein verdammter Dummkopf!«

Mir wurde einiges klar. Alex und Fay hatten mein Verhalten natürlich bis ins kleinste Detail analysiert. Vermutlich hat es Fay in lüsterne Erregung versetzt, mit ihm über Sex zu reden. Näher wollte sie das Eigentliche auch gar nicht an sich heranlassen. Sie hatten sich bestimmt über mein verrücktes Verhalten vor der Hochzeit ausgetauscht.

Sechs Wochen vor dem großen Ereignis hatten wir die Schlüssel zu unserem neuen Haus in der Melbury Street bekommen. Obwohl es noch leer war und die Innenausstatter erst in der folgenden Woche mit ihrer Arbeit beginnen würden, meinte Alex, er wolle sofort vorbeischauen, um ein paar Einzelheiten zu überprüfen, die der Architekt vergessen hatte. Es war so ein schönes Haus, dass ich gar nicht verstehen konnte, warum meine ohnehin schon unerklärlich schlechte Laune bei seinem Anblick noch tiefer in den Keller sank. Bei der Vorstellung, mit ihm darin zu leben, schnürte es mir fast die Brust ab, als wäre kein Sauerstoff mehr in der Luft.

»Komm kurz mit ins Esszimmer«, sagte er. Er schloss die Tür und fing an mich zu küssen. Mir war klar, dass dieses Vorspiel darauf abzielte, miteinander zu schlafen. Ich erwiderte den Kuss, aber mein Entsetzen wuchs und ich musste mich dazu überwinden. »Lass uns das Haus jetzt in Besitz nehmen«, meinte er. Mein Widerwillen verstärkte sich und ich versuchte mich zu befreien. »Jetzt sei doch keine dumme kleine Puritanerin«, murmelte er, küsste meinen Nacken und drückte mich fest an sich. »Es kann keiner reinschauen und wenn schon?«

»Das ist es nicht. Ich will einfach nicht.«

»Du willst.« Er öffnete seinen Hosenschlitz und hob meinen Rock hoch.

Das Gefühl echter Abneigung wuchs mit jeder Liebkosung. Ich versuchte mich ihm zu entziehen, aber er lachte nur und hielt mich fester, tat mir weh. Der Schmerz machte mich wütend und wir fingen zu kämpfen an. Alex riss mir die Bluse auf und stieß mich gegen die Wand. Mein Widerstand hatte seine Erregung angestachelt. Je wütender ich wurde, umso besser gefiel es ihm. Am Ende hörte ich auf, mich zu wehren, und gab nach, weil mich ein unerklärliches Schamgefühl überkam.

»Ich hatte doch Recht, siehst du«, sagte er, als er sich schließlich von mir weg rollte und wir Seite an Seite auf dem staubigen Boden lagen. Als ich rebellisch an die Decke starrte und dazu schwieg, nahm er mein Kinn in die Hand und drehte mein Gesicht zu sich hin. »Glaub bloß nicht, Flo, dass du ein falsches Spiel mit mir treiben kannst, denn das werde ich nicht zulassen.« Er lächelte nicht. Ich zwang mich, ihm in die Augen zu schauen, und für einen kurzen Moment meinte ich in die Augen meines Feindes zu blicken.

An diesem Abend flog Alex für einige Tage nach Zürich und ich hatte Zeit, Pläne für das Haus zu schmieden und mir gut zuzureden. Doch als ich ihn von Heathrow abholte und ihn zurück nach London fuhr, merkte ich sofort, dass das Gefühl, das ich so sorgfältig bekämpft hatte – den Widerwillen mit ihm zu schlafen, der, wenn ich es zuließ, schon fast panische Züge annahm –, mich sofort wieder einholte.

Wir fuhren in seine Wohnung. Er stieß die Tür zu und fing an mich zu küssen.

»Alex, ich glaube, ich brauche ein wenig Zeit für mich. Vermutlich ist das ganze Theater wegen der Hochzeit Schuld daran. Ich wünschte, wir wären standhaft geblieben und hätten Fay nicht so einen Zirkus daraus machen lassen. Den ganzen Morgen habe ich an überschwänglichen Dankesbriefen gesessen, um mich für absolut scheußliche Geschenke bei Leuten zu bedanken, denen je begegnet zu sein ich mich nicht erinnern kann.«

»Armer Schatz. Wie langweilig für dich.« Alex legte seinen Mantel und seinen Schlips ab. »Aber jetzt hast du es doch hinter dir. Außerdem gehen solche Anlässe auch wieder vorüber. Was ist schon dabei, ob viele Leute kommen oder nur ein paar? Du willst doch nicht etwa eine trockene Zeremonie auf dem Standesamt und danach ein tristes Essen im Restaurant mit ein paar Freunden.«

»Offen gestanden glaube ich, dass ich genau das möchte.« Ich ließ ihn stehen und ging ans Fenster. »Bloß die Leute, die wir wirklich mögen. Nichts Angestrengtes, keine ... protzige Show. Auf das scheint es jetzt nämlich hinauszulaufen. Fay möchte unsere Hochzeit zur schicksten des Jahres machen – die schönsten Blumen, die längste Gästeliste, sogar der berühmteste Organist. Sie möchte, dass ihre Freunde grün vor Neid werden, und dich in den Augen deiner Freunde aufs Podest heben. Ist das nicht alles sehr weit weg von zwei Menschen, die beschlossen haben, den Rest ihres Lebens miteinander zu verbringen, weil sie einander lieben?«

Alex kam zu mir herüber und fing an, mir den Mantel aufzuknöpfen. »Bist du da nicht ziemlich kindisch? Es ist eine ausgezeichnete Gelegenheit Leute einzuladen. Außerdem können wir jetzt sowieso nichts mehr daran ändern. Sei ein liebes Mädchen und sei still und lass mich mit dir schlafen.« Ich hielt meine Arme vor der Brust verschränkt. Ich versuchte mir eine Entschuldigung einfallen zu lassen, warum ich nicht wollte. Er runzelte die Stirn. »Ich nehme an, du versuchst das Ganze ein wenig aufzubauschen. Fay hat mich gewarnt, dass du wahrscheinlich verrückt spielen wirst, damit du selbst im Mittelpunkt stehen kannst.«

Ich schlug ihm fest ins Gesicht und zitterte dann vor Schreck über meine Reaktion, aber auch vor Entrüstung über die unfaire Anschuldigung. Alex packte mich und stieß mich zu Boden. Zu meiner Schande muss ich gestehen, dass ich die Nerven verlor und ihn biss. Das erregte ihn bis zur Raserei. Im Rückblick ist mir klar, dass er die Bemerkung über Fay gemacht hatte, weil er wusste, sie würde mich wütend machen. Er hatte bereits Gefallen am gewalttätigen Sex gefunden. Wieder führte die Demütigung dazu, dass ich zu kämpfen aufhörte, und seine Befriedigung wurde wieder mit einem Sieg gekrönt.

Danach entschuldigte er sich ganz reizend und war so liebevoll, dass jede Klage meinerseits pedantisch gewesen wäre. Auch verbat mir mein Stolz, der Sache Bedeutung beizumessen. In einer langen Partnerschaft waren Sexspiele vermutlich unvermeidbar. Was mich aber weit mehr verstörte, war der Ekel, den ich die ganze Zeit über verspürt hatte. Und ich glaubte sogar Angstgefühle zu erkennen, was noch schlimmer war. Ich redete mir ein, müde, beunruhigt und überängstlich zu sein. Ich wusste, dass Alex mich liebte. Aber während dieser Liebesakte hasste ich ihn ganz und gar.

In endlosen Stunden versuchte ich dieses Gefühl zu definieren. Ich versuchte es damit zu erklären, dass das, was ihn erregte, mich befremdete. Vielleicht war ich nicht aufrichtig genug, weil ich ihn nicht verletzen wollte. Denn es gab immer noch Momente, wenn wir nicht miteinander schliefen, in denen meine frühere Leidenschaft für ihn wieder auflebte. Die Liebe stirbt langsam und wenn sie stirbt, lässt sich mit der Gewohnheit zu lieben am schwersten brechen.

Alex reagierte darauf mit einer Interpretation des von mir Gesagten, um mir zu beweisen, dass ich verwirrt war, mir selbst widersprach und alles gänzlich falsch verstand. Die ersten beiden Vorwürfe gab ich zu, aber ich wurde richtig wütend, als mir das Recht auf einen eigenen Standpunkt abgesprochen werden sollte. Das Ende war immer das Gleiche. Sobald ich die Kontrolle über mich verlor, zwang Alex mich dazu, mit ihm zu schlafen. Je heftiger ich protestierte, umso größer war seine sexuelle Befriedigung. Also fing ich an, das Alleinsein mit ihm zu vermeiden, was mir aber nicht half.

Auch jetzt noch wurde mir schlecht bei der Erinnerung an diese Situationen, in denen ich mich Alex unterworfen hatte. Natürlich wird Alex eine Erklärung für meine Treulosigkeit gefunden haben, die ihn ins allerbeste Licht rückte. Wahrscheinlich hatte er es sogar genossen, sich Fay gegenüber als einen Mann ungezügelten Appetits mit Herrscherattitüden darzustellen.

»Du irrst dich, Fay, wenn du glaubst, dass ich Alex verlassen habe, weil ich beim Sex zimperlich bin oder es einen anderen Mann gibt. Ich habe ihm zu erklären versucht –«

»Ach, lass doch dieses Getue vom kleinen Mädchen, das schlecht behandelt wird. Das habe ich alles schon gehört. Ich habe mich zweiundzwanzig Jahre lang mit deinem albernen Ich-kann-keiner-Fliege-was-zu-Leide-Tun abfinden und mir anhören müssen, dass die Leute mir sagten, wie glücklich ich doch sei, eine so reizende Stieftochter zu haben. Glücklich! Pah!« Inzwischen kreischte Fay fast. Die Art und Weise, wie Fay die Zahlen und Schimpfnamen über die Lippen gingen, sagte mir, dass sie schlaflose Stunden mit der Einstudierung all dessen zugebracht hatte, was sie mir sagen wollte. Deshalb fand ich es nur fair, sie es sich von der Seele reden zu lassen, und ich wartete. »Ich will dir mal sagen, was ich von dir halte. Dir ist wohl nie in den Sinn gekommen, das ich vielleicht gar kein Kind haben wollte, das mir Tag und Nacht am Hals hing? Ich habe deine Widerspenstigkeit, deine Undankbarkeit, deine Launen und dein Wesen, deinen urteilenden, verdammenden Blick ertragen, bis ich dich am liebsten – erdrosselt hätte! Mein Gott, wenn ich damals gewusst hätte, wie das sein würde, hätte ich deinen Vater niemals geheiratet.« Fays Stimme schwankte, was sicherlich von dem pathetischen Bild herrührte, das sie von sich als Opfer zeichnete. »Nie hast du eine Gelegenheit ausgelassen, mir zu trotzen ...« Ich hielt den Hörer von meinem Ohr weg und beobachtete eine Taube, deren Schnabel mit Tomatensauce beschmiert war und die sich mit einem Hamburger-Brötchen abmühte, das jemand auf den Gehweg geworfen hatte, »... völlig selbstlos war ich entschlossen, dass diese Hochzeit alle aufhorchen lassen sollte ...«, die Taube erwischte den ganzen Fleischbrocken und lief beim Versuch, ihn hinunterzuschlucken, im Kreis, »... diese monatelange Arbeit, die Peinlichkeit, als kompletter Dummkopf dazustehen ...«, sie stürzte sich erneut auf das Brot, schüttelte den Kopf und trippelte dann auf rosa Füßen zwischen den plattgedrückten Kaugummis umher, die wie Bleimünzen auf dem Zement klebten, »... alle meine Freunde ... das Gespött aller ... Tausende von Pfund ...«, die Taube gab auf und flog davon.

»Tut mir Leid, Fay. Ich weiß, dass es furchtbar teuer war –«

»Ist das alles, was dir dazu einfällt? Es tut dir Leid? Allein mein Hut hat schon dreihundert Pfund gekostet!«

»Na ja, du hast ihn ja noch«, argumentierte ich. »Für Ascot wird er dir gute Dienste tun.«

»Ich fass es nicht! Ich kann es einfach nicht fassen, ich geb's auf!« Fay fing zu schluchzen an. »Dieses Mädchen schmeißt alles weg, was ich für sie getan habe, und sagt mir dann, ich könne das verdammte Ding in *Ascot* tragen! Ich würde ersticken, wenn ich ihn aufsetzte!«

»Kann ich meinen Vater sprechen?«

»Nein, kannst du *nicht*!«, schrie Fay. Im Hintergrund war Gemurmel zu hören. »Ich möchte nicht, dass du mir in den Rücken fällst, Charles! Wenn ich dir auch nur für zwei Pence was bedeute, dann weigerst du dich, mit ihr auch nur noch ein Wort zu wechseln, so wie sie mich behandelt hat. Ich bin immer viel zu weich gewesen für das Mädchen. Das ist alles *dein* Fehler! Ich warne dich, wenn du gegen mich für sie Partei ergreifst, wird das das letzte Mal sein. Das könnte ich nicht ertragen!« Weiteres Gemurmel. Dann war wieder Fay zu hören. »Dein Vater will nicht mit dir reden, Florence. Dein Verhalten hat ihn zutiefst verletzt. Ich hoffe, du bist zufrieden!«

Ich legte auf.

»Alle scheinen davon auszugehen, dass du mit diesem Idioten Gideon Duff nach Brasilien abgehauen bist – diesem Kerl mit dem riesigen Haus in Schottland und dem Spatzenhirn. Ich hab ihnen ja gesagt, dass du nicht so dumm bist.« Oonagh Fitzpatrick setzte ihr volles Brandyglas an und leerte drei Viertel seines Inhalts. Sie zündete sich einen Stumpen an. Es war fünf Uhr am Nachmittag desselben Tages, nämlich am Sonntag, als ich jenen vergeblichen Versuch unternommen hatte, meinen Vater zu sprechen. Wir saßen in ihrem verdreckten, eiskalten Atelier in Battersea, worin als einzige Wärmequelle ein stinkender Ofen stand. Es war mir unbegreiflich, wie Oonagh bei dieser Giftmischung, die sie zu sich nahm, nicht nur ihr Gleichgewicht, sondern auch ihre Gesundheit behielt. Nie sah ich sie Obst oder Gemüse essen. Sie gab schwarzem Kaffee, Alkohol, Tabak und Wild, auf dem schon die Maden herumkrochen, den Vorzug und kaute täglich Haschisch beim Malen, und doch war ihre Haut rein und ihr Blick klar. »Ein Stichling hat größere Schläfenlappen als Gideon Duff. Wenn du mich fragst, leidest du nicht an Schuldgefühlen, sondern an verletztem Stolz.«

Oonagh und ich hatten gemeinsam die Kunstakademie besucht und unsere Freundschaft trotz unterschiedlicher Charaktere und Einstellungen aufrechterhalten. Warum die Zuneigung überdauert hatte, war schwer zu sagen. Ich bewunderte an ihr, dass sie so kompromisslos die Wahrheit vertrat, und sie – offen gestanden hatte ich keine Ahnung, warum Oonagh mich mochte. Sie war immer grob, aber andererseits ließ sie an keinem ein gutes Haar.

Oonagh war eine Aufsehen erregende Erscheinung. Sie war groß und hatte ihr kurz geschnittenes Haar weiß gebleicht, in ihrem kantigen Gesicht saß eine lange, knochige Nase und sie war so dünn, dass sie gar keinen Busen hatte. Sie trug immer Männeruniformen, heute war sie wie ein Mitglied der Luftwaffe gekleidet. Sie bezeichnete sich selbst als androgyn – von zweifelhaftem Geschlecht – und trug ein Monokel, um den lesbischen Eindruck zu verstärken, da dies Männer häufig reizte, mit ihr ins Bett zu gehen. Aus Prinzip ging sie nur auf Männertoiletten, obwohl sie nie erklärte, was das für ein Prinzip war.

Oonagh war die Tochter eines irischen Adeligen. Einmal war ich auf dem Schloss nahe Tullireen zu Besuch gewesen und hatte danach zu Hause zwei Tage lang das Bett hüten müssen, um mich von den Laken zu erholen, aus denen man eine Tasse Wasser hätte wringen können, von einem Wohnzimmer, dessen Kälte die Blumen in ihren Vasen festfrieren ließ und von der Mangelernährung aus einer schlecht geführten, schmutzigen Küche. Eine der unangenehmeren Angewohnheiten der Köchin bestand darin, die schmutzigen Teller auf den Fußboden zu stellen, damit die Hunde, von denen es viele gab, sie sauber lecken konnten. Oonagh behauptete, Hunde hätten unglaublich saubere Mäuler und eine antiseptische Spucke, aber danach bekam ich keinen Bissen mehr runter.

Ich war an diesem Sonntag deshalb zu Oonagh auf Besuch gefahren, weil sie womöglich wusste, wo Alex zu finden war. Sie hatte einen großen Bekanntenkreis und liebte Klatsch. Es passierte nichts, was nicht früher oder später Oonagh zu Ohren kam. Was ich am Tag zuvor mit Guy auf dem Fluss zugelassen hatte, bereitete mir Gewissensbisse. Ich konnte mich selbst nicht leiden, weil ich das Gefühl hatte, Alex herzlos betrogen zu haben.

Und dazu kam noch der – mehr als verdiente – Schmerz, dass Guy mich, sobald er seinen Willen gehabt hatte, wegwarf wie ein Spielzeug, dessen er überdrüssig geworden war.

Guy und ich waren zum Haus zurückgekehrt, müde von der Sonne, der frischen Luft und der Anstrengung – er hatte mich nämlich zum Bootshaus zurückrudern lassen, mit der Begründung, er sei immer so geschlaucht, wenn er Sex gehabt hatte. Ich war keine erfahrene Ruderin und wir hatten für das Zurücklegen der Strecke doppelt so lange gebraucht. Außerdem ging es stromaufwärts. Guy hatte sich in die Kissen gelehnt und mich mit einem Ausdruck beobachtet, der mir gar nicht gefiel. Als ich ihm vorwarf, selbstgefällig zu sein, erwiderte er, nichts als Bewunderung lasse seine Augen glänzen, aber für mich sah es nach einer Mischung aus Triumph und Häme aus. Hand in Hand waren wir den Pfad hochgelaufen und trafen Frankie auf der Schwelle sitzend an, die schlafende Titch im Schoß.

»Schick sie weg«, forderte Guy mich auf.

»Nein. Hallo, meine Liebe.« Ich gab Frankie einen Kuss und führte sie ins Haus. Frankie sah erst Guy und dann mich so wissend an, wie ich es auf dem Gesicht eines so jungen Mädchens nicht gerne sah.

»Er will uns nicht hier haben.« Sie war mit mir in die Küche gekommen. »Er will allein mit dir sein.«

»Ist schon gut, Frankie. Wo ist Titch?«

»Ich habe sie auf dem Sofa –« Ein Schrei. Wir rannten los und fanden Titch mit dem Gesicht auf dem Boden liegend. Ihr Kinn war blutig, aber zum Glück war es nur ein kleiner Schnitt.

»Du hättest auf sie aufpassen können«, warf ich Guy vor, der am Fenster stand und, ohne sich um das Schluchzen des Kindes zu kümmern, in einem Gedichtband las.

»Ich mag Kipling nicht. Zu viel Trott in seinem Rhythmus.« Guy runzelte missmutig die Stirn. »Kann dieses Kind eigentlich sonst noch was außer Schreien?«

Kein guter Anfang für den Abend. Guy wollte weder Tee noch Caros Kümmelkuchen. »Ich werde nach Hause gehen und mich umziehen. Dieser Idiot Roger Windebank kommt auf ein Glas vorbei. Mein Vater bastelt wieder an seinem Testament herum. Da sollte ich wohl lieber dabei sein und mich vergewissern, dass sie nichts Behämmertes anstellen. Wenn er Philipp streicht, muss ich mich absichern, dass ich drin stehe. Auf Wiedersehen, meine hinreißende Wassernymphe.« Er gab mir einen Kuss auf die Lippen und kniff mich in das Hinterteil, dann ging er ohne sich umzublicken.

»Kommt er zurück?«, wollte Frankie wissen.

»Ich weiß es nicht.« Ich war auf einmal ganz niedergeschlagen.

»Männer sind doch alle Scheißkerle?«, schniefte Frankie, wohl in Nachahmung ihrer Mutter.

»Totale Scheißkerle!« Dann fing ich mich wieder. »Nein, nein, ein paar vielleicht, aber es gibt viele ausgezeichnete, freundliche, ehrenhafte, tapfere Männer.«

Frankie sah mich ungläubig an.

»Was hältst du davon?« Oonagh hob ein Gemälde vom Boden auf und stellte es auf die Staffelei. Sie trat einen Schritt zurück und legte ihren Kopf mit den strohigen Haaren zur Seite, um es in Augenschein zu nehmen. Mit dem Palettenmesser waren rote, orange, gelbe und schwarze Striche aufgetragen worden, die dann ineinander gelaufen waren. Für mich sah es wie eine besonders hässliche schwelende Wunde aus. »An was denkst du dabei? Ich habe erst heute Morgen über den Titel nachgedacht, als ich mit Fergus geschlafen habe.«

Fergus war ein gut aussehender, taubstummer Parkwächter, den Oonagh vor ein paar Monaten aufgegabelt hatte und den sie wegen seiner Behinderung als idealen Bettgefährten ansah. Wenn ihr nach Sex zu Mute war, ging sie einfach zum Hyde Park, wo er mit dem Einpflanzen der Begonien beschäftigt war, und winkte ihm. Wenn er dann seine Harke wieder aufnahm und ging, winkten sie einander noch mal zu.

»Hm. Sehr interessant. Mich erinnert es an etwas Gewalttätiges, Heißes, Unordentliches. An etwas offensichtlich Sexuelles. Vielleicht schwingt auch Krieg mit?«

Oonagh sah mich vorwurfsvoll an. »Ich frage mich, ob du dieses Urteil begründen kannst? Es heißt nämlich *Eisbeben*.«

»Entschuldige«, sagte ich lahm. Ich verfiel auf die alte Floskel, die bei keinem Künstler ihre Wirkung verfehlt. »Ich denke, es ist wirklich die beste Arbeit, die du je gemacht hast.«

»Tatsächlich? Gut. Wo war ich stehen geblieben? Ach ja. Dieses Bedürfnis, dich zu geißeln, weil du mit Alex Schluss gemacht hast. Das hat nichts mit Schuldgefühlen zu tun. Du hast einen Fehler gemacht und willst dich dieser Tatsache nicht stellen. Es ist dir unangenehm, dass alle diese Leute, die dich kennen, wissen, dass du, die schöne, kluge, talentierte Flo Swann, einem glattzüngigen Rechtsverdreher auf den Leim gegangen bist.«

»Ein hartes Urteil über Alex.«

»Was ist daran hart? Alle Anwälte sind Rechtsverdreher. Das Rechtssystem arbeitet mit Überzeugungen. Ein guter Anwalt zeichnet sich durch Eloquenz, nicht durch Ehrlichkeit aus. Und Alex ist ein ganz hervorragender Anwalt.«

»Ja gut, seinen Berufsstand will ich gar nicht verteidigen, aber es ist mir wirklich nicht gleichgültig, dass ich ihn verletzt habe. Ein Teil in mir liebt ihn noch immer, ein Teil, der dankbar ist für die aufregende, lustige Zeit, die ich mit ihm verbracht habe. Du hast wahrscheinlich Recht, was den öffentlichen Stimmungsumschwung angeht, aber das ist nicht alles. Ich war gern mit Alex zusammen. Solange das Leben unkompliziert war und wir uns nicht zu unseren Überzeugungen in wichtigen Dingen bekennen mussten, passten wir gut zusammen.«

Oonagh zuckte die Schultern. »Mit anderen Worten: Es war eine Beziehung von erschütternder Oberflächlichkeit. Das Übliche also. Du glaubst, er träumt sich in irgendeiner Opiumhöhle über sein Elend hinweg oder konserviert seinen Kummer, von dir abgewiesen worden zu sein, in Hochprozentigem. Lädt, während wir miteinander reden, seinen Revolver oder knüpft einen Knoten ins Seil – vielleicht füllt er auch Steine in seine Taschen oder mischt sich was aus ungelöschtem Kalk und Arsen?«

»Ich weiß nicht, wo ich ihn finden kann. Er ist nicht im Haus in der Melbury Street. Und in seiner alten Wohnung hat man das Namensschild ausgetauscht. Ich bin dort gewesen. Ich habe ihm keine Gelegenheit gegeben, mir zu sagen, was er von mir denkt, und das wenigstens bin ich ihm schuldig.«

Mir fiel der Nachmittag zwei Tage vor der Hochzeit wieder ein, als mir klar war, dass ich ihn nicht heiraten konnte. Meine Vernunft zauderte zwar noch, aber wann immer ich daran dachte, überwältigte mich ein so heftiger körperlicher Schmerz, dass ich wusste, ich musste dem Ganzen ein Ende bereiten.

Ich war zum Haus in der Melbury Street gefahren, wo wir uns verabredet hatten, um die Innenausstattung der Diele zu besprechen. Es war ein Wunder, dass ich keinen über den Haufen fuhr. Selbst da war eine Hälfte von mir noch nicht bereit zu glauben, dass ich diese Geschichte mit all ihren schrecklichen Konsequenzen wirklich durchziehen würde. Alex machte die Tür auf, sein Gesichtsausdruck eine Mischung aus Ernst und Spott. Er nahm mich auf der Schwelle in seine Arme. »Und wie geht es dir, mein schlimmes, launisches Mädchen?«

Dies bezog sich auf den Streit vom Vorabend. Ich wusste, dass er mir mit diesem Kuss die fällige Strafe, wenn es denn seinerseits eine gab, übermitteln wollte. Ich ließ den Kuss zu, aber bei seiner Berührung bekam ich weiche Knie angesichts meines schrecklichen Vorhabens.

Ich ging vor ihm her ins Wohnzimmer. Was war das für ein wunderschöner Raum! Voller Bedauern betrachtete ich den marmornen Kamin mit seinem Relief aus Eichenblättern und die französischen Fenster, die in den Garten hinaus führten.

»Ich werde dich nicht heiraten. Es tut mir so Leid.«

Was ich ihm sagen würde, hatte ich nicht einstudiert, und selbst wenn ich es getan hätte, wäre es nutzlos gewesen. Als ich zu sprechen anfing, brachte ich nur das Allernötigste heraus, denn mir schoss das Blut in die Ohren und meine Eingeweide rebellierten.

»Mach keine Dummheiten.« Alex hatte die Stirn in Falten gelegt und geseufzt. »Sieh doch, lass uns doch um Himmels willen nicht über etwas derart Triviales streiten. Also gut, wenn du unbedingt deinen Willen haben musst, dann fragen wir ihn eben, obwohl ich mir nicht vorstellen kann, dass er sich wohlfühlen wird.«

Der »er«, um den es ging, war Onkel Sid, der mir geschrieben hatte, er werde nicht zur Hochzeit kommen, weil er keine entsprechende Garderobe habe, aber er würde nach meiner Hochzeit einmal auf ein paar Minuten vorbeikommen, um seine Augen an mir zu weiden und sein Herz froh zu stimmen. Ich sollte aber nie vergessen, dass ich, was immer auch passieren sollte, für ihn kostbarer sei als seine Arme und Beine zusammen. Ich sollte mir um ihn keine Sorgen machen, denn er werde mit einem Fischkutter in See stechen und sich den alten Traum erfüllen, ehe es zu spät dafür war, und einige Monate lang weg sein. Er legte den Messingkobold bei, der mein Hochzeitsgeschenk sein sollte, und dazu noch eine Erklärung.

Ich war der Ansicht gewesen, wir müssten ihn unbedingt einladen, sobald er aus Norfolk zurückkam, aber Alex hatte Einwände erhoben. Er und Onkel Sid waren sich einmal kurz begegnet, wobei mein Onkel sich ganz offensichtlich unwohl fühlte und Alex sich langweilte. »Was zum Teufel sollen wir denn mit ihm? Ich kann ihn mir im Ritz nicht gut vorstellen. Und ich bin auch nicht begeistert, mir das Wohnzimmer mit Kuhmist ruinieren zu lassen.« Wir hatten gestritten, es kam zur üblichen gewalttätigen Auseinandersetzung, die mit Sex endete.

»Ich lass mir nicht nachsagen, ich hätte deinen Launen nicht nachgegeben. Selbst wenn du absolut lästig bist, finde ich dich immer noch unwiderstehlich.« Er streckte die Arme aus und lächelte.

»Nein.« Ich streckte meine Hand aus, um ihn abzuwehren. »Das führt zu nichts. Es ist mir ernst. Ich werde dich nicht heiraten. Ich habe den schrecklichsten Fehler gemacht und du wirst es mir nie verzeihen. Aber es gibt kein Zurück mehr. Und das meine ich auch so.«

Ich zwang mich dazu, ihn fest anzusehen. Alex hatte versucht, sich eine Zigarette anzuzünden. Das Feuerzeug funktionierte nicht, also warf er die Zigarette in den Kamin. Dann war er einige Zeit in dem Raum auf und ab gegangen, der unser neues Wohnzimmer hätte sein sollen, und drückte sich dabei die Hände an die Schläfen. In seinem weißen Gesicht wirkten die Augen sehr groß und dunkel. Ein mitleidiger, feiger Teil in mir hätte ihm am liebsten gesagt, dass es nicht stimmte, dass alles ablaufen würde wie geplant. Ich würde mir mein Glück schon einreden. Was war Glück überhaupt? Erwartete ich eine Märchenhochzeit mit einem makellosen Märchenprinzen? Einen Augenblick lang dachte ich allen Ernstes, womöglich verrückt zu werden.

Dann war er auf mich zugekommen und hatte sein Gesicht ganz nah an meines gebracht. Aus den vorhanglosen Fenstern fiel das Licht direkt auf sein Gesicht und ich sah Schweißperlen auf seiner Oberlippe glänzen. »Bei Gott, Flo, das ist nicht lustig! Bring mich nicht auf gegen dich!« Dabei schnaufte er heftig und seine Halssehnen standen hervor, als er die Zähne zusammenpresste. »Wenn ich wüsste, dass du es wirklich ernst meinst, dann könnte ich wirklich …« Er hob eine geballte Faust und hielt sie mir vors Gesicht.

Das Gefühl, den Realitätsbezug zu verlieren, verstärkte sich. Ich erkannte in dem Schatten über seiner linken Gesichtshälfte eine Zusammensetzung aus gebranntem Umbra und Violett. Ich schloss die Augen, um ihn nicht mehr mit dem Auge der Malerin zu beobachten. »Ich meine es ernst«, sagte ich und wirbelte im nächsten Moment über den Fußboden. Weil ich den Schlag nicht hatte kommen sehen, war ich hart zu Boden gegangen. Ich hatte tatsächlich nicht damit gerechnet, dass er mich schlug. Aber selbst als ich mich aufzurappeln versuchte und meine Hand an die blutende Lippe hielt, hätte ich am liebsten vor Dankbarkeit über diesen Schlag geschluchzt. Er machte es mir so viel leichter zu gehen. Aber ich war nicht wütend. Ich wusste, dass ich weitaus mehr verdient hatte.

Sobald ich aus dem Zimmer war, rannte ich durch die Diele zur Eingangstür, riss sie auf und flog die Eingangstreppe hinab. Draußen stand mein Wagen. Ich stieg ein, schlug die Tür zu und verriegelte sie. Meine Beine waren wie Wackelpudding, meine Hände zitterten so heftig, dass ich den Schlüssel kaum ins Schloss bekam. Als ich den Motor anwarf, kam Alex heraus und bückte sich, um durchs Fenster zu schauen. Er versuchte es am Türgriff, klopfte dann ans Fenster. »Flo-Schatz, um Himmels willen, tu mir das nicht an ...« Ich legte den Gang ein und fuhr ab, ohne ihn anzusehen, Tränen des Kummers und des Mitleids und des Entsetzens liefen mir übers Gesicht.

Als ich jetzt in Oonaghs Atelier vor dem Ofen hockte, wurde mir bei der Erinnerung an sein Gesicht wieder übel. »Ich bin einfach weggerannt, verstehst du. Ich hatte Angst, er würde es mir ausreden, aber das war kindisch und dumm von mir.«

»Aha! Da triffst du genau den Punkt. Kindisch, ja. Und warum? Weil Alex die Vaterfigur war, nach der du immer gesucht hattest, seit dein eigener Vater dich für deine Stiefmutter verlassen hatte. Du hast nach jemandem gesucht, der Autorität besaß, der dir sagte, wo's lang ging, und der dir alles abnahm. Alex spielte die Elternrolle ausgezeichnet, ließ dich für kleine Abenteuer an der langen Leine, aber war immer auf der Hut dich zurückzuholen, wenn die Welt zu böse wurde. Er hat dein Verhalten sanktioniert und dich vergöttert. Er war sowohl dein Meister als auch dein Sklave. Alle kleinen Mädchen brauchen die Anerkennung ihres Papas ebenso wie das Gefühl, dass er die Welt für sie mit Sinn erfüllt. Es muss ein einziger Rausch gewesen sein.«

Ich runzelte die Stirn. Oonaghs Beschreibung unserer Beziehung war widerlich. Aber stimmte sie etwa?

»Weißt du, wo ich ihn finden kann?«

»Könnte sein. Du müsstest mich nur ein paar Anrufe machen lassen. Komm, wir gehen zu Joe's.«

Joe's war eine schäbige Kneipe, in der all jene Stammgast waren, die sich gerne als Exzentriker sahen. Ich war nicht begeistert, aber mir fiel nichts Besseres ein. Ich war nicht in geselliger Stimmung. Ich wollte eigentlich nur Alex sehen oder wenigstens über ihn reden. Mir war klar, wie unverzeihlich egoistisch das war. Wir gingen zu Joe's.

Sobald wir dort ankamen, hängte sich Oonagh ans Telefon. Ein Mann namens Jasper, denn ich kaum kannte, drängte mir sofort ein Gespräch über das neueste Projekt zur Belebung der Heimarbeit in entlegenen Gebieten auf. Er war mit dem Aufbau einer Seidenraupenfarm beschäftigt und hatte vor, ganz North Wales in die Seidenproduktion einzubeziehen. Nur mit dem Klima gebe es noch ein paar Probleme, wie er mir des Langen und Breiten erläuterte.

Ich lehnte mich an die Theke und trank in langsamen Schlucken den rasch warm werdenden und nach Azeton schmeckenden Wein, nickte und lächelte und dachte daran, dass ich gestern um diese Zeit mit Guy auf dem Fluss gewesen war. Mich überfiel ein gewaltiges Heimweh nach Drop Cottage, nach den Kindern und Tieren und allen Einwohnern Pudwells, ganz besonders nach Caro. Selbst Mrs. Creech hatte was Anziehendes, weil sie weit weg vom Lärm, den Auspuffgasen, dem Dreck und dem allgegenwärtigen Beton war. Die Unmenge an Fremden bedrückte mich.

»Stimmt es, dass du und Moncrieff euch getrennt habt?« erkundigte Jasper sich ganz nebenbei.

»Ja. Was passiert denn, wenn die Raupe ihr Puppendasein beendet hat?«

»Die austretende Motte würde das Gespinst kaputtmachen, deshalb töten wir sie im Puppenstadium mit Dampf. Dann hat Gideon Duff also gekriegt, was er wollte, oder?«

»Nein. Jedenfalls kann ich dazu nichts sagen. Ich kenne ihn kaum.«

Das war die Wahrheit. Ich war ihm auf Partys ein paar Mal begegnet, und er gab vor, sich in mich verliebt zu haben. Gideon hatte lange goldene Locken und eine hohe Stimme und war vom College geflogen. Er war arrogant und verdorben und häufig betrunken. Er hatte Alex zu einem Kampf herausgefordert, aber Alex hatte erwidert, Kämpfen langweile ihn, und war weggegangen. Gideon hatte vor Wut geheult. Er gehörte zu den Männern, die man besser nicht kannte.

»Ich muss schon sagen, ich war überrascht, als ich es hörte. Hab ihn immer für 'ne Schwuchtel gehalten. Fand ihn jedenfalls für dich nicht männlich genug.« Jasper sah mich fragend an. »Diesen glatten Typen Moncrieff konnte ich auch nie ausstehen.« Er legte seine feuchte Hand auf meine. »Warum gehen wir nicht zu mir, da zeig ich dir ein paar Kokons?«

Oonagh war mit dem Telefonieren fertig. Ich zog an der Tresse ihrer Jacke, um auf mich aufmerksam zu machen. »Ich möchte gern gehen.«

»Du kannst nicht gehen. Wir sind im Il Coccola mit ein paar Leuten zum Abendessen verabredet. Komm schon, sie erwarten uns. Tschüß Jasper.«

Wir verließen Jasper, der verzweifelt nach jemandem Ausschau hielt, den er zu einer kleinen Kokon-Inspektion verführen konnte. Als wir die Straße überquerten, hupte ein Taxi wie verrückt. Ein anderer Fahrer stieß einen Schwall Beschimpfungen aus. Auf dem gegenüberliegenden Gehweg humpelte ein Bettler mit einem alten Hund am Strick vorbei. Zwei junge Männer mit Irokesenfrisur beschimpften sie dreist und versuchten den Hund zu treten.

»Mein Gott, Oonagh, ich glaube nicht, dass ich in der Verfassung bin, essen zu gehen.«

»Unsinn. Es wird dir gefallen, wenn wir erst mal dort sind. Sei nicht so ein Baby.«

Das Il Coccolo war gerammelt voll. Alex und ich hatten es in den Anfangstagen unserer Beziehung oft besucht und da war es mir hell und lebhaft vorgekommen. Warum war mir nie aufgefallen, dass auf dem Gehweg davor abgestandener Essengeruch durch die Gitter nach oben drang, drinnen abgedroschene Berieselungsmusik gespielt wurde, die Kellner mürrisch waren und die Vergoldung auf den vorgetäuschten Säulen zwischen den vom Atem der Speisenden schwarz angelaufenen Spiegeln zu grell war?

»Flo!« Melanie Shaft warf sich mir an den Hals, als Oonagh und ich das Lokal betraten. Es tat mir gut, ihre Zuneigung zu spüren, da sie zu den enttäuschten Hochzeitsgästen zählte und sich sicherlich geärgert hatte, plötzlich ein freies Wochenende vor sich zu haben. Sie war blond und pummelig und sehr gutmütig. »Engelchen! Wir haben uns solche Sorgen gemacht! Es war so dramatisch von dir – wir haben seitdem praktisch über nichts anderes geredet. Oh, aber Liebes – habt ihr beide euch denn wieder ausgesöhnt?« Sie warf einen ängstlichen Blick auf die andere Seite des Raums. Das Restaurant war überfüllt und die Spiegel entlang der Wände, die von der Decke bis zum Wandpaneel reichten, machten Entfernungen schwer einschätzbar. Es dauerte einige Zeit, bis ich anhand des Spiegelbilds erkannte, dass einer der Männer, die mit dem Rücken zu uns saßen, Alex war.

Der Adrenalinstoß kam so schnell, dass ich auf einmal das Gefühl hatte, in Eis getaucht worden zu sein, und für einen Augenblick wurde der Raum um mich herum schwarz. In Wellenbewegungen kehrte die Wärme wieder in meinen Körper zurück. Er sprach lebhaft und mit unterstreichender Gestik auf ein Mädchen mit hellroten Haaren ein, die zu einem Bob mit langen Spitzen an den Seiten modelliert waren. Zara Drax-Eedes. Es erstaunte mich, sie zusammen zu sehen. Zara hatte nie ein Hehl daraus gemacht, dass sie und Alex nicht miteinander zurechtkamen. Sie war eine starke Persönlichkeit – manche würden penetrant dazu sagen – und ein Hitzkopf. Einmal hatte sie während eines Streits ein Glas Wein über ihn gekippt. Er hatte sich immer abfällig über sie geäußert, sie als Spatzenhirn bezeichnet, obwohl sie vorgab, witzig und intelligent zu sein. Inzwischen schien er jedenfalls seine Meinung hinsichtlich ihres Witzes geändert zu haben. Als Zara etwas sagte, erntete sie schallendes Gelächter. Ich sah ihn ihre Hand nehmen und langsam und zärtlich einen Fingerknöchel nach dem anderen küssen. Als er beim vierten angekommen war, hob er seinen Blick und sah mein Spiegelbild, das ihn beobachtete.

Ich weiß nicht, wie lange er brauchte, um sich im Stuhl umzudrehen, denn ich war durch die Tür gegangen und draußen auf der Straße, ehe ich wusste, was ich tat. Ich versteckte mich im Durchgang neben dem Restaurant, um Zeit zum Nachdenken zu haben. Ich konnte nicht vor Zara mit Alex reden. Wir waren nie Freundinnen gewesen und die augenblickliche Situation würde daran bestimmt nichts ändern.

Alex trat auf die Straße hinaus und schaute nach links und nach rechts. Ich wollte gerade aus meinem Versteck herauskommen, als Zara nach draußen gerannt kam. Ich trat in den Schatten zurück. Neben mir verströmte eine überquellende Mülltonne ihren widerlichen Gestank.

»Alex, du bist ein Mistkerl!« Zaras ohnehin schon schrille Stimme überschlug sich fast. »Mach das nie wieder mit mir!«

»Was mach ich denn?« Alex klang verärgert. Er lief ein wenig herum und spähte in die geparkten Autos. »Verdammt noch mal, wo ist sie nur?«

»Ich warne dich, Alex.« Ich konnte Zaras Gesicht klar im Profil erkennen. Ihre Nase ging an der Spitze nach oben. Sie hatte kaum Kinn. »Wenn du mit dieser Frau noch einmal was zu tun hast, dann geb ich dir den Laufpass! Und das ist mein Ernst! Sie oder ich. Wenn es mit Flo noch nicht vorbei ist, dann sag es mir jetzt! Ich werde niemals die zweite Geige spielen. Und ich bin es auch nicht gewohnt, dass Männer beim Abendessen davonlaufen. Wenn Daddy das erführe, würde er fuchsteufelswild werden.« Daddy war Sir Percy Drex-Eedes, ein Richter am Berufungsgericht. Ihre Stimme wurde weich. »Er hat sich nämlich langsam an die Vorstellung von uns beiden als Paar gewöhnt. Du weißt, wie nützlich er dir sein könnte, Schatz. Das wollte ich dir gerade erzählen, als sie hereinkam und alles verdarb – er hat vor, ins Witwenhaus umzuziehen. Das heißt, wir könnten auf Cheveley wohnen, wenn wir verheiratet sind.« Ich nahm an, dass Cheveley das Anwesen der Drax-Eedes war, mit dem Zara häufig geprahlt hatte. »Überleg doch mal, was wir dort für Feste feiern könnten! Warum solltest du das alles für eine hinwerfen, die aller Welt gezeigt hat, dass du ihr gleichgültig bist? Wir könnten so glücklich sein.« Ihre Stimme nahm ein wenig an Schärfe zu. »Ich gehe jetzt wieder hinein. Ich werde mich hinsetzen und bis zehn zählen. Wenn du bis dahin nicht zurück bist – mit einem Lächeln auf dem Gesicht – ist zwischen uns alles aus. Ich hoffe, du kennst mich inzwischen gut genug, um mir zu glauben.« Sie wartete. »Alex!«

»Ja?« Er schien die Nase voll zu haben.

»Ich werde mit dem Zählen anfangen, sobald ich sitze. Wenn du dich von ihr wieder unglücklich machen lässt, bist du ein Narr. Und einen Narren will ich nicht heiraten. Zehn Sekunden, denk dran.«

Ich atmete den Geruch fauligen Fischs ein und versuchte einen Entschluss zu fassen. Eine Gegenleistung für Cheveley und Sir Percys Unterstützung konnte ich Alex nicht bieten. Alex stand, die Hände in den Hosentaschen, da und sah sich etwa sieben Sekunden lang um, ehe er laut »Mist!« sagte und ins Restaurant zurückging.

25

War es ein Zufall? Ich meine, es ist doch ziemlich unwahrscheinlich, dass ihr einander über den Weg gelaufen seid.« Es war später Montagabend. Wir saßen in der sauberen, ordentlichen Küche von Yardley House und Caro schlug Eischnee für Biskuitgebäck.

»Ich bin mir sicher, dass Oonagh das Ganze eingefädelt hat.« Ich rollte Teig für die Marmeladentörtchen aus.

»Also verzeih mir, wenn ich eine Freundin von dir kritisiere, aber wäre es nicht freundlicher von ihr gewesen, dich zu warnen?«

»Ihr war klar, das ich mich geweigert hätte dorthin zu gehen, wenn ich gewusst hätte, dass Zara dort ist. Oonagh liebt dramatische Situationen. Sie langweilt sich leicht.«

Caro schlug den Eischnee nun mit Nachdruck, um ihre Entrüstung zum Ausdruck zu bringen, die in Worte zu fassen sie zu höflich war. »Ist von der schnellen Truppe, das muss man ihm zugestehen. Wie lange ist es her? Einen Monat, seit du ihn verlassen hast? Und jetzt ist er praktisch schon mit einer anderen verlobt. Also ich glaube, du brauchst jetzt wegen seines gebrochenen Herzens keine Gewissensbisse mehr zu haben.« Dann sah sie mich an. »Aha! Was machst du nur für ein zerknirschtes Gesicht? Flo! Du hast doch nicht – nicht mit Guy! Nach allem, was ich dir erzählt habe – oh, was bist du nur für ein Trottel!«

»Das ist noch milde ausgedrückt. War ich vorher verwirrt, bin ich jetzt mehr oder weniger gestört. Aber«, dabei hielt ich das Nudelholz hoch, »du brauchst kein Mitleid mit mir zu haben. Denk dran, mit dem Gejammer ist es vorbei. Während ich am Bahnhof von Paddington saß und auf den nächsten Zug hierher wartete, kam ich zu dem Schluss, dass es ganz wesentlich zum Erwachsensein dazugehört, Verantwortung für das eigene Handeln zu übernehmen. Schuldgefühle sind einfach eine kindische Weigerung, die Folgen des eigenen Verhaltens anzuerkennen. Jetzt, da ich weiß, dass es Alex gut geht, bin ich von der schwersten Last befreit. Er wird mit Zara bestimmt glücklich werden. Sie ist genauso ehrgeizig, wie er es ist. Und sie hat rote Haare. Das scheint wichtig zu sein.« Ich lächelte Caro zu, um sie davon zu überzeugen, dass ich wirklich erleichtert war. »Vielleicht wird jede Wahl, die wir treffen, von ganz trivialen Dingen bestimmt.

Ich habe Guy erlaubt, mit mir zu schlafen, weil ich sein Gesicht mag und mich ungemein zu ihm hingezogen fühlte. Ich weiß, dass er egoistisch ist. Wahrscheinlich hat ihm keine Frau in seinem Leben je etwas bedeutet. Wie auch immer, sobald wir uns geliebt hatten, ist er abgehauen. Entschuldigt hat er das damit, dass er mit Roger Windebank reden musste, aber danach hätte er ja wiederkommen können.«

»Wie dumm nur, dass wir ohne sie keine Kinder bekommen können.« Caro schüttete ein wenig Zucker hinzu und sofort wurde das Eiweiß dicht und glatt und glänzend. »Ich fürchte, ich sehne mich nach einem Kind. In der Nacht bin ich aufgewacht und habe mich gefragt, was für ein Zeichen ich in der Welt setzen könnte. Wo wartet der Granitblock auf mich, um aus ihm *La Pietà* zu meißeln? Und jetzt sitze ich hier und überlege, was George und die kleinen Rokers wohl gerne zum Tee hätten.«

»Wie macht sich George denn?«

»Er würde es nicht zugeben, aber ich glaube, er hat richtig Spaß an der Dichtung. Wenn er vergisst, dass er ein Räuber ist, spricht er ganz rührend auf Longfellow an. Vermutlich ist Hiawatha ein ganz gutes Rollenmodell. Stark und zärtlich. Ein Kämpfer, der sich zu benehmen weiß.«

»Über wen redet ihr?« Edward Gilchrist reckte seinen Kopf um die Tür. »Scheint keiner zu sein, den ich hier in Pudwell kenne. Wenn ein viktorianischer Genremaler euch beide so sehen könnte! Ein wirklich reizendes Bild der Häuslichkeit. Es würde *Heim und Herd* oder *Die gewissenhafte Schlossherrin* heißen.«

Es war nicht schwer zu erraten, dass Edward Caro gern bei sich zu Hause in dieser Rolle gesehen hätte. »Wir reden über George«, sagte ich. »Er ist der Enkel meines Arbeitgebers. Caro hat ihn unter ihre Fittiche genommen. Er ist ein kluger Junge, wurde aber ziemlich vernachlässigt. Er bekommt Nachhilfe in Mathematik und Geschichte. Und Caro liest Gedichte mit ihm und versucht außerdem den Wildfang zu zähmen.«

Edward bedachte sie mit einem zärtlichen Blick. »Es gibt nichts Besseres als *The Fighting Temeraire* und *Drake's Drum*, um einen richtigen Jungen heranzubilden.«

»Nach Hiawatha wollte ich mit ihm John Clare durchnehmen.« Caro setzte den Eischnee in Häufchen auf ein Stück Backpapier.

»Und vielleicht Housman. Die Schönheiten der Natur und all das. Zum richtigen Jungen fehlt George eigentlich nichts, wenn du damit das Verlangen meinst, in jeder nur erdenklichen Situation kämpfen zu wollen.«

»Das ist wegen seines Fußes.« Ich stach gebogte Kreise aus. »Es ist so schade! Es fällt ihm so schwer, nicht daran zu denken. Er hat was von einem rebellischen Engel an sich. Ein gut aussehender Junge. Schön, wenn er nicht gerade ein finsteres Gesicht macht. Du solltest vielleicht Byron mit ihm lesen, Caro. Das perfekte Rollenmodell. Er hat sich durch seinen Klumpfuß nicht von ruhmreichen Taten abhalten lassen, war aber auch ein großartiger Dichter.«

»Gute Idee. Das werde ich machen. Und die Tatsache, dass die Frauen verrückt nach Byron waren, könnte George Selbstvertrauen geben. Ich glaube, Frauen mögen eine Schwäche ganz gern, weil sie dann bemuttern können und Zugeständnisse machen.«

Ich musste an Edwards Trinkerei denken und überlegte, ob Caro wohl einmal so weit kam, darin einen Appell an ihre überlegene weibliche Stärke zu sehen.

»Ist das der Junge, den man immer durchs Dorf humpeln sieht?«, fragte Edward. »Ich habe mich schon immer über ihn gewundert. Er ist kein Patient von mir. Es wäre nämlich durchaus möglich, etwas für ihn zu tun, wisst ihr. Man hätte es nur schon viel eher korrigieren sollen. Bei *talipes equinovarus* – das ist die medizinische Bezeichnung für Klumpfuß – beginnt man mit einer Manipulation oder dem Bandagieren oder einer Kombination aus beidem am besten schon bevor das Kind zwei Jahre alt ist. Aber es gibt noch verschiedene andere Dinge, die man machen kann – beispielsweise eine Sehne von einem anderen Knochen übertragen –, um es ihm zu ermöglichen, den Fuß mit nur leichtem Hinken richtig zu gebrauchen.«

»Edward! Hältst du das für möglich?« Caro unterbrach ihre Arbeit. »Das würde das Leben des Jungen wirklich verändern. Er ist diesbezüglich sehr empfindlich. Als wir einmal gemeinsam am Kamin saßen und lasen und ich ihm den Tee brachte, wie ich das für jeden anderen Gast auch tun würde, wurde er wütend, weil er dachte, ich würde ihn wie einen Krüppel behandeln. Ich dachte, er würde mich schlagen. Ach, wäre das schön, wenn du etwas für ihn tun könntest!« Ihre Augen strahlten, als sie ihn über den Tisch hinweg ansah.

Edwards rosiges Gesicht wurde braunrot. »Ich werde natürlich mein Bestes tun. Aber ich kann schlecht den Anfang machen. Ärzte dürfen für sich keine Reklame machen. Irgendwie wirst du seine Eltern dazu überreden müssen, ihn in die Praxis zu bringen.«

»Beide Eltern sind tot.« Caro sah nachdenklich aus. »So eine traurige Geschichte. Seine Mutter hat sich ertränkt und sein Vater – na gut. Es gibt nur Georges Großvater. Dusty hat keine Ahnung und ist ein Dickschädel, aber Flo könnte ihn vielleicht überreden.«

Ich beobachtete, wie Balthazar unbekümmerten Schritts mit Edwards Schlüssel im Maul sein Körbchen in der Anrichte ansteuerte.

»Ich werde es auf jeden Fall versuchen«, versprach ich, nachdem wir Balthazar den Schlüssel abgeluchst und meine Tasche aus seinem Allerheiligsten befreit hatten. »Die Beziehung zwischen den beiden ist nicht gut. George ist frech, also schlägt Dusty ihn, und das macht George dann noch aufsässiger. Aber nicht jeder Mann würde es auf sich nehmen, seinen Enkel ganz allein großzuziehen. Es fällt schwer, jemanden zu mögen, der ständig ausspuckt, aber auf eine seltsame Art kommen wir doch ganz gut miteinander aus.« Ich gähnte ziemlich überzeugend. »Mensch, bin ich müde. Ich gehe lieber zu Bett. Würde es dir was ausmachen, die Törtchen fertig zu machen, Edward? Caro zeigt dir, wie's geht. Danke für das Abendessen.« Ich gab Caro einen Kuss, die mir einen argwöhnischen Blick zuwarf.

»Ich kann dir leider nicht anbieten, dich nach Hause zu begleiten«, meinte Edward, ohne sich auch nur den Anschein von Bedauern zu geben, »aber wenn ich denn schon zum Hüter der Törtchen bestimmt bin …«

»Das bist du ganz bestimmt nicht. Auf Wiedersehen, ihr beiden.«

Die Nacht war sternklar. Ich fragte mich, ob es Frost geben würde. Wenn ja, wäre das Pech für die Obstbauern. Ich hatte mich darüber mit Will Dewy, dem Taxifahrer, unterhalten, der mich gestern Abend vom Bahnhof nach Pudwell gefahren hatte. Er machte zwischen September und November Apfelwein mit seiner eigenen Presse, die er zu den jeweiligen Obstplantagen brachte. Es war mir neu, wie interessant die Umgebung werden konnte, wenn man die kleinen Veränderungen des Wetters und die Naturereignisse beobachtete.

Es war pechschwarz unter den Bäumen, wo die Vögel in ihren Nestern brüteten, Maulwürfe ihre Gänge gruben und Füchse und

Hasen sich ein Rennen auf Leben und Tod lieferten. Insekten mühten sich ab und sammelten Nahrung. Und noch weiter weg an der Küste verdaute der Köderwurm Sand, Krabben und Seeigel fraßen und wurden gefressen, wenn sie an der Reihe waren. Wie die Menschen waren auch sie abhängig vom Zyklus der Jahreszeiten, doch kamen sie besser dabei weg, wie ich fand. Im Verlauf dessen, was wir nur zu gerne Zivilisation nannten, hatten wir unsere Fähigkeit verloren, den Augenblick zu leben und uns auf den Instinkt zu verlassen. Angesichts von Naturkatastrophen und ökologischen Problemen, die wir selbst verursacht hatten, waren wir hilflos. Was wir mit unseren wissenschaftlichen Entdeckungen und dem technologischen Fortschritt erreicht hatten, betonte nur die prekäre und zeitlich bedingte Natur unserer Existenz.

Der fahle Umriss einer Eule huschte über den Weg. Chloë wäre darüber aufgebracht gewesen und hätte sofort ein Gebell angestimmt. Ich vermisste sie schrecklich. Hinter mir zwitscherte es. Für einen zwitschernden Vogel war es schon etwas spät. Ich beschleunigte meinen Schritt. Das Zwitschern begleitete mich. Ich fühlte mich unwohl. Selbst bekleidet war Lemmy ziemlich ... na ja, wenn auch nicht gerade beängstigend, dann doch einschüchternd. Sein wilder Bart, die schmutzige Kleidung sprachen für eine kompromisslose Anarchie, die bei Tag gut und schön war. Doch in der Nacht, wenn ein Schrei nicht einmal das nächste Haus erreichen würde, war der Gedanke, er könnte es sein, höchst alarmierend. Ich erkannte *Der Barbier von Sevilla* und rannte los. Hinter mir hörte ich Getrippel. Ich wollte schon schreien, aber es war Chloë, die in langen Sätzen angerannt kam und mit dem Schwanz wedelte, als freute sie sich, in mir jemanden gefunden zu haben, der auch nachts noch zu Spielen aufgelegt war.

Ich wartete mit der Begrüßung, bis ich den Stuhl unter die Klinke der Eingangstür geschoben und die Lampen angezündet hatte. Sie sprang an mir hoch und leckte mir das Gesicht ab. Ich gab ihr etwas zu fressen, aber sie leckte nur aus Höflichkeit daran. Mochte es in Lemmys Waldbehausung auch an Komfort mangeln, Hundefutter schien genug vorhanden zu sein. Es freute mich, dass sie mich offenbar bereitwillig zu Bett bringen wollte. Ich stellte die Kerze auf meine Frisierkommode und dann fing mein überstrapaziertes Herz erneut heftig zu klopfen an. Nur ein paar Schritte von mir entfernt hörte ich regelmäßige Atemzüge. Ich hielt die Kerze hoch. Jemand lag in meinem Bett. Auf Zehenspitzen näherte ich mich. Guy lag flach auf dem Rücken und schlief tief und fest. Macavity hatte sich auf seiner Brust zusammengerollt. Sie lagen Kinn an Kinn.

»Wer? Was? Wann? O mein Gott, was ist denn?«, brummte Guy, als ich ihn schüttelte.

»Ist schon gut. Ist nur die Katze.«

»Verdammt noch mal! Ich dachte schon, es sei irgendein übler Dämon, der mich hinunterzieht und mich zur Strafe mit kochendem Pech übergießt.«

»Wenn dem so wäre, dann hättest du es auch verdient.«

»Wo zum Teufel bist du gewesen?«

»Das könnte ich dich auch fragen.«

»Ach! Nur eine Minute, bis ich die Mühsal des Schlafs abgeworfen habe. Du klingst ganz schön eingeschnappt, Flo. Und du siehst aus wie Brunhilde, so wie du die Hände in die Hüften stemmst.«

»Eingeschnappt ist milde ausgedrückt. Du Miststück! Haust einfach ab, sobald ich mich in meiner Dummheit auf Sex mit dir eingelassen habe, und tauchst dann zwei Tage später wieder in meinem Bett auf, als müsste ich dankbar um jeden Brosamen sein, den du mir hinzuwerfen bereit bist –«

»Einen Augenblick mal! Setz dich und sei bitte mal einen Moment still, damit ich es dir erklären kann.« Er grapschte nach meinem Handgelenk und zog mich neben sich aufs Bett. »Ich weiß, dass es nicht gut aussieht, aber wenn du die Umstände erst einmal kennst, wirst du merken, dass du ein wenig vorschnell reagiert hast. Zufällig wollte ich dich nämlich gestern besuchen, da lief mir aber Mrs. Creech über den Weg. Sie sagte, du seist nach London gefahren und kommst erst spät abends wieder.«

»Woher zum Teufel wusste sie das denn?«

»Die Frage, was diese Frau *nicht* weiß, wäre schneller beantwortet. Wie auch immer, du wirst mir sicherlich Recht geben, dass es sinnlos gewesen wäre, den ganzen Weg bis hierher zurückzulegen und mich dann hier hinzusetzen und Däumchen zu drehen. Heute musste ich nach Bexford und du verdientest dir, davon ging ich jedenfalls aus, dein täglich Brot in der Mühle. Ich bin hierher gekommen, sobald ich wieder zurück war – so gegen sieben Uhr – und habe drei fesselnde

Stunden auf deinem Sofa verbracht und die feuchten Flecken an der Wand beobachtet. Dann fand ich, dass ich genauso gut schlafen gehen könnte.«

»Wir müssen uns verpasst haben. Ich war bei Caro zum Abendessen. Also das wäre jetzt so weit geklärt. Aber was war am Samstag? War es nicht ziemlich gemein von dir, einfach zu verschwinden und mir das Gefühl zu geben, dass du das Interesse verloren hast, nachdem du bekommen hattest, was du wolltest?«

»Du kannst dich aber auch in Rage reden! Du sähst bestimmt toll aus mit einem gehörnten Helm. Ja gut, ich verstehe, dass es diesen Eindruck erwecken konnte. Natürlich hatte ich vor wiederzukommen, wenn ich alle Pläne meines Vaters, womöglich mein Erbe unter seinen alles andere als angenehmen Freunden aufzuteilen, vom Tisch gewischt hatte. Du Dummkopf! Herz und Geist waren gleichermaßen auf eine Wiederholungsvorstellung jenes glorreichen Nachmittags eingestimmt! Aber als ich nach Hause kam, war da etwas passiert, was es ... na ja, ziemlich unmöglich gestaltete, an diesem Abend noch einmal wegzugehen.«

»Lass dir bloß was Gutes einfallen«, sagte ich streng. »Denk dran, ich weiß, was für ein grandioser Lügner du bist.«

»Wenn du mir nicht glaubst, was ich sage ...«, Guy schlug einen pikierten Ton an. »Verdammt, ich kann es dir beweisen! Komm am Donnerstag mit mir nach Gilderoy Hall. Dann hat mein Vater Geburtstag. Er gibt immer ein Fest und diesmal mit einer besonderen Attraktion. Mein Gott, wie ich dich vermisst habe!« Er zog mich an sich und drückte seinen Mund kurz auf meinen. Ich entzog mich, aber nicht gewaltsam. »Erkenne ich da etwa das Walten der personifizierten Walküre?«

»Oh, Guy! Hör auf mit diesen Spielchen. Wovon redest du?«

»Du erinnerst dich doch an die Geschichte vom verlorenen Sohn? Du wirst das Privileg haben, eine Wiederaufnahme im Gewand des zwanzigsten Jahrhunderts zu erleben. Als ich am Samstagnachmittag nach Hause kam, erlebte ich ein kleines Wunder. Mein Bruder Philipp ist wieder da.«

26

Ein Glas Champagner, meine Liebe?« Ambrose wedelte mit dem Stock in Richtung des von Miss Glim gehaltenen Tabletts. Sie hatte sich für diesen Anlass hübsch gemacht und trug Schwarz mit weißer Schürze und Häubchen. Mir fiel auf, dass ihre Füße in den schwarzen Schnürschuhen riesig aussahen. Ich nahm ein Glas und bedankte mich bei ihr. Sie senkte bitter ihren Blick aufs Tablett. Ambrose lachte. »Freut mich, dass Sie gekommen sind, Flo. Guy redet nur noch von Ihnen. Ich glaube sogar, dass er seine Anwesenheit auf dieser Feier von Ihrem Kommen abhängig gemacht hat.« Miss Glim sah elend aus.

»Herzlichen Glückwunsch«, ich küsste Ambrose auf die Wange, da hier der *esprit de corps* zu wüten schien. Auch meine Wangen waren schon von zwei Lippenpaaren gestreift worden, deren Besitzer mir völlig unbekannt waren.

»Danke, aber eigentlich geht es gar nicht um mich. Sie haben natürlich schon davon gehört, was wir tatsächlich feiern?«

Die ganze Grafschaft wusste es. Am Dienstagmorgen war vom Postladen aus die Nachricht verbreitet worden, dass der Erbe der Gilderoys heimgekehrt war. Schürzen wurden abgerissen, Babys in ihren Kinderwagen zurückgelassen und Kuchen im Herd ihrem Schicksal anheim gestellt, während man zu den Nachbarn lief, um die große Neuigkeit zu verbreiten. Im weiteren Umfeld stiegen die Telefonrechnungen, die Post verspätete sich und in den Läden wurden die Schlangen immer länger, weil jeder Kunde zu einem solch leckeren Informationsbrocken noch etwas hinzuzufügen hatte. Nichts Aufregenderes war mehr passiert, seit Mrs. Batts Tochter Marlene sich mit Mick Jagger verlobt hatte. Dies stellte sich später als unwahr heraus. Marlene war mit Mike Jiggers verlobt, dem Gasinstallateur von Tarchester.

»Sie müssen außer sich sein vor Freude, ihn wieder hier zu haben.«

Ambrose legte seine Hand über die Augen. »Wie Sie sich denken können, Flo, fühle ich mich ganz klein, obwohl das noch zu schwach ausgedrückt ist. Dass mein ältester Sohn von den Toten zu mir zurückkehrt, um die mir noch verbleibenden Jahre aufzuheitern – ha! Wie poetisch! Biblische Anspielungen lassen sich einfach nicht vermeiden. Heute Abend ist viel über Schafe und den Schoß der Familie geredet worden. Was zählen zwölf Jahre des Schweigens – in deren Verlauf er die Tatsache, dass er noch lebt, hätte mitteilen können –, wenn wir uns dafür von seiner dramatischen Enthüllung fesseln lassen dürfen?«

Einen Augenblick lang glänzten seine Augen vor Wut. Dann lächelte er und legte mir seine Hand zärtlich auf den Arm. »Darf ich Ihnen sagen, wie bezaubernd Sie heute Abend aussehen?« Sein Gesichtsausdruck war bewundernd, aber kalt. Ich sah, wie Guy in vierzig Jahren aussehen würde. »Sie werden das Phänomen sicherlich sehen wollen. Er ist sehr gefragt, aber wir werden doch einen Blick auf ihn durch die aufgeregte Menge erhaschen können.«

Wir gingen in den Salon. Weil wir nur langsam vorwärts kamen, hatte ich Gelegenheit, das verlorene Lamm zu mustern, ehe wir einander vorgestellt wurden. Jetzt erkannte ich, dass Ambroses Beschreibung ironisch gemeint war. Philipp stand ziemlich allein in der Menge. Die Leute schauten und wunderten sich, aber sie zogen es doch vor, ihn aus der Ferne zu beurteilen, wie ich das tat.

Er war ein großer Mann, größer und breiter als Guy. Wie die anderen Männer trug er Abendkleidung, die ihm aber offenbar nicht gehörte, denn seine Hose und seine Ärmel waren mehrere Zentimeter zu kurz und das Jackett klaffte zwischen den Knöpfen. Ich sah ihn seinen Kopf drehen und am Hemdkragen zupfen. Sein dunkles Haar war ganz unmodisch kurz geschnitten, was ihn sehr streng aussehen ließ, wie jemanden, mit dem man sich besser nicht einließ.

Die Ähnlichkeit zwischen den Brüdern sprang ins Auge. Philipp war gebräunt und seine Züge waren markant. Man hätte einen größeren Altersunterschied als drei Jahre vermutet. Aber er hatte den gleichen Knochenbau, den gleichen geschwungenen Mund. Beim Näherkommen fiel jedoch auf, dass seine Augen anders waren. Die von Guy waren herausfordernd, taxierend, spöttisch. Philipps Augen waren um einiges dunkler und verrieten nichts. Seine Gedanken weilten offensichtlich anderswo. Am liebsten wäre er selbst ihnen wohl dorthin gefolgt.

»Das ist Philipp, mein Sohn. Unsere reizende Nachbarin, Miss Florence Swann. Verzeiht mir, ich sehe neue Gäste kommen.«

Ambrose wandte sich ab und ließ uns allein. Philipp richtete seine gleichgültigen Augen auf mich, die aber plötzlich mein Interesse weckten. Er nahm die ihm hingestreckte Hand. »Wir sind uns bereits begegnet, wenngleich man uns nicht vorgestellt hat. Sie waren so freundlich, mir etwas von dem Gemüse zu versprechen, sofern Ihnen der Anbau glückte.« Er lächelte und sah sofort jünger aus.

Sobald ich seine Stimme hörte, zersprangen einige Bilder in meinem Kopf in tausend Stücke, setzten sich wieder zusammen und ich erkannte ihn. »Oh, aber der Bart – Ihre Kleider – Ihr Haar!« Es war mir peinlich. Ich versuchte mich zu erinnern, was ich ihm gesagt hatte. Ich hatte ihm *carte blanche* zum Besuch meines Gartens erteilt. Idiotische Bemerkungen über Gemüse gemacht. Und ausgiebig gegrinst. Als mir einfiel, dass ich sogar ein paar Takte aus *Patience* gesungen hatte, um ihn zu beruhigen, konnte ich ein Stöhnen nicht unterdrücken. »Sie müssen mich für ziemlich verrückt halten.«

»Ach nein. Ich hatte gemerkt, dass Sie mich für einen anderen hielten.«

»Ich dachte, Sie seien Lemmy.«

Er zog die Stirn kraus. »Lemmy? War das nicht ... jetzt erinnere ich mich. Der wandernde Einsiedler. Nun, Ihnen kann man jedenfalls nicht vorwerfen, eine Schmeichlerin zu sein.«

»Tut mir furchtbar Leid, aber Sie sahen ziemlich wild aus, wissen Sie. Und ich hatte damit gerechnet, ihm zu begegnen.«

»Wild ist unter diesen Umständen noch gelinde ausgedrückt. Als ich Miss Glim davon zu überzeugen versuchte, dass ich ein Recht auf Eintritt hatte, wollte sie die Polizei rufen. Nicht einmal mein Vater hat mich erkannt. Ich bin nach zwölf Wochen auf hoher See am Samstag in den frühen Morgenstunden von Bord eines Eisbrechers gegangen. Zum Rasieren hatten wir nicht genug Wasser an Bord und das Wetter war so stürmisch, dass wir uns beim Versuch, die Haare zu schneiden, die Augen ausgestochen hätten. Ich stieg in Southampton direkt in den Bus. Da fiel mir auf, dass die Leute sich von mir so weit es ging wegsetzten und für den Fall, ich könnte womöglich betrunken sein, jeden Blickkontakt mit mir vermieden. Ich hatte vergessen, wie sauber und ordentlich England ist.«

»War das Ihr Job? Eis brechen, meine ich?«

»Nein. Ich wollte nur das Polarmeer sehen. Im metaphorischen Sinne würde ich ja nicht dazu taugen, oder?« Er warf einen Blick auf die Runde der Gäste, die uns wie gebannt anstarrten, während sie sich unterhielten, wahrscheinlich über Philipp. »Ich weiß nicht, was ich anderes erwartet hatte.«

»Die Leute sind eben zurückhaltend. Man weiß nicht recht, was man zu jemandem sagen soll, der so lange weg war. Oberflächliches Geplauder ist bedeutungslos, aber sie haben Angst, Fragen zu stellen, die – peinlich sein könnten.«

»Ja, natürlich.«

Philipp runzelte die Stirn und blickte auf seine Schuhe. Sie waren braun, wie mir auffiel, abgewetzt und hatten schiefe Absätze. Vermutlich waren ihm die von Guy zu klein gewesen. Sein Blick schweifte wieder ab. Im Geiste hatte er sich entfernt. Wir schwiegen. Er war im Auftreten so ganz anders als Guy, höflich, kühl und ein wenig steif.

»Wenn Sie doch gemerkt haben, dass ich Sie für jemand anderen hielt, warum haben Sie mir das nicht gleich gesagt?«

»Ich hatte achtundvierzig Stunden lang nicht geschlafen und es war ein Schock, meine Heimat wiederzusehen – ich war ganz in die Erinnerungen eingetaucht. Ich rechnete nicht damit, jemanden zu sehen. Ich habe die Abkürzung runter zum Fluss genommen. Außerdem«, er zögerte und lächelte, »war ich fasziniert. Das Lied hat mir gefallen.« Er lachte und sah wieder ganz anders aus.

»Was gibt es Lustiges?« Guy kam zu uns. »Hallo, Flo, Licht meines Lebens.« Er gab mir einen langen Kuss auf die Wange und legte seinen Arm um mich. Den anderen Gästen war ihr Interesse anzusehen. »Dass du mir ja nicht mit ihr flirtest, Philipp? Es wäre eine Schande, die gerade erst wiedererlangten Freuden brüderlicher Liebe zunichte zu machen.« Guy lächelte, aber seine Augen waren eher beobachtend als liebevoll. Ich wusste, dass er seine wahren Gefühle selten zeigte. Als er mir erzählt hatte, Philipp sei wieder nach Hause gekommen, schien er sich ehrlich zu freuen. Aber Philipps plötzliches Auftauchen würde Guys Zukunftsaussichten beeinträchtigen. Miss Glim kam mit einem Tablett Kanapees zu uns. Ich nahm eins, um ihr einen Gefallen zu tun, war aber überhaupt nicht hungrig.

»Danke dir, Cissy.« Guy nahm sich eins mit einem zur Rose gestalteten Radieschen. »Die sind wirklich hübsch. Du verfügst über viele Fähigkeiten.« Miss Glim bedachte ihn mit einem Blick aus Liebe und Verzweiflung.

»Danke, Miss Glim.« Philipp nahm sich eine gefüllte Pflaume. Sie zog den Mund nach unten, bis er nur noch ein Briefschlitz war, und entfernte sich.

»Leider hat Miss Glim in ihrem Herzen nur für einen Platz«, bemerkte ich.

»Ich gebe mich auch mit der Keule und dem abgekratzten Stück Toast zufrieden.« Philipp schien sich zu amüsieren.

»Du bist heute wirklich zum Anbeißen, Flo«, Guy legte seine Hand auf meine Taille und ließ sie über die Hüfte bis zu meinem Oberschenkel gleiten, als wäre ich ein Pferd, dessen Muskeltonus er prüfte. »Hübsches Kleid. Lass uns gleich nach dem Abendessen abhauen und uns ins Häuschen zurückziehen. Ich möchte es dir ausziehen.« Zwei Frauen neben uns zogen die Brauen hoch und tauschten Blicke aus. Ich schüttelte leicht den Kopf. Philipp schien es nicht gehört zu haben. Er starrte durch den Raum zum Fenster und hielt zärtlich seine gefüllte Pflaume in der Hand.

»Also, Philipp! Da *sind* Sie ja!« Lady Frisks Emphase ließ darauf schließen, dass sie zwölf Stunden mit fruchtloser Suche nach ihm verbracht hatte. Sie klopfte ihm auf sein Frackhemd. »Schlimmer Junge! Und was haben Sie die ganze Zeit gemacht?« Philipp machte den Mund auf, um zu antworten, aber Lady Frisk fuhr fort: »Ich halte es für ganz und gar verantwortungslos, Ihren Vater im Unklaren zu lassen. Aber ihr jungen Leute seid alle gleich. Ihr wollt alle nur euren Spaß. Also, wenn ich mich so verhalten würde, wie ich möchte, wäre die ganze Grafschaft sofort in Aufruhr. Meine Pflichten als Vorsitzende der Konservativen Gesellschaft, Präsidentin des Frauen-Instituts und Schulbeirätin, abgesehen von all meiner sonstigen karitativen Arbeit, lassen mir wenig Zeit zur Hemmungslosigkeit, das kann ich Ihnen versichern! Ich musste sogar eine Sekretärin einstellen, so viel Arbeit habe ich. Und sie sitzt jetzt in diesem Moment, ungeachtet der späten Stunde, an meinem Bericht für die Staatsbürgerliche Gesellschaft. Aber ich schone mich nie.« Lady Frisk sprach mit lauter Stimme und all diejenigen, die neben uns standen, hatten ihr Gespräch eingestellt, um zuzuhören, wie Philipp abgekanzelt wurde. Er beugte seinen Kopf, um sie anzusehen, machte gelegentlich den Mund auf und zu, wenn er glaubte, eine Chance zum Antworten zu bekommen. »Meine liebe Charlotte war bis ins Innerste schockiert, als ich ihr erzählte, Sie seien nicht tot, wie wir alle geglaubt hatten. Da musste ich ihr erklären, dass junge Männer sich manchmal so verhalten, als wären sie ganz allein auf der Welt. Doch ich fürchte, es wird mich einige Mühe kosten, die gute Meinung, die Charlotte von Ihnen hatte, wiederherzustellen.« Philipp drehte den Stiel seines Glases zwischen Daumen und Zeigefinger und machte ein ernstes Gesicht, aber ich war mir sicher, dass er gar nicht zuhörte. Ich wandte mich Baronesse von Wunsiedel zu, die meine Aufmerksamkeit auf sich zu lenken versuchte, indem sie mir ungeduldig auf die Schulter klopfte.

»Wie geht es Ihnen, Baronesse?«

Die Baronesse, eine stattliche Erscheinung in grauer Seide und Zobel, neigte ihren Kopf in Anerkennung meines Interesses an ihrer gesundheitlichen Verfassung, erkundigte sich aber nicht nach meiner. »Wir sind entzückt, Sie wiederzusehen, Miss Swann. Mit einem so langen Aufenthalt Ihrerseits hatten wir gar nicht gerechnet. Sie hatten doch damals gesagt, Sie wollten wieder nach London zurück.«

»Ich habe mich anders entschieden.« Nichts verpflichtete mich, mich vor ihr zu rechtfertigen.

Sie hob ihre schweren Lider und heftete ihre Augen auf meine. »Werner ist hier. Er wird auch begeistert sein, Sie zu sehen. Seine Verlobung mit der Prinzessin Prenzlau ist geregelt.«

»Hoffentlich werden sie sehr glücklich.«

»Das hoffen wir auch für Werner. Sie geben das perfekte Paar ab. Ihre Vernunft wird seinen jugendlichen Überschwang dämpfen.«

»Hoffentlich nicht ganz.« Ihre Annahme, dass ich nur auf eine Gelegenheit wartete, mich ihrem Sohn an den Hals zu werfen, ärgerte mich.

Die Baronesse öffnete unter äußerster Anstrengung ihre Augen für zwei kurze Sekunden, um mich feindselig anzublitzen. »Die Prinzessin ist bescheiden und tugendhaft. Sie hat Koketterie nicht nötig. Blut ist alles.«

»Ich halte Gutmütigkeit für sehr viel wichtiger.«

»Natürlich, Miss Swann. Eine andere Einstellung können Sie sich auch nicht erlauben.«

Man rief zum Abendessen, während ich noch über eine passende Antwort nachdachte.

»Warum machst du ein Gesicht wie eine Gewitterwolke?« Guy

nahm meinen Arm und wir betraten gemeinsam das Esszimmer. »Amüsierst du dich nicht?«

»Natürlich. Aber ich würde mich noch mehr amüsieren, wenn ich die Baronesse mit einem guten Schubs vom hohen Ross holen könnte.«

»Ich bedaure den armen Baron aus tiefstem Herzen. Er ist bestimmt an Erfrierungen seiner Zeugungsorgane gestorben.«

»Denkst du eigentlich immer nur an Sex?«

»Männer müssen ständig daran denken. Dafür sind sie auf der Welt.«

»Ich frage mich, was Philipp wohl denken mag. Daran jedenfalls nicht.«

Philipp hatte seinen Platz an der Tafel gefunden, die man ausgezogen hatte, damit mehr als zwanzig Gäste Platz fanden. Er stand hinter seinem Stuhl und starrte auf ein Gesteck aus blassgelben Tulpen und papierweißen Narzissen. Ihr Duft, der immer ein wenig an Krankheit erinnerte, erreichte uns in Wellen. Alex hätte daran Anstoß genommen, da Weintrinken für ihn eine ernste Angelegenheit war. Es freute mich, dass ich an ihn jetzt ohne Schuld oder Ärger denken konnte.

»Die Sitzordnung habe ich festgelegt«, erklärte Guy. »Du sitzt neben mir, damit ich dir zwischen den einzelnen Gängen den Schenkel streicheln kann.«

Werner von Wunsiedel war mein anderer Tischnachbar. Zweifellos wollte Guy Unfrieden mit der Baronesse heraufbeschwören.

»Das nenne ich aber Glück, Miss Flo!« Werner drückte mir die Hand und presste sie fest an seine Lippen. »Sie müssen mir die Bemerkung erlauben, dass Ihre reizende Erscheinung eine der glücklichsten Erinnerungen war, die ich mit nach Berlin nahm.« Seine blauen Augen waren glasig vor Gefühlsseligkeit. Zu meiner Freude hatte er sich seinen Bart rasiert.

»Danke. Und wie fanden Sie Berlin?«

Er sah mich überrascht an. »Nun, ich bin mit dem Flugzeug hingekommen – ach nein! Sie meinen, welche Erfahrungen ich in Berlin gemacht habe? Es war sehr langweilig. Viele endlose Abendessen. Sehr steif. Ihr Engländer könnt auch sehr formell sein, aber es gibt doch immer ein paar Scherze, die einen glücklich machen. Und die Mädchen sind so viel hübscher.« Er sah mich an und sog schnaubend die Luft ein. Ich merkte, dass er schon ein wenig angetrunken war.

»Wie geht es der Prinzessin?«

Werners Lächeln erstarb. »Danke, sie erfreut sich bester Gesundheit. Sie isst nur Gemüse und trinkt nie Alkohol. Sie steht um sechs Uhr morgens auf, um zu beten, dann eine Stunde mit den Keulen – sie schwingt sie sich über den Kopf, wissen Sie – und wenn es dann keine Abendeinladung gibt, geht sie mit einem Kräutertee zeitig zu Bett.«

»Mein Gott, sie muss ja glühen vor Energie.«

»Die Prinzessin glüht nicht. Sie verabscheut jegliche Frivolität. Insbesondere Scherze.« Werner schob seine Unterlippe vor und brütete vor sich hin. Meine Aufmerksamkeit wurde von Madame du Vivier abgelenkt, die ein paar Plätze weiter auf der gegenüberliegenden Seite der Tafel saß. Sie winkte mir mit ihrer Hand im Spitzenhandschuh begeistert zu. Eine lange kastanienfarbene Locke fiel ihr ins Auge. Ich winkte zurück.

Ich erinnerte mich daran, dass Werner sich für Politik interessierte. »Die Berliner Mauer ist wirklich eine Schande.«

»Ach ja! Die Kommunisten sind eingesperrt wie die Ratten. Sie kennen nur ihre Propaganda.« Werner fing an zu dozieren. Die beiden Damen mittleren Alters neben Philipp unterhielten sich über seinen Kopf hinweg, während er sein Brot zerkrümelte und ins Leere starrte.

»Die Teilung hat Deutschland geschwächt.« Werner redete immer noch. »Ich weihe Sie in ein Geheimnis ein, soll ich?« Seine blonden Locken streiften meine Schläfen, als er mir flüsternd anvertraute: »Eine neue Bewegung ist im Entstehen. Neu ist vielleicht der falsche Ausdruck. Sagen wir lieber, der Phönix ist auferstanden. Sie verstehen mich?«

»Tatsächlich?« Ich hatte keine Ahnung, wovon er redete. »Diese Suppe ist köstlich. Gurkensuppe, oder?«

Werner leerte ein Glas Weißwein in einem Zug. »Ganz köstlich. Sind Sie denn eine von uns, Miss Flo? Denken auch Sie so wie unser lieber Gastgeber über die Zukunft Deutschlands?«

»Meinen Sie den gemeinsamen Markt? Diesbezüglich kenne ich mich wirklich zu wenig aus.«

»Wie charmant und bescheiden. Das ist typisch englisch. Aber Ihr Herz«, er schlug sich auf die Brust, »trauert um Deutschland.«

»Nun, natürlich hoffen wir alle auf eine bessere Verständigung zwischen den Ländern – Frieden in Europa und so weiter.« Philipp hatte das Innere seines Brötchens herausgepult und war jetzt eifrig darum bemüht, eine feste graue Kugel daraus zu formen. Wo war er nur in all den Jahren gewesen? Und was war aus der Frau geworden, mit der er damals durchgebrannt war?

»Wie freundlich, liebe Miss.« Werner stellte sein Weinglas ab und nahm eine meiner Hände zwischen seine beiden. Ich sah, dass diese Aktion Philipps Aufmerksamkeit anzog. »Bewahren wir dieses gute Verständnis! Ich möchte Sie verstehen, jedes kleinste Stück von Ihnen!« Er fuhr sich mit der Zunge über seinen jungenhaften Mund. »Es wird Sie nicht erschrecken, wenn ich noch einmal sage – der Phönix ist auferstanden.« Er schien in dieser kurzen Zeit noch betrunkener geworden zu sein. Seine Augen konzentrierten sich auf meine Nasenspitze und wanderten dabei leicht über Kreuz. Ich schüttelte meinen Kopf und lächelte, weil ich keine Ahnung hatte, wovon er sprach. Er steckte die Spitze seiner langen Nase in mein Ohr wie ein Kolibri seinen Schnabel in einen Hibiskuskelch steckt und zischte: »Das Dritte Reich ist auferstanden!«

Ich glaube, da sprang ich kurz auf. Ich war entsetzt. »Herr von Wunsiedel –«

»Werner, Werner!«

»Dann eben Werner. Ich glaube wirklich, wir sollten das Thema wechseln –« Ich blickte besorgt in die Runde, für den Fall, dass auch andere ihn gehört hatten. Sie setzte sich vornehmlich aus der Generation zusammen, die von »Japsen« und »Teutonen« sprach und weder vergessen noch verziehen hatte. Vielleicht war der Stress, mit einer humorlosen Gesundheitsfanatikern verlobt zu sein, Werner zu Kopf gestiegen.

»Keine Sorge. Wir sind hier unter Freunden. Ich möchte mit Ihnen die Freude an dieser Auferstehung teilen.« Ich entzog ihm meine Hand, die in seiner feucht geworden war, und versuchte mich von dem unerfreulichen Schock seiner Enthüllung zu erholen. Er hatte angedeutet, dass Ambrose – ich konnte es nicht glauben. Guy hatte auch einmal eine Bemerkung gemacht – aber ich hatte ihn nicht ernst genommen. Ambrose lauschte aufmerksam der Frau mit dem Pekinesengesicht ihm zur Rechten. Wenigstens dachte ich das, aber als ich ihn anstarrte und mich fragte, ob das wahr sein konnte, wandte er seine Augen blitzschnell in meine Richtung und hob fragend eine Braue. Ich wandte meinen Blick ab. Werner strich mit seinen Fingern vom Ellbogen hoch bis zu meiner Schulter, um meine Aufmerksamkeit zu erregen. »Haben Sie von der Wewelsburg gehört?«

»War das nicht das Schloss in Deutschland, aus dem Hitler eine Art Camelot zu machen versuchte?«

»Ja, ja, genau das! Aber alle diese Geschichten haben die Christen dem *Volk* gestohlen. Der Heilige Gral ist die arische Ritterschaft und viel, viel älter. Ich werde alles erklären.« Werner machte eine ausladende Geste und warf das Glas um, dass man gerade für ihn gefüllt hatte. Ein roter Fleck breitete sich auf dem Tischtuch aus. In die Runde kam Bewegung, als wohlmeinende Gäste Salz, Weißwein und Wasser darauf kippten und eine entsetzliche Schweinerei veranstalteten. In einem Anflug von Verrücktheit hätte ich fast einen der Croutons beigesteuert, die zur Suppe serviert worden waren.

»Na, wie kommst du zurecht mit Werner?« Guy wandte sich mir unter strengster Wahrung der Etikette zu, als die Suppe entfernt und gegen ein Stück Fisch mit einem Bällchen Tomateneis ausgetauscht wurde. »Ist ein kleiner Philosoph, nicht wahr?« Er brachte seinen Kopf nah an meinen und flüsterte: »Sieg Heil!«

»Du weißt davon? Ich bin erstaunt!« Werner wurde jetzt von den galanten Versuchen seiner anderen Tischdame in Anspruch genommen, die Rotweinflecken aus seiner Hose zu reiben. »Dieser Mann ist ein Neonazi!«, fügte ich leise hinzu.

»Natürlich ist er das. Aua! Dieses Tomatenzeug ist die Hölle für meine Zahnfüllungen.«

»Findest du das nicht ein wenig schockierend?«

»Weißt du, du bist wirklich eine durch und durch köstliche Kombination aus Kultiviertheit und Naivität. Warum sollte ich schockiert sein?«

»Aber er ließ anklingen – jedenfalls empfand ich das so – dass dein Vater ein Sympathisant sei.«

»Das ist sehr zurückhaltend formuliert. Wenn mein Vater die Gelegenheit hätte, wäre England bis zum Frühstück von allen Juden, Zigeunern, Slawen, Kommunisten oder Geisteskranken geräumt. Früher war er auch noch ganz massiv gegen Krüppel, aber da hat er natürlich seine Meinung ändern müssen.«

»Du meinst also, er fand, dass Hitler Recht hatte?«

»Meine süße Flo, Hunderttausende von Menschen fanden, dass Hitler Recht hatte. Du glaubst doch nicht, dass sie wegen des verlorenen Kriegs ihre Ansichten geändert haben? Warum auch? Es war ein Sieg der militärischen Stärke, der nichts mit dem Triumph einer speziellen Ideologie zu tun hatte. Der Nazismus musste eine Zeit lang in den Untergrund, aber es wird immer welche geben, die an die Rassenlehre glauben. Dafür gibt es ein sehr vernünftiges Argument.«

»Du willst mir doch nicht etwa sagen, dass du ...« Ich brachte es kaum über mich, den Satz zu Ende zu sprechen.

»Sei kein Dummkopf. Natürlich bin ich kein Nazi. Wenn ich an etwas glaube, dann an mein persönliches Weiterkommen. Ich halte alle Fanatiker für zutiefst verletzte oder schwache Menschen, die sich mit der einen oder anderen Fantasie Mut machen müssen. Vermutlich wärst du nicht schockiert, wenn du neben dem Erzbischof von Canterbury säßest und er dir was von Himmel und Hölle und Laiben und Fischen und der Auferstehung erzählen würde? Das ist genauso fantastisch wie all das, woran die Nazis glauben.«

»Ja, aber das Christentum stachelt dich nicht dazu an, Ungläubige zusammenzutreiben und abzuschlachten.« Guy sah mich skeptisch an. »Na ja«, mir wurde klar, dass dies ein schwaches Argument war, »jedenfalls nicht mehr heutzutage.«

»Du hast Nordirland vergessen. Das Blutbad, das im Namen Christi angerichtet worden ist, kann keiner ermessen.«

»Ah, aber Christus hat den Leuten nicht gesagt, dass sie das tun sollen.«

»Ich glaube nicht, dass die vom deutschen Volk geplante Utopie Konzentrationslager und Gaskammern vorsah. Die Menschen vergessen ihre Ideale über dem Vergnügen und dem Vorteil, sich die Feinde vom Hals zu schaffen.«

»Aber dein Vater glaubt daran?«

»Und fast alle Leute, die du hier um diesen Tisch sitzen siehst. Du tust es nicht, und ich tue es nicht und Philipp tut es nicht – jedenfalls gehe ich davon aus, sofern er sich nicht völlig verändert hat. Ich glaube nicht, dass Lord Deering an irgendetwas anderes als an einen strahlenden frostfreien Morgen für die Jagd glaubt. Auch Lady Frisk können wir ausnehmen. Wenn sie an etwas glaubt, dann an die Erhabenheit der englischen Oberschicht. Was würde sie für einen Schock bekommen, wenn sie dahinter käme, dass sie mit den wichtigsten Mitgliedern der FVE diniert.«

»FVE?«

»Faschisten von England. Nett, nicht wahr? Ich habe es selbst als Scherz erfunden, aber Vater hat es ganz gut gefallen.«

»Ich verstehe nicht, wie du so unbekümmert damit umgehen kannst.«

»Sieh sie dir doch an. Die meisten von ihnen, Werner ausgenommen, wackeln aufs Grab zu. Sie sind alle so miesepetrig und voller Eigenheiten, dass sie sich nicht einmal auf die Farbe des Schreibpapiers ihres Bundes einigen können. Sind so gefährlich wie eine Horde junger Kätzchen. Mein Vater ist von der Baronesse zum Faschismus bekehrt worden, damit er auf andere Gedanken kam, nachdem meine Mutter ihn verlassen hatte. Es hätte auch Canasta sein können. Es gibt ihm die Illusion der Macht, mehr nicht.«

Ich sah Werner an, der seine Tomateneiskugel mit der Gabel über seinen Teller schob. Er war fast noch ein Junge. Vermutlich um die zwanzig. Unter uns Kunststudenten gab es auch viele ausgefallene Gespräche über Anarchismus, Nihilismus, Revolution und alles, was uns den Anschein gab, aufregender und erwachsener zu sein. Wahrscheinlich diente ihm der Faschismus zum selben Zweck. Ich sah in die Runde und musterte die anderen Gäste. Sie jedenfalls konnten nicht mit ihrer Jugend entschuldigt werden. Aber abgesehen von der Baronesse wirkten sie heiter und gutmütig. Mademoiselle du Viviers Locke lag auf dem Tischtuch.

»Du bist von der Realität abgeschirmt gewesen«, fuhr Guy fort. »Du hast dein ganzes Leben mit künstlerischen, modernen, liberalen Köpfen zugebracht. Das ist dein London. Jeder weiß, was er denken und tun soll. Mode und Modernität lautet die Währung. Und dass man nicht an Dinge glaubt. Ich wette, dass keiner deiner Freunde die Zensur, die Todesstrafe oder die Apartheid für richtig hält.« Ich musste zugeben, dass dem so war. »Selbst Marxist zu sein, wird heute mit einem Stirnrunzeln bedacht. Und die Religion ist hoffnungsloses *vieux jeu* – vom Katholizismus vielleicht mal abgesehen, aber auch nur für Stilisten, die sich am Ritual begeistern. Es gehört zum Glauben, keinen zu haben.«

»Willst du damit sagen, dass die Moral für die Leute, die nicht auf dem Land leben, weniger wichtig ist?«

»O nein. Du sagst, dass Leute, die nicht so denken wie du, auch nicht moralisch sind. Aber sie sind es, gemessen an ihren eigenen Einsichten. Und in den Städten gibt es jede Menge rechte Rassisten. Aber es gibt auch weniger Individualismus. Die Menschen in den Städten suchen sich Gleichgesinnte. Auf dem Land, wo die Bevölkerung dünn gesät ist, hat man es mit einer breiteren Mischung zu tun. Ich glaube nicht, dass es in der Gemeinde außer dir noch eine künstlerische und liberale Agnostikerin gibt.«

»Doch, da wäre Caro. Sie ist vielleicht nicht künstlerisch, aber ich bin mir sicher, dass sie weder eine Rassistin noch bigott ist. Aber sie ist immerhin überzeugte Christin, weshalb ich sie doch nicht mitzählen darf. Und da wäre noch Bar Watkins.« Hier schwindelte ich und hoffte, dass Guy ihre obskuren Praktiken nicht kannte.

Guy lachte. »Bar glaubt an fast alles, das hat schon manische Züge. Ich denke, Hexen sollten wir ausschließen.«

»Sie ist sehr interessant.« Weil ich anerkennen musste, dass ich den Kürzeren zog, wechselte ich das Thema. »Und ihr Teint ist einfach wunderbar. Ich würde sie gerne malen. Ich bewundere ihre Hemmungslosigkeit.«

»Ich auch!«, pflichtete er mir bei. Da fiel mir ein, dass Guy mit Bar ein Techtelmechtel gehabt hatte. Gab es überhaupt jemanden, der sich nicht von Guy hatte hinreißen lassen? Miss Glim stellte einen Teller Noisettes vor mir ab. Der Geruch des heißen Lammfetts vermischte sich mit der widerwärtigen Süße der Narzissen. Mir war ein wenig übel.

»Also gut, Miss Flo, jetzt sind wir wieder dran.« Werner beugte sich zu mir herüber. »Wie reizend! Was für ein herrliches Haus! Ein so schönes Land. Wollen Sie morgen mit mir einen Spaziergang machen? Wir könnten hinunter zum Fluss gehen und den Frühlingsanfang feiern, die Vögel paaren sich und die Blumen duften so süß.« Er schloss die Augen und atmete gierig ein.

Da tauchte zwischen uns Miss Glims Hand mit einem Kännchen Minzesauce auf. Werners Nase zuckte, er machte die Augen zu und zog sich zurück.

»Tut mir Leid, aber ich muss arbeiten. Alle Tagesstunden sind belegt.«

»Und was ist das für eine Arbeit, die Sie mir grausam wegnimmt?«
»Ich bin Müllergehilfin.«
»Was? Sie scherzen mit mir?«
»Nein. Ich arbeite in der Mühle unten am Fluss. Nähe die Säcke zusammen.«
»Großer Gott!« Werner packte meine Hand und sabberte darauf. Ich versuchte sie zurückzuziehen, aber sein Griff war sehr entschlossen. »Unvorstellbar, dass diese kleinen Finger etwas so Grobes verrichten!«
»Das doch hoffentlich nicht«, murmelte ich.
Philipp sah uns an. In seinen Mundwinkeln saß ein Anflug von Lächeln. Werner ließ seinen rechten Arm zum Nazigruß in die Höhe schnellen. Die Tischgespräche erstarben und mehrere Leute erhoben sich halb von ihren Stühlen und hoben zögernd ihren rechten Arm.
»Da!« Werners Zeigefinger stocherte in die Luft. »Der Mond ist aufgegangen!« Durch die nicht vollständig zugezogenen Vorhänge sah man es silbern leuchten. »Dies ist nicht, wie die Astronomen behaupten, der erste Mond. Nein, es ist der vierte! Die drei Monde davor sind zur Erde gestürzt. Zwischen dem dritten und dem vierten Mond wurde die Insel Atlantis, die Heimat der großen Kriegernation, zerstört!«
Meine Gedanken schweiften ab. Die Lammnüsschen wurden durch einen zitternden Hügel Crème caramel ersetzt.
»Was ist mit dir, mein Zuckerpüppchen?« Guy legte mir die Hand aufs Knie.
»Ich bin nicht hungrig.« Lamm und Gemüse hatte ich in kleine Stücke geschnitten und unter meinem Besteck sowie dem sehr praktischen Stängel Petersilie versteckt. »Und ziemlich müde. Der harte Arbeitstag, die Sorge um meine adoptierte Familie und dann noch, du weißt schon wer«, ich drehte meine Augen in Werners Richtung, »das hat mir jetzt beinahe den Rest gegeben.«
»Und ich habe vor, dir meine Gunst zu erweisen.«

27

Nach dem Abendessen versuchte ich den Abstand zwischen Lady Frisk und mir so groß wie möglich zu halten. Die Baronesse wählte einen offenbar sehr harten Stuhl in einer Zimmerecke. Ich sah, wie sie ihre Augen schloss und ihr Kopf nach vorne sank. Vermutlich hatte ich es ihr gleichgetan, denn als ich wieder zu mir kam, war mein Kaffee kalt und Madame du Vivier saß neben mir.

»Meine liebe Freundin. Da 'at Ihnen Werner wohl unser kleines Geheimnis anvertraut, n'est-ce pas? Wir sind übereingekommen, dass Sie sähr *sympathique* sind.«

»Da glaube ich, haben Sie einen falschen Eindruck von mir bekommen –«

»Nein, nein. Sie 'aben ganz Recht. Wir dürfen nicht zu deutlisch werden. Nicht jeder verstäht unsere großen Pläne.«

»Nein. Ich fürchte nur, dass seit dem Krieg –«

»Ach! Daz!« Madame scheuchte es weg wie ein lästiges Insekt. »Nur ein kleiner Unfall. Wir sprechen von Tausenden von Jahren in der Geschischte!«

»Miss Flo?« Werner stand in der Tür zum Salon. »Ambrose möchte mit Ihnen sprechen.«

Die Augen der Baronesse waren geöffnet. »Geh nach oben, Werner, und hole das Buch über den Französisch-Preußischen Krieg. Das wird Madame du Vivier bestimmt interessieren.«

»Aber ja doch, Mutti. Kommen Sie, Miss Flo.«

Ich folgte Werner in die Eingangshalle und blieb stehen, um mir noch einmal das Gemälde von Guys Mutter anzusehen. Es war nicht sehr gut – eine Sargent-Imitation, aber ohne dessen Charme und die Aussagekraft. Die verstorbene Mrs. Gilderoy wirkte höchst selbstbewusst, ihr harter Mund verdarb ihre Schönheit. Auf der gegenüberliegenden Wand hing das Porträt eines Mannes in Armeeuniform, einem dunklen Mantel und hellroter Hose. Die Haltung war locker: Er saß sehr bequem und hatte ein Bein über das andere geschlagen, wohl in Anlehnung an Tissots berühmtes Gemälde eines anderen militärischen Dandy, nämlich *Frederick Gustavus Burnaby*. Die Narbe, die sich von der Schläfe bis zum Kinn über seine Wange zog, verlieh der linken Gesichtshälfte ein interessant verwüstetes Aussehen, während seine rechte Seite lächelte und schneidig aussah. Seine Augen waren kühn und dunkel. Das Porträt trug den Titel *Henry le Maistre, Colonel des 11. Husarenregiments*.

»Ah, Miss Glim.« Werner blieb stehen, als sie durch die Diele kam. »Seien Sie doch so gut und holen Sie aus dem Zimmer der Baronesse ein Buch, das Sie neben ihrem Bett finden. Sie wartet im Salon darauf.« Miss Glim wirkte erhitzt, das Häubchen saß schief und sie trug ein mit Tellern beladenes Tablett. Sie warf ihm einen beredten Blick zu, stellte aber das Tablett ab und ging nach oben. Mir fiel auf, das sie ihre Schnürschuhe gegen Kordslipper mit Reißverschluss getauscht hatte.

»Miss Flo!« Werner drohte mir mit dem Finger und sah mich kokett an, was mir eine Warnung hätte sein sollen.

Eine Tür neben der Treppe gab den Blick auf eine weitere Treppe frei, die abwärts, vermutlich in den Keller führte. Sie war gut beleuchtet und sauber gefegt und obwohl ich mich für tiefe Gewölbe nicht recht begeistern konnte, hatte sie nichts Bedrohliches. Am Treppenfuß war eine Steinkammer in den Fels geschnitten. An den Wänden reihten sich Weinregale, die fast alle mit von Spinnweben überzogenen Flaschen gefüllt waren. Der nächste Raum sah genauso aus. So kühl und unbequem es hier war und so sauer es roch, war das hier nicht das Ambiente einer Verführung, doch als Werner erregt zu kichern anfing, wurde ich misstrauisch.

»Also passen Sie mal auf, Werner«, sprach ich ihn unwirsch an, »ich kann mir nicht vorstellen, dass Ambrose hier irgendwo ist. Er käme nämlich gar nicht die Treppe hinunter.«

Werner sah mich gequält an. »Meine liebe Miss Flo, wessen beschuldigen Sie mich eigentlich? Das hier wollte ich Ihnen zeigen.« Er öffnete eine dritte Tür, die wieder in einen Kellerraum führte, in dem diesmal keine Weinregale waren. Darin standen ein rechteckiger Tisch und zwölf mit rotem Samt gepolsterte Stühle. Die Wände waren mit grauenhaften Runen und Hieroglyphen und einem sehr großen, sehr schlechten Hitlerporträt ausgeschmückt. »Es ist die Hochburg unseres Glaubens.« Werner sprach mit gedämpfter Stimme. »Ein Tribut an den heiligen Raum der Wewelsburg. Sie kennen die Geschichte von König Artus und seinen Rittern von der Tafelrunde? Er war bereits König der alten teutonischen Geschlechter, lange bevor die Engländer ihn sich als den christlichen König der Ritterlichkeit aneigneten. Hier an diesem Tisch ist der Platz für den heiligen Gral. Wenn er gefunden wird, kommt es zur Wiedergeburt der alten Tugenden: Heldenmut und Adel und reines Blut und all das!«

Ich versuchte seine Gefühle nicht durch Gelächter zu verletzen. Ich wusste, dass es ihm in ein paar Jahren peinlich sein würde, sich daran zu erinnern. »Danke, dass Sie es mir gezeigt haben. Jetzt sollten wir aber lieber wieder hinauf zu den anderen gehen. Ihre Mutter hat mich bestimmt schon in Verdacht, Ihren Ruf ruinieren zu wollen.« Ein Schwall Wagner, die Ouvertüre zu *Tannhäuser*, schreckte mich auf. Werner hatte den Kassettenrekorder angestellt, der als Fremdkörper zwischen all den Insignien der Legenden auf dem Tisch stand. Er verschloss die Tür und steckte den Schlüssel in die Tasche. »Werner! Seien Sie kein Narr! Schließen Sie sofort die Tür auf!«

»Oh, Miss Flo, schimpfen Sie bitte nicht mit mir. Ich wünschte, ich könnte Ihnen verständlich machen, wie sehr es mich nach der Umarmung eines weichen, hübschen Mädchens verlangt!« Er wirkte mutlos. »Die Prinzessin ist natürlich überaus vornehm, aber es ist, als hielte man eine Steinsäule im Arm. Sie hat ein Kinn wie die Habsburger und kaut rohen Knoblauch zur Blutreinigung. Mein Pferd ist hübscher als sie. Ich muss gestehen, wenn ich an die Hochzeitsnacht denke, fürchte ich …« Werner hielt die Luft an, nahm seine Hände hoch und ließ sie dann zu beiden Seiten wieder fallen. »Miss Flo, gestatten Sie mir doch Ihre reizenden Lippen zu küssen und Ihren süßen, süßen Körper an mich zu drücken, so dass wir zusammen eine wundervolle Musik machen und uns in einer Symphonie der Liebe zum großen glänzenden Mond aufschwingen?«

»Nein.«

»Oho! Sei doch nicht so scheu, mein wunderschöner Liebling.«

Er näherte sich mir mit ausgestreckten Armen. Hinter mir hörte ich einen surrenden, summenden Laut. Einen Augenblick lang ergriff mich Panik. Das Geräusch kam von einer mit Glas verkleideten Tür, die sich von oben her nach und nach mit Licht füllte. Die Tür ging auf und Philipp trat heraus.

»Jetzt aber schnell, Werner«, Philipp musste den Kopf einziehen, um in die heilige Kammer zu kommen. »Auf allgemeines Bitten hin wirst du die Damen jetzt mit ein paar Liedern unterhalten. Madame du Vivier wird dich am Klavier begleiten. Beeil dich, Mann«, fügte er hinzu, als Werner ihn störrisch ansah, »dein Publikum wartet.«

Werner stieg in den Lift. Das Fahrwerk surrte, als er nach oben getragen wurde.

»Machen wir erst mal den Krach hier aus.« Philipp schaltete die Musik ab.

»Mögen Sie Wagner nicht?«

»Nein. Ich mag es nicht, wenn man Emotionen aufstachelt.«

»Es war sehr freundlich von Ihnen, dass Sie zu meiner Rettung erschienen sind. Wie dumm von mir, dass ich mich in diese Situation gebracht habe.«

»Ich glaube, Sie waren ziemlich sicher. Er ist nur ein romantischer Junge. Seine Mutter trägt das ihre dazu bei.«

»Normalerweise verteidige ich Mütter, denen man immer für alles die Schuld gibt, aber zugunsten der Baronesse habe ich nichts vorzutragen.«

Ein kurzes Lächeln überzog Philipps Gesicht. Er sah sich um. »Bevor ich wegging, war dies ein ausgezeichneter Weinkeller. Zum Glück habe ich heute Morgen diesen Lift entdeckt.«

»Hat sich das Haus sehr verändert?« Ich zögerte ein wenig, eine solch direkte Frage zu stellen.

»Eigentlich kaum.« Philipp zog die Stirn kraus und sah hinunter auf seine Schuhe. Um das sich anschließende Schweigen zu brechen, wollte ich schon vorschlagen, wieder zu den anderen zu gehen, als er plötzlich mit Blick auf seine Zehenspitzen sagte: »Ich hatte gehofft, einige Dinge hätten sich geändert –« Er brach mit einem Seufzer ab. »Ich habe zu viel erwartet. Die Menschen verändern sich nicht, wenn sie älter werden. Es verstärkt sich nur das … was schon immer da war. Mein Vater –« Er brach wieder ab.

Weil ich im Zuge meiner Arbeit schon so oft Vertraute gewesen war, wusste ich, dass der beste Weg, dem normalerweise Zurückhaltenden Mut zu machen, darin bestand, ihn ganz gezielt anzusprechen, ehe er Zeit zum Rückzug hatte. »Warum sind Sie nach Hause gekommen?«

»Ich hatte Heimweh.« Er lachte. »Lächerlich, nicht wahr? Ich hatte zwölf Jahre lang Heimweh. Kein Tag ist vergangen, ohne dass ich an das Haus, die Hügel und den Fluss gedacht habe. An deren Schönheit. Ich habe fast alle Wunder dieser Erde gesehen, aber keines entsprach dem, was mir hiervon in Erinnerung geblieben war. Vermutlich habe ich nirgendwo sonst Gefühle investiert. Was ich sagen will ist, das Beste von mir war hier: Hoffnung, Leidenschaft, Glaube – Freude, wenn Sie so wollen.« Er sah mich mit einem Achselzucken an. »Wie dumm sich das anhört.«

»Nicht dumm. Traurig.«

»Traurig?« Er sah mich erschrocken an und wandte sich dann rasch von mir ab.

»Dann hatten Sie also nicht vor, zurückzukommen?«, fuhr ich tapfer fort, weil ich meine Chance nicht verpassen wollte, nachdem ich – metaphorisch gesprochen – den Fuß schon einmal in der Tür hatte.

»Als ich England verließ, sagte ich mir, es muss für immer sein. Das war der Preis, den ich für den von mir verursachten Schmerz zu zahlen hatte.«

»Wären Sie sonst früher nach Hause gekommen?«

Er sah mich überrascht an. »Ja, ich denke schon.«

»Und was hat Sie schließlich doch dazu bewogen?«

»Ich weiß es wirklich nicht. Vor sechs Monaten habe ich Mahagonibäume gepflanzt. Ordentliche Reihen gesunder Schösslinge unter gleißender Sonne und einem Himmel so blau wie Lapislazuli. Ein Vogel flog vorbei, ein roter Ibis, leuchtend und exotisch, und ich dachte, was gäbe ich nur dafür, einen kleinen braunen Spatzen zu sehen. Mir fielen diese Zeilen von Shelley wieder ein – *Und nah dem Bachesrande quollen vor/Schwertlilien, purpurrot mit weißen Flecken;/Sternblumen wiegten träumend sich im Rohr,/Seerosen sah ich breit ihr Blatt erstrecken* – na ja, Sie kennen es sicher. Ich dachte an feuchte Wälder voller Eichen, Eschen und Birken, die sich über einem Teppich aus wildem Knoblauch und Wald-Bingelkraut erhoben. Und dazu ein englischer Himmel voller Wolken, dunkel, doch in der nächsten Minute wieder leuchtend. Das Weiche, Feine, die Vielfalt. Ich dachte an den Fluss – *meinen* Fluss. Ich wollte Schlüsselblumen, Apfelblüten und Weidenkätzchen sehen. Ich wollte Saatkrähen und brütende Stare sehen, die Moorhühner belauschen, die im Schilf einander zuriefen, den Eisvogel beobachten, wie er über das Wasser jagte. Die Sehnsucht nach zu Hause wurde zwingend. Es dauerte lange, bis ich mein Haus verkauft und alles ins Reine gebracht und mich verabschiedet hatte. Die Reise auf dem Eisbrecher war ein Versuch, mich davon zu überzeugen, Herr meines Schicksals zu sein und keine Eile zu haben. Aber die ganze Zeit über wich die Sehnsucht …« Er hielt inne. »Wissen Sie, bei Ihnen würden selbst noch die Lakonier geschwätzig werden.« Wenn er scherzte, war die Ähnlichkeit mit Guy verblüffend. »Die Lakonier? Hat das was mit ›lakonisch‹ zu tun?«

»Sie waren berühmt für ihre prägnanten Reden. Philipp von Mazedonien schickte ihnen eine Botschaft – *Wenn ich Lakonia betrete, werde ich es dem Erdboden gleichmachen*. Sie schickten eine Antwort. *Wenn*.« Philipp war sein Ablenkungsmanöver gelungen. »Sehen Sie, ich nehme Ihre Zeit viel zu sehr in Anspruch. Lassen Sie uns gehen.« Seine Stimme war wie die von Guy, nur tiefer, bedächtiger.

»Aber es interessiert mich wirklich.«

»Ich habe zu viel über mich geredet. Ihnen muss kalt und langweilig sein. Sollen wir den Lift nehmen?«

»Das müssen wir. Werner hat den Schlüssel in seiner Tasche.«

Weil es im Lift eng war, mussten wir eng aneinander gepresst stehen, Brust an Brust. Ich musste den Kopf heben, damit sich die Hemdbrustperle nicht in meine Nasenspitze grub. Philipp blickte starr über meinen Kopf hinweg.

Ich hatte das Gefühl, mit Konversation die Situation überbrücken zu müssen. »Werden Sie lange bleiben?«

»Ich hoffe für immer. Werden Sie denn lange bleiben?«

»Das weiß ich ehrlich gesagt nicht. Beabsichtigt waren ursprünglich ein paar Tage. Ich trete ziemlich auf der Stelle und versuche mir Klarheit zu verschaffen.«

»Sie wirken gar nicht durcheinander.«

»Schön.« Wir schwiegen. Philipp blickte zu mir hinab. Ich wusste, dass es angebracht wäre, ihm im Gegenzug auch etwas von mir zu enthüllen. »Ich habe mein Vertrauen in die Fähigkeit verloren, Entscheidungen zu treffen.«

»Oh?«

»Ich war stolz darauf, so entschlossen und gefasst zu sein und eine gute Menschenkenntnis zu haben. Ich habe einen Fehler gemacht – mit den Einzelheiten möchte ich Sie nicht langweilen – und das war ein Schlag für mein Selbstvertrauen.«

»Ich denke, dies könnte ein ganz notwendiger Prozess in der Evolution des menschlichen Geistes sein. G. K. Chesterton sagte, die einzigen Menschen, die wirklich an sich glauben, sitzen in den Irrenanstalten. Diesen Gedanken habe ich oft als tröstlich empfunden.«

»Ich hoffe nur, dass ich mich nicht wahnsinnig habe gehen lassen.«

»Jetzt haben wir uns aber beide dafür entschuldigt, dass wir über uns selbst geredet haben. Scheinbar sind wir doch recht bescheiden.«

Als wir langsam nach oben gekurbelt wurden, fiel mir auf, dass Philipp einen Teil seines Kinns beim Rasieren vergessen hatte. Ein Dreieck schwarzer Borsten zeigte sich über seinem Kragen. Er musste meinen Blick gespürt haben, denn er hob seine Hand und befühlte die Stelle.

»Ich bin in solchen Dingen nicht mehr sehr geschickt. Die letzten paar Jahre habe ich in Venezuela verbracht und dort geholfen, eine Landwirtschaftskooperative aufzubauen. Da waren keine Schlipse gefragt.«

»Haben Sie das gern gemacht?«

»Gute Leute. Wunderbares Land. Aber hart.«

»Und was werden Sie jetzt hier zu Hause machen?«

»Guy und ich hatten schon mehrere Gespräche darüber, dass ich die Verwaltung des Guts übernehme. Es war seine Idee. Was mich im Zusammenhang mit meiner Rückkehr am meisten beunruhigt hat, war die Sorge, Guy könnte es mir übel nehmen, wenn ich seine Stelle übernehme, und ich war entschlossen, es nicht zu tun. Ich glaube fast, mein jüngerer Bruder hat sich in eine Art Heiligen verwandelt.« Das sah ich anders, weil ich wusste, wie sehr Guy alles verabscheute, was mit Landwirtschaft und Arbeit verbunden war. »Natürlich werde ich mich darum kümmern, dass er keine finanzielle Not leidet.«

Guy wird sein Glück kaum fassen können, überlegte ich. Ich wechselte das Thema. »Chloë gehört Ihnen, nicht wahr?«

»Es hat mir unendlich Leid getan, sie zurückzulassen. Guy hat versprochen, sich um sie zu kümmern. Ich hatte nicht damit gerechnet, dass sie noch lebt. Und ich bin erstaunt, dass sie sich an mich erinnert hat. Sie scheint Sie sehr zu mögen.« Seit Philipps Rückkehr vor fünf Tagen hatte Chloë ihre Zeit ziemlich gleichmäßig zwischen uns beiden aufgeteilt, war zu verschiedenen Zeiten bei mir im Haus aufgetaucht und ein paar Stunden geblieben, ehe sie wieder zum Herrensitz zurückkehrte. »Ich glaube, dass sie zwischen uns schmerzlich hin und her gerissen ist.« Zum ersten Mal fand ich es seltsam, dass Chloë keinerlei Zuneigung für Guy empfand. »Für einen alten Hund ist das ganz schön viel Lauferei«, fuhr Philipp fort. »Vielleicht sollten wir sie dazu überreden, bei Ihnen zu bleiben. Sie könnte Sie beschützen. Bekommen Sie die Tür auf?« Wir waren oben angekommen. Ich bekam sie nicht auf und so mussten wir unsere Positionen verändern und dabei darauf achten, uns nicht zu berühren. »Es gibt einen Trick bei diesem Mechanismus. Da!«

Noch ehe ich ausgestiegen war, war Philipp gegangen.

28

Warum hast du Philipp nicht erzählt, dass du die Landwirtschaft nicht ausstehen kannst? Er hält dich jetzt für großzügig und edelmütig.«

Es war Samstagmorgen. Ich saß auf der Fensterbank, um möglichst viel Sonnenlicht abzubekommen, und flickte die Vorhänge. Die Stickerei aus Eicheln und Eichenblättern war sehr fein und der Seidensamt sehr empfindlich. Ich musste darauf achten, dass ich bei meiner Arbeit keine kahlen Stellen in den Flor rieb. Guy saß am Tisch und aß Toast mit Bars Holunderbeerengelee.

»Er hat dadurch eine bessere Meinung von mir und ich fühle mich ebenfalls besser. Wo ist also das Problem?«

»Es ist nicht die Wahrheit. Es ist nicht nett von dir, ihn zu täuschen.«

»Ach herrjeh! Nicht schon wieder dein kratzbürstiges Gewissen. Du wirst bestimmt noch mal als alte Jungfer enden. Kein Mann wird je deinen haarspalterischen Moralansprüchen genügen können. Sei doch einfach menschlich, Flo. Wir lügen und betrügen alle, solange wir leben. Du selbst warst Dusty gegenüber die Freundlichkeit in Person, obwohl du den alten Schurken doch unmöglich mögen kannst. Bloß weil du möchtest, dass er dir dein Dach flickt, bietest du ihm Tee an und gehst ihm um den Bart, wie es jede beliebige Hausfrau aus der Mittelschicht mit ihren Günstlingen macht. Eigentlich ist er dir doch piepegal, solange er nur seinen Job macht.«

Über unseren Köpfen hörte man Klopfgeräusche und ein Haufen Putz ergoss sich über meine Näharbeit. Ich überlegte, wie ich Dusty dazu bringen konnte, etwas weniger kraftvoll anzupacken, ohne ihn vor den Kopf zu stoßen. Natürlich hatte Guy Recht. In zwischenmenschlichen Beziehungen ist ein gewisses Maß an Heuchelei unvermeidbar.

»Aber es ist dein eigener Bruder. Jemand, den du liebst. Ist es nicht irgendwie Betrug, jemanden so zu täuschen?«

»Ich weiß nicht, wovon du sprichst. Außerdem sind Philipp und mein Vater ohnehin schon in ihrer eigenen vernichtenden Version des Wahrheitsspieles verstrickt. Heute Morgen beim Frühstück hat er Philipp gefragt, ob sein Versuch, das Gut vor den finanziellen Schwierigkeiten zu retten, von der Hoffnung getragen wird, sich wieder einzuschmeicheln.«

»Was wollte er damit sagen?«

»Ach, seit wir übereingekommen sind, dass Philipp die Verwaltung übernimmt, hat er sehr hart gearbeitet. Er sitzt jede Nacht über den Abrechnungen. Und da fragt mein Vater ihn, ob er glaube, die Familie könne es sich leisten, mittellose Trabanten mit durchzufüttern, die anderswo ihr Glück versucht haben und gescheitert sind. Er ist sich noch unschlüssig, ob er Philipp aus seinem Testament streicht, um ihn zu ärgern, oder ihn drin lässt, um mich zu ärgern.«

»Sieht er das tatsächlich so? Ich habe gedacht, dein Vater ist überglücklich, dass Philipp wieder daheim ist.«

»Nur weil du meinen Vater nicht kennst.«

Da musste ich ihm beipflichten. »Und was hat Philipp gesagt?«

»Dass es ihm allein darum gehe, das Gut zu verwalten und alle Schlüsse, die mein Vater daraus ziehen mochte, sein Problem seien. Außerdem sei es ihm egal, welche Schlüsse das sind. Philipp hat sich überhaupt nicht verändert. Ist zu stolz, eine besonnene Antwort zu geben. Das dürfte dir gefallen.«

»Ich wünschte, du würdest aufhören, aus mir einen Tugendbold machen zu wollen.« Ich warf Guy einen wütenden Blick zu, der sich auf seine vierte Scheibe Toastbrot durchsichtiges granatfarbenes Gelee häufte. »Und iss nicht die ganze Marmelade auf. Sie ist für die Kinder zum Tee.«

»Dieser Wills wird dank der Freundlichkeit Ihrer Majestät noch früh genug Marmelade essen. Deacon hat ihn erwischt, als er die Batterie aus dem Traktor klauen wollte. Er ist der geborene Dieb.«

»Hast du die Polizei eingeschaltet?«

»Nein. Ich habe mich für deinen *protégé* ins Zeug gelegt und Deacon hat ihm nur eine gute Tracht Prügel verpasst. Aber beim nächsten Mal gibt's Handschellen.«

»Mir tut Wills so leid. Er findet nirgendwo Halt. Es gibt keinen, dem er wirklich etwas bedeutet. Ich hab's mit ihm versucht, aber er verachtet Frauen.«

»Und mir tun gleich die Wermutstropfen leid. Jetzt leg endlich diesen verdammten Vorhang weg und lass uns miteinander ins Bett gehen.«

»Aber es ist fast Mittag.«

»Dann bring ein paar belegte Brote mit hoch.«

»Das meine ich nicht. Ich finde es einfach keine passende Zeit, um miteinander zu schlafen.«

»Wieso denn nicht?«

»Nun, zum einen kommt Caro zum Mittagessen. Und ich habe noch jede Menge zu tun.«

»Dann lass uns schnell machen.«

»Ich kann nicht in derselben Gemütsverfassung mit jemandem schlafen, wie ich einen Termin beim Zahnarzt vereinbare. Außerdem könnte Dusty jeden Moment durchs Fenster hereinschauen.«

»Und wenn schon?«

»Zählt für dich denn gar nichts anderes außer Sex?«

Guy stützte sein Kinn auf und dachte nach. Wenn er ernst war, sah er wirklich gut aus. Sein ruhendes Gesicht hatte etwas Vergeistigtes. »Ich habe auch Spaß an einem guten Kricketspiel«, meinte er schließlich.

Ich musste lächeln, schüttelte aber den Kopf. »Es hat keinen Sinn, Guy. Ich mag dich – eigentlich sogar viel mehr, als gut für mich ist. Aber wir wollen doch ganz unterschiedliche Dinge.«

»Vermutlich denkst du an Kinder«, sagte Guy düster. »Ich werde nie verstehen, was die Frauen an ihnen finden. Sie stinken, fordern ständig etwas und sind langweilig.«

»Nein, das meine ich nicht. Jedenfalls noch nicht. Ich möchte jemandem vertrauen können. Ich möchte mir sicher sein, nicht auf der

Hut sein zu müssen, wenn ich mit jemandem zusammen bin, sicher sein, die Wahrheit zu hören. Und wissen, dass der andere unfähig wäre, etwas zu tun, was für mein Dafürhalten grausam oder gemein oder unehrlich ist.«

Guy sah mich mitleidig an. »Wirklich schade. Ein so reizendes Mädchen. Hat aber einen leichten Stich.«

Ich hielt einen kornblumenblauen Seidenfaden gegen das Licht, um ihn einzufädeln. Aus dem Stechpalmenbusch vor dem Fenster starrte mich ein Augenpaar an.

»Mein Gott! Wegen deinem Geschrei habe ich jetzt meinen Toast auf die Hose fallen lassen!« Guy war eingeschnappt.

»Verdammt! Und ich habe mich mit der Schere geschnitten!« Aus der Wunde zwischen Daumen und Zeigefinger quoll Blut und rann mir über die Handfläche.

»Schnell! Hol ein Tuch.«

»Es ist keine tiefe Wunde. Mein Taschentuch tut's auch.«

»Ich meinte auch meine Hose.«

Als ich meine Hand verbunden hatte, ging ich hinaus in den Garten und ließ Guy allein mit seinen Erwartungen. Wie vermutet, traf ich innerhalb des kleinen, von Hecken umgebenen Platzes auf einen Mann, der über einem Teller mit Essen kauerte, der auf dem Steintisch stand. Sein braunes Haar fiel ihm in Locken auf die Schultern. Er hatte mir den Rücken zugekehrt, sein Rückgrat war wie ein knotiger Stock, die Schulterblätter traten scharf hervor, die Rippen waren gut zu sehen unter der gespannten braunen Haut, die von blassen Striemen und Narben überzogen war. Seine Kniegelenke waren dicker als seine Schenkel.

»Lemmy«, sprach ich ihn sanft an. Geschmeidig wie eine Katze sprang er auf den Tisch und drehte mir sein Gesicht zu, das Messer noch in der Hand, mit dem er sein Essen geschnitten hatte. Bis auf ein Kleidungsstück, das einmal eine Jeans gewesen sein mochte, jetzt aber nur noch eine Shorts war, war er nackt. »Ist gut«, ich trat einen Schritt zurück, um ihm Sicherheit zu geben, und lächelte ihn an. »Freund.«

Etwa eine halbe Minute lang sahen wir uns an. Lemmy hatte ein bemerkenswertes Gesicht. Der untere Teil war von verfilzten dunklen Haaren bedeckt, aber die Stirn war ungewöhnlich breit und wurde von stark gebogenen Brauen betont. In Verbindung mit seiner kleinen

Gestalt und den spitzen Ohren, die sich durch seine Haare schoben, verlieh ihm dies ein koboldartiges Aussehen, wie ein Faun oder eine Dryade. Seine fast schwarz wirkenden Augen huschten über mein Gesicht und meinen Körper auf und ab, als wollten sie sich jeden Zentimeter einprägen.

»Ich weiß, dass Sie in den Garten kommen«, sagte ich. »Ich habe mich schon darauf gefreut, Sie kennen zu lernen.« Er starrte weiter, sah mir aber nicht in die Augen. Wegen des Messers traute ich mich nicht weiter. Ich wünschte, Caro hätte mir gesagt, wie viel er von dem verstand, was man ihm sagte. »Ich bin eine Freundin«, sagte ich wieder. »Ein hübscher Garten. Lemmy ist sicher.« Ich traf nicht den richtigen Ton. Er war auf der Hut. Ich versuchte es noch mal. »Hübsche Blumen.« Ich deutete auf einen Tuff Ehrenpreis im Gras.

Seine Züge belebten sich, er sprang vom Tisch und landete neben dem blauen Tuff. »Allgemeine Bezeichnung, Ehrenpreis«, rezitierte er mit hoher tonloser Stimme. »Lateinischer Name *Veronica chamaedrys*, Familie *Scrophulariaceae*. Eine einheimische mehrjährige Pflanze. Sehr verbreitet auf den britischen Inseln. Wird bis zu fünfundzwanzig Zentimeter hoch. Blüht von März bis Juli. Ehrenpreistinktur ist gut bei Gicht, Rheumatismus, Ekzemen und zur Blutreinigung.«

Lemmy näherte sich mir verstohlen, das Messer in der Hand. Ich blieb vor Schreck wie angewurzelt stehen. Als er sich mir auf zwei Schritte genähert hatte, blieb er stehen und ließ seine Augen wieder über meinen ganzen Körper wandern, bis sie zu meinen Haaren zurückkehrten. »Ah!« Es war fast ein Seufzer. »Ringelblume, Mandarine, Orangenmarmelade. Orange, Aprikose, Pfirsich. Karotte, Kürbis, Kastanie. Koralle, Topas, Karneol. Wunderschönes Haar. Lemmy möchte es anfassen.«

Er hob seine freie Hand und streichelte es sanft. Dann nahm er eine Hand voll und schlang es um seine Finger, untersuchte es genau. Ich war äußerst nervös. Er legte seinen Mund darauf, um an einer Strähne zu saugen.

»Lemmy!« Caro hatte sich durch das Loch in der Hecke gezwängt. »Hör auf damit. Die Leute wollen nicht, dass man ihre Haare kaut.«

Sofort ließ Lemmy seine Hand fallen und trat einen Schritt zurück. »Hat Lemmy nicht gewusst.«

»Leg das Messer weg. Du machst Flo Angst.«

»Entschuldigung, Entschuldigung, Entschuldigung. Lemmy will dir nicht wehtun.« Er warf sein Messer weg. Seine Augen fielen auf das um meine Finger gewickelte Taschentuch, durch das Blut gesickert war. »Lemmy wird es heilen.«

Er lief mit komischen Schritten, auf Zehenspitzen und mit gebeugten Knien, die Arme nach hinten weggestreckt, den Platz ab. Plötzlich riss er mit einem Triumphschrei etwas aus der Hecke, »Da ist es!« Er rannte zu mir zurück und brachte ein Spinnennetz mit, das er zu einem grauen Ball zusammengeknüllt hatte. »Nimm das Tuch weg.« Behutsam legte er mit der Fingerspitze das Spinnennetz über die Wunde und achtete darauf, nicht das Fleisch zu berühren. »Und jetzt Wegerichblätter.«

In der Wiese standen ein paar Rosetten. Lemmy nahm ein paar Blätter in den Mund, kaute sie und spuckte sie dann als dunkelgrünen Ball aus. Es stellte mich ernsthaft auf die Probe, als er sie vorsichtig auf das Spinnennetz legte. Das Taschentuch fixierte den Wickel.

»Du wirst sehen, es wirkt«, beruhigte mich Caro. »Lemmy könnte Edward noch einiges beibringen. Pass auf, Lemmy! Weißt du noch, was ich dir über das aufrechte Stehen gesagt habe. Wenn du so kauerst und schleichst, siehst du aus wie ein prähistorisches Wesen. Kopf hoch, Schultern zurück.« Lemmy tat wie ihm geheißen und sah gleich menschlicher aus. »Wo ist das neue Hemd, das Bar dir gegeben hat?«

Lemmy sah sich unbestimmt um. »Zu Hause gelassen.«

»Das ist nicht gut, oder? Flo wird denken, du bist nicht recht bei Trost. Was überhaupt nicht der Fall ist. Du weißt, dass es wichtig ist, wie die anderen Menschen auszusehen. Was hattest du zum Mittagessen?« Sie ging und untersuchte den Teller. »Sieht nach Rote-Bete-Omelette aus. Bar hat immer so originelle Ideen. Ich frage mich nur, ob diese Blätter da hinein gehören oder zufällig hinein gefallen sind.«

»Knoblauchrauke. *Alliaria petiolata*. Familie *Cruciferae*, die Familie der Kohlgewächse. Eine einheimische, zweijährige Pflanze. Gut bei Abszessen, Nagelbettentzündungen und Eiter im Allgemeinen.«

»Danke, das reicht. Ich möchte mir mein Essen noch schmecken lassen. Heute Nachmittag stelle ich dir ein paar Stücke Kuchen an den Teich, aber vergiss ihn nicht, sonst fressen ihn die Vögel.«

»Danke für die Versorgung meiner Hand.« Ich lächelte ihn an, aber

Lemmys Augen stierten schon wieder auf meine Haare. Langsam schob er das Messer in den Mund und fing an daran zu saugen.

»Woher kommt Lemmy denn? Ist er hier im Dorf geboren?«, erkundigte ich mich, als ich die Schmutzkrümel aus dem Lauch holte, den ich fürs Mittagessen herrichtete. Ich hatte für den Lauchkuchen ein viertel Pfund Schinken gekauft, was unter den gegebenen Umständen der äußerste Luxus war. Caro saß am Küchentisch. Guy war gegangen, ohne eine Nachricht zu hinterlassen. Ich weigerte mich, darüber enttäuscht zu sein. Es sind nicht die Männer, die einen elend machen, erinnerte ich mich, sondern die eigenen unrealistischen Erwartungen, die man an sie hat.

»Er ist als Baby vom Lehrer und seiner Frau adoptiert worden, damals, als es in Pudwell noch eine Dorfschule gab. Lemmy ist erstaunlich gebildet, wenn man darunter gespeicherte Informationen versteht. Er hat ein fotografisches Gedächtnis. Wenn ihn etwas interessiert, kann er ganze Bücher auswendig aufsagen. Ich glaube, sie haben ihn schon von sehr klein auf gedrillt. Es waren keine Idealeltern – zu alt und festgefahren. Sehr streng. Aber es wäre nicht recht, ihnen die Schuld zu geben. Von Anfang an stimmte was nicht mit ihm. Ich sehe ihn noch als Kind vor mir, er war immer allein und wurde von den anderen Kindern verspottet. War vielleicht zu klug. Als er vierzehn war, brannte das Schulgebäude herunter. Lemmys Eltern starben im Feuer. Lemmy wurde gerettet, weigerte sich danach aber, sich jemals wieder in einem Haus aufzuhalten. Er floh aus jeder Einrichtung, in die sie ihn zu stecken versuchten. Als er dann achtzehn war, gaben es die zuständigen Behörden auf und er ist verwildert, wie ein Garten, könnte man sagen. Der arme Lemmy! Er scheint nicht unglücklich zu sein, aber seine Geistesgaben werden vergeudet. Und seine Gutmütigkeit. Wenn du ihn besser kennst, wirst du sehen, wie sanft und freundlich er ist. Was ist das denn?«

Caro hob ein Stück Papier vom Boden auf.

»Wahrscheinlich mein Einkaufszettel.«

»*Halte ein Mittagessen mit Hauptsturmführer Yardley nicht durch – bin nicht in der Stimmung, mich über meine Pflichten und Verpflichtungen belehren zu lassen …* Es ist eine Nachricht von Guy. Das steht noch mehr drauf. Lies es lieber selbst.« Sie legte sie auf den Tisch. »Tja! Der Lauscher an der Wand hört seine eigene Schand. Das scheint auch auf Leute zuzutreffen, die Briefe lesen, die gar nicht für sie bestimmt sind.« Caro lachte, aber ihre zusammengepressten Lippen und die glänzenden Augen sagten mir, dass sie verletzt war.

»Ach komm, kümmere dich doch nicht um Guy.«

»Vermutlich bin ich einfach zu parteiisch, um hierzu meine Meinung zu äußern. Ich will eigentlich nur helfen, aber ich muss mir immer wieder klar machen, dass andere Leute meinen Rat gar nicht hören wollen.«

»Caro! Du wirst dich doch nicht allen Ernstes über etwas aufregen, was dieser Verführer von sich gibt? Er ist sauer, weil er wollte – na ja, ich brauche es nicht auszusprechen. Ich halte dich für ganz und gar nicht rechthaberisch. Nur für sehr, sehr freundlich und höchst vernünftig. Du wärst die Erste, an die ich mich wenden würde, wenn ich Hilfe bräuchte.«

»Danke. Dieser Kuchen wird bestimmt köstlich. Was tust du sonst noch rein?«

»Eier und Sahne und ein Lorbeerblatt. Den Teig habe ich schon heute Morgen gemacht. Das Rezept habe ich aus diesem schönen alten Kochbuch. Es ist 1865 gedruckt worden. Ist doch romantisch, sich all die Frauen vorzustellen, die sich davon haben inspirieren lassen? Vielleicht hat Violas Patin auch diesen Kuchen gemacht.«

Caro blätterte darin, aber ihre Gedanken waren offensichtlich woanders. »Was mich daran so verletzt ist, dass ich so dumm war zu glauben, zwischen uns sei so etwas wie Zuneigung – wegen unserer Vergangenheit. Ich weiß, dass ich mit Guy hart ins Gericht gehe, aber wenn ich ehrlich bin, freue ich mich immer, wenn ich ihn sehe. Man möchte doch im Leben wenigstens ein *kleines* bisschen was fürs Herz haben. Ich weiß, dass ich nicht der Typ Frau bin, in den die Männer sich verlieben. Ich bin zu prosaisch. Und offenbar auch zu dominant. Du bist schön und rätselhaft und verletzbar. Guy muss mich ja hassen, wenn ich ihm die Gelegenheit vermassele, mit dir zusammen zu sein.«

»Das ist nicht wahr. Männer verlieben sich in dich. Was ist mit Edward? Er liebt dich wirklich und zwar von ganzem Herzen, was viel wert ist. Ich glaube nicht, dass Guy wirkliche Zuneigung empfindet, und zwar egal, welchen Geschlechts man ist.« Ich musste kurz daran denken, wie bereitwillig er seinen Bruder getäuscht hatte. Aber vielleicht waren die Männer alle so. Mein Problem war, dass ich so wenig nützliche Erfahrung hatte. Onkel Sid war der einzige mir bekannte Mann, der für Menschen und Tiere zärtliche Gefühle hegte und auch keine Angst hatte, sie zu zeigen. Zweifellos machte ihn das zum Exzentriker. »Manchmal bin ich davon überzeugt, dass Guy durch und durch selbstsüchtig ist. Dann fällt mir ein, dass er Georges Förderunterricht bezahlt, und ich muss mein Bild korrigieren. Nicht jeder Bruder würde die Verantwortung für ein Kind der Liebe übernehmen.«

»Ich kann es immer noch kaum glauben, dass Philipp der Vater dieses Kindes sein soll und es dann im Stich gelassen hat. Das passt nicht zu seinem Charakter.«

»Aber trotzdem ist es nett von Guy, dass er den Unterricht bezahlt.«

»Du hast ihn wahrscheinlich auf Ambroses Fest gesehen?«

»Guy?«

»Philipp.«

Am Dienstagmorgen hatte Mrs. Creech die beispiellose Mühe auf sich genommen und Caros wöchentliche Gemüsebestellung selbst ausgeliefert, um als Erste die Bombe von Philipps Rückkehr aus dem Grab platzen zu lassen. An jenem Nachmittag hatte Caro mit Frankie und Titch schon auf meiner Türschwelle gewartet, als ich von der Mühle zurückkehrte, und wir hatten die aufregenden Neuigkeiten beim Tee und bis spät in den Abend beredet. Caros Gesicht war gerötet gewesen, als sie mit ruhiger Stimme sagte, wie froh sie sei und wie sehr sie sich freue, ihn wiederzusehen, da er so ein guter alter Freund sei. Ich hatte meine eigenen Schlüsse gezogen, um wen es sich bei Caros unerwiderter Jugendliebe gehandelt hatte. Im Unterschied zu den anderen Bewohnern von Pudwell zeigte Caro keinerlei Anzeichen von Ungeduld, als sich Philipp nach einer Woche noch immer nicht im Dorf hatte blicken lassen. Doch war mir aufgefallen, dass sie jetzt angefangen hatte, Wimperntusche aufzutragen.

»Ja, ich habe ihn gesehen.«

»Und wie sieht er jetzt aus?«

»Also, ich weiß natürlich nicht, wie er früher aussah. Ich hatte den Eindruck, dass er seine Gefühle gut im Griff hat.«

»Er hat nie viel preisgegeben. Jedenfalls nicht freiwillig.« Sie zupfte einen Wollfaden aus einem ausgefransten Ärmel. »Wenn wir anderen über unser Es und unser Ego gequatscht haben, hielt Philipp sich immer zurück. Versuchte man ihn dazu zu bringen, seine Gefühle mitzuteilen, riss er nur Witze darüber. Aber wenn man in ihm zu lesen verstand, gab es keinen transparenteren Mann auf Erden als ihn.« Caro lächelte in sich hinein und ihr Geheimnis offenbarte sich in ihrem sanften Blick. »Ich glaube, er ist wirklich – Wer ist das denn?«

Sie schwang sich in ihrem Stuhl herum, weil an der Hintertüre geklopft wurde.

»Das wird Dusty sein, der Tee haben möchte«, sagte ich. »Lass ihn bitte rein, ich setze derweil den Kessel auf.«

Caro öffnete die Tür.

Ich hörte Guys Stimme: »Caro! Was für eine Überraschung!« Ich bückte mich, um Chloë gebührend zu begrüßen, die mit ins Haus gekommen war und sich freute, mich zu sehen. Ich versuchte mir was einfallen zu lassen, wie ich ihn darauf aufmerksam machen konnte, dass Caro eine Wiedergutmachung verdient hatte. »Ich war gerade bei dir zu Hause, aber du warst nicht da. Natürlich nicht, da du ja hier bist.« Da merkte ich, dass es gar nicht Guy war. Die Stimme war tiefer, klingender. Ein verlegenes Lachen war zu hören. Ich richtete mich auf und drehte mich um.

Caro stand mit flammend rotem Gesicht in der offenen Tür. »Hallo«, sagte sie schließlich, wobei ihrer Stimme der übliche forsche Ton fehlte. »Komm rein.«

Der Raum wirkte dunkler, als Philipp drinnen war und sein Kopf beinahe die Sparren streifte. Unbeholfen legte er seinen Arm um Caros Schultern und gab ihr einen Kuss auf die Wange. »Du siehst sehr gut aus«, sagte er. »Wunderbar!«

»Danke.«

»Hallo«, sagte ich. »Passen Sie auf die Balken auf. Schöner Tag, nicht wahr?« fügte ich töricht hinzu, um Caro Zeit zu geben, sich zu fangen.

»Na ja.« Philipp bückte sich, um durch das Fenster zu gucken. »Eigentlich fängt es gerade zu regnen an.«

»Oh.« Meine Schlagfertigkeit verließ mich.

»Wie geht es dir? Ist eine lange Zeit gewesen.«

»Das war es wohl! Viel zu lang!« Philipps Herzlichkeit wirkte ziemlich fehl am Platz, wie ich fand. »Du meine Güte, du hast was mit deinen Haaren gemacht, oder?«

»Ja, ich habe sie ein paar Mal geschnitten, seit du weggegangen bist.«

»Und du kommst mir viel größer vor. Du bist gewachsen!«

»Nur äußerlich.« Caro gewann ihre Haltung wieder, indem sie bissig wurde, während Philipp sich mit dem Wiedersehen sichtlich schwer tat.

»Schön dich wiederzusehen! Wunderbar!« Philipp gingen die Adjektive aus. Um ihnen das Gefühl zu geben, nicht beobachtet zu werden, heftete ich meinen Blick auf die im Topf schmorenden Lauchstangen. »Gut, gut!«, tappte Philipp weiter. »Was hast du denn gemacht? Wie geht es deinen Eltern?«

»Die sind leider gestorben.«

»Oh! Meine Güte! Es tut mir schrecklich Leid!«

»Ist schon gut. Du warst nicht dafür verantwortlich.«

Ich hatte Mitleid mit Philipp. »Würden Sie mir bitte diese Flasche öffnen?« Ich reichte ihm den Korkenzieher. »Caro und ich wollten uns gerade ein Glas Wein genehmigen. Wollen Sie nicht auch eins?«

»Danke.«

»Ich hole noch ein Glas.« Caro floh aus der Küche.

»Sie haben das alte Haus wieder hergerichtet.« Philipp sah sich in der Küche um, auf die glänzenden Tassen und Teller auf der Anrichte, den geschrubbten Tisch, die an Bindfäden entlang der Balken trocknenden Morcheln.

»Dann kennen Sie also Violas Patin?« Philipps verständnisloser Blick ließ mich hinzufügen: »Ich wünschte, ich hätte Anna kennen gelernt. Sie werden es wahrscheinlich nicht wissen, aber das arme Ding hat Alzheimer gehabt und ist vor einiger Zeit gestorben. Es hört sich vermutlich dumm und weit hergeholt an, aber weil ich mein Gesicht in ihrem Waschbecken wasche, ihre Töpfe umrühre, ihre Bücher lese, ihre Vorhänge flicke und in ihrem Bett liege, habe ich das bezwingende Gefühl, sie irgendwie sehr gut zu kennen.«

»Wer ist Viola?«

»Annas Patenkind. Sie hat ihr das Haus vermacht. Es ist so ein hübsches, sonderbares kleines Haus und voll reizender Dinge. Unsere Geschmäcker ähneln sich auf bemerkenswerte Weise. Ich weiß, dass das jetzt etwas weit geht, aber ich glaube wirklich, dass wir uns gut verstanden hätten.«

»Garantiert ein gemeinsamer Geschmack denn auch, dass man zueinander passt?«

»Das vielleicht nicht gerade. Aber fühlen Sie sich nicht auch zu Menschen hingezogen, die das mögen, was Sie selbst mögen?«

»Ich habe darüber noch nie nachgedacht, aber jetzt bin ich mir dessen sicher.«

Philipp stand mit leicht gebeugtem Kopf, die Hände im Bund seiner unansehnlichen Baumwollhose da und blickte starr auf mich herunter. Weil er dunkle Wimpern hatte, wirkten seine Augen größer als die von Guy. Mir fiel auf, dass sein Hemd ein Loch hatte und die Brusttasche eingerissen war. Er wirkte wesentlich entspannter als am Abend von Ambroses Geburtstagsfest.

»So, das hätten wir.« Caro brachte ein Glas mit und schenkte Wein ein. »Lasst uns auf die Rückkehr des Einheimischen trinken.«

»Auf die alte und neue Freundschaft.« Philipp stieß mit jeder von uns an. »Und auf die Entdeckung übereinstimmender Geschmäcker.«

Caro bedachte erst mich, dann Philipp mit einem durchdringenden Blick. »Und was willst du hier, Philipp? Wolltest du Flo besuchen?«

»Ich habe Dusty gesucht. Aber es betrifft Flo genauso. Ich bin leider ein Überbringer schlechter Nachrichten. Du wirst es vermutlich noch nicht wissen, Caro, aber Guy hat sich außerordentlich großzügig gezeigt. Er hat mir *carte blanche* erteilt, das Gut zu führen. Ich habe mir die Bücher angesehen und dabei ist mir aufgefallen, dass einige Gegebenheiten sofortiges Handeln erforderlich machen. Die Mühle hat jahrelang erhebliche Verluste eingefahren. Sie muss dicht gemacht werden. Ich habe es Dusty gerade mitgeteilt.«

»Und wie hat er es aufgenommen?«, wollte Caro wissen.

»Überraschend gut. Offenbar hat er damit gerechnet. Ich habe ihm für die nächsten zwölf Monate so viele Dachdeckerarbeiten versprochen, wie er haben möchte. Auf dem Gut haben wir einige Häuschen, die dringend eine Reparatur benötigen. Dann kann er mit einer guten Pension in den Ruhestand gehen. Er hat nicht damit gerechnet, dass wir ihm eine zahlen, und das hat ihm die bittere Pille doch sehr versüßt.«

»Und was wird aus der Mühle werden?«

»Erst mal gar nichts. Dusty kann im Haus wohnen bleiben, solange er möchte, und wartet dafür die Maschinen. Alles Weitere wird man sehen. Aber es bedeutet, dass Sie Ihren Job los sind.« Er lächelte mich entschuldigend an.

»Dann ist es eben so. Ich bin froh und traurig zugleich. Es ist eine furchtbar harte und geisttötende Arbeit, aber es war mein Lebensunterhalt.«

»Ach, was bin ich nur für ein Trottel!«, entfuhr es Caro. »Das hatte ich doch glatt vergessen. Ich habe *den* Job für dich. Die Krankenhausverwaltung hat beschlossen, von einer ihrer lang gedienten Mitarbeiterinnen ein Porträt in Auftrag zu geben. Ich habe dich so begeistert empfohlen, dass man sofort zustimmte.«

»Aber du hast doch nie eine Arbeit von mir gesehen.«

»Weiß ich. Du wirst aber doch zwei Augen an die richtige Stelle setzen, oder? Kein kubistischer oder surrealistischer Unsinn. Wir wollen nicht, dass Lady Frisk noch mehr nach Quasimodo aussieht als sie das ohnehin schon tut.«

»Lady Frisk! Du liebe Zeit! Ich fürchte, sie kann mich überhaupt nicht ausstehen.«

»In ihrer monströsen Eitelkeit hat sie den Vorschlag so gierig aufgenommen, dass ihr nur noch dazu einfiel, sie glaube, die sehr wichtige Pflicht zu erfüllen, dich damit von jungen Männern fern zu halten, die von dir auf falsche Weise ermutigt würden.«

»Also, ausgerechnet – ach, du ziehst mich auf! Oder? Egal, es ist jedenfalls sehr nett von dir, dass du dich meinetwegen in solche Schwierigkeiten bringst, Caro. Ich bin dir dankbar.«

»Du hast dich kein bisschen verändert.« Philipp sah Caro zärtlich an. »Ich finde, du solltest Premierministerin werden. Dann würde bald schon alles wie am Schnürchen laufen und die Leute würden spuren.« Ich sah, wie sich Caros Gesichtsausdruck veränderte. »Das ist das, woran ich mich bei dir am besten erinnern kann. Wann immer etwas organisiert werden musste – ein Kricketmatch, eine Teeparty, eine Gartenschau – du warst der Kopf dahinter. Wir anderen waren, wie ich mich zu meiner Schande erinnere, immer undankbar, faul und überheblich. Ach, du liebe Güte, ja, erinnerst du dich noch an den Talentwettkampf in der Gemeindehalle – als der Pianist mit seiner Begleitung eine Oktave zu hoch ansetzte und der Sopran die hohen Töne kreischte?« Philipp lachte bei dieser Erinnerung. »Du kamst auf die Bühne gefegt und hast dem Publikum einen richtigen Anpfiff wegen seines Gekichers erteilt. Du kannst damals nicht älter als achtzehn gewesen sein, aber selbst die ganz hart Gesottenen sanken erschrocken in ihre Sitze zurück. Ha! Ha! Ha! Das hatte ich völlig vergessen.«

»Freut mich, dass du dich amüsierst.« Caros Stimme klang trügerisch milde.

»Und dann gab es da noch Patience, das Zirkusschwein!«

»Prudence«, korrigierte ihn Caro. »Das Schwein hieß Prudence.«

»Als es die Puppe des Bauchredners zu fressen versuchte –« Philipp lachte jetzt so heftig, dass seine sonnenverbrannte Haut rot anlief – »hast du es von der Bühne geführt, indem du ihm die Äpfel und Orangen des Jongleurs zu fressen gabst! Er war wütend, aber du hast die Vorstellung gerettet. Du hättest General werden sollen. Du bist wunderbar, Caro, wirklich!«

»Das hast du bereits gesagt.«

Philipp hörte zu lachen auf und merkte, dass etwas nicht stimmte. »Hm – also, ich will euch nicht vom Essen abhalten.« Caro war wie versteinert. »Ich werde jetzt mal gehen – danke für den Wein – schön, dich wiedergesehen zu haben, Caro – wir haben einiges nachzuholen – ich wüsste gerne, was du die ganze Zeit gemacht hast.«

Er sah mich an wie ein einziges Fragezeichen. Mir kam der Gedanke, dass er trotz seiner Jugendsünden ein anständiger Mann war, ohne Tücke oder Strategie. Caro verzog ihre Lippen zu einer Art Lächeln, wie es ein Parlamentskandidat im Wahlkampf aufsetzen würde, dem eine Hand voll Stimmen zum Sieg fehlten.

»Ich bringe schon mal die Messer und Gabeln ins Wohnzimmer«, sagte ich, holte sie aus der Anrichte und eilte los. Als ich eine Minute später zurückkam, standen Caro Tränen in den Augen und Philipp war gegangen.

29

Tets! Tets!«, schrie Titch und hob ihre Ärmchen.

Ich nahm sie auf den Schoß. Frankie kam und drückte sich an mich. »Hallo, mein Schatz«, ich legte meinen Arm um sie und gab ihr einen Kuss. »Was hast du gemacht? Du hast eine ganz schmutzige Nase.«

»Wir haben eine Überraschung. Im Belferer.« Das war Frankies

Bezeichnung für das Belvedere über dem Fluss. »Komm mit und schau!«

»Das werden wir, sobald wir unseren Kaffee getrunken haben. Wer ist das denn?« Die Fensterbank, auf der Caro und ich saßen, war in helles Licht getaucht, während die andere Seite des Raums im Schatten lag. Ein Mädchen stand unter der Tür, die Hände hinter dem Rücken. Sie hatte den Kopf gesenkt und sah uns von unten mit finsterem Blick an.

»Ruth, bist du's?« fragte Caro. »Komm rein und stell dich so hin, dass wir dich sehen können.«

Es war ihr erster Besuch im Häuschen. Sie kam langsam näher, mit vor Scheu ernster Miene. Ihre Haare waren fast schwarz, in der Mitte geteilt und unordentlich mit Gummis zu zwei Büscheln zusammengebunden. Ihre Haut war olivfarben und ihr Aussehen war so romanisch, dass sie nur die Halbschwester der beiden jüngeren Mädchen sein konnte. Sie trug ein lila Satinkleid mit langem, gestuftem Rock, der mit Spitze gesäumt war, die jetzt aber schmutzig war und in Schlaufen herunterhing.

»'s ist ihr bestes Kleid.« Frankies Flüstern war so durchdringend, dass es so laut war wie üblicherweise eine normale Stimme. Ruth zog die Stirn in noch mehr Falten und wollte schon wieder gehen.

»Es ist sehr hübsch«, sagte ich rasch. »Das ist aber nett von dir, dass du uns besuchen kommst.«

Ruth senkte ihren Blick und sagte nichts.

»Komm und setz dich zu uns«, sagte Caro. »Wir kennen uns doch von der Sonntagsschule. Du hast ein sehr schönes Bild von der Arche Noah gemalt.«

Ruth sah Caro nachdenklich an und setzte sich dann an den Rand des Kissens auf der Fensterbank, ließ zwischen uns und sich aber einen Abstand von einem guten Meter.

»Hast du geweint?«, fragte Frankie Caro. Ihrem durchdringenden Blick entging kaum etwas. »Du hast Mascara auf der Wange.«

»Ich bin ein bisschen erkältet«, schwindelte Caro und rieb sich die Augen, wodurch alles noch schlimmer wurde.

Nachdem Philipp gegangen war, hatte Caro zwar nicht richtig geweint, aber ihre tränenden Augen hatten doch dem Make-up zugesetzt. »Es war eine solche Überraschung, ihn zu sehen«, hatte sie erklärt. »Ich war nicht darauf vorbereitet und hasse mich dafür, dass ich so kalt und sarkastisch gewesen bin. Kein Wort mehr darüber.« Gehorsam vermied ich es, Philipps Namen zu erwähnen, aber während des Mittagessens hatte sie immer wieder geseufzt und gesagt: »Wie bin ich dumm.«

»Überhaupt nicht«, hatte ich ihr versichert, doch meine Antwort war beim vierten oder fünften Mal doch etwas automatisch ausgefallen.

»Ich hasse die Sonntagsschule.« Frankie bohrte gedankenverloren in der Nase. »Ich mag keine Choräle singen. Es ist langweilig. Und die Beine von Lämmern sind so schwer zu zeichnen. Und Mrs. Winnacott stinkt.«

»Unsinn!«, erklärte Caro. »Bohr nicht in der Nase, meine Liebe. Deine Fingernägel sind ganz schwarz. Du holst dir noch mal böse Bazillen.«

Ich musste mir ein Lächeln verkneifen, als ich Caro mit ihrem Taschentuch an der widerspenstigen Frankie herumfummeln sah.

»Und sie riecht doch! Es ist das Zeug, das sie in der Schule in die Klos tun. Defektion.«

»Aber das riecht doch gut nach Sauberkeit.«

»Ist aber auch ein schlechter Geruch mit drin«, beharrte Frankie. »Wenn Mrs. Winnacott sich über mich lehnt, muss ich an Kacke denken.«

»Wie ungünstig für sie.« Caro gab ihre Erzieherinnenrolle auf und lachte. »Gehst du denn gerne in die Sonntagsschule, Ruth?«

Ruth nickte. »Ich hab es gern, wenn die Glöckchen läuten.« Sie sprach sehr leise. Mir fiel auf, dass sie nach Caros Bemerkung über Frankies Fingernägel ihre Hände hinter dem weiten Rock versteckt hielt. »Mama ist krank geworden, da konnte ich nicht mehr hin.«

»Aber jetzt geht es ihr doch besser, oder? Du könntest morgen kommen.«

Ruth hob fragend die Schultern. Sie hatte einen nervösen Tick, alle paar Minuten zuckte ihre Nase. Ganz offensichtlich stand sie unter Anspannung.

»Ich hasse diese dummen Glocken«, meckerte Frankie. »Ich bekomme Kopfweh davon.« La!La!La! trällerte sie mir laut ins Ohr. Ruths Anwesenheit schien Frankies Verhalten negativ zu beeinflussen, vermutlich weil sie sich nicht länger als Mittelpunkt fühlte.

»Lasst uns einen Spaziergang machen«, schlug ich vor. »Ich trage Titch.« Das Baby lag schlafend in meiner Armbeuge.

»Ja, lass uns zum Belferer gehen!« Frankie sprang auf. »Ich gehe voraus. Sollen wir dir die Augen verbinden?« Sie hielt Caros Taschentuch hoch.

»Ich glaube nicht, dass ich den Weg schaffe, ohne kopfüber in den Fluss zu fallen, wenn ich nichts sehen kann. Ich mache die Augen zu, wenn wir zur Tür kommen.«

»Mir nach, mir nach!«, schrie Frankie, wovon Titch aufwachte und weinte.

»Hallo? Kann ich reinkommen?« Es war Edward. »Ich habe geklopft, aber ihr habt mich nicht gehört. Wohin sollen wir dir denn folgen, junge Dame?« Er lächelte Frankie freundlich an.

»Es ist meine Experdition und ich habe *keine* Männer eingeladen.« Frankie meinte, was sie sagte, das sah man ihr an.

»Das ist sehr grob, Frankie«, tadelte Caro. »Du solltest dich bei Dr. Gilchrist entschuldigen.«

»Ist schon gut.« Edward ging in die Hocke, bis er mit Frankie auf gleicher Augenhöhe war. »Wenn kleine Mädchen zu mir in die Praxis kommen, sage ich ihnen immer, sie sollen die Zunge rausstrecken. Lass mich deine auch mal sehen.« Frankie streckte sie heraus. »Ja, gut! Das ist richtig grob. Na mach schon, weiter, weiter. Sehr gut! Und jetzt mach das.« Er steckte seine Daumen in die Ohren und wackelte mit den Fingern, Frankie fing zu kichern an. Titch ließ ein herzhaftes Glucksen hören, das erste Lachen, das ich von ihr hörte. Nur Ruth lächelte nicht.

»Na komm schon, du Dummkopf.« Caro stand auf und zog ihren Mantel an.

»Einen Moment noch.« Er holte ein Taschentuch hervor und tupfte ihr die Wange ab. »Entweder Ruß oder Make-up.« Er legte ihr seine große rote Hand auf die Schulter und sah ihr zärtlich ins Gesicht. »Du siehst ein bisschen verhärmt aus. Reiß dich zusammen, altes Mädchen.«

»Da könntest du auch gleich, ›Hü, Pferdchen‹ sagen.« Caro machte ein verdrießliches Gesicht, aber dann siegte ihre Vernunft über die schlechte Laune und sie lachte. »Achte nicht auf mich. Ich bin eine Idiotin.«

»Mir würden einige Bezeichnungen für dich einfallen, aber Idiotin wäre nicht darunter.«

Edwards Gesicht sprach so beredt von seiner Liebe, dass ich wegschauen musste, weil ich mir sonst wie ein Eindringling in einen ganz privaten Bereich vorgekommen wäre.

»Los, kommt endlich«, rief Frankie ungeduldig.

Der Himmel unter den sich zusammenballenden violetten Wolken, die Regen versprachen, war gelb. Im Augenblick hatte jedoch die Sonne noch die Oberhand und im Garten war ein einziges Vogelkonzert. Frankie rannte voraus und sang aus voller Kehle: »Wie viel kostet dieses Hündchen im Fenster? Das mit dem Wa-ackelschwanz.« Ruth ging am Ende unseres Prozessionszugs. Vor der Tür des Sommerhauses schloss ich die Augen und wurde dann von einer klebrigen Hand hineingezogen. Als ich sie wieder öffnete, war mein Überraschungsschrei wirklich echt und spontan. Die Wände waren mit Blumen überzogen, hauptsächlich waren es orange Tulpen und blutrote Pfingstrosen mit blauen Stängeln und weiße Iris, dazwischen ganze Zweige voller Blätter. Es sah umwerfend fröhlich aus, obwohl einige Blütenblätter bereits abfielen.

»Wo habt ihr denn diese schöne Blumen her, meine Lieben? Und womit habt ihr sie befestigt?« Als ich genauer hinsah, fielen mir die Unmengen Kleber auf, die lange Tropfen auf den Wänden hinterlassen hatten.

»Ich habe nur wilde gepflückt, die vor den Hecken der Häuser wuchsen.« Frankie machte ein schuldbewusstes Gesicht. »Ich war bei niemandem im Garten drin. Ruth hat die Kuchen gemacht.«

Ein Tischtuch aus rotem Samt war mit noch mehr Blüten und Blättern geschmückt. Der Tisch war mit Blättertellern gedeckt, auf denen schwarz-rosa gestreifte Würstchen lagen und kleine Rosinenkuchen, die ein wenig grau aussahen. In der Mitte des Tisches stand ein grünes Gelee, dass sich an den Rändern ein wenig zu verflüssigen begann.

»Es ist zauberhaft!« Ich gab Frankie einen Kuss. Sie warf sich mir außer sich vor Freude an den Hals. »Wie lieb von euch, dass ihr das für mich gemacht habt! Was seid ihr doch für Schätzchen!« Ich küsste Ruth, die sich steif sträubte.

Frankie hüpfte vor Begeisterung auf und ab. »Für das Tischtuch haben wir Mamas Partykleid aufgeschnitten.« Caro und ich sahen uns an. »Die Tassen haben wir aus Ton aus dem Fluss gemacht. Wir haben unseren eigenen Teekessel und ein paar Teebeutel mitgebracht. Milch haben wir keine, aber Zucker ist da. Ich zünde jetzt das Feuer an.«

»Wäre da vielleicht männliche Hilfe erwünscht?«, fragte Edward bescheiden an.

»Ja, dann komm.«

Frankie eilte nach draußen. Sie hatte vermutlich noch nicht oft in ihrem Leben Gelegenheit gehabt, etwas auf die Beine zu stellen. Bis das Wasser kochte, setzten Caro, Ruth und ich uns an den Tisch.

»Das sind aber hübsche Kuchen, Ruth«, lobte ich und schob das in meinen Armen ruhende Baby in eine andere Lage. »Kochst du denn gerne?«

Ruth zuckte mit den Schultern. »Auf der Packung stand, man soll ein Ei hinzufügen, aber es waren keine da. Mama fühlte sich gestern nicht gut genug, um die Sozialhilfe abzuholen.«

Ich wollte Ruth nicht fragen, ob ihre Mutter wieder trank. »Glaubst du denn, du könntest deine Mutter zu einem Gespräch mit uns überreden? Wir könnten uns darum kümmern, dass jemand anderer für sie das Geld abholt, wenn sie sich nicht wohl fühlt.«

»Weiß nicht.«

»Aber liebe Ruth, wovon sollt ihr denn alle was zu essen bekommen?«, bohrte Caro weiter. »Ihr könnt nicht so weitermachen, ohne zu wissen, wo die nächste Mahlzeit herkommen soll. Das Baby wird krank werden, wenn es nicht genug zu essen bekommt.«

Ruth sah ganz unglücklich und müde aus, die Haut unter ihren Augen war fast violett. Ich hätte sie am liebsten in die Arme genommen, aber ich wusste, dass sie dies nicht mögen würde.

»Ihr Scheißkerle!« Wills kam herein, bis zu den Achselhöhlen voller Schlamm. »Hättet mir auch was sagen können. Bin fast am Verhungern! Hätte fast 'ne Forelle erwischt. War 'ne große. Ich mach jetzt 'n Netz, dann kommt sie mir nich mehr aus.«

»Hallo, Wills.«

Wills nahm mich gar nicht wahr, sondern beugte sich mit einer ausgestreckten gierigen schwarzen Hand über den Tisch.

»Wag es bloß nicht, irgendetwas anzufassen, William Roker.« Caros Stimme war ernst und Wills zog seine Hand zurück. »Die Mädchen haben hart gearbeitet für diese schöne Überraschung und du wirst sie nicht kaputt machen.«

Als das Teewasser kochte, fingen wir gleich mit Teetrinken an, obwohl Caro und ich erst vor kaum einer Stunde zu Mittag gegessen hatten. Als der heiße Tee in die Tontassen gefüllt wurde, begannen diese sich aufzulösen. Er schmeckte nach festem, sandigem Schmutz, aber wir gaben uns größte Mühe, ihn hinunterzuschlucken. Die Würstchen waren im Kern noch roh. Ich wandte meinen üblichen Trick an und schob meins in die Tasche, aber Edward warf seinen Kopf zurück und verschlang seins auf einen Satz und kaute es genüsslich. Irgendwie steckte in meinem Gelee plötzlich ein Zweig.

»Das ist Dreck!« Wills machte den Mund auf und ließ den Inhalt auf seinen Teller fallen. Dann fuhr er sich mit dem Handrücken über den Mund.

»Nicht doch, junger Mann.« Edward sah ihn zornig an. »Was mich betrifft, weiß ich gar nicht, wann ich zuletzt so einen aufregenden kulinarischen Genuss bekommen habe, und schon gar nicht in so netter Runde.« Er lächelte uns alle an und strich Frankie über das Haar. Seine großzügige Freundlichkeit und die Ehrlichkeit, die aus seinen sanften blauen Augen unter den wilden Stirnlocken strahlte, war so tröstlich und erfreulich, dass ich mich fragte, wieso Caro dem widerstehen konnte. Aber natürlich ist sexuelle Anziehung keine Willensentscheidung. Ganz gegen ihre sonstige Gewohnheit ließ Caro sich gehen, stützte ihren Ellbogen auf den Tisch und das Gesicht auf die Hand und sah ihn an. Er fing ihren Blick auf und bekam sofort einen melancholischen Blick.

Caro stand auf. »Lasst uns ein bisschen spazieren gehen.«

Der Wald stand in voller Pracht. Das Blätterdach war grün und duftete und hallte wider vom Vogelsang. Waldtauben riefen sich Lockrufe zu und tummelten sich zwischen den Zweigen. Ich blieb kurz stehen und lauschte dem klopfenden Stakkato eines unsichtbaren Spechts. Lichtschwaden voll glänzender Staubkörnchen blitzten durch die Lücken im zitternden Blätterdach. Glockenblumen, deren lebhafte Farbe wie Geisterstaub über dem Erdboden schwebte, verbreiteten ihren süßen Duft, der sich mit dem durchdringenden Geruch des Knoblauchs vermischte, den wir unter unseren Füßen zertraten.

Chloë, Balthazar und Frankie rannten voraus, Letztere blieb immer wieder stehen, um Glockenblumen zu pflücken, bis sie einen dicken Strauß in ihrer schmutzigen Hand hatte.

»Wir sollten sie keine mehr pflücken lassen«, sagte Caro.

»Sie ist so glücklich. Verdirb nicht alles.« Ich keuchte. Titch wurde mit jedem Schritt schwerer.

»Gib sie doch mir.« Edward nahm mir das Baby ab. Es öffnete kurz seine schlafblinden Augen, schlief aber sofort wieder ein, als er anfing, ihm das Haar zu streicheln.

»Puh!«, sagte Wills. »Was für ein scheußlicher Ort! Wenn ich nur 'ne Knarre hätte. Dann würd' ich diese verdammten Vögel abknallen.«

Ganz offenkundig waren Wills und die Natur nicht im Einklang. »Ist das nicht schön?«, sagte ich zu Ruth. »Sieh nur, wie die Eichhörnchen einander jagen.«

Ruth beantwortete dies mit dem üblichen Achselzucken. Aber als wir an einen Apfelbaum in voller Blüte kamen, betrachtete sie diesen doch entzückt.

»Ich lege eine Spur wie Hänsel und Gretel«, rief Frankie und riss Blätter in Stücke, um sie hinter sich auf den Boden zu werfen.

»Wie dumm! Die findest du doch nie mehr«, triumphierte Wills. »Es muss doch was Weißes sein, wie Krümel.«

»Kleine Brotkrümel würde auch keiner mehr wiederfinden«, entgegnete Frankie, »selber blöd, du dickes Schwein!«

»Kinder!« Caro war ungehalten. »Seid still jetzt und benehmt euch oder geht nach Hause. Wir wollen diesen schönen Ort doch ohne Streit genießen.«

Frankie wurde daraufhin still, aber den hinter mir her stapfenden Wills hörte ich bei jedem Schritt murmeln: »Blöd – doof, blöd – doof.« Er war eben ein Trotzkopf.

»Hört mal!« Frankie blieb so plötzlich stehen, dass ich über sie stolperte. »Was ist das für ein lustiges Geräusch?«

Eine Art hu-hu-hu, gefolgt von einem a-a-ah-ing, das in einem Schrei endete, schlug die Vögel in die Flucht und ließ die Eichhörnchen in Deckung gehen.

»Das is die alte Hexe, die dich in 'n Of'n steckt, weil du ihr Haus angeknabbert hast!«, höhnte Wills.

Frankie nahm meine Hand.

Wills war der Wahrheit näher, als er ahnte. Als wir dem Pfad um eine Biegung folgten, sahen wir vor uns Bar flink in die Luft springen. Sie stieß dazu seltsame Schreie aus und fuchtelte mit ihren Armen über dem Kopf wie eine Schwimmerin, die zum letzten Mal untertaucht. Ihr Haar hatte die Farbe von Buttergelb und sie trug einen Patchworkrock in leuchtenden Farben und dazu einen gestreiften Pullover. Ich dachte, wie gut, dass sie bekleidet war, da wir Edward dabei hatten, wenngleich der nackte Frauenkörper für Edward ein vertrauter Anblick sein dürfte. Wills jedoch hätte es womöglich – hoffentlich – erschreckt.

»Achtet meinen Kreis«, rief Bar uns zu, als sie uns sah. »Ich feiere die Sommersonnenwende. Es ist die sexuelle Vereinigung des Sonnengottes mit der Sommergöttin. Kommt und macht mit!«

»Ich glaube nicht, dass –«, versuchte es Caro, aber Wills und Frankie näherten sich bereits den beiden Haufen mit den brennenden Stöcken, um die Bar tanzte.

»Ich werde für euch eine Tür schneiden, dann könnt ihr hereinkommen.«

Ich musste über Frankies ehrfurchtsvollen Blick lächeln, mit dem sie vorsichtig den Raum innerhalb der von Bar gezeichneten Umrisse durchschritt. »Ist das eine Tür? Wo ist sie? Ich kann nix sehen.«

»Es ist eine magische Tür aus blauem Feuer. Du kannst sie nicht sehen, weil du noch nicht eingeweiht bist, aber ich schon.«

»Ich komme rein«, sagte Wills gänzlich unerwartet und stieg mit großen Schritten über die unsichtbare Schwelle.

Ruth zögerte. »Komm«, sagte ich. »Es ist gute Magie. Es wird dir nichts tun.«

Bar klatschte in die Hände. »Konzentriert euch jetzt alle. Wir werden jetzt von Gott gelenkt – das heißt im Uhrzeigersinn – um den Weinkelch schreiten.« Bar deutete auf eine getöpferte Schale, die gefüllt mit einer dunkelroten Flüssigkeit zwischen den beiden Feuern stand.

Man fühlte sich wieder wie ein Schulkind in der Stunde für rhythmische Bewegung. Ich war versucht, mit meinen Armen zu schlenkern, »Raum zu finden«.

»Legt das Baby im Kreis ab. Die Göttin wird darauf aufpassen.«

Überraschenderweise beklagte Titch sich nicht, sondern blieb auf dem Rücken liegen, nuckelte am Daumen und starrte hoch in die schwankenden Äste. Chloë und Balthazar hatten etwas erspäht, was gerne gejagt werden wollte, und rannten los. Wir taten, wie uns geheißen, wobei sich die Erwachsenen, wenn ich von mir ausgehen durfte, ausgesprochen dumm vorkamen. »Jetzt werden wir zur Göttin und zum Gott singen. *Hier ist der Freudenkelch, der uns von der Göttin gegeben ist.* Dreimal.«

Folgsam versuchten wir mit schwankenden Stimmen Bars Tönen zu folgen, die von gellend hohen Tönen zu den tiefsten Brusttönen abfielen. Manche von uns verwechselten die hohen und die tiefen Töne. Es tat fast weh, nicht zu kichern.

»*Singen*, Wills, nicht schreien«, korrigierte Caro. »Sonst hört man dich noch in Tarchester.«

»Sehr gut. Jetzt nehmen wir noch eine andere Zeile im Wechsel dazu. *Der Gott setzt Segel für die Insel der Wiedergeburt.* Und wenn ihr es könnt, legen wir ein wenig an Tempo zu. Versucht zu springen. Wir bitten den Sonnengott, die Erde von allen destruktiven Kräften zu befreien, von Krieg und Habgier und Grausamkeit und so. Konzentriert euch auf das Gebet in euren Herzen, während ihr tanzt und singt.«

Es war ein so notwendiges Gebet, dass ich wirklich versuchte, mich ganz darauf einzulassen, aber hüpfen können nun mal die Kinder am besten.

»Ausgezeichnet! Jetzt lasst euch völlig gehen!«, keuchte Bar. »Viel schneller! Erhebt eure Stimmen zum Himmel. Schöne große Sprünge. Wirbelt – herum – denkt an die industrielle Umweltverschmutzung – und betet darum, dass – sie gebannt wird – werft eure Arme hoch – um die Sonne – und den Mond – zu umarmen. Nukleare Aufrüstung – muss ein Ende haben!«

Es gab so vieles, woran man denken musste, dass es mich verwirrte. Ich hüpfte und sprang und hopste und sang und als ich herumwirbelte, sah ich Edwards weit geöffneten Mund in seinem scharlachroten Gesicht, der etwas über Kelche der Wiedergeburt und zur Göttin segeln brüllte und dabei seine Beine in die Luft warf und mit den Händen über dem Kopf herumfuchtelte, als versuchte er ein Flugzeug zur Landung zu bewegen. Frankie drehte sich unentwegt im Kreis und wurde schwindelig und stieß mit uns anderen zusammen, und

Wills ahmte einen Zug nach und bewegte seine Arme wie Pleuelstangen. Waren wir anfangs steif vor Hemmungen gewesen, wurden wir nun vom Einfallsreichtum der anderen zu neuen Höhen der Selbstdarstellung angestachelt. Selbst Ruth fing zu lächeln an, als sie auf Zehenspitzen wie ein großer lila Schmetterling mit ihren Armen wedelte.

»Himmlisch!« Nach einigen Minuten blieb Bar stehen. »Spürt ihr nicht – wie die – kinetische Energie – losgelassen wird? Aufhören jetzt – alle versammeln sich um den Kelch und – wir trinken auf die – Göttin.«

Wir standen keuchend um die Schale – Verzeihung, den Kelch. Frankie war es so schwindelig, dass sie sich hinlegen musste. Titch blieb ruhig liegen und nuckelte lächelnd an ihrem Daumen. Mich überkam ein ungeahntes Hochgefühl.

»Serotonin«, erklärte Edward. »Physische Erschöpfung – dazu das Lungentraining beim Singen – verändert die Chemie in unserem Hirn. Ist schon ein tolles Elixier, nicht wahr? Wir sollten das öfter tun.«

»Ich muss zugeben, dass es mir gefallen hat.« Caro sah wunderbar aus, ihre Haut glühte, ihre Augen strahlten.

Bar trank einen Schluck aus dem Kelch und intonierte mit ehrfurchtsvoller Stimme: »Ich trinke auf Erfüllung.«

Sie gab ihn mir. Beim Trinken schwappte etwas an meine Lippen. Hoffentlich war es ein Obststück. Frankie kostete, verzog das Gesicht und hielt sich den Bauch.

»Bäh! Ist das scheußlich.« Wills spuckte seinen Schluck wieder aus, versehentlich auf Caros Rock, und sie war kurz sauer.

Edward trank feierlich. »Ich trinke auf Erfüllung«, verkündete er mit kehliger, vibrierender Stimme.

»Jetzt setzen wir uns alle im Schneidersitz hin und beenden das Ritual.« Gehorsam ließen wir uns auf den Moosboden des Waldes nieder. »Denkt an all das, was euch jetzt in diesem Moment erfreut und erfüllt. Ist es Musik hören? Gärtnern? Malen? Einen Patienten heilen? Draußen im Freien sein? Liebe machen?«

»Gewiss nicht«, befand Caro mit einem Stirnrunzeln in Wills Richtung.

»Wie das Schicksal des Sonnengottes ist es auch euer Schicksal, dass ihr euch durch die Erfüllung unweigerlich verändert. Haltet euch diese Veränderung vor Augen, denkt daran, was ihr tun müsst, um sie herbeizuführen. Bringt eure sehnlichsten Wünsche der Göttin dar und sie wird sie euch gewähren, wenn auch nicht notwendigerweise alle auf ein Mal, aber doch so, dass ihr es sofort erkennen werdet.«

Da schwang ein vertrauter Freispruch mit. Aber ich war nicht in der Stimmung, zynisch zu sein. Mir wollte kein sehnlichster Wunsch einfallen. Es war eine Frage, die man hätte ankündigen sollen. Am Ende brachte ich eine ganze Wunschliste hervor, zu der auch Dinge gehörten, die jeder sich wünschte, dazu noch die Hoffnung, Alex und Zara würden rasend glücklich werden. Dieser Wunsch war natürlich ganz und gar egoistisch.

»Jetzt weiht eure Zauberstäbe – nehmt irgendeinen Stock –, indem ihr mit ihnen auf die Flammen zeigt, und wir werden Segen für das Land erbitten. Friede und Überfluss! Beim Kommen und Gehen der Sonne möge jede Unterdrückung in die Flucht geschlagen werden!«

»Murmel – murmel – in die Flucht geschlagen werden!«, kam unser Echo. Nur knapp konnte eine Katastrophe verhindert werden, als Wills seinen Stock zu lange in die Flammen hielt und Frankies Haare fast in Brand gesteckt hätte, aber insgesamt war das kollektive Gefühl das des Triumphes, als wir die Zeremonie zu Ende brachten. Auf unerklärliche Weise fühlten wir uns unendlich viel besser. Außer Wills.

»Das war's?«, beklagte er sich betrübt. »Hast du nicht gesagt, es kommt zum Sex zwischen dem Gott und der Göttin! Ich hätt' doch nich mitgemacht, hätt' ich gewusst, dass es nur blödes Getanze und Stöckewedeln ist.«

Er stand auf und schlurfte davon, ein Bild der Enttäuschung.

»Danke, Bar.« Edward erhob sich und reichte Caro und mir die Hand, die wir links und rechts neben ihm gesessen hatten. »Ich kann mich nicht erinnern, wann mir jemals etwas so viel Spaß gemacht hat. Als Feier schlägt es Weihnachten mit meinen Tanten und einem tiefgefrorenen Truthahn sowie einer halben Flasche süßem Martini um Längen. Ich habe wirklich das Gefühl, gekräftigt zu sein. Ich würde gerne noch bleiben, aber ich habe um halb sechs Abendsprechstunde und meine Sprechstundenhilfe hatte heute Morgen eine Blinddarmoperation, das arme Mädchen. Die Vertretung macht Urlaub und so werde ich den Laden allein schmeißen müssen. Da ist Chaos vorprogrammiert.«

»Ich werde dir helfen«, schlug Caro gänzlich unerwartet vor. »Ich kann wenigstens ans Telefon gehen und dir die Patienten in der richtigen Reihenfolge ins Sprechzimmer schicken.«

»Caro! Das würdest du tun? Darum wage ich dich ja kaum zu bitten.«

»Brauchst du ja auch nicht. Ich habe dir meine Dienste angeboten und ich tue es gern.«

Edward verbarg sein zufriedenes Lächeln, indem er sich bückte, um Titch hochzunehmen und sie auf den Kopf zu küssen. »Dann komm mit. Wir gehen lieber und richten die Krankenblätter her. Auf Wiedersehen, meine jungen Damen. Adieu, Flo und Bar.«

Ich glaube nicht, dass außer mir sonst noch jemand sah, wie Edward einen kleinen Luftsprung machte und seine Hand grüßend zum Himmel hob, als sie die Lichtung verließen. Was sein sehnlichster Wunsch sein mochte, stand für mich außer Zweifel.

»Ich mag diesen Mann«, gab Frankie zähneknirschend zu.

»Ich werde dich nach Drop Cottage begleiten«, meinte Bar. »Mir ist nach Gesellschaft zumute. Warte nur kurz, ich hole rasch noch den Fenchel-Brunnenkresse-Kuchen, den ich heute früh gebacken habe.«

Frankie verzog das Gesicht, nachdem Bar zu ihrem Haus aufgebrochen war. »Müssen wir den essen? Klingt nicht gut.«

»Ich finde, es hört sich köstlich und originell an«, entgegnete ich. Frankie sah mich an und ihre Stirn furchte sich. Ich bekam Mitleid mit ihr. »Ich habe Biskuits zu Hause, die kannst du haben. Und Nougatcreme.«

Frankie legte ihre Hand in meine. »Ich liebe dich«, sagte sie mit rührender Schlichtheit.

Als Bar mit verschiedenen braunen Papiertüten zurückkam, in denen geheimnisvolle Esswaren steckten, nahmen wir Titch an den Händen zwischen uns und gingen sehr langsam, damit sie ein bisschen Übung im Laufen bekam. Immer wieder neigte sie sich nach vorne und schleifte ihre Zehen nach, so dass wir nur im Schneckentempo vorankamen. Mir war aber klar, dass wir alle – mich eingeschlossen – für ihre Passivität und Lethargie verantwortlich waren, weil wir sie wie ein schlecht verpacktes Paket behandelten, das herumgetragen und abgesetzt wurde. Frankie und Ruth schickten wir los, um Anmachholz zu sammeln, damit sie herumlaufen konnten und warm blieben, nachdem die Sonne jetzt hinter den Wolken verschwunden war. Bald schon setzte der Regen ein und trommelte auf die Blätter.

»Ist das nicht ein herrliches Geräusch?« Bar blieb stehen, um zuzuhören. »Und der Duft nach Erde!« Mehrere Regentropfen fielen ihr auf die nach oben gerichtete Stirn und liefen an ihrer hübschen Nase entlang nach unten.

Es dauerte nicht lange, da goss es in Strömen und das Wasser spritzte um unsere Beine. Chloë scherte aus und stürmte nach Hause. In kürzester Zeit waren wir alle nass bis auf die Haut. Weil wir Titch tragen mussten, kamen wir langsam voran.

»Ich mag diesen Regen«, sagte Frankie. »Er gehört zu unserem Abenteuer.«

»Gutes Mädchen«, meinte Bar. »Lasst uns singen. Das hält uns warm.«

Wir stapften durch Pfützen und Schlamm und durchweichtes Unterholz und grölten dazu lauthals und immer wieder ein Lied, das Bar noch aus ihrer Kinderzeit kannte. Ruth sang so laut wie wir anderen auch.

»Das war so ein schöner Tag«, seufzte Frankie, als ich die Kinder nach dem Tee nach Hause brachte. »Lustig, dass Miss Watkins zaubern kann! Mein größter Wunsch ist, dass ich in der Schule nicht mehr neben Sharon Loveluck sitzen muss. Ich wünschte, sie verwandelt sich in eine warzige Kröte. Ich freue mich schon auf Montag.«

»Sie wird aber nie einen Zauber anwenden, um Leuten wehzutun.« Frankie war ihre Enttäuschung anzusehen. »Denk doch nur daran, wie glücklich wir heute alle waren. Das ist doch Zauber, oder?«

»Für mich zählt das nicht«, stand für Frankie fest. »Was hast du dir denn gewünscht, Ruth?«

Aber Ruth wollte es nicht sagen.

30

Cupido schlug siebenmal, als ich das Haus betrat. Bar war nach Hause gegangen, um den Unterricht für den nächsten Tag vorzubereiten. Ich legte im Kamin nach und schenkte mir ein Glas Wein ein – aus Bergahornsaft, der aber viel besser schmeckte, als man erwarten würde – und hing meinen Gedanken nach. Macavity lag auf meinem Schoß und Chloë zu meinen Füßen. Vor nicht allzu langer Zeit hätte ich mich einsam gefühlt und mich gehen lassen, aber obwohl ich kein Geld, kein wirkliches eigenes Zuhause hatte und meine Karriere zurzeit auf Eis lag, war ich so glücklich wie noch nie.

An Zauberkraft glaubte ich eigentlich nicht. Ich glaubte, dass die Natur selbst ihren Zauber über mich geworfen hatte. Es war eine Art Erziehung. Ich würde nicht so weit gehen, es Befreiung zu nennen, denn das dürfte vermutlich immer eine Illusion sein. Das menschliche Sein ist als solches eine Art Gefangenschaft, die Besonderheiten von Körper und Temperament – die uns von anderen unterscheiden – sind Fesseln und man kann nur hoffen, sie gegen welche zu tauschen, die weniger scheuern. Aber mir gefiel das, was mit mir passierte. Ich liebte diese Momente wirklichen Alleinseins, wenn alles von mir abzufallen schien und ich kaum mehr ich selbst war.

Ich fragte mich, ob Guy kommen würde. Hoffentlich nicht. Eins war mir klar geworden, als ich da im Wald am Feuer kniete und über alles nachdachte: Ich musste die Affäre beenden. Er war amüsant und attraktiv, aber mit Liebe hatte das alles nichts zu tun. Wenn ich genau überlegte, konnte ich nicht einmal sagen, dass ich ihn gern hatte. Ich konnte ihm verzeihen, dass er mich in Kleinigkeiten anlog, wie etwa in puncto Zugfahrpläne, aber es schockierte mich zutiefst, wie kaltblütig er Philipp hinters Licht geführt hatte. Vor der unvermeidbaren Auseinandersetzung hatte ich Angst, aber ich war mir ziemlich sicher, dass ich nie mehr mit ihm schlafen wollte. Daran, dass wir Freunde sein könnten, verschwendete ich keinen Gedanken.

Ich überlegte, wie ich es ihm am besten vermittelte. Ich wälzte gerade Sätze hin und her, die, wie ich hoffte, freundlich, aber doch bestimmt waren, als Chloë ihren Kopf hob und dann bellend zur Eingangstür rannte. Ich hörte ein zaghaftes Klopfen. Macavity miaute ärgerlich, als ich ihn von meinem Schoß scheuchte. Seit Dusty die Türangeln repariert hatte, ging die Tür leicht auf. In der Dunkelheit ließen sich die Züge meines Besuchers nicht erkennen.

»Miss Swann? Es tut mir so Leid, Sie zu stören, aber ich hoffte, wir könnten uns ein wenig unterhalten.«

Es war eine Frauenstimme, jugendlich und durch den regionalen Akzent angenehm weich. Sie war ein wenig zitterig. Ein kleines, schlankes Mädchen trat aus der Dunkelheit ein. Es hatte hängende Schultern, die Arme waren unter der Brust verschränkt und spindeldürre Beine eierten auf unglaublich hohen Absätzen. Eine helle Locke fiel ihr ins Gesicht, die sie vergeblich immer wieder wegstrich, während sie sich im Raum umsah und mir von Zeit zu Zeit einen raschen Blick zuwarf. Es war ihr anzusehen, wie aufgeregt sie war.

»Komm und setz dich.« Ich deutete auf den Stuhl am Kamin. »Du siehst verfroren aus.«

»Mir ist eiskalt. Ich hätte nicht gedacht, dass der Weg so weit ist. Und ich fiel in den Schmutz, als es den Abhang runterging.« Sie drehte sich um und zeigte mir den schmutzverklebten Mantel. »Anfangs habe ich gedacht, ich hätte mir beide Beine gebrochen.«

»Zieh deinen Mantel aus, dann trocknen wir ihn am Feuer.«

Sie war bemerkenswert hübsch, noch keine zwanzig. Sie hatte ein gut geschnittenes Gesicht und große Augen, auf deren Lider blauer Lidschatten geschmiert war, der Mund glänzte vor orangefarbenem Lippenstift. Ihr gelocktes Haar war blond mit einem dunkleren Haaransatz und ihre Kleidung konnte man flott nennen, ein billiger Kunstpelzkragen auf einem knalligen Mantel und schrecklich spitze Schuhe aus abgenutztem Kunstleder. Das schwarze Kleid unter dem Mantel enthüllte einen kindlichen, flachbrüstigen Körper.

»Sie halten mich sicherlich für dreist, so einfach zu Ihnen zu kommen, aber ich bin so aufgebracht ...« Sie legte eine Hand mit abgebissenen Fingernägeln an den Mund.

»Nun, was führt Sie hierher?«, fragte ich mit einem Lächeln.

»Ich habe von Tante Rhoda gehört, dass er sie oft besucht und so, und da habe ich Angst bekommen. Tante Rhoda weiß es nicht – keiner weiß es, aber ich bin so in Sorge. Ich weiß, ich hätte ihn nicht ...« Sie sah sich verzweifelt um und begann an ihrem Daumennagel zu kauen.

Trotz ihrer plumpen Versuche, einen weltgewandten Eindruck zu machen, strahlte sie eine gesunde Unschuld aus, die sie liebenswert machte. Inzwischen glaubte ich zu ahnen, warum sie mich besucht hatte. Ich versuchte ihr die Befangenheit zu nehmen. »Ich heiße Flo. Und du?«

»Ich bin Corinne. Wie heißen Sie richtig?«

»Es ist die Abkürzung für Florence.«

»Hübsch. Wirklich klasse.«

Sie saugte weiter an ihren Fingern und sah mich aus großen Augen an. Wir schienen nicht weiterzukommen. »Hättest du gern ein Glas Wein?«, fragte ich sie.

»Nein, danke. Ich mag keinen. Im Pub trinke ich immer einen Pikkolo. Der schmeckt lecker und süß. Ich mag ihn gern, aber Guy sagt, es sei Dreck.«

»Dann bist du also gekommen, um mit mir über Guy zu reden?«

Corinne machte ein verzweifeltes Gesicht. »Ich hatte Sie anders eingeschätzt. Ehrlich, sonst wäre ich nicht gekommen. Die Tante hat mir nicht gesagt, dass Sie klasse sind. Ich dachte, wenn sie in einem kleinen Häuschen leben, könnte ich vielleicht wirklich mit Ihnen reden. Ich könnte ihnen klarmachen, in was für einer Klemme ich sitze. Aber …«, ihr Mund zitterte, »… ich bin so dumm und habe mich *so* zum Narren gemacht!«

Sie brach in Tränen aus und verbarg ihr Gesicht in den Händen, die absurden Schuhe zeigten nach innen wie Haie, die zum Kampf ansetzen. In meiner Jeanstasche fand ich ein sauberes Papiertaschentuch und setzte mich auf ihre Sessellehne.

»Jetzt lass dich nicht hängen, Mädchen. Du kannst mit mir reden. Bitte weine nicht. Er ist es nicht wert.«

Corinne sah mit nassen Augen zu mir hoch. »Dann lieben Sie ihn also nicht? Ach, das sagen Sie nur so! Natürlich wird er Sie heiraten und sein Vater wird das gutheißen. Ich weiß, dass seine Familie mich nicht mögen würde. Tantchen sagt, die sind so vornehm und essen jeden Abend bei Kerzenlicht.« Dieses Bild aristokratischen Lebens brachte sie zum Schluchzen. Ich legte meinen Arm um ihre Schultern und wartete. »Guy hat gesagt, sein Vater zählt nicht, aber ich habe viele Bücher gelesen über Leute, die dann enterbt wurden und so.«

»Willst du damit sagen, dass er dich gefragt hat, ob du ihn heiraten willst?« Selbst bei Guy erstaunte mich, wie charakterlos er war.

»Hier ist mein Ring.« Selbst in ihrer tiefsten Verzweiflung bekam Corinnes Stimme etwas Triumphierendes, als sie mir ihre Hand zeigte, deren Schmuck selbst im Gaslicht als eine plumpe Imitation von Rubinen und Diamanten zu erkennen war. Dieser gemeine Betrug machte mich schrecklich wütend.

»Pass auf, Corinne, ich werde dir jetzt eine Tasse Tee machen und du hörst zu weinen auf. Komm mit und hilf mir in der Küche. Magst du Biskuits?«

Beim Herrichten der Tassen und des Tellers mit den Biskuits beruhigte Corinne sich ein wenig.

»Das ist aber hübsch hier. Ich meine, komische alte Sachen, aber wirklich reizend. Ach, der alte Herd. Also wirklich!«

Wir nahmen unseren Tee mit an den Kamin und als Corinne ihren getrunken und sämtliche Biskuits verspeist hatte, hörte sie auch zu weinen auf.

»Du musst mir glauben, dass ich bereits beschlossen habe, Guy nicht mehr zu sehen«, sagte ich. »Es ist aus und vorbei, das verspreche ich dir.«

Corinne seufzte. »Sie sind so nett und ich weiß, dass es unverschämt war hierher zu kommen. Aber die Sache ist – angenommen, man kann nicht anders? Ich kann nicht, selbst wenn ich mir immer und immer wieder sage, dass nichts Gutes dabei herauskommt. Er sagt, ich mache ihn so glücklich – ich meine, ein Mädchen wie ich mit einem Job in der Abfertigung bei Burden's! Als ich ihn das erste Mal sah, ritt er auf einem Pferd und ich fand, er sah aus wie König Artus. Den haben wir in der Schule durchgenommen und es gab da so ein hübsches Bild von ihm mit goldenen Haaren und so. Ich konnte es nicht glauben, als er anhielt und mich ansprach. Ich war bei Tantchen und mir war immer langweilig, weil ich in dem blöden Garten Unkraut jäten musste, und er schaute über die Hecke …«

»Wer ist denn deine Tante?« unterbrach ich sie.

»Tante Rhoda. Das ist Mrs. Creech vom Postladen. Manchmal wohne ich bei ihr, wenn mein Papa weg ist. Mama hat sich schon vor Jahren aus dem Staub gemacht. Tante Rhoda hat mir eine richtige Standpauke gehalten, weil ich mich auf ein Gespräch mit Guy eingelassen habe. *Sie* nennt ihn Mr. Gildry. Sie meinte, ich dürfe mit ihm nicht flirten. Er sei schlechter als schlecht und wird mich nur in

Schwierigkeiten bringen.« Corinne schniefte. »Ich habe ihm keine schönen Augen gemacht, wie sie behauptet. Ich sollte ihm sagen, wie spät es war, und er war ganz höflich. Und dann erzählte ich ihm, wer ich war und wo ich wohnte, weil er mich wie ein Gentleman danach gefragt hatte.«

»Wo wohnst du denn?«

»In Bexford. In einem Reihenhaus, nicht sehr hübsch, obwohl ich es sauber zu halten versuche. Papa arbeitet nachts, deshalb bin ich immer allein.«

Ich konnte mir gut vorstellen, wie fröhlich Guy diese munter sprudelnden Informationen aufgenommen haben dürfte. Dann war er mit uns also zweigleisig gefahren.

»Ach, Corinne. Natürlich ist er ein sehr attraktiver Mann, aber ganz und gar der Falsche, um sich in ihn zu verlieben. Er ist absolut eigensüchtig und ein Lügner. Und wahrscheinlich unfähig, einer einzigen Frau treu zu sein.«

»Das sagt Tantchen auch. Sie sagte, ich könne mich glücklich schätzen, nichts mit Mr. Gildry zu tun zu haben, denn er habe bereits eine andere Frau im Schlepptau, obwohl er gerade erst mit einem Mädchen in London Schluss gemacht habe, mit der er sogar verlobt war. Meiner Tante entgeht nichts. Nur weiß sie nicht, dass ich mich auch mit ihm getroffen habe. Ich hätte am liebsten geheult, sagte aber nur: ›Also nein, das ist aber ungezogen!‹, und sie hat mir darauf von Ihnen erzählt. Dass Sie gerade erst hergezogen seien und in einem halb verfallenen Haus lebten und in der Mühle arbeiteten, sich aber so gebärdeten, als seien Sie die Tochter eines Herzogs. Ach, geben Sie nichts drauf.« Ich muss meine Verärgerung gezeigt haben, denn Corinne unterbrach ihren Redefluss, um mich zu beruhigen. »Sie lässt an keinem ein gutes Haar. Ich sagte ihr, ich wüsste gar nicht, dass es da ein altes, unbewohntes Haus gab, und sie sagte: ›O ja, es liegt mitten im Wald unten am Fluss.‹ Ein verkrüppelter Junge hat mich hergebracht. Ich musste ihm fünfzig Pence geben.« Corinne sah sich nachdenklich um. »Also ich würde es eigentlich nicht als verfallen bezeichnen. Eher idyllisch.«

»Danke. Findest du es nicht ein wenig abstoßend, dass er mich in letzter Zeit so oft gesehen hat, obwohl er mit dir zusammen war?«

»Ich weiß, dass ich das sollte, aber es macht mich nur traurig. Mir ist nie ein Mann wie er begegnet, so gut aussehend und klug und lustig. Wenn er mich aufzieht, kann ich mich kugeln vor Lachen. Das liebe ich eigentlich am meisten an ihm, wissen Sie. Es ist immer so behaglich, wenn man mit jemandem lachen kann. Da hat man doch das Gefühl, den anderen wirklich zu kennen, oder?«

»Aber du kennst Guy nicht. Und ich auch nicht. Ihm kommt es nur darauf an, seinen Willen durchzusetzen, und wir beide interessieren ihn kein bisschen.« Corinne schien das nicht zu überzeugen. Es war entmutigend, so viel Unglück vorherzusehen. »Es geht mich ja nichts an, aber wenn du ihn mal eine Weile nicht sehen würdest, bekämst du von der ganzen Sache etwas Abstand und würdest vielleicht merken, dass er deine Liebe gar nicht wert ist.«

»Dazu ist es jetzt zu spät.« Corinne sah mich erschrocken an. »Ich bin schwanger.«

»O nein!« Die Bestürzung in meiner Stimme ließ Chlöe aufsitzen und mich fragend ansehen. »Du armes Kind!«

»Ach ja, auf dem Meer passiert Schlimmeres, sagen sie uns immer.« Corinne versuchte ein gequältes Lächeln, aber ihr Gesicht verzog sich vor Schmerz und sie brach wieder zusammen. »Tut mir Leid«, weinte sie, »aber ich habe niemanden, der mir hilft. Sie sind die Einzige, der ich es erzählt habe. Mein Papa bringt mich um. Er wird mich wahrscheinlich rausschmeißen und Tante Rhoda gibt mir eine Tracht Prügel. Die rastet nämlich ziemlich schnell aus.«

»Bist du dir ganz sicher? Dass du schwanger bist, meine ich.«

Corinne nickte in ihr Taschentuch. »Ich war beim Arzt, weil ich mich nicht wohl fühlte. Mir war jeden Morgen speiübel. Und dann blieb auch noch mein monatlicher Besucher aus. Nie hätte ich gedacht, dass ich ein Baby bekomme. Bisher hatte ich noch nie einen Mann so nah an mich rangelassen. Guy sagte, es wäre alles gut.«

»Hast du es ihm gesagt?«

»Ich wollte es ihm sagen, aber ich hatte Angst davor. Er war so süß und Schätzchen hier, Täubchen da. Ich wollte nicht, dass er wütend wird auf mich.«

»Wie alt bist du, Corinne.«

»Nächsten Monat werde ich siebzehn.«

Ich war so wütend, dass ich Guy, wäre er in dem Moment gekommen, leicht mit dem Schürhaken erschlagen hätte. Vielleicht war es gut, dass er nicht kam. Außerdem gab es Sinnvolleres zu tun, für Corinne musste Hilfe gefunden werden. »Wohnst du bei deiner Tante?«

»Ich habe ihr gesagt, ich mache einen Spaziergang. Ich gehe jetzt lieber zurück, sonst denkt sie sich sonst noch was. Sie ist eine ganz misstrauische Person.«

Wie schade, dachte ich, dass sie nicht misstrauisch genug war. Aber die Vernunft sagte mir, dass man Corinne höchstens durch Einsperren von Guys Bett hätte fern halten können. Er war wie ein Licht, das die Motten anzog, und ich hatte Glück, mir nicht die Flügel versengt zu haben.

»Ich begleite dich zurück. Es wird inzwischen ganz dunkel sein.«

»Oh, würden Sie das tun? Ich mag diesen kleinen Steg nicht. Der ist so wackelig. Auf dem Land ist es doch wirklich unheimlich, oder?«

Mit Hilfe einer Taschenlampe bewältigten wir die schwierigen Stellen. Corinne verlor ständig das Gleichgewicht, vertrat sich das Fußgelenk, stolperte über Steine und musste aus Löchern gezogen werden. In Mrs. Creechs Wohnzimmer brannte Licht und die Vorhänge waren nicht zugezogen. Mrs. Creech saß gebannt vor dem Fernsehschirm, auf dem sich ein künstlich inszeniertes Drama abspielte, und hatte keine Ahnung von dem wirklichen Notfall im Leben ihrer Nichte. Während wir sie beobachteten, griff sie in eine Schachtel mit Pralinen und schob sich eine in den Mund.

»Dieses gemeine Weib!«, entrüstete sich Corinne. »*Ich* habe ihr diese Pralinen gekauft und sie sagte, sie würde sie für eine besondere Gelegenheit aufheben.«

»Komm doch morgen bei mir vorbei, dann unterhalten wir uns darüber, was wir am besten machen.« Ich half ihr aus dem Mantel, den ich ihr geliehen hatte.

Corinnes Stimme durchdrang die Dunkelheit mit einem aufgewühlten Schluchzen. »Sie sind so nett zu mir. Es tut mir wirklich Leid, dass ich Ihnen die Geschichte mit ihm vermassele.«

Offenbar glaubte sie mir nicht, dass mein Entschluss, die Affäre zu beenden, bereits gefasst gewesen war. Auf dem Rückweg ließen Chloë und ich uns Zeit. Der Regen hatte aufgehört und die Luft duftete nach feuchter Erde und Blättern. Ich freute mich auf Bars Fenchelkuchen und das nächste Kapitel der *Wessex Tales* von Thomas Hardy. Ich hatte Spaß an der Übereinstimmung von Fiktion und Wirklichkeit. Gerade als ich mich dem Steg näherte, hörte ich eine Stimme meinen Namen rufen.

»Flo? Flo! Wo bist du, mein Schätzchen, mein Täubchen?« Es war Guy.

Als der Strahl der Taschenlampe in meine Richtung schwang, versteckte ich mich hinter einem Baum. Ich wollte ihn nicht sehen. Es musste nicht nur geklärt werden, dass alles, was zwischen uns gewesen war – und angesichts dessen, was ich über seine Besuche in Bexford wusste, konnte es ja kaum eine Liebesgeschichte genannt werden –, vorbei war, sondern ich brauchte auch Zeit, um zu überlegen, wie ich die Sache mit Corinne am besten anpackte. Die ersten vier Töne von Beethovens Fünfter Sinfonie klangen mir süß im Ohr.

»Lemmy?« Der Busch neben meinem Baum raschelte heftig. »Du hast mich erschreckt«, flüsterte ich.

»Versteckst du dich vor ihm? Ist er gefährlich?«

»Nein, das nicht. Ich bin nur müde und möchte nicht mit ihm reden.«

»Er hat Lemmy einen Zehn-Schilling-Schein gegeben. Er ist schön. Lemmy nimmt ihn als Lesezeichen für seine Bücher.«

»Sch!«

Lemmy und ich kauerten noch eine Weile schweigend nebeneinander, bis ich Guy den Pfad entlang eilen hörte. Seine Schritte dröhnten auf den Stegplanken, dann verschwand er rasch außer Hörweite. Ich trat hinter dem Baum hervor. »Die Luft ist rein.«

Lemmy stieg aus dem Busch heraus. In der Dunkelheit war sein Körper von einem bläulichen Weiß. Er wandte sein Gesicht dem Himmel zu und der weiche Glanz des Sternenlichts betonte seine Brauen- und Wangenknochen. Ich überlegte, wo ich in letzter Zeit einmal ein solches Gesicht gesehen hatte. »Geh heim. Lemmy wird dich beschützen. Lemmy pfeift, falls er zurückkommt.«

Und weg war er, sprang wie ein Hase von Schatten zu Schatten, im Licht des hinter den Wolken dahinsegelnden Mondes.

Auf dem Tisch lag ein Brief von Viola. Ich warf ein Scheit ins Feuer und setzte mich hin, um ihn zu lesen.

Liebste Flo,
Florenz ist zauberhaft, die Arbeit geht zufrieden stellend von der Hand, Wetter ist ausgezeichnet, Gemälde überirdisch schön. Giles lässt grüßen. Und jetzt zu dir. Es war schon ein fataler Zufall, dass du ausgerechnet dann anriefst, als Alex bei mir war. Ich habe ihm gesagt, ich wüsste nicht, wer dran war. Doch mir war klar, dass er mir nicht glaubte. Er bekam bedrohlich schmale Augen und schnaufte sehr heftig. Ich hatte wirklich Angst. Er bombardierte mich mit Fragen, aber ich leugnete, etwas zu wissen, was seine Miene noch düsterer werden ließ. Dann stierte er Mouser auf eine Weise an, die mich sehr beunruhigte. Mouser ist der Kater von nebenan, aber ich habe ihn gewissermaßen adoptiert, weil er von mir bessere Happen bekommt. Er ist wirklich eine Schönheit, rot mit Streifen im Ton dunkler Kastanien und sehr dick im Gesicht. Hätte Alex ihn zu quälen versucht, hätte ich, wie ich zu meiner Schande gestehen muss, sofort deinen Aufenthaltsort preisgegeben. Ein Glück, dass nie jemand versucht hat, mich für den KGB anzuheuern! Schon die Drohung, einen Wurm in der Mitte zu durchtrennen, würde mir ein vollständiges Geständnis entlocken. Mouser und ich hatten aber Glück, denn Giles kam zeitig nach Hause und trank dann mit Alex einen Whisky und sie unterhielten sich über die neue Ausstellung in der Tate. Nachdem Alex weg war, erzählte ich Giles, was Alex meiner Befürchtung nach vorgehabt hatte. Giles nahm mich überhaupt nicht ernst. Er lachte mich sogar aus, bis ich sauer wurde, was bei mir selten vorkommt. Dann entschuldigte er sich und war ganz lieb, doch jedes Mal, wenn er mich ansah, schien er vor unterdrücktem Lachen fast zu platzen. Soll ich einen Mann heiraten, für den ich eine Witzfigur bin? Wir brachen aber trotzdem hierher auf und bis jetzt habe ich noch keinen gesehen, der so aussieht, als würde er mich verfolgen. Aber Flo, ich glaube, du hast das einzig Richtige getan, Alex nicht zu heiraten. Die eine Minute war er charmant und umgänglich, in der nächsten schien er blutunterlaufene Augen und lange spitze Eckzähne zu haben. Und als Giles dann kam, war er sofort wieder der Kumpel. Könnte es sein, dass er ein bisschen verrückt ist? Schließlich weiß ganz London inzwischen, dass er Zara Drax-Eedes heiraten wird. Damit beende ich auch schon mein Plädoyer, denn Zara ist wirklich das genaue Gegenteil von dir und haarsträubend hart, so dass nur ein ernsthaft Ge-

störter es riskieren würde, ihr liebevoll in die Augen zu blicken, ohne Angst, gleich in Stein verwandelt zu werden. Giles sagt, wir kommen zu spät zum Mittagessen, also werde ich hier Schluss machen. Ich bin so froh, dass dir das Häuschen gefällt, und du kannst natürlich drin wohnen, solange du willst. Sobald wir wieder in England sind, komme ich und besuche dich.

Alles Liebe, Viola

War Alex verrückt oder ganz einfach nur entschlossen, seinen Willen durchzusetzen? Darüber dachte ich nach und sah den Funken der brennenden Scheite zu, die im Zickzackkurs ihren Weg in den großen Kamin nahmen. Mein eigenes Verhalten war an Irrationalität ja auch kaum zu übertreffen. Da hatte ich mich in der frostigen Dunkelheit herumgedrückt und mich hinter einen Baum gekauert, anstatt Guy vor die Augen zu treten, und vor nicht allzu langer Zeit hatte ich mich in einem Durchgang hinter Mülltonnen vor Alex versteckt. Machte ein gesunder und vernünftiger Mensch so etwas?

Und was noch mehr ins Gewicht fiel – war ich nicht vor allem und jedem geflohen, anstatt mich den Folgen meines Handelns zu stellen? Damals war ich ganz von dem Gedanken besessen gewesen, Alex verletzt zu haben. Dieses Schuldgefühl war mehr oder weniger ausgemerzt worden, als ich ihn mit Zara sah. Ich war froh, dass sein Herz nicht gebrochen war. Was mich aber jetzt störte, war die klare Erkenntnis, dass mir das Davonlaufen schon zur Gewohnheit geworden war. Ich konnte mir zwar selbst entschuldigend einreden, Zeit zum Nachdenken zu benötigen, aber die nackte Wahrheit war doch, dass ich der Konfrontation um jeden Preis aus dem Weg ging. Ich hatte kein Vertrauen in meine Fähigkeit, flehentlichen Bitten gegenüber standhaft zu bleiben. Mir mangelte es am Mut, zu meinen eigenen Überzeugungen zu stehen. Ich fürchtete mich vor der Wut anderer Menschen.

Ich stand auf und lief eine Weile im Zimmer umher, um Argumente zur Entkräftung dieses Selbsturteils aufzubieten, doch ich musste mir seine Richtigkeit eingestehen. Ich war ein Feigling. Ich versuchte mich an Situationen zu erinnern, in denen ich meine eigenen Interessen vertreten und keinen Zentimeter nachgegeben hatte. Nachdem ich die Kunstakademie verlassen hatte, war ich meinem eigenen Weg in die Unabhängigkeit gefolgt und hatte der Genusssucht der Masse widerstanden. Aber das war eher eine Reaktion auf Fays Dominanz gewesen, als dass ich die diesem Weg innewohnende Weisheit erkannt hätte. Jetzt kam es mir so vor, als wäre mein ganzes Leben, seit meinem achten Lebensjahr, von ihr diktiert gewesen – in den Anfangsjahren durch hilflose Fügsamkeit und als Erwachsene durch heftigen Widerstand gegen ihren Einfluss. Mit wachsender Beschämung wurde mir klar, dass ich noch immer beherrscht wurde, diesmal nicht von Fay selbst, sondern von meinem Hass auf sie. Was war sie denn schließlich anderes als eine oberflächliche, snobistische, dumme Frau? Ich hatte ihr Kräfte zuerkannt, die sie gar nicht besaß, gar nicht besitzen konnte.

Ich unterzog mein Verhalten einer noch genaueren Analyse und die Erkenntnis kam knüppeldick. Ich hasste Fay, weil ich sie für den Tod meiner Mutter und die Fahnenflucht meines Vaters verantwortlich machte. Aber die Verantwortung dafür trug nicht sie. Beide hatten ihr Unglück selbst herbeigeführt. Als ich an meine Eltern und ihr Versagen, mich zu schützen, dachte und daran, wie sehr ich sie trotz allem liebte, liefen mir die Tränen über die Wangen. Man sagt zu Recht, dass wir erst dann erwachsen werden können, wenn wir unseren Eltern verziehen haben.

Ich ging nach oben und holte meinen Koffer aus dem Schrank. Aus der Tasche im Deckel holte ich Evangelines Bein. Es hatte inzwischen fast die ganze Füllung verloren und das rauchgeschwärzte Ende bestand nur noch aus brüchigen Nesselstofffasern. Selbst der Schuh war durch jahrelanges Liebkosen und Küssen dünn geworden. Ich nahm das Bein mit nach unten und warf es ins Feuer. Es glühte hell auf, als es brannte, schmolz zu schwarzer Schlacke zusammen und zerfiel dann zu Asche.

31

Meinen Job in der Mühle gab ich mit Bedauern und Erleichterung auf, Letzteres überwog. Ich liebte das alte Gemäuer und genoss den Segen eines langen, traumlosen Schlafs, mit dem die körperliche Arbeit belohnt wird, doch auf die Gesellschaft der Ratten verzichtete ich gern. Außerdem brannte ich darauf wieder zu malen. Dusty reagierte mit Gelassenheit auf die bevorstehende Veränderung in seinem Leben. »Neuer Herr, neue Knechtschaft«, sagte er mehrmals mit einem Kopfschütteln, aber ich glaubte, ein Leuchten in seinen Augen zu sehen.

George frohlockte. »Ich hasse die Mühle. Nie wieder möchte ich das Mahlen der Räder hören. Ich wünschte nur, wir könnten die Mühle verlassen und in Tarchester wohnen. Ich hasse das Dorf und seine Bewohner. Sie und Miss Yardley natürlich nicht«, schränkte er seine allgemeine Bewertung ein, »und auch Miss Watkin ist gar nicht so schlecht – wenn sie auch verrückter ist als 'n Schwein auf 'm Baum. Stimmt es denn, dass sie splitternackt durch den Wald rennt?«

»Du solltest nicht auf den Klatsch hören. Aber du hasst doch hoffentlich nicht auch Mr. Gilderoy? Der zahlt nämlich deinen Förderunterricht.«

»Nein. Ich glaube nicht, obwohl er einem immer das Gefühl gibt, er würde einen am liebsten zum Narren halten, wenn er könnte.« Georges Stirn umwölkte sich und er ballte seine Faust. »Aber ich lasse ihn nicht.«

Ich musste mit Dusty noch über Georges Besuch bei Edward reden. Er nahm eine starre Haltung ein. »Als er geboren wurde, hat man uns erzählt, die Ärzte könnten nichts für ihn tun. Ich schätze, Gott hat uns das als Strafe für die Sünde seiner Mutter auferlegt.«

»Ach, so ein Unsinn! Und wenn Gott schon so ungerecht wäre, dann verdiente Er es, überlistet zu werden. Dr. Gilchrist möchte George einem Spezialisten in London vorstellen.«

Dusty sah mich so entgeistert an, als hätte ich vorgeschlagen, George zum Mond zu schicken. »Sind Sie denn wahnsinnig, Mädchen, denken Sie vielleicht, ich könnte es mir leisten, den Jungen da hinzuschicken? Da wäre ja schon die Fahrkarte teurer als drei Monatslöhne.«

»O Dusty, wer wird denn dabei an Geld denken!«

»Das ist leicht gesagt, wenn man genug davon hat. Und ich müsste dann ja vernünftigerweise mit dem Jungen mitfahren.« Dusty schob seine bemehlten Brauen zusammen. »Schließlich bin ich seine ganze Verwandtschaft, wenn auch einige glauben, ein Vorrecht auf den Kerl zu haben.«

»Wenn ich das Geld irgendwo auftreiben kann, werden Sie ihn dann hinbringen?«

»Da muss ich erst noch mal drüber nachdenken.« Dusty sah mich schlau an. »Ich weiß nicht, ob ich zulassen kann, dass ich zum Almosenempfänger werde. Ein Mann hat schließlich seinen Stolz. Was man nicht heilen kann, muss ausgehalten werden.«

»Sie sind ein ganz dummer, eigensinniger alter Mann!« Ich konnte meinen Zorn nicht im Zaum halten. »*Sie* müssen es aber doch auch nicht aushalten.«

»Beschimpfen Sie mich ruhig, aber er ist mein Enkel und das Sorgerecht habe ich. Ich überlege übrigens auch, ob ich ihn auf dieses feine Gymnasium gehen lasse, von dem Miss Yardley immer erzählt. Könnte ja sein, dass die ihm beibringen, sich für seinen Opa zu schämen. Seine Mutter ist auf die Schule gegangen und was hat es ihr gebracht? Sie auf sündige Wege geführt, bis sie sich ertränkt und ihrem alten Vater das Herz gebrochen hat.« Ich merkte, dass Dusty sich mit immer größerer Begeisterung in seine Opferrolle hineinsteigerte. Ich unterdrückte meinen Ärger und aß schweigend mein Sandwich, während Dusty sein Sauerkraut in sich hineinschaufelte. Er leerte bereits die dritte Dose.

Normalerweise hätte ich Guy gebeten, Dusty zur Vernunft zu bringen, aber Guy redete nicht mehr mit mir. Wie verabredet, war Corinne am Sonntagnachmittag nach Drop Cottage gekommen. Ich hatte sie zu überreden versucht, Guy alles über das Baby zu erzählen, aber sie hatte viel zu viel Angst vor seinem Zorn.

»Was glaubst du denn, wird passieren, wenn er merkt, dass du ein Baby erwartest? Früher oder später wirst du es ihm sagen müssen.« Darauf meinte Corinne, dann lieber später. Sie war wirklich ein hübsches Ding und auch ganz reizend, aber ziemlich unterbelichtet. Es lag auf der Hand, dass die Situation sich durch Aussitzen nicht besserte, und zufälligerweise spielte mir das Schicksal in die Hände, denn in der nächsten Minute kam Guy in das Häuschen spaziert und zwar genau in dem Moment, als Corinne zu einem weiteren Tränenausbruch ansetzte.

»Was zum Teufel –?« Guy warf erst mir, dann Corinne einen wütenden Blick zu. »Was machst *du* denn hier?«

Arme Corinne. Sie sah ihn entsetzt an und das konnte ich gut verstehen, denn aus seinen Augen war der übliche Schalk gewichen und

Mordlust spiegelte sich darin. Corinne umklammerte meinen Arm und miaute wie ein Kätzchen. Ich beschloss, Guy eine Chance zur Wiedergutmachung zu geben. »Ich setze Teewasser auf, dann könnt ihr beiden euch unterhalten. Lass los, Corinne.« Sie gab meinen Pullover nicht frei. »Du brauchst keine Angst zu haben. Er beißt schon nicht.« Womit ich ihr hoffentlich nichts Falsches versprach. Er bleckte seine Zähne geradezu barbarisch.

»Ich weiß, dass das nicht gut aussieht, Flo.« Guy versuchte mich zurückzuhalten. »Ich weiß nicht, was dieses freche Ding dir erzählt hat, aber du solltest ihr kein Wort davon glauben. Sie ist irgendwie verrückt nach mir, du weißt ja, wie das ist.«

Ich ging in die Küche und ließ mir Zeit beim Teekochen. Obwohl ich die Tür geschlossen hatte, konnte ich ihre lauter werdenden Stimmen hören. Als ich Corinne in ihrem Elend losheulen hörte, musste ich alle mir zur Verfügung stehende Entschlusskraft aufbieten, nicht hineinzurennen, um sie zu verteidigen. Ich beschäftigte mich mit der Zubereitung von Käse- und Tomatenbroten, die es später für die Kinder zum Tee geben sollte. Was dich nicht umbringt, macht dich nur stärker, erinnerte ich mich. Ich glaube, Nietzsche hat das gesagt, und im Großen und Ganzen habe ich das auch als wahr erlebt. Corinne bekam wertvollen Unterricht in Menschenkenntnis, aber ich fühlte mich elend dabei. Als ich nichts mehr hörte, verließ ich die Küche.

»Wo ist sie?« Ich stellte das Tablett ab.

Guy schaute von dem Buch auf, in dem er blätterte. »Sie ist gegangen. Was hältst du davon, mit mir zum Fluss zu gehen? Es ist ein ausgezeichneter Tag zum Rudern. Unter anderem.« Er lächelte mich mit flehenden Blicken an.

»Und wie bist du mit ihr verblieben? Was wirst du für das Baby tun?«

Guys Lächeln erstarb. »Mein Gott, wie blöd von mir, mich überhaupt mit ihr einzulassen. Soweit ich weiß, hat diese kleine Hure es schon mit der ganzen männlichen Bevölkerung von Bexford getrieben. Aber das geht mich nichts an. Und dich auch nicht, Flo.«

»Sie ist doch fast noch ein Kind. Niemand kümmert sich um sie, bis auf die schreckliche Mrs. Creech. Sie sagt, du bist der einzige Mann, mit dem sie geschlafen hat.«

»Sie lügt.«

»O Guy! Und das sagst ausgerechnet du!«

»Na gut. Lass uns nicht darüber streiten.« Er kam zu mir und legte die Arme um mich. »Ist mir so oder so egal. Ich gebe nicht zu, dass das Kind von mir ist, aber ich zahle für eine Abtreibung, wenn dich das glücklich macht.«

Ich entzog mich ihm. »Tut es aber nicht. Ich möchte, dass du dich um sie kümmerst, nett zu ihr bist und herausfindest, was sie mit dem Baby vorhat. Warum kannst du nicht ein einziges Mal in deinem Leben ehrlich sein? Es geht nicht nur um das Baby, sondern darum, dass du glaubst, alles sei ein Spiel und du kannst die Leute manipulieren, wie es dir passt. Die Wahrheit interessiert dich gar nicht.«

»Aber du hast wahrscheinlich den direkten Draht zum Quell moralischer Rechtschaffenheit.«

»Ich denke, wir müssen daran glauben, dass es einen Kodex gibt, nach dem wir zu leben haben.«

Guy hatte die Hände in den Taschen und sein hübsches Gesicht war gedankenverloren. »Du hast Recht«, sagte er schließlich. »Vollkommen Recht. Es ist an der Zeit, mich meiner Verantwortung zu stellen. Ich bin faul und egoistisch gewesen. Wenn du mir hilfst, versuche ich mich zu bessern.« Er sah mich mit feierlicher Miene an, seine Haltung signalisierte Unterwürfigkeit. Er nahm meine Hände. »Ich brauche dich, Flo, wenn ich mich ändern soll. Gib mir noch eine Chance.« Dabei ließ er ein jungenhaftes, reuevolles Lächeln um seine Lippen spielen. Es war wahnsinnig anziehend.

»Du scheinst mich für eine komplette Närrin zu halten.«

Guy ließ meine Hände los. »Herrjeh! Corinne mag ja das Hirn eines Mungos haben, aber wenigstens langweilt sie einen nicht mit Moral und Prinzipien.« Er warf den Kopf zurück und lachte. »Sie weiß natürlich nicht einmal, was das ist. Sie war eine nette kleine Bettgeschichte, ganz erpicht darauf zu gefallen. Ich denke, ich werde sie zurückholen.«

»Lass sie in Ruhe! Du hast genug Schaden angerichtet.«

Guy hob seine Hand, aber als ich nicht zurückwich, ließ er sie fallen und ging davon. Er warf die Eingangstür ins Schloss. Ein Stück Putz klatschte aufs Tablett.

Ich setzte mich und knabberte geistesabwesend an einem Marmeladenkringel, obwohl ich die gar nicht besonders mochte. Meine Hand zitterte nicht und nach außen hin war ich ruhig. Ich war davon ausgegangen, dass Guy mich nicht schlagen würde. Er war nicht der leidenschaftliche Typ, der sich in der Wut vergaß. Ich hatte ihm widerstanden und unsere Liaison beendet und dies ohne jedes Bedauern. Ich wunderte mich nur, warum mein Triumphgefühl nicht größer war. Schon seltsam, dass es schmerzte, wenn man der Scheinheiligkeit beschuldigt wurde.

Ein zaghaftes Klopfen an der Tür war eine willkommene Ablenkung.

»Ich hoffe doch, ich komme nicht ungelegen?« Swithin trat ein und bahnte sich in dem für ihn typischen Schritt, der an einen langbeinigen Schreitvogel auf seinem Weg über den Sumpf erinnerte, seinen Weg zwischen den Möbeln hindurch. »Sie wirken nachdenklich. Ich möchte nicht die Muse verjagen.«

»Ich freue mich sehr, Sie zu sehen. Trinken Sie doch einen Tee mit. Ich habe mich gerade gefragt, was genau mit dem Gebot *Richtet nicht, auf dass ihr nicht gerichtet werdet* gemeint ist.«

Die Aussicht auf einen kleinen theologischen Disput ließ Swithins Augen hinter seinen dicken Brillengläsern aufleuchten. »Man hätte es vielleicht etwas genauer mit *Verdammt nicht, auf dass ihr nicht verdammt werdet* übersetzen können. Richten, im Sinne einer Entscheidung, ob etwas falsch oder richtig ist, kann nicht gemeint sein. Ich für meine Person habe immer gedacht, man solle bereit sein, sich dem Urteil zu unterwerfen, es sogar willkommen zu heißen. Natürlich hofft man auf Gnade, aber ich sehe keinen Wert darin, in einem Meer moralischer Neutralität zu lavieren.«

»Milch? Und Zucker?«

»Bitte beides. Ach, was sehe ich da! Marmeladenkringel!«

Ich bot ihm den Teller an. »Haben Sie Ihre Erkältung überstanden?«

»Meine Grippe, meinen Sie? Ja, aber ich bin noch vorsichtig. Früh zu Bett und als Abendtrunk einen Becher Brühe. Beryl ist ins Gästezimmer umgezogen, damit ich nachts das Fenster geschlossen halten kann. Es ist wunderbar, ohne Schmerzen auf der Brust aufzuwachen. Sie strickt mir ein Bettjäckchen.«

»Tatsächlich?« Die Überraschung, dass Beryl zu einer solchen Nettigkeit fähig sein sollte, war meiner Stimme bestimmt anzuhören.

»Sie ist eine gute Frau, wissen Sie. Der Pflicht treu ergeben. Das ist natürlich nicht immer gut für die Bequemlichkeit. Als sie aber merkte, wie viel besser es meiner Brust ging, als ich bei geschlossenem Fenster schlief, entschuldigte sie sich wirklich anständig. Jede Masche dieses Bettjäckchens ist mit Schuld gestrickt. Der Dekan hielt es für ungesund, die Schlafzimmerfenster geschlossen zu halten, also glaubt Beryl es. Wankelmütigkeit ist ihr fremd.«

»Wie verschieden wir doch sind. Ich bin praktisch unfähig, eine Entscheidung zu treffen. Immer scheint es auch noch einen anderen Gesichtspunkt zu geben.«

»*Der angebornen Farbe der Entschließung wird des Gedankens Blässe angekränkelt*, oder? Der Barde trifft das Gefühl immer ganz genau. Aber ich denke, es ist ein gutes Zeichen. Es bedeutet ja, dass Sie keine Angst vor dem einschleichenden Zweifel haben. Oftmals sind die Ansichten der Menschen auch Bollwerke gegen die Wogen. Sie wagen es nicht anzuerkennen, dass die Existenz Chaos ist.«

»Ist es das?«

»Ich fürchte, ja.« Wir sahen einander ernst an, eingekreist von schwermütiger Ungewissheit, was Browning »das große Vielleicht« nannte. »Es tut mir gut, es sagen zu können. Es ist pervers, aber sobald ich meine Zweifel ausspreche, springt etwas in mir auf und bestätigt meinen Glauben. Für einen kurzen glorreichen Moment fühle ich ein Wiederaufleben jener Überzeugung, die ich als junger Priester hatte. Es ist so freundlich von Ihnen, dass Sie mir zuhören, ohne schockiert zu sein. Mit meiner Gemeinde kann ich darüber nicht reden. Sie sehen natürlich in mir ihren Führer. Den Bischof langweilen solche Themen. Er meint, ich solle einfach weitermachen und ihn nicht damit belästigen.«

»Und was sagt Beryl?«

»Selbst der kleinste Zweifel, der Allmächtige könnte nicht da oben sein und die Punkte zusammenzählen, geht ihr gegen den Strich. Beryl hofft auf ein Wunder, wissen Sie.« Ich bot ihm noch einen Marmeladenkringel an und wartete darauf, dass er fortfuhr. Nachdenklich biss Swithin in den roten Kreis. »Sie hat sich immer ein Kind gewünscht. Diese Sehnsucht war die Triebkraft ihres Lebens. Als wir heirateten, war es eine freudige Erwartung. Ihre Begeisterung im Bett bestürzte mich sogar. Es macht Ihnen doch nichts aus, wenn ich so etwas erwähne?« Ich schüttelte den Kopf. »Ich weiß nicht, was ich erwartet hatte. Wir waren beide völlig unerfahren. Ich war eitel genug, es für Zuneigung zu halten. Aber als die Zeit verging und kein Kind kam, verlor sich auch die Freude daran. Aber wir quälten uns weiter.« Er stierte ein wenig bei dieser Erinnerung und schob seine Unterlippe über die Oberlippe. Armer Swithin. In Gedanken malte ich mir unwillkürlich das traurige Schlafzimmer und mühsame Geschlechtsakte aus.

»Ich hätte nicht gedacht, dass sie so enttäuscht ist. Das ist sehr traurig.«

»Ich fürchte, das hat sie herzlos gemacht. Ihre Verzweiflung ist eine Art Schmelztiegel, worin sie Frieden und Trost, Freundschaft und Fröhlichkeit destilliert, bis daraus saure Pflicht wird.« Swithin seufzte. »Aber Mitgefühl gehört nun mal zur Liebe, ist untrennbar von ihr. Ich glaube, dass viele Ehepaare im Alter so füreinander empfinden. Eine beschützende, besorgte, fürsorgliche Art der Liebe. Monat für Monat, Jahr um Jahr habe ich erlebt, wie Beryls wahnwitzige Hoffnung zerstört wurde, und das hat meine Liebe zu ihr nur gestärkt.«

»Aber sicherlich – hat nicht Beryl – ich hatte gedacht – vielleicht ihr Alter?«

»Oh, sie ist zweiundfünfzig. Deshalb sage ich ja, sie hofft auf ein Wunder.« Swithin lachte traurig. »Würden Gebete etwas bewirken, sollte sie inzwischen Mutter von Drillingen sein.«

»Ach, Swithin, das tut mir so Leid. Die arme Beryl!«

»Sie sagen es.« Niedergeschlagen starrte er auf den leeren Teller, auf dem die Marmeladenkringel gelegen hatten. Dann erhellte sich sein Gesichtsausdruck. »Sagen Sie, ist das nicht – nein, das kann nicht sein! Wissen Sie, einen Augenblick lang dachte ich, es ist Macavity.«

Mit seinen Blicken verfolgte er den Kater, der von oben kam und sich mit seinen prächtigen Schnurrhaaren, den makellos geputzten dicken, weißen Pfoten und den nach ausgiebigem Schlaf glänzenden Augen auf den Tisch zu bewegte. Das auf sein glänzendes schwarzes Fell fallende Sonnenlicht umschmeichelte seine gut gepolsterte Gestalt.

»Leider, ja. Ich habe Gewissensbisse, Swithin. Ich hätte Sie wissen lassen müssen, dass er hier ist. Die Wahrheit ist, ich habe ihn so gern hier und hatte Angst, dass Sie ihn mitnehmen.« Das war jedenfalls ein Teil der Wahrheit. Ich wollte Beryl nicht beschuldigen, ihn hungern zu lassen.

»Hallo, alter Junge!« Swithin schnippte mit den Fingern. Macavity bedachte ihn mit einem kühlen Blick und wandte sich dann mir zu und zwinkerte hypnotisierend mit seinen goldenen Augen.

»Ja, ist ja gut. Aber nur ein bisschen.«

Ich goss Milch in eine Untertasse. Während Macavity trank, drang aus seiner breiten Brust ein rollendes Schnurren und seine glänzenden Ohren zuckten. Swithin betrachtete ihn nachdenklich. »Hast du nicht ein wenig zugenommen?«

Eine Woche später war ich früh auf und packte eine Tasche mit Farben und Pinseln. Mein Kopf steckte voller Ideen, im Magen war mir ein wenig flau, was aber nichts mit Bars eingelegten Ginsterknospen zu tun hatte, die ich am Vorabend in Unmengen zu mir genommen hatte, weil ich vertuschen wollte, dass die Kinder sich weigerten, sie anzurühren. Ich befand mich im Zustand erwartungsvollen Schaffensdrangs, einer Kombination aus brennendem Ehrgeiz und ängstlichem Zögern, einen Anfang zu machen.

Es hatte einige Probleme gegeben, wo Lady Frisk mir Modell stehen sollte. Mein Häuschen gab nicht genug Licht her, Lady Frisks Haus war mit dem Bus nicht zu erreichen und zu Fuß zu weit von mir entfernt. Caro hätte ihr Haus zur Verfügung gestellt, was Lady Frisk aber ablehnte mit der Begründung, sie sei einmal von einem Spaniel gebissen worden. Caro hatte mir daraufhin gestanden, wie erleichtert sie war, was man ihr nicht verübeln konnte. Die anderen Mitglieder des Krankenhausbeirats hatten offenbar schwache Entschuldigungen vorgebracht – Freunde, die auf Besuch kamen, ausgedehnte Umbauarbeiten am Haus, kranke Verwandte, die absolute Ruhe benötigten –, bis Lady Frisk am Ende selbst Gilderoy Hall vorgeschlagen hatte. Sie war sich sicher, dass Ambrose gegen einen solchen Vorschlag keine Einwände erheben konnte, da man ja nur wenig Platz benötigte und Malen eine stille Beschäftigung war. Was Ambrose wirklich davon hielt, drang mir nicht zu Ohren, aber uns wurde ein Raum zur Verfügung gestellt. Lady Frisk meinte, sie könne es in den nächsten drei Wochen jeweils von zehn bis zwei Uhr einrichten, die

Wochenenden ausgenommen. Ihrer Meinung nach musste die Arbeit auch für den langsamsten Maler in dieser Zeit zu schaffen sein.

Die Aussicht, mich jetzt in Guys Domäne aufzuhalten, bereitete mir ein wenig Sorge, da wir ja keinen Kontakt mehr zueinander hatten, doch das Haus war groß genug, um sich aus dem Weg gehen zu können, und ich beugte mich widerspruchslos Lady Frisks Vorschlag, den Hintereingang zu benutzen, damit die Familie weniger gestört wurde. Es amüsierte mich, sie im Rolls Royce am Hauptportal vorfahren zu sehen, den ihr Chauffeur auf ihre Weisung hin direkt vor den Eingangstreppen parken musste. Da sich das Haus auf der Kuppe eines steilen Hangs befand, war der Wendekreis schmal und die Hausbewohner waren gezwungen, auf den Steilhängen zu parken oder auf dem Hof vor den Ställen auf halbem Weg nach unten.

Man hatte das Frühstückszimmer für uns ausgesucht, da dort während der Stunden, die wir es belegten, ausreichend Licht einfiel. Es war offenbar schon seit Jahren nicht mehr benutzt worden und seine Möbel, die einmal hübsch gewesen waren, sahen jetzt fad und staubig aus.

»Also!« Lady Frisk schlug nach einer Hummel, die die Frechheit besessen hatte, im verzweifelten Versuch, einen Weg ins Freie zu finden, in ihre Nähe zu fliegen. »Ich muss schon sagen, das ist doch eng hier. Man hätte doch den Salon erwartet – aber vielleicht hatten sie Angst, es könnte Farbe an die Möbel kommen. Sie müssen sehr vorsichtig sein, Florence, wegen der Tropfen. Ich werde doch hoffentlich nicht auf diesem Ding sitzen müssen.« Sie klopfte mit ihrem Stock auf das Sofapolster. Der Staubschwall reizte sie zum Husten. »Das ist schlecht für meine Brust. Ich werde mit dem Mädchen reden.« Sie sah sich um, entdeckte den Klingelzug und betätigte ihn mit einem Ruck. Er blieb ihr in der Hand liegen. »Alles kaputt hier! Ich hätte mich verletzen können. Ambrose wird über den Zustand gar nicht informiert sein. Ohne Frau sind Männer so hilflos. Ich frage mich, warum er nicht zur Begrüßung an die Tür gekommen ist, aber wahrscheinlich setzt ihm die Gicht wieder zu. Als ich mit ihm telefoniert habe, um Gilderoy Hall als unseren Treffpunkt vorzuschlagen, hat er über einen akuten Anfall geklagt. Ich habe ihm gesagt, dass ich etwas Kalbfleisch in Aspik mitbringen werde, wenn ich komme. Gegen Gicht gibt es nichts Besseres. Mein Koch hat es immer für Sir Oswald zubereitet.

Er schwor darauf. Das und völlige Abgeschiedenheit. Ich habe Ambrose gesagt, ich würde alles tun, um den Haushalt nicht mehr als notwendig zu stören. Ich werde nur ein leichtes Mittagessen bestellen, nichts Fettiges und ganz bestimmt keinen Käse oder Eier und zu meinem Kaffee um elf nur ein Stückchen einfachen Madeirakuchen. Ich kann mich nämlich beherrschen, egal was die anderen machen.« Sie sah mich streng an.

Ich konzentrierte mich darauf, meine Staffelei so aufzustellen, dass das größte Ostfenster direkt hinter mir war. Caro war wieder mal ein Engel gewesen und mit mir bis nach Salisbury gefahren, um die notwendigen Materialien für den Auftrag zu kaufen, da ich aus London nur Farbe, Pinsel und einen Skizzenblock mitgebracht hatte. Während ich die Leinwand dehnte und faltete und mit Nägeln befestigte, bevor ich sie grundierte, hatte sie für die Kinder Mittagessen gekocht. Außerdem hatte sie die Leinwand am Abend zuvor nach Gilderoy Hall gebracht, da sie zum Tragen zu groß war. Ich war mit der Stellung der Staffelei zufrieden und ließ die arme Hummel hinaus, die Lady Frisk mit der Zwinge ihres Stocks aus der Luft zu fangen versuchte.

»Wie heißt noch mal die Haushälterin? Ich vergaß.«

»Miss Glim.«

Lady Frisk öffnete die Tür und schrie laut. »Glim! Glim! Ich brauche Sie! Was ist das nur für ein schlecht geführtes Haus! Glim! Aber schnell, wenn ich bitten darf!«

Ich hörte ihre Stimme schwächer werden, als sie Miss Glim durch den Flur und außer Hörweite verfolgte. Ich war gerade dabei, köstliche Würmer in Weiß, Schwarz und Kohle auf meine Palette zu drücken, um mich abzulenken, als ich einen raschen Schritt vor der Tür hörte. Ich stellte mich darauf ein, Guy unbekümmert entgegenzutreten, aber es war Philipp.

»Hallo. Ich wusste gar nicht, dass Sie hier sind.« Er zog die Stirn kraus. Jetzt sah er schon viel besser aus, weniger müde und die Haare hatten eine attraktive Länge. »Was zum Teufel ist denn hier los? Wer ist diese Frau, die das Haus zusammenschreit?«

»Es ist Lady Frisk. Ich werde ihr Porträt für den Krankenhausbeirat malen. Es tut mir schrecklich Leid, dass wir solche Umstände machen. Es war ihre Idee.«

»Ich hatte vergessen, dass Sie malen. Passt Ihnen dieses Zimmer?« Er sah sich um. »Scheint ziemlich vernachlässigt worden zu sein.«

»Es ist bestens. Wunderbares Licht. Helfen Sie mir bitte mit dem Ohrensessel? Ist zwar ziemlich wackelig, aber der verblasste Pflaumenton ist herrlich.«

»Scheint sehr alt zu sein, womöglich Queen Anne. Ich sollte ihn restaurieren lassen. Aber es gibt so viel zu tun. Erst muss ich zusehen, dass das Land Geld abwirft, ehe ich mich um Einzelheiten kümmern kann.«

»Wie läuft es denn?«

Philipp ließ die Mundwinkel hängen. »Ist noch zu früh, um etwas sagen zu können. Aber wenigstens kann ich verhindern, dass das Geld mit beiden Händen zum Fenster hinausgeworfen wird. Würden wir nichts tun und der Natur freien Lauf lassen, wären wir besser dran. In den Hügeln von Spokebender hatten wir die übliche Mischung von fünfzig Kühen und fünfhundert Schafen. Ich werde den Tierbestand verkaufen und das Land verpachten. Und sofort werden wir einen wenn auch kleinen Profit machen, zum ersten Mal in zehn Jahren. Man hat die Wälder verwildern lassen, aber das soll so bleiben. Sonst würde die Schönheit dieser Gegend hier ruiniert. Ich habe schon ein paar Naturschutzverbände dafür interessieren können. Wir können Zuschüsse bekommen, wissen Sie, und wenn wir die Bäume in einem Zehn-Jahres-Rhythmus beschneiden, gibt es genug Lichteinfall, um das Wachstum von Pflanzen anzuregen, die von Raupen gerne gefressen werden. In diesem Gebiet sind einige seltene Schmetterlingsarten vom Aussterben bedroht, vor allem der Perlmutterfalter und der Senfweißling.« Philipps Gesicht strahlte vor Begeisterung. Es erstaunte mich, dass ein so maskuliner Mann sich ausgerechnet für Schmetterlinge interessierte. »Ich werde das Schutzprojekt mit Gemüseanbau unterstützen. Das Erdreich im Tal ist ausgezeichnet, speichert gut die Feuchtigkeit und ist sehr nährstoffreich. Ich habe mir überlegt, außergewöhnliche Feldfrüchte für die Londoner Restaurants anzubauen – Schwarzwurzel, Mangold, Artischocken, Spargel und so. Wussten Sie, dass es mehr als zweihundert Kartoffelsorten gibt? Und weiter oben werde ich dann Obstbäume pflanzen – ungewöhnliche Apfel-, Birnen- und Kirschsorten.«

»Das erstaunt mich aber. Wie sind Sie denn darauf gekommen?«

»Ach, vor ein paar Monaten habe ich in Rio einen Franzosen kennen gelernt. Er hat vor, in London ein Restaurant aufzumachen. Offenbar wird es in England eine Ernährungsrevolution geben. Ich habe ihn auch schon gesprochen, seit ich wieder hier bin, und wir haben einen Plan entworfen. Hoffentlich liegt er richtig. Aber man muss auch nur wenig Kapital investieren.«

Es machte mich glücklich, mir mein herrliches Tal – nun, meins wohl eher nicht, da mir kein Zentimeter davon gehörte –, also das herrliche Tal der Gilderoys voller Tiere und saftigem Gemüse vorzustellen. »Wie gut, dass Sie nach Hause gekommen sind.«

Mir fiel auf, das Philipp unter seiner gebräunten Haut errötete. »Leider ist das nicht die Meinung der Allgemeinheit.«

»Sind Sie das, Miss, die hier so laut schreit, dass es die Toten weckt?«

Miss Glims Gesicht war röter als das von Philipp, aber vor Wut.

»O nein, ich fürchte, Lady Frisk –«

»Da sind Sie ja, Glim!« Lady Frisk rauschte herein. »Meine Kehle ist schon ganz rau. Sie sollten hier lieber nicht Staub wischen, bis die heutige Sitzung beendet ist. Ich habe Angst wegen meines Asthmas. Aber Sie können bitte diese Zeitschriften wegräumen«, dabei deutete sie auf einen unordentlichen Zeitungsstapel auf dem Schreibtisch, »und sich darum kümmern, dass die Glocke repariert wird. Ich bin nicht daran gewöhnt, im ganzen Haus nach Dienstboten suchen zu müssen. Ich brauche jetzt sofort ein Glas Wasser. Erfrischungen um elf Uhr. Falls Mr. Gilderoy es nicht mehr weiß – den Sherry halbtrocken, dazu Madeirakuchen. Nur ein Stück. Ich bin immer für Leichtes. Oh, und da habe ich das Kalbfleisch in Aspik für Mr. Gilderoy.« Lady Frisk deutete auf eine Tragetasche auf dem Tisch. »Sie müssen sie sofort ganz oben in den Kühlschrank stellen. Es darf keine Eiskristalle ansetzen, muss aber so kalt sein, dass es sich nicht verflüssigt. Stehen Sie nicht so herum. Beeilen Sie sich!«

Mrs. Glim war rot-weiß gefleckt. Sie zeigte keinerlei Anzeichen von Eile, sondern nahm bedächtig das Glas in die Hand. »Soll ich das alles vor dem Madeirakuchen machen oder danach? Vielleicht wäre Madame so freundlich, mir eine Liste mit meinen morgendlichen Aufgaben zu erstellen.«

»Also, wenn Sie es wirklich nicht schaffen, sich so weit zu organisieren, nehme ich …« Lady Frisk hielt inne und sah Miss Glim argwöhnisch an. »Sollte ich aus dieser Bemerkung eine gewisse Aufmüpfigkeit herausgehört haben, Glim, dann wäre ich aber sehr verärgert.« Miss Glim warf ihren Kopf zurück und verließ würdevoll den Raum. Auch Philipp war gegangen.

»Lassen Sie uns jetzt anfangen, Lady Frisk, solange das Licht gut ist.« Ich zeigte auf den Ohrensessel.

»Der hat eine sehr steile Lehne. Wird mir zweifellos meinen Rücken ruinieren. Aber man muss bereit sein, sich für andere zurückzunehmen. Wenn Sie älter werden, Florence, werden Sie schon merken, dass das Leben nicht nur aus Jux und Tollerei besteht.«

»Das tut es bestimmt nicht«, sagte ich und verschob die Staffelei ein wenig, bis sie rechts von der Linie zwischen dem Sessel und dem hinteren Fenster stand. Als ich mir sicher war, dass die Entfernungen stimmten, markierte ich die Position von Staffelei und Sessel auf dem Boden mit Klebeband. Dann schloss ich einen Blendladen, der ein wenig offen geblieben war. Die Westfassade des Hauses erhob sich direkt über einem klippenartigen Abhang und man hatte einen fast fünfzig Kilometer weit reichenden Blick über die unten liegenden Felder und Wälder von Dorset. Als ich die Collage aus verschwommenen Grün-, Braun- und Blautönen betrachtete, sah ich eine goldene Kugel in die Luft fliegen, die aus dem Nachbarfenster geworfen wurde. Als sie durch mein Blickfeld wirbelte, streckte sich die Form und verzog sich, ehe sie zur Erde zu trudeln begann. Es war das Kalbfleisch in Aspik.

32

Das Porträt ging mir ungewöhnlich flott von der Hand. Die Wochen, in denen ich so gut wie gar nicht ans Malen gedacht hatte, hatten offenbar nur gut getan. Es fiel mir leichter als sonst, meinen Geist in aufnahmefähiger Leere zu halten – was Keats so unvergleichlich eine »negative Fähigkeit« nannte, … *wenn der Mensch fähig ist, im Ungewissen, Geheimnisvollen, im Zweifel zu sein, ohne ungeduldig nach Tatsachen und Gründen zu suchen.* Keats erachtete diesen geistigen

Prozess als wesentlich für den Schaffensprozess. Ich glaube nicht, dass seitdem jemand eine bessere Definition gegeben hat.

Anfangs empfand ich Lady Frisk beinahe als Karikatur. Ihre Nase mit dem hohen Sattel zwischen den erschlafften Wangen, aus denen jede Muskelspannung gewichen war, und ihre fast rüsselartig gebogene Oberlippe verliehen ihr das Aussehen einer Schildkröte. Das Alter hatte ihre Haut mit einer reichhaltigen Farbpalette bedacht – Pink, Violett, Gelb und Rot in zahlreichen Schattierungen. Ihr Augenausdruck war herrisch und unversöhnlich. Er legte nahe, dass die Welt bisher von dem, worauf sie ein Recht zu haben glaubte, meilenweit entfernt war. Aber natürlich musste noch mehr dahinterstecken, die Frage war nur, ob man es ihr entlocken konnte.

Die erste Sitzung ließ sie in hochmütigem Schweigen über sich ergehen, ihr Gesicht vermittelte aristokratische Verachtung. Ich wollte sie zum Reden bringen, wollte, dass sie sich mir öffnete. Ich fragte sie nach Charlotte. Die Gelegenheit, mich belehren zu dürfen, ließ sie sich nicht entgehen und vergaß auch schon bald ihre zur Schau gestellte Überlegenheit.

»Ich habe das liebe Mädchen jetzt schon seit fast drei Monaten nicht mehr gesehen. Natürlich verlangt ihre Arbeit ihr viel ab. Sie hofft auf ein Forschungsstipendium im Herbst. Ich finde es ganz wundervoll, dass ein so hübsches Mädchen sich derart den langen Stunden des Studiums hinzugeben vermag. Diejenigen unter uns, für die sich der Daseinszweck einer Frau darin erschöpft, Männer anzuziehen, werden unweigerlich ihren Fehler bemerken, wenn das Alter ihren Reiz auf Puder und Farbe reduziert hat!« Ihre Augen glühten. »Ich bilde mir etwas darauf ein, dass ich immer ein Beispiel in punkto Fleiß gewesen bin. Sir Oswald hat immer gesagt, es sei bemerkenswert, wie sehr ich mich in meiner absoluten Geringschätzung femininer Frivolität von all den Frauen abhebe, die er kennen gelernt hat.«

Lady Frisk ließ sich über Charlottes Schönheit, Frömmigkeit und Anstand aus, bis ich das arme Mädchen am liebsten mit dem Kalbfleischaspik ins Tal gestoßen hätte. Es bedurfte keiner allzu großen Ermunterung und Lady Frisk erging sich in den Freuden ihrer eigenen Mädchenzeit. Die Beispiele ihrer Klugheit, ihres Fleißes und ihrer allgemeinen Überlegenheit waren so zahlreich, dass sie zwischen den Bissen ausgezeichneten Madeirakuchens zwei Stunden lang pausenlos erzählte.

Am Ende der ersten Woche zeichnete sich auf der Leinwand bereits ein erkennbares Gesicht ab. »Meine Nase haben Sie ein wenig zu lang gezeichnet, aber ansonsten haben Sie es sehr gut hinbekommen«, verkündete seine Besitzerin. »In meiner Jugend war ich eine erstklassige Künstlerin. Zweifellos hätte ich es weit bringen können, aber natürlich kam für Sir Oswald nicht in Frage, dass seine Frau Malerin war. Er mochte Frauen nicht, die es zu etwas brachten. Sie werden feststellen, dass das nur wenige Männer wollen, Florence. Eine vornehme Frau erkennt man an ein wenig Bescheidenheit.«

»Diese Frau macht wirklich nur Wind«, beklagte ich mich am Freitagabend, als ich mit Caro zu Abend aß. »Ihre Vorstellung von Konversation beschränkt sich auf ein Prahlen mit ihrer eigenen Klugheit und ihren Fähigkeiten oder sie hebt Charlotte in den Himmel. Die Mütter machen einen großen Fehler, wenn sie ihre Kinder loben. Dadurch werden sie nämlich gemeinerweise zu Hassobjekten.«

»Soweit mir bekannt ist, hat Lady Frisk eigentlich immer nur andere Leute verärgert. Nie bringt sie sich im Krankenhaus ein, weder durch Geld noch durch Dienste. Sie will den anderen immer nur erzählen, was sie tun müssen. Und für gewöhnlich vertut sie sich dabei. Denk doch einfach nur an das tolle Geld. Dreihundert Pfund. Damit könntest du dich fast zur Ruhe setzen.« Caro schaufelte die letzten Reste des Reispuddings in sich hinein. »Das schadet meiner Figur total, aber ich kann einfach nicht widerstehen. Ich muss schon sagen, dein Kochstil hat sich verändert. Früher einmal gab es künstlerisch arrangierte Kopfsalatblätter neben einem Sardellenfilet und einer halben Tomate. Nicht, dass ich dich damit kritisieren möchte. Es hat beides seinen Reiz.«

»Es ist wegen der Kinder. Reispudding ist eins der wenigen Dinge, die Titch isst. Morgen ist Samstag, nicht wahr? Ich werde versuchen mit Mrs. Roker zu sprechen. Ich glaube, sie trinkt wieder. Frankie erzählt, sie habe sich schon seit zwei Wochen keine Sozialhilfe mehr abgeholt.«

»Möchtest du, dass ich mitkomme?«

»Ja bitte. Wir werden Bar bitten mitzukommen, damit sie uns den Weg ebnet.«

»Denkst du noch an Guy?«, wollte Caro plötzlich wissen.

»Überhaupt nicht mehr. Na ja, mehr oder weniger. Ich bin auf jeden Fall nicht unglücklich seinetwegen.«

»Siehst du ihn denn oft, wenn du oben im Herrenhaus bist?«

»Nein. Nie. Er geht mir aus dem Weg. Er weiß, dass ich mit ihm über Corinne reden wollte.«

»Er ist wirklich ein noch größerer Mistkerl, als ich gedacht hatte. Was wird nun aus dem armen Ding?«

»Also ich war so besorgt um sie, dass ich heute Morgen mit Philipp darüber gesprochen habe.«

Eigentlich hatte ich schon seit Tagen darauf gewartet, ihn allein sprechen zu können, und als Lady Frisk die Toilette aufsuchte, nutzte ich meine Chance. Wir sahen Philipp jeden Morgen, denn er kam immer vorbei, um sich zu erkundigen, ob wir etwas benötigten und sich dafür zu entschuldigen, dass Ambrose nicht selbst kam. Sobald wir allein waren, ließ ich Philipp wissen, dass ich so schnell wie möglich ein vertrauliches Gespräch mit ihm wünschte. Natürlich reagierte er darauf wie jeder andere Mann auch mit Abwehr, aber er versprach zu kommen, wenn Lady Frisk abgefahren war.

Sie brauchte lange, bis sie endlich ging, weil sie offenbar spürte, dass etwas in der Luft lag. Zuerst hatten wir unsere übliche Auseinandersetzung über die Länge ihrer Nase. Am Ende jeder Sitzung übermalte ich ihre Nasenspitze gemäß ihren Anweisungen, manchmal schon so sehr, dass sie einer Schnauze gefährlich ähnlich sah. Am nächsten Tag machte ich die Korrekturen sofort wieder rückgängig, in der Hoffnung, sie würde es nicht bemerken. Natürlich liegt immer eine Diskrepanz zwischen dem, wie wir uns selbst sehen und wie uns die anderen wahrnehmen. Das ist eine der Schwierigkeiten meines Berufs. Problematisch wurde unser Spielchen, weil ich die Farbe nicht abkratzte und sich im Bereich der Nase langsam ziemlich viel Farbe ansammelte. Wenn wir noch länger so weiter machten, würde ich so tun müssen, als sei die dreidimensionale Wirkung beabsichtigt gewesen.

Ich fürchtete schon, Philipp würde aufgeben und nicht auf mich warten, also sagte ich, dass ich jetzt unbedingt gehen müsse. Ich half Lady Frisk in ihr Cape und brach Richtung Hintertür auf, während sie sich auf das Eingangsportal zu bewegte. Misslicherweise traf sie Philipp in der Eingangshalle, der dort herumgeschlichen war, um zu warten, bis sie ging. Ich drückte mich in den Schatten eines Torbogens neben der Treppe.

»O Philipp, da *sind* Sie ja«, sprach sie ihn an, als hätte man sie eine Ewigkeit auf ein vereinbartes Treffen warten lassen. »Sagen Sie doch Glim, sie möge die Consommé ein wenig mehr salzen. Wie geht es Ihrem Vater? Das Aspik wird ihm sicherlich gut getan haben.« Gegenüber meinem Versteck befand sich ein Spiegel, worin ich Philipps Gesicht sehen konnte. Er wirkte verwirrt, sagte aber nichts. Mir war bereits aufgefallen, dass Konversation nicht seine Stärke war. Er redete nur über Dinge, die ihn interessierten. Ich fand diesen Charakterzug bewundernswert und bedauerte es, nicht stark genug zu sein, es selbst zu praktizieren.

»Ich habe Sie letzte Woche in meinem Brief an Charlotte erwähnt. Ich habe jeden ungünstigen Eindruck zu korrigieren versucht, der womöglich aufgrund Ihrer früheren Lebensweise entstanden ist, indem ich sie darüber informierte, wie schnell Sie das Heft in die Hand genommen und Ihrem Vater die Sorgen abgenommen haben. Das ist im Grunde natürlich selbstverständlich, aber heutzutage ist ja nichts mehr selbstverständlich.« Lady Frisk zog die Schultern hoch. Philipp schwieg dazu. Er hatte wieder das höfliche Halblächeln aufgesetzt, das er immer trug, wenn er nicht zuhörte. »Wenn Charlotte nach Hause kommt, werde ich Sie zum Abendessen einladen. Sie werden von ihr beeindruckt sein, schätze ich.« Philipp behielt sein Lächeln bei. »Man sollte doch immer Allianzen zwischen Familien, die einander gut kennen, den Vorzug geben, finden Sie nicht?« Du meine Güte, Lady Frisk hielt tatsächlich für ihre Tochter um seine Hand an! »Erinnern Sie sich noch, wie sie als kleines Mädchen auf Ihrem großen schwarzen Pferd sitzen durfte? Nie habe ich das reizende Bild von euch beiden vergessen, sie so blond und Sie sehr groß und dunkel. Selbst damals waren Sie recht angetan von ihr«, Lady Frisk lachte künstlich in absteigender Tonfolge und fuhr dann fort, »obwohl sie erst zwölf Jahre alt war und Sie schon auf der Universität waren. Aber Männer müssen sich Zeit lassen und sich die Hörner abstoßen.« Ihre Stimme wurde schelmisch. »Und davon hatten Sie ja genug.«

»Genug wovon?« Philipp sah sie verdutzt an.

»Zeit, sich die Hörner abzustoßen, mein lieber Philipp.« Sie lachte nachgiebig. »Ich zweifele nicht daran, dass Sie wissen, worum es im Leben geht, und bereit sind, zu heiraten und sesshaft zu werden. Sie werden nicht den Schlichen jener Frauen auf den Leim gehen, die nur darauf aus sind, sich einen Mann von Stand und Wohlstand zu angeln. Die Mädchen von heute werfen sich ganz unverfroren den Männern an den Hals. Nackte Busen, unanständig kurze Röcke und viel zu viel Lippenstift. Rauchen, Trinken, schöne Augen machen – ich bin dankbar, dass meine Charlotte weiß, was sich gehört.«

»Was gehört?« Philipp runzelte die Stirn und entdeckte dann mein Spiegelbild. Ich legte den Finger auf die Lippen und bedeutete ihm mit weit aufgerissenen Augen pantomimisch, mich nicht zu verraten. »Wer macht schöne Augen?«

»Ich dachte dabei nicht an eine bestimmte Person«, erwiderte Lady Frisk heuchlerisch, »aber jetzt, da Sie es ansprechen, fällt mir auf, dass Miss Swann alles daransetzt, um Ihre Aufmerksamkeit auf sich zu ziehen, während Sie sich im Frühstückszimmer mit mir unterhalten.« Eigentlich hatte ich so gut wie nie etwas gesagt. Ich fand es unterhaltsam genug, Lady Frisks sorgfältig gezielte boshafte Spitzen weit über das Ziel hinaus schießen zu sehen, weil Philipp so unaufmerksam war. »Und das, nachdem sie sich auf der Geburtstagsfeier Ihres Vaters vor den Augen aller an den Arm Ihres Bruders gehängt hat. Vielleicht sollte ich lieber darüber schweigen, wie sie sich vor dem jungen Deutschen in Szene gesetzt hat. Die Arme besitzt keinen Pfennig, wie ich gehört habe. Keiner weiß, wer die Eltern sind. Man soll ja großzügig sein. Was ihre Arbeit betrifft, habe ich nichts zu kritisieren und ich muss zugeben, dass ich unsere kleinen Plaudereien genieße. Aber was Männer angeht, scheint das arme Mädchen unersättlich zu sein. Man hat mir zugetragen, aber vielleicht ist es auch nur ein Gerücht, dass sie einen absolut respektablen Ehemann hat sitzen lassen, um ihrem Liebhaber zu folgen, der irgendwo hier in der Nähe lebt. Schockierend, nicht wahr?«

»Entsetzlich! Und ich habe gehört, dass auch mehrere Kinder davon betroffen sind, die sie herzlos verlassen hat.« Philipp war jetzt ganz konzentriert und lächelte mit einem Ausdruck reinsten Vergnügens auf Lady Frisks Gesicht hinab.

»Nein! Das ist ja schlimmer, als ich dachte! Und doch kann ich an ihr eigentlich nichts Besonderes finden. So blass und dieses scheußliche rote Haar. Ich bin mir sicher, dass Ihnen das nicht gefällt.«

»Aber keineswegs! Die reinste Vogelscheuche!« Jetzt grinste Philipp.

»Das ist aber grausam! Ich wage zu behaupten, dass es bestimmt jemanden gibt, der sie anziehend findet, wenn er über die Sommersprossen hinwegsehen kann, die Rothaarige immer haben. Aber junge Männer sind gnadenlos!« Jetzt gurrte Lady Frisk. »Ihre Gesichtszüge sind gar nicht so schlecht. Hätte sie Charlottes Haar – das reinste Gold – könnte man etwas an ihr finden. Aber natürlich reichen angenehme Manieren und die Fähigkeit, Farbkleckse zu machen, nicht aus, um Sie, mein lieber Philipp, in Versuchung zu führen.«

»Da könnte ich ja gleich eine Gorgo bewundern!«

»Ja, das glaube ich auch.« Offenbar war Lady Frisk nicht vertraut mit der klassischen Mythologie. »Aber jetzt muss ich mich beeilen. Ich muss mehrere Einstellungsgespräche führen. Meine Köchin verlässt mich. Die arbeitende Klasse hat einen angeborenen Widerwillen gegen das Arbeiten. Man tut sein Bestes, aber sie sind nicht in der Lage, an Beispielen zu lernen. Auf Wiedersehen, mein guter Junge. Ich werde Charlotte von Ihnen grüßen, wenn ich ihr das nächste Mal schreibe.«

»Jetzt hören Sie zu lachen auf und hören Sie mir zu«, sagte ich, nachdem Lady Frisk abgefahren war. »Ich habe jeden Moment damit gerechnet, dass sie merkt, wie sie von Ihnen auf die Schippe genommen wird.«

»Ich habe jedes Wort so gemeint.«

»Aber Ihnen ist schon klar, dass die Nachricht, ich hätte mehrere Kinder im Säuglingsalter der Fürsorge eines von Kummer geschlagenen Ehemanns hinterlassen, in Windeseile in der Grafschaft die Runde machen wird?«

»Macht Ihnen das was aus?«

»Zufälligerweise nicht. Es wird auf erfreuliche Weise dafür sorgen, dass sie jetzt mich anstatt Sie verabscheuen können.«

»Genau daran habe ich gedacht.«

»Aber lassen Sie uns eine Minute ernst sein.« Ich fing an, meine Farben einzupacken und meine Pinsel auszuwaschen. »Ich muss mit Ihnen reden.«

»Ich hoffe, Sie werden mir keine Belehrungen erteilen.« Philipp lehnte sich an die Schreibtischkante. »Einen Augenblick lang haben Sie ausgesehen wie Eva Frisk. Mit schmalerer Nase natürlich.«

»Also, es könnte sich durchaus anhören, als würde ich Sie belehren wollen, was mir wirklich Leid tut. Aber es ist wirklich wichtig.« Ich fing an, ihm die Geschichte mit Corinne zu erklären.

Das Lächeln auf seinem Gesicht verschwand sofort. »Und warum erzählen Sie *mir* das?«

»Weil Guy sich weigert, mit mir zu reden. Er ist wütend auf mich, weil – ach, ist ja egal, warum. Entscheidend ist nur, dass das Mädchen Hilfe braucht. Ich habe gedacht, ich weiß auch nicht, dass Sie vielleicht bereit wären, die Verantwortung für Guys Kind zu übernehmen – da er auch etwas für das Ihre tut.« Ich lachte verlegen. »Sie wissen schon – ein fairer Handel.« Ich hatte beabsichtigt, mich dem Thema auf lockere Art zu nähern, aber sobald die Worte ausgesprochen waren, fand ich sie anklagend. Philipp war seine Verärgerung anzusehen. Ich hatte es vermasselt.

»Wovon reden Sie eigentlich?«

»O du liebe Zeit, das tut mir Leid. Ich weiß, dass mich das nichts angeht, aber ich kann doch das arme Kind nicht ...«

Philipp fiel mir ins Wort. »Was meinen Sie damit, Guy tut etwas für meins?«

»Guy hat mir erzählt, dass George Ihr Sohn ist. Es war nicht sein Fehler. Mir ist die Familienähnlichkeit aufgefallen. Ich habe ihm versprechen müssen, es keinem weiterzusagen. Caro hat veranlasst, dass George Privatunterricht bekommt. Er ist sehr gescheit – er könnte ein Stipendium bekommen. Natürlich hat keiner je daran gedacht, dass Sie wieder nach Hause kommen könnten. Wir haben Guy dazu gedrängt, dafür zu zahlen, *in loco parentis*.«

»Wie freundlich von ihm.« Philipps Ton war bitter. Er senkte den Blick und fing an, mit Stiften herumzuspielen, die auf dem Schreibtisch lagen. Ich spürte, dass ich kein guter Anwalt für Corinnes Belange war.

»Ach, seien Sie doch bitte nicht sauer! Ich weiß, dass ich mich ganz schrecklich einmische. Aber Corinne ist doch erst siebzehn! Sie ist noch zu jung, um sich um sich selbst zu kümmern, und es gibt sonst keinen, der ihr helfen könnte.«

»Ich bin nicht sauer.« Er sah mich noch immer nicht an.

»Es war vermutlich taktlos von mir, George zu erwähnen. Entschuldigen Sie. In der Jugend machen wir doch alle unsere Dummheiten. Ach, wie banal sich das anhört!«

»Ja.«

Ich fragte mich, ob er mir noch zuhörte. Eine Zeit lang rollte er eine Stange Siegelwachs zwischen seinen Fingern. Ich studierte seine Wangenmuskulatur. Über seinem Kieferknochen war eine Vertiefung, genauso wie bei Guy. Aber Philipps Gesicht war eckiger und von seinen Augenwinkeln gingen tiefe Falten ab, die er sich zweifellos geholt hatte, weil er vor dem grellen fremden Licht die Augen zusammenkneifen musste. Ein großer schwarzer Vogel erschreckte uns, als er gegen das Fenster prallte. Vergeblich tastete er nach einem Halt auf den glatten Sprossen und flog dann davon. Philipp legte das Siegelwachs auf den Schreibtisch und bedachte mich kurz mit einem kühlen Lächeln. »Ich werde mit Guy reden. Sie sollten mir vielleicht ihre Adresse geben. Keine Sorge. Ich werde tun, was ich kann.«

Ich schrieb sie ihm auf. »Ich gehe jetzt wohl besser.«

»Ich begleite Sie zur Tür.«

»Machen Sie sich keine Umstände.«

Philipp begleitete mich zur Eingangstür.

»Auf Wiedersehen.« Ich lächelte ihn an. »Am Montag um zehn Uhr bin ich wieder hier. Es tut mir Leid. Es ist wirklich eine große Zumutung.«

»Ja. Gewiss. Auf Wiedersehen.« Er erwiderte mein Lächeln nicht.

Als ich an der steil abfallenden Biegung der Auffahrt angekommen war, sah ich mich um. Er stand noch in der offenen Tür. Ich hob meine Hand, aber als er nicht darauf reagierte, ließ ich sie fallen und kam mir ziemlich dumm vor.

33

Ich sehe eigentlich nicht recht, was du da falsch gemacht haben sollst«, beruhigte mich Caro. »Schließlich ist es nicht gerade einfach, von den Schurkereien des Bruders zu erzählen.«

»Es ist nur so schade, nachdem wir so gut miteinander klargekommen sind. Vor ein paar Tagen, als er mir von seinen Plänen für das Gut erzählte, war er freundlich und voller Begeisterung.«

»Davon weiß ich ja noch gar nichts.«

Ich erzählte ihr von den Naturschutzprogrammen und den Schmetterlingen, den Obstbäumen und dem Gemüseanbau.

Caro war enttäuscht. »Ich muss schon sagen, dass ich eigentlich gehofft hatte, Philipp hätte in den letzten zwölf Jahren Vernunft angenommen. Aber er scheint noch immer derselbe alte Träumer zu sein. Schmetterlinge und Kohl! Ich frage mich, wie viele Schwarzwurzeln wohl im Jahr in Großbritannien verzehrt werden. Zehn Pfund, wenn's hochkommt. Wie um Himmels willen glaubt er denn, ein Anwesen von der Größe Gilderoy Halls mit exotischen Gemüsen unterhalten zu können! Damit kann er noch nicht einmal die Stromrechnung bezahlen.«

»Daran hatte ich gar nicht gedacht. Du hast natürlich Recht. Ach du liebe Güte! Wie schade. Er redete darüber, als wäre es die Verwirklichung eines lang gehegten Traums.« Ich war enttäuscht für Philipp und bedauerte, dass die Desillusionierung unvermeidbar folgen musste. »Immer dieses blöde Geld!«

»Blöde an sich schon, aber es sich verdienen zu müssen, halte ich schon für eine gute Sache. Hätte ich nicht mein gutes Auskommen, hätte ich inzwischen bestimmt einen anständigen Job und das entsprechende Selbstbewusstsein.« Caro rührte langsam in ihrem Kaffee und starrte in seine wirbelnden Tiefen. »Ich bin wirklich eine Idiotin gewesen, weißt du, Flo. Ich bin vierunddreißig und habe nichts vorzuweisen. Meine ganze Jugend habe ich in hoffnungsloser Liebe für einen Mann verbracht, der mich nicht liebte, und meine zwanziger Jahre dann damit, diese Liebe zu Grabe zu tragen.« Sie sah mich an und ihr Gesicht wurde ein wenig rot. »Es war Philipp, in den ich verliebt war.«

Mir gelang, wie ich hoffte, ein recht passabel gespieltes Erstaunen. »Ich glaube, ich verstehe, warum«, sagte ich nur.

Caro zündete sich einen Zigarillo an, warf das Streichholz in die Luft und kickte es dann mit ihrer Schuhspitze weg. »Entschuldige. Ist 'ne schlimme Angewohnheit von mir.« Sie stand auf und hob es auf. »Jetzt weiß ich, dass ich gar nicht über ihn hinwegkommen wollte. Ich badete mich fast in der Grausamkeit des Schicksals. Genauso wie mir durch die Sorge um meine Eltern erspart blieb, einen Fuß in die Welt zu setzen und selbstständig zu werden, konnte ich Philipp weiterhin lieben und damit verhindern, dass sich mir ein anderer näherte. Ich musste mich keinem Urteil stellen, dem ich womöglich nicht gewachsen gewesen wäre.« Sie sah mich an und lachte linkisch. »Das ist das Problem mit den Toten, nicht wahr? Man kann sich jede beliebige Fantasie zurechtzimmern, ohne Angst vor Widerspruch haben zu müssen.«

Sofort musste ich an meine geliebte Mutter denken und an meine Unfähigkeit, sie so zu sehen, wie sie wirklich war, fehlbar und menschlich. Ich hatte geglaubt, dies würde mich irgendwie in Konflikt mit der für sie empfundenen Liebe bringen. Caro sah mich eindringlich an und fuhr fort: »Tut mir Leid, dass ich dir die Geheimnisse meines Herzens aufbürde. Ich wollte es einfach mal jemandem sagen, weil ich jetzt verstehe, was ich getan habe und nicht wieder in die alten schlechten Gewohnheiten zurückfallen möchte.«

»Ich empfinde das nicht als Bürde. Eher als Privileg.«

»Ich fühle mich dir so nahe wie sonst keinem.« Caros Stimme war schroff. »Jetzt werde ich rührselig. Man kann's auch übertreiben.«

»Bei mir nicht. Erzähl mir, was diese ganze Selbstanalyse hervorgerufen hat.«

»Das Wiedersehen mit Philipp natürlich. Ich brauchte etwa dreißig Sekunden, bis mir dämmerte, dass ich nie auch nur die geringste Chance auf seine Liebe hatte. Und als ich mir dies einmal klar gemacht hatte, entdeckte ich, dass ich ihn gar nicht liebte.«

»War er so anders als in deiner Erinnerung?«

»Nein. Was das Aussehen angeht, hat er sich kaum verändert. Die Jungenhaftigkeit ist natürlich verschwunden – von der Statur her voller und schärfere Züge, entschlossener Mund und so. Ich halte ihn immer noch für die Antwort Dorsets auf Cary Grant. Und charakterlich ist er immer noch derselbe alte Philipp. Aber ich habe mich verändert. Ich bin kein romantisches Schulmädchen mehr. Ich sehe jetzt, wie Philipp ist, und weiß, dass ich ihm nichts von alledem bieten kann, was er bei einer Frau sucht. Er ist so romantisch und schwärmerisch wie eh und je. Er braucht eine träumerische, unkonventionelle Schönheit, die bereit ist, mit ihm Pferde zu stehlen. Ich kenne mich inzwischen besser. So könnte ich nie sein. Ich bin viel zu bodenständig und pragmatisch. Er sucht das Zarte, Geheimnisvolle, die Mehrdeutigkeit und die Leidenschaft. Und ich brauche absolute Gewissheit, Leistung, Fortschritt, Sicherheit. Man verliebt sich doch in einen anderen nicht zuletzt deshalb, weil er ein gutes Bild von einem selbst widerspiegelt. Wenn man sich als der Mensch annehmen kann, der man im Zusammensein mit dem Anderen ist. Bei Philipp habe ich immer das Gefühl, ungelenk und unbeholfen und ein wenig lächerlich zu sein. Wir könnten nie Hand in Hand ins Paradies schweben.« Hurra für Edward, ging mir durch den Kopf, als ich dem sich im Luftzug kringelnden Rauch ihres Zigarillos nachsah. »Also adieu, alte Liebe.« Caro blies einen perfekten Rauchkringel in die Luft und wir sahen ihm nach, bis er sich auflöste.

Hallo, neue Liebe, sagte ich, aber nur zu mir selbst.

Am nächsten Tag machten Caro, Bar und ich uns auf den Weg zu Mrs. Roker. Es war der herrlichste Maitag. Saatkrähen krächzten von den Baumwipfeln und winzige blaue Schmetterlinge stritten sich mit Bienen um den Nektar der rosa Lichtnelke und der gelben Engelwurz. Bar rannte herum und sammelte wilden Kerbel und wilde Möhren. In ihrem sarongartigen Gewand aus geblümtem Brokat, vermutlich ein Vorhangstoff, sah sie ganz bezaubernd aus. Zum Durchstreifen der Wälder war es allerdings nicht die passende Bekleidung. Nach einer Weile raffte sie ihren Rock hoch bis zu den Schenkeln und zeigte ihre Knubbelknie und extrem schmutzige nackte Füße. Caro hatte ihre üblichen Kniebundhosen an, doch ihren Pullover gegen ein altes Karohemd ausgetauscht. Ich trug meine Jeans, nicht ganz sauber und zu weit für mich, aber nicht mehr so weit wie beim Kauf. Ich nahm offenbar zu, weil ich das Essen der Kinder immer aufaß.

Wir waren ein seltsames Grüppchen und wäre Philipp ein Mann gewesen, dem solche Dinge auffielen, hätte er sich erschrocken, als wir ihm auf der Straße begegneten. Die neben ihm her laufende Chloë stürzte sich auf mich und bellte, bis alle Vögel sich voller Panik in die Lüfte geschwungen hatten. Bedachte man, dass sie die Nacht bei mir verbracht hatte, war ihr Verhalten etwas übertrieben, aber natürlich war ihr treues Hundeherz hin und her gerissen.

»Was machst du da?«, fragte ihn Caro.

Er hatte ein offenes Buch und einen Notizblock in der Hand. »Ich verschaffe mir für die Subventionierung des Naturschutzprogramms einen Überblick über die hiesigen Baumsorten. Die schicken zwar selbst auch jemanden raus, aber ich möchte sie neugierig machen. Ich habe mehrere Eichen gefunden, die offenbar Zwitter sind – halb Stieleiche, halb Steineiche.«

»Ich wette, man hat sie mit den beiden Zerreichen gekreuzt, die unten am Fluss stehen«, sagte Bar.

Jetzt erst sah er sie an. »Sind Sie eine Expertin für Bäume?«

»Ich kenne mich ein wenig aus damit«, antwortete sie bescheiden, was ihr sehr gut zu Gesicht stand. Mit ihren wirren gebleichten Haaren, den rosigen Wangen und den Armen voll weißer Dolden und frischer grüner Blätter war sie bestimmt eine hübsche Erscheinung. Als ich mich hinkniete, um Chloë gebührend zu begrüßen, dachte ich über Caros Beschreibung der Sorte Frau nach, in die Philipp sich verlieben könnte, und mir ging durch den Kopf, dass Bar all dies verkörperte. Unkonventionell war sie allemal. Er starrte sie auch unentwegt an und zwar so, dass es mehr als übliches Interesse verriet.

»Ihr beiden kennt euch nicht.« Caro übernahm das Kommando. »Das ist Philipp Gilderoy. Barbara Watkins.«

»Ich kann Ihnen sagen, wo eine Elsbeere wächst«, sagte Bar. Dabei zeigten sich die hübschen Wangengrübchen und verschwanden wieder.

»Könnten Sie mir den Baum zeigen?«

Wir gingen paarweise die Straßen entlang, Caro und ich voran, die unentwegt redende Bar mit Philipp hinter uns und Chloë rannte zwischen uns hin und her. Wir machten einen kleinen Umweg, um den kostbaren Baum zu bewundern, der in einer kleinen Lichtung in voller Blüte stand, gegürtet von der weißen Zaunrübe, eine Hymne an die Schönheit der Natur.

»Ist das nicht schön?«, freute sich Caro.

»Es ist ein Zeichen der Göttin«, meinte Bar. »Ein Segen für das, was wir vorhaben. Sie ist damit einverstanden.«

Philipp guckte überrascht, als Bar mit ihrem noch immer gerafften Rock, der den Blick auf ihre Unterhose freigab, um den Baum zu hüpfen begann und dabei sang: »O Göttin, die du uns so großzügig segnest, uns Früchte und Blüten schenkst, uns mit deiner Fruchtbarkeit bedenkst, füll deine Knospen mit Samen, unsere Schöße mit Eiern.«

»Also ich glaube, wir sollten lieber weitergehen«, schlug Caro vor.

Es war nicht weit bis zu dem Pfad, der zum Haus der Rokers führte. Wir ließen Philipp allein zurück.

»Hallo, Mrs. Roker. Ich bin's, Miss Watkins«, rief Bar, als wir aufs Haus zugingen.

Ich konnte Titch schreien hören. Ruth kam an die Tür. »Hallo.« Sie sah uns mit glanzlosen Augen an. »Mama geht's nicht gut.«

»Können wir hereinkommen, meine Liebe?«, fragte Caro.

»Es ist nicht sehr sauber.« Ruth begleitete ihre Worte mit dem üblichen Achselzucken. »Ich musste in der Nacht oft aufstehen wegen Mama. Seitdem habe ich geschlafen.«

Nicht sauber war eine ziemliche Untertreibung. Kleider und Geschirr lagen auf dem Boden. Titch lag in ihrem Bettchen und weinte, das Bettzeug hing durch die Gitterstäbe. Frankie und Wills saßen auf einem zusammengebrochenen Sofa und stießen einander immer mal wieder an. Frankie sprang auf und warf sich in meine Arme.

»Er ist so ein gemeines Schwein! Ich wünschte, Wills würde wie Joseph in ein tiefes Loch fallen und nie mehr rausgelassen werden.«

»Jetzt seid doch mal leise, Kinder«, tadelte Caro mit gerunzelter Stirn. »Wir sind gekommen, um zu schauen, wie es eurer Mutter geht. Seid einfach mal ein wenig ruhig.«

Ich nahm Titch aus ihrem Bettchen. Ihr Gesicht war tränenüberströmt und auf ihrem Kinn klebte Erbrochenes. Sie klammerte sich an meine Haare und schluchzte lauthals. Caro und Bar folgten Ruth in den hinteren Raum. Ich lief mit Titch auf dem Arm durch das Zimmer und versuchte sie zu beruhigen, während Frankie mir am Arm hing. Wills klaubte die Füllung aus dem Sofa und warf sie in die Luft.

»Du machst eine schreckliche Unordnung, Wills.«

»Ich mache Schnee. Und es ist nicht dein Haus.«

Bar kam heraus. Sie sah mich an und ich wusste sofort, dass sie sehr besorgt war. »Könntest du losgehen und Edward anrufen und ihn bitten, sofort herzukommen? Seid still, Kinder. Mama geht es nicht gut.«

»Ich komme mit«, sagte Frankie.

»In Ordnung. Titch nehmen wir auch lieber mit. Willst du auch mitkommen, Wills?«

Wills winkelte seinen Arm an und schlug mit erhobenem Mittelfinger der anderen Hand auf die Innenseite der Armbeuge.

Frankie und ich gingen schnellen Schrittes und trugen abwechselnd Titch auf dem Arm.

»Ich dachte, Mama würde es besser gehen. Sie hat gar nicht mehr geschrien. Gestern hat sie gar nichts mehr gesagt. Ist das kein gutes Zeichen?«

»Ich weiß es nicht, Schatz. Wir müssen abwarten, was der Doktor sagt.«

»Können wir heute ein Picknick machen? Du hast gesagt, wenn es Sommer ist, machen wir eins. Es ist doch Sommer?«

»Na ja, fast. Wir werden sehen.«

»Mama mag keine Picknicks. Sie sagt, da fallen ihr immer die Krümel in die Titten. Was ist?«

»Nichts. Gib mir mal das Baby.«

»Du hast komisch geguckt. Ist es wegen der Titten? Miss Maybee hat Janice Wilkins in der Schule hundert Zeilen schreiben lassen, weil sie es gesagt hat. Wie sagt man denn nun dazu?«

»Brüste hört sich vielleicht besser an.«

Wir erreichten die Telefonzelle. Ich sagte Frankie, sie solle sich mit Titch davor hinsetzen.

»Flo!«, meldete sich Edward, als er meine Stimme hörte. »Welchem Umschtand habe ich disches unerwartete Vergnügen zu verdanken? Und wir sammeln Pilze, sammeln Pilze, sammeln Pilze im Mai«, sang er.

»Ach Gott, Edward, du bist ja betrunken!«

»Nur 'n bisschen angeheitert, meine Liebe. Es ischt mein freier Nachmittag und da wird mir doch keiner verbieten, mich ein wenig zu berauschen, mir einen kleinen Schwi-pps zu gönnen?«

»Mrs. Roker ist sehr krank, Edward. Du kennst doch die Nissenhütte unten am Fluss. Hat denn ein anderer Arzt Dienst?«

»Ja. Potter Peter hat Dienscht. Ich meine Peter Potter. Er ist bei Mrs. Shimpkins. Ihre Zwillinge kommen früher alsch erwartet.« Ich hörte einen Schluckauf. »Wasch ischt denn los mit ihr? Mit Mischisch Roker meine ich.«

»Ich weiß es nicht. Caro und Bar sind bei ihr. Bar wirkte sehr besorgt. Kann gut sein, dass sie ernsthaft krank ist, Edward. Frankie sagt, sie hat seit gestern kein Wort mehr gesagt.«

Es folgte einen Moment Schweigen. »Ich komme.« Edwards Stimme klang jetzt anders. »Es soll jemand oben auf der Straße auf mich warten, um mir den Weg zu zeigen.«

»Aber Edward«, fing ich an, »du kannst doch in diesem Zustand unmöglich ...« Doch ich hörte nur noch ein Rauschen.

Als wir uns dem Pfad näherten, der zur Nissenhütte führte, trat Philipp mit dem Bleistift in der Hand aus einer Baumgruppe. »Hallo noch mal. Ich habe gerade ein paar Pflanzen entdeckt, die Vogelnest-Orchideen sein könnten. Die Bräunliche Nestwurz, wie man sie auch nennt, ist sehr selten.« Er sah mich an. »Was ist los?«

»Könnten Sie hier vielleicht auf Dr. Gilchrist warten und ihm zeigen, wo die Hütte ist? Frankies Mutter geht es nicht gut.«

»Das tut mir aber Leid.« Er lächelte Frankie an. »Geht nur. Ich werde meinen Posten nicht verlassen.«

In der Hütte drehte Ruth Windeln durch eine Mangel. Sie sah todmüde aus. Von Bar und Caro war nichts zu sehen und die Schlafzimmertür blieb geschlossen. »Komm, lass mich das machen«, sagte ich und drückte sie sanft aufs Sofa. »Hat Titch was zu essen gehabt?«

»Sie hat Brot gegessen und die Vanillesauce, die du uns gestern mitgegeben hast.«

»Hast du denn was gegessen?«

»Hab ich ganz vergessen.«

Während die Kinder sich um ein Paket Kekse stritten, drehte ich die Windeln durch und hängte sie auf das Trockengestell.

»Lasst uns was spielen«, schlug ich vor. »Ich liebe meinen Schatz mit einem F, weil er so fröhlich ist.«

»Ich liebe ihn mit einem G, weil er so gut ist«, stieg Frankie sofort ein. Wir hatten schon mehrere Versionen dieses Spiels ausprobiert, aber diese war ihr die Liebste. »Wer ist jetzt dran?«

»Mir fällt gar nichts ein«, sagte Ruth. Sie aß die Vanillesauce mit halb geschlossenen Augen.

»Ich hasse meinen Schatz mit einem H, weil sie eine Hure ist«, sagte Wills.

»Ach, Wills, gib doch nicht so an.« Die Sorge machte mich wütend. »Es ist doch kindisch, die Leute mit groben Ausdrücken zu schockieren.«

»Nenn mich bloß nicht Kind!« Wills drohte mir mit der Faust vor dem Gesicht und Titch begann ein ohrenbetäubendes Geschrei. Ich spürte, wie mir überall der Schweiß ausbrach.

»Wenn du sie schlägst, schneide ich dir deinen Zipfel ab«, kreischte Frankie.

Ehe ich eingreifen konnte, hatte Wills Frankie einen Schlag auf die Nase verpasst. Blut lief ihr über das Gesicht.

»Das reicht jetzt.« Mit zwei Schritten war Philipp bei ihm, packte Wills am Kragen und zwang ihn in die Knie. »Es ist feige, jemanden zu schlagen, der kleiner und schwächer ist als du.«

Edward trat nach ihm ein.

»Hallo, alle zusammen. Wo ist die Patientin?« Er verschwand im Schlafzimmer.

»Ich bin kein Feigling!« Wills versuchte sich Philipps Griff zu entziehen. »Du erdrosselst mich.«

»Nur ganz hoffnungslos kranke Männer schlagen Mädchen. Entschuldige dich jetzt.«

»Tu ich nicht.«

»Muss ich dich zwingen?«

»Du darfst mich nicht schlagen. Ich bin kleiner als du. Hast du gerade gesagt!«

»Ich schlage doch keine dummen kleinen Jungs.« Philipp drehte Wills herum und warf ihn mit einer schnellen Bewegung zu Boden. Titch hörte plötzlich zu schreien auf und schaute zu. »Das ist ein richtiger Kampf. Man nennt es Jiu-Jitsu. Steh auf.«

Wills gehorchte, schniefte und rieb sich die Augen.

Sofort warf Philipp ihn wieder zu Boden, so hart, dass ihm die Luft wegblieb. »Steh auf!«

»Tu ich nicht.« Wills schrak vor ihm zurück.

»Auf jetzt.« Philipp zog ihn hoch und warf ihn wieder zu Boden. Wills blieb wie betäubt liegen. »Jetzt weißt du, wie das ist, wenn dich jemand angreift und du dich nicht wehren kannst. Gutes Gefühl, nicht wahr? Wirst du jetzt sagen, dass es dir Leid tut?«

»Es tut mir Leid«, murmelte Wills schließlich schluchzend.

»Also gut. Wenn du mir dein Wort gibst, in deinem ganzen Leben nie wieder ein Mädchen zu schlagen, bringe ich dir bei, wie man anständig kämpft.« Er zog Wills auf die Füße.

»Wills tut nie, was er sagt«, mischte Frankie sich ein, das Blut auf ihrem Gesicht mit Tränen vermischt. Wills ballte seine Fäuste, warf dann einen Blick auf Philipp und ließ sie fallen.

»Was ist? Bist du ein Lügner und ein Feigling dazu?«

»Nein.« Wills senkte den Kopf. Sein schmutziges Haar hing ihm fast bis ans Kinn. Er rieb sich die laufende Nase mit seiner schmutzigen verschrammten Hand.

»Wollen wir's hoffen. Ich bin bereit, dir einen Vertrauensvorschuss zu geben. Komm, schlag ein, wie ein Mann.« Wills sah Philipp erstaunt an. Als er aber sah, dass Philipp es ernst meinte, legte er seine schmutzige Pfote in Philipps große braune Hand. »Nun gut. Jetzt geh rauf und sieh nach, ob Dr. Gilchrists Wagen nicht jemandem im Weg steht. Komm, zieh Leine.«

Wills ging, ohne Theater.

»Ich kann nur staunen«, sagte ich. »Baden Powell wäre tief bewegt gewesen.«

Philipp fuhr sich mit den Fingern durch die Haare und steckte sein Hemd in die Hose. »Jungs sind ganz einfach gestrickt. Wie übrigens auch die Männer. Man muss nur Stammesregeln anwenden. Darf ich dir mein Taschentuch leihen, junge Dame?«, wandte er sich an Frankie.

»Wirst du Wills jetzt zeigen, wie er alle zu Boden werfen kann?« Frankie wies das Taschentuch zurück und warf ihm einen hasserfüllten Blick zu. »Dann haben wir nie mehr Ruhe.«

»Ich bring's dir auch bei«, sagte Philipp. »Du könntest ihn ganz leicht zu Boden werfen, wenn du wüsstest, wie's geht.«

»Wirklich?« Frankie sah Philipp ein wenig freundlicher an.

»Was sind das denn für Flocken auf dem Boden?« Philipp sah sich um. »Ist das Sofa explodiert?«

Bar kam heraus, während wir lachten. Sie war ziemlich aufgeregt. »Könnte wohl mal jemand den Krankenwagen rufen?«

»Ich mach das«, sagte Philipp und ging.

»Bringen sie Mama weg?«, fragte Ruth erschrocken.

Frankie griff nach meiner Hand. Bar legte ihren Arm um Ruths Schulter und sah mich mit ernstem Gesicht an. »Lass uns die Kinder mit zu uns nach Hause nehmen.«

In Drop Cottage nahmen wir einen leckeren Imbiss mit Eiern und Schinken und Pfannkuchen mit Marmelade ein und danach spielten wir Mensch ärgere dich nicht. Selbst Ruth schien über der Freude am Spiel fast alles andere zu vergessen. Wir waren noch nicht fertig, als Caro kam. Es war ihr anzusehen, wie elend sie sich fühlte. Sobald das

Spiel vorbei war, schlug ich vor, heiße Schokolade zu machen, und bat Caro, mir dabei zu helfen.

»Nun erzähl schon.« Ich machte die Küchentür hinter mir zu.

»Ach mein Gott! Ich habe solche Schuldgefühle! Die arme Mrs. Roker. Edward wollte es nicht sagen, aber ich weiß, dass es seiner Ansicht nach Krebs ist. Ihre rechte Brust ist eine einzige große harte Masse und direkt unter ihrem Brustkorb ist noch ein zweiter Knoten. Sie fällt immer wieder ins Koma zurück. O Flo, wenn wir nur schon früher was unternommen hätten!«

»Du meinst, es hat nichts mit der Trinkerei zu tun?«

»Ich weiß es nicht. Edward ist zum Krankenhaus mitgefahren. Es hat eine Ewigkeit gedauert, bis sie die Krankentrage oben an der Straße hatten. Sie ist eine große Frau und dort, wo der Pfad so steil ansteigt, wäre sie fast heruntergerutscht. Noch nie bin ich mir so nutzlos vorgekommen. Ich habe versucht ihr zu sagen, dass wir uns um alles kümmern werden, aber ich weiß nicht, ob sie das verstanden hat. Was sollen wir nur mit den Kindern machen, Flo?«

34

Wenn das Mutterschaft ist«, schrie Caro eine Woche später und warf sich, die Hände an den Schläfen, auf mein Sofa, »dann will ich keine Mutter sein. Ich lasse mich sterilisieren.« Sie war ganz und gar nicht mehr sie selbst. Ihre Haut war fahl und unter den Augen lagen Tränensäcke.

»Ja, aber vermutlich ist genau das der Punkt.« Ich hängte Windeln und Unterhosen über den Wäscheständer, damit sie vor dem Kamin trockneten. »Wir sind eben nicht die Mütter. Ich mag diese Kinder wirklich – wahrscheinlich mehr, als mir gut tut –, aber wenn es wirklich dein eigen Fleisch und Blut ist, ist das bestimmt was anderes. Da ist das Zutrauen sicherlich größer. Wohingegen wir doch ständig versuchen müssen, Distanz zu ihnen zu halten. Und die Tatsache, dass sie gerade erst ihre Mutter verloren haben, hat alles noch viel schwieriger werden lassen.«

Nach drei Tagen im Allgemeinen Krankenhaus von Tarchester war

Mrs. Roker gestorben. Bei ihrer Ankunft war sie in einen Tiefschlaf gefallen und hatte die Augen auch nicht mehr aufgemacht. Edward hatte uns erklärt, dass sich zum Tumor in der Brust noch eine Metastase in der Leber gebildet hatte und ihr keiner hätte helfen können. Die kurze Alkoholabstinenz hatte zu einer vorübergehenden Besserung geführt, aber sie hatte sich schon seit Monaten im Endstadium befunden, lange vor der Zeit, als ich die Kinder kennen lernte. Selbst wenn man den Krebstumor eher erkannt hätte, wäre für ihre Rettung schon alles zu spät gewesen. Hätte ich mich an die entsprechenden Behörden gewandt, wäre sie von diesen aufgrund der für eine Sterbende unzulänglichen häuslichen Verhältnisse ins Krankenhaus eingeliefert worden. Unwissentlich hatten wir den Kindern zu ein paar zusätzlichen Wochen zu Hause bei ihrer Mutter und ihr mit ihnen verholfen. Was den Schmerz der letzten Tage betraf, wurden wir von Edward beruhigt. Seiner Erfahrung nach wurden Menschen mit Leberkrebs einfach immer schwächer, bis sie das Bewusstsein verloren. Das wollte ich ihm gerne glauben.

»Also, ich kann nicht behaupten, dass ich irgendwelche Probleme damit hätte, mich von Wills zu distanzieren.« Caro stöhnte beim Gedanken an ihn. »Wären da nicht Edward und Bar, würde ich schon längst im Gefängnis schmachten und wegen Mordes vors Gericht kommen. Doch schätzungsweise käme ich mit Totschlag davon, weil er mich provoziert hat. Heute Morgen hatte ich mir vorgenommen, mit Ruth das Silber zu putzen – so etwas macht sie gern –, ansonsten hätte ich erst nach Jahren bemerkt, dass die Untersetzer und Kerzenständer aus dem Esszimmer verschwunden sind und Wills mit ihnen. Ich rannte raus zum Auto, nur um festzustellen, dass der kleine Bengel das ganze Benzin abgesaugt hat. Zum Glück hat Edward ihn dann im Bushäuschen mit meinen noch komplett vorhandenen irdischen Gütern gefunden, sehr verärgert, weil keiner der Ladenbesitzer in Tarchester sie hatte haben wollen. Doch mein Benzin und meine neue Zwanzig-Liter-Kanne hat er den Zigeunern verkauft. Für zehn Pence! Der Junge taugt noch nicht einmal zum Dieb.«

»Ach, du liebe Zeit. Du hast wirklich den schwierigsten Part erwischt.«

Caro kümmerte sich um Ruth und Wills, während ich Frankie und Titch in meiner Obhut hatte. Dies war vom Sozialamt zähneknirschend als die vorübergehend beste Lösung anerkannt worden, da man keine Verwandten der Kinder ausfindig machen konnte. Sie durften zwei Wochen der Schule fernbleiben, damit sie Zeit hatten, den schmerzlichen Verlust zu verarbeiten. Während der Stunden, die ich an der Staffelei im Herrenhaus verbrachte, kümmerten sich Caro und ihre Zugehfrau um alle vier. Zum Glück hatte Mrs. Hopper sechs Kinder mit einer Mischung aus Schlägen und rauer Herzlichkeit großgezogen, so dass Wills sie nicht entmutigen konnte. Nachts teilte ich mir das Bett mit Frankie und Titch schlief in einem geborgten Kinderbett neben uns. Manchmal schrie sie, weil sie zu uns ins Bett wollte, und wir verbrachten heiße, durchwachte Nächte eng aneinander gekuschelt, mit mir in der Mitte, weil Frankie im Schlaf um sich schlug.

»Nein, das stimmt nicht«, widersprach Caro. »Ich habe wenigstens fließend Warmwasser und Bäder und eine Waschmaschine. Und Ruth ist wirklich ein Kind von erstaunlichem Tiefgang. Mir läuft fast das Herz über, wenn ich sehe, wie sehr sie gegen ihre Tränen ankämpft. Sie ist so eine tapfere Kleine. Nachts höre ich sie weinen, aber wenn ich zu ihr reingehe, stellt sie sich schlafend. Vermutlich muss sie das alles ganz mit sich allein ausmachen. Aber ich bin so ratlos, weil ich nicht weiß, wie ich ihr helfen kann.«

»Ich glaube nicht, dass du noch mehr machen kannst.«

»Tagsüber läuft sie mir hinterher und fragt, was sie im Haushalt tun kann. Vielleicht glaubt sie, durch ein Ordnen der äußeren Dinge auch ihre fünf Sinne beieinander halten zu können. Ich bin da ganz ähnlich. Und jetzt fängt sie an, mir Geschichten aus ihrer Kindheit zu erzählen. Als ihre Mutter ihr einmal einen Geburtstagskuchen mit sieben Kerzen anstatt neun geschenkt hatte, weil sie vergessen hatte, wie alt Ruth war. Ruth fand das zum Glück lustig. Aus dem wenigen, was sie von sich gibt, kann man schließen, dass es eine schlimme Kindheit gewesen sein muss, aber sie ist nicht im Geringsten wütend. Sie hat ihre Mutter wirklich geliebt, obwohl diese gewalttätig wurde und die Kinder schlug, wenn sie betrunken war. Es ist das Fleisch und Blut, wie man so sagt.«

»Ich halte es für ziemlich Besorgnis erregend, dass Frankie und Titch ihre Mutter gar nicht zu vermissen scheinen. Anfangs weinte Frankie viel, aber eigentlich scheint sie Ruth viel mehr zu vermissen.«

»Ja, aber sie hatte zu dir auch schon eine emotionale Zuneigung aufgebaut. Das muss ihr enorm geholfen haben.«

Ich seufzte, weil ich an die beiden kleinen Schützlinge dachte, die oben schliefen. Es war eine Zuneigung, die ich erwiderte, die mir, wenn ich an die Zukunft dachte, aber Angst machte. »Und wo ist Wills jetzt? Warst du sehr wütend auf ihn?«

»Wie könnte ich? Der arme, kleine Kerl hat gerade erst seine Mutter verloren. Ein Blick in sein Gesicht, als Edward ihn zurückbrachte – hoffnungslos und hilflos zugleich –, hat allen Ärger in Luft aufgelöst. Außerdem hat Edward gesagt, er habe ein ernsthaftes Gespräch mit ihm geführt. Er kann wunderbar mit Kindern umgehen, viel besser als ich. Du wirst nie erraten, was Edward dann gemacht hat.« Caro lachte, als wäre es eine erfreuliche Erinnerung. »Er fuhr zurück nach Tarchester und kaufte einen Farbfernseher. Ich meine, das muss dem Jungen doch lauter falsche Signale geben, von wegen Unehrlichkeit wird belohnt und so. Aber du hättest Wills Gesicht sehen sollen! Seitdem klebt er nur noch davor. Als ich ging, saß er davor, sein Abendessen habe ich auf einem Tablett hingestellt.«

»Ich glaube, das war genau das Richtige. Wills muss das Gefühl bekommen, dass die Leute sich seiner annehmen, dass er wichtig ist. Wie gut von Edward.«

»Wenn Edward nicht wäre, hätte die Fürsorge uns wahrscheinlich die Kinder schon längst weggenommen. Diese grässliche Brenda Bickerstaffe wird zuckersüß, wenn sie mit ihm redet. Hat wohl was damit zu tun, dass er Arzt ist. Doch wenn man überlegt, wie viele berühmte Frauenmörder und Serientäter Ärzte waren, kann ich mich nur wundern, warum sie sich so sicher fühlt.« Caro und die Sozialarbeiterin konnten einander nicht ausstehen. »Sie kommt wieder, oder? Dann sollte ich jetzt wohl lieber nach Hause und sauber machen, sonst findet sie es noch unhygienisch. Sie ist ohnehin schon kurz vor dem Durchdrehen. Bar ist bei mir zum Babysitten. Sie ist ein echter Kumpel. Aber wenn sie weg ist, sieht das Haus immer aus, als wäre ein Wirbelsturm hindurchgefegt.«

Bar war wirklich eine ganz wunderbare Hilfe, sie nahm die Kinder auf Spaziergänge mit und dachte sich immer neue Spiele für sie aus. Als Lehrerin hatte sie jede Menge wertvolle Erziehungsprojekte in petto. Sie machten aus Stofffetzen einen Wandbehang mit Menschen verschiedener Nationalitäten, die Haare aus Wolle, Knöpfe für die Augen. Caro hatte ziemlich ärgerlich reagiert, dass ein gelbes Seidenkissen für die Japaner herhalten musste und von ihrem besten Mantel alle Knöpfe entfernt worden waren. In gewisser Hinsicht war Bar auch noch ein Kind. Ich fragte mich, ob sie Philipp wohl wiedergesehen hatte.

»Wenn wir schon von Philipp reden, warum lässt du dir nicht von ihm helfen, mit Wills fertig zu werden?«

»Hatten wir überhaupt von ihm geredet?« Caro sah mich verdutzt an.

»Oh. Nein, entschuldige. Ich bin so müde, dass ich ganz durcheinander komme. Aber ich denke, er könnte sich Wills ruhig mal vorknöpfen. Er wäre sicher ein gutes männliches Vorbild.«

»Philipp? Das erstaunt mich aber. Da muss er sich schon sehr verändert haben! Wir sind uns seit unserer ersten schrecklichen Begegnung natürlich ziemlich aus dem Weg gegangen. Bist du dir da ganz sicher? Ich stelle ihn mir immer mit einem Lyrikband in der Hand und mit Blick zu den Sternen vor.«

»Dann glaube ich, hat er sich wahrscheinlich doch geändert.«

Ich sah Philipp am nächsten Morgen, als ich nach Gilderoy Hall kam. Mir war klar, dass Lady Frisk und ich für alle im Haus ein absolutes Ärgernis waren. Lady Frisks unaufhörliche Forderungen nach irgendwelchen Häppchen dürften Miss Glim das ohnehin schon schwere Leben vollends unerträglich machen. Guy und Ambrose waren nie aufgetaucht und es musste für sie sehr ermüdend sein, jedes Mal, wenn Lady Frisk zur Eingangstür kam, in Deckung zu gehen. Ich achtete darauf, keinem zu begegnen, mich auf das Frühstückszimmer zu beschränken und durch die Hintertür ein und aus zu gehen.

Philipp besuchte uns auch weiterhin jeden Morgen und wartete geduldig, bis Lady Frisk, die ihn jetzt fast wie ein Mitglied ihrer eigenen Familie behandelte, ihm Besorgungen auftrug oder hochtrabende Bemerkungen über all das fallen ließ, was sie für ihn aus Charlottes Leben für interessant erachtete. Er schien gar nicht darauf zu achten. Die meiste Zeit achtete er wirklich nicht darauf. Ich amüsierte mich bei diesen Gesprächen, obwohl ich nie daran teilnahm. Philipp dürfte dabei jedes Mal an Flucht gedacht haben. Aber an diesem Morgen wartete er im Frühstückszimmer schon auf mich.

»Einen Augenblick, Flo. Ich möchte mit Ihnen reden. Lassen Sie uns hier hineingehen.«

Die Bibliothek bekam durch die drei Ostfenster ihr Licht, das in diagonalen Strahlen einfiel und die verblassten Farben der Teppiche aufleuchten und die Messinggitter der Bücherregale golden aufblitzen ließ.

»Ein so wunderbarer Raum«, begeisterte ich mich und dabei fiel mein Blick auf den hübschen Nussbaumsekretär aus dem siebzehnten Jahrhundert, der offen stand und von Papieren überquoll. Ein Paar ziemlich schmutziger Schuhe lag daneben auf dem Fußboden.

»Mir hat es auch immer gefallen. Ich fürchte nur, es ist ziemlich in Unordnung geraten. Ein Haushalt mit drei Männern und Miss Glim, die ohnehin schon genug zu tun hat – langsam wird es hier unzivilisiert. Obwohl Guy nicht mehr oft hier ist.« Er sah mich an, als wäre er sich nicht sicher, wie viel er sagen konnte. »Wir haben uns wegen des Mädchens gestritten. Er behauptet, es sei nicht seins. Also habe ich sie besucht.«

»Das war nett von Ihnen.«

»Sie ist noch ein Kind, wie Sie schon sagten. Ich halte sie nicht für fähig, sich das auszudenken und eine Lüge zu verbreiten. Ich war geneigt ihr zu glauben.«

»Gut.« Ich fühlte mich erleichtert.

»Ich musste ihr klarmachen, dass Guy sie unter gar keinen Umständen heiraten wird. Ich hielt es für besser, sie ihrer Illusionen zu berauben. Das arme Ding war in Tränen aufgelöst, aber ich glaube eigentlich nicht, dass sie sich viele Hoffnungen gemacht hat. Dann sagte sie, sie wolle das Baby nicht. Offenbar hat ihre Tante eine feste Meinung zu unverheirateten Müttern und Corinne hat Angst vor ihr. Ich versprach ihr finanzielle Unterstützung.« Es lag auf der Hand, dass man allein erziehende Mütter nicht durch sporadische Verkäufe von seltenem Gemüse unterhalten konnte, aber ich begrüßte seine Großzügigkeit. »Ich habe sie zu Edward Gilchrist geschickt. Er scheint mir ein sympathischer Zeitgenosse zu sein. Es ist schlimm, aber wenigstens soll sie die beste Versorgung bekommen. Auf mich machte sie einen sehr anständigen Eindruck. Ich bot ihr Geld an, aber sie hat es abgelehnt. Sie meinte, sie brauche keins, weil sie Arbeit habe und keine Not leide. Ich musste ihr die fünfzig Pfund regelrecht aufdrängen.

Das Haus, in dem sie wohnt, ist ziemlich heruntergekommen. Die meisten Mädchen hätten sich auf das Geld nur so gestürzt.«

»Was für eine schlechte Meinung Sie doch von uns haben. Vielleicht stimmt es aber auch. Sie ist so süß und hübsch. Zieht gewissenlose Männer geradezu an, fürchte ich.«

»Aha! Da kommt auch gleich schon die Revanche für die schlechte Meinung.«

»Ich finde es schlimm, dass jeder von uns alles allein herausfinden muss. Warum können wir denn nicht von den Erfahrungen der anderen lernen?«

»Manche Leute lernen nicht einmal aus ihren eigenen Erfahrungen. Ich hoffe, dass Guys neue Flamme wenigstens schon dem Turnanzug entwachsen ist.«

Er wollte mir wohl auf schonende Weise beibringen, dass Guy eine neue Freundin hatte. Im Frühstückszimmer wandte ich mich meiner Malerei zu und war froh, dass es mir überhaupt nichts ausmachte. Lady Frisk verspätete sich, was für sie ungewöhnlich war. Während ich wartete, schuf ich ein Stück Hintergrund. Der Himmel ließ sich wunderbar malen. Natürlich war er nie eine Minute lang derselbe, aber ich experimentierte begeistert mit Farbpaste und legte dicke Farbschichten übereinander. An diesem Morgen war der Himmel ein jubelndes Blau, ein perfekter Hintergrund für den pflaumenfarbenen Sessel.

Als Lady Frisk kam, sah ich sofort, dass sie durch irgendetwas aus dem Gleichgewicht geworfen worden war. Die Schultern hingen herab, die Hände fummelten herum, als sie ihr Cape abnahm. Ihr Gesicht sah verhärmt aus, als hätte sie nicht geschlafen. Die Augen waren verquollen, der Mund aufgeworfen, obwohl sie sich mit aller Kraft zusammenriss. Zehn Minuten lang saß sie schweigend da, während ich sie malte und die neuen Linien und Ebenen studierte, die dieser Stimmungswandel auf ihrem Gesicht enthüllte.

»Wie alt sind Sie?«, fragte sie mich unvermittelt.

»Achtundzwanzig.«

»Charlotte ist vierundzwanzig. Halten Sie das für ein Alter, in dem man weiß, was man tut?«

Ich wartete ab. Dies war eine neue, nachdenkliche Lady Frisk. Ich konnte mich nicht erinnern, dass sie mir jemals zuvor eine Frage gestellt hatte.

»Das hängt vermutlich von der Person ab. Ich bin mir nicht sicher, ob man immer weiß, was man tut – falls Sie damit Entscheidungen ansprechen, die einem zukünftigen Glück förderlich sein sollen.«

»Ja. Genau das meine ich.« Selbst ihre Stimme hatte ein neues, zweifelndes Timbre.

»Ich glaube, Entscheidungen sind eher das Ergebnis des Temperaments als der Vernunft. Einfach ausgedrückt will ich damit sagen, dass eine gewalttätige Person sich eine Situation aussuchen wird, wo sie gewalttätig sein kann, und eine furchtsame Person eine Situation, die ihr nicht bedrohlich erscheint. Die meisten Menschen geraten zufällig in etwas hinein, anstatt erst herauszufinden, was sie tun sollten. Aber ich nehme an, dass Charlotte mit ihren vierundzwanzig Jahren langsam in der Lage ist, ihre eigenen Vorstellungen und Sehnsüchte benennen zu können. Davor ist man zu sehr von anderen Menschen beeinflusst, glaube ich. Was aber nicht heißen soll, dass man dann keine entsetzlichen Fehler mehr macht.« Dieser Nachsatz kam von Herzen.

»Genau das sage ich!«, ereiferte sich Lady Frisk. »Ich habe ihr gesagt, dass sie viel zu jung ist, um zu wissen, was ihr bevorsteht, und dass ich jeden nur erdenklichen Schritt tun werde, sie vor dieser fürchterlichen – *fürchterlichen* Zukunft zu retten!« Lady Frisks Augen rundeten sich vor Entsetzen.

»Und was hat sie dazu gesagt?«, fragte ich nach einiger Zeit, weil ich mir nicht denken konnte, wovon sie eigentlich redete.

»Sie hat mir gesagt, sie wisse genau, was sie tue, und es gäbe absolut nichts, womit ich sie davon abhalten könnte, es sei denn, ich ließe sie für unzurechnungsfähig erklären. Vom Gesetz her ist sie erwachsen. Ich kann kaum glauben, dass unsere Politiker so haarsträubende Entscheidungen treffen. Ich habe, sobald sie weg war, mit meinem Anwalt telefoniert, und er hat gesagt, dass es stimmt. Ich kann nichts tun, um meine Tochter daran zu hindern, diesen schrecklichen Schritt zu tun, der all meine Hoffnungen und all mein Glück zerstört.«

»Wollen Sie mir nicht erzählen, worum es geht?«

Lady Frisk sah mich durchdringend an. »Kann ich Ihnen vertrauen, dass Sie kein Wort davon preisgeben?« Und ehe ich antworten konnte, sprudelte es aus ihr heraus: »Charlotte hat mich gestern Abend ganz unerwartet besucht. Sie kam im vulgärsten Auto, das ich je gesehen habe – irgend so einem amerikanischen Ding mit riesigen Kotflügeln und verchromten Stoßstangen –, aber das tut jetzt nichts zur Sache. Am Steuer saß ein Mann, dessen Vulgarität dazu passte: Ein Anzug, der aussah, als käme er aus dem Theaterfundus, Ringe an den Fingern und in den Ohren.« Lady Frisk presste ihre Hände an die Brust und schloss ihre Augen, als wollte sie das Spektakel nicht an sich heranlassen. »Er war ein – Neger!« Dieses letzte Wort hauchte sie fast, als wäre es zu schrecklich, es in einem anständigen Haus auszusprechen. »Ich glaube nicht, dass man mir vorwerfen kann, ich hätte Vorurteile, aber als ich dieses – dieses Tier die Hand meines Mädchens nehmen sah, um ihr aus diesem grässlichen Fahrzeug zu helfen, war ich wirklich angewidert wie noch nie.« Lady Frisk entnahm ihrer Handtasche ein Taschentuch und drückte es an die Lippen. »Offenbar heißt er Elmer Golightly – Elmer! Was ist *das* denn für ein Name? Und als ich dastand, geschwächt vom Schock, da nahm er doch glatt meine Hand in seine große schwarze Pfote und schüttelte sie vor aller Welt, als wären wir sozial ebenbürtig! Charlotte führte den Mann hinein und ich musste ihnen folgen, als wäre es nicht einmal mehr mein eigenes Haus. Und dann besaß er noch die Unverschämtheit, mir mit einem ›Hübsch haben Sie's hier‹ zu meinem Haus zu gratulieren.«

Ich versagte mir ein Lächeln, denn ich sah, dass diese Erfahrung Lady Frisk bis an die Wurzeln ihres Seins erschüttert hatte. »Und wie war er?«

»Wie er war? Das weiß ich kaum. Charlotte sagt, er sei Atomchemiker, was immer das sein mag. Hört sich unerfreulich und gefährlich an. Ich habe ja immer gesagt, dass nichts Gutes dabei herauskommt, wenn Charlotte Naturwissenschaften studiert. Ich flehte sie an, etwas Kultiviertes wie Kunstgeschichte zu machen. Dieses Mädchen hat mir seit dem Tag ihrer Geburt nichts als Sorgen bereitet. Unüberlegt, ungehorsam und dickköpfig mit einem Hang zu den ganz und gar Verderbten.«

Das war nun wirklich mal was Anderes. Die neue lasterhafte Charlotte war mir lieber. »Vielleicht sind sie ja nur befreundet.«

»Sie hat mir ganz stolz verkündet – ich bringe das wirklich kaum über meine Lippen –, dass sie ›total ineinander verknallt sind‹ und vorhaben, im nächsten Jahr zu heiraten. Heiraten! Er saß da und grinste mich mit seinen Zähnen an und ich wähnte mich mitten im schrecklichsten Alptraum. Da wäre sie doch lieber tot!« Lady Frisk fing zu stöhnen an.

»Also jetzt verrennen Sie sich, Lady Frisk. Er kann doch ein sehr guter Mensch sein. Er muss klug sein.« Ich wusste auch nicht, was ein Atomchemiker war.

»Offenbar ist Elmer ›reif für einen Stuhl‹. Ich habe keine Ahnung, wovon sie redet.«

»Das bedeutet, dass er vielleicht Professor wird.«

»Ein Professor! Ich fass es nicht. Natürlich, Cambridge ist nicht Oxford, aber man würde doch meinen, dass es auch dort einen *gewissen* Standard gibt.«

»Er ist bestimmt sehr nett und liebt Charlotte –«

»Pah! Dummes Geschwätz! Sentimentaler Unsinn! Er wird sie schwängern und sich dann mit dem nächsten Bananendampfer nach Jamaika oder woher er sonst kommt absetzen. Und ich habe dann ein kaffeefarbenes Enkelkind. Unser Leben wird ruiniert sein. Gott sei Dank ist Sir Oswald nicht mehr hier, um das erleben zu müssen!« Dicke Tränen rollten ihr über die faltigen Wangen.

»Versuchen Sie doch sich zu beruhigen, meine Liebe. Sie müssen verstehen, dass in meiner Generation die Rasse eher unwichtig ist. Ich bin mir sicher, dass es viele Mischehen gibt, die sehr glücklich sind.« Da fiel mir ein, dass Charlottes Glück hier gar nicht zur Disposition stand, sondern eher Lady Frisks Vorstellung davon, was *comme il faut* war. »Vielleicht kommt es ja gar nicht dazu. In einem Jahr kann viel passieren.«

»Ja, ja! Da haben Sie Recht. Die Jugend ist flatterhaft. Und Elmer«, den gehassten Namen betonte sie mit besonderer Emphase, »hat zweifellos die Moral eines Katers. Ich glaube, die haben ein unersättliches sexuelles Verlangen.« Weshalb sie gerade dies als tröstlich empfand, konnte ich nicht so recht nachempfinden. »Ich werde sofort dem Rektor der Universität schreiben und ihn bitten, seinen Einfluss geltend zu machen. Sie muss während der Ferien nach Hause kommen und dann werden wir sehen, was Philipp tun kann. Der arme Junge! Ich fürchte, er wird sehr schockiert sein!«

Ich war froh, dass ihre Gedanken eine glücklichere Wendung genommen hatten. Die folgende Stunde lang zählte sie mir all die Leute auf, die sie für ihren Plan, Charlotte von den katastrophalen Folgen dieser Beziehung zu überzeugen, als Handlanger einzuschalten gedachte. Somit lag auf der Hand, dass jegliche Diskretion meinerseits völlig unnötig war, da Lady Frisk vorhatte, halb England zu mobilisieren. Am Ende der Sitzung war sie gerötet vor Hoffnung und Kampfeslust.

»Ich werde mich davonschleichen. Ich glaube nicht, dass ich dem armen Philipp ausgerechnet jetzt unter die Augen treten kann. Aber ich bin ganz zuversichtlich, dass wir das dumme, irregeführte Mädchen gemeinsam schon zur Vernunft bringen werden.« Es freute mich, dass ihre Einstellung Charlotte gegenüber etwas weicher geworden war.

35

Aber weißt du, sie tut mir schrecklich Leid.« Ich stand in der Küche von Yardley House und bügelte die Kleider der Mädchen. Bar war bei mir in Drop Cottage Babysitten. Caro stopfte Wills Hose. »Sie macht eine schwere Zeit durch. Natürlich ist sie ein ignoranter, bigotter Snob, aber das sind Millionen andere auch. Sie ist nur ein Produkt ihrer Generation.«

»Ich weiß, dass meine Eltern auch entsetzt gewesen wären, wenn ich mit einem Schwarzen nach Hause gekommen wäre.« Caro biss den Faden ab. »Sie waren zwar anständige, freundliche Leute, aber einfach nicht an andere Rassen gewöhnt. Ich glaube nicht, dass es in Dorset bis in die Sechziger welche gab. Es hat geklingelt.« Sie verzog das Gesicht. »Brenda Bickerstaffe. Bitte, lieber Gott, lass mich nichts sagen, was ich später bedauern werde.«

Brenda war eine grobschlächtige Frau mit rundem Gesicht und kurzen, abgebissenen Haaren. Sie trug, egal wie das Wetter war, immer einen hellblauen Regenmantel, bei dem sie jeden Knopf zumachte und den Gürtel festzurrte und dessen Ende durch zwei Schlaufen schob. Sie brauchte immer ziemlich lange, bis sie ihn an- und ausgezogen hatte. Caros Angebot, ihn für sie aufzuhängen, lehnte sie ab und faltete ihn stattdessen auf ihrem Schoß und beugte sich besitzergreifend darüber. Aus ihrer Tasche holte sie ein großes Notizbuch, setzte die Brille auf und schraubte die Kappe des Kugelschreibers ab. Sie warf einen Blick auf ihre Uhr und schrieb Datum und Uhrzeit auf den Kopf der Seite. Das tat sie langsam und sorgfältig und mit ausdruckslosem Gesicht. Sie vermied jeglichen Blickkontakt, als wären wir wilde Tiere, die sich im nächsten Augenblick womöglich auf sie stürzten.

»Nun, meine Damen. Wie betragen sich die Kinder denn?«

»Wie wär's mit einem Drink, Brenda? Sie müssen müde sein. Ich bin's jedenfalls.« Caro versuchte es mit der Wir-Mädchen-unter-uns-Annäherung.

»Nein, danke. Ich rühre keinen Alkohol an.«

»Da entgeht Ihnen aber viel. Eine gute Flasche Wein ist eine der großen Freuden des Lebens.«

Brenda sah Caro ein paar Sekunden lang forschend an, dann begann sie eifrig mit ihrer runden Kinderschrift in ihr Notizbuch zu schreiben.

»Erzählen Sie mir von William«, forderte sie uns auf, als sie fertig war.

»Oh, Wills hat sich großartig gemacht, seit wir den Fernseher haben. Ich kann ihn kaum noch davon weglocken.«

»Wie viele Stunden am Tag sieht er denn fern?« Brendas vergrößerte Augen wirkten noch ernster. Die Hand mit dem Kugelschreiber zuckte.

»Ach – also, ich weiß gar nicht so genau.« Caro erkannte die Falle. »Er guckt vor allem Tiersendungen.«

Brenda schien ihr das nicht ganz abzunehmen.

»Und was ist mit seinem Allgemeinverhalten?«

»Ach, gar nicht so schlimm. Sie wissen ja, wie Jungs sind.« Caro lachte. »Immer für einen Streich zu haben.«

Brenda presste die Lippen aufeinander und schrieb etwas. Dann schaute sie auf. »Ich habe hier einen Polizeibericht. Offenbar hat ein Junge einige Wertgegenstände zu einem Juwelier in Tarchester gebracht und versucht sie zu verkaufen. Der Juwelier rief in der Vermutung, es könnte sich um gestohlene Ware handeln, die Polizei an und versuchte den Jungen so lange aufzuhalten, aber der rannte weg. Ein Kunde, der im Laden war und in Pudwell wohnt, konnte ihn als William Roker identifizieren. Nennen Sie das einen Streich?« Jetzt wurde ihr Gesichtsausdruck bedrohlich. »Oder haben Sie etwa gar nicht gewusst, dass der Junge sich von zu Hause entfernt hatte und unbeaufsichtigt durch die Straßen lief?«

»Aber gewiss habe ich das gewusst.«

»Es ist Ihnen aber nicht in den Sinn gekommen, dass dies eine ernste Angelegenheit war, die Sie sofort einem Beamten der Jugendfürsorge hätten mitteilen müssen?«

»Nein, eigentlich nicht. Es waren meine Sachen und ich habe sie zurückbekommen und Dr. Gilchrist hat ihm ins Gewissen geredet.«

Indem ich mich in meinen Stuhl zurücklehnte und leicht den Kopf drehte, konnte ich sehen, was Brenda in ihr Notizbuch schrieb: *Zeigt ambivalentes und allzu nachgiebiges Verhalten gegenüber jug. Verhalten. Unangebrachte Leichtfertigkeit geg. moralischen Fragen – bes. Stehlen.* Darüber hatte sie geschrieben: *Möglicherweise Alkoholproblem.*

»Und wie macht sich Ruth?«

»Sie scheint sich sehr gut eingelebt zu haben, macht sich über alles Gedanken. Sie hilft mir gerne bei der Hausarbeit.«

Brenda stürzte sich darauf wie ein Turmfalke auf eine Spitzmaus. »Wie viele Stunden am Tag verbringt Ruth denn mit Hausarbeit?«

»Mein Gott, als ob ich das wüsste!« Caros Stimme war ein wenig schnippisch. »Ich laufe doch nicht mit der Stoppuhr herum und messe, wie viel Zeit die Kinder für ihre Aktivitäten brauchen.«

Sorgfältig trug Brenda ein: *Zeigt Widerstand gegen Autoritäten.*

»Ich finde, dass Caro sich ganz hervorragend um diese Kinder kümmert«, schob ich ein.

Brenda sah mich missbilligend an und drehte ihren Stuhl, so dass ich ihr nicht länger ins Blatt schauen konnte. »Die gute Nachricht ist, dass wir eine ortsansässige Familie gefunden haben, die bereit ist, alle vier zusammen in Pflege zu nehmen.« Sie sah uns über den Rand ihrer Brille hinweg an und redete mit beruhigender Stimme. »Wir sind den beiden Damen natürlich sehr dankbar, dass Sie in die Bresche gesprungen sind, aber wir wissen alle, dass dies nur eine vorübergehende Lösung sein konnte, bis eine befriedigendere Möglichkeit gefunden wird. Wir möchten Ihnen unter keinen Umständen das Gefühl geben, dass die Kritik, die wir möglicherweise an Ihrem häuslichen Umfeld haben könnten«, dabei kniff sie für mich ein Lächeln zurecht, »etwas mit der Entscheidung zu tun hat, die Kinder so bald wie möglich Ihrer Fürsorge zu entziehen.«

»Sie brauchen gar nicht so einen Ton anzuschlagen, als wären Sie der Gerichtspräsident persönlich.« Caro verlor vor Fassungslosigkeit jegliches Taktgefühl. »Wir haben nicht vor, die Kinder zu kidnappen und gewaltsam bei uns zu behalten. Was mich angeht, kann ich mir ein wenig Ruhe und Frieden eigentlich ganz schön vorstellen.«

Brenda schrieb etwas – was, konnte ich nicht sehen – und beendete es offenbar mit einem Ausrufezeichen.

»In diesem Fall, Miss Yardley, wenn Sie das so sehen, müssen wir alles tun, um die Sache zu beschleunigen. Ich möchte die Kinder jetzt sehen.«

Wills kam mit finsterem Gesicht herein. »Jetzt wurde es gerade richtig spannend, da ist nämlich 'n Mann mit 'nem Maschinengewehr aus diesem verdammt großen Kuchen rausgekomm'n und hat alle Verbrecher erschossen, und zwar so –« Er ließ einen imaginären Kugelhagel über uns ergehen. »Die beiden Verbrecher, die als Frauen verkleidet waren, sind vor dem Oberboss abgehauen, weil sie geseh'n haben, wie der alle Männer bei einem Massaker in einer Garage abgeknallt hat und ...«

Brenda hielt ihre pummelige Hand hoch, der Abscheu stand ihr ins Gesicht geschrieben. »Wir sollten uns an die Regel halten, nach sieben Uhr nicht mehr fernzusehen, wenn du dir solche Sachen anschaust!«

»Es ist aber eigentlich eine Komödie mit dem Titel *Manche mögen's*«, versuchte ich es.

»Das hier ist mein Haus und da bestimme *ich* die Regeln!«, ereiferte sich Caro gleichzeitig.

»Und ich schaue mir verdammt noch mal an, was mir passt!«, stimmte Wills ein.

»Fluchen ist nicht klug.« Brenda sah ihn mit ihrem vernichtendsten Blick an. »Du ungezogener kleiner Junge! Du wirst dich jetzt sofort bei den beiden Damen hier entschuldigen!«

»Das ist unfair! Und was ist mit dem Nachmittag, als ihr das Kaminholz auf den Fuß gefallen ist?« Wills deutete anklagend mit dem Zeigefinger auf Caro, seine Stimme ein verletztes Winseln, die Augen hinterhältig. »Sie hat ›verdammte Scheiße‹ gesagt. Das ist doch wohl schlimmer!«

Brendas ohnehin schon käsiges Gesicht sah jetzt aus wie Schmalz. Sie machte sich ausgiebige Notizen. Caro und ich sahen uns an und mussten lachen. Brenda schloss für einen Moment die Augen, holte tief Luft und schrieb weiter.

»Nein, nein, nein!«, schluchzte Frankie und klammerte sich an meinen Arm. »Ich hasse sie! Ich will nicht weg!«

»Aber Schätzchen, sie will euch doch nur ein hübsches Zuhause geben und dich glücklich machen. Ihr werdet alle zusammen sein.«

»Ich will überhaupt nicht mit Wills zusammenleben. Ich will hier bei dir bleiben.«

»Und ich freue mich, wenn du hier bist. Es gibt keinen Grund, weshalb du nicht zu mir kommen und mich besuchen kannst.«

»Jeden Tag?«

»Anfangs vielleicht nicht jeden Tag. Es wird besser sein, wenn du Mr. und Mrs. Winnacott erst einmal besser kennen lernst, und das kannst du nicht, wenn du immer bei mir bist.«

»Ich will hier bleiben.« Frankies Lippe zitterte und sie sah mich aus verschwimmenden Augen flehentlich an.

Es fiel mir nicht leicht, Begeisterung angesichts der Aussicht zu heucheln, dass die Kinder bei Swithin und Beryl Winnacott leben sollten. Brenda Bickerstaffe schien diese Lösung jedoch für geradezu himmlisch zu halten. Sie hatte einen ungeheuren Respekt vor der Gläubigkeit und in ihrer Vorstellungswelt war die Frau eines Pfarrers automatisch eine Heilige und Säule häuslicher Tugend. Caro und ich hatten ihr klar zu machen versucht, dass das Pfarrhaus selbst für die folgsamsten Kinder ungeeignet war, und dann erst recht für die eigensinnigen Rokers. Aber auf unsere Einwände reagierte sie nur mit Schweigen und kritzelte weiter wie besessen in ihr Notizbuch. Ihre Feindseligkeit wurde nicht geringer, als Balthazar ihren blauen Regenmantel als das ideale Polster seines Körbchens entdeckte und sich mit den Zähnen in seinem Saum verbiss. Caro musste ihm schließlich den Kiefer auseinander sperren.

Gemeinsam gingen Caro, Bar und ich mit den vier Kindern hoch zum Pfarrhaus. Wo sich die beiden Wege, im Uhrzeiger- und gegen den Uhrzeigersinn, kreuzten, verließen uns Chloë und Balthazar und rasten gemeinsam hoch zum Herrenhaus.

»Weg sind sie auf dem Teufelsweg«, sagte Caro. »während wir unserem Tugendpfad treu bleiben wie der Christ, der auf Starrsinn und Nachgiebigkeit trifft. Wie passend! Als Apollyon, der Engel des Verderbens, wäre Ambrose Gilderoy sicherlich die Idealbesetzung.«

»Ich habe nie verstanden, was die Leute gegen ihn haben«, sagte Bar. »Ich bin ihm nur ein paar Mal begegnet, wenn Guy mich zum Tee hoch zum Herrenhaus einlud, aber auf mich machte er den Eindruck eines netten alten Herrn.«

Caro fing zu lachen an. »Neulich hat Mrs. Creech Mrs. Hopper, die in der Schlange vor mir stand, erzählt, dass sie von jemandem, der der Familie sehr nahe stand, erfahren habe, Ambrose sei Transvestit. Mrs. Hopper hat sie daraufhin gefragt, was denn ein Transvestit sei, und Mrs. Creech erklärte ihr, das sei ein Mann, dem es verbotene Lust bereite, Frauenkleider anzuziehen. ›Sie meinen also Westen?‹, hakte Mrs. Hopper nach. Es fiel so unendlich schwer, ernst zu bleiben. Es war Mrs. Hopper anzusehen, dass die Vorstellung, ein Mann könnte durch etwas Langes, Wolliges erregt werden, sie aufs Heftigste verwirrte.«

»Als wir mit der Schule zum Weihnachtsspiel gingen, sahen wir einen Mann, der als Aladins Mama verkleidet war. War das ein Westit?«, wollte Frankie wissen, die so getan hatte, als hörte sie gar nicht zu.

»Aladin war ein blödes Märchen. Es war Scheiße«, erklärte Wills entschieden.

Bis wir Frankie aufgeklärt und Wills ordentlich den Kopf gewaschen hatten, waren wir am Tor des Pfarrhauses angekommen. Swithin stand auf der Schwelle, offenbar erwartete er uns. »Sie sind da, Beryl!«, hörten wir ihn rufen. Sie tauchte neben ihm auf. Eine verwandelte Beryl. Der graue Knoten war verschwunden und durch einen adretten braunen Pagenschnitt ersetzt worden. Sie trug ein dunkelrotes Kleid, das offenbar neu war. Sie kam uns entgegen.

»Hallo, meine Lieben.« Sie lächelte. Es war ihr anzusehen, wie nervös sie war. »Kommt doch rein.«

Wir standen in der Diele. Auch hier war ich verblüfft, wie verändert alles aussah. Eine Vase mit orangefarbenen Tulpen stand auf der Flurgarderobe und auf dem Boden lag ein Teppich mit Ethnomuster. Caro stellte die Kinder vor. Beryl und Swithin grinsten wie eine Zahnpastawerbung, aber Titch vergrub ihr Gesicht an meinem Hals und die drei älteren Kinder waren zu sehr damit beschäftigt, sich ihre Umgebung anzuschauen, um es zu bemerken. Wills bohrte in der Nase und ich sah, wie Caro ihm auf den Arm klopfte.

»Na, was sagt ihr«, fragte Beryl. »Gefällt euch das Haus?«

»Nein«, erklärte Frankie.

»Habt ihr einen Farbfernseher?«, wollte Wills wissen.

»Ist ein bisschen dunkel hier.« Ruth starrte auf die ebenholzfarbenen Möbel und die gefirnisste Eichentreppe.

»Ja, du hast Recht.« Auch Beryl sah sich jetzt um. »Es *ist* dunkel. Wie klug von dir, dass du sofort siehst, was nicht richtig ist. Wir werden es streichen. Welche Farbe würdest du nehmen?«

»Rosa!«, schrie Frankie.

»Ich denke, weiß wäre hübsch«, meinte Ruth nach kurzer Überlegung.

»Ja. Weiß. Swithin, ruf doch bitte bei Pillbeam an und sag ihm, er soll gleich die Diele streichen.«

»Ich möchte sie aber rosa!« Frankie zog einen Schmollmund.

Beryl lächelte sie freundlich an. »Hättest du denn dein Zimmer gern in Rosa? Du bekommst das Zimmer oben am Ende der Treppe und das von Ruth ist gleich daneben, damit du dich nicht einsam fühlst.«

»Ich bekomme ein eigenes Zimmer? Nur für mich?«

»Ja. Es braucht neue Vorhänge. Ich dachte, du hättest vielleicht Lust, sie mit mir auszusuchen.«

»Möchte ich«, willigte Frankie widerstrebend ein.

»Habt ihr einen Farbfernseher?«, beharrte Wills.

»Nein, mein Lieber. Wir müssen sofort einen besorgen, Swithin. Vielleicht könntest du rasch nach Tarchester –«

»Machen Sie sich keine Mühe«, sagte Caro. »Sie können den haben, den Dr. Gilchrist mir gebracht hat. Er hat ihn eigentlich für die Kinder gekauft.«

»Ihr habt euer eigenes kleines Wohnzimmer«, fuhr Beryl fort. »Da können wir den Fernseher aufstellen. Es war früher Swithins Arbeitszimmer, aber es macht ihm nichts aus, darauf zu verzichten. Es ist der bei weitem wärmste Raum.« Swithin hielt die Luft an und wollte etwas sagen, aber Beryl rauschte darüber hinweg. »Wie wär's jetzt mit Mittagessen? Kommt, wascht euch eure Hände. Es gibt Würstchen und gebratene Bohnen und Trifle. Mögt ihr das?«

»Ich möchte Chips und waschen mag ich mich nicht.« Wills bohrte schon wieder in der Nase.

»Chips? Aber ja. Die gibt's zum Abendessen. Doch mit dem Händewaschen nimmt es Swithin sehr genau. Und er mag auch keine Jungs, die in der Nase bohren. Er hält das für eine schlechte Angewohnheit.« Wills richtete seinen kämpferischen Blick auf Swithin, der davor zurückschreckte.

»Wir gehen jetzt, damit ihr euch eingewöhnen könnt.« Ich fand, dass sie ohne Publikum sicherlich besser zurechtkamen. »Wollen Sie Titch nehmen, Beryl? Sie kann sehr gut laufen, aber sie lässt sich gern herumtragen, wenn sie müde ist. Nach dem Mittagessen sollte sie ein Nickerchen machen.«

Beryl streckte mir ihre Arme entgegen. Ich legte Titch hinein. Sie machte ein blökendes Geräusch, als wollte sie gleich weinen.

»Nicht weinen, mein kleiner Schatz.« Beryl drückte das Kind an ihren Busen und streichelte ihm sanft die Wange. »Tante Beryl hat dich doch so gern. Nicht weinen, mein süßes kleines Lämmchen.« Und Titch weinte nicht. Beryl sah Swithin an, ihr Gesicht gerötet vor Rührung. Langsam rollten ihr dicke Tränen über die Wangen.

»O du Kleingläubiger, warum hast du gezweifelt?«, hörte ich Swithin murmeln, als er sein Taschentuch nahm und sich auch die Augen wischte.

»Ich möchte Eiskrem, Coca-Cola und ein Luftgewehr«, meldete sich Wills, als er sah, dass die Umstände für das Gewähren von Bitten günstig waren.

36

Also ehrlich, Florence, Talent haben Sie.« Lady Frisk inspizierte das nun fast fertige Porträt. »Sie haben einen gewissen ... sollen wir sagen, Ernst?, eingefangen, der, wie ich mir einbilde, auch in meiner Haltung zu finden ist. Andere mögen das vielleicht als Würde bezeichnen. Doch mir steht es nicht zu, das zu behaupten.« Lady Frisk erfreute sich wieder eines ungebrochenen Selbstverständnisses. Ich betrachtete die Leinwand, die mir so vertraut wie mein eigenes Spiegelbild geworden war. Der arrogante, bestimmende Blick stand im Widerspruch zu einem Mund, der so verletzbar wirkte, dass er schon fast Angst signalisierte, was aber bestimmt kein anderer, am wenigsten die Abgebildete, entdecken würde. Ich hielt es für die beste Arbeit, die ich je gemacht hatte. Es war mir gelungen, mich herauszuhalten, zuzulassen, dass Pinsel und Hand sich mit neuer Freiheit und neuem Vertrauen bewegten, dass der Gegenstand mir diktierte. »Ja«, grübelte Lady Frisk, »da ist Würde darin, aber auch Poesie. Sir Oswald hat immer gesagt, ich hätte eine sehr seltene Empfindsamkeit. Manchmal nannte er mich im Scherz Medea. Sie war eine griechische Göttin, wissen Sie.«

Ich fand das gemein von Sir Oswald, was auch immer ihn dazu provoziert haben mochte. »Ich bin sehr froh, dass es Ihnen gefällt.«

»Nur die Nase, meine Liebe, *immer noch* ein klein wenig zu sehr betont. Ich werde Sie meinen Freunden weiter empfehlen, unter der Bedingung, dass Sie darauf achten müssen. Am Freitag in einer Woche bin ich zur Hochzeit des Sohns einer lieben Freundin eingeladen. Lord Percival Bierce heiratet«, sie senkte ihre Stimme, als rechnete sie damit, dass sich ein Rudel Klatschkolumnisten ums Schlüsselloch versammelt hatten, »die Gesellschafterin seiner Mutter. Eine ziemliche Mesalliance, werden Sie denken. Aber seine Mutter, die Herzogin, ist entzückt. Lord Percival hat ein sehr ausschweifendes Leben geführt und die junge Dame – so jung ist sie eigentlich gar nicht mehr, Mitte dreißig – wird einen stabilisierenden Einfluss auf ihn haben. Die Herzogin hängt sehr an Veronica – das ist der Name der Braut. Ich kann nichts Besonderes an ihr finden, ziemlich ängstlich und entschieden Mittelschicht, aber die arme liebe Herzogin hat eine so schreckliche Zeit mit dem Herzog durchgemacht, dass sie ein Nervenleiden hat, und das Paar wird bei ihr im Schloss wohnen bleiben. Ich werde der Herzogin vorschlagen, bei Ihnen ein Porträt der Braut in Auftrag zu geben.«

»Danke.«

»Das wird für Sie nach dieser Arbeit natürlich stumpfsinnig sein«, sie deutete mit großer Geste auf das Gemälde, »aber das tägliche Brot muss manchmal eben auch mühsam verdient werden, wissen Sie.«

»Dann ist morgen also Ihr letzter Tag«, sagte Philipp. »Eine hervorragende Arbeit, die Sie da gemacht haben.« Wir waren uns zufällig in der Eingangshalle begegnet. Lady Frisk hatte sich bereits aufgeregt verabschiedet. »Wissen Sie, die Scharfsichtigkeit der Frauen überrascht mich immer wieder. Sie haben an dieser schrecklichen Frau eine fast rührende Schwäche entdeckt. Ich nehme es Ihnen ab, dass sie auch tatsächlich vorhanden ist, aber ich kann sie einfach nicht erkennen. Doch es ist noch etwas viel Subtileres als ein einziger Ausdruck. Es ist das, was Joshua Reynolds *die besonderen Schattierungen der Seele* genannt hat.«

»Sie schmeicheln mir.«

»Ich sage Ihnen, was ich denke. Im Komplimente machen bin ich nicht gut. Zum Höfling wäre ich völlig ungeeignet.«

»Die letzten beiden Wochen waren Sie ein Musterbeispiel an Diplomatie.«

»Jetzt kann mein Vater wieder aus seinem Versteck herauskommen.«

»Dann ist seine Gicht also gar nicht so schlimm?«

»Wir sind übereingekommen, dass ich die Gastgeberrolle übernehme. Er hat sich darüber geärgert, wie sie das Kommando über das Haus an sich gerissen hat. Aufregung muss er vermeiden. Der nächste Schlaganfall könnte ihn umbringen.«

»Ein Glück für ihn, dass Sie sich um ihn kümmern.«

Philipp machte ein finsteres Gesicht. »Ich habe das Gefühl, sehr in seiner Schuld zu stehen«, sagte er, und ich wusste sofort, dass er dabei an sein Durchbrennen mit der Geliebten seines Vaters dachte.

»Und wie läuft es so?«, fragte ich, um ein anderes Thema anzuschneiden.

»Die Leute vom Naturschutz gewähren uns tatsächlich eine Subvention. Unten im Tal habe ich eine Stelle mit Riemenzungen gefunden. Obwohl sie zu den Orchideen gehören, sind sie eigentlich gar nicht schön, aber selten. Auf den unteren Feldern mähen wir nächste Woche, dann können wir sie in etwa einem Monat umpflügen und mit dem Gemüseanbau beginnen. Ich habe noch zwei Restaurants dafür interessieren können, eins in London und eins in Dartmouth.«

»Ach, das ist gut. Wissen Sie, Philipp«, ich zögerte ein wenig, »ich frage mich nur, ob das … reichen wird. Es geht mich natürlich nichts an, aber glauben Sie denn, dass diese Pläne, so lohnend sie auch sein mögen, genügend Einkünfte einbringen, um das Gut zu unterhalten?«

Ich merkte, wie ich heiße Wangen bekam. »Ich meine, haben Sie auch an die Tankrechnungen, Gemeindesteuern, Reparaturen und Versicherungen gedacht? Außerdem«, fuhr ich fort, weil ich Nägel mit Köpfen machen wollte, »drei Leute, die was zu essen und Kleidung brauchen. Mit Miss Glim sind es vier. Es müsste schon eine sehr große Subvention sein, wenn sie das alles abdecken soll, oder? Seien Sie mir nicht böse, aber ich würde Sie ungern enttäuscht sehen. Ich weiß, wie leicht man sich von einer schönen Sache mitreißen lässt und sich so sehr *wünscht*, es möge auch die richtige sein, dass man einfach nicht auf die deprimierende Stimme der Vernunft hören mag.«

»Ja.« Philipp sah mich mit einem Ausdruck an, den ich nicht zu deuten wusste. »Das passiert leicht.« Doch ich merkte, dass er durch mich hindurch sah und an etwas anderes dachte. »Ist es nicht seltsam, dass man etwas Erlebtes fast völlig vergessen zu haben glaubt – und jahrelang nicht daran gedacht hat –, und es dann plötzlich ganz gewaltig zurückkommt und einen verfolgt und wieder ganz in Beschlag nimmt.«

Ich erinnerte mich, dass bei mir, als ich Alex verließ, Bilder vom Tod meiner Mutter aufgetaucht waren, die sich mit der Vorstellung seines gequälten Gesichts vermischten und so lebendig und verstörend waren wie vor zwanzig Jahren. Das Bindeglied war natürlich das Schuldgefühl.

»Es kommt vermutlich daher, weil sich etwas, was den ursprünglichen Umständen entspricht, wiederholt«, schlug ich vor.

»Das wird es sein. Ja. Ach verdammt!«

»Madame haben für ihren morgigen Lunch ein Krabbensoufflé bestellt.« Miss Glim war hinter mir aufgetaucht, einen Zettel in der Hand. »Sie hat mir gesagt, ich solle ihr unter gar keinen Umständen Eier bringen. Doch wie soll ich ein Soufflé ohne Eier machen?« Sie überging Philipp.

»Ich würde mich darüber hinwegsetzen und es ganz normal zubereiten«, sagte ich. »Sie wird sich nicht daran erinnern.«

»Sie möchte nur frische Krabben und keine aus der Dose«, beharrte Miss Glim. »Doch der Fischhändler kommt erst am Dienstag wieder vorbei.«

»Nehmen Sie welche aus der Dose. Sie wird den Unterschied nicht schmecken. Es tut mir so Leid, dass wir Ihr Haus praktisch auf den Kopf gestellt haben.« Ich wandte mich Philipp wieder zu, aber er war weg.

Ich ließ drei Tage verstreichen, ehe ich zum Pfarrhaus ging, um die Kinder zu besuchen. Frankie kam aus dem Tor auf mich zugeflogen, warf ihre Arme um mich und drückte ihren Kopf heftig an meine Brust. Ihr Haar war kurz geschnitten, was ihr Gesicht voller und hübscher aussehen ließ. Sie trug einen marineblauen Pullover und einen Schottenrock und sah ganz anders aus, sauber und gesund, aber verrückterweise vermisste ich die alte, schmutzige Frankie.

»Ich habe gedacht, du kommst nicht mehr. Ich wollte schon weglaufen.«

»Ich bin froh, dass du es nicht getan hast. Darüber wären Mr. und Mrs. Winnacott sehr unglücklich gewesen.«

»Sie mag Ruth und Titch am liebsten.«

»Du musst ihnen Zeit geben, Frankie. Es dauert immer lange, bis man jemanden kennt.«

»Ich möchte bei dir sein.«

»Ach Liebes! Ich bin nicht verheiratet, ich habe keine vernünftige Bleibe und auch kein Geld.«

»Du könntest Dr. Gilchrist heiraten. Er ist nett.«

»Ja, sehr nett. Aber er will mich nicht heiraten.«

»Ich werde jemanden für dich finden. Einen reichen Mann.«

»Aber bis dahin lass uns einfach das Beste daraus machen, mein Schatz. Ich würde gern dein Zimmer sehen.«

Swithin öffnete die Tür. Er wirkte grau. »Es ist eine Offenbarung«, erwiderte er, als ich mich nach seiner Gesundheit erkundigte. Er führte mich, gebeugt wie ein alter Mann, in die Küche.

Beryl wirkte ähnlich geistesabwesend, die Haare unordentlich, die Jacke falsch zugeknöpft, aber es war ihr anzusehen, wie glücklich sie war. Ruth stand am Küchentisch und mischte etwas in einer Schüssel zusammen. Sie sagte »Hallo« und sah mich mit einem knappen Lächeln an, ehe sie mit angespannter Entschlossenheit weiter rührte. Titch saß an einem kleinen Tisch und schlug zwei Holztiere gegeneinander, hielt ihre Arme hoch und rief: »Tets.« Ich hob sie hoch. Sie roch nach Babypuder. Ihr Gesicht war sauber, die Haare zu glänzenden Löckchen gebürstet. Ihr rosa Kleid war mit hüpfenden Hasen bestickt und die Strumpfhose über ihren Windeln war makellos weiß. Ihre kleinen pummeligen Füße steckten in schwarzen Schuhen aus Kunstleder.

»Was für ein hübsches Mädchen!« Ich küsste sie. »Zeig mir deine Spielsachen, Titch.«

Titch gab mir eine Kuh. »Muh muh!« Sie ließ ein Pferd über ihren kleinen Tisch klappern, der hellblau und wie der Stuhl mit Enten bemalt war. Ein Bauernhof aus Holz war neben dem Schutzblech des Küchenherdes aufgebaut.

»Sie kommen gerade zur rechten Zeit«, sagte Beryl mit einer Stimme voller Stolz und Freude. »Helen muss jetzt nämlich ihr Mittagsschläfchen machen. Vielleicht möchten Sie das Kinderzimmer sehen?«

»Helen? O ja.« Ich hatte vergessen, dass das Titchs richtiger Name war. »Danke, das würde ich gerne.«

»Komm mit und schau dir erst mein Zimmer an.« Frankie zog mich am Rock. »Tante Beryl macht mir Vorhänge. Da sind Katzen drauf. Eine schwarze sieht aus wie Macavity!«

Beryl sah uns bohrend an.

»Was machst du denn da, Ruth?« warf ich rasch ein.

»Feenkuchen. Ich werde sie glasieren und dann Liebesperlen drüber streuen, siehst du?« Sie zeigte mir die Packung. Ihr dunkles Haar glänzte und war hinten zu einem einzigen Zopf zusammengefasst, der ihr sehr gut stand. Auch sie trug neue Kleider.

Ich ging mit Frankie nach oben. Ihr Zimmer war sonnig mit einem wunderbaren Blick hinunter aufs Tal, wo die Baumkronen in allen Grüntönen glänzten. »Das ist hübsch.« Ich bewunderte die Bettwäsche mit den mit Bändern geschmückten Teddybären. Auf dem Nachttisch stand eine Lampe in Form eines Pilzes, daneben lag ein Buch über das kleine graue Kaninchen. Als Kind hätte ich das alles sehr viel lieber gehabt als die frostige Eleganz Fays.

»Schau dir meinen Mantel an.« Frankie öffnete eine Kleiderschranktür und zeigte mir einen marineblauen Dufflecoatmantel mit rotem Futter. »Er ist neu. Alles ist neu. Tante Beryl und Onkel Swithin haben uns mit nach Tarchester genommen und da sind wir in einen großen Laden gegangen und sie hat uns all diese Dinge gekauft. Dann waren wir noch beim Frisör und im Buchladen und im Tudor Café haben wir Tee getrunken.«

»Das muss Spaß gemacht haben.«

»Hätte es auch, aber Wills war frech zu der Bedienung und Tante

Beryl hat gesagt, es täte ihr Leid, wir seien Waisen und hätten noch nicht gelernt, uns zu benehmen. Das hat Ruth zum Weinen gebracht. Dann wurde ich traurig und weinte und Titch fing zu schreien an. Wills ist nach draußen gerannt und Onkel Swithin hat ihn eine Ewigkeit nicht finden können.«

»Ach du liebe Zeit.«

»Als wir heimkamen, hat Onkel Swithin versucht Wills auszuschimpfen, aber Wills hat ihn getreten und wurde zeitig ins Bett geschickt. Er ist dann aus dem Fenster geklettert und gestürzt und hat sich den Kopf verletzt, so dass Dr. Gilchrist kommen und ihn nähen musste, und Wills hat geschrien wie noch was. Ich habe auch geweint, weil er mir Leid tat. Onkel Swithin sagte dann was von Prüfungen und Familienbanden. Damit meint er wohl uns.«

»Es könnte schlimmer sein«, sagte ich am Abend zu Bar und Caro, als wir uns in Bars exotischer Küche zum Abendessen zusammenfanden. »Ehrlich gesagt, Hut ab vor beiden. Swithin ist schrecklich freundlich und überaus nachsichtig und Beryl zeigt echtes Gefühl. Sie ist wirklich ein ganz anderer Mensch geworden. Titchs Kinderzimmer war eine einzige Überraschung. Man kriegt die Tür kaum auf vor lauter Mobiles, Spieluhren und Spielsachen. Das Bettchen ist mit *broderie anglaise* ausgekleidet und die Handtücher sind an den Ecken mit Tieren bestickt. Ist nur traurig, dass Titch aus dem allen schon bald herausgewachsen sein wird.«

»Wie können sie sich das nur leisten?«, fragte Caro und probierte einen Löffel Meerrettichsuppe. »Puh!« Sie wedelte mit der Hand vor ihrem Mund. »Köstlich, liebe Bar, aber wie Feuer.« Wir speisten zu den Klängen der *Götterdämmerung*, die Bar aufgelegt hatte und die gut dazu passte.

»Ich bin noch in der Versuchsphase«, erklärte Bar. »Beim nächsten Mal tue ich mehr Kartoffeln rein.«

»Das habe ich mich auch gefragt. Wie sie sich das leisten können, meine ich.« Ich schluckte einen Löffel Suppe. Meine Augen tränten und ich hatte das Gefühl, als wäre jede meiner Geschmacksknospen auf der Stelle verätzt worden. »Beryl kam mit Titch nach oben, um sie ins Bett zu bringen. Ich weiß, dass ich mich am heftigsten gegen die Winnacotts als Pflegeeltern ausgesprochen hatte, aber ich muss zugeben, dass es wirklich rührend anzusehen war, wie Beryl sie küsste und mit sanfter, gurrender Stimme mit ihr sprach und sie dabei zudeckte und ihr den Spielzeugelefanten gab. Die ganze Vorführung schien Titch zu hypnotisieren. Sie schlief ohne einen Laut sofort ein. Ich gratulierte Beryl zur Einrichtung und sie sagte, es sei eine Freude und ein Privileg, die Kinder zu haben.«

»Auch Wills?«, fragte Caro mit erstickter Stimme, wegen der Suppe.

»Ich habe sie gefragt, wie er sich macht. Sie meinte, er brauche einfach nur Zuwendung und eine feste Hand. Wills respektiert sie nicht und Swithin ist zu weich für ihn. Es verblüffte mich, dass Beryl das so rational darstellen konnte. Es zeigt nur, wie sehr ich gegen sie eingenommen war. Ich habe ihr vorgeschlagen, Philipp um Hilfe zu bitten, und sie hat daraufhin erzählt, er sei schon vorbeigekommen und werde Wills mit auf den Fluss nehmen und ihm Segeln beibringen.«

»Das ist aber nett.« Bars Gesicht war jetzt sehr rot und eine Träne, die sich in ihrem Grübchen verfangen hatte, glitzerte im Kerzenlicht. »So wie ihn stelle ich mir Siegfried vor, so groß und gut aussehend, aber doch reserviert und nachdenklich. Die meisten Männer sind so stumpf, nur an Autos und Fußball interessiert. Ich kann mir Philipp gut im Kampf gegen Riesenschlangen und gegen die Feuersbrunst und all das vorstellen. Es muss herrlich sein, seine Brunhilde zu sein.«

»Wenn ich mich recht erinnere, geht das Ganze nicht gut aus.« Caro holte ein Taschentuch aus ihrer Tasche und wischte sich die heftig tränenden Augen. »Ich glaube nicht, dass es dir gefallen würde, dich auf seinen Scheiterhaufen zu stürzen.«

»Beryl hat mir erzählt, Philipp habe sie mit ›einer überaus großzügigen Spende‹ bedacht, wie sie es ausdrückte, um Spielsachen und Kleider für die Kinder zu kaufen. Natürlich war das anständig von ihm, aber mir ging doch durch den Kopf, dass der Profit, den der Portulak abwirft, wohl flöten geht. Ich habe ihn vor zu viel Optimismus zu warnen versucht, aber er hat nicht zugehört. Wie üblich.«

Caro schnaubte wie ein Pferd durch die Nase. »Entschuldigung. Das ist die Suppe. Ich werde selbst mal mit ihm sprechen, wenn sich die Gelegenheit ergibt. Obwohl ich in nächster Zeit ziemlich eingespannt bin. Edwards Sprechstundenhilfe hat empört gekündigt, weil ich, während sie sich ihren Blinddarm herausnehmen ließ, die Kartei neu geordnet habe. Eigenlob stinkt zwar, aber mein System ist wirklich sehr viel leichter zu handhaben. Edward hat mich gefragt, ob ich die Praxis leiten möchte. Er will eine Apotheke und eine Kinderklinik einrichten. Es ist alles ziemlich aufregend.«

»Caro! Das ist ja ausgezeichnet!« Bar wedelte mit ihren Händen, als würde sie Fähnchen schwenken, während sie mehrmals in rascher Folge niesen musste. »Das ist deine Stärke! Ich habe Miss Brissel gehasst. Selbst wenn du mit Beulen kamst, Blut spucktest und dir ein Armbrustbolzen aus dem Ohr herauskam, hat sie dich noch gefragt, ob es ein Notfall ist.«

»Ich bin neidisch.« Ich lehnte mich zurück und sog in langen Atemzügen kühlende Luft ein, als Bar meinen Teller abräumte. »Nachdem ich jetzt Lady Frisk gemalt habe, muss ich mich wieder nach Arbeit umsehen. Ich habe noch nicht das Gefühl, nach London zurückkehren zu können. Jedenfalls nicht, bevor die Kinder sich gut eingelebt haben.«

»Du darfst auf gar keinen Fall ans Weggehen denken. Wir würden dich viel zu sehr vermissen.«

Eine Rückkehr nach London kam für mich gar nicht in Frage. Caro hatte den Scheck vom Krankenhausbeirat auf ihrem Konto gutschreiben lassen, so dass sie mir Bargeld geben konnte, wenn ich welches brauchte. Ich ernährte mich einfach und neue Kleider brauchte ich nicht. Ich ging überall zu Fuß hin oder wurde von Caro im Auto mitgenommen. Ich war von Büchern umgeben und die von mir Abhängigen waren auf eine Katze und einen halben Hund reduziert worden. Ich kam mir fast reich vor.

Ich kaufte Farbe und fing an, das Häuschen innen zu renovieren, wobei ich mich so gut es ging an die Originalfarben hielt. Dann lieh ich mir Caros Nähmaschine aus und nähte für Sofa und Sessel aus einem altmodischen Chintzstoff mit Maiglöckchenmuster, den Caro auf dem Dachboden von Yardley House gefunden hatte, neue Bezüge. Dusty wurde mit seiner Dachreparatur fertig und richtete dann auf Philipps Anordnung hin die Fenster und besserte das Mauerwerk aus. Ich säte noch mehr Gemüse ein, befreite das Stück zwischen Brücke und Eingangstür vom Unkraut und pflanzte dann zu beiden Seiten des Pfads altmodische Heckenrosen mit so klingenden Namen wie

Souvenir de la Malmaison und *Cuisse de Nymph*. Der nette alte Mann, dem die Baumschule zwischen Pudwell und Tarchester gehörte, schenkte mir einen Apfelbaum und einen Stachelbeerstrauch. Ich wusste, dass ich nicht mehr in Drop Cottage wohnen würde, wenn sie Früchte trugen, aber der Gedanke, jemand könnte sich in der Zukunft daran erfreuen, machte mich froh. Den Efeu und die Dornenranken rund um die Eingangstür ersetzte ich durch eine Rose in blassem Aprikot namens *Phyllis Bide*.

Unter das Fenster mit dem Talblick pflanzte ich süß duftende einjährige Blumen wie Reseda und Heliotrop. Dabei entdeckte ich eine kleine Bronzebüste von Napoleon, die kopfüber in der Erde steckte. Sie war aus dem Fenster gefallen. Ich nahm sie mit hinein, wusch sie ab und stellte sie auf das Bücherregal.

Lemmy war mir eine große Hilfe bei diesen Arbeiten. Er war drahtig und stark und hatte Spaß am Umgraben. Außerdem hatte er scharfe Augen und zeigte mir viele Pflanzen, die vom ursprünglichen Garten überlebt hatten und die ich in meiner Unwissenheit als Unkraut angesehen hatte. Wir jäteten darum herum und schnitten Äste weg, die zu viel Schatten warfen, und schon bald trieben sie kräftig aus. Was ich für ein altes Reisigbündel gehalten hatte, entpuppte sich als ein Rosenbaum, den Lemmy für mich wieder aufbaute. Er verfügte über ein wunderbares Geschick, die Zweige zu flechten und die natürlichen Biegungen und Kurven des Holzes auszunutzen, dann band er sie mit Weidenruten zusammen. Ich hatte ihm einen Hammer und Nägel gegeben, aber er warf sie voller Abscheu hin.

Als ich ihm das Belvedere zeigte, warf er seinen Körper zurück und kreischte vor Entzücken. In wenigen Tagen hatte er es bis auf den Rahmen entkernt und wieder aufgebaut, er machte nur Essenpausen, wenn ich ihn dazu nötigte.

Ich sah ihm zu, wie er den Teil einer Wand wie einen riesigen Korb flocht. »Du musst diese Art von Arbeit doch schon früher oft gemacht haben, Lemmy?«

»Lemmy hat sein Haus gebaut. Da hat er es gelernt.«

»Wo ist das?« Er zeigte auf den Hügel auf der anderen Flussseite. »Wirst du es mir zeigen?«

Lemmy arbeitete schweigend weiter, so dass ich annahm, er hatte es entweder nicht gehört oder nicht verstanden. Ich stellte meine Leinwand auf dem Weg neben der Hintertür auf und begann das Schleppdach zu skizzieren. Ich hatte mir vorgenommen, eine Bilderserie vom Häuschen, Garten und Fluss zu machen. Ich hatte bereits ein Skizzenbuch mit Stoffmustern und Zeichnungen der Innenräume begonnen und presste Blumen aus dem Garten, die ich zwischen die Seiten legen wollte. In den nächsten Jahren, wenn ich wieder von Gebäuden, Gehwegen, Verkehr und dem Summen und Brummen der Leute umgeben war, die für Neuigkeiten und Kunst sorgten, könnte ich darin blättern und den Geist des Ortes wieder heraufbeschwören, an dem ich so glücklich gewesen war.

Natürlich hatte ich auch Tagträume, für lange Zeit in Pudwell zu bleiben. Zweifellos wäre Viola damit einverstanden, mir das Landhaus beinah auf ewig zu vermieten. Aber wie sollte ich mir hier meinen Lebensunterhalt verdienen? Wenn Alex sich einmal offiziell mit Zara Drax-Eedes verlobte, wäre es sicherlich angebracht, ihn um meinen Anteil an dem Haus zu bitten, das wir gemeinsam in der Melbury Street gekauft hatten. Ich hatte einige Möbel eingelagert und ein paar tausend Pfund auf unserem gemeinsamen Bankkonto. Wenn ich das Geld sorgfältig anlegte, würde es meinen Unterhalt gewährleisten. Beim Zeichnen des Hauses und des Gartens waren mir tolle Ideen zur Landschaftsmalerei gekommen, aber ich war nicht sehr optimistisch, ob sich das auch verkaufen ließe. Selbst Constable hatte eine lange Durststrecke damit gehabt. Ich würde noch eine Zeit lang Porträts malen müssen und, um Aufträge zu bekommen, meine Zeit mit den Leuten verbringen müssen, die sie sich leisten konnten.

»Lemmy wird dir sein Haus zeigen. Wegen deiner Haare.« Lemmy hatte sich hinter mir angeschlichen. »Die Sonne hat eine Flamme, eine Fackel, einen Kometenschweif daraus gemacht.« Er berührte es und klapperte mit den Zähnen, als wollte er hineinbeißen. »Komm mit.«

Lemmy tat alles in dem Augenblick, da es ihm in den Sinn kam. Ich hätte gerne noch meine Staffelei weggebracht, falls es gleich regnete, aber er hüpfte schon den Weg hinunter. Ich musste rennen, um mit ihm Schritt zu halten. Als wir am Fluss ankamen, keuchte ich. Wie eine Gämse sprang Lemmy von Fels zu Fels über das Wasser. Ich stand auf wackeligen Beinen noch auf dem ersten, der vom Moos ganz glitschig war. Er sah mein Zögern, kam zurück und nahm mich an der Hand. Seine Handfläche war hart und rau. Mir war ganz bang zu Mute, als wir uns rutschend vorwärts bewegten, und ich war entschlossen, zurück den langen Weg zu nehmen.

Der Pfad, den Lemmy durch die überhängenden Bäume nahm, war der direkteste Weg. Nach ein paar Metern wurde er steil und ich musste mich an den Baumwurzeln festhalten, um nicht auf der trockenen, steinigen Erde ins Rutschen zu geraten. Noch schlimmer wurde es, als wir an ein Bächlein kamen, das fast senkrecht in einer Schlucht dahinplätscherte. Hier war der Boden schlammig und bröckelte gefährlich ab. Lemmys nackte Füße über meinem Kopf ließen mich zurück. »Warte auf mich!«, schrie ich, aber er kletterte unermüdlich weiter. Ich kämpfte mich weiter, klammerte mich an Dornenranken und Brennnesseln, bis meine Hände vor Kratzern und Stichen ganz taub waren. Als es in reine Kletterei ausartete und mir ein von Lemmy losgetretener Stein auf den Kopf fiel, wollte ich umkehren. Doch als ich nach unten blickte, sah ich voller Entsetzen, wie weit oben wir schon waren. Der Fluss war unter den Bäumen verschwunden. Ich blickte nach oben. Ein Felsvorsprung ragte ein paar Meter über meinem Kopf heraus. Ich konnte ihn nur erklimmen, indem ich die Schwerkraft überwand und mich fast kopfüber dranhängte. Mich überkam das blanke Entsetzen. Mein Gewicht riss die Wurzel, an der ich hing, aus ihrer Verankerung und der Fels unter meinem rechten Zeh bewegte sich. Mir verschwamm alles vor den Augen und mir wurde schwindelig.

»Hilfe!«, schrie ich, aber es war nicht meine Stimme, sondern ein Angstkreischen. Eine Biene setzte sich auf mein Gesicht und krabbelte über meine Stirn. Ich konnte mir nicht selbst helfen und hatte keine andere Wahl, als mit Wurzel und Fels nach unten zu stürzen. Ich schloss die Augen und bereitete mich auf den Tod vor. Ich schickte ein Gebet an Gott, bat ihn, mir alle meine Fehler nachzusehen und sich darum zu kümmern, dass Onkel Sid, Frankie und Macavity auch ohne mich zurechtkamen. Ich hoffte nur, dass es schnell ging.

Da hörte ich über mir Gebell und spürte, wie eine Hand die meine packte. Eine Stimme sagte: »Ganz ruhig jetzt.« Ich hätte gerne erklärt, dass es meine Kräfte überstieg, ruhig oder etwas anderes zu sein, aber meine Angst hatte mir die Stimme geraubt. Mein kurzes

Leben huschte vor meinen Augen vorbei, aber es reichte nicht. Ich war zu jung, um zu sterben – ich spürte einen Schmerz in meinen Armen und im nächsten Moment flog ich durch die Luft. Ich landete hart auf dem Rücken und hatte den Geschmack von Erde im Mund. Meine Nase pochte. Heiße Luft wusch mir die Stirn und mein Kinn war feucht. Chloë leckte mir über das Gesicht.

37

Jetzt ist alles gut. Sie sind in Sicherheit.«

Ich versuchte mich auf einen Punkt zu konzentrieren, aber um mich herum drehte sich noch alles. Ich hustete und leckte mir die Lippen, die nach Blut schmeckten. Jetzt erst wurde mir bewusst, dass da nicht Lemmy neben mir hockte, sondern Philipp. Er sah mich vorwurfsvoll an. »Was zum Teufel haben Sie da gemacht? Sie hätten sich umbringen können!« Er tupfte mir die Nase mit etwas Weißem ab. »Ihre Nase ist aufgeschürft. Tut mir Leid. Ich musste Sie hochziehen. Es war keine Zeit mehr, das auf charmante Art zu tun. Was für ein Wahnsinn!«

»Ich wusste ja nicht, dass wir das Matterhorn besteigen würden«, keuchte ich. Ich legte meine Arme um Chloës zotteligen Hals, damit sie mit dem Lecken aufhörte, und hob meinen Kopf. Wir waren auf der Klippe. Das Gefühl körperlicher Erleichterung zog sich prickelnd über meinen ganzen Körper, von den Ohren bis zu den Zehen. Ich setzte mich auf.

»Sie hätten abstürzen und tot sein können«, sagte Philipp wieder. »Es gibt einen hervorragenden Fußweg hier herauf. Was ist denn in Sie gefahren, einen fast senkrechten Hang zu erklimmen?«

Aus meiner Nase strömte Blut. »Könnten Sie mir vielleicht noch mal Ihr Taschentuch leihen?« Das Zittern in meiner Stimme war nicht zu überhören.

»Ganz ruhig«, Philipp klang besorgt. »Beruhigen Sie sich.« Er legte einen Arm um mich. »Ist ja gut, ich schimpfe nicht mehr.« Er tätschelte meine Schulter, als wäre ich ein scheuendes Pferd. Doch seltsamerweise war die Wirkung tröstlich.

»Ich bin Lemmy gefolgt und als ich ans Umkehren dachte, war es dazu bereits zu spät. Ich hatte völlig vergessen, dass ich Höhenangst habe. Entschuldigen Sie, dass ich so wehleidig bin.«

»Ich finde es nicht wehleidig, Angst zu haben. Ist alles eine Frage der Einbildung, nicht wahr? Ich habe so oft Angst, dass ich es gar nicht mehr zählen kann. Sind Sie kräftig genug, um aufstehen zu können?«

Mir war ein wenig schwindelig, aber ansonsten ging es mir gut. Ich atmete ein paar Mal ein und aus und fühlte mich dann, abgesehen von meiner pochenden Nase, ganz wiederhergestellt. »Es geht schon besser. Was für ein Glück für mich, dass Sie hier waren.« Bei dem Gedanken, was hätte passieren können, musste ich gleich noch ein paar Mal tief durchatmen.

»Wollen Sie nicht mit mir kommen und sich die Ruinen der Abtei ansehen? Ich habe es immer wieder hinausgeschoben, seit ich zurückgekommen bin. Ich weiß, dass es deprimierend sein wird. Ein wenig Gesellschaft täte da ganz gut.«

Begleitet von Grashüpfern, dem gebrochenen Stottern eines Kuckucks und einer immer wiederholten Tonfolge, hinter der ich eine Drossel vermutete, näherten wir uns durch die lichter werdenden Bäume Spokebender Abbey. Ein Holunder stand in voller Blüte und seine cremefarbenen Dolden leuchteten. Auf die Rindenspiralen malte die Sonne Zickzackmuster. »Wie schön das ist!«, sagte ich. Meine Nase hatte zu bluten aufgehört. Es war schön, am Leben zu sein.

»Sehen Sie! Ackergauchheil.« Philipp deutete auf ein Büschel winziger roter Blumen, die am Waldrand wuchsen. »Ich habe im Himalaja ganze Hügel voller Rhododendren, in den Alpen Enzianwiesen und in Afrika Lilienfelder gesehen. Doch für mich ist diese kleine Blume genauso schön. Da ist Lemmy.«

Er kam auf uns zu gerannt, die Arme von den Ellbogen ab nach außen gestreckt und seitwärts wie eine Krabbe laufend.

»Schimpfen Sie nicht mit ihm«, sagte ich rasch.

»Das hatte ich auch nicht vor. Es brächte ohnehin nichts. Ich glaube nicht, dass es ihm in den Sinn kam, Sie könnten etwas nicht, was er kann. Hallo, Lemmy. Hast du inzwischen einen Färber-Waid gefunden?«

»Ja. Lemmy zeigt ihn dir. Und Dornigen Hauhechel. Sehr selten.« Er warf mir einen schrägen Blick zu. »Blut. Nase geschnitten.«

»Ist nichts Schlimmes.« Es brannte ein wenig, aber ich wollte keine Spinnweben und Wegerichblätter und ein Taschentuch um meine Nase gebunden bekommen. »Und dein Haus?«

»Kommt und seht's euch an.« In einer gelungenen Imitation von Lawrence Olivier als Richard III. bewegte er sich mit Luftsprüngen vorwärts.

Philipp legte eine Hand auf Lemmys Arm. »Steh gerade, sei ein guter Junge. Schultern zurück und die Arme ganz locker.«

Lemmy tat, wie ihm geheißen, und schwang seine Arme in steifer Nachahmung von Philipps Gang. Wäre er bekleidet gewesen, hätte man nicht bemerkt, dass etwas anders an ihm war. Abgesehen vielleicht von seinen glänzenden schwarzen Augen, die einen nie anblickten.

Die Ruinen von Spokebender Abbey waren ein trister Anblick. Wir betraten sie durch den Vordereingang, ein massives Stück Eichenholz, das den Verwüstungen durch Wetter und Vandalen getrotzt hatte. Drinnen hingen roter Damast und von Hand bedruckte Tapeten in Fetzen von den Wänden, bekritzelt und voll schwarzer Flecken. In einigen der Zimmer fanden wir Kamine, auf deren Rosten verbranntes Holz und Asche lagen. In anderen Räumen waren sie herausgerissen und es waren splitternde Sockel übrig geblieben. Im Salon war die Decke heruntergekommen, ihr prächtiger Schmuck aus dem sechzehnten Jahrhundert lag zerschmettert auf den verrottenden Dielenbrettern. Lemmy blieb bei uns. Vermutlich zählte es nicht als Innenraum, weil der Himmel über unseren Köpfen nur allzu offensichtlich war.

»Als ich zum letzten Mal hier war, war alles vertäfelt und bemalt«, sagte Philipp, als wir durch das Refektorium gingen, das jetzt nur noch aus Verputz bestand. »Wunderbare Fresken. Und der Boden war schwarzweißer Marmor. Es war auch damals schon im Verfall begriffen, aber die Räume darunter hätte man retten können.« Er strich mit dem Finger über die feine Ziselierarbeit eines Messingschlosses. »Ich habe immer davon geträumt, es zu retten. Doch jetzt ist es zu spät dazu. Dies hätte ich nie zulassen dürfen. Es ist unverzeihlich. Ich hätte eher zurückkommen müssen.«

»Heimkommen«, sagte Lemmy.

»Genau. Kommt, wir wollen gehen.«

Wir kamen durch die Bibliothek, in deren Mitte jetzt eine Esche wuchs, durch französische Fenster, die sich in zahllosen Stürmen selbst beinahe zu Kleinholz gemacht hatten, über mit Unkraut und Moos bewachsene Treppen.

»Seht euch diese vielen verschiedenen Flechten an.« Philipp bückte sich, um einen Kreis in hellem Orange zu untersuchen. »Wusstet ihr, dass es ein Jahrhundert dauert, ehe ein Fleck von zehn Zentimetern im Durchmesser herangewachsen ist? Es gibt mehr als hundert verschiedene Arten.«

Lemmy verschwand durch ein Loch in der Eibenhecke, die in die Höhe geschossen und am Ende, wo einmal Rasen gewesen sein musste, stark ausgedünnt war. Wir folgten ihm, machten nur kurz Halt, um die Orangerie zu besichtigen. Der eiserne Rahmen stand noch, aber keine einzige Scheibe war heil geblieben. Die zarten Palmen und exotischen Sträucher waren nur noch gebeugte braune Skelette. Hinter der Eibenhecke erstreckte sich ein Dschungel.

»Das war das Arboretum«, erklärte Philipp. »Das wenigstens können wir retten. Wir können die Setzlinge und das Unterholz herausholen. Sehen Sie sich nur diese Kiefern an, die von selbst ausgesätem Ahorn und Holunder halb erstickt werden. Ich frage mich nur, was das wohl sein mag?«

»Weymouthskiefer.« Lemmy war wieder zu uns gestoßen. »*Pinus strobus*. Selten, aus dem südwestlichen Balkan. Knospen zylindrisch, abrupt spitz zulaufend, Nadeln in Fünferbündeln sehr dicht aneinander.«

»Du bist das reinste Nachschlagewerk«, meinte Philipp. »Du bist mir eine große Hilfe.«

Über Lemmys ansonsten ausdrucksloses Gesicht huschte fast etwas wie Freude.

»Das würde vermutlich gar nicht viel kosten«, überlegte ich. »Aber für die größeren Jungbäume bräuchten Sie eine Winde. Und die Arbeitskraft müsste bezahlt werden.«

Im dunkelsten, dichtesten Teil des Arboretums befand sich inmitten einer Gruppe unerfreulich stacheliger Stechpalmen eine Leiter aus mit Weidenruten zusammengebundenen Stöcken. Ich stieg hinter Lemmy hinauf und steckte oben meinen Kopf durch ein Loch.

»Das ist aber hübsch! Wie das Nest eines Riesen!« Es war ein Baumhaus aus ineinander verwobenen Ästen. Die Hälfte davon war sogar überdacht. Doch durch Lücken sah man blaue Himmelsfetzen und eine Seite war ganz offen. Unter dem überdachten Teil war eine Plattform aus dickeren Ästen als eine Art Bett eingezogen, worauf Kissen und gestrickte Decken in leuchtenden Farben übereinander lagen. Ich erkannte darin Bars Handarbeiten. Neben dem Bett türmten sich Bücher in ordentlichen Stapeln unter einer wasserdichten Plane. Ich zog mich hoch auf die Plattform.

»Ich könnte mir vorstellen, hier ganz glücklich zu leben«, sagte ich, als Philipp mir gefolgt war. »Es knarrt wie auf einem Schiff. Sehen Sie nur, eine Wand aus Wildrosen!« Ich deutete auf eine Heckenrose, die sich durch die Äste dem Sonnenlicht entgegen rankte.

»Sie sind offenbar eine hoffnungslose Romantikerin. Stellen Sie sich das mal im November bei Nieselregen vor.«

Philipp sah sich ein paar Tierknochen und ein paar Eier an. Ich war gerührt, als ich über Lemmys Bett ein Nest entdeckte, das ein vertrauensseliger Vogel dort gebaut hatte. Dieser schien uns vergessen zu haben, saß im Schneidersitz auf dem Deckenstapel und blätterte methodisch in einem Buch. Als wir uns verabschiedeten, gab er keine Antwort und blickte auch nicht auf.

Den ganzen Rückweg über die zugewachsene Auffahrt, die uns ins Tal zurückbrachte und dann auf einer alten Packpferdbrücke über den Fluss, legte Philipp schweigend zurück. Er schlenderte ganz entspannt dahin, die Hände in den Taschen, in Gedanken weiß Gott wo. Glücklich bewunderte ich die Schönheit der Landschaft und stellte mir vor, wie sich auf unserem Pfad einst wohl die Menschen drängten, als Mönche, Hausierer, Leprakranke und Pilger sich auf ihrem Weg von der Abtei nach Tarchester die Berge hinauf und hinunter schleppten. Chloë war glücklich, ihre beiden Schützlinge im Blickfeld zu haben und lief neben mir mit einem von Speichel triefenden Stock einher, den sie sich weigerte, mir zum Werfen zu überlassen. Bei derart genügsamen Begleitern konnte ich meinen Gedanken freien Lauf lassen.

Es wäre ganz vernünftig, bis Ende des Monats einen neuen Job anzufangen. Mit dem Geld vom Krankenhausbeirat würde ich mir neue Farbe und Leinwand kaufen. Im Tudor-Café in Tarchester wurden

Amateurgemälde zum Verkauf ausgestellt. Ich wollte ein paar Skizzen von den Ruinen der Abtei machen und sie zu verkaufen versuchen. Aber ich brauchte ein regelmäßiges Einkommen. Irgendeine ganz einfache Arbeit wäre mir recht, am liebsten im Freien, um das herrliche Wetter ausnützen zu können.

»Am Dienstag fangen wir mit der Heuernte an.« Philipps Stimme brach in meine Überlegungen ein. »Wollen Sie mithelfen? Zwei Pfund die Stundc, für Mittagessen und Tee ist gesorgt.«

»Sie könnten sich als Gedankenleser ein Vermögen verdienen, wissen Sie das?«

»Heißt das, Sie wollen? Gut.« Er wandte sich mir zu und sah mich an. »Für ein so zart aussehendes Wesen haben Sie aber viel Mumm.« Ich fühlte mich geschmeichelt. Ich war beinahe glücklich vor Freude. Philipp richtete seinen Blick unentwegt auf mich. Ich begann mich unwohl zu fühlen. »Kommen Sie mit mir nach Hause«, schlug er mit fast zärtlicher Stimme vor, »dann desinfiziere ich Ihre Wunde. Ich glaube, Ihre Nase schwillt an.«

»Danke. Das wäre nicht schlecht.« Wir gingen schweigend weiter. Meine Stimmung war genauso schnell abgestürzt, wie sie gestiegen war. Ich stellte mir meine Nase riesig und rot vor. Ich überlegte, ob er nicht ein Lachen unterdrückte.

»Angenommen, ich würde das Gewächshaus wiederherrichten? Als Behausung für Lemmy.«

Natürlich hatte er keinen Gedanken an mich verschwendet. »Eine fantastische Idee! Aber wäre das nicht schrecklich kostspielig?«

Er lächelte. »Im Kaufmännischen kann man Ihnen wohl nicht leicht was vormachen?«

»Sie wissen doch, Einkommen zwanzig Pfund, Ausgaben neunzehn Pfund, neunzehn Shillings und Sixpence, bleibt übrig: Glück.«

Philipp lachte. »Ganz recht. Wir werden nur einen Teil davon instand setzen. So viel, dass er einen anständigen Unterschlupf hat. Doch ich werde erst mal sehen, ob er in eins der Gewächshäuser oben bei uns ziehen würde, ehe ich auch nur einen halben Penny investiere, das verspreche ich.«

Als wir uns dem Eingangsportal von Gilderoy Hall näherten, sahen wir zwei große Koffer auf der Treppe stehen. Kurz darauf tauchte Guy auf.

»Hallo Philipp. Flo.« Sein Blick war kühl. Er hatte mir nicht verziehen. »Oder besser gesagt, auf Wiedersehen. Ich fahre für einige Zeit nach Irland. Vielleicht mehrere Wochen.«

»Ist ziemlich überstürzt, oder?« Philipp war ganz offensichtlich verärgert. »Und was ist mit der Heuernte?«

»Ach, du hast doch Deacon zum Helfen. Und dann auch noch Dusty. Mach ein bisschen Druck auf Plumrose. Er ist mit seiner Miete im Rückstand.«

»Er wird doch aus seinem eigenen Stück Land erst recht keinen Gewinn erwirtschaften, wenn er mir bei meinem helfen muss. Deacon kann mit seinem Bänderriss keinen Traktor fahren, wie du ganz genau weißt, und Dusty ist zu alt, es zu lernen. Kann denn diese Reise nicht auf einen späteren Zeitpunkt im Jahr verschoben werden, wenn weniger zu tun ist? In drei Wochen wird die Herde verkauft. Da brauche ich deine Hilfe.«

»Flo wird dir schon zur Hand gehen.« Guy sah mich an und runzelte die Stirn. »Was hast du mit deiner Nase gemacht? Hast du mit Philipp gekämpft?« Er lächelte gemein. »Ich habe eine dringende Einladung auf das Castle Fitzpatrick. Es wäre unhöflich gewesen, sie abzulehnen.«

»Du meinst doch nicht etwa Castle Fitzpatrick in Tullireen?« wunderte ich mich.

»Du kennst es?«

»Ich kenne Oonagh Fitzpatrick schon seit Jahren. Wir haben zusammen die Kunstakademie besucht.«

»Ich besuche Moira.« Guy lachte ziemlich selbstgefällig.

Ich erinnerte mich an Moira, Oonaghs jüngste Schwester, das hübscheste der Fitzpatrick-Mädchen und das wildeste dazu, was schon was heißen wollte. Während meines grauenhaften Aufenthalts auf Castle Fitzpatrick hatte Moira eine bedauerliche Begeisterung für Streiche gezeigt. Am ersten Tag der Jagd hatte sie die Schlüssel der Badezimmer und Toiletten entfernt und in den Wassergraben geworfen. Da es nun für die zwanzig Gäste drei Toiletten und Badezimmer gab, waren diese ständig belegt und es kam in den achtundvierzig Stunden, bis der Schlosser von Ballinadare für neue Schlüssel sorgen konnte, immer wieder zu höchst peinlichen Begegnungen zwischen Witwen, die ihre Waschbeutel mit Kordelzug mit sich schleppten, und Generälen im Ruhestand mit Schnurrbartbinden.

Die Vierzig-Watt-Birnen, die in den Dachsparren der großen Diele angebracht waren, warfen ein so schwaches Licht, dass man in den vor dem Essen gereichten Nüssen nicht die Kieselsteine entdecken konnte, die Moira darunter gemischt hatte. Einige von uns bissen sehr schmerzhaft darauf und Lord Portree musste gleich am nächsten Morgen nach Galway gefahren werden, damit man ihm dort sein Gebiss flickte. Zum Glück ging ihr lustiger Scherz, den Salon mit einer Kapuzenmütze und einer Jacke, auf der die Buchstaben IRA geschrieben standen, sowie einem der Gewehre ihres Vaters zu stürmen, ins Auge. Lieutenant-Colonel »Blinkers« Bracegirdle, ein in feuchtem Dschungel und auf trockenen Ebenen wie auch in regengepeitschten Schützengräben gleichermaßen erprobter Kämpfer, beschloss, sich sein Lebenslicht nicht von einem verrückten Iren ausblasen zu lassen. Er robbte sich von hinten an sie heran und zog ihr eine Bronzestatue von Wellington, der im Herrensitz auf seinem Fuchs Copenhagen saß, über den Kopf. Man musste mehrere Flaschen Kreislauftropfen kommen lassen und jeder war den Rest des Abends nervös, aber Moira hatte eine Kopfwunde, die genäht werden musste, und war zur allgemeinen Erleichterung mehrere Tage lang *hors de combat*.

»Du wirst sicherlich eine herrliche Zeit haben«, sagte ich und konnte meine Belustigung kaum verbergen.

»Danke, das habe ich auch vor.«

»So viel Großzügigkeit hat er gar nicht verdient«, meinte Philipp, als wir Guy im Jeep davonfahren sahen, dem einzigen Fahrzeug auf dem Gut, das einigermaßen bequem war.

Das in seiner Stimme mitschwingende Mitgefühl weckte meinen Argwohn. »Wenn Sie glauben, ich wäre auch nur im Entferntesten eifersüchtig, dann sind Sie im Irrtum.«

»Das höre ich gern.«

»Was hat Guy Ihnen denn erzählt?«

Die Frage war Philipp unangenehm, aber er murmelte: »Na ja, Sie waren natürlich sauer, als Sie hinter die Sache mit Corinne gekommen sind.«

»Das stimmt so nicht.« Ich sprach mit ruhiger Stimme, war aber wütend. »Ich hatte bereits beschlossen, mit Guy Schluss zu machen, ehe ich überhaupt etwas von ihr wusste, weil – weil er ein Lügner ist. Es tut mir Leid, das von Ihrem Bruder sagen zu müssen.«

»Ist schon gut. Ich glaube Ihnen.«

Ich kämpfte gegen meine Wut an. »Vermutlich hat er Ihnen erzählt, ich sei untröstlich. Schließlich ist nur meine Eitelkeit verletzt, aber was macht das schon?«

Philipp starrte mich an und öffnete seinen Mund, als wollte er etwas sagen, hätte es sich dann aber doch anders überlegt. Wir gingen ins Haus. Wieder fiel mein Blick auf das Porträt von Philipps Mutter. Es musste Ambrose eine Genugtuung gewesen sein, die Gemälde der beiden Liebenden einander gegenüber zu hängen, jetzt, nachdem der Tod sie für immer getrennt hatte. Die schwarzen Augen von Colonel le Maistre waren voller Schalk und unendlich lebendig, keinesfalls leer – »Oh!«, schrie ich. »Wie dumm von mir, dass ich das nicht schon eher bemerkt habe! Natürlich! Lemmy!«

»Was?« Philipp starrte mich an, als wäre ich verrückt geworden.

»Sehen Sie es sich an! Die Augen, die breiten Wangenknochen, die bogenförmigen Brauen, aber vor allem diese dunklen, so weit auseinander stehenden Augen. Schon als ich ihn das erste Mal in Drop Cottage sah, wusste ich, dass es da eine Ähnlichkeit gab. Lemmy. Le Maistre. Es ist mir buchstäblich ins Auge gesprungen!«

Hinter mir wurde Gelächter laut. Ambrose arbeitete sich auf seinen Stock gestützt auf uns zu, das Gesicht zuckte vor Freude. »Kluges Mädchen!« Er legte seine Hand auf meinen Arm und hielt ihn fest. »Es hat mehr als zwanzig Jahre gedauert, bis jemand auf diese Verbindung kam. Wie unaufmerksam die Leute doch sind. Sie ausgenommen, meine Liebe.« Der Blick, den Ambrose mir zuwarf, ließ mich frösteln. »Nun, Philipp, wie gefällt dir dein Halbbruder – der Schwachkopf?« Philipp gab keine Antwort. »Ein Aushängeschild für die Familie, nicht wahr? Ein Schmuckstück für den Salon.« Ambrose entblößte seine Zähne und lachte still in sich hinein. »Deine Mutter hat mir großzügigerweise erlaubt zu glauben, sie trüge *mein* Kind aus. Harry saß Trübsal blasend in seinem Londoner Klub, trauerte um sein Haus und verspielte die letzten paar tausend Pfund. Ich hatte sie immer eher für habgierig denn als lüstern eingeschätzt. Nie hätte ich geglaubt, dass sie sich weiterhin mit ihm treffen könnte, nachdem sie jetzt nur noch eine heimatlose Verschwenderin war.«

»Sobald das Kind geboren war, wurde mir mein Irrtum bewusst. So jämmerlich dieses Geschöpf auch war, es hatte Harrys Gesicht. Es hätte nicht leben dürfen und keiner wollte, dass es lebte. Deine Mutter hat es auf Anhieb verabscheut. Harry hat es nie gesehen. Einen Monat nach seiner Geburt packte deine Mutter ihre Pelze, ihre Zofe und den Familienschmuck und ließ mich mit dem Balg sitzen, das ihr Buhle gezeugt hatte. Nett von ihr, findest du nicht? Ha! Ha!« Ambrose warf seinen Kopf zurück und lachte, als fände er tatsächlich Gefallen an dem Scherz.

»Vater, wenn du hören könntest, wie bitter du klingst, verbittert und – offen gesagt, ich glaube, das Unglück hat deinen Geist vergiftet.« Philipp sprach mit ruhiger Stimme, aber es war ihm anzusehen, wie sehr er litt.

Natürlich hätte ich die beiden in ihrem Streit allein lassen sollen, aber Ambrose hielt mich fest. Sein Ausdruck wurde boshaft. »Was schert mich deine Meinung? Glaubst du etwa, du kannst zurückkommen und untersuchen, was vom Besitz noch übrig ist, und mich dann als Sonderangebot verschachern? Wenn es denn ein Unglück gegeben hat, hast du dann nicht mit dazu beigetragen, indem du zwölf Jahre lang weg warst und nichts hast von dir hören lassen? Und bist du nicht mit der Frau abgehauen, der ich mein Herz geschenkt hatte?«

Ambrose stützte sich so schwer auf meinen Arm, dass er gestürzt wäre, wenn ich ihn weggezogen hätte. Philipps Augen blickten traurig. »Ich weiß, dass ich diesen Vorwurf verdient habe.«

Ambrose lachte kurz auf. »Du warst immer ein weicher rührseliger Narr. Ich habe ihr nichts gegeben – weder mein Herz noch meine Börse. Sie war eine Schlampe wie alle anderen auch. Sie hat mir nichts bedeutet.«

»Ich weiß nicht, ob das stimmt«, Philipp sprach ganz langsam, »aber ich würde gerne glauben, dass es so war. Es entschuldigt dennoch nicht mein Verhalten. Mir kommt es so vor, als wäre jeder in dieser Familie hier unglaublich verdorben, und das macht mich krank und traurig. Es wäre an der Zeit, uns wie normale Menschen zu verhalten, die sich auch für andere verantwortlich fühlen.«

»Heuchler! Frömmlerischer Unsinn!«

»Ach, lassen Sie mich gehen!« Ich versuchte mich zu befreien. »Ich kann mir das nicht mehr länger anhören!«

»Ha! Sie können es nicht ertragen, dass ich ihn beschimpfe.« Ambroses Gesicht war verzerrt vor Durchtriebenheit, als er mich anstarrte. »Vielleicht sehen Sie sich ja schon als Mrs. Gilderoy von Gilderoy Hall, hä? Das wäre allerdings ein Fehler. Lassen Sie es sich gesagt sein, dass dieser Mann«, dabei deutete er mit seinem Stock auf Philipp, »nichts besitzt. Keinen Penny kriegt er. Morgen werde ich diesen Hohlkopf Windebank kommen lassen. Ich werde mein Testament ändern und alles Guy überschreiben. Philipp wird ein Bettler sein.«

»Ich denke, das reicht jetzt.« Philipps Gesicht war blass vor Wut. »Es tut mir Leid, Flo, dass Sie Zeugin unserer entsetzlichen Umgangsformen wurden. Ich werde Sie jetzt nach Hause begleiten.«

Ambrose ließ meinen Arm los. »Grüß mir den Dorfidioten, wenn du ihn siehst!« Er keuchte ein wenig vor aufgeregter Boshaftigkeit. Ich ging zur Tür. Nach der Dunkelheit in der Diele blendete das Sonnenlicht. »Deinen Bruder, meine ich. Man sagt doch, Blut sei dicker als Wasser, oder?«

»Ja«, sagte Philipp sehr bedächtig und nicht ohne gewisse Befriedigung. »Und es stimmt auch. Ich werde alles tun, um Guy zu überreden, dass er Spokebender Abbey an Lemmy zurückgibt und treuhänderisch für ihn verwaltet. Wir haben uns diesen Besitz durch einen skandalösen Betrug angeeignet. Dessen habe ich mich immer geschämt. Und weil ich glaubte, die Le-Maistre-Linie sei ausgestorben, konnte man nichts machen. Aber jetzt –«

Ich stand auf der obersten Treppenstufe, als ich Ambrose schreien hörte: »Du dummer – Narr.« Seine Stöcke fielen klappernd zu Boden. »Ich – werde – nicht – zulassen –« Ich wandte mich um und sah sein Gesicht blutrot anlaufen, als er zusammenbrach und stürzte.

Ich rannte zurück ins Haus und den Flur hinunter, um einen Krankenwagen zu rufen. Vor meinen Augen flimmerte alles. Philipp kniete als eine dunkelgrüne Gestalt aus sich drehenden Flecken neben seinem Vater. Der Hörer war wie Eis an meiner Wange. Ich sagte: »Ich glaube, es ist ein Schlaganfall.«

Die Dame von der Vermittlung sagte: »Keine Sorge, Liebes. Ich schicke gleich jemanden raus.«

Ich kniete mich neben Philipp, der wegen der kalten, harten Fliesen eine Hand unter den Kopf seines Vaters geschoben hatte. »Es war mein Fehler«, flüsterte ich. »Ich hätte nichts von Lemmy sagen dürfen.«

Ambroses Gesichtsausdruck war ungewohnt friedlich. Aus seinem schlaffen Mund tropften Speichelblasen und er fing zu schnarchen an.

»Nein.« Philipp schob eine Haarsträhne zurück, die Ambrose in die gerötete Stirn gefallen war. »Ich war wütend. Ich wollte ihm wehtun. Wenn er stirbt, gehe ich weg. Es war ein Fehler zurückzukommen. Diesmal habe ich ihn umgebracht.«

»Aber Philipp, auf dem Gut wird man Sie mehr denn je brauchen! Guy kümmert sich nicht darum. Das müssen Sie doch inzwischen gemerkt haben.«

»O ja.« Philipp zeigte ein kaltes Lächeln. »Aber er kann es verkaufen und vom Erlös leben.«

Ich sagte nichts mehr dazu, denn es ging mich natürlich nichts an. Aber als wir dort schweigend neben dem schlummernden, pfeifenden Körper knieten, tauchte vor meinem geistigen Auge der den Verkaufserlös vergeudende Guy auf, der schließlich als bankrotter, enttäuschter Lebemann endete, während Philipp durch die Welt wanderte, entwurzelt und krank vor Heimweh, und obwohl ich keinerlei Grund hatte, davon auszugehen, meine Bitte könnte Gehör finden, betete ich, Ambrose möge leben.

38

Die Heuernte begann an einem wolkenlosen Tag. Klee, Margeriten und Disteln wuchsen üppig und standen so hoch im Gras, dass sie mich an den Armen kitzelten. Im Westen grenzten die Weiden an den Fluss, der gelassen über sein Kiesbett plätscherte, ein ganz anderes Wesen als die donnernde Bestie, die er dann weiter unten am Haus wurde. Das Summen der Insekten wurde durch die Ankunft eines alten Traktors übertönt, den Philipp fuhr. Seit Ambroses Zusammenbruch hatte ich ihn nicht mehr gesehen.

Er lächelte mir knapp und gedankenverloren zu, sprang herunter und ließ die Maschine im Leerlauf. Chloë, die die Nacht bei mir im Haus verbracht hatte, ließ von ihrem Kaninchenloch ab und stürzte sich auf ihn. Deacon und Dusty kletterten mit einer angestrengten Miene vom Anhänger, wie sie dem Bänderriss des einen und dem Alter des anderen entsprach. Dusty nickte mir zu. Deacon musterte mich abschätzend, blinzelte und humpelte übertrieben. Zum Glück war mir heute Morgen der Schorf von der Nase abgefallen und ich sah nicht mehr lächerlich aus. Der Anhänger wurde ab- und die Mähmaschine angekoppelt. Wegen des Traktorenlärms war eine Unterhaltung unmöglich.

Philipp mähte die erste Bahn und wir folgten ihm mit unseren Heugabeln. Wir warfen die langen Grashalme hoch, Pollenwolken ergossen sich über unsere Köpfe und nackten Arme. Der köstliche Duft des Grases war so kräftig wie ein Narkotikum. Erschreckt vom Dröhnen und Geklapper der Maschine suchten Kaninchen eilends das Weite. Anfangs jagte Chloë ihnen noch hinterher, aber ihr Überfluss sorgte schnell für Überdruss. Bei unserem langsamen Vorwärtskommen begleiteten uns marmorierte Schmetterlinge, smaragdgrüne Grashüpfer und die nicht ganz so attraktiven Fliegen. Nach einer Stunde ständigen Bückens und Hebens fühlte ich mich klebrig vor Hitze. Ich musste an all die längst verstorbenen Leute denken, die die gleiche Arbeit getan hatten. Vor zweitausend Jahren hätten wir Stammesangehörige der Durotriges sein können, die für ihre römischen Herren arbeiteten, oder sechs Jahrhunderte später Leute aus Wessex, die das Gemeindeland bestellten, oder vor nur hundert Jahren die Erntehelfer der Bathsheba Everdene, wie Hardy sie in *Fern vom Treiben der Menge* beschrieben hat.

Meine Hände waren voller Blasen, aber ich war nicht mehr die städtische *ingénue*, Opfer der sich ständig wandelnden Umstände und des launischen Wetters. Ich hatte mir nicht nur von Caro einen breitkrempigen Hut geliehen, um meine Haut zu schützen, sondern auch eine Rolle Heftpflaster und eine Schere mitgebracht. Bis wir unsere erste Pause machten, waren beide Handinnenflächen zugeklebt.

Philipp hatte die Traktorhaube geöffnet und arbeitete tief im Inneren des Motors, und so setzten Dusty, Deacon und ich uns in den Schatten einer riesigen Eiche und tranken Limonade. Chloë legte ihren Kopf auf meine Füße, zu müde, um nach den Fliegen zu schnappen, die sich auf ihrem Rücken niederließen. Die Männer drehten sich Zigaretten und spuckten unter viel Trara die Tabakkrümel aus. Der beißende Rauch hing in blauen Fäden in der Luft. Dusty bot mir mit einem fragenden Grunzen seinen Beutel an, aber ich lehnte ab.

»Was ist denn mit Ihrem Bein passiert, Mr. Deacon?« Zu dieser Frage fühlte ich mich aufgefordert, nachdem er es mehrere Minuten lang stöhnend gedehnt und massiert hatte.

»Hab' da dieses Kalb kastriert, wissen Sie, doch der wollt nich zulass'n, dass ich sein Liebesleben beende.« Ich hatte vergessen, was für ein abschreckender Gesprächspartner Deacon war. Er grinste und zeigte seine nikotinfleckigen Fangzähne, die an Holzstücke erinnerten. »Also machte es einen Satz in die Luft und ich hinterher und verrenkte mir dabei so mein Bein.« Deacon schilderte sehr anschaulich das Zerren der Muskeln und was darauf folgte, wovor ich aber die Ohren verschloss. Ich bewunderte indessen die sanft wogenden Hügel, die felsigen Gipfel und das weiche Gras, das vom Sonnenlicht kontrastreich in Licht und Schatten getaucht wurde.

Ehe ich mich erhabenen Gedanken hingeben konnte, gab Philipp das Zeichen, dass die Pause vorbei war. Wir arbeiteten weiter, Bücken, Heben, Bücken, Heben. Ich verlor jeden Sinn für Zeit und Zweck. Mir lief der Schweiß über das Gesicht und ich wischte ihn mir mit dem Unterarm weg. Die Sonne war nicht mehr zu sehen, sie war mit dem Himmel zu einer einzigen, hell glänzenden Schale verschmolzen. Vom Rande meines Blickfelds her schob sich eine schwarze Gestalt langsam in den pulsierenden Glanz hinein. Ich schirmte mir die Augen ab. Es war Miss Glim. Sie hatte am Tor geparkt und war dann mit einem Korb am Feldsaum entlang gegangen. Philipp hielt den Traktor an, um ihn ihr abzunehmen. Sie entfernte sich rasch, ohne sich umzusehen und die Schönheit der Landschaft in sich aufzunehmen. Sie tat mir Leid, so einsam ohne den Mann, den sie liebte.

»Wenn Sie so weitermachen, werden Sie am Nachmittag Ihre Finger nicht mehr bewegen können«, sagte Philipp, als er meine dick mit rosa Pflaster verklebten Finger sah. »Tut es sehr weh?«

»Nein, überhaupt nicht.« Das war gelogen, denn sie brannten, wie das bei Blasen immer der Fall ist. Aber ich war entschlossen, mich nicht zu beklagen, denn die anderen beiden murrten wie Faulpelze über Köpfe, Hände, Rücken und Beine. Ich setzte mich in den Schatten, der mich kalt wie fließendes Wasser umfing.

»Ha. Mädchenhände taugen nur für leichte Arbeit.« Dusty spuckte neben meinem Brotzeitpaket aus. Er zeigte seine schwieligen, verhornten Pranken mit einem Stolz, der meiner Ansicht nach nicht gerechtfertigt war.

Als Philipp den Motor abschaltete, summten mir in der Stille die Ohren. Jetzt hörten wir den Gesang der Vögel und das Zirpen der Grillen.

»Ein Kiebitz.« Philipp deutete auf einen Vogel mit schwarzweißer Haube, der über die Stoppeln stolzierte. »Die werden immer seltener. Zu viel intensive Landwirtschaft. Eines Tages werden wir es bedauern, oder unsere Nachkommen. Was man sich in diesem Land in den letzten zehn Jahren erlaubt hat, ist schon fast ein Verbrechen. Die Historiker werden sich zurückblickend einmal fragen, warum wir nichts getan haben, um die Verwüstung und Vernichtung des Landes aufzuhalten.«

Mit trübem Blick mampften Dusty und Deacon gedankenverloren ihre harten Eier und kalten Würstchen. Ich starrte auf die Lichtreflexe auf meinen Schuhspitzen und versuchte meinen Geist in Gang zu bringen.

»Wie geht es Ihrem Vater?«

»Unverändert. Er liegt im Koma.«

»Das tut mir aber Leid.«

»Die Ärzte sagen, er hat keine Schmerzen. Sie halten es für unwahrscheinlich, dass er wieder zu sich kommt. Aber er kann durchaus noch monatelang, selbst Jahre so weiterleben. Man kann nichts für ihn tun. Nächste Woche kommt er in ein Pflegeheim nach Bournemouth, wo man sich auf die Pflege von Komapatienten spezialisiert hat.«

»Aber Sie haben nicht mehr vor wegzugehen?«

»Nein. Ich habe Guy in Irland angerufen, um ihm zu sagen, was passiert ist. Er meinte, er wüsste nicht, weshalb er einen angenehmen Urlaub vorzeitig abbrechen sollte, um sich neben einen bewusstlosen Körper zu setzen und ein rührseliges Gesicht zu machen.« Philipp lachte plötzlich. »Eins muss man Guy ja lassen, ein Heuchler ist er nicht. Ich habe ihm gesagt, dass ich mit dem Gedanken spiele wegzugehen, aber er hat darauf erwidert, dass er über jede Veränderung der gegenwärtigen Abmachungen sehr ungehalten wäre und ich kein Narr sein solle.« Ich fragte mich, auf welche Summe sich die finanzielle Unterstützung wohl belaufen mochte, die Philipp an Guy zahlte, dass er sich damit zufrieden gab, sein Erbe so ungeniert aufzugeben. Philipp schlug jetzt einen ironischen Ton an. »Offen gesagt fand ich, dass er Recht hat. Ich bin zu alt, um noch einmal ins Blaue davon zu stürmen. Es schmeckt nach Melodram, wenn man so etwas zweimal macht, und das stört mich.«

»Außerdem würde es Chloë das Herz brechen.«

Chloë hob den Kopf, als sie ihren Namen hörte, und warf einen sehnsüchtigen Blick auf den Käse. Ich lieh mir von Deacon ein nach einer tödlichen Waffe aussehendes Messer aus, um ihr ein Stück davon abzuschneiden. Sie schlang es hinunter und schlief dann weiter. Philipp betrachtete sein halb gegessenes Sandwich und war offenbar unendlich weit weg. Ihn zu malen wäre fast ein Ding der Unmöglichkeit, denn sobald er zu sprechen aufhörte, hing er sofort seinen Gedanken nach und es war unmöglich, seine Stimmung zu erfassen. Wie Guy hatte auch er sehr hoch angesetzte Brauen, die aufgrund ihrer dunkleren Färbung jedoch viel dramatischer wirkten. Da sein Haar jetzt kräftig nachgewachsen war und fast bis zum Kragen reichte, war die Ähnlichkeit ihrer Knochenstruktur verblüffend. Aber Philipps Gesicht war strenger im Aufbau, hatte eine breitere Kinnlade, eine längere und geradere Nase.

»*Eine Katze darf einen König anschauen*, sagte Alice.« Er drehte sich so schnell zu mir herum, dass ich keine Zeit hatte, meinen Blick abzuwenden.

»Mögen Sie die Alice-Bücher? Seltsam, wie wenig Leute sie wirklich lieben. Vermutlich, weil man sie ihnen in der Kindheit aufgezwungen hat.« Es ärgerte mich, dass ich ertappt worden war, als ich ihn ansah. »Er ist der einzige Schriftsteller, den mein Onkel liest. *Auf dem Kaminsims er einen Büffel zu sehen glaubte, doch war's seines Schwagers Nichte, als er noch mal hinschaute*. Onkel Sid kann stundenlang Lewis Carroll zitieren. Er behauptet, darin sei alle Philosophie enthalten, die der Mensch braucht.«

»*Einen Bankangestellten er aus dem Bus steigen sah, doch auf den zweiten Blick es ein Nilpferd war*. Woran haben Sie gedacht?«

»Ich habe nur überlegt – wie Sie wohl mit Miss Glim zurechtkommen?«

»Wenn ich versuche mein Bett selbst zu machen oder eine Tasse abzuspülen, greift sie sofort ein. Sie beharrt darauf, meine Socken zu bügeln, obwohl die allesamt Löcher haben. Unter ihrem unfreundlichen

Blick nehme ich ganz allein mein Abendessen im Esszimmer ein. Bei ihr muss ich ständig an den Basilisken denken, halb Schlange, halb Vogel, der mit einem Blick töten konnte. Ich rechne immer damit, dass jeder Bissen mein letzter sein könnte.«

Er schien das lustig zu finden. Ich fragte mich, ob Philipp sich in dem großen Haus einsam fühlte. Was war mit der Frau passiert, mit der er vor all den Jahren davongelaufen war? »Arme Miss Glim. Sie gehört leider zu den leidenschaftlichen Naturen, deren Liebe sich einzig und allein auf eine Person konzentriert. Können Sie sich bei ihr nicht durchsetzen?«

»Als ich ihr vorschlug, wir könnten ein paar Räume dicht machen, damit sie weniger Arbeit hätte, gab sie ein Geräusch wie ein platzender Reifen von sich und hat dann den ganzen Tag im Haus von oben bis unten Frühjahrsputz gemacht, sogar auf dem Dachboden. Sie hat natürlich ihre freien Nachmittage, aber als ich vom Ausritt auf Guys Pferd, das ich bewegen muss, zurückkam, klopfte sie auf dem Hof Teppiche. Zum Abendessen gab es fünf Gänge und sie hatte das beste Silber aufgelegt. Aus Angst vor weiterem Märtyrertum wage ich schon keine Arbeitserleichterungen mehr vorzuschlagen. Ich verstehe die Frauen nicht. Ich bin nur ein ganz gewöhnliches, plumpes, brutales Männchen, das mit dem Schwanz wedelt, wenn ihm etwas gefällt, und knurrt, um seine Feindseligkeit kundzutun. Die Frauen sprechen eine gänzlich andere Sprache und das verwirrt mich. Vermutlich liegt es daran, dass ich so wenig Umgang mit ihnen pflege.«

»O nein«, sagte ich im Brustton der Überzeugung. »Das ist es nicht. Die Verwirrung ist universal. Und sie funktioniert in beiden Richtungen. Vielleicht ist Unverständnis die Voraussetzung dafür, sich zu verlieben. Und wir machen alles aus dem Stegreif. Die Wahrheit ist einfach nicht romantisch.«

Philipp ließ sein Handgelenk kreisen, um einen Käfer in leuchtenden Farben zu betrachten, der über seinen Arm krabbelte. Sein Gesicht lag im Schatten, aber sein hellblaues Hemd brachte seine Augen zum Leuchten. Überaus sanft berührte er den irisierenden Flügel mit seiner Fingerkuppe. »Und doch habe ich immer gehofft, es könnte möglich sein, jemanden durch und durch zu kennen und sich dabei doch ganz und gar treu zu bleiben …« Ein lautes Schnarchen von Dusty unterbrach ihn. Philipp erhob sich. »Wir sollten weitermachen.«

Brummelnd nahmen die Männer ihre Arbeit wieder auf. Die Erde schmorte in der Sonne, bis sie glänzte. Vor den Augen verschwamm alles. Die Kopfhaut unter meinem Hut war schweißnass, aber eingedenk möglicher Sommersprossen behielt ich ihn auf. Plötzlich wurde die Trance, in die ich gefallen war, durch einen Schmerzensschrei erschüttert. Deacon lag auf dem Boden, sein Gesicht qualvoll verzerrt.

»Es ist das verdammte Bein«, stöhnte er, als ich zu ihm hin lief. »Es hat unter mir nachgegeben und ich bin in mein Messer gefallen. Manchmal schnappt es auf. Au-auah!«

Jetzt hatte auch Philipp uns gesehen und den Motor abgestellt. Inzwischen hatte das Blut Deacons Hosenbein rot gefärbt. Sein Gesicht war aschfahl. Philipp nahm das Messer aus Deacons Tasche und schnitt den Stoff ab, bis das Fleisch offen lag. Als ich das aus der Wunde sprudelnde Blut sah, wurde mir ziemlich übel. Er riss einen Streifen Stoff ab und machte daraus einen Druckverband. »Passen Sie auf, Deacon. Halten Sie das hier so fest Sie können. Sie haben womöglich eine Arterie getroffen. Wir müssen Sie ins Krankenhaus bringen. Können Sie dieses Bein so hoch wie möglich halten, Flo?«

Deacon war ein großer Mann und unglaublich dick. Philipp packte ihn an der Schulter und wir zogen und keuchten und kämpften, bis es uns schließlich gelang, ihn auf den Anhänger zu rollen. Philipp kam mit dem Traktor zurück und spannte ihn an. »Ich bringe ihn zum Postladen und rufe von dort aus einen Krankenwagen. Wird etwa eine Stunde dauern.«

Ich rannte, um das Tor zu öffnen. Ein Mann am Boden und wir hatten gerade erst angefangen. Ich ging zurück und schloss mich Dusty an, der sich weltvergessen in seinem Bücken und Werfen nicht hatte beirren lassen.

»Ich komme morgen und helfe euch«, sagte Caro, als ich ihr am Abend erzählte, was passiert war. Philipp war auf die Heuwiese zurückgekehrt, nachdem er sich vergewissert hatte, dass Deacon im Krankenwagen lag. »Ich habe morgen meinen freien Tag in der Praxis.«

»Ich komme morgen Nachmittag, sobald ich mit dem Aufräumen im Kunsterziehungsraum fertig bin«, versprach Bar. »Wir haben Ferien. Das Wetter wird bald umschlagen. Ihr habt nur noch zwei Tage gutes Wetter, ehe der Sturm kommt. Am Freitag wird es ein heftiges Gewitter und einen Wolkenbruch geben.«

»Woher weißt du das?« Ich stellte mir vor, dass sie Runen oder wenigstens ein Stück feuchtes Seegras geworfen hatte.

»Ich habe die Wettervorhersage für die nächste Woche gehört.«

Wir waren im Garten von Yardley House. Die Staudenrabatten blühten in sorgfältig aufeinander abgestimmten Farben, vom kühlen Weiß und Blau des Rittersporns an den Enden zu den knallroten Mohnblumen in der Mitte. Caro erklärte, sie seien nach dem Diktum von Gertrude Jekyll gepflanzt worden und ihre Pflege käme der harten Arbeit im Gulag gleich. Die blassgelben Seerosen auf der Oberfläche des kleinen Teichs erinnerten an zarte Teetassen aus Porzellan. Der auf einem Podium neben einem Rosenstämmchen stehende massive Teaktisch, bereits silbern verwittert, gab das rustikale Ambiente für das Abendessen ab, zu dem Caro uns Geflügelroulade und Stachelbeertarte auftischte. Eine Schale mit dunklen, samtigen Rosen, die in der Kühle des Abends geschnitten worden waren, standen zwischen dem Geschirr und verströmten einen köstlichen Duft, der Balsam war für meine müden Sinne und den schmerzenden Leib.

»Es wäre so schade, wenn das Heu verderben würde«, sagte ich. »Es ist das einzige Einkommen, das Philipp in der nächsten Zeit haben wird.«

»Er ist ein sehr interessanter Mann«, meinte Bar und flocht dabei ihr Haar geistesabwesend um die Rückenlehne meines Stuhls. »Mal abgesehen davon, dass er gut aussieht. Ich finde ihn wirklich ziemlich geheimnisvoll. Andere Männer wollen Eindruck schinden und sind an dem, was du zu sagen hast, überhaupt nicht interessiert. Aber Philipp hört einem zu, als wollte er es wirklich wissen. Er hat mir ganz viele Fragen gestellt, wie es ist, eine Hexe zu sein. Ob Hexen notwendigerweise archetypisch seltsam seien – Außenseiterinnen, die man als weise Frauen verehrt oder als gefährlich verfolgt. Was der Unterschied sei zwischen einer Hexe und einer Heidin.«

»Wo bist du ihm begegnet?«, fragte ich.

»Im Wald, letzte Woche. Es war kurz vor Mitternacht. Der Vollmond ist die große psychische Kraftquelle und eine sehr gute Zeit, um zu zaubern. Ich wollte eine neue Liebe heraufbeschwören. Ich habe es so satt, ständig allein zu sein. Doch es war ziemlich wolkig. Ich habe mich mit aller Kraft gegen meine Angst gestemmt, weil ich wusste, dass die Bäume mich beschützten, aber es war schrecklich dunkel und voller Schatten. Ich hatte gerade mein Silberglöckchen mit Rosenöl gesalbt und bimmelte vor mich hin und lauschte dem Widerhall im Astralreich, als ein riesiger schwarzer Schatten aus einem Gebüsch auftauchte und ich fürchterlich zu schreien anfing.«

»Ist dir nicht der Gedanke gekommen, es könnte die neue Liebe sein, die mit bewundernswerter Promptheit auf den Ruf der Seele reagiert?«, wollte Caro wissen.

»Nein, der Gedanke kam mir nicht. Ich dachte, es sei der Gehörnte, und ich muss sagen, es war schon eine Erleichterung, als sich herausstellte, dass es Philipp war. Zum Glück hatte ich meine Kleider nicht ausgezogen, weil es ein wenig kühl war. Natürlich wäre mir daran gelegen, dem Herrn der Finsternis zu begegnen, wie wir ihn manchmal nennen, aber nicht, wenn ich allein und unvorbereitet bin. Er ist halb Ziegenbock und halb Mann, hat aber nichts von einem Satyr. Er ist nur an lustvollem Sex und der inneren Suche nach der Weisheit interessiert.«

»Also ist er auch nicht viel anders als die anderen Männer«, lautete Caros Kommentar.

»Philipp wollte Dachse beobachten. Er war seit Sonnenuntergang da gewesen und hatte die Jungen beim Spielen beobachtet. Die Dachsmutter hatte die Reste eines Wespennestes angeschleppt, ihre Lieblingsspeise. Er hat mir noch ganz viele andere Dinge über Fischotter erzählt, die mit den Dachsen verwandt sind, und dass er sie gerne am Flussufer wieder heimisch machen möchte. Dann habe ich erklärt, was ich mache, und wir haben uns ausgiebig über magische Rituale unterhalten.«

»Konntest du den Zauber denn noch beenden?«, fragte ich.

»Ich habe Philipp gefragt, ob er mich in meine Trance begleiten wolle, aber er meinte, für spirituelle Auren nicht sensibel genug und mir deshalb auch keine Hilfe zu sein. Da irrt er sich bestimmt, aber nachdem er gegangen war, kam Lemmy und spielte die Rohrflöte, was ich nicht gut kann, und wir zogen uns aus und tanzten, bis wir vor Hitze glühten, und wenn es je einen guten Zauber gegeben hat, dann diesen. Ich glaube, dass Philipp nur reinste Absichten hegt, und in meiner nächsten Trance werde ich um die Erweiterung seines psychischen Bewusstseins bitten.«

»Solltest du ihn nicht lieber vorher warnen?«, fragte Caro. »Es könnte ein schlimmer Schock für ihn sein, wenn er nicht damit rechnet.«

Bar sah Caro zweifelnd an, als fühlte sie sich auf den Arm genommen, aber zum Glück wurden wir durch die Kinder unterbrochen, die über den Obstgarten hereingekommen waren. Frankie stieß mich in ihrer Begeisterung fast vom Stuhl. Sie roch stark nach Seife. Ich küsste sie sanft und streichelte sie wie eine Katze, was ihr immer gefiel. Ruth stand daneben und ließ sich einen Wangenkuss geben. Sie sah sehr viel besser aus, die Augen waren klarer und die Haut reiner. Sie trug ein gesmoktes blau-weiß gestreiftes Baumwollkleid, das zu ihrem sittsamen Wesen passte. Ich erkannte die sich bereits abzeichnende Schönheit in ihren Zügen.

»Wills!« Es überraschte mich, ihn zu sehen, denn ich hätte gedacht, dass der Fernseher eine weitaus größere Anziehungskraft ausübte.

»Hallo.« Die Hände in den Taschen seiner neuen grauen Flanellhose schlenderte Wills an mir vorbei. Später fand ich heraus, dass Swithin ihm ein Pfund gegeben hatte, damit er uns besuchte.

Während Caro die Stachelbeertarte verteilte, saß Frankie auf meinem Schoß, die Arme um meinen Hals geschlungen. Ruth zog ihren Stuhl ordentlich an den Tisch heran, legte die Hände in den Schoß und wartete, bis sie angesprochen wurde. Wills warf sich auf einen Stuhl, beugte sich über den Tisch und stieß dabei mit seinem Ellbogen ein Glas um.

Es war schon ein kleiner Triumph gewesen, Beryls Einverständnis für einen Besuch der Kinder bei uns zu erlangen. Caros Angebot, sie zum Abendessen einzuladen, rief bei ihr ein Stirnrunzeln hervor und sie konnte ihre Eifersucht nicht verbergen, so dass wir uns auf einen Besuch zwischen Abendessen und Schlafenszeit einigten. Dass ich Titch zu später Stunde nicht zu sehen bekam, war mir klar, aber ich vermisste sie dennoch sehr. Sie lag bestimmt ganz ordentlich in ihrem Nestchen aus babyrosa Decken, den Kopf von einem Kissen gestützt, auf das Hühner oder Enten gestickt waren.

»Wie kommt ihr denn mit Mr. und Mrs. Winnacott zurecht?«, wollte Bar wissen.

»Ganz gut«, antwortete Ruth. »Ich habe Tante Beryl heute Nachmittag geholfen, die Stachelbeeren für die Marmelade zu putzen.«

Frankie drückte sich wieder an mich. »Ich habe diesen Film im Fernsehen gesehen, mit einem Pferd, das Black Beauty heißt und immer so ein trauriges Leben hat, dass ich weinen musste und den Film hasste. Tante Beryl meinte, es sei eine glasige Geschichte und sie werde sie uns als Gute-Nacht-Geschichte vorlesen. Wenn sie das tut, höre ich weg.«

»Sie wird wohl klassisch gemeint haben. Das bedeutet gut und wichtig.«

»Aber die Leute waren so gemein zu dem armen Pferd und es ist hingefallen und hat sich das Knie gebrochen.« Bei der Erinnerung daran füllten sich Frankies Augen mit Tränen.

»Es war Scheiße«, ergänzte Wills.

»Wie geht es Titch?«

»Tante Beryl sagt, wir sollen sie Helen nennen.« Frankie verzog das Gesicht. »Sie ist *meine* Schwester und ich kenne sie schon viel, *viel* länger.«

»Tante Beryl meint, den Lehrern würde es sicher nicht gefallen, wenn man sie in der Schule Titch ruft«, erklärte Ruth. »Wir müssen sie daran gewöhnen.«

Ich sah, dass Ruth bereit war, sich dem Leben im Pfarrhaus anzupassen, und war von Herzen froh darüber.

»Was tust du da, Wills?«, herrschte Caro ihn an. Er hatte seinen Kuchen aufgegessen und lümmelte seitdem auf dem Stuhl und spielte am Reißverschluss seines Hosenschlitzes herum. »Das macht man nicht.«

»Er hat noch nie welche gehabt, wo der Reißverschluss funktioniert hat«, sprang Frankie ihm bei. »Mama hat uns immer gebrauchte Sachen gekauft und immer hat der Reißverschluss gefehlt.«

Mir fiel auf, dass Ruth blass geworden war, als man ihre Mutter erwähnte. Dieses Gefühl kannte ich nur zu gut. Die Angst, man könnte über sie reden, das Herzklopfen, die Angst vor den Tränen.

»Ratet mal, was ich heute gemacht habe«, sagte ich in der Hoffnung, sie zu abzulenken.

»Du bist einem reizenden Mann begegnet und wirst ihn heiraten«, platzte Frankie los.

»Du hast mit ihm gepennt«, schlug Wills mit boshaftem Grinsen vor.

»Sag nicht so dummes Zeug, Wills.« Bar blieb ganz sachlich. »Du weißt doch nicht mal, was das heißt.«

»Natürlich weiß ich das.«

»Unsinn!« Es überraschte mich, dass Bar, die mit ihrer rosigen Haut und den Grübchen kaum älter als Ruth aussah, so bestimmt auftreten konnte, wenn die Situation es verlangte.

»Ich war bei der Heuernte.«

»Kann ich mitkommen?«, fragte Frankie sofort. »Ich möchte auch Heu machen.«

»Wenn Mrs. Winnacott einverstanden ist, kannst du mitkommen.«

Frankie verzog ganz grauenhaft das Gesicht und hatte plötzlich Tränen in den Augen. »Ich komme auf jeden Fall. Sie hat mich nicht *gekauft*. Ich gehöre mir.«

Ich war im Zwiespalt, ob ich diese Unabhängigkeitserklärung unterstützen sollte oder nicht. Da traf Edward ein. Als aufmerksamer Mensch erkannte er sofort Frankies Verzweiflung und sagte in einem Bühnenflüstern: »Warum ist Miss Watkins an Flos Stuhl festgebunden?« Wir richteten alle unsere Blicke auf Bar, deren Haar sich fürchterlich verheddert hatte. »Vielleicht ist sie ein Götteropfer wie Andromeda, die eine Prinzessin und fast so schön war wie Miss Frankie Roker. Die Meernymphen waren eifersüchtig auf ihr gutes Aussehen, deshalb wurde sie an einen Felsen gekettet und man hat ein großes Ungeheuer mit schwarzen Flügeln und fünf Köpfen aus den Tiefen des Meeres zu ihr hoch geschickt, um sie zu verschlingen.«

Frankie kicherte, ihr Kummer war vergessen. »Was ist aus ihr geworden?«

Das Tor ging wieder auf und Philipp kam herein. Ich sah, wie Bar rot wurde. Sie nahm die Schere, mit der Caro die Rosen abgeschnitten hatte, und schnitt sich die verhedderten Locken ab.

»Ich bin gekommen, um mir Hilfe für die Heuernte zu erbitten.« Philipps Augen richteten sich auf Bar, die jetzt vor Verlegenheit krebsrot war, es aber trotz der Haare, die auf einer Seite kürzer als auf der anderen waren, schaffte, auf exzentrische Weise reizend auszusehen. Dann sah er mich an. »Mrs. Deacon hat mich gerade aus dem Krankenhaus angerufen. Dusty hat eine Lebensmittelvergiftung. Offenbar hat er merkwürdige Dinge aus alten Dosen gegessen. Er liegt im Bett neben Deacon.«

»O nein! Der dumme arme Alte. Wir haben ihn alle gewarnt«, regte Caro sich auf. »Ach du liebe Zeit, und jetzt kümmert sich überhaupt keiner um George. Das Beste wäre, wenn er einstweilen bei mir wohnen würde.«

»Das ist schon geregelt.« Philipp stieß mit seinem Zeh gegen einen Moosfleck in Caros ansonsten makellosen Rasen. »Ich habe ihn mit ins Herrenhaus genommen. Dort bekommt er unter den nicht gerade zärtlichen Blicken von Miss Glim ein Abendessen. Zum Glück ist er daran gewöhnt, das Opfer unzumutbar schlechter Laune zu sein.«

»Das ist sehr anständig von Ihnen, wenn ich das sagen darf.« Edward hatte die mitgebrachte Flasche Wein entkorkt und hob nun sein Glas auf Philipp.

»Das ist nicht der Rede wert. Wir haben doch Platz genug. Außerdem«, Philipp blinzelte zum Himmel hoch, um einen Schwarm Schwäne zu beobachten, der flügelschlagend mit Getöse über den Garten zog, »wer sollte denn sonst die Verantwortung für George übernehmen? Schließlich bin ich der Vater des Jungen.«

39

Als ich am nächsten Morgen zur Heuweide kam, untersuchten Philipp und George das Innenleben des Traktors und waren in ein Gespräch über Benzinpumpen und Vergaser vertieft. Philipp schenkte mir ein flüchtiges Lächeln. George beachtete mich nicht, seine Brauen runzelten sich nachdenklich und sein hübsches Gesicht hatte beim Hantieren mit Schraubenmuttern und Bolzen reichlich Öl abbekommen.

Als Philipp am Vorabend so überraschend die Verantwortung für Georges Existenz bekundet hatte, waren wir alle sprachlos gewesen. Selbst Frankie hatte es die Sprache verschlagen. Mich überkam ein Gefühl der Erleichterung, als wäre eine Last von mir genommen, die ich mir nicht recht zu erklären vermochte.

»Gut so!«, meinte Caro schließlich schroff.

Edward hatte Philipp freundlich die Hand geschüttelt, dann aber ein verdutztes Gesicht gemacht, als wüsste er nicht recht, ob Glückwünsche hier nun tatsächlich gerechtfertigt waren.

»Ich finde das sehr romantisch«, meinte Bar verträumt, als Philipp gegangen war. »Wie mag das nur für George sein, mit einem Schlag der Ungewissheit entrissen zu werden und sich als Sohn und Erben von Gilderoy Hall wieder zu finden? Es ist wie im Märchen.«

»Das ist verdammt unfair.« Wills machte ein mürrisches Gesicht, war doch die Begeisterung über den funktionierenden Reißverschluss plötzlich überschattet von der Entdeckung, dass George den Silberlöffel gezogen hatte.

»Achte auf deine Ausdrucksweise!«, fiel Caro ihm sofort ins Wort, worauf Wills ihr mit dem Finger drohte. Würdevoll beließ sie es dabei, nur ein verblüfftes Gesicht zu machen.

»Flo!« Frankie kam, gefolgt von Ruth, über das Feld angelaufen. Wills trottete hinterher. Er hatte die Hände in den Taschen und die Lippen zum Pfeifen gespitzt. Als Wills einen Blick auf das Getriebe warf, sah George auf.

»Wetten, dass du, obwohl du dich für so schlau hältst, das Ding da nicht zum Laufen bringst«, stellte Wills schließlich fest, um einen Streit vom Zaun zu brechen.

»Kann ich aber doch, und zwar besser als du«, nahm George den Fehdehandschuh auf. »Du könntest doch nicht mal ein kaputtes Fahrrad reparieren!«

»Das vielleicht nicht«, gab Wills zu, »aber ich könnte damit fahren, was man von dir nicht sagen kann, du Krüppel.«

Die beiden Jungs wälzten sich in den Stoppeln und wirbelten Staub auf. Wills war größer und stärker, aber George hatte die bessere Technik und kämpfte voller Ingrimm. Ruth und Frankie kreischten und ich wandte mich ab, weil ich nicht zusehen konnte.

Philipp wartete ab, bis er die beiden auseinander zog. »Das reicht jetzt, ihr beiden. Ihr habt euer Kämpfchen gehabt und das ist genug für den Tag. Jeder, der jetzt noch einmal Streit anfängt, wird direkt nach Hause geschickt. Und zwar ohne Lohn. Kapiert?« George und Wills, die jeder ein anschwellendes Auge hatten, nickten. »Gebt euch die Hand. Na los!« Die Jungs gehorchten gleichgültig und für den Moment war die Ehre gewahrt.

Ich gab jedem der Kinder eine Heugabel und versuchte ihnen beizubringen, wie man Rhythmus ins Arbeiten brachte. Ruth verstand sofort, um was es ging, und machte fleißig mit. Frankie wollte beim Arbeiten plaudern und machte häufig eine Pause, um gestenreich ihre Äußerungen zu untermauern. Wills hatte schon nach zwanzig Metern keine Lust mehr und rannte mit der Heugabel herum, die er auf seinem Kopf zu balancieren versuchte, bis ich wirklich wütend wurde und ihn anschrie. George mühte sich ohne Pause, entschlossen, sich zu beweisen. Aber dennoch konnten wir mit dem Traktor nicht mithalten.

»Du wirst nach Hause gehen müssen, Wills.« Ich schwitzte bereits und litt unter den Fliegen, die in wirbelnden Säulen über unseren Köpfen wogten. »Jetzt hättest du beinahe Frankie umgerannt. Leg doch um Himmels willen das Ding endlich weg!«

Philipp kam zu uns, um sich über unsere Fortschritte zu informieren. »Möchtest du den Traktor fahren?«, fragte er Wills.

»Darauf kannst du Gift nehmen!«

Ich hielt es für ziemlich unbesonnen von Philipp, Englands Antwort auf die Schreckensherrschaft ans Steuer einer derartigen Tötungsmaschine zu setzen, aber sobald Wills hinter dem Steuer saß, benahm er sich vorbildlich. Er fuhr langsam und vorsichtig um das Feld und konzentrierte sich mit aus dem Mundwinkel geschobener Zunge darauf, eine gerade Linie zu fahren. Als Philipp sah, dass auf Wills Arbeit Verlass war, half er beim Heuen mit. Wir kamen sehr viel schneller voran.

»Das war klug von Ihnen«, sagte ich zu Philipp, als wir Mittagsrast machten. »Doch ich denke lieber nicht daran, was Brenda Bickerstaffe sagen würde, wenn sie ihn sähe.«

»Guy und ich sind in diesem Alter auch Traktor gefahren. Es ist ganz einfach. Wills langweilt sich. Man muss ihn anleiten.«

»Ein Glück, dass Ihre Fähigkeiten als Lehrmeister so groß sind, dass selbst Dr. Arnold aus Rugby Sie darum beneidet hätte.«

Philipp lächelte. »Es gibt nichts Besseres als eine vergeudete Jugend, um einen zu lehren, wie Kopf und Herz eines Jungen funktionieren.«

»Ich bin so froh, dass Sie George unter Ihre Fittiche genommen haben. Und ich bin sicher, dass Sie es nicht bereuen werden.«

»Das werde ich bestimmt nicht. Er ist sehr klug. Und sehr unglücklich.«

Etwas in Philipps Stimme trieb mir einen Kloß in den Hals und ich widmete mich dem Auspacken von Miss Glims gut bestücktem Proviantkorb.

Nachmittags gesellte sich Bar zu uns. In ihrem leuchtenden Kleid mit Blumenmuster und dem mit baumelnden Münzen bestickten Tuch, das sie um ihren Kopf geschlungen hatte, sah sie sehr hübsch aus. Es sollte die Insekten fern halten, nach demselben Prinzip, wie man das in Australien mit Kork machte, aber die Fliegen schenkten ihr, vielleicht durch die blendenden, blitzenden Flächen angelockt, besondere Aufmerksamkeit. Auf Frankies Schultern und der Nase zeigten sich Blasen, also schickte ich sie in den Schatten zu Chloë mit dem Auftrag, sich für unsere Teepause Geschichten auszudenken. Wir arbeiteten hart und wurden mit dem Feld fertig. Noch ein weiteres musste gemäht werden, dann würden wir anfangen können, Heuballen zu machen.

»Obwohl das Ungeheuer fünf Köpfe hatte, schlang es Prinzessin Anne Dingsbums mit nur einem davon auf einen Satz hinunter«, erzählte Frankie mit entrücktem Gesichtsausdruck. »Sie war eine verzauberte Prinzessin und konnte unter Wasser die Luft anhalten. Sie kitzelte die Kehle des Ungeheuers und dieses hustete sie zusammen mit zwei Schiffen und einem Leuchtturm nach oben. Sie spazierte auf dem Meeresboden auf einer Straße aus Perlen umher und traf eine Meerjungfrau, die Eiskrem mit Seetanggeschmack aß.«

Es gab noch mehr in dieser Richtung und ich genoss es zuzuhören. Ich lag auf dem Rücken und blickte hoch in die Unterseiten der in der heißen Luft zitternden Blätter. Wills saß Rosinenkuchen essend neben Philipp, seine Ruhelosigkeit und Unzufriedenheit waren dank seiner momentanen Begeisterung für die Maschinerie besänftigt.

»Es ist hübsch hier«, sagte Ruth.

Das war es. Eine Lerche trillerte nicht weit entfernt ihre fließenden Melodien. Auf den fernen Bergen glitzerte es über dem sanften Graugrün des geschorenen Tals in Blau- und Violetttönen.

»Kann ich dich was fragen?«, hörte ich Wills mit leiser Stimme Philipp fragen.

»Schieß los«, forderte Philipp ihn freundlich und onkelhaft auf.

»Was bedeutet ›jemandem einen blasen‹?«

George gab seiner Verachtung in wieherndem Gelächter Ausdruck.

Am darauf folgenden Morgen bekamen wir unerwartet Verstärkung. Hinter Philipp auf dem Traktor stand in kurzer Hose mit gut gebräunten muskulösen Beinen Werner, dessen blonder Kopf wie ein Spiegel die Sonnenstrahlen reflektierte.

»Meine liebste Miss Flo!« Er sprang zu Boden und drückte seine Lippen voller Leidenschaft auf meine Handknöchel. »Es kommt mir vor, als lägen hundert Jahre zwischen unserer letzten Begegnung.«

»Was machen Sie denn hier, Werner? Ich dachte, Sie wollten heiraten.«

»Ach, wirklich? Das wird auch geschehen. Aber ich konnte dem Drang nicht widerstehen, noch einmal nach England zu kommen, wo ich mich so sehr zu Hause fühle. Aber was muss ich sehen? Herr Gilderoy ist schwer krank. Ich bin so in Sorge.«

»Bar, das ist Werner von Wunsiedel.«

»Hoho!«, schrie Werner, als er Bar ansah. Da sich ihr Zigeuneraufputz vom vergangenen Tag doch als hinderlich erwiesen hatte, trug sie Shorts, die fast so kurz waren wie die seinen. Ihre Haare, fast so hell wie Werners, hatte sie feminin drapiert. Sie sah wie eine aufreizende Elfe aus. Er schlug – lautlos, wegen seiner Turnschuhe – die Haken zusammen und beugte sich über ihre Hand. »Das nenne ich Glück, Miss –«, er kicherte, »Bar. Wissen Sie denn, was das im Deutschen bedeutet, ja? Es bedeutet ohne jede Kleidung. Ach, wie herrlich! Verzeihen Sie mir bitte, dass ich mir die Freiheit nehme!«

Wir machten uns an die Arbeit. Werner war ein Wunder an körperlicher Kraft und Ausdauer. Wenn er das Gras hoch in die Luft schleuderte, erinnerte sein gelenkiger Körper an die Anmut eines Balletttänzers und bald schon fühlte Bar sich in einem eleganten *pas de deux* zu *arabesques* und *entrechats* inspiriert. Dank einer derart energiegeladenen Arbeitskraft konnten wir leicht mit Wills mithalten und zur Mittagszeit hatten wir das Feld geschafft.

»Das ist die englische Träumerei – was sagt man hier? *Reverie?*« Werner machte sich mit Feuereifer über Miss Glims Schweinepastete her. »Das ist Constable, Turner, Samuel Palmer.«

»Also genau das habe ich eben auch gedacht!«, sagte Bar. »Ich meine, dass es wie eine Landschaftsmalerei des neunzehnten Jahrhunderts aussieht. Interessieren Sie sich für Malerei?« Werner setzte eine hochtrabend intellektuelle Miene auf und starrte in Bars T-Shirt, als diese sich nach vorne beugte, um ihr hart gekochtes Ei in Salz zu tauchen. »Eigentlich«, fuhr sie fort, »könnte es, wenn man sich den Traktor einmal wegdenkt, jede Zeit seit Beginn des Landbaus sein. Kein Zaun oder Draht oder Mast weit und breit. Aber doch durch und durch englisch. Die weichen Farben. Kaum vorstellbar, was französische Maler wie Pissarro und Monet daraus gemacht hätten.«

Bald schon waren sie in eine Diskussion über die Verdienste der Impressionisten vertieft. Werners Augen leuchteten jedes Mal auf, wenn Bars Grübchen erschienen, und als sie ihre Haare zu einem Knoten zusammenraffte, um ihren Nacken zu kühlen, eine Aktion, bei der sich ihr Busen hob und deutlich abzeichnete, verschluckte er sein hart gekochtes Ei und musste auf den Rücken geklopft werden. Ich sah, wie Philipp sich amüsierte.

Nach dem Mittagessen drehte Philipp eine Zeit lang Grashalme zwischen seinen Fingern hin und her und schnüffelte daran, um zu entscheiden, ob sie trocken genug waren, um Heuballen zu machen. Die prophezeiten Gewitter gaben den Ausschlag, damit anzufangen. Die Lademaschine war so alt wie die Mähmaschine, aber bedeutend launischer. Sie gab asthmatische Rülpslaute von sich und drohte bei jedem dritten oder vierten Keuchen, einem ka-tschong, ka-tschong ka-ka-ka-tschong, den Geist aufzugeben. Die Ballen wurden durch orangen Zwirn zusammengehalten, der bei dem ständigen Ein und Aus große Schlaufen machte. Wills fuhr den Traktor, der die Maschine schleppte, während wir das Heu in Bahnen zusammenharkten, die von der Lademaschine verschlungen wurden. Mit rebellischer Unregelmäßigkeit spie sie diese dann in ziegelförmigen Paketen aus.

George kam mit der verflixten Maschine auf seine Weise zurecht. Er entdeckte noch schneller als Philipp ihre zahlreichen Launen und kam mit viel Geduld und Geschick hinter den Mechanismus, der für den Faden verantwortlich war. Philipp ernannte ihn zu seinem Chefingenieur und ich sah, wie er, wenn er sich unbeobachtet glaubte, dem Jungen durchs Haar strich.

Inzwischen verbanden sich Wolkenfetzen über der Sonne, was die Arbeit erleichterte. Ich warf meinen Hut weg und er kreiselte wie ein Diskus in die Hecke. Ich holte ihn nie zurück. Wir sangen alle Bauernlieder, die uns einfielen, dann gingen wir zu den Ernteliedern über.

»Hejo, spannt den Wagen an!
Seht der Wind trägt Regen übers Land.
Holt die goldnen Garben, holt die goldnen Garben ...«

sangen wir aus vollem Halse. Frankies Stimme klang wie eine Hupe und konnte keinen Ton halten, aber als ich ihr vor Begeisterung strahlendes Gesicht beobachtete, um das ihre dünnen Haare tanzten, und die spitzen kleinen Ellbogen sah, die sich im Takt bewegten, rührte mich dieser allem Elend trotzende Ausdruck so sehr, dass ich eine Weile keinen Ton herausbrachte.

Ich hielt in meiner Arbeit inne, um George zuzusehen, der zum achten oder neunten Mal die Lademaschine in Ordnung brachte. Philipp stand über ihm, sein Gesicht hob sich sehr braun ab von dem blassgelben Hemd, dessen Ärmel über dem Ellbogen abgeschnitten worden und ungesäumt geblieben waren. Seine Jeans hatten einen Riss über dem Knie. Nie war mir ein Mann begegnet, dem sein Äußeres so gleichgültig war. Doch so ramponiert er auch aussah, verkörperte er doch Zähigkeit und Zuverlässigkeit. Im Vergleich dazu schien es Werners blonder Athletik an Substanz zu fehlen.

Das ging mir durch den Kopf, als ich auf meinen Rechen gestützt träumerisch die Schatten der über die Grasstoppeln dahinjagenden Wolken verfolgte und ein Paar Mauersegler bewunderte, die riesige Bögen in den sich beziehenden Himmel malten. Mit einem Tschagong kam wieder Leben in die Lademaschine und wir kehrten mit neuem Schwung an die Arbeit zurück, weil wir wussten, dass der Tag sich dem Ende neigte.

Am nächsten Morgen war ich die Erste auf dem Feld. Chloë rannte sofort los, um zu prüfen, ob die alten Erdlöcher nicht wunderbarerweise über Nacht Bewohner gefunden hatten. Ich hörte den Traktormotor. Philipp kam allein. »Wo sind die anderen?« fragte ich, als er den Motor abstellte.

»George zeigt Werner den Weg zur Post, damit er seinen Drachen von einer Mutter anrufen und sie um eine Aufenthaltsverlängerung bitten kann. Seit er Barbara begegnet ist, kennt seine Begeisterung für Pudwell keine Grenzen mehr.«

»Finden Sie nicht, dass er eine ziemliche Nervensäge ist?«

»Nein, eigentlich nicht. Ich habe ihm unter Androhung sofortiger

Abschiebung verboten, sich politisch zu äußern. Er ist ganz wild darauf zu helfen und verbringt seine Freizeit mit Holzhacken auf dem Hof. Das heißt, wenn er nicht gerade Keulen schwingt und sich sämtlichen Sauerstoff im Umkreis einverleibt. Offenbar hat die junge Frau, die er heiraten wird, ihm ein strenges Trainingsprogramm auferlegt. Er ist in Sorge, ob er in der Lage sein wird, die Ehe zu vollziehen. Ich fühle mit ihm.«

»Irgendwas Neues von Dusty und Deacon?«

»Ich habe gestern Abend im Krankenhaus angerufen. Deacons Wunde hat sich infiziert und Dusty hat man mit Verdacht auf Lebensmittelvergiftung auf die Intensivstation verlegt.«

»Nein! Das ist ja schrecklich!«

»Das kommt sehr selten vor. Wahrscheinlich ist es nur das Wunschdenken der Oberin. Sie wird mal was anderes sehen wollen als entzündete Zehen und Grippe. Wenn ernsthafte Gefahr bestünde, hätte man ihn schon in ein besser ausgestattetes Krankenhaus gebracht.«

»Und warum telefoniert Werner vom Postamt aus?«

»Man hat uns die Leitung stillgelegt.«

»Ach du liebe Zeit! Darf ich – würden Sie sehr beleidigt sein, wenn ich Ihnen Geld leihen würde?«

»Danke, das ist sehr freundlich, aber nicht nötig. Ich habe einfach nicht daran gedacht. Aua. Verdammt! Entschuldigung.« Philipp war mit dem Innenleben der Lademaschine beschäftigt gewesen und saugte jetzt an einer klaffenden Daumenwunde.

»Lassen Sie mal sehen.«

»Es ist nur ein oberflächlicher Schnitt. Ganz ruhig. Gutes Mädchen.« Das richtete sich an Chloë, die enttäuscht von ihrer Suche zurückkam und jetzt bellte, weil sie die Aufregung spürte.

»Ich finde ihn ziemlich tief. Sie sollten lieber was drauftun.« Ich holte Heftpflaster. »Wir wollen doch nicht, dass Sie auch noch im Krankenhaus landen.«

»Was für ein *fidus achates* Sie doch sind. Vorausschauend, umsichtig und sparsam. Künstlerisch, häuslich, gut zu Kindern und Tieren. Sofort mit einem Verband zur Stelle. Verfügen Sie eigentlich über grenzenlose Fähigkeiten?«

»Halten Sie still und erzählen Sie keinen Unsinn.« Ich nahm seine Hand, um das Pflaster für den Daumen abzumessen. »Drei Zentimeter werden wohl reichen. Wo ist nur meine Schere?« Ich suchte in meinen Jeanstaschen und blickte dann hoch, als die Mauersegler kreischend über unsere Köpfe fegten. Philipp sah belustigt zu mir herunter. Ich runzelte tadelnd die Stirn. In seinen Augen von der Farbe dunkler, schwarz gefasster Haselnüsse spiegelte sich der Himmel. Als ich in sie hineinsah, erfasste eine seltsame Lähmung meine Gliedmaßen. Der Heuduft schien mir den Geist zu vernebeln und machte mich schwindelig. Die Sonnenhitze steigerte sich auf geheimnisvolle Weise, bis sie mir in der Kehle pulsierte. Die goldgrüne Schale, in der wir standen, wölbte sich, um uns in ihrer Umarmung zu wiegen und das gewaltige Gewicht des Himmels drückte auf mich hernieder. Mir fiel das Atmen schwer und mein Herz hatte Mühe beim Schlagen.

»Flo!« Ich spürte seine Hand dicht über meiner.

»Flo! Flo!« Ruth und Wills kletterten über das Gatter. Frankie war schon drüber und kam auf mich zugerannt.

»Hallo!« Werner eilte forschen Schrittes über das Feld. George humpelte ihm hinterher.

Ich sah Bar, Caro und Balthazar über die Straße kommen. Der Arbeitstag sollte beginnen.

40

Kommt alle herein.« Philipp schob uns in die Eingangshalle. Das Wasser lief uns in Strömen über die Gesichter und wir waren nass bis auf die Haut. Das Gewitter war losgebrochen, als wir gerade die letzten Ballen fertig hatten. Im strömenden Regen trugen wir die Ballen zusammen und verstauten sie unter Planen, während über unseren Köpfen die Blitze zuckten. Aber das Heu war sicher eingebracht und so sangen wir weiter, als Philipp uns zurück zum Haus fuhr.

»Ein schönes Gewitter.« Frankies Augen starrten dunkel aus der hellen Haut, die sich vor Kälte rötete. »Stimmt es denn, dass Gott seine Möbel verrückt?«

»Natürlich nicht, du dummes Ding! Mädchen sind blöd«, höhnte Wills.

»Was ist es dann?«

»Es sind Wolken, die nass werden und dann explodieren.«

»Du Dussel!« George lächelte unendlich überlegen. »Da entlädt sich Elektrizität.«

Wills hob seine Faust.

»Schon gut, ihr beiden, das reicht jetzt«, mischte Philipp sich ein. Das war so etwas wie ein Schlagwort geworden. »Werner, ich brauche Hilfe, um den Anhänger wieder zurück auf den Hof zu fahren. Dann sollten wir die Kühe in den Stall treiben. Sie suchen sich nämlich mit besonderer Vorliebe den höchsten Baum als Unterstand aus. Könnten Sie sich bitte darum kümmern, dass Miss Glim heiße Bäder herrichtet, Flo? Ich hoffe, ihr bleibt alle zum Abendessen. In einer Stunde bin ich zurück.«

Ich brauchte nicht lange zu suchen. Als ich gerade versuchte mich aus meinen nassen Kleidern zu schälen, sah ich Miss Glim mit zwei Koffern in der Hand die Treppe herunterkommen. Als sie uns sah, verzog sie das Gesicht. Vermutlich waren wir mit unseren roten Nasen, den an den Kopf geklatschten Haaren und vor Kälte zitternd kein angenehmer Anblick. Mir fiel auf, dass sie in Hut und Mantel war.

»Gehen Sie weg, Miss Glim?«, fragte ich sie, was unter den gegebenen Umständen ziemlich albern war.

»Ich fahre nach Irland, um mich um Mr. Guy zu kümmern. Er hat heute Nachmittag angerufen und mich gebeten zu kommen. ›Cissy‹, hat er gesagt, ›in diesem Land der Moore, Bungalows und Kobolde ist nichts so, wie es mir zusagt. Hier ist deine geschickte Hand gefragt, alles leicht und angenehm zu machen.‹ Das ist nämlich Mr. Guy. So geschickt im Umgang mit Worten.« Mit leicht verrücktem Augenausdruck sah sie mich triumphierend an. »Sie dachten wohl, Sie hätten ihn geködert mit Ihrem städtischen Getue und Ihrer Anmut? Aber er will Sie gar nicht. Ich bin diejenige, die ihm das Leben angenehm macht und das mögen die Männer nämlich – dass alles um sie herum ordentlich ist, kein Flirten und kein Anhimmeln.« Ich sah sie an und wusste nicht, was ich sagen sollte. Ich brachte es nicht über mich, ihr den Augenblick des Triumphes zu verderben, indem ich ihr von Moira Fitzpatrick erzählte. Ein Auto hupte. »Das wird Will Dewy sein. Ich kann jetzt nicht rumstehen und reden. Ich muss die Nachtfähre erreichen.«

Sprachlos sahen wir sie zur Eingangstür gehen und ohne einen Blick zurück das Haus verlassen.

»Also wirklich!«, fasste Caro sich als Erste. »Das ist schon eine Dreistigkeit, aber das arme Ding kann einem nur Leid tun.«

»Dein Mitleid wäre noch größer, wenn du schon einmal auf Castle Fitzpatrick gewesen wärst«, erwiderte ich voller Mitgefühl.

»Glaubst du denn, dass Guy mit ihr schläft?«, wollte Bar wissen.

»Er hat es mir gegenüber jedenfalls durchblicken lassen.«

»Warum tut er das?«, erkundigte sich Frankie. Wir hatten vergessen, dass die Kinder zuhörten.

»Sie meint damit, dass sie Sex miteinander haben, du Baby!«, klärte Wills sie auf.

Frankie kicherte. »Ist sie nicht viel zu alt?«

»Ne, du Dummie.« Wills war schonungslos. »Den Männern ist das egal. Die nehmen alles, was sie …«

Caros Hand lag auf seinem Mund, ehe er den Satz beenden konnte. »William! Wo schnappst du nur immer all diese Gassenausdrücke auf?«

»Das hat unsere Ma immer gesagt.«

Dazu fiel Caro nichts mehr ein.

Es amüsierte mich, aber ich tat mein Bestes, es mir nicht anmerken zu lassen. »Wie soll Philipp denn ohne Haushälterin zurechtkommen? Und was wird aus dem Abendessen?«

»Ach, wir können doch irgendetwas gemeinsam improvisieren.« Caro wischte sich einen Tropfen vom Kinn. »Lasst mich nur so lange ausruhen, bis ich wieder Gefühl in den Füßen habe.«

Eine Stunde später waren wir warm, sauber und trocken, wenngleich etwas seltsam gekleidet. Ich trug einen Pullover und eine Jeans von Guy. Caro war zu kräftig für seine Sachen und Philipps Klamotten kamen in ihrer Schäbigkeit nicht in Frage. Sie hatte die Wahl, bei dem Gewitter nach Hause zu laufen oder sich den Jeep auszuleihen, der sich, weil er so alt war, schwer fahren ließ und bergab auch eine Gefahr darstellte. Gegen viele Vorbehalte entschied sie sich am Ende doch für ein Kleid und eine Strickjacke aus dem Schrank von Miss Glim.

Die Roker-Kinder waren unter Frankies heftigem Protest nach

Hause gegangen. Philipp hatte vor ein paar Tagen das Tor in der Wand zwischen dem Herrenhaus und der Kirche wieder frei gemacht, so dass sie jetzt zum Pfarrhaus nur einen kurzen Weg zurücklegen mussten. George hatten wir mit Kakao und Toast in die Bibliothek geschickt. Als ich ein paar Minuten später nach ihm sah, lag er ausgestreckt auf dem Sofa in ein Buch vertieft und fühlte sich offenbar ganz zu Hause. Caro, Bar und ich betraten die Küche in der Erwartung, etwas aus dem Nichts zaubern zu müssen, fanden dort aber in der Speisekammer einen großen Topf Suppe, zwei bereits gestopfte und dressierte Enten und einen großen Trifle. Wir konnten unser Glück kaum fassen. Nicht gerade wenig für zwei Männer, wie groß und hungrig sie auch sein mochten.

Eine halbe Stunde später fand dieses Rätsel eine Lösung. Auf meinem Weg zum Esszimmer, wo ich Armagnac für die Sauce holen wollte, blieb ich an der Garderobe stehen. Neben dem Telefon lag eine Notiz, offenbar von Miss Glim geschrieben. *Lady Frisk hat angerufen, um auszurichten, sie setze, da Sie ihren Brief nicht beantwortet haben, Ihr Einverständnis voraus, sie heute Abend um halb acht mit Miss Charlotte zu empfangen. Sie hat mehrmals angerufen, aber Ihr Telefon hat nicht funktioniert. Sie meint, dies sei höchst beschwerlich gewesen. Ich habe Lady Frisk wiederholt gesagt, es sei nicht meine Schuld, da das Bezahlen von Rechnungen nicht meine Aufgabe ist.*

Als Philipp mit Werner zurückkam, unterbreitete ich ihm die Neuigkeiten.

»Wie bitte? O mein Gott! Das hatte ich völlig vergessen. Sie hat mich gestern benachrichtigt. Ich wollte sie anrufen und ihr absagen. Verflixt und zugenäht! Vermutlich erwartet sie, dass ich sie zum Abendessen einlade. Was bildet diese unmögliche Frau sich eigentlich ein, hier ungefragt aufzukreuzen und dann auch noch dieses Mädchen mitzubringen?«

»Sie sieht in Charlotte die nächste Mrs. Gilderoy.«

Philipp sah mich verdutzt an. »Das ist nicht Ihr Ernst?«

»Ach Philipp! Hören Sie denn nie zu, wenn Ihnen jemand etwas erzählt? Lady Frisk hat seit Wochen praktisch von nichts anderem gesprochen. Wie können Sie für das, was sich vor Ihren Augen abspielt, nur so blind sein?«

»Sie sind vor meinen Augen.« Er lächelte. »Und ich kann ganz deutlich sehen, dass Sie mich vor meiner eigenen Unbeholfenheit retten wollen, und ich bin zutiefst gerührt.«

»Da bist du ja, Philipp.« Caro kam in die Diele. »Müssen wir denn richtig aufdecken, da wir doch nur zu fünft sind?«

»Sieben.« Ich winkte mit dem Zettel. Sie las ihn und Widerwille schlich sich zwischen ihre Brauen.

»Das bedeutet eine gedeckte Tafel *à toute outrance*.«

»Unsinn!«, sagte Philipp. »Was kümmert uns Lady Frisk?«

»Männer haben eben keine Ahnung.« Caro brach ins Esszimmer auf. Ich musste ihr zustimmen.

Wir deckten Messer, Gabeln, Löffel, Teller, Salz-und-Pfeffer-Streuer und Servietten auf. Während Bar, Caro und ich Kartoffeln schälten, Schalotten würfelten und Erbsen enthülsten, holten Philipp und Werner Weinflaschen aus dem Keller, polierten Gläser und zündeten den Kamin an, um der Düsternis des gegen die Fenster prasselnden Regens und dem über die Berge rollenden Donner etwas entgegenzusetzen.

Ein Hupen von der Einfahrt, das die offenen Takte von Beethovens Fünfter imitierte, kündigte unsere Besucher an. Durch die offene Tür erhaschte ich einen Blick auf ein gepflegtes, glänzendes Auto in einem seltsamen Gelbton.

»Was für ein Wetter! Ich bin völlig durchnässt!«, dröhnte eine wohl bekannte Stimme. Lady Frisk trat in die Eingangshalle. Sie trug ein weites Regencape, auf das sich ein paar Tropfen verirrt hatten. Sie warf es in Philipps Richtung ab und ihr Kopftuch hinterher. »Zum Glück hat der Regen uns wenigstens weitgehend während der Hochzeit verschont. Lord Percival Bierce, wissen Sie. Die gekrönten Häupter Europas. So viele alte Freunde. Die Herzogin war höchst erfreut, mich zu sehen. Wenn du noch länger zauderst, Charlotte, hole ich mir eine Lungenentzündung.«

In der Diele war es warm, denn wir hatten den Rost mit Holzscheiten voll gepackt, und die Vertäfelung erglühte kastanienbraun im Widerschein des Feuers.

»Ah, wie schön das aussieht!«, bemerkte Charlotte, als sie nach ihrer Mutter eintrat.

Für diesen Satz mochte ich sie auf Anhieb. Sie reichte Philipp die Hand.

»Schön, dich wiederzusehen. Muss eine Ewigkeit her sein, seit wir uns das letzte Mal begegnet sind.« Dann errötete sie, zweifellos weil ihr einfiel, dass bei Philipps Abreise und langer Abwesenheit blamable Umstände im Spiel gewesen waren. Sie sah jünger aus als ihre vierundzwanzig Jahre, die hellen Locken waren aus der glatten hohen Stirn gekämmt und sie hatte große unschuldige Augen in einem Gesicht, das man eher hübsch als schön nennen konnte. Sie trug Jeans und eine Jeansjacke und kein Make-up. »Ich hoffe, du hast nichts dagegen, dass ich einen Freund mitgebracht habe. Das ist Elmer Golightly.«

Elmer war sogar noch größer als Philipp. Er hatte langes, lockiges Haar, das ihm fächerartig von der hohen Stirn abstand, sein dünner eckiger Körper steckte in einem knapp sitzenden Anzug aus mitternachtsblauem Samt. Um seinen Hals trug er ein Spitzenjabot, das von einer großen Brosche aus Cairngorm-Quartz gehalten wurde. Er schloss uns alle in sein strahlendes Lächeln ein. »Hallo.« Er packte Philipps Hand mit karatlastigen Fingern und schüttelte sie kräftig. »Mensch, ist das 'ne Pranke!«

Lady Frisk machte ein leidendes Gesicht.

»Danke.« Sollte Philipp überrascht gewesen sein, verbarg er es bewundernswert. »Ich werde Sie vorstellen.«

»Ach, du liebe Zeit!« Elmers vorstehende Augen tanzten, als er uns zur Begrüßung zuwinkte, »Sie haben hier ja einen ganzen Harem. He, Mädels, freut mich, euch kennen zu lernen!«

Lady Frisk schloss die Augen.

Philipp führte uns in den Salon.

»Ja!«, sagte Elmer. »Ihr Aristos habt wirklich Lebensart. Starkes Gemälde, Mann.« Er deutete auf den Watteau. »*La Gamme d'Amour*. Die Skala der Liebe.«

»Es ist nur eine Kopie«, erklärte Philipp.

»Weiß ich, Mann. Ich habe es in der National Gallery gesehen. Ich mag ja schwärzer sein als Ihr Hut, aber unterbelichtet bin ich nicht.« Elmer lachte und zeigte seine strahlenden Zähne. Neben ihm wirkten wir alle stumpf und farblos.

Werner brachte ein Tablett mit Gläsern und eine Flasche Wein und es wurde wieder vorgestellt.

Lady Frisk begrüßte Werner mit kaltem Blick. »Und wie geht es Ihrer Mutter, der Baronesse? Sie wird sehr traurig über Ambroses

Krankheit sein. Ihre kleine ... Gesellschaft wird dadurch wohl auseinander gebrochen sein.« Danach richtete sie im weiteren Verlauf des Abends kein Wort mehr an Werner.

»Erzählen Sie mir doch, was ein Nuklearchemiker macht«, bat ich Elmer, um die peinliche Pause zu füllen.

»Meine Arbeit ist die Sonne.« Elmer lehnte sich in seinem Stuhl zurück und streckte seine Arme aus, als wollte er sie umarmen. »Ganz tief drinnen finden die ganze Zeit über nukleare Reaktionen statt und um die geht es mir, Baby.« Abscheu legte sich auf Lady Frisks Gesicht. »Charlotte und ich versuchen herauszufinden, ob die Sonne ihre ursprüngliche Zusammensetzung verändert hat. Haben Sie mal was von kosmischem Überfluss gehört?«

Ich musste verneinend den Kopf schütteln. Meine Wahrnehmung des Universums beschränkte sich im Allgemeinen auf Metaphern metaphysischer Natur und es kostete mich einige Willensanstrengung, mir ein Sonnensystem vorzustellen, das massenweise Wasserstoff und Helium, darin pulsierende Ionen und Elektronen, unmerklich über den Himmel irren ließ. Mit Schwung und Begeisterung gab Elmer mir eine für Laien verständliche Zusammenfassung, von der ich aber dennoch nur ein Zehntel verstand. Ich musste die Lektion abkürzen, um mich mit Caro dem Abendessen zu widmen. Bar unterhielt sich mit Werner und bekam unseren Abgang gar nicht mit.

»Ich mag Elmer.« Ich rührte die Apfelsauce, während Caro die Ente und die Kartoffeln mit Fett beträufelte. »Werden zwei Enten für acht Leute reichen?«

»Es sind ziemlich große Exemplare. Doch wir machen vorsichtshalber noch ein paar Schinkenbrötchen. Ich frage mich nur, was er an Charlotte findet. Ganz reizend, aber nicht besonders aufregend. Liegt bestimmt daran, dass sie ihr ganzes Leben von ihrer Mutter gegängelt worden ist.«

Für den Bruchteil einer Sekunde erhellte ein Blitz die Küche. Donnergrollen brachte Chloë zum Zittern und sie drückte sich enger an meine Beine. Balthazar hatte unter der Spüle seinen Platz gefunden und verteidigte ihn gegen jeden Eintretenden mit wütendem Knurren. »Die Anziehung wird in den zwei Wissenschaftlergehirnen liegen, die sich gefunden haben. Das ist ihr Moment des Aufruhrs und sie zeigt auf jeden Fall Stil dabei.«

»Ich wünschte, ich hätte auch rebelliert.« Caro hielt inne, um den Löffel mit Entenfett zu begutachten, den sie in der Hand hielt. In Miss Glims grünem, weiß gepunktetem Baumwollrock sah sie herrlich altmodisch aus. Da ich sie zum ersten Mal in weiblicher Aufmachung sah, war ich vermutlich besonders beeindruckt. »Ich war zwanzig, als Flower-Power aufkam. Da fühlte ich mich bereits zu alt, um mit einem Sitar in Nepal auf einen Berg zu steigen. Außerdem war Chaos mir immer zuwider gewesen. Mir hatte immer daran gelegen, Ordnung in die Dinge zu bringen. Eine Kommune in Wales mit träumenden Junkies und vollen Aschenbechern hätte mich in die Verzweiflung getrieben. Ich war kein Kind meiner Zeit.«

»Rebellion ist eigentlich Luxus. Viele Studenten der Kunstakademie haben sich ausgeklinkt und sind unter die Hippies gegangen. Diese Kommunen waren keine Selbstversorger, denn dazu bedarf es wirklich harter Arbeit. Love and Peace füllen keine Kassen. Es gab immer jemanden mit Geld, der all die anderen mitzog. Auch dieser Traum wurde zur Lüge wie so vieles von den Lehren der Sechziger – die Ausbeutung der Gastfreundschaft in Indien und anderes in dieser Richtung.«

Caro seufzte. »Hier in South Dorset habe ich davon leider nicht viel mitbekommen. In Bournemouth haben die Jungs sich ihre Haare bis über die Ohren wachsen lassen und die Mädchen trugen Röcke aus indischen Bettlaken, aber die Ideologie ist nicht zu uns vorgedrungen. Ist dir aufgefallen, wie lang Elmers Fingernägel sind? Und mit violett irisierendem Nagellack lackiert! Meine werden gar nicht so lang.« Caro warf einen bedauernden Blick auf ihre Hände mit den kurzen eckigen Nägeln und der fransigen Nagelhaut. »Ich habe fast den Verdacht, dass Elmer mit seinem geckenhaften Putz die Welt ins Lächerliche ziehen will. Er vereint auf sich ganz offensichtlich sämtliche Stereotype. Das gefällt mir.«

»Um wen geht es?« Edward kam in die Küche. Die Schultern seines Mantels waren dunkel vom Regen. »Muss ich eifersüchtig sein?«

»Ach verdammt! Jetzt habe ich mir deinetwegen das heiße Fett auf die Hand geschüttet. Was machst *du* denn hier?«

»Wegen des außergewöhnlichen, gelben Monstrums kam ich nicht bis zur Eingangstür. Ich musste also auf dem Hof parken und hier hoch laufen. Philipp hat mich vor zehn Minuten angerufen und mich zum Essen eingeladen – wobei er sich für die kurzfristige Benachrichtigung damit entschuldigt hat, dass noch ein männliches Wesen gebraucht wird. Warum kochst du denn? Was ist mit Cissy Glim passiert?« Edward trat näher und drückte Caro einen Kuss auf die Stirn. Balthazar knurrte, aber nur halbherzig. »Du siehst reizend aus heute Abend.«

Sie konnte ihm keinen Widerstand leisten, denn sie trug Topfhandschuhe und hielt eine Kasserolle mit schmorenden Vögeln in Händen. »Du Esel!«, entfuhr es ihr. »Nein! Nicht anfassen!«, als Edward versuchte, ihr die Enten abzunehmen. »Es ist glühend heiß, du Blödian! Fast hätten wir die geschickten Chirurgenfinger ruiniert.«

»Miss Glim ist nach Irland gefahren, um sich um Guy zu kümmern«, ich hob Kopfsalat unter die Erbsen und Schalotten. Ich fragte mich, ob Philipp, trotz seiner Kurzsichtigkeit im Hinblick auf Frauen, Edwards Liebe zu Caro erkannt hatte und mit dieser Einladung seine Chancen befördern wollte.

»Wenn wir schon bei den Chirurgen sind«, Edward bückte sich, um Chloë zu streicheln, die vom Gewitter so niedergedrückt war, dass sie sein Eintreten nur mit einem kurzen Bellen quittiert hatte, »ich habe heute Nachmittag für George einen Termin bei einem Spezialisten in London vereinbart. Philipp wünscht eine Privatbehandlung, damit wir es noch vor Georges Stipendium über die Bühne kriegen.«

Caro besah sich stirnrunzelnd die glänzenden gewölbten Brüste der Vögel. »Tja, er mag zwar viele Fehler gemacht haben, aber er macht sie auch wieder gut. Und mehr kann man doch auch nicht erwarten, oder? Ich meine, wer von uns hat nicht schon mal was Dummes angestellt?«

»Ja, wohl keiner«, pflichtete ich ihr bei. »Aber wird das nicht sehr teuer werden?«

Caro wirkte ein wenig traurig. »Wenn Philipp beschließt, sich um jemanden zu kümmern, dann gibt er seinen letzten Penny, Geiz konnte man ihm nie vorwerfen.«

»Ich vermute, dass Philipp dir mehr bedeutet, als mir lieb ist.« Edward lächelte dabei, aber als er Caro ansah, kehrte die alte Angst in seine Augen zurück.

»Ach Unsinn!« Edwards Ausdruck veränderte sich nicht. »Guck nicht so und mach dich nicht lächerlich. Also gut. Als wir jung waren, habe ich für Philipp geschwärmt. Er sah in mir die fröhliche Kameradin und mehr nicht. Ich habe mich als tragische Heldin gesehen und meine Wunden gepflegt.«

Edward lief rosa an. Auf seinen störrischen Locken zitterten Regentropfen. Mit seinem Finger zeichnete er die Wirbel eines Astknotens im Küchentisch nach. »Verstehe. Und als er zurückkam?«

»Da wurde mir sofort klar, dass wir überhaupt nicht zueinander passten. Das Hirngespinst verpuffte. Nie könnte ich sein *beau idéal* sein und er nicht das meine. Doch werde ich ihn immer gern haben, da er Teil meiner Jugend ist.«

Edward war anzusehen, dass er noch immer unglücklich war. »Ich gehe jetzt und sage Bescheid, dass das Essen fertig ist, wenn es recht ist?«, schlug ich vor.

Gerade als ich die Diele betrat, klingelte das Telefon. Ich nahm den Hörer ab. »Hallo?«

»Wer ist da?«

»Hallo, Guy. Ich bin's, Flo.«

»Aha.« Es entstand eine kleine Pause. »Du vergeudest keine Zeit, nicht wahr?«

»Wie geht es Moira?«

»Sie ist ein langweiliges kleines Gör. Die müsste mal richtig übers Knie gelegt werden. Doch die Mühe werde ich mir nicht machen.« Ich lächelte über den unmissverständlichen Groll in Guys Stimme. »Aber sie ist für mich ohnehin erledigt. Isobel entspricht eher meinem Geschmack. Eine Frau mit Erfahrung.«

Lady Isobel Fitzpatrick, der Mutter der Mädchen, konnte man Erfahrung nun wahrhaftig nicht absprechen. Ich hatte sie als eine richtige Schreckschraube in Erinnerung, blitzende Augen und wallendes Haar, die sich ihre Liebhaber nahm wie der Fuchs die Hühner im Hühnerstall. »Hoffentlich amüsierst du dich«, wünschte ich ihm und meinte es auch so.

»Ist Philipp da?«

»Ja, aber er unterhält sich mit Gästen. Soll ich ihm ausrichten, dass er dich anrufen soll?«

»Sag ihm doch einfach, er soll mir hundert Pfund schicken, tust du das? Ich hätte gern etwas anderes als den Pflasterstein, den man in diesem Land als Kissen ausgibt. Und was Lord Fitzpatrick unter rotem Bordeaux versteht, taugt eher zum Schreiben von Predigten.«

»Ich weiß, dass mich das deiner Meinung nach nichts angeht, aber ist dir vielleicht mal in den Sinn gekommen, dass Philipp jeden Penny braucht, um das Gut zu unterhalten? Ich nehme nicht an, dass das Heu, das wir gerade zu Ballen gerollt haben, mehr abwirft als die Summe, die du für weiche Kissen und edlen Bordeaux verpulverst. Er kann gerade mal genug zusammenkratzen, um die Telefonrechnung zu bezahlen.«

Am anderen Ende der Telefonleitung wurde laut gelacht.

»So, so. Dann kochst du ihm also seine Eier und faltest ihm seine Socken aus Liebe. Das ist wirklich süß. Vielleicht bist du wirklich so reinen Herzens, wie du immer vorgibst zu sein. Meine liebe Flo, Philipp könnte die Fitzpatricks und die Gilderoys zehnmal aufkaufen, wenn er wollte, und hätte dann immer noch genug übrig, um sich eine ganz irre Jacht zu kaufen. Ich habe ihn dazu zu überreden versucht – an einer Spritztour mit Isobel ums Mittelmeer hätte ich nämlich Spaß. Aber er hatte immer etwas Puritanisches.«

»Wovon redest du?«

»Philipp hat Geld wie Heu. Er hat in Südamerika ein Vermögen gemacht.«

»Das glaube ich dir nicht.«

»Frag ihn. Philipp lügt nie, das weißt du. Er hat genau so ein krankes Gewissen wie du. Er wird es dir nur nicht danken. Er hat es mir nur erzählt, weil ich ihn gefragt habe.« Guy lachte wieder. »Während der ganzen Zeit, in der mein Vater sich überlegt hat, Philipp auszuzahlen und ihm das Gut vorzuenthalten, hätte Philipp sich jederzeit ein größeres und besseres leisten können. Ist das nicht lustig?«

»Unheimlich lustig.«

Guy legte auf, sobald ich ihm versprochen hatte, Philipp um das Geld zu bitten. Ich legte den Hörer auf die Gabel und schlenderte zum Salon, um zu Tisch zu bitten. Philipp legte Holzscheite auf das Feuer. Er wandte sich zu mir um. Etwas in meinem Gesichtsausdruck verwandelte sein Lächeln in einen fragenden Blick.

Im Esszimmer war es angenehm warm. Chloë beharrte darauf, sich auf meine Füße zu legen und sie langsam und stetig zum Kochen zu bringen. Ich hatte Kerzen auf den Tisch gestellt und eine Vase mit ein paar dunkelrosa Rosen und einem Zweig Rittersporn. Der Raum sah hübsch aus und das Essen schmeckte dank Miss Glims Vorsorge köstlich. Wir wechselten einander beim Servieren und Abräumen ab.

Aber es herrschten Spannungen. Lady Frisk ignorierte jeden Annäherungsversuch von Elmer oder Werner und war auch uns anderen gegenüber leicht aufbrausend. Bar und Werner, die nebeneinander saßen, führten ein leidenschaftliches Gespräch über die Bedeutung des Heiligen Grals, was für all jene, die mit den Themen Hexenzauber und deutsche Mythologie nicht vertraut waren, unverständlich blieb. Edward bemühte sich um fröhliche Stimmung, aber wenn er nicht redete, wurde sein Gesicht nachdenklich. Philipp hatte aus dem Keller ein paar Flaschen sehr guten Burgunder geholt, den Edward in sich hineinkippte. Bald schon war er ziemlich betrunken.

Elmer konnte nicht verstehen, dass es uns schwerfiel, in der Sprache zu denken, die für ihn alltäglich war. »Passt auf, Leute, wir *wissen* nicht, dass im Innern nukleare Reaktionen stattfinden. Es ist nur eine Schlussfolgerung.« Sein wandernder Blick heftete sich an mir fest. Er starrte mich mit großen begeisterten Augen an. Ich kam mir vor, als wäre ich wieder Kind, das beim Aussetzen der Musik das Pfand in der Hand hält und befürchten muss, es gegen eine Leistung einzutauschen. Ich bemühte mich um einen intelligenten Gesichtsausdruck.

»Ich halte es für eine provozierende Vorstellung«, warf Philipp zu meiner Rettung ein, »dass wir, soweit mir bekannt ist, die einzigen Geschöpfe sind, die zur Erforschung und Beurteilung des Universums in der Lage sind. Könnte dies vielleicht der Sinn der menschlichen Existenz sein? Das Wesen des Kosmos zu erklären?«

Wie vorherzusehen, hatte jeder eine andere Antwort auf dieses uralte Rätsel. Lady Frisk redete uns alle nieder. Für sie stand außer Zweifel, dass das Universum vom Gott der autorisierten Fassung der Bibel beherrscht wurde, der also nicht nur christlich und protestantisch war, sondern auch englisch und der Oberklasse angehörend. Keinen Widerspruch duldend, ließ sie sich über die Ewigkeit aus. Wenn man ihre These auf den Punkt brachte, unterschied der Himmel sich von der Erde eigentlich nur dadurch, dass man dort nicht von den impertinenten Umgangsformen der Unterschichten geärgert wurde, weil diese nämlich durch den Tod zu Menschen von Geschmack und guter Erziehung geläutert wurden.

»Na gut, Mama«, wandte sich ihr Charlotte mit trügerischer Nachsicht zu, »wo befindet sich denn deiner Meinung nach der Himmel nun? Hängen das georgianische Silber und die Spieltische aus Satinholz etwa in den Wolken? Heutzutage unverschämterweise der Invasion von Jumbojets ausgesetzt?«

»Voltaire hat ziemlich treffend bemerkt, dass wir uns bei Gott, sofern er uns nach seinem Bilde geschaffen hat, mehr als großzügig revanchiert haben«, meinte Philipp.

Ich blickte auf sein ausgefranstes Hemd und die billige Armbanduhr mit dem lädierten Lederband und fragte mich, ob Guy wohl die Wahrheit erzählte. Wenn dem so war, hatte ich mich mit meiner Kritik an Philipps Verschwendung und meinem Angebot, ihm Geld zu leihen, zur absoluten Idiotin gemacht. Er hatte nie erwähnt, in Not zu sein. Ich war einfach davon ausgegangen. Aber er hätte es mir sagen können. Mein Bild von ihm wandelte sich. Ein Träumer, Romantiker und Idealist war er noch immer, aber gar nicht sorglos und unbesonnen. Zum zweiten Mal hatte er mich durch seine Zurückhaltung zur Närrin gemacht. Zufällig trafen sich unsere Blicke. Ich runzelte die Stirn.

Elmer hob dozierend seinen langen Zeigefinger. »Diderot erzählt, dass er einen großen Wald durchwandert, nur von einem schwachen Licht geleitet. Er begegnet einem Fremden und dieser sagt: *Mein Freund, du solltest deine Kerze ausblasen, damit du deinen Weg deutlicher erkennen kannst*. Dieser Fremde ist Theologe.«

»Ich halte dies nicht für ein passendes Tischgespräch.« Lady Frisk war beleidigt.

»Aber Mama, *du* hast doch das Thema Religion hier eingeführt«, entgegnete Charlotte. Dieses Mädchen stieg minütlich in meiner Hochachtung.

»Aber ich habe die Existenz meines Schöpfers nicht in Frage gestellt, Charlotte. Dazu würde selbst *ich* mich nicht erdreisten. Die Erziehung ist in dieser Hinsicht für vieles verantwortlich. Für all jene, die nicht von Kindesbeinen an dazu angehalten wurden, ihrer Verpflichtung nachzukommen, wird dies Folgen haben.« Sie warf einen strengen Blick über den Tisch auf Elmer und presste dabei ihr Kinn auf die Brust, dass es fast in den Halsfalten verschwand.

Elmer lachte lange und nachsichtig. Eine Antwort so gut wie jede andere.

»Ich glaube, dass alles nur Einbildung ist, Himmel und Hölle eingeschlossen, und wir gar nicht wirklich hier sind«, warf Bar ein. »Wir sind nichts anderes als psychische Energie, die im Reich des Äthers treibt und träumt. Wir sind Bäume, wir sind der Mond, wir sind Schnecken, wir sind sogar der Schlamm. Und wenn wir sterben, werden wir eins mit der Göttin der Liebe.«

»Unsinn!«, widersprach Lady Frisk mit Nachdruck.

Werner sagte nichts, saß nur kauend da und starrte Bar mit schmachtenden Blicken an.

»Ich werde euch sagen, was ich denke.« Edward hob sein Glas und verschüttete etwas Wein auf den Tisch. »Ich glaube, es ist alles eine Schande, die zum Himmel schreit. Also gut, ich glaube an die Hölle. Ich bin in ihr.« Er verzog das Gesicht, als wollte er weinen. »Esch ischt allesch nur Quälerei und Kummer und voller Teufel und Mistgabeln.«

»Edward!« Caro war entsetzt. »Du bist ja hoffnungslos betrunken.«

»Na, wenn schon?« Edwards Kopf machte schlängelnde Bewegungen, als er versuchte seinen Blick auf Caros Gesicht zu richten. »Das Mädchen, dass ich mehr als allesch auf der Welt liebe, will mich nicht haben, weil esch mich für schwach hält. Dabei wäre ich stärker alsch ein Löwe, wenn sie mich nur lieben würde. Dann hätte ich einen Grund, nicht mehr zu trinken. Ich wäre im Himmel, wenn ich in ihren Armen liegen dürfte. Aber so wie esch ischt, kann ich auch gleich zum Teufel gehen.« Er deutete mit schwankendem Finger über den Tisch auf sie. »Und jetzt sag ich dir wasch, Miss Yardley. Ich bin schwach. Dasch gebe ich offen zu. Aber du bist auch schwach. Du hascht so viel Angscht vor dem Leben, dasch du lieber einen armen Kerl in die Hölle treibst als dasch du ein wenig menschliche Liebe rischkierst. Ich möchte für dich sorgen und dir zeigen, dasch du keine Angscht haben muscht, weil du dasch liebenswerteschte, goldigschte, bewundernswerteschte – Ding bischt.« Er schien den Faden verloren zu haben. Eine Träne glänzte auf seiner Wange. Mit großer Mühe zog er sich hoch. »Meine Damen und Herren, erheben Sie Ihre Gläscher zu einem Toascht! Ich trinke auf Luzifer, den Prinsch der Dunkelheit!«

Darauf folgte ein überwältigender Donnerschlag und sämtliche Lichter gingen aus. Chloë versuchte mir auf den Schoß zu springen.

»Jetzt hast du es geschafft«, sagte Bar.

41

Edward, hilf mir doch bitte! Wir brauchen mehr Kerzen.« Philipp packte ihn am Arm und zog ihn mehr oder weniger aus dem Esszimmer. Sie blieben einige Zeit weg.

Im bloßen Schein des Kaminfeuers und der Kerzen schien der dunkle Raum zusammenzuschrumpfen und die Atmosphäre wurde sehr intim. Bar und Werner unterhielten sich leise, die blonden Köpfe dicht beisammen. Ich sah Elmer seine Hand auf Charlottes Schulter legen. Lady Frisk fing aufgeregt zu plappern an, als wollte sie Caro und mich ablenken.

»Die Reaktionen auf mein Porträt sind insgesamt sehr wohlwollend ausgefallen, Florence. Obwohl die Leute natürlich rasch erkannt haben, dass die *Nase* nicht ganz so ist, wie sie sein sollte. Ernest Ringrose fand sie noch zu klein! Ein sehr dummer Mann. Sein Großvater hat die Tochter eines Schneiders geheiratet. Es bleibt eben nie ohne Folgen, wenn die Leute ihre Verpflichtungen vergessen. Henrietta Bartlemy-Parr hat den ortsansässigen Tierarzt geheiratet und ihr erstes Kind war von Geburt an blöd. Danke ja, ich möchte noch ein Glas.« Ich schenkte ihr ein und fragte mich, ob sie nicht auch schon einen kleinen Schwips hatte. Ihre Stimme war lauter und emphatischer als üblich. »Sir Oswald hat immer gesagt, es gibt in der ganzen Grafschaft keinen Keller, der sich mit dem von Gilderoy Hall vergleichen lässt. Dass der arme gute Philipp so bald den Platz seines Vaters einnehmen musste! Doch ich habe das Gefühl, dass er ganz gut vorankommt. Im Gegensatz zu seinem Vater weiß er den Wert von Erziehung und Bildung zu schätzen. Es war eine freudige Überraschung für mich, dass seine Ansichten zu diesem Thema, wie ich mich in unseren kleinen Unterhaltungen vergewissern konnte, so genau mit meinen übereinstimmen. Er wäre ein wirklich schneidiger Vertreter unserer Grafschaft im Parlament. Der jetzige hat O-Beine. Doch an Philipps hübschem Gesicht und seiner Haltung hätte keiner etwas auszusetzen. Bestimmt sind die Mädchen der ganzen Grafschaft hinter ihm her.«

Ihre Pfeile verfehlten ihr Ziel. Elmer lehnte sich in seinem Stuhl zurück und grinste Lady Frisk an, während Charlotte ihren verzückten Blick nicht von seinem Gesicht zu lösen vermochte und nichts von dem mitbekam, was ihre Mutter erzählte. Ich sah Caro an, die an seiner anderen Seite ihren Platz hatte. Sie starrte mit Tränen in den Augen auf die Reste ihres Trifle.

»Was ist denn, Miss Yardley?« Mit vollendeter Taktlosigkeit lenkte Lady Frisk die Aufmerksamkeit aller auf Caros Elend. »Ich hoffe doch, Sie lassen sich von dieser unglücklichen Darbietung unseres Allgemeinpraktikers nicht aus der Fassung bringen? Ich werde die Sache vor den Krankenhausbeirat bringen. Die höheren Berufsstände sind auch nicht mehr das, was sie einmal waren.« Dann fügte sie in einem Ton hinzu, der wohl beschwichtigend gemeint war: »Sie brauchen sich nicht dafür verantwortlich zu fühlen. Dr. Gilchrist war widerlich betrunken.«

»Im Gegenteil, ich *bin* verantwortlich.« Caros Gesichtsausdruck war wild entschlossen.

»Ich habe im Wohnzimmer einen Klimperkasten stehen sehen.« Elmer stand auf. »Was haltet ihr von einer kleinen Session, Mädels?«

»Gute Idee!« Ich nahm den Kerzenständer, der mir am nächsten stand.

»Weiß denn jemand hier, wovon dieser Mann spricht?«, brummelte Lady Frisk, als sie mir in den Salon folgte.

Das Gewitter hatte die Runde entlang der Berge gemacht und stand jetzt wieder direkt über uns. Der Regen peitschte gegen die Fenster und alle paar Sekunden wurde das Tal von dramatischen Blitzen erleuchtet. Ich zog die Vorhänge zu und legte Holz aufs Feuer. Elmer stellte die andere Kerze auf das Klavier, setzte sich an die Tastatur und dehnte seine Finger.

»Was soll ich spielen, Miss Charlotte, Ma'am?«, fragte er im Akzent des tiefen Südens.

»Spiel *My Melancholy Baby*.« Charlotte quetschte sich neben ihn auf den Klavierhocker und legte ihren Arm um seinen Hals.

»Sehr wohl, Ma'am.«

Elmer haute ausgelassen in die Tasten. Caro war gegangen, um Kaffee zu kochen. Lady Frisk saß sehr steif neben mir auf dem Sofa und ihre ganze Haltung verriet, dass sie eine schwere Form der Folter über sich ergehen ließ. Bar und Werner standen auf und tanzten.

»Was kann ich für Sie spielen, Lady Mother?«, rief Elmer, nachdem er *Melancholy Baby* zu einem triumphalen Abschluss gebracht hatte.

»Ich fürchte, Sie werden mit dem, was ich unter Musik verstehe, nicht vertraut sein«, meinte Lady Frisk hochnäsig. »Von Kindesbeinen an wurden wir von unserer Mutter zur Verehrung der großen Komponisten erzogen, wie Mozart, Bach, Beethoven …« Sie winkte ab. Vermutlich wollte ihr sonst keiner mehr einfallen.

Elmer spielte eine Mozartsonate. Lady Frisk war die Beschämung anzusehen. Sie versuchte diese mit Abscheu zu maskieren, aber schließlich gewann eine Muskelschwäche die Oberhand. Ihr Gesicht entspannte sich, ihre Augen fielen zu, sie sank zurück und begann langsam und tief zu atmen. Als Elmer die letzten Noten spielte, hörte ich leises Schnarchen.

Caro kam mit einem Tablett voller Kaffeetassen zurück. Alle gaben sich Mühe, nicht mit den Löffeln zu klappern. Elmer stimmte leise *You've Got Me Crying Again* an. Bar und Werner drückten sich noch enger aneinander und umkreisten den Salon mit trägen Bewegungen.

»Ich bitte demütig um Verzeihung.« Edward tauchte plötzlich aus der Dunkelheit auf. Sein Haar klebte flach am Kopf, was seine Augen hervortreten ließ, aber er war mehr oder weniger wieder nüchtern. Er richtete seinen besorgten Blick auf Caro. »Ich bin der größte Dummkopf, der je das Licht der Welt erblickt hat.«

»Ich bin der Dummkopf.« Caro streckte ihm ihre Hand entgegen. Edward ergriff sie zögernd. »Können wir uns nicht die Entschuldigungen schenken? Ich sage so ungern, dass mir etwas Leid tut. Das solltest du besser wissen als ich.« Sie stand auf. »Ist schon Jahre her, seit ich das letzte Mal getanzt habe.« Edward sah sie fassungslos an. »Nun was ist? Ich denke zwar, dass du etwas Besseres verdient hast, aber wenn du so töricht bist, mich noch immer zu wollen, hier bin ich.«

Mit einem Lächeln, als hätte er einen Blick aufs Paradies erhascht, nahm Edward sie in seine Arme und sie bewegten sich langsam davon. Von Lady Frisk war ein kurzes Schnauben zu hören, dann schlummerte sie weiter. Ich spürte eine Hand auf meiner Schulter.

»Werden Sie mir sagen, was ich verbrochen habe?« Philipps Gesicht war nur auf der linken Seite in theatralisches Licht getaucht, als er sich über das Sofa zu mir beugte.

»Wovon reden Sie?«

»Sie haben mich den ganzen Abend mit Blicken bedacht, als hätte ich aus dem Familienpony eine Felldecke gemacht.«

»Seien Sie nicht albern.« Ich konnte mir das Lachen nicht verkneifen.

»Wenn schon alle anderen so tun, als wären wir in einer Spelunke von Costa Rica, könnten Sie doch auch mit mir tanzen? Bis die Engländer ihre Hemmungen ablegen, braucht es schon einen Stromausfall und völlige Dunkelheit.«

Ich fragte mich, was er wohl in den letzten zwölf Jahren erlebt haben mochte, das ihm seine Landsleute so gehemmt erscheinen ließ. Es erinnerte mich daran, dass er fast ein Fremder war. Eigentlich wusste ich nichts über ihn.

»Nun?«

»Was nun?«

Wir waren am weitesten vom Klavier entfernt und konnten uns gut verständigen. Er tanzte sehr korrekt, die rechte Hand auf meinen Schulterblättern, einen geziemenden Abstand von fünfundzwanzig Zentimetern zwischen uns.

»Was habe ich getan? Eine Katze erwürgt? Eine alte Dame die Treppe hinuntergestoßen?«

»Sie sind überhaupt nicht arm!«

Er lachte. »Was sind Sie nur für ein ungewöhnliches Mädchen! Die meisten Frauen wären entzückt von der Entdeckung, dass der Mann, in dessen Armen sie sich befinden, solvent ist. Sie haben mit Guy gesprochen.«

»Er möchte, dass Sie ihm hundert Pfund schicken.«

»Verstehe.«

»Warum haben Sie mir nichts gesagt?«

»Weil mir für die Tatsache, Geld auf der Bank zu haben, keine Formulierung einfällt, die nicht vulgär wäre.«

»*Tears in my heart. Oh, how my soul cries for you*«, sang Elmer.

»Das mag sein. Aber Sie treiben die Geheimnistuerei schon zum Äußersten. Wortkarg ist noch zu milde ausgedrückt. Sie sind schon eher stumm.«

»Da haben Sie wahrscheinlich Recht.«

Draußen hörte man Donnerkrachen. »Das Gewitter wird schlimmer. Arme Chloë.«

»Ist mir verziehen?«

»Dies hier ist wohl kaum ein Anlass, jemandem böse zu sein.«

Die fünfundzwanzig Zentimeter schrumpften auf fünf zusammen.

»Ist das nun Jazz oder Swing?« Die Dunkelheit war noch nicht tief genug, um mich meiner Hemmungen zu entledigen. Ich spürte, dass mit meinem Atem etwas passierte, was ich nicht unter Kontrolle hatte. »Schön sentimental, nicht wahr? Billie Holiday. Tragisches Leben. Ella Fitzgerald fand ich immer gut.«

»Halten Sie Bessie Smith auch für die beste klassische Bluessängerin?« Ich kam mir vor wie am Rand eines Abgrunds.

Philipp sagte nichts. Von den fünf Zentimetern waren jetzt nur noch zwei übrig geblieben. Ich ließ mich fallen. Sein Herz pochte kräftig, als es an meins gedrückt wurde. Meine Knochen schienen sich aufzulösen und – grell gingen die Lichter an. Wir lösten uns mit einem Satz.

»Ach, was für eine Schande«, rief Bar. Sie sprach uns allen aus der Seele. »Normalerweise sind die beim E-Werk doch nicht so flott.«

Obwohl nur ein paar Tischlampen brannten, erstrahlten sie wegen des unvermittelten Aufleuchtens ungewöhnlich hell. Lady Frisk, die mit weit geöffnetem Mund und nach hinten gesunkenem Kopf dalag, Chloës Schnauze im Schoß, grunzte und schlug die Augen auf.

»Ein hübsches Stück.« Lady Frisk suchte nach ihren Schuhen, die ihr von den Füßen gerutscht waren. »Natürlich wird eine Amateurdarbietung Mozart nicht gerecht.« Sie stand auf und ihre Augen tränten beim Versuch, das Gähnen zu unterdrücken. »Ein entzückender Abend, Philipp. Wie freundlich von Ihnen, uns *à l'improviste* bei sich zu empfangen. Ich könnte mir vorstellen, dass Sie Charlotte viel zum Nachdenken mitgegeben haben.«

»Zeit in die Falle zu gehen, Lady Mother.« Elmer stand vom Klavierhocker auf. »Sie sehen erschöpft aus.«

Lady Frisk entrüstete sich: »Ich wünschte, Sie würden mich nicht mit diesem lächerlichen Namen ansprechen! Und ich bin nicht im Geringsten müde.«

Als wir alle in die Eingangshalle gingen, hörte ich sie zu Philipp sagen: »Ein wenig Wildheit ist natürlich bei einem jungen Mädchen. Doch das wird sie bald abgelegt haben. Ich kann Ihnen gar nicht genug danken, dass Sie sich mit dieser schrecklichen Kreatur abgegeben haben.«

»Ich bringe Sie nach Hause, wenn Sie noch kurz warten«, schlug

Philipp vor, als er Lady Frisk in ihr Cape half. »Ich muss nur erst nachsehen, ob George zu Bett gegangen ist.«

»Ach, wir nehmen Flo doch mit«, entschied Caro. »Edward bringt mich nach Hause. Komm schon, Bar.«

»Ich werde mit Bar nach Hause laufen«, sagte Werner entschlossen. »Wir werden unsere Mondscheinwanderung genießen.«

»Aber es schüttet wie aus Kübeln«, warf Caro ein.

»In diesem Fall leihe ich mir den Jeep, wenn Philipp nichts dagegen hat.«

»Ist in Ordnung.« Philipp schien sich zu amüsieren.

Wir tauschten gegenseitige Dankesbekundungen für Essen, Gastfreundschaft und Unterhaltung aus. Elmer fuhr mit Charlotte und Lady Frisk als Erster den Berg hinunter. Edward, Caro und ich folgten mit Balthazar, der streng nach Ente roch. Chloë war nach einem Blick auf das Wetter wieder an den Kamin zurückgekehrt. Hinter uns kam der Jeep mit quietschenden Bremsen, ein Scheinwerfer kaputt.

»So ein schöner Abend«, seufzte Caro. »Du kannst mich zuerst absetzen, Edward. Dann brauchst du die Strecke nicht zweimal zu fahren.«

»Ich setze zuerst Flo ab.« Edward sagte das mit Nachdruck und Caro schwieg dazu.

Als ich mich eine halbe Stunde später neben Macavity ins Bett legte, fragte ich mich, ob ich wohl der einzige Mensch in Pudwell war, der sich so elend einsam fühlte.

Es war schon spät, als ich wach wurde. Das Gewitter hatte sich verzogen und der Himmel erstrahlte in wolkenlosem Blau. Jasminduft wehte durchs offene Fenster und eine Amsel sang ihr fröhliches Lied. Die schweren und höchst seltsamen Träume verflogen, sobald ich die Augen aufschlug. Das Bettzeug war durcheinander und ich fühlte mich erschöpft, als hätte ich die ganze Nacht Heu gemacht.

Ich zog mich an und ging nach unten, als Cupido zehnmal schlug. Ich drehte den Hahn auf, um den Wasserkessel zu füllen, aber es kam nichts. Ich rüttelte daran. Rostflocken fielen in die Spüle. Ich überlegte, was zu tun war. Normalerweise hätte ich Caro um Rat gebeten. Aber an diesem speziellen Morgen wollte ich sie nur ungern stören.

Die Fernsprechauskunft würde mir sicherlich die Nummer vom Wasserwerk geben können. Ich nahm mir einen Apfel mit auf den Weg. Als ich durch die Hecke auf die Straße trat, begrüßte mich freudiges Gebell.

»Hallo, mein Schatz.« Ich kniete nieder und legte meine Arme um Chloës Hals.

»Guten Morgen.«

Ich schaute auf. Es war Philipp.

»Hallo.« Diskret ließ ich das Kerngehäuse fallen. Ich konnte mich nicht erinnern, mir die Haare gekämmt zu haben. »Ich wollte gerade beim Wasserwerk anrufen. Es kommt nichts aus der Leitung.«

»Die werden Ihnen auch nicht weiterhelfen können. Sie bekommen das Wasser direkt aus einer Quelle. Es ist ein sehr primitives System. Vermutlich wurde die Leitung durch das Gewitter mit Steinen verstopft. Das kommt schon gelegentlich vor.«

»Du liebe Zeit. Ich hab aber gar keine Idee, wo die Quelle sein könnte.«

»Die ist inzwischen bestimmt zugewachsen, aber ich werde sie schon finden. In der Nähe steht eine Eiche mit einem besonders verdrehten Stamm. Da hat vor Jahren der Blitz eingeschlagen.«

»Was für ein Glück, dass Sie Bescheid wissen. Waren Sie mit Violas Patin befreundet?«

»Kann sein, dass ich ihr mal begegnet bin. Ich weiß es nicht. Aber – jetzt werden Sie sicher sauer auf mich sein – ich wusste, dass ich es Ihnen eines Tages würde sagen müssen. Dieses Häuschen gehörte gar nicht Violas Patentante.«

»Wie bitte?«

»Das ist nicht das Haus von Violas Patin«, wiederholte er lächelnd.

»Aber – ach, jetzt ziehen Sie mich auf, natürlich ist es das.« Ich starrte ihn an und fragte mich, wovon er redete. »Viola hat mir geschrieben – sie hat mir alles darüber erzählt.« Ich sah mich aufgeregt um und schob dann einen Ast beiseite, um ihm die Ziffer zu zeigen, die an den Resten des Tors befestigt war. »Da, sehen Sie! Plashy Lane Nummer neun!«

Philipp drehte sie um, bis sie auf dem Kopf stand, und sagte: »Sechs. Der obere Nagel muss herausgefallen sein.«

Ich schwieg erst einmal. Es war unmöglich. Ich weigerte mich, eine derart verrückte Idee überhaupt in Betracht zu ziehen. Aber möglich wäre es – hieß das, ich hatte die ganze Zeit im falschen Haus gelebt? Alle meine Gefühle, meine tiefe Zuneigung zu dem Haus, das Glück, das ich darin gefunden hatte, lehnten sich gegen diese Vorstellung auf. Ich sah genauer hin. Im Tageslicht war das Loch für den Nagel zu sehen.

»Aber – aber – wo – wessen?«

»Ich fürchte, es ist meins.« An dieser Stelle fiel mir vermutlich die Kinnlade hinunter. Ich war sprachlos. »Es gehört zum Gut. Ich bin mit achtzehn aus dem Herrenhaus ausgezogen. Vater und ich stritten uns ständig. Und da habe ich hier gewohnt.«

»Aber ...« Ich legte eine Hand auf meine Stirn, meine Gedanken fuhren Achterbahn. »Moment mal. Wer war Anna?«

»Anna war die Geliebte meines Vaters. Sie müssen erfahren haben, dass wir – sie kam immer hierher. Mein Vater war sehr gemein zu ihr. Sie kam und erzählte mir, wie schrecklich er sie behandelte und weinte. Ich verliebte mich in sie. Wir wurden ein Liebespaar.«

ANNA THOU LADY KILLEST ME. Ich erinnerte mich an die ins Fenster gekratzten Worte. Aber das bedeutete ja – ein Schauder lief über mich. Das hatte Philipp geschrieben. Es war Philipps Rosetti-Ausgabe neben dem Bett. Es war sein Tisch, an dem ich saß, sein Sofa, auf dem ich neben seinem Kamin ruhte, es waren seine Bücher, die ich las, seine Musik, die ich hörte, sein Garten, um den ich mich kümmerte, seine Besitztümer, die ich säuberte und polierte und restaurierte und liebte. Es war sein Bett, in dem ich schlief und Annas Nachthemd trug. Wie sie das vermutlich getan hatte.

»Sie sollten öfter so mit offenem Mund dastehen«, sagte Philipp. »Sie sehen so süß aus.«

Süß! Das war doch wohl lächerlich. »Warum?«, fragte ich, als ich wieder Herrin meiner Stimme war. »Warum haben Sie es mir nicht gesagt?«

»Jetzt sind Sie aber wütend.«

»Wie konnten Sie nur zulassen, dass ich mich derart zum Narren mache?« Ich hatte ihn auch noch eingeladen, zu kommen, wann immer er wollte. Damals, als ich ihn für Lemmy gehalten hatte. Ich hatte ihm sogar noch von meiner Affinität zur Besitzerin des Häuschens erzählt – ich schloss meine Augen und versuchte mich an den genauen Wortlaut zu erinnern.

»Selbst wenn Sie wütend sind, sind Sie schön.«

»Oh.« Wieder lag der Abgrund drohend vor mir. »Aber ich bin – warum haben Sie mir nicht – hätten Sie mir nicht in aller Ruhe die Wahrheit sagen können?«

»Sehen Sie das mal von meinem Standpunkt aus. Ich hatte zwölf Jahre lang von diesem Häuschen geträumt. Von dem Ort, der mir einst Himmel und Hölle zugleich gewesen ist. Als ich nach Pudwell kam, lief ich direkt hierher, ehe ich hoch zum Herrenhaus ging. Ich wusste nicht einmal, ob das Häuschen noch stand. Ich rechnete damit, dass mein Vater es womöglich, wie angedroht, zerstört hatte. Nun stellen Sie sich meine Gefühle vor, als ich endlich meinen Fuß hierher zu setzen wagte und dann das hübscheste Mädchen, das mir je begegnet ist, als seine Bewohnerin antraf.« Meine Wut verdampfte ein wenig. »Damit hatte ich nun am allerwenigsten gerechnet. Die Situation machte mich neugierig. Und ein wenig lustig fand ich sie auch.« Ich zog die Stirn kraus. »Und später erfuhr ich dann, wie sehr Sie es liebten. Es wäre doch eine Schande gewesen, Ihnen die Freude zu verderben, oder? Und was machte es schon aus? Ich hatte vorgehabt, im Herrenhaus zu wohnen und mich um ein gutes Verhältnis zu meinem Vater zu bemühen. Das war einer der Gründe, die mich zurückgebracht hatten. Und die Vorstellung, dass Sie hier lebten, gefiel mir.«

»Aber warum hat es mir denn sonst keiner gesagt?« Es war wirklich zum Verzweifeln. »Guy oder Caro?«

»Guy wusste, dass Sie einen Fehler gemacht hatten. Aber er hatte seine eigenen Beweggründe, Sie zum Bleiben zu überreden.«

»Oh. Ja. Natürlich.«

»Und Caro hat vermutlich gedacht, Sie hätten Drop Cottage vom Gut gemietet. Das hat mein Vater mit einigen seiner Häuser von Zeit zu Zeit getan. Bars Häuschen zum Beispiel.«

»Verstehe.« Ohne weiter darüber nachzudenken, war ich davon ausgegangen, dass Hintock Cottage Bar gehörte. »Aber Caro und ich haben über Anna geredet …« Ich hielt inne und versuchte mich an das Gespräch zu erinnern. Caro wird wohl davon ausgegangen sein, dass ich mit einem Teil der Gilderoy-Geschichte vertraut war, da ich Annas Namen kannte. Jetzt wurde mir klar, dass wir ständig aneinander vorbeigeredet hatten. Doch eine Frage war noch unbeantwortet.

»Was ist passiert – mit Anna?«

»Mein Vater war uns auf die Schliche gekommen. Anna kam jeden Morgen, wenn mein Vater noch schlief, vom Herrenhaus zeitig hier herunter. Vor zehn Uhr stand er nie auf. Ich flehte sie an, ihn zu verlassen und mich für sie sorgen zu lassen, aber immer hatte sie eine Ausrede – es war nicht der richtige Zeitpunkt oder sie konnte keinen Streit verkraften. Eines Morgens folgte mein Vater ihr zum Haus. Es kam zu einer entsetzlichen Szene. Er hatte schon oft Wutausbrüche gehabt, aber so wütend wie damals hatte ich ihn noch nie erlebt.« Philipp fing zu lachen an. »Es war eine Farce. Ich war gerade aufgestanden und splitternackt. Doch damals fand ich das gar nicht lustig. Es war wie ein Weltuntergang. Er schlug Anna und spaltete ihre Lippe. Dann nahm er die Napoleonfigur in die Hand und versuchte, mich damit zu erschlagen, also nahm ich sie ihm ab und schmiss sie aus dem Fenster. Ich war natürlich jünger und stärker als er und hätte ihn leicht kampfunfähig machen können, aber er war so wütend, dass ich nicht wagte, Hand an ihn zu legen. Anna stand nur da und schrie, während ihr das Blut über das Gesicht lief. Mein Vater fing zu zittern an und dann fiel er zu Boden. Es war ein Schlaganfall. Nachdem wir ihn ins Krankenhaus gebracht hatten, beschlossen wir wegzugehen. War das herzlos? Annas Gesicht war in einem fürchterlichen Zustand. Ich liebte sie.«

»Ich finde es nicht herzlos.«

»Also gut, wir beide würden also zusammen sein – was zählte für uns die Welt, solange wir uns liebten. Ich war wahnsinnig glücklich und gleichzeitig hatte ich elende Schuldgefühle. Keiner von uns beiden hatte Geld. Also verkaufte ich alles, was ich verkaufen konnte – mein Auto, mein Pferd, meine Uhr – noch am selben Tag und zu jedem Preis, den ich erzielen konnte. Das Häuschen konnte ich zum Glück nicht verkaufen. Vermutlich wäre ich verrückt genug gewesen, auch das zu tun. Ich war total vernarrt. Um sie glücklich zu machen, hätte ich meine ganze Familie und alles, was ich je gekannt hatte, drangegeben.« Er lachte wieder. »Mit dreiundzwanzig war ich idealistisch und naiv. Sie war fünfundvierzig und hatte viel Erfahrung. Drei Wochen nach unserer Ankunft in Paris verließ sie mich für einen Bankier, den sie kennen gelernt hatte, während ich auf Arbeitssuche war. Mit einer Notiz hat sie sich von mir verabschiedet. Aber sie hat das ganze Geld mitgenommen. Ich konnte mir nicht einmal mehr eine

Tasse Kaffee leisten. Hier hatte ich meine Zelte abgebrochen. Es gab für mich keine andere Wahl, als mein selbst gewähltes Leben im Exil fortzuführen.«

Philipp behielt sein selbstironisches Lächeln bei, doch ich hatte den jungen Mann allein in einem fremden Land vor Augen, hartherzig betrogen und grausam enttäuscht, und mir war nach Heulen zumute.

»Machen Sie nicht so ein Gesicht.« Er nahm meine Hand. »Das ist lange her. Bis ich wieder hierher kam, habe ich jahrelang nicht daran gedacht.«

»Wissen Sie denn, was aus ihr geworden ist?«

»Ich blieb etwa drei Monate und habe als Kellner gearbeitet. Trotz allem, was passiert war, hoffte ich, sie würde zu mir zurückkommen. In meiner Vorstellung spielten sich Versöhnungsszenen ab. Ich war ein romantischer Idiot. Ich kratzte in der Restaurantküche gerade die Teller über einer Zeitung leer, als ich die Nachricht von dem Unfall las. Sie und der Bankier waren bei einem Autounfall ums Leben gekommen. Auf ihrem Weg nach Monte Carlo waren sie auf der Corniche durch die Leitplanke geschossen. Das war das Ende. Ich schickte meinem Vater einen Brief mit der Nachricht von ihrem Tod und entschuldigte mich dafür, ihn verletzt zu haben. Die Woche darauf fuhr ich als Heizer auf einem Schiff nach Indien.«

Er hielt noch immer meine Hand. Jetzt konnte kein Gespräch mich mehr davon abhalten, in den Abgrund zu taumeln.

»Flo.«

»Ja.«

»Vermutlich habe ich wegen dieser Ereignisse nie mehr tiefe Gefühle für jemanden zugelassen. Ich hielt das für besser so, habe aber nie mit etwas so …«

Ein Auto tauchte auf der Straßenkuppe auf und raste dann gefährlich schnell auf uns zu. Mit quietschenden Bremsen kam es neben uns zum Stehen und auf der Fahrerseite surrte das Fenster nach unten.

»Na so was! Das ist hier nicht zufällig Plashy Lane?« Der junge Mann, der im Gesicht ganz grün war, zwinkerte ein wenig, als er Philipps wütendes Gesicht sah.

»Flo! Liebes! Ich habe schon gedacht, ich finde dich nie mehr!« Eine zarte, manikürte Hand winkte aus dem offenen Fenster. Ich bückte mich, um hineinzusehen. Es war Viola.

42

Die arme Tante Netta!«, rief Viola aus, als wir über das Tor der Plashy Lane Nummer neun schauten. »Was für ein deprimierender Anblick!«

Der baufällige Bungalow versteckte sich hinter einer zu hoch gewordenen Ligusterhecke, so dass man ihn von der Straße aus nicht sehen konnte und er mir nie aufgefallen war. Gebaut worden war er wohl irgendwann zwischen den Kriegen und wurde dann in den sechziger Jahren modernisiert, als Zedernholzschindeln *de rigeur* waren. Ein verrückter Pflasterbelag mit sprießendem Gras führte zu einer nachgemachten georgianischen Tür, in deren Vertäfelung ein Oberlicht geschnitten war. Dachvorsprünge aus grünen Betondachpfannen tauchten die Fenster aus Tafelglas, wovon eins zerbrochen war, in düsteres Licht.

»Dafür bekommt man bestimmt mehr Geld als für Drop Cottage«, meinte Philipp. »Jedenfalls hat es einen Stromanschluss.« Unansehnliche Drähte wickelten sich in Spiralen um das angepflanzte Pampasgras. »Und sanitäre Anlagen.« Abwasserrohre aus Plastik zogen sich kreuz und quer über die Holzschindeln. »Und es ist leichter zugänglich.« Ein verrostendes Bettgestell war über die Hecke auf den Rasen geworfen worden.

Ich überlegte, was passiert wäre, wenn dieser Nagel nicht vom Torpfosten gefallen wäre. Eine Stunde in diesem Haus hätte gereicht, um meinen Rückzug zu beenden. Es hätte mich auch dazu treiben können, mir den nächsten Baum zu suchen, um mich daran aufzuhängen. Mit einem Schauder des Entsetzens wurde mir klar, dass derart offenbar bedeutungslose Dinge den weiteren Verlauf des Lebens zu bestimmen vermochten.

»Hier kannst du nicht bleiben, so viel ist sicher.« Ich legte meine Hand auf Violas Arm, als wir zurück zur Straße schlenderten. »Ich freue mich dich zu sehen, meine Liebe. Aber warum hast du mir nicht gesagt, dass du kommst?«

»Hast du mein Telegramm nicht bekommen? Sobald mir klar wurde, dass die Hochzeit von Veronica und Percy praktisch vor deiner Haustür stattfindet, wollte ich mir diese Gelegenheit nicht entgehen lassen.«

Jetzt dämmerte es mir. »Du bist auf der Hochzeit von Lord Percival Bierce gewesen.« Das also war die Erklärung dafür, warum Viola um elf Uhr morgens in absolut ländlicher Umgebung einen gelben Seidenmantel und auf ihren dunklen Locken eine bestens dazu passende Pillbox trug, die mit einem Tupfenschleier und gelb gefärbten Federn aufgeputzt war. Eine umwerfende Erscheinung, aber doch ein wenig zu elegant.

»Ich kenne Percy seit meiner Kindheit. Die Herzogin ist meine Patin. Und Veronica und ich waren Mieterinnen im selben Haus, bis ich zu Giles zog. Ich habe ihr den Job besorgt, sich um die Herzogin zu kümmern. Percy war ein richtiger alter Bock, aber als Veronica sich weigerte, mit ihm ins Bett zu gehen, begann er sie zu verehren. Sie ist die Güte selbst und jeder, der dies einmal erkannt hat, muss sie einfach lieben. Ich bin so stolz, erfolgreich den Cupido gespielt zu haben. Es kommt nicht oft vor, dass mir etwas gelingt.«

Man konnte nicht leugnen, dass Viola ein richtiger Pechvogel war. »Wie lange kannst du bleiben?«

»Nur bis morgen. Am Montag habe ich eine wichtige Vorlesung über Gainsborough. Seine Malerei mag ich wahnsinnig gern, und es ist eine Schande, dass ich bei ihm immer gleich auch an Alex denken muss. Giles meint, ich hätte mir die von ihm in Auftrag gegebene Beschattung nur eingebildet, aber ich bin ganz sicher ...« Sie unterbrach sich und sah Philipp an. »Ach, ist ja egal, wen interessiert das noch?«

»Du kannst bei mir in Drop Cottage wohnen – das heißt, ich muss vermutlich erst Erlaubnis einholen.« Ich warf einen Blick auf Philipp. Er wirkte nachdenklich.

»Wie bitte? Sie wissen doch ganz genau, dass es Ihnen gehört, solange Sie möchten. Aber wir müssen etwas wegen der Quelle unternehmen.«

In meiner Wiedersehensfreude hatte ich das Problem mit der Wasserversorgung völlig vergessen. Philipp und ich führten Viola über den Pfad hinunter zum Häuschen, hielten ihr die Dornenranken fern, damit sie ihr nicht die Kleider zerrissen, und trugen sie fast über den Schlamm. »Tut mir Leid, dass ich euch solche Unannehmlichkeiten bereite«, Viola zog ihre hochhackigen Schlangenlederpumps aus, als wir eine besonders morastige Stelle passierten, »nur leider gehört alles, was ich anhabe, meiner Tante. Sie leiht mir immer großzügig ihre schönen Kleider. Ich möchte sie ihr wenigstens heil zurückgeben. Ach du liebe Zeit!« Wir hatten den steilen Abhang erreicht, der nach dem Gewitter nur noch schlammig war.

»Ein Glück, dass du kein Gepäck hast«, sagte ich, als Philipp Viola nach einer Huckepacktour wieder auf festem Boden abgesetzt hatte.

»Natürlich habe ich einen Koffer mitgebracht, Liebes. Aber am Bahnhof ist mir dieser reizende alte Mann begegnet und hat mich gebeten, ihm eine Tasse Tee zu kaufen, weil er kein Geld habe, was ich natürlich getan habe, doch als ich aus der Cafeteria zurückkam, entdeckte ich, dass er ganz und gar nicht reizend war. Er war mit meinem Koffer abgezischt, den ich ihm zum Aufpassen dagelassen hatte. Zum Glück hatte ich nur Jeans und einen Pullover und mein Nachthemd darin. Und bequeme Schuhe. Um die tut es mir am meisten Leid. Die hier sind nämlich mörderisch eng.«

»Ihr beide geht jetzt runter zum Haus«, bestimmte Philipp. »Ich sehe mal, ob ich die Quelle finde.«

»Mensch, die Männer hier sind aber stark und schön!«, sagte Viola, sobald er außer Hörweite war. »Hoffentlich habe ich nichts Falsches gesagt, als ich von Alex sprach. Da kam mir nämlich plötzlich in den Sinn, Philipp könnte der Grund dafür sein, dass du wie eine besonders hübsche Katze aussiehst. Geschmeidig und verträumt. Du hast das Zerbrechliche verloren, das mich immer an ein herrenloses Tier erinnert hat und das ich so an dir bewundert habe. Aber mir gefällt diese neue, geformte, strahlende Flo besser.« Sie umarmte mich wieder und tauchte mich in eine köstliche Wolke Diorissimo. »Du *bist* glücklich. Das sehe ich dir an.«

»Ja.« Ich wusste natürlich, dass Viola gerne mehr über Philipp erfahren hätte, aber ich hätte ihr wirklich nichts erzählen können, was Hand und Fuß gehabt hätte. »Da wären wir.« Stolz nahm ich den Anblick von Drop Cottage in mich auf, versuchte es mit neuen Augen zu sehen.

Die Art und Weise, wie Viola darauf reagierte, war ganz zu meiner Zufriedenheit. Keine Einzelheit entging ihr. Sie bestand darauf, es ganz zu umrunden, bewunderte den Vorbau, die Fenster und das Schleppdach und meine sämtlichen Neuerungen im Garten. Selbst das stille Örtchen wurde gelobt.

»Ah!«, rief sie aus, als wir hineingingen. »Das nenne ich Perfektion! Diese Vorhänge! Und die Uhr!« Pflichtschuldig schlug Cupido die halbe Stunde. Vorsichtig legte sie ihren Hut auf der Fensterbank ab, setzte sich daneben und nahm Macavity auf den Schoß. Er verharrte eng zusammengerollt, aber ich hörte ihn schnurren. Viola sah mich mit ihren grauen Augen ernst an. »Du wirst nie mehr hier weg können. London hat dich zum letzten Mal gesehen. Und ich kann dir das nicht verdenken, so schade ich es auch finde. Das passt so gut zu dir.«

»Mir gefällt es hier. Ich finde es gut, dass man hier nach nichts streben muss, die Vorstellung, es in der Welt ›zu etwas zu bringen‹, nicht zählt. Aber ich glaube nicht, dass ich den Rest meines Lebens als Mädchen für alles auf dem Gut arbeiten und Streuner aufnehmen kann. Ich muss das realistisch sehen. Das hier ist ein Traum, aus dem ich nicht aufwachen möchte. Aber früher oder später wird mich etwas herausreißen und darauf sollte ich lieber vorbereitet sein.«

Viola machte den Mund auf, als wollte sie etwas sagen, besann sich dann aber offenbar eines Besseren. Mit zufriedenem Lächeln sah sie sich um. »Ich finde es lustig, dass du die ganze Zeit über im falschen Haus gewohnt hast. Ich hätte sofort gewusst, dass dies nicht Tante Nettas Haus sein kann. Ich bin ihr einmal begegnet – sie war schrecklich brummig, weil Vater seine Pfeife drinnen geraucht hat und keinen Malzkaffee hatte. Netta war seine Schwester. Nie hätte sie solche Dinge ausgesucht. Sie hatte so viel Romantik wie ein Sack Sand. Offiziell war sie eigentlich gar nicht meine Patin, aber sie war so beleidigt, dass sie nicht gefragt worden war, dass Jenkins und ich sie ehrenhalber dazu ernannten.«

»Jenkins?« Das verwirrte mich.

»Jenkins ist mein Vater. Und der Gärtner meiner Tante. Er und meine Mutter hatten eine kurze Affäre, deren Ergebnis ich bin. Er ist der liebste Mensch auf Erden. Meine Tante hat mich aufgezogen, weil meine Mutter kein Interesse an Kindern hatte. Aber das ist alles absolut geheim. Du bist die Einzige, der ich das erzähle, abgesehen von Giles natürlich.«

»Ich werde natürlich mit keiner Menschenseele darüber reden. Es ehrt mich, dass du so viel Vertrauen zu mir hast. Aber war deine Tante nicht wütend auf Jenkins? Ich finde es ziemlich außergewöhnlich, dass er die ganzen Jahre über für sie gearbeitet hat.«

»Die Konventionalität meiner Tante war nur oberflächlich. Sie und Jenkins waren einander treu ergeben. Sie wollte, dass ich meinen Vater kennen lernte. Sie war sehr gut, weißt du.« Sie beugte sich hinab, um die Spitzen von Macavitys Ohren zu küssen. »Wenn man bedenkt, wie schrecklich besorgt wir alle waren, während du dich die ganze Zeit über in unermesslicher Zufriedenheit eingegraben hast.«

Mir wurde klar, wie sehr ich Viola vermisst hatte – ihr reizendes Gesicht, ihre Begeisterung und ihren abschweifenden Gesprächsstil. Es freute mich, dass es etwas aus meinem alten Leben gab, das mir kostbar war. »Wie war die Hochzeit?«

»Veronica sah so hübsch aus, dass ich hätte heulen können. Was ich dann auch tatsächlich ausgiebig tat. Selbst Percy sah ziemlich zivilisiert aus, rasiert und mit anständigen Schuhen. Er hat sich immer eingebildet, ein Bohemien zu sein, hat Gedichte über Sex geschrieben und Bilder von Hinterteilen gemalt. Veronica hat es geschafft, gegen alle Gesetzmäßigkeiten der Natur das Beste aus ihm herauszuholen. Es waren viele bekannte Gesichter da, aber die meisten davon würde ich lieber nicht kennen. Wir tranken Champagner in rauen Mengen und zogen lärmend um das düstere alte Schloss und vergnügten uns. Das Problem ist nur – dass ich mich gar nicht richtig vergnügen kann, wenn Giles nicht dabei ist. Er arbeitet sehr hart, bereitet eine Reihe von Vorlesungen vor. Und ich weiß auch, dass ihm so etwas eigentlich keinen Spaß macht. Die meisten Gäste waren ziemlich dümmlich, wenn nicht verrückt. Ich sehe mich zwar gern als freies Wesen, aber man muss sich doch eingestehen, dass die Liebe ein Tyrann ist. Ohne ihn ist das Licht trüb und der Herd kalt. Rührend, nicht wahr?«

»Finde ich nicht. Wer war denn der blasse junge Mann, der dich hergebracht hat?«

»Das ist Ferdy Fenwick. Er hatte einen schlimmen Kater, deshalb sah er auch so käsig aus. Ich habe ihn beim Empfang kennen gelernt. Ich fand ihn ganz harmlos und als er mir anbot, mich mitzunehmen, war ich überglücklich, aber er entpuppte sich als ganz übler Wüstling. Jedes Mal, wenn er eine entsprechende Anwandlung bekam, schloss er die Augen und sein Adamsapfel hüpfte auf und ab und wir rammten eine Kerbe in den nächsten Baum. Meine Kehle ist ganz wund vor lauter Schreien.«

»Ich bringe dir was zu trinken. Du liebe Zeit, wir haben ja gar kein Wasser.«

Chloë kam keuchend und schmutzig herein und legte eine Pfote auf Violas Knie.

»Bitte schimpf nicht mit ihr«, bettelte Viola. »Sie will doch nur freundlich sein. Ich versuche es auszuwaschen – aber wir haben ja kein Wasser. Wie selbstverständlich einem die Dinge doch werden.«

»Ich habe die Quelle gefunden.« Philipp war nach Chloë eingetreten. »Ich fürchte, die Blockade sitzt weiter unten in der Leitung, wo ich mit meinem Arm nicht mehr hinkomme. Sie rostet weg. Das ganze Ding muss ausgegraben und erneuert werden. Ich werde am Montag jemanden damit beauftragen.« Ich versuchte ihn so zu sehen, wie Viola ihn sah, mit den Augen einer Fremden. Die Enge des Häuschens ließ ihn noch größer wirken. In seinem Haar hing ein Blatt. Sein ausgefranstes Hemd stand am Kragen offen, weil ein paar Knöpfe fehlten. Sein Gesicht war ausgeprägt, aber reserviert. Wenn Spott Schärfe in seine Augen legte, ähnelte er Guy, aber im Allgemeinen war sein Gesichtsausdruck unnahbar und nicht zu entschlüsseln. So oft hatte ich dieses Gesicht betrachtet und überlegt, was er wohl dachte, dass ich mir ziemlich sicher war, es ganz genau aus dem Gedächtnis malen zu können. Er warf mir einen fragenden Blick zu, den ich nur zu gut kannte. »Ihr beiden kommt besser mit und übernachtet im Herrenhaus.«

Ich packte meinen Koffer und verstaute die leicht verderblichen Lebensmittel aus der Speisekammer in Tüten. Viola zog sich eine Bluse und einen Rock und ein Paar Sandalen an, die ich für sie ausgesucht hatte, Philipp schloss inzwischen die Fenster und sah sich nach einem Korb für den Transport von Macavity um. Diese Vorbereitungen zum Aufbruch machten mich ein wenig unruhig. Natürlich würde ich zurückkehren, sagte ich mir, es war ja nur vorübergehend, bis die Leitung von der Quelle repariert war. Die Wehmut des Augenblicks zerstreute sich in einer fiebrigen Suche nach Violas Hut. Erst als wir Macavity hochhoben, um ihn in den Korb zu setzen, entdeckten wir ihn. Seine Leibesfülle hatte ihn platt gedrückt.

»Das kann doch wohl nicht bequem gewesen sein«, schalt ich ihn.

»Er ist so ein Süßer.« Viola trat zu Macavitys Verteidigung an.

»Wir können ihn später in Form dämpfen – wenn wir wieder Wasser haben.«

Ich ließ die anderen mit dem Mitleid erregend in seinem Korb jammernden Macavity vorausgehen, während ich noch einen Umweg zum Postladen machte.

»Mrs. Hopper hat mir erzählt, Sie haben Besuch.« Mrs. Creech wickelte den Laib Brot sehr langsam und mit überflüssiger Sorgfalt ein, um mich aufzuhalten. »Sie hat ein Auto durchs Dorf kommen und bei Ihnen anhalten sehen. Eine junge Dame, sehr elegant gekleidet. Bleibt sie lange?«

»Nur bis morgen.« Da es so ein schöner Tag war und mich das Wiedersehen mit Viola so freute, wollte ich ihr großzügig ein paar harmlose Information zum Weitertratschen geben. »Wir werden oben im Herrenhaus wohnen. Unsere Wasserleitung ist ausgetrocknet.« Ich erinnerte mich, dass Viola eine gute Esserin war. »Ich hätte gern vier Schweinekotelett, eine Packung Pflaumen und einen halben Liter Sahne.«

»Die hat der Metzger heute Morgen frisch gebracht. Hat gestern ein Schwein geschlachtet. Das ist dann wohl für George, Mr. Philipp und die beiden jungen Damen? Von Will Dewy habe ich erfahren, dass Cissy Glim Mr. Guy nachgelaufen ist. Also so was! Für den Einkauf mussten es immer die Läden von Tarchester sein, aber sich andere Dinge vor Ort zu holen, war sie sich dann nicht zu fein. *Direkt* vor Ort, wenn es stimmt, was man so hört.« Das Gesicht von Mrs. Creech verzog sich boshaft.

»Ich möchte noch einen Kohl, bitte.« Schon bedauerte ich meinen Impuls, freundlich zu sein.

»Hab ich heute Morgen geerntet.« Der Zustand der äußeren Blätter sprach dem zwar Hohn, aber ich war nicht in der Stimmung, mich zu streiten. »Das kam ja wie ein Blitz aus heiterem Himmel, dass Mr. Philipp George adoptiert hat, oder?« Mrs. Creech ließ mein Gesicht nicht aus den Augen, als sie meine Einkäufe in eine Tragetasche packte. »Ich sagte zu Mrs. Hopper, ›Mrs. Hopper‹, sagte ich, ›nie hätte ich damit gerechnet, den Tag noch zu erleben, dass ein Mitglied dieser Familie sich wirklich wie ein Christ verhält.‹ Nützen wird ihm das zwar nichts. Wie ich höre, will er das Bein des Jungen operieren lassen. Denken Sie an meine Worte: Das kann nicht gut gehen.« Mrs. Creech nickte befriedigt. »Mrs. Hopper, dieses arme schlichte Gemüt, wollte doch tatsächlich glauben, dass Mr. Philipp der Vater des Jungen ist, aber was *das* angeht, konnte ich sie eines Besseren belehren. ›Alice Hopper‹, habe ich gesagt, ›werden Sie jetzt schon senil, dass Sie alles vergessen, was passiert ist? Es war doch Mr. Guy, der um die Lizzie herumscharwenzelt ist.‹ Ich erinnere mich, dass ich sie ganz oft zusammen auf dem Fluss gesehen habe, ehe sie das Kind bekam.« Ihre Augen wurden schmal und sie sah mich streng an. »Ich weiß nicht, was Boote an sich haben. Die Leute scheinen sich unsichtbar zu fühlen, wenn sie darin sind. ›Wenn das Mr. Philipps Bastard ist, Alice Hopper‹, habe ich gesagt, ›dann bin ich Sophia Loren.‹« Als ich in Mrs. Creechs verschlagene kleine, schmutziggraue Augen schaute, war ich davon überzeugt, dass sie wenigstens in diesem Punkt Recht hatte.

Wir nahmen das Essen im Speisezimmer ein, wo die weit geöffneten französischen Fenster den ungehinderten Blick aufs Tal erlaubten. Wir aßen Miss Glims Suppe auf und verzehrten jede Menge Cheddar. George unterhielt uns mit Rätseln. Wir mussten raten: »Was wird umso schrecklicher, je kleiner es ist?« Die Antwort lautete: eine Brücke.

»Was wünscht man sich, weiß aber nicht, dass man es hat, wenn man es hat?«

Viele von Georges Rätseln hatten eine entschieden philosophische Grundlage, also versuchten wir es mit Glück, Weisheit, Bescheidenheit und Reichtum, die alle irgendwie hätten passen können, aber George hielt unseren Argumenten stand.

»Schlaf«, riet Viola schließlich und sie hatte Recht.

»Was kann man behalten, nachdem man es jemand anderem gegeben hat?«, fragte Philipp.

»Das ist leicht«, grinste George. »Dein Wort.«

»Und tu's auch.«

»Ja, Papa.«

Es war das erste Mal, dass ich diese Anrede hörte.

»Was sollen wir heute Nachmittag machen?«, überlegte ich. »Ich bin dafür, was im Freien zu machen.«

»Ich muss mit Miss Yardley Gedichte lesen.« George zog ein Gesicht. »Danach gehe ich mit Roker fischen.«

»Ich dachte, ihr seid eingeschworene Feinde«, wunderte ich mich.

»Jetzt, da ich im Herrenhaus wohne, will er mein Freund sein. Er hat mir sein Federmesser gegeben. Das hat natürlich nicht viel zu sagen. Er wird einfach ein anderes stehlen. Aber versuchen kann ich es doch.«

Philipp lachte. »Ja, versuchen kannst du es. Aber ich bin froh, dass du dir nichts vormachst.« Er streckte seine Hand aus, um George zurückzuhalten, als dieser vom Tisch aufstand. »Jetzt verabschiede dich erst mal anständig von allen. Und komm nicht zu spät zum Abendessen.« Er legte zärtlich seine Hand auf Georges Arm.

George wandte sich gehorsam an mich. »Ach, das habe ich vergessen. Das ist für dich.« Er kramte in seinen Taschen und legte drei zerknitterte Notizzettel und ein Telegramm vor mich hin. *Auf Wiedersehen, Flo. Auf Wiedersehen, Miss – ich hab's vergessen. Tschüs, Papa. Bis gleich.* Er humpelte aus dem Zimmer.

Das Telegramm war von Viola und sie teilte mir ihre bevorstehende Ankunft mit. Die erste Notiz war von Caro.

Liebste Flo,
Edward und ich fahren zum Mittagessen nach Blandford, um dort ein Geschenk für Bars Händereigen auszusuchen, obwohl ich gar nicht weiß, was diesem Anlass angemessen wäre – vielleicht ein Reisigbesen oder ein schwarzes Kätzchen? Ich rechne damit, dich heute Abend zu sehen, aber ich muss dir jetzt schon sagen, dass du Recht hattest. Er ist außergewöhnlich.

Caro

»Ein Schuldschein über eine Million Pfund?«, vermutete Philipp, als er mein befriedigtes Lächeln sah.

»Etwas viel Besseres.« Unergründlich sein konnte man gut zu zweit spielen.

Werners Nachricht war länger.

Liebe Miss Flo,
ich habe all meinen Mut zusammengenommen und nach Deutschland telefoniert, um mitzuteilen, dass ich die Prinzessin nicht heiraten werde. Ich glaube, sie liebt mich gar nicht, also wird sie auch nicht traurig sein. Es war nur des Geldes wegen. Ich liebe Bar so sehr und wir sind wie die Turteltäubchen und fliegen auf der Höhe unseres

Glücks durch die wunderschönen Wolken. Aber bitte erzählen Sie Bar nichts von der Prinzessin. [Das war unterstrichen.] *Ich werde es selbst zur Sprache bringen, wenn wir einander ein wenig länger kennen. Sie ist so rein und ich fürchte, sie könnte es nicht verstehen.*

Mit freundlichen Grüßen,
Werner

Die dritte Nachricht kam von Bar.

Liebste Flo,
ich bin so glücklich. Nie hätte ich gedacht, dass so Liebe sein kann. Ich fühle mich völlig ausgefüllt und in Harmonie mit allen Geschöpfen. Bitte erzähl Werner nichts von Guy. Ich werde ganz wütend, wenn ich daran denke, dass ich seinetwegen wochenlang geheult habe. Wenn die Zeit dafür reif ist, werde ich es Werner natürlich sagen, aber ich möchte nichts kaputtmachen. Er ist so ein Idealist! Erinnerst du dich noch, als wir die Sommersonnenwende zusammen im Wald gefeiert haben? Und ich dann mit Lemmy einen Zauberspruch für eine neue Liebe ausgesprochen habe. Nun, die Göttin hat mir meinen Herzenswunsch erfüllt. Werner und ich sind die zwei Hälften des Kreises. Ich weiß, dass er mit Ambroses schrecklichen Faschisten gemeinsame Sache gemacht hat, aber er hat mir alles erklärt und auch, dass er darin eine Art Dichtung gesehen hat, durch die das Leben an Banalität verliert. Er ist so romantisch! Und nachdem er jetzt von unserer wunderbaren guten Magie erfahren hat, will er auch sofort initiiert werden. Wir verbinden das mit unserem Händereigen und hoffen, dass alle Freunde kommen werden. Damit bist vor allem du gemeint, liebe Flo, denn Werner mag dich auch sehr und kennt sonst niemanden. Außer Philipp. Es wäre wunderbar, wenn du ihn überreden könntest, uns seinen Segen zu geben. Bitte komm um elf Uhr abends in den Wald. Obwohl ich eine Schutzhexe bin – was auch bedeutet, dass ich allein arbeite – lade ich alle Hexen aus der Gegend zu diesem so wichtigen Anlass ein – je mehr, umso besser. Wir werden untröstlich sein, wenn du nicht kommst.

Sei gesegnet, Bar

Ich legte den Zettel hin und sah Viola an. »Zwei mir bekannte Hexen heiraten diese Nacht im Wald, um Mitternacht. Möchtest du der Zeremonie gerne beiwohnen?«

Viola stieß einen Schrei aus. »Das ist ja nicht zu fassen! Werden wir uns nackt ausziehen müssen?« Obwohl Viola oft einen reizend naiven Eindruck machte, verfügte sie über ein überraschendes Maß an *savoir faire*.

»Ich werde es nicht tun. Und Philipp sicherlich auch nicht.«

»Aber nicht doch, Sie glauben doch nicht, dass ich daran teilnehmen werde?« Philipp war entsetzt. »Sind jetzt in England alle verrückt geworden?«

»Ja! Aber ist das nicht schön?« Viola lachte.

»Es ist Bars ganz besonderer Wunsch, dass Sie mitkommen.« Ich hielt ihm den Zettel hin. »Ich glaube, sie sieht in Ihnen eine Art Vaterfigur. Und diese Rolle beherrschen Sie auch so gut.« Philipp bekam einen misstrauischen Gesichtsausdruck. »Sie brauchen sich nur mit uns anderen in einen Kreis zu stellen und ein freudiges Gesicht zu machen.« Das Tanzen und Singen wollte ich lieber nicht erwähnen. Aus Erfahrung wusste ich, dass man sich dem am besten ganz spontan überließ.

»Es tut mir wirklich Leid, dass Giles nicht hier ist«, meinte Viola. »Obwohl ich weiß, dass er sich auf Philipps Seite geschlagen hätte und sich zimperlich und unsicher angestellt hätte. Was machen wir in der Zwischenzeit?«

»Lasst uns zum Fluss gehen«, schlug Philipp vor.

»Du hast Recht, Flo.« Viola sprang auf und fing an, die Teller wegzuräumen. »Das ist ein Traum, aus dem man gar nicht aufwachen möchte.«

Philipp sah mich forschend an.

Das vom Bug des Bootes geteilte Wasser erinnerte an geschmolzenes Glas. Philipp übernahm die Ruder, während Viola und ich es uns in den Kissen bequem machten. Natürlich erinnerte ich mich an die Ereignisse meiner letzten Bootsfahrt. Vielleicht lag es an der ermüdenden Hitze dieses Tages oder an dem vielen Wein, den wir zum Mittagessen getrunken hatten, jedenfalls machte mir diese Erinnerung so gut wie gar nichts aus. Guy war so schmerzlos aus meinem Leben verschwunden, wie er es betreten hatte. Damit will ich sagen, dass sein Eintritt in und sein Abschied aus meinem Leben zwar ein wenig qualvoll waren, aber doch nicht mehr als ein Stolpern. Schuldgefühle hatte ich keine mehr. Sie sind meist Ausdruck der eigenen Schwäche, und die hatte ich in meinem Leben bisher viel zu sehr gepflegt.

Eintagsfliegen schossen über die Wasseroberfläche und sich weitende Kreise zeigten an, wo ein Fisch versucht hatte, sie zu schnappen. Jetzt leuchteten an den Ufern Weidenröschen und Blutweiderich. Braun gesprenkelte Enten tauchten unter wilde gelbe Seerosen. Jedes Mal, wenn Philipp die Ruder eintauchte und herauszog, untersuchte er auf das Genaueste die Pflanzen, die er mit dem Ruderblatt hochholte.

»Wasserschierling. Kanariengras. Igelkolben«, informierte er mich der Reihe nach. »Ah! Eine goldgeringelte Libelle!« Ich hatte etwas Schwarzgelbes vorbeischwirren sehen. »Hätte ich doch nur mein Notizbuch dabei.«

»Das ist wirklich ganz ausgezeichnet!« Viola lehnte sich in das Kissen zurück und schloss die Augen. »Ihr verzeiht mir sicher, meine Lieben, falls ich schnarche. War wirklich eine lange Nacht.«

Philipp und ich machten weiter auf unserem Naturlehrpfad. »Sehen Sie nur, eine Tauchente!« Er deutete auf einen fetten kleinen Vogel mit schneeweißer Brust. »Davon gibt es nicht viele.«

Ich blickte auf und sah kurz George und Wills neben einer Hügelkuppe auftauchen. Dann fiel mir ein, dass Caro mit Edward nach Blandford gefahren war und somit für George die Lyrikstunde ausfiel. Es sah Caro gar nicht ähnlich, ihre Pflichten, die sie so ernst nahm, zu vergessen. Die Liebe macht uns unberechenbar.

»George ist nicht Ihr Sohn.« Das rutschte mir so heraus.

»Nein. Aber ich wäre dankbar, wenn Sie es für sich behalten könnten.«

»Ich werde es bestimmt keiner Menschenseele erzählen«, versprach ich ihm mit leiser Stimme. »Kein Wunder, dass Sie sauer auf mich waren, als ich es Ihnen unter die Nase rieb. Aber es war nicht als Anschuldigung gemeint.«

»Ich war nicht sauer auf *Sie*. Aber es war ein Schock. Gleich nachdem Sie auf die Ähnlichkeit hingewiesen hatten, wusste ich, dass es Guys Sohn ist. Mir fiel wieder ein, dass er und die Müllertochter – an ihren Namen kann ich mich nicht erinnern – ziemlich eng befreundet waren. Guy war zwanzig und sie dürfte etwa sechzehn gewesen sein. George muss bald nach meinem Aufbruch zur Welt gekommen sein. Es macht mir nichts aus, dass man mir die Rolle des teuflischen Verführers und Schurken überstülpt. Was mir aber schon etwas ausmacht, ist die kaltblütige Vernachlässigung, den Jungen mit Dusty als Versorger allein zu lassen, die Herzlosigkeit. Nun gut, er ist trotz alledem mein Bruder.« Philipp ruderte eine Weile schweigend weiter und sah hinaus aufs Wasser.

»Werden Sie es George sagen?«

»Ich weiß nicht. Wahrscheinlich nicht. Ich denke, man lässt es besser so, wie es ist. Es ist doch eigentlich auch egal, ob ich sein Onkel oder sein Vater bin, oder? Vermutlich hat Ihr unbeirrbarer Blick für Gesichtszüge Ihnen das Ganze enthüllt. Zum Glück ist das eine seltene Gabe.«

Ich ging mit mir ins Gericht. Philipp wäre unglücklich, wenn er um den Dorfklatsch wüsste. Ich fand, dass eine menschenfreundliche Gesinnung die Lüge rechtfertigte. »Hm.«

»Hatten Sie schon immer diesen kritischen Blick oder hat er sich durch die Praxis entwickelt?«

»Wahrscheinlich ein bisschen von beidem.«

»Ich kann mir immer noch nicht vorstellen, womit Pudwell eine so außergewöhnliche Bewohnerin verdient hat.«

»Ach, jetzt machen Sie sich lustig.«

»Nein.« Philipp hörte zu rudern auf. »Sie sind so anders als die anderen, als kämen Sie von einem anderen Stern. Ich kenne keine Frau, die Ihnen gleicht. Selbst jetzt, nach all diesen Wochen, habe ich noch immer keine Ahnung, was Sie in mein Haus geführt hat.« Er lächelte und schüttelte gleichzeitig den Kopf. »Als ich Sie im Garten habe stehen sehen, habe ich tatsächlich geglaubt, Halluzinationen zu haben. Und noch immer weiß ich nicht, warum Sie hier sind. Was bringt eine schöne, intelligente, kosmopolitische Frau dazu, bei einfachen Bauern, wie ich einer bin, Unterschlupf zu suchen?«

»Ich bin davongelaufen.«

»Vor einem Mann?«

»Ja. Und in gewisser Weise auch vor mir selbst.« Das in einem Strudel gefangene Boot begann sich treibend im Kreis zu drehen.

»Ich hatte geglaubt ihn zu lieben. Als ich herausfand, dass dem nicht so war, verwirrte mich das völlig. Ich musste alles Vertraute hinter mir lassen und versuchen, mein Handeln zu verstehen.«

Philipp stützte sich auf den Rudern auf und richtete seinen Blick aufs Wasser. Eine Spiegelung der Oberfläche warf einen münzgroßen Lichtkegel auf sein Gesicht. »Und sind Sie sich sicher? Dass Sie ihn wirklich nicht lieben? Wenn Sie ihn vielleicht wiedersähen?«

»Ganz sicher. Das würde nichts ändern. Außerdem ist er bereits mit einer anderen verlobt. Ich fühle mich so erleichtert. Der Gedanke, er könnte unglücklich sein, wäre mir zuwider.«

Philipp hob träge ein Ruder aus dem Wasser und verfolgte den vom Ruderblatt perlenden Diamantenregen. »Und was war der wirkliche Grund für Ihr Davonlaufen?«

»Vielleicht bin ich weggerannt, um mich selbst zu *finden*. Ich weiß, dass das keinen Sinn ergibt. Nach dem Tod meiner Mutter – ich war acht – war ich voller Angst und entsetzlich einsam. Ich habe versucht mir eine Hülle aufzubauen. Wie diese Insekten, die sich zum Schutz Teile von Blättern und Zweigen und Steinen anheften.«

»Die Larve der Köcherfliege.«

»Ja. Ich wollte sicher sein und konzentrierte mich deshalb darauf, das anzustreben, was die Welt Erfolg nennt. Alex war fast so etwas wie die Verkörperung davon. Er besaß alle Tugenden – er war klug, erfolgreich, gut aussehend, charmant. Auf mich wirkte er so stark, dass ich glaubte, aus meinem Verschlag kriechen zu können, weil er mich beschützte. Aber eins hatte er nicht.« Ich grub in den Taschen meiner Jeans. »Ich trage das immer bei mir als Mahnung an das, was ich beinahe vergessen hätte.« Ich streckte meine Hand aus, damit er den kleinen Messingkobold sehen konnte. Philipp betrachtete ihn verständnislos, was man ihm nicht verargen konnte. »Es ist ein billiger Anhänger, der als Glücksbringer an Touristen verkauft wird. Meine Mutter hat ihn ihrem Bruder mitgegeben, als dieser im Krieg nach Frankreich musste. Sie kauften ihn während ihrer letzten gemeinsamen Ferien, ehe sie meinen Vater heiratete. Es war scherzhaft gemeint. Meine Mutter meinte, etwas so Hässliches könne nur Glück bringen. Und dass die Schönheit nicht alles sei. Diese den wichtigeren Dingen manchmal sogar im Weg stehe. Onkel Sid glaubte aber dran und er war der Einzige von seinen Freunden, der zurückkehrte.

Er hat ihn mir als Hochzeitsgeschenk geschickt. Er meinte, ich wüsste schon, warum er wichtig sei, obwohl er eigentlich wertlos war. Er meinte, er sei reich im Sinne dessen, was der Apostel Paulus Nächstenliebe nannte, aber Onkel Sid nannte es liebende Freundlichkeit. Und die sei, wie er sagte, zwar nicht klug und auch nicht modern, aber doch noch immer das kostbarste Gut auf der Welt. Das versuchte ich Alex zu erklären. Er tat es als sentimentalen Quatsch ab. Aber mir wurde klar, dass Alex die liebende Freundlichkeit fehlt. Der Hässliche, der Verwundbare, der Schwache, der Bemitleidenswerte, sie alle waren ein Ärgernis und entbehrlich. Und genau das hatte Onkel Sid mir zu sagen versucht. Eigentlich wusste ich es auch so, aber ich wollte es mir nicht eingestehen. Hoffentlich hört sich das jetzt nicht völlig verrückt an?«

»Nein. Überhaupt nicht.« Jetzt trieben wir mit einer schnellen Strömung rasant flussabwärts. Philipp beugte sich zu mir herüber und nahm die Hand, die den Kobold hielt. »Ich würde wahnsinnig gern glauben, dass Alex Ihnen jetzt nichts mehr bedeutet. Denn ich …«

»Aufpassen!«, schrie Viola.

Philipp duckte sich, als ein niedriger Ast über seinen Kopf fegte. Das Boot geriet heftig ins Wanken, als er zu meiner Rettung einen Satz nach vorne machte. Der Kobold flog aus meiner Hand und fing zum letzten Mal das Sonnenlicht ein, ehe er im Wasser versank.

43

Dem Himmel sei Dank, dass du rechtzeitig wach wurdest!« Ich hielt beim Trocknen eines Glases inne und sah Viola an. Wir kümmerten uns nach dem Abendessen um den Abwasch, während Philipp und George Guys Pferd fütterten und striegelten. »Sonst hätte der Arzt Philipp womöglich den Schädel eingeschlagen. Ich verstehe gar nicht, warum er ihn nicht hatte kommen sehen.«

»Ich muss dir was gestehen.« Viola sah mich um Entschuldigung bittend an. »Ich habe überhaupt nicht geschlafen. Aber als wir ins Boot stiegen, fiel mir der Blick auf, mit dem Philipp dich anschaute, während du die Umgebung bewundertest, und da wurde mir klar, dass ich *de trop* war. Den ganzen Tag schon hatte ich mich gefragt, was da läuft, aber bei euch ist alles so verborgen. Doch wenn einem Mann je die Liebe in die Augen geschrieben stand, dann ihm. Als mir schlagartig klar wurde, dass ich unfreiwillig die Dritte an Bord bin, hätte ich mich am liebsten ins Wasser gestürzt und wäre ans Ufer geschwommen. Also habe ich so getan, als würde ich schlafen.«

Ich lachte. »Was dir überzeugend gelungen ist.«

»Tatsächlich?«, freute sich Viola. »Ich hatte Schuldgefühle, weil ich euch belauscht habe. Man kann seine Ohren eben geistig nicht verschließen. Außerdem kannte ich die Alex-Geschichte ja und fand es nicht so schlimm. Aber als Philipp dann anfing, dass er – na ja, *ausgesprochen* hat er es ja nicht direkt – da fühlte ich mich dann als Lauscherin doch ziemlich unwohl und schlug die Augen auf, um höflich zu hüsteln, sah dann aber, dass wir auf diesen Ast zu trieben. *Du* hast es nicht bemerkt, weil du an was anderes gedacht hast.«

Ich stellte das Glas ab und seufzte. Den ganzen Tag hatten mir sich widerstreitende Gefühle im Magen gelegen. Die Stimmung beim Abendessen war in der einen Minute angeregt und viel versprechend gewesen, um im nächsten Moment umzuschlagen und unerträglich angespannt zu werden. Wenn ich zufällig Philipps Blick erhaschte, war dieser entweder abwesend oder verwirrt. »Ach mein Gott. Ich wünschte –«

»Was?«, bohrte Viola nach, als ich innehielt.

»Ach, nichts.«

»Bist du sehr traurig wegen des Glückskobolds?«

»Nein. Ich hoffe, dass ich diese Lektion ein für alle Mal gelernt habe. Dass ich ihn immer noch mit mir herumtrug, war nur noch ein wenig Aberglaube und das ist doch auch nur wieder eine Last, die man sich selbst auferlegt, oder?«

»Ich werde mich aus dem Staub machen, ehe Philipp zurückkommt. Der wünscht mich bestimmt weiß Gott wohin. Noch nie in meinem Leben bin ich mir so überflüssig vorgekommen.«

Ich legte meinen Arm um sie und drückte sie. »Ich bin doch froh, dass du hier bist. Du musst dich nicht überflüssig fühlen.«

Noch ehe Viola antworten konnte, kam Frankie angerannt und warf sich mir an den Hals. »Du musst was tun, damit sie einwilligt, Flo. Sonst lauf ich davon.« Sie sah mit flehenden Augen zu mir hoch.

»Was ist denn passiert?«

»Miss Watkins hat uns eingeladen, bei ihrer Hochzeit mit diesem Werner dabei zu sein. Aber Tante Beryl sagt, es ist zu spät. Und dabei ist morgen keine Schule und Mama hat uns immer erlaubt aufzubleiben.«

Ruth stand in der Tür. »Bitte, Flo, frag du sie doch. Ich möchte mein neues Kleid anziehen.«

»Und ich möchte sehen, ob sie in dem Kreis wirklich Sex miteinander haben.« Wills kam hereingeschlurft, nahm sich einen Pfirsich aus der Obstschale, biss hinein und warf ihn dann voller Abscheu weg. »Plumrose behauptet, es sei ein wesentlicher Bestandteil der Zeremonie.«

»Für dich Mr. Plumrose, Wills. Bitte wirf den Pfirsich in den Abfall, wenn du ihn nicht willst. Und woher weiß er das?«

»Er ist auch ein Hexer.«

Mr. Plumrose war mir gelegentlich im Dorf begegnet. Unser Austausch beschränkte sich auf Nicken und Winken, da er immer rittlings auf seinem Traktor saß. Er war ein dürrer, missmutig aussehender Mann. Offenbar wirkten seine Zauber nicht.

»Ehe ich darüber nachdenke, möchte ich, dass ihr erst einmal Viola guten Tag sagt.«

»Hallo.« Frankie wandte ihren Blick für den Bruchteil einer Sekunde in Violas Richtung und Ruth murmelte etwas, aber Wills ging zu ihr und schüttelte ihr die Hand. Dieser Beweis für die Wirkung zivilisierender Einflüsse freute mich, aber Viola erzählte mir später, dass er ihr zugeblinzelt und sich dabei mit der Zunge den Mund geleckt habe, was bei einem Zehnjährigen schon ziemlich erschreckend war.

»Passt auf, ich werde mich für euch stark machen und sehen, ob das etwas bewirkt. Aber das bedeutet auch, dass ihr, solltet ihr euch irgendwie daneben benehmen, sofort mit mir nach Hause müsst.«

»Ich möchte sowieso nicht zusehen, wenn Leute das miteinander machen«, sagte Frankie.

»Ich auch nicht«, erklärte ich wahrheitsgemäß.

Zum Glück war Swithin am Telefon. Ich erklärte ihm, dass es sich um eine Wiederbelebung einer alten Landtradition handelte, die zwar ausgefallen, aber harmlos sei, und ich die Verantwortung dafür übernahm, dass die jugendliche Seele seiner Schützlinge kein Leid erfuhr.

»Keine Sorge, Flo. Sie haben mein vollstes Vertrauen. Ehrlich gesagt, täte es Beryl ganz gut, mal einen Abend für sich zu haben. Sie ist vernarrt in die Kinder, aber es *ist* schon anstrengend. Ich werde hart zu ihr sein. Achten Sie nur darauf, dass Wills an nichts Alkoholisches rankommt. Er hat meinen ganzen Messwein und den Sherry ausgetrunken, den ich für den morgigen Frühschoppen eingekauft hatte.«

»So etwas wird es nicht geben. Nur Singen und Tanzen.«

»Tatsächlich? Dann kann ich mir nicht vorstellen, weshalb Wills so wild darauf ist, dort hinzugehen.«

Ich kehrte in die Küche zurück und fing an, die sauberen Teller wegzuräumen. »Ihr könnt mitkommen.« Mir klingelten die Ohren von ihrem Freuden- und Triumphgeheul. »Aber denkt dran, ich habe versprochen, dass ihr kurz nach Mitternacht wieder zu Hause seid, oder auch schon eher, wenn ich glaube, dass etwas nicht für eure Augen bestimmt ist.« Ich dachte keinen Augenblick daran, dass Bar die Kinder eingeladen hätte, wenn sie etwas vorhätte, was auch nur annähernd orgiastisch wäre.

»Dich liebe ich am meisten von allen.« Frankie küsste meinen Arm, den einzigen Teil von mir, der zur Verfügung stand.

Es hätte gar nichts gebracht, wenn Viola ihre Drohung wahr gemacht hätte und abgereist wäre, denn Frankie wich mir den ganzen Abend nicht von der Seite. Viola und ich spielten Monopoly mit ihr, während Wills und George in Miss Glims Wohnzimmer vor dem Fernseher saßen, und Philipp, der hereingekommen war, nachdem wir mit dem Spiel begonnen hatten, setzte sich zu uns ins Wohnzimmer und las Montaignes Essays. Aber die meiste Zeit starrte er, wenn ich zufällig in seine Richtung schaute, ins Leere und sah dabei aus, als wäre er in Grönland oder Peru.

Ruth kam um halb elf Uhr und sah in ihrem dunkelroten Kleid mit dem weißen Bubikragen, in dem sie sich verlegen präsentierte, sehr hübsch aus.

»Sie sehen sehr elegant aus, Miss Roker.« Philipp stand auf und verbeugte sich.

Ruth kicherte. Dann sagte sie mit einer Zaghaftigkeit, die das kälteste Herz zum Schmelzen gebracht hätte: »Ach bitte, kommen Sie doch mit zu Miss Watkins Hochzeit! Wills nimmt sich doch nur von

Ihnen etwas an. Immer muss er alles verderben. Und es ist Frankie und mir gegenüber ungerecht, dass die Leute uns alle über einen Kamm scheren.«

Philipp nahm rasch wieder Platz. »Um Ihnen, Miss Roker, eine Freude zu machen, würde ich fast alles tun. Aber von mir zu erwarten, dass ich mich um Mitternacht nackt im Wald hinstelle, wo mir zweifellos peinliche Bekenntnisse abverlangt werden, hinter denen ich nicht stehe, und dies in Gesellschaft meiner ebenfalls unbekleideten Nachbarn, ist zu viel verlangt. In diesem Punkt bleibe ich standhaft.«

»Sie brauchen sich ja nicht auszuziehen«, beruhigte ich Philipp, als wir am späteren Abend den Berg hinuntergingen. »Ich werde es jedenfalls nicht tun.«

»Und ich auch nicht«, stimmte Viola ein.

Selbst Wills erklärte seine Absicht, die Kleider anzulassen. Der Mond stand hoch und tauchte die Landschaft in die Farben einer Silberstiftmalerei: Alabaster, Taubengrau und Amethyst. Obwohl es nur noch eine Stunde bis Mitternacht dauerte, war die Luft noch immer lau und duftete nach wildem Geißblatt und Mädesüß.

»Hört.« Philipp blieb stehen. »Ein Ziegenmelker. Hört ihr das Summen? Man sagt, es höre sich an wie ein Spinnrad. Heutzutage weiß ja keiner mehr, wie so etwas klingt. Es ist ein seltsam aussehender Vogel. Er fliegt mit seinem weit geöffneten großen Schnabel umher, um Nachtfalter zu fangen.«

»Ich habe sein Nest am Boden gesehen«, erzählte George, der sich in letzter Minute entschlossen hatte, uns zu begleiten. »Nicht mehr als ein Kratzer in der Erde.«

»Wenn ich das finde, zertrampel ich es«, versicherte Wills.

»Das machst du nur, weil du ein Dummkopf bist«, befand George verächtlich. »Ist doch dumm, einfach grundlos zu töten.«

»So, ihr beiden, es reicht«, mischte Philipp sich ein, als sie sich geprügelt hatten. »Ihr bringt Chloë zum Bellen. Der Nächste, der Streit anfängt, kehrt auf der Stelle um.«

Danach verharrten wir alle in respektvollem Schweigen. Chloë rannte wie ein junges Hündchen umher und freute sich, dass die ihr liebsten Menschen endlich einmal etwas Vernünftiges unternahmen. Im Kontrast zur Straße war der Wald dunkel. Die winzigen Irrlichter der Glühwürmchen leuchteten in den tiefen Schatten zwischen den

Bäumen auf. Über unsere Köpfe schwebte eine Eule hinweg. Frankie suchte Halt an meiner Hand.

Wir rochen Rauch und sahen in der Ferne den Schein eines Holzfeuers. Dann hörten wir Stimmen. Caro und Edward standen mit befangenen Mienen am Feuer. Ihre Begrüßung verriet Erleichterung. Mrs. Deacon, Mr. Plumrose und eine Frau, in der ich Mrs. Plumrose vermutete, standen neben ihnen. Mrs. Hopper, Caros Putzhilfe und Busenfreundin von Mrs. Creech, lächelte mir zaghaft zu. Fünf mir Unbekannte standen im Dunkeln um den Kreis, der von Steinen markiert war. Frankie begann hemmungslos zu kichern, denn außer Caro und Edward waren alle splitterfasernackt. Streng ermahnte ich mich, dass Nacktheit weder lustig noch peinlich war. Aber Kichern steckt an. Ich fing Caros Blick ein. Bald schon quälten wir Neuankömmlinge uns mit unterdrücktem Lachen. Viola hielt es nicht aus und zog sich hinter einen Baum zurück. Philipp war der Einzige von uns, dessen Miene ernst, sogar grimmig blieb. Dann sah ich einen Krampf über sein Gesicht zucken und er musste sich zu Viola hinter den Baum zurückziehen.

Jetzt tauchte Bar auf. Sie sah hübsch aus in ihrem weißen Kleid und dem schleierartigen Gebilde auf dem Kopf – im Feuerschein konnte ich es nicht genau erkennen. Sie führte Werner an der Hand, der eine Art Robe trug.

»Willkommen, liebe Freunde.« Bar lächelte unbefangen. Ihre offensichtliche Freude über diesen Anlass ernüchterte uns und wir waren wieder aufmerksam. »Zu Beginn werden wir die Elemente anrufen.« Sie warf etwas in die Flammen, das blau und grün aufloderte, und sofort war die Luft von Duft erfüllt. »Durch Luft und Feuer, Wasser und Erde, im Namen der dreifachen Göttin im Kreis der Wiedergeburt, rufen wir dich an, Zeugin dieses Lieds zu sein, der feierlichen Gelübde, die wir an unserem Hochzeitstag ablegen.« Wir fingen an, im Uhrzeigersinn um den Kreis zu hüpfen, und wiederholten diese Worte in einer Art Singsang. Jedenfalls sangen und hüpften einige von uns, während andere, wie Philipp, mit geschlossenem Mund einherschritten. Werner kniete sich in die Mitte des Kreises, während Bar mit einer Kerze, einem Stab und einer Blume um ihn herumtrippelte.

Das wiederholte sich mit geringfügigen Abweichungen und ich spürte, wie ich mich entspannte und mich auf das Geschehen einließ.

Als der mit Wein gefüllte Kelch die Runde machte, tranken wir eifrig, um unsere Kehlen anzufeuchten. Da Wills darauf beharrte, den Kelch jedes Mal zu leeren, wenn er an der Reihe war, geriet die Zeremonie ein wenig ins Stocken. Eingedenk meines Versprechens, das ich Swithin gegeben hatte, wollte ich mich behutsam einmischen.

»Das reicht jetzt«, sagte Philipp mit ruhiger Stimme, als Wills das nächste Mal mit Trinken an die Reihe kam. Er nahm den Kelch und reichte ihn an Caro weiter. Beleidigt schob Wills ab und hockte sich hinter einen Busch. Seine nackten Knie glänzten im Feuerschein.

»Und jetzt gebt euch alle die Hände und springt über den Besenstiel.« Bar legte dieses Objekt in die Mitte des Kreises. »Je höher ihr springt, umso erfreuter wird die Göttin sein.« Viola vollführte einen anmutigen *grand jeté en tournant*, wohingegen Frankie auf ihrem Brustkorb landete und umkippte. »Macht nichts.« Ernst strich Bar jedem Einzelnen von uns mit etwas Öligem über die Stirn, was mir ins Auge lief. »Das ist die Milch der heiligen Mutter.« Es roch nach ranziger Butter. »Während ich nun das Lob der Göttin anstimme, möchte ich, dass ihr alle tanzt, so schnell ihr könnt, und dabei an die bindende Kraft der ehelichen Liebe denkt – der sexuelle Akt ist geheiligt. Stellt euch vor, wie ihr ihn mit eurem Geliebten, eurer Geliebten vollzieht.«

Wills kehrte in den Kreis zurück. Wir drehten uns schnell im Kreis. Ich dachte eigentlich an überhaupt nichts. Ich genoss das Hochgefühl, zu tanzen und ganz und gar frei von Hemmungen zu sein.

»Jetzt kniet euch alle nieder und schließt die Augen. Wir begeben uns in eine kollektive Trance. Absolute Ruhe jetzt. Ihr müsst auf meine Stimme hören.«

Anfangs hörte man nur Schnauben und Pusten und Schniefen. Bar wartete, bis wir still waren. Als dann nur noch das Zischen der Flammen und das Schreien der Eulen und Frankies nasales Atmen zu hören war, das bei ihr immer ein Zeichen großer Konzentration war, begann Bar mit sanfter, monotoner Stimme. »Wenn dieser Knoten geknüpft ist, darf die Verbindung hergestellt werden und das Bindeglied die Liebe sein. Ihr begebt euch jetzt auf eine Reise. Eure Körper fühlen sich sehr kalt an, denn ihr treibt auf einem riesigen Fluss auf Avalon zu, die Insel der Seligen. Friedlich ruht ihr in einem Silberboot, gleitet an Rosenufern vorbei, die über eure nach oben gewandten Gesichter ihre Blütenblätter regnen lassen. Die Göttin segnet euch im Vorbeiziehen. Spürt, wie ihre Hände eure Wangen streicheln.« Fast schien die Vorstellung zu funktionieren, aber es war bestimmt ein Nachtfalter gewesen. »Die Rosen sind tiefrot, haben die Farbe des Mutterleibs, die Farbe des Blutes. Ihr werdet mit dem Wilden Jäger tanzen, einer der vielfältigen Erscheinungsformen des Gehörnten Gottes, des Herrn über Leben und Tod. Er ist reine Energie und deshalb gefährlich, aber ihr bewegt euch in einer blauen Sphäre, die euch schützen wird.«

Ich merkte, dass ich gar nicht mehr auf Bars Stimme hörte, sondern meine Gedanken sich traumwandlerisch in ätherischen Gefilden bewegten und ich zwar nicht gerade tanzte, aber mich wiegte. Es war ein angenehmer Zustand wie kurz vor dem Einschlafen. Mich überkam ein unendliches Wohlgefühl.

»Der Gehörnte Gott fordert alle Frauen hier auf, sich mit ihm zu vereinen.« Schlagartig kam ich wieder zu mir. »Wenn ihr wollt, könnt ihr euch der gefährlichen Glückseligkeit hingeben, mit dem großen heidnischen Gott der Liebe Sex zu haben.« Das war ganz schön hart für die Männer. Denn was sollten sie in der Zwischenzeit tun? Ich war wieder in mein Alltagsselbst zurückgekehrt, hellwach und mit aufmerksamen Sinnen. Ich spürte die Härte des Bodens unter meinen Knien. Als ich meine Augen öffnete, sah ich Wills in der Nase bohren.

»Seid jetzt alle still.« Bar salbte ein Silberglöckchen mit Öl. Sie warf einen Blick in meine Richtung und ich schloss schuldbewusst die Augen. »Ich werde jetzt den Gehörnten Gott selbst anrufen. Vielleicht spürt ihr einen beängstigenden Wind über euch hinwegfegen, aber habt keine Angst. Die Göttin wird euch schützen. Es ist ihre Art, den Liebesakt zu vollziehen.« Ich warf einen verstohlenen Blick auf Caro. Sie machte ein ernstes Gesicht. Ich hätte am liebsten gekichert, hielt aber an mich und wartete mit gesenktem Kopf ab. »Pst! O Herr von Tag und Nacht, Pan, Ziegenfuß, Vater der Natur. Besuche uns mit deinen mächtigen Lebenskräften und mache uns fruchtbar. Erhöre uns, die wir dich anflehen, unter uns zu erscheinen!«

Man hörte mehrmals das Klingeln einer Glocke. Wir warteten geduldig. In der Ferne brachen knackende Zweige das Schweigen. Aus dem Wald näherten sich uns Schritte. Im Unterholz knisterte es, als sie rasch immer näher kamen. Die Spannung stieg. »Nicht hinsehen!«, schrie Bar mit Entsetzen in der Stimme. »Was auch immer ihr tut, ihr dürft nicht hinsehen! Ihr dürft ihm nicht ins Gesicht sehen!« Frankie klammerte sich an meinen Arm. Die Schritte waren jetzt dicht hinter mir. Ich presste die Augen fest zu und spürte dann etwas an mir vorbeistreifen und in den Kreis eindringen. Der Gehörnte Gott zog hinter sich eine Spur von – Chanel Pour Hommes her.

»Was zum Teufel ist hier los? Sind denn jetzt alle verrückt geworden? – Flo.«

Ich öffnete meine Augen. Es war Alex.

44

Das soll eine Hochzeit gewesen sein?« Alex saß neben mir im Fond des Rolls, als Bax mit mäßiger Geschwindigkeit den Berg hoch fuhr. »Hat dir das Landleben den Verstand geraubt, Flo?« Er fing zu lachen an. »Ich weiß nicht, was ich erwartet habe, das aber jedenfalls nicht!«

Er öffnete kichernd das Fenster, um seinen Zigarrenrauch abziehen zu lassen. Noch immer hatte ich Herzjagen vom Schock des Wiedersehens. Als ich meine Augen geöffnet hatte und ihn dort mitten im Kreis hatte stehen sehen, hatte ich geschrien. Natürlich hatten dann auch alle anderen die Augen geöffnet und vor sich erstaunt einen Gehörnten Gott im Anzug mit Zigarre gesehen. Alex war der Einzige unter uns, den seine Geistesgegenwart nicht verließ.

»Ich störe hier, wie ich sehe. Stundenlang bin ich jetzt durch diesen verdammten Wald gelaufen, wenigstens scheint es mir so. Ich war dankbar für dieses Zeugnis der Zivilisation. Dachte ich jedenfalls. Nun, Flo, willst du mich nicht vorstellen?«

Mühsam kam ich auf die Beine. Ich hatte Herzklopfen, mir war übel und im Kopf war ich so durcheinander, dass ich kaum sprechen konnte.

»Oh, einen Moment bitte – hm – darf ich vorstellen – Alex Moncrieff.« Ich machte die Runde und nannte die Namen all derer, die ich kannte. Für die Tarnung des Feuerscheins war ich dankbar, denn ich wusste, dass mein Gesicht in Flammen stand. Philipp sah mich ohnehin nicht an. Alex küsste Viola auf beide Wangen. Ich hielt es ihm zugute, dass er, ohne mit der Wimper zu zucken, der massigen nackten Gestalt, die zu Mrs. Deacon gehörte, die Hand schüttelte. »Aber Alex, ich weiß nicht recht – das ist so – Was um Himmels willen tust du hier?«

»Dich besuchen, natürlich.«

»Aber – aber ich dachte, du bist in London«, brachte ich den Satz holprig zu Ende.

»Nun«, er breitete die Arme aus und sah an sich hinab, »wie du siehst, bin ich es nicht.«

»Aber wie – warum – was machst du hier im Wald?«

»Ich konnte dein Haus nicht finden. Ich wusste, dass es irgendwo inmitten dieses gottverlassenen Dickichts von einer Straße sein musste – zwei Kilometer lang und keine Straßenlampe weit und breit. Dann beschloss ich auszusteigen und zu laufen.« Er sah mich mit einem Lächeln an. »Etwas zu trinken könnte ich jetzt gut vertragen.«

»Oh! Ja natürlich. Aber – du meine Güte, ich wohne ja gar nicht mehr im Haus.«

Und da sagte Philipp, noch immer ohne mich anzusehen: »Sie kommen besser mit und übernachten im Herrenhaus.«

Die Zeremonie war fraglos vorüber. Ich hatte Bar und Werner geküsst und ihnen mit zittriger Stimme gratuliert. Bar drückte mir mitfühlend die Hand.

»Wir gehen jetzt.« Caro stand neben mir und wirkte unsicher. Sie küsste mich sanft und flüsterte: »Ruf mich an, wenn du mich brauchst«, ehe sie Edwards Arm nahm und rasch mit ihm davonging.

»Gute Nacht, Flo«, rief er mir durch die Bäume zu. Die anderen Hochzeitsgäste verteilten sich auf die diversen Kleiderbündel und zogen sich schweigend an.

»Na, was ist, Viola?« Die Spitze von Alex' Zigarre glühte rot, als er inhallierte. »Wie geht es dir? Ich habe gerade ein paar Zeichnungen gekauft, die Giles interessieren könnten. Er ist doch ganz wild auf Lawrence, oder?« Es war mehr als verwirrend, Alex höflich Konversation machen zu sehen, während wir um Mitternacht mitten im Wald um ein Feuer standen. Vielleicht wurde ich ja verrückt.

Die Rückkehr nach Gilderoy Hall bereitete einige Schwierigkeiten.

Als wir aus den Bäumen traten, sahen wir nicht weit von uns die Parklichter des Rolls glimmen. »Du wirst mit mir fahren müssen, Flo, um mir den Weg zu zeigen«, meinte Alex nicht ganz unbegründet.

»O nein!« Die Vorstellung, in einem Auto zu fahren, während die anderen zu Fuß gingen, behagte mir ganz und gar nicht. »Du gehst mit Philipp vor und ich komme dann mit den Kindern und Viola nach.«

»Das ist doch Unsinn, Flo«, sagte Philipp. »Fahren Sie. Wir kommen gleich nach.«

Als Bax mich sah, sprang er aus dem Wagen und hielt mir die Tür auf. »Schön, Sie wiederzusehen, Madam«, sagte er mit rührender Herzlichkeit.

»Danke, Bax. Wie – wie geht es Ihnen? Was macht der Ischias von Mrs. Bax?« Dies war in der Vergangenheit ein häufiges Gesprächsthema zwischen uns gewesen.

»Den Umständen entsprechend, Madam.«

Wir surrten gelassen dahin. Bax saß vorne im Dunkeln. Alex hatte die Innenbeleuchtung eingeschaltet und ich spürte, wie er mich beobachtete. Ich stierte in die Dunkelheit und winkte dem schwachen Umriss Frankies zu, die mir im Gehen ihr Gesicht zudrehte. Eine Zeit lang lief Chloë vor uns her. »Keine Sorge, Madam, ich fahre sie schon nicht um«, beruhigte mich Bax.

»Wohin fahren wir denn eigentlich?« Alex war so ruhig, als würden wir in die Ferien fahren. »Gibt es da vielleicht auch was zu essen?«

»Aber ja. Ich werde dir ein paar Rühreier machen, wenn dir das reicht. Die Köchin ist gestern gegangen.«

»Du scheinst dich dort ja ziemlich zu Hause zu fühlen. Mit Küchengewalt.« Ich wusste, dass dies als Frage gedacht war, wenngleich der entsprechende Tonfall fehlte.

»Na ja, ich habe auf dem Feld gearbeitet. Ich bin so was wie eine Lohnarbeiterin.« Ich versuchte zu lachen, aber die Anstrengung überstieg meine Kräfte.

»Verstehe. Deshalb also diese Kleidung. Hm. Das ist ja ein richtiger Berg.« Wir befanden uns jetzt in einem Winkel von fünfundvierzig Grad. Der Rolls steckte das weg wie nichts und veränderte kaum das Motorengeräusch, bis wir vor dem Herrenhaus anhielten und Bax den Motor abstellte. »Da wird es für Bax doch wohl eine Übernachtungsmöglichkeit geben? Scheint ja ein ziemlich großer Bau zu sein.«

»O ja. Es gibt jede Menge Schlafzimmer. Ich werde mich gleich um die Laken kümmern.« Wieder spürte ich, wie Alex mein Gesicht erforschte.

Er zertrat den Zigarrenstummel auf dem Kies und wir gingen hinein.

»Wir sollten lieber hier auf die anderen warten«, schlug ich vor.

»In Ordnung.« Alex vertiefte sich in die Porträts von Philipps Mutter und Colonel Harry. »Wie heißt noch mal der Besitzer dieses Hauses? Soundso Gilderoy?«

»Philipp Gilderoy.«

»Sagt mir nichts.«

»War bis vor kurzem im Ausland.«

»Verheiratet?«

»Nein.«

Er studierte weiter das Porträt von Georgiana Gilderoy. »Kein guter Mund«, sagte er endlich.

»Alex«, fing ich an, »es tut mir Leid, so Leid, dass ich mich aus dem Staub gemacht habe. Wenn ich dir wehgetan habe, dann wollte ich das nicht ...«

»Mir wehgetan?« Er drehte sich um und sah mich an. Seine blasse Haut ließ die Augen sehr dunkel aussehen. Ich hatte ganz vergessen, wie umwerfend sein Gesicht war. »Du hättest mich verdammt noch mal beinahe umgebracht. Nie hätte ich gedacht, dass ich zu solchem Schmerz überhaupt fähig bin. Es mag unmännlich sein, mich zu beklagen«, meinte er achselzuckend, »aber du sollst doch wissen, welche Auswirkungen dein Verhalten gehabt hat, meinst du nicht?«

»Ja. Ich –« Ich war den Tränen nahe. »Mir tut es aus ganzem Herzen Leid.« Das Klischee deckte meine Reue bei weitem nicht ab.

Alex sah mich lange an, ehe er sagte: »Du hast dich verändert. Du hast zugenommen. Und deine Haut ist fast goldbraun. Das steht dir.«

»Danke.« Dass Alex so dünn geworden war, setzte mir zu. Chloë stieß mit ihrer Schnauze die Tür auf und kam, erleichtert mich hier anzutreffen, voller Begeisterung auf mich zu gerannt. Alex starrte hinaus auf die Einfahrt. Ich sah Viola, George und Philipp sich den Eingangsstufen nähern.

»Also es tut jedenfalls gut, dich wiederzusehen.« Zum ersten Mal legte Alex seinen Arm um mich und ehe ich wusste, was er vorhatte, küsste er mich rasch auf den Mund, nicht fest, aber mit leichter, unbefangener Vertrautheit. Als Viola eintrat, riss sie erschrocken die Augen auf. Vermutlich hatte sie gesehen, wie er mich küsste. Und Philipp wahrscheinlich auch.

»Ins Bett, George. Gute Nacht.« Philipp lächelte George zu, der vor Übermüdung ganz blass war und ohne ein Wort nach oben ging. Philipp wandte sich an Alex. »Ich bringe Ihnen einen Drink. Was darf's sein?«

»Whisky, ohne Wasser, ohne Eis. Sehr freundlich von Ihnen, dass Sie mich aufnehmen.« Sie gingen gemeinsam in den Salon.

Wie Kinder, wenn die Schule aus ist, stürmten Viola und ich in die Küche.

»O mein Gott!«, rief sie. »Was will er denn hier?«

»Ich weiß es nicht.« Ich stöhnte. »Vielleicht wollte er nur nachsehen, ob es mir gut geht. Was unter den Umständen außerordentlich freundlich von ihm ist. Was meinst du?«

Viola zog die Brauen hoch. »Denk doch mal an die Lektion, die du so mühsam gelernt hast. Das sähe Alex doch gar nicht ähnlich. Wenn ich nur daran denke, mit welchem Blick er damals Mouser angesehen hat …« Als ich zu lachen anfing, sah sie mich entrüstet an.

»Das ist doch absurd«, entgegnete ich. »Wir haben uns alle diesen merkwürdigen Abend zu Kopf steigen lassen. Die ganze Magie und das Geheimnisvolle und die entfesselten Mächte der Dunkelheit. Es gibt wirklich *keinerlei* Anlass zur Besorgnis. Wir sind alle erwachsene, zivilisierte Menschen.«

»Trotzdem werde ich Macavity zur Sicherheit heute Abend mit ins Bett nehmen«, meinte Viola düster. Sie hielt inne und dachte kurz nach. »Woher zum Teufel wusste Alex eigentlich, wo er dich finden würde?«

»Ich bin mit Ferdy Fenwick befreundet«, klärte Alex später diese Frage.

Wir saßen im Salon und Alex hatte ein Tablett mit Schinken und Eiern auf den Knien. Es war eine Szenerie der Nähe und Behaglichkeit. Das Feuer brannte hell, Viola und ich tranken Champagner und Philipp trank Whisky. Macavity lag in Violas Schoß und Chloë lag zu meinen Füßen, womöglich, weil mein Stuhl dem Feuer am nächsten stand. Viola sah mich an. Ich wusste sehr wohl, dass Alex keinen Mann als Freund gutheißen würde, der so gar keine Ausstrahlung hatte. Ferdy war mir linkisch und nicht sonderlich helle vorgekommen. Es sei denn, er konnte sich gut verstellen. Jedenfalls wusste ich, ohne dass man mir das sagen musste, dass Ferdy in Alex' Diensten gestanden hatte. Viola leistete mir mit den Augen Abbitte.

»Dein Vater lässt dich grüßen.« Alex sah mich an und lächelte.

»Tatsächlich? Ich dachte, er sei wütend auf mich.« Es fiel mir schwer, mir meine Freude nicht anmerken zu lassen.

»Nein, das ist er nicht. Ich habe ihm erklärt, wie die Dinge liegen. Wie du weißt, ist Fay das Problem. Dein Vater liebt dich sehr. Wie wir alle.«

»Ich gehe jetzt lieber und erledige noch Büroarbeit in der Bibliothek.« Philipp stand unvermittelt auf. »Gute Nacht. Ich hoffe, ihr fühlt euch wohl hier.« Er nickte in Richtung Kaminsims und ging. Chloë tapste hinter ihm her.

»Tja, ich glaube, ich gehe ins Bett.« Viola gähnte überzeugend. Mit Macavity im Arm stahl sie sich zur Tür. »Gute Nacht. Schlaft gut.«

Alex stellte das Tablett beiseite und trat vor den Kamin. »Verdammt kalt diese Landsitze, selbst im Hochsommer. Liegt wohl an der Feuchtigkeit. Komm doch her.« Als ich keine Anstalten machte, sagte er noch sanfter: »Du hast doch keine Angst vor mir, oder?«

»Aber nein. Das wäre ja lächerlich.«

»Na dann. Sind wir nicht alte Freunde? Ich glaube nicht, dass dir klar ist, wie sehr du mich verletzt hast. Aber das ist natürlich vergangen und vergessen.«

»Du verzeihst mir?«

»Wirklich, Flo. Wir leben doch nicht zwischen den Seiten eines Melodramas. Lass uns doch einfach einen Schlussstrich ziehen, was meinst du?«

»O ja! Du kannst dir gar nicht vorstellen, wie erleichtert ich bin! Ich bedaure es zutiefst, dich unglücklich gemacht zu haben.«

»Das weiß ich. Keiner kennt dich so gut wie ich. Und wahrscheinlich wird dich auch kein anderer mehr so gut kennen.«

»Wie ich gehört habe, wirst du Zara Drax-Eedes heiraten.«

»Ach ja. Du hast uns natürlich gemeinsam im Restaurant gesehen.« Alex lachte ein wenig jämmerlich. »Sag mir, was ich getan habe, dass dich so mitleidlos gemacht hat? Ich habe dich geliebt, Flo, mehr als – du hast mir mehr bedeutet, als ich mir je hatte vorstellen können.«

»Du hast eigentlich nichts getan. Ich habe nur einfach herausgefunden, dass ich etwas … anderes wollte. Ich glaube nicht, dass ich dir das erklären kann.«

»Versuch es bitte.«

»Nun, wenn ich es in Worte zu fassen versuche, klingt das alles ziemlich armselig. Liebevolle Freundlichkeit – worunter ich Mitgefühl, Zärtlichkeit, Sympathie verstehe – doch keines dieser Worte trifft es genau.«

Alex zog die Brauen hoch. Er sah mich skeptisch an. Was ich ihm wirklich nicht vorwerfen konnte. Er steckte seine Hände in die Taschen und zog dann eine Hand wieder heraus. »Fast hätte ich es vergessen. Das hier habe ich dir mitgebracht. Ein Abschiedsgeschenk.«

»Das ist aber freundlich von dir«, meine Reuegefühle wuchsen ständig. »Ich finde nicht, dass ich das verdient habe –«

»Komm schon und sieh es dir an.«

Er hielt es mir hin. Ich ging zum Kamin und nahm es entgegen. Es war eine erlesene Tabatiere aus Emaille, vermutlich frühes neunzehntes Jahrhundert, auf dem Deckel war ein Schloss mit Landschaft abgebildet.

»Sie ist wunderschön.« Ich öffnete sie. Die Innenseite war mit einem winzigen Taubenpaar geschmückt. Ich zögerte. Es wäre undankbar, ein Abschiedsgeschenk auszuschlagen. »Genau das, was mir gefällt.«

»O ja. Ich weiß, was dir gefällt.« Alex legte seine Hand auf mein Gesicht und drehte es zu sich hin.

Ich sah ihm in die Augen, die voller Bedauern waren – und nicht nur das. Da schlug die Uhr zwei Mal. »Du meine Güte, so spät?« Mit einem Satz entfernte ich mich von ihm und rannte fast zur Tür. »Ich gehe jetzt zu Bett. Ich bin erschöpft! Dein Zimmer ist das dritte auf der rechten Seite. Bax schläft neben dir, in deinem Ankleidezimmer. Hoffentlich hast du es bequem. Wahrscheinlich frühstücken wir erst spät.«

Alex rührte sich nicht und sprach kein Wort, sondern sah mich nur an, ohne ein Lächeln. Ich ging schnellen Schrittes an der Bibliothek vorbei auf die Treppe zu. Ein Lichtstrahl drang durch die geschlossene Tür. Scheinbar wollte Philipp mir in dieser Angelegenheit nicht als Retter zur Seite stehen.

Sobald ich mein Zimmer betreten hatte, schloss ich die Tür ab und ging dann noch einmal hin, um den Schlüssel abzuziehen. Ich zog mich aus, so schnell ich konnte, und löschte das Licht. Als ich im Bett lag und durch die offenen Vorhänge zum Mond hinausstarrte, hörte ich Schritte, die vor meiner Türe stehen blieben. Jemand drückte die Klinke und rüttelte ein paar Mal daran. Dann entfernten sich die Schritte.

Zu meiner Überraschung schlief ich fest und traumlos, aber sobald ich wach war, machte sich ein unangenehmes Gefühl, gemischt aus Unentschlossenheit und Panik, in mir breit. Ich blieb ein paar Minuten liegen und sah mir die Vorhänge meines Betts an, verblichener, aber noch immer eleganter Chintz mit blauen Rosen und Ranken auf weißem Grund. Der Charme des Raums und seiner hübschen Ausstattung, der weiche blaue Teppich und der Blick ins Tal sorgten dafür, dass sich ein gewisses Selbstvertrauen einstellte. Die Schrecken der Nacht verblassten im Licht eines weiteren schönen, wolkenlosen Tags. Ich wusch mich, zog mich an und ging nach unten.

Es war noch keine acht Uhr, aber Alex war schon vor mir auf. In seinen gut gebügelten und ausgebürsteten Kleidern im Landhausstil wirkte er gepflegt und voller Tatendrang, in den Schuhen spiegelte sich die durchs Küchenfenster einfallende Sonne. Bax briet Würstchen und Tomaten.

»Viola habe ich noch nicht gesehen. Sie scheint noch zu schlafen«, erwiderte er auf meine Frage nach den restlichen Hausbewohnern. »Philipp hat mich gebeten, dir zu sagen, dass er den ganzen Tag weg sein werde und man mit dem Abendessen nicht auf ihn warten solle.« Alex machte ein befriedigtes Gesicht. Ich spürte, wie sich mir das Herz zusammenzog. Er schien sich also nicht allzu viel daraus zu machen.

Da Bax bereits den Tisch gedeckt, Toast gemacht und Kaffee gekocht sowie Butter und Marmelade bereitgestellt hatte, brauchte ich mich nur noch hinzusetzen. Ich machte eine Bemerkung über das ausgezeichnete Wetter, Alex äußerte sich wohlwollend über das Haus. »Doch da muss viel Geld investiert werden«, fügte er hinzu und sah dabei auf die Sprünge im Plafond und den feuchten Fleck über dem Fenster. Bax bediente uns in diskretem Schweigen und wich meinen Bemühungen, ihn ins Gespräch zu ziehen, höflich, aber bestimmt aus.

»Grüß meinen Vater, wenn du ihn vor mir siehst«, sagte ich.

»Werde ich. Ich bin nächste Woche sogar bei Fay zum Mittagessen eingeladen.«

»Tatsächlich?« Es überraschte mich, dass er diese Freundschaft weiterhin pflegte, obwohl sie ihm nicht mehr von Nutzen war.

»Ich habe nichts gegen sie. Sie hat was an sich, das ich ziemlich anziehend finde. Natürlich nicht sexuell. Du solltest sie nicht hassen, weißt du. Für deinen Vater ist sie genau die Richtige.«

»Wirklich?«, sagte ich ziemlich dümmlich.

»Er ist schwach und sie ist stark. Sie ergänzen sich. Sie möchte herrschen, er möchte beherrscht werden. Und so funktioniert es.«

»Tut es das?« Ich dachte darüber nach und kam zu dem Ergebnis, dass er wahrscheinlich Recht hatte.

Bax hatte Miss Glims Schürze umgebunden und machte den Abwasch. Alex stellte seine Kaffeetasse ab. »Komm einen Moment mit in den Salon«, sagte er zu mir. »Ich möchte mit dir reden.«

Im Salon trafen wir auf George, der auf dem Klavier improvisierte. Wir gingen in die Bibliothek. Obwohl dies auf Gilderoy Hall mein Lieblingsraum war, überfiel mich Trostlosigkeit. Philipps Reitstiefel lehnten am Kamin. Sein Schreibtisch war das übliche Durcheinander von Papieren. Einige davon waren zu Boden geflattert. Andere waren gestapelt und achtlos mit einem Papiermesser beschwert. Ich sah, dass der Brief, der oben auf lag, mit schwarzer Tinte beschrieben war. Ich sah genauer hin. Mein eigener Name, *Flo* stand dort zwanzig oder dreißig Mal geschrieben. Ich fühlte meine Lebensgeister zurückkehren.

»Florence-Schatz.« Alex kam auf mich zu und legte mir seine Arme um die Taille.

Ich versuchte mich zu befreien. »Das ist ein Abschied, Alex. Das müssen wir doch nicht besonders betonen, oder?« Ich versuchte zu lachen. »Ich glaube nicht, dass Zara sehr erfreut wäre, wenn sie dich sehen könnte, wie du eine andere Frau im Arm hältst, wie unschuldig auch immer.«

»Die verdammte Zara.« Alex Gesicht war ein wenig gerötet und sein Atem ging schneller.

»Alex! Bring mich nicht dazu, schlecht von dir zu denken. Ich würde mich lieber daran erinnern, wie glücklich wir waren.«

»Wir können wieder glücklich sein. Du brauchst mich. Ich kenne dich, ich kenne dich durch und durch. Ich kann dich so glücklich machen wie kein anderer Mann.«

»Tut mir wirklich Leid.« Ich stand mit dem Rücken zur Wand. Seine Arme nagelten mich von beiden Seiten fest. »Aber du kennst mich nicht. Ich habe mich verändert. Ich bin nicht mehr die alte verängstigte, zweifelnde Flo. Ich kann für mich selbst entscheiden, was ich möchte.«

Alex lachte und packte mit der einen Hand mein Haar, um meinen Kopf nach hinten zu ziehen, während er mit der anderen meine Gürtelschnalle zu öffnen versuchte. »Das glaube ich nicht.«

Zu meiner Linken stand der Sekretär. Ich griff nach dem Brieföffner. »Nimm deine Hände von mir oder ich steche dir dieses Messer in den Arm.«

Alex zögerte eine Sekunde und ich tauchte unter ihm weg. Das war der Beweis, falls ich eines solchen bedurfte, dass er mich nicht kannte, wenn er glaubte, ich sei fähig zuzustechen. Dennoch hielt ich den Brieföffner fest.

»Hier geht es nicht um Liebe.« Ich war fast ruhig. »Hier geht es um deinen Willen. Du möchtest ihn um jeden Preis durchsetzen und du kannst es nicht ertragen, dass ich dich verlassen habe. Es geht um dein Ego und deinen Stolz und deine Dominanz, aber nichts davon hat mit Liebe zu tun. Du möchtest mich nur zurückhaben, um der Welt zu zeigen, dass ich wieder in deiner Macht stehe, dass du nicht versagt hast. Nimm lieber Zara und versuche sie glücklich zu machen. Vielleicht lernt sie es ja, dich auf diesem Weg zu lieben. Ich werde das nie.«

»Flo?« George war eingetreten, vielleicht weil er unsere erhobenen Stimmen gehört hatte. Er sah, dass ich den Brieföffner in der Hand hielt. »Ist alles in Ordnung mit dir?«

Ich legte ihn am nächstbesten Tisch ab. »Ja. Es geht mir gut.« Ich legte meine Hand auf seine Schulter und gemeinsam gingen wir aus dem Raum.

Ich rief Chloë und wir liefen den Berg hinunter. Alex und Bax waren vor fünf Minuten abgefahren. Ich hatte mit George im Salon gewartet, bis ich den Wagen auf dem Kies wenden hörte.

»War er denn überhaupt der Gehörnte Gott?«, wollte George wissen.

»Nein.« Eine leichte Brise kühlte mir das Gesicht. Ich hatte für Viola eine Notiz zurückgelassen, die besagte, dass ich einen Spaziergang machte und in etwa einer Stunde zurück war.

»So etwas gibt es doch gar nicht, oder?«

»Ich glaube nicht. Ich kenne jedenfalls keinen, der ihn gesehen hat. Außer in der Vorstellung.«

»Ich würde nie die Zeit damit vergeuden, mir so was Blödes vorzustellen.« George gab sich wieder so verächtlich wie immer. »Doch ein solches Auto würde mir schon gefallen. Wenn ich reich wäre, würde ich mir als Erstes so eins kaufen.«

Wills Schmutzgesicht zeigte sich über der Mauer zwischen Pfarrhaus und Herrenhaus. »Ich baue unten am Fluss ein Lager. Willst du kommen und es anseh'n?«

»Aber klar doch.« George humpelte davon. »Zum Mittagessen bin ich wieder da«, rief er über die Schulter.

Chloë und ich wanderten allein weiter. Am Fuß des Berges verlief die Straße gerade und war im Schatten der Bäume einladend kühl. Ich hörte einen Pfiff, dann einen Melodiefetzen der Trompetenfanfare aus *Aida*.

»Lemmy«, rief ich leise, »wo bist du?« Die Hecke raschelte. Darin tauchte Lemmys Gesicht auf, schwarze Augen überflogen wachsam die Straße, Efeuranken schmückten seine Stirn. »Was machst du? Komm doch mit mir spazieren.«

Lemmy schüttelte den Kopf. »Lemmy bewacht ein Nest. Amseln. Sieh nur!« Ich bückte mich und sah im Schutz des Astgewirrs einen Vogel brüten. »Die flügge gewordenen Vögel der ersten Brut sind alle von dieser fetten schwarzen Katze gefressen worden.«

»Ach du liebe Zeit. Ich fürchte, das ist meine Katze. Zumindest …« Macavity gehörte mir eigentlich nicht. Nichts hier gehörte mir.

»Feuer.« Lemmy schob einen rot verkratzten Arm durch den Weißdorn und berührte eine Strähne meiner Haare. »Flamme. Versengen, Blasen werfen, brennen.«

»Du brauchst keine Angst zu haben. Es sind nur Haare.«

»Haare.« Lemmys Zähne klapperten und seine Augen glühten. »Geh heim.«

»Wie bitte?«

»Geh – heim.« Lemmy legte seinen Finger auf die Lippe und verschwand in der dornigen Dunkelheit.

Ich beschloss, seinem Rat zu folgen. Chloë drängelte sich vor mich, als wir auf der Straße weiterliefen und rannte so ungeduldig los, als hätte sie ein Ziel vor Augen. In meinem vernebelten Hirn dämmerte mir, dass sie womöglich nach ihrem Herrn Ausschau hielt. Auf einmal durchzuckte es mich hell, als hätte jemand im Niemandsland eine Leuchtkugel gezündet, und ich wusste, wo er war und warum.

Ich schob mich durch die Lücke in der Hecke und eilte den Pfad hinunter. Ich kletterte den Abhang hinunter und jagte über den Steg. Ich stieß die Haustür auf. Das Wohnzimmer war still und einladend, erfüllt vom Duft absterbender Lilien und Heliotrop in einer Vase auf dem Tisch. Was bedeutete eine einzige Nacht der Verlassenheit nach diesen zwölf langen Jahren, in denen es langsam verfallen war – ungeliebt, vernachlässigt und vergessen von allen, bis auf den einen Mann, der einsam und weit weg war? Aber es war keiner da. Vor Enttäuschung brannten mir Tränen in den Augen.

Ich hörte draußen Chloë bellen. Einen Augenblick hatte ich geglaubt, war ich sicher gewesen, er würde da sein und auf mich warten. Was hatte Viola in ihrem Brief gesagt? In der Liebe gehe es darum, den anderen tun zu lassen, was er möchte. Ich überlegte, ob er vielleicht weggegangen war, um mir die Freiheit zu geben, für mich allein zu entscheiden, was ich wollte. Chloë rannte herein und sprang an mir hoch, um mich abzulecken. Ich wischte die Träne weg, die ihr aufs Fell getropft war.

Hinter mir hörte ich Schritte.

»Flo.« Ich blieb ruhig stehen und schloss meine Augen. Ich spürte, wie er vorsichtig seine Arme um meine Taille legte. Ich legte meinen

Kopf auf seine Brust, da meine Glieder vor Liebe schwach wurden. »Bist du … hast du …? Ich habe nicht zu hoffen gewagt.«

Er drehte mich im Kreis seiner Arme herum. Ich machte die Augen auf. Er lächelte, bedrängte mich aber mit seinem fragenden Blick. Mir fehlten vor lauter Liebe die Worte. Er musste die Antwort in meinem Gesicht gelesen haben, denn er beugte seinen Kopf und küsste mich. »Wenn du nicht gekommen wärst … wenn du mit ihm gegangen wärst … wenn ich dich nie wiedergesehen hätte, dich nie in meinen Armen gehalten, dich nie geliebt hätte – ach, das wäre schlimm für mich gewesen.«

»Wenn«, sagte ich lakonisch.